cet ouvrage est de mr. Dupré de St maur.

S. et Arts. ~~1115~~.

ESSAI
SUR
LES MONNOIES,
OU
REFLEXIONS
SUR LE RAPPORT
ENTRE
L'ARGENT ET LES DENRÉES.

Venalitas victualium rerum emptoris debet subjacere rationi... atque ideo trutinatis omnibus, & ad liquidum calculatione collecta, diversarum rerum pretia subter affiximus; ut omni ambiguitate summota, definitarum rerum debeat manere custodia.
Cassiodor. L. XI, C. XI.

A PARIS,

Chez { JEAN-BAPTISTE COIGNARD, Imprimeur du Roy.
ET
DE BURE, l'aîné, Libraire, Quay des Augustins.

MDCCXLVI.

AVEC APPROBATION ET PRIVILEGE DU ROI.

AVERTISSEMENT.

DANS les Notions préliminaires, qui ſont la premiere partie de cet Ouvrage, on n'a ſongé qu'à donner un petit nombre de principes généraux ſur l'économie publique & privée par rapport aux différens emplois de l'argent.

Dans la ſeconde, on a tenté d'appliquer les vûes générales à des eſpèces & à des circonſtances particuliéres.

Afin d'en rendre la vérification plus facile, après avoir touché en paſſant quelques branches des monnoies, on expoſe dans la troiſiéme les changemens du prix & de la valeur du marc d'argent, & l'on conſidére dans la quatriéme les variations du prix des denrées.

Je ne crois pas qu'il ſoit jamais poſſible de parvenir par une autre voie à débrouiller ce qui regarde le commerce & les monnoies des Anciens. Nous avons pluſieurs de leurs eſpèces, nous en ſavons le poids & le titre ; mais il ne nous reſte point de Loix, d'Ordonnances, ni de monumens hiſtoriques, où nous trouvions préciſément tout ce qui ſeroit néceſſaire pour établir le cours qu'elles avoient dans le public, & il ne s'enſuit pas qu'en de certains temps les eſpèces étant ou plus légeres, ou d'un titre inférieur, la valeur n'en eut pas été proportionnellement diminuée. Nous ne ſaurions la déterminer, que par conjecture, & qu'en examinant ce qu'ils payoient autrefois les choſes par comparaiſon avec ce que nous les avons longtemps payées. Voilà ce que je me ſuis propoſé de mettre ſous les yeux du Lecteur.

Tous les articles des Notions préliminaires, à la fin deſquels il ſe trouve une ſimple croix, ou cette marque †, ſont tirés du Livre de M. Lock, intitulé en Anglois : *Some conſiderations of the conſequences of the lowering of intereſt and raiſing the value of money;* c'eſt-à-dire, (conſidérations ſur les conſéquences de la réduction des rentes & de l'augmentation de la valeur des eſpèces). Ce Traité imprimé à Londres en *1696*, eſt ſuivi de deux autres, dont le dernier porte pour titre ; *Further conſiderations concerning raiſing the value of money*, qui ſignifie, (autres conſidérations ſur l'augmentation de la valeur des eſpèces). C'eſt là qu'ont été priſes les maximes ſuivies de la marque ‡. Le chiffre placé après la double ou la ſimple croix & la lettre *p*, indique la page du livre Anglois. Je me ſuis contenté d'en prendre la ſubſtance & l'eſprit ſans en ſuivre l'ordre & ſans m'attacher à une traduction fidelle, & je ne me ſuis point fait un ſcrupule de mêler mes réfléxions avec celles de M. Lock, dont j'ai quelquefois étendu ou reſſerré les penſées. J'en avertis ſeulement, afin qu'on ne le juge pas ſur une ſimple étiquette, & qu'on ne le rende pas reſponſable des propoſitions qui ne ſont ſuivies d'aucune des deux marques.

On remarquera dans la ſeconde & dans la troiſiéme partie, que nos premieres Loix, probablement modelées ſur celles des Romains, ou des douze Tables, dérivoient par là des Grecs, qui s'étoient peut-être approprié une partie de la police du premier peuple du monde, c'eſt-à-dire, des Juifs, comme la peine du Talion, le nombre de coups infligés aux criminels, & les condamnations pécuniaires. *Si un homme trouve une fille vierge qui n'a point été fiancée, & que lui faiſant violence il la deshonore, les Juges ayant pris connoiſſance de cette affaire, condamneront celui qui l'a deshonorée, à donner au pere de la fille cinquante ſicles d'argent, & il la prendra pour femme.* Deuteronome, chap. 22, v. 28 & 29.

Solon, Légiſlateur d'Athenes, & contemporain du vieux Tarquin, établit une amende de cent drachmes d'argent contre celui qui prendroit à force une femme de condition libre, & une de vingt drachmes contre celui qui en auroit été le courtier. Il défendit encore d'injurier perſonne de paroles, ſur peine de trois drachmes d'argent appliquables à celui qui ſeroit injurié, & de deux autres à la choſe publique. Ce réglement ſur les injures donna ſans doute naiſſance à ceux de la Loi des douze Tables & de la Loi Salique rapportés ci-après, page 192.

Dans l'appréciation des offrandes, Solon mit en balance une drachme d'argent avec un mouton ou un médimne de blé. (V. Plutarque, vie de Solon.) La même pièce qui valoit une drachme ou un denier du temps de Solon, valut ſix deniers dans la premiere guerre de Carthage, puis douze deniers ſous Fabius, & vingt-quatre deniers ou deux ſols du temps de Papirius. En ſuppoſant que la proportion de l'argent avec les denrées n'eût point changé juſques-là, un mouton commun qui s'achetoit un denier du temps de Solon, ſe ſeroit payé après Papirius deux ſols ou la trentiéme partie du marc d'argent ; & pour lors un bon bœuf dont la valeur répond à peu près à celle de trente moutons communs, pouvoit valoir ſoixante ſols. Mais comme le ſetier de blé eſt monté depuis ce temps juſqu'à nous de cinq ſols à dix-huit livres, c'eſt-à-dire, d'un à ſoixante-douze, en augmentant dans la même proportion le prix des choſes, un mouton vaudroit aujourd'hui ſept livres quatre ſols, & un bœuf deux cents ſeize livres : ajoûtons que les choſes coûtant à préſent quatre fois plus en poids d'argent, un mouton commun ſe payeroit quatre trentiémes du marc d'argent, ou ſix cents quatre grains quatre cinquiémes peſant d'argent fin, qui valent en effet ſept livres quatre ſols ; auſſi un bœuf qui coûtoit un marc d'argent fin, en coûte-t'il aujourd'hui environ quatre.

La Loi Salique prononce contre le rapt : *Si quis uxorem alienam vivo marito tulerit*, VIII (le mot de *mille* eſt ſous-entendu) *denarios qui faciunt ſolidos* CC *culpabilis judicetur* (Tit. 14, art. 12.) *Si quis cum ingenua puella per vim mæchatus fuerit*, 2500 *denarios qui faciunt ſolidos* 62 *&* $\frac{1}{2}$ *culpabilis judicetur*. Art. 13.

Si quis cum ingenua puella desponsata ea consentiente in occulto mœchatus fuerit, 1800 denarios qui faciunt solidos 45 culpabilis judicetur, art. 14.

Nous esperons faire voir que ces sols étoient des sols Tournois d'or, aussi-bien que ceux de la Loi des Ripuaires. *Si quis alienam uxorem tulerit vivo marito, 200 solidis mulctetur; & si quis cum ingenua puella mæchatus fuerit, 50 solidos culpabilis judicetur.* Titre 37, art. 1 & 2.

Au contraire, les amendes de la Loi des Bavarois étoient exprimées en sols Romains ou Parisis. *Si quis cum uxore alterius concubuerit libera, componat hoc marito ejus cum suo Weregeldo, id est 160 solidos.* Titre 37, art. 1. *Si quis sponsam alicujus rapuerit vel per suasionem sibi eam duxerit uxorem, ipsam reddat & componat bis 80 solidos, hoc est 160 solidos. Si quis virginem rapuerit contra ipsius voluntatem & parentum ejus, 40 solidos componat & alios 40 cogatur in fisco.* Ces cent soixante sols & ces quarante sols augmentés du quart en sus, reviennent à deux cents sols & à cinquante sols Tournois, comme dans la Loi des Ripuaires. Le mot de *Weregeldum* pourroit venir de l'Allemand *Vier* quatre, & de *Geld* or ou argent; l'Anglois dit *four* & *gold*: auquel cas le *Weregeldum* exprimeroit assez naturellement notre quadruple. *Novigeldum* ou *nonigeldum* signifie neuf fois le prix, *novempliciter componat*; Tit. 5 de la Loi des Allemands. On peut encore dériver *Weregeldum* du Celtique *ffer* ou *Wer*, d'où viennent peut-être *fortis* & *fort*, & de *golud* qui exprime en Celtique la même chose que *gold* en Anglois, ou *geld* en Allemand. L'argent de Banque qui vaut communément de trois à six pour cent, plus que l'argent courant, s'appelle encore en Hollande argent fort. Les Romains avoient aussi deux sortes de talents, *talentum magnum* & *talentum minus*. Du Cange fait venir *Weregeldum* du Saxon *Wera*, passé dans la basse latinité, qu'il interpréte *capitis æstimatio*.

Quant aux sommes spécifiées dans la Loi des Allemands, on doit les envisager différemment. Elles paroissent quelquefois semblables à celles de la Loi Salique. *Si quis sponsam alterius contra legem acceperit, reddat eam & cum 200 solidis componat*, Tit. 52. Quelquefois elles forment un autre compte. L'article 6 du Titre 3, nous en donne la valeur : *Saiga autem est quarta pars tremissis, hoc est denarius unus; duo saigi, duo denarii dicuntur; tremissis est tertia pars solidi & sunt denarii quatuor*. Il y avoit par conséquent trois tiers ou *tremisses*, & douze deniers dans un sol, au lieu que notre sol Salique étoit composé de quarante deniers. Dès-lors il faudroit fixer le rapport des sols Allemands avec les sols Saliques de douze à quarante, ou d'un à trois & un tiers; c'est-à-dire qu'un sol Allemand valoit trois sols & un tiers Saliques. Ainsi la livre d'or de douze onces qui valoit quatre-vingt-dix sols Saliques d'or ou cinquante-quatre livres Tournois d'argent, n'auroit produit que vingt-sept sols d'or Allemands ou seize livres quatre sols d'argent, & le marc d'or que dix-huit sols d'or (*a*)

(*a*) Les dix-huit sols sterling d'argent, qui exprimoient de même

ou

ou dix livres ſeize ſols d'argent. A ce compte, les deniers Allemands n'auroient-ils point été nos anciens eſterlins, qui par l'affoibliſſement de nos monnoies, valurent ſous S. Louis quatre deniers Tournois, comme nous l'apprenons des premiers Regiſtres de la Chambre des Comptes, & de deux Ordonnances de 1205 imprimées au premier Tome des Ordonnances, pag. 94 & 95.

La Loi des Allemands eſtimoit le plus fort bœuf cinq tiers de ſol, ou un ſol & deux tiers d'or, qui repréſentoient, comme on vient de le toucher, cinq ſols cinq neuviémes Saliques d'or, ou ſuivant la proportion douziéme ſoixante-ſix ſols huit deniers Tournois d'argent, c'eſt-à-dire, (*a*) en poids un peu plus de notre marc d'argent. Un bœuf moyen priſé quatre tiers de ſol d'or, autrement quatre ſols quatre neuviémes Saliques d'or, ou cinquante-trois ſols quatre deniers Tournois d'argent, formoit un peu moins du marc d'argent. La meilleure vache étoit au même taux, & une vache moyenne à un ſol d'or exprimoit trois ſols & un tiers Saliques d'or, ou quarante ſols Tournois d'argent, ou les deux tiers du marc d'argent. *Optimus bos 5 tremiſſes valet, medianus 4 tremiſſes valet, minor ſicut adpreciatus fuerit.*

la valeur du marc d'argent fin monnoyé, multipliés par trois & un tiers, produiſoient ſoixante ſols Tournois. A l'égard du ſol d'or nommé improprement ſol, puiſqu'il valoit douze ſols d'argent, il s'appelloit ſouvent franc ou florin, comme on le voit dans un Titre de 1068, rapporté par le Blanc, page 147; c'eſt peut-être de-là qu'en Angleterre le ſol ſterlin d'or vaut encore douze ſols d'argent, monnoie courante.

(*a*) Voyez ci-après, p. 93.

Titre 78. *Optimam vaccam 4 tremisses licet adpreciare, illam aliam sequenterianam solidum* 1 ; Titre 75. Un cheval estimé six sols, seroit revenu à vingt sols Saliques d'or, ou à douze livres Tournois, ou à quatre marcs d'argent ; une jument ou un cheval de bast à trois sols, en faisoit la moitié : mais certains chevaux alloient jusqu'à douze sols, répondant à quarante sols Saliques d'or, ou à vingt-quatre livres Tournois, ou à huit marcs d'argent. *Si quis alicui caballum involaverit, adpreciet eum Dominus ejus cum sacramento usque ad 6 solidos, si tantum valet aut plus aut minus quantum ille cum sacramento adpreciaverit, in caput tantum restituat fur .... jumentum 3 solidos adpreciet si tantum valet aut minus.* Tit. 70. *Si quis alicujus admissarium involaverit, ille cujus est debet probare quantum valet ; si enim dicit quod 12 solidos valeat, postea solvat illi suo talem qualem juraverit in caput, & illos alios nonigeldos solvat medietatem in auro* (a) *valentem pecuniam, medietatem autem qualem invenire poterit pecuniam : & si ille talem equum involaverit quem Alamanni Marach dicunt, sic eum solvat sicut & illum admissarium.* Tit. 69.

Nous retrouvons à peu près les mêmes proportions dans la Loi des Bourguignons, Tit. 4, art. 1. *Quicunque mancipium alienum sollicitaverit, caballum quoque, equam, bovem, aut vaccam tam Burgundio quam Romanus ingenuus furto auferre præsumpserit,*

(*a*) Ce passage pourroit appuyer ce que nous avons dit, p. 109 & 208, au sujet des payemens faits en espèces qui n'avoient pas la même valeur intrinséque.

occidatur ; & de occisi facultatibus is qui perdidit superius comprehensa mancipia atque animalia, apud sollicitatorem aut furem si non poterit invenire in simplum recipiat, hoc est pro mancipio solidos 25, si tamen mancipium ipsum sicut dictum est non potuerit invenire : pro caballo optimo 10 *solidos, pro mediocri* 5 *solidos, pro equa solidos* 3, *pro bove solidos* 2, *pro vacca solidum* 1. Ces mots, *in simplum recipiat hoc est*, &c. nous marquent les véritables prix. Ils s'entendront, si l'on multiplie ces sommes comme les précédentes par trois & un tiers, & ensuite par douze, en admettant qu'un sol esterlin valoit trois sols & un tiers Tournois, & que le sol d'or exprimoit en numéraire douze sols d'argent. Vingt-cinq sols d'or pour un esclave produisoient quatre livres trois sols un tiers Saliques d'or, ou cinquante livres Tournois d'argent, ou seize marcs deux tiers d'argent. Dix sols d'or pour le meilleur cheval, valoient trente-trois sols & un tiers Saliques d'or, ou vingt livres Tournois, ou six marcs deux tiers d'argent. Cinq sols pour un cheval d'une valeur moyenne, faisoient la moitié de la somme & du poids ci-dessus. Trois sols d'or pour une jument, donnoient dix sols Saliques d'or, ou six livres Tournois, ou deux marcs d'argent. Deux sols d'or pour un bœuf représentoient six sols deux tiers Saliques, ou quatre livres Tournois, ou un marc & un tiers d'argent ; & un sol d'or pour une vache exprimoit la moitié de la quantité précédente d'argent, d'un titre à peu près pareil à celui des monnoies Allemandes, & sans doute assez bas.

Comme les chevaux & les bestiaux ne sont pas toujours aussi bons dans un pays que dans un autre, il n'étoit pas nécessaire que les prix fussent absolument semblables en Bourgogne & en Allemagne.

L'article 3 du Titre 4 de la même Loi des Bourguignons, peut servir à justifier l'explication que nous donnerons en parlant des amendes de la Loi Salique, page 191. *Quicunque ingenuus tam Burgundio quam Romanus porcum, ovem, apem, capram furto abstulerit, in triplum solvat secundum formam precii constituti & mulctæ nomine solidos* XII, *id est, pro porco solidum* I, *pro ove solidum* I, *pro ape solidum* I, *pro capra tremissem; precia vero hæc in triplum solvantur.* Le texte *mulctæ nomine solidos* 12 désigne des sols Tournois d'argent; les mots *id est pro porco solidum* I (pour un petit cochon, un sol) *pro ove solidum* I (pour un mouton, un sol) *pro ape solidum* I (pour une ruche, un sol) indiquent des sols Tournois d'or, dont chacun répondoit aux douze sols Tournois d'argent ci-dessus. Expliquons cette Loi. Un mouton valoit alors deux sols Tournois; les intérêts & frais égaloient le capital, & montoient à deux sols pour la partie lezée; l'amende du quadruple au profit du fisc, alloit à huit sols Tournois: ces trois parties additionnées ensemble, produisent douze sols Tournois d'argent, ou un sol Tournois d'or. Quant à ces mots *pro capra tremissem*, il semble que le *tremissis* exprimoit un tiers de sol estellin qui auroit représenté, suivant ce que nous avons dit, un sol & un neuviéme Tournois d'or, ou treize ſols & un neuviéme Tournois d'argent : une chévre auroit donc valu preſque le même prix d'un mouton, ou très-peu plus. Dans la Loi Salique, l'eſtimation & l'amende ſont les mêmes pour avoir volé un mouton ou une chévre ; mais par *ovis* on entend quelquefois une brebis & quelquefois un mouton. On pourroit encore dire, que le ſol eſtellin valant parmi les Bourguignons comme ſous S. Louis quatre ſols Tournois, le triple du ſol eſtellin ou des quatre ſols Tournois étoit trois ſols eſtellins ou douze ſols Tournois, ſuivant ces mots *in triplum ſolvat*. Peut-être les trois ſols taxés dans la Loi Salique pour le vol d'une poule ou d'une oie, étoient-ils auſſi des ſols d'argent, tandis que les trente-cinq ſols d'or qui formoient l'amende d'un bœuf volé, exprimoient quatre cents vingt ſols d'argent ; & alors une poule ou une oie n'auroient été eſtimées que la cent-quarantiéme partie du prix d'un bœuf. *Voyez ci-après, p. 192.* Au ſurplus, on ne préſente ces opinions ſur l'antiquité que comme des conjectures, où l'on a recherché la vraiſemblance autant qu'on l'a pû, en tirant des inductions d'un temps à un autre, & en formant divers paſſages pour arriver au point de la vérité.

L'uniformité des termes de comparaiſon aide à mieux ſentir les rapports : c'eſt pourquoi au commencement des différens articles de la quatriéme partie, on a réduit toutes les meſures des grains au ſetier, & l'on a eu ſoin de tirer ce que chaque choſe auroit coûté ſéparément, toutes les fois que le texte ne s'est expliqué qu'en gros. Par là on épargne au Lecteur la fatigue inséparable d'un calcul perpétuel ; & ces réductions se trouvent séparées par un crochet ou par une espèce de demi parenthèse, des extraits qui servent à constater les prix des divers temps.

Il faut encore expliquer les Lettres qui sont à la marge des Tables formées pour la plus grande partie sur les Titres suivans.

L. désigne les Rouleaux de l'Abbaye de Longchamp, près Paris.

J. P. le Journal de Paris sous Charles VI & Charles VII, imprimé à Paris chez Gandouin en 1729.

R. PA. les Registres du Parlement.

PR. les Registres de l'Abbaye de Preuilly en Brie.

PR †. les Tablettes en cire de l'Abbaye de Preuilly.

MO. Monstrelet.

ND. les Registres du Chapitre de Notre-Dame de Paris.

QV. les Registres des Quinze-Vingts.

CM. les Comptes des Monnoies.

LM. le Traité de la Police du sieur Lamare.

Ce qui vient après une de ces marques jusqu'à ce qu'il s'en présente une autre, est toujours tiré de la même source, lorsqu'on ne nomme point dans le corps les Auteurs où l'on a pris quelques extraits particuliers. Les chiffres à la marge annoncent les pages où l'on pourra vérifier les citations des Livres imprimés.

En faiſant attention à quelques prix des années 1426, 1448, 1471, 1472, 1477, il eſt aiſé de reconnoître que toutes les ſommes des Rouleaux de l'Abbaye de Longchamp ſont exprimées en ſols & en livres Pariſis. En voici deux exemples. Ces manuſcrits dans l'année 1426 portent ; (*quatre vaches à ſept francs & demi, valent vingt-quatre livres*). Cependant quatre fois ſept livres dix ſols font trente livres ; auſſi vingt-quatre livres Pariſis font-elles trente livres Tournois.

En 1448 les mêmes Regiſtres comptent (*deux queues de vin à huit francs, douze livres ſeize ſols*) ; augmentez ces douze livres ſeize ſols Pariſis du quart en ſus, il viendra effectivement ſeize livres Tournois.

Le Journal de Paris ſous Charles VI & Charles VII en fournit encore la preuve, ſi l'on veut comparer les prix qu'il nous énonce en Pariſis avec les précédens.

Il faudroit donc augmenter d'un quart tous les prix de Longchamp, pour les convertir en Tournois, comme nous comptons aujourd'hui.

J'ajouterai encore ici que les grains ſe vendent preſque toujours au-deſſus du prix fixé dans les Baux, ou de celui pour lequel on les délivre aux divers membres des Chapitres qui poſſédent par indivis des fonds de terre affermés en blé. La premiere propoſition ſera généralement avouée de tous ceux qui poſſédent des terres. Un Fermier ne s'embarraſſe point que le muid de blé qu'il doit fournir en nature, ſoit eſtimé cinquante livres ou deux cents livres, pourvu que ce qu'on lui demande en eſpèce n'excéde pas communément ce que ſa Ferme peut valoir. La ſeconde propoſition ſe ſent tout d'un coup, en comparant le prix réel des grains avec l'eſtimation portée ſur les Regiſtres de Meſſieurs du Chapitre de Notre-Dame.

Dans la diſtribution de 1464, ils n'eſtimerent que cinq ſols Tournois le ſetier de blé, quoiqu'il valut certainement davantage; mais ils n'étoient point aſtreints dans le partage qu'ils faiſoient entr'eux d'une maſſe commune, à ſuivre le cours du marché. Cependant il paroît que les années 1462, 1463, 1464 & 1465 furent très-bonnes.

Il n'eſt pas néceſſaire d'avertir que le blanc étoit communément une pièce de cinq deniers. C'eſt ainſi que nous diſons encore une pièce de ſix blancs ou de trente deniers. Mais l'écu qui regardé comme monnoie de compte, vaut trois livres depuis 1572, étoit autrefois une pièce d'or, & il y en a eu de pluſieurs eſpèces qui couroient en même temps pour des valeurs différentes. Sans s'attacher à une exacte préciſion, de 1384 juſques vers l'an 1411, il valoit environ vingt-deux ſols ſix deniers; en 1413, 1415 & 1418 il valoit quinze ſols, & vingt-deux ſols ſix deniers; en 1421, trente ſols; en 1434 & 1435, vingt-cinq ſols; en 1445 juſques vers 1456, vingt-ſept ſols ſix deniers; en 1456, trente-deux ſols ſix deniers; en 1473, trente ſols trois deniers; en 1475, trente-trois ſols; en 1483, trente-deux ſols un denier;

nier ; en 1491, trente-six sols trois deniers ; en 1507, trente-six sols trois deniers ; en 1541, quarante-trois sols six deniers ; en 1544, quarante-cinq & quarante-huit sols ; en 1571, cinquante sols ; en 1572, cinquante-quatre & soixante sols ; en 1590, soixante-six sols ; en 1592, quatre livres huit sols & cinq livres ; en 1593, de six à dix & douze livres. C'est par là qu'en l'année 1457, suivant les Registres de Longchamp, du vin sans doute à peu près de la même qualité se vendit douze écus & demi, ou onze livres dix-sept sols huit deniers la queue.

On trouvera peut-être des mots & des mesures qu'il est permis d'ignorer.

Le *blanchet* sert aux gens de la Campagne à faire des camisoles.

Le *celerin* est une espèce de petite sardine.

Le *cumin* est une petite graine d'un goût assez fort. Les Allemands en saupoudrent leur pain.

Les féves *frasées* ou *fraisées*, sont des féves dont on a ôté la premiere peau.

Le *mole*, *moule*, ou *anneau*, est le tiers de la voie de bois de compte, & le quart pour le bois d'Andelle. *Voyez les Tables années* 1502, 1505 *&* 1518.

Le *sain* est une graisse qui se tire du porc ; elle est plus connue sous le nom de sain-doux.

Si l'on en rencontre quelques autres qui fassent de la difficulté, il n'y aura qu'à consulter les Dictionnaires.

Quant aux mesures des grains, le setier de Rosoy

en Brie, (a) de Pecy, de Bois-vallois, du Plessis Henry, de Melun, de Machau (b), de Villaroche & de Viercy, de Meaux (c), de Bregy, pése en bon blé environ deux cents livres; mais presque tous ces endroits de la Brie n'ont que huit boisseaux au setier.

Le setier de Nemours est aussi de huit boisseaux, mais il ne pése guère que cent vingt livres, de même suivant toute apparence, que celui de Larchant & du Mont S. Mathurin, Paroisse de Larchant, en latin *de Liri cantu*, qui sont tous deux dans l'Election de Nemours.

A l'égard du setier de Paris, (d) de Lay, (e) d'Eve, (f) de Dammartin, (g) du Mesnil, (h) de Gonesse, de Corbeil (i) de Goussainville, (k) de Louvres en Parisis, (l) de Mory en France près Mitry, de Mitry, (m) d'Espiais, (n) du Trem-

(a) Pecy ou la Cour de Pecy, le Bois-vallois & le Plessis Messire Henry, en latin *de Plesseyo domini Henrici*, sont dans l'Election de Rosoy, & dépendent de cette Seigneurie qui appartient à Messieurs du Chapitre de Notre-Dame de Paris.

(b) Machau est près d'Hericy, Villaroche & Viercy sont dans la Paroisse de Reau, & de l'Election de Melun; Nª. qu'il y a contestation sur la mesure de Machau.

(c) Bregy est dans l'Election de Meaux (Bregiacum).

(d) Lay près du Bourg la Reine & de Seaux.

(e) Eve près de Dammartin.

(f) Dammartin, petite Ville dans la France sur le chemin de Soissons.

(g) Le Mesnil sur la route de Dammartin.

(h) Gonesse, Election de Paris.

(i) Goussainville près de Gonesse.

(k) Louvre (Lupara) sur le chemin de Senlis.

(l) Mory (Moriacum) Election de Meaux, aussi-bien que Mitry (Mitriacum).

(m) Espiais Tournedos, Election de Paris entre Louvre & le Mesnil.

(n) Le Tremblay, Election de Paris entre Gonesse & Mitry.

blai, (a) de Sarcelles, (b) de Soignoles, (c) de Sucy, (d) de Villiers le ſec, (e) de Bonneuil & de Montereau fautyonne, on l'eſtime communément du poids de deux cents quarante livres.

Le boiſſeau de blé, meſure de Bray ſur Seine, péſe environ vingt-ſix livres.

Le ſetier de Preuilly eſt plus fort d'un quart que celui de Paris, *voyez les Tables année* 1594, & d'un cinquiéme que celui de Donne Marie. *Voyez l'année* 1599.

Le ſetier de blé à Rouen péſe deux cents quatre-vingts livres, il ſe diviſe en deux mines, & la mine en quatre boiſſeaux.

Le pichet, qui fait la quatriéme partie du ſetier de Soiſſons, étant compoſé pour le blé de dix-ſept pintes, meſure d'Auchi, & contenant ſept pouces huit lignes de haut ſur quatorze pouces quatre lignes de diametre, doit répondre à mille deux cents trente-ſept pouces ſix lignes cubes. Cela poſé, le ſetier de blé de Soiſſons auroit quatre mille neuf cents cinquante pouces deux lignes cubes, & en diviſant ce nombre par trente-deux pouces cubes, qui font à peu près en bon froment le poids d'une livre, il péſeroit cent cinquante-cinq livres poids de marc.

(a) Sarcelles, Election de Paris. Meſſieurs du Chapitre y ont une redevance ſur les Dixmes qui ſe paye à la meſure de Montmorency, plus foible d'un quart que celle de Paris.

(b) Soignolles (de Siconelli) Election de Paris, à une lieue de Brie Comte Robert.

(c) Sucy (Suciacum in Bria) Election de Paris ſur le chemin de Brie comte Robert.

(d) Villiers le ſec (de Villari ſeco) dans la France entre Ecouan & Luſarche.

(e) Bonneuil près Goneſſe.

Si le poids commun du ſetier de blé monte à cent cinquante-neuf livres un tiers, comme on le voit dans la Table, p. 53, c'eſt parce que le blé ſe vend *grains ſur bord*, ce qui fait plus que la meſure raſe & moins que la meſure comble, quarante-huit pichets *grains ſur bord*, faiſant cinquante pichets meſure raſe.

Le ſetier d'avoine à Soiſſons eſt compoſé de quatre pichets, dont chacun contient vingt-trois des mêmes pintes, meſure d'Auchi, ainſi le pichet eſt plus grand pour l'avoine que pour le blé, & le ſetier d'avoine eſt communément du poids de cent vingt-deux livres. Il réſulte de là, qu'une quantité d'avoine dans le Soiſſonnois, eſt à peu près pour le poids vis-à-vis d'une même quantité de blé, comme cinq à neuf, c'eſt-à-dire qu'elle péſe un peu plus de la moitié du poids du blé, qui n'eſt pas tout-à-fait ſi peſant dans le Soiſſonnois, que dans le pays qu'on nomme la France. Auſſi les blés Picards ſe vendent-ils toujours à Paris quelque choſe de moins que les autres.

Le boiſſeau de Bourges eſt rond, & rempli du plus beau blé, il péſe vingt-cinq livres; il a un pié trois lignes de diametre intérieur & ſept pouces de haut, qui font huit cents vingt-cinq pouces cubes. Le ſetier de blé eſt de huit boiſſeaux, le muid de douze ſetiers ou de quatre-vingt-ſeize boiſſeaux; quant à l'avoine, le ſetier de Bourges eſt de douze boiſſeaux, & le muid de treize ſetiers ou de cent cinquante-ſix boiſſeaux.

Voici les mesures dont il est le plus souvent fait mention dans les Tables ; il est encore parlé de celles d'Ayencour près Mondidier, de Guyancour entre Versailles & Trappes, (a) de Corbereuse, d'Outervilliers & de Dammarte près Lagny, dont Messieurs du Chapitre de Notre-Dame de Paris possédent les Seigneuries ou les Dixmes.

L'arpent dans tout le cours de l'ouvrage est de cent perches quarrées, & la perche de vingt-deux pieds de longueur. Le setier & le boisseau expriment constamment notre mesure de Paris, soit celle du blé quand il est question du blé, soit celle de l'avoine quand il s'agit de l'avoine. Par le mot de livre, j'entends toujours la livre de seize onces poids de marc. Il faut excepter les endroits où l'on parle du *jugerum*, du *modius*, du *sextarius* des Romains, & de leur livre qui n'étoit que de douze onces. On n'a pû se dispenser de rendre ces termes par des expressions qui nous sont familières, quoiqu'on n'y doive pas attacher la même idée.

(a) Corbereuse (Corberosa) est près de Rambouillet & de Dourdan, Outervilliers en latin *ultra Villari* dépend de Corbereuse.

APPROBATION.

J'Ai lû par ordre de Monseigneur le Chancelier, un Manuscrit, qui a pour titre : *Réflexions sur le rapport entre l'argent & les denrées.* Cet Ouvrage est rempli de recherches qui sont non-seulement fort curieuses, mais qui peuvent même être utiles au Public : c'est pourquoi j'ai jugé qu'il mérite d'être imprimé. Fait à Paris, ce 14 Juillet 1745.

Signé, CASSINI.

PRIVILEGE DU ROI.

LOUIS par la grace de Dieu, Roi de France & de Navarre : A nos amés & féaux Conseillers, les Gens tenans nos Cours de Parlement, Maîtres des Requêtes ordinaires de notre Hôtel, Grand-Conseil, Prevôt de Paris, Baillifs, Senéchaux, leurs Lieutenans Civils, & autres nos Justiciers qu'il appartiendra ; SALUT. Notre bien amé le Sieur ...... Nous a fait exposer qu'il desireroit faire imprimer & donner au Public un ouvrage de sa composition, qui a pour titre : *Réflexions sur le rapport entre l'argent & les denrées*, s'il Nous plaisoit lui accorder nos Lettres de Privilege, pour ce nécessaires. A CES CAUSES, voulant favorablement traiter le Sieur Exposant ; Nous lui avons permis & permettons par ces Présentes, de faire imprimer sondit Ouvrage, en un ou plusieurs Volumes, & autant de fois que bon lui semblera ; & de le faire vendre & débiter par tout notre Royaume pendant le temps de douze années consécutives, à compter du jour de la date des Présentes. Faisons défenses à toutes personnes, de quelque qualité & condition qu'elles soient, d'en introduire d'impression étrangere dans aucun lieu de notre obéissance : comme aussi à tous Libraires & Imprimeurs, d'imprimer ou faire imprimer, vendre, faire vendre, débiter, ni contrefaire ledit Ouvrage, ni d'en faire aucun extrait, sous quelque prétexte que ce soit d'augmentation, correction, changement ou autres, sans la permission expresse & par écrit dudit Sieur Exposant, ou de ceux qui auront droit de lui, à peine de confiscation des Exemplaires contrefaits, de trois mille livres d'amende contre chacun des contrevenans, dont un tiers à Nous, un tiers à l'Hôtel-Dieu de Paris, & l'autre tiers audit Sieur Exposant, ou à celui qui aura droit de lui, & de tous dépens, dommages & intérêts. A la charge que ces Présentes seront enregistrées tout au long sur le Registre de la Communauté des Libraires & Imprimeurs de Paris, dans trois mois de la date d'icelles ; que l'impression dudit Ouvrage sera faite dans notre Royaume & non ailleurs, en bon papier & beaux caracteres, conformément à la feuille imprimée attachée pour modèle sous le contrescel des Présentes ; que l'Impétrant se conformera en tout aux Reglemens de la Librairie, & notamment à celui du dix Avril mil sept cent vingt-cinq : qu'avant de les exposer en vente, le Manuscrit qui aura servi de copie à l'impression dudit Ouvrage, sera remis dans le même état où l'Approbation y aura été donnée, ès mains de notre très-cher & féal Chevalier le Sieur Daguesseau, Chancelier de France, Commandeur de nos Ordres ; & qu'il en sera ensuite remis deux Exemplaires dans notre Bibliothèque publique, un dans celle de notre Château du Louvre, & un dans celle de notredit très-cher & féal Chevalier le Sieur Daguesseau, Chancelier de France, le tout à peine de nullité des Présentes. Du contenu desquelles vous mandons & enjoignons de faire jouir ledit Sieur Exposant & ses ayans causes, pleinement & paisiblement, sans souffrir qu'il leur soit fait aucun trouble ou empêchement. Voulons que la copie des Présentes qui sera imprimée tout au long, au commencement ou à la fin dudit Ouvrage, soit tenue pour duement signifiée ; & qu'aux Copies collationnées par l'un de nos amez & feaux Conseillers & Secretaires, foi soit ajoutée comme à l'Original. Commandons au premier notre Huissier ou Sergent sur ce requis, de faire pour l'exécution d'icelles tous Actes requis & nécessaires, sans demander autre permission ; & nonobstant Clameur de Haro, Charte Normande, & Lettres à ce contraires : Car tel est notre plaisir. DONNÉ à Paris le sixiéme jour du mois d'Août, l'an de grace mil sept cent quarante-cinq, & de notre Regne le trentiéme ; Par le Roi en son Conseil.

SAINSON.

Registré sur le Registre XI. *de la Chambre Royale & Syndicale des Libraires & Imprimeurs de Paris*, N°. 480, *fol.* 416. *conformément au Reglement de* 1723, *qui fait défenses, Article* 4, *à toutes personnes, de quelque qualité qu'elles soient, autres que les Libraires & Imprimeurs, de vendre, débiter & faire afficher aucuns Livres pour les vendre en leurs noms, soit qu'ils s'en disent les Auteurs ou autrement ; & à la charge de fournir à ladite Chambre Royale & Syndicale des Libraires & Imprimeurs de Paris, huit Exemplaires prescrits par l'Article* 108 *du même Réglement. A Paris, le* 31 *Août* 1745.

Signé, VINCENT, *Syndic.*

Fautes à corriger dans la premiere Partie.

P*Age* 5, *ligne* 37 nuémraire ; *lisez* numéraire.
P. 13, *lig.* 36 *libra* ; lisez *libra.*
P. 16, *lig.* 14 ╬ ; *lisez* †
P. 68, *lig.* 21 sterling depuis 1706 ; *lisez* sterling ; depuis 1706, *lig.* 26 il a ; *lisez* il y a
La Page 83 est chiffrée 38 ; *lisez* 83
P. 85, *lig.* 17 itam ; *lisez* ita
P. 95, *lig.* 38, 1096 ; *lisez* 1396
P. 109, *lig.* 25 felins ; *lisez* felins.

Fautes à corriger dans les Variations des Prix.

Page 35, *lig.* 40 fit ; *lisez* fir
P. 82, *lig.* 33 Villeruche ; *lisez* Villaroche
P. 85, *lig.* 29 Villerusche ; *lisez* Villaroche
P. 87, *lig.* 20 d'Antrouville ; *lisez* d'Outervilliers
P. 90, *lig.* 27 Bouvillois ; *lisez* Boisvallois
P. 129, *lig.* 3 Bonneval ; *lisez* Bonneuil
P. 162, *lig.* 7 de cet endroit. ; *lisez* de cette ville.
P. 166, *lig.* 26, 6^{l}. 19^{f}. 7^{d}. $\frac{1}{5}$; *lisez* 6^{l}. 19^{f}. 2^{d}. $\frac{2}{5}$
P. 170, *lig.* 24, 12^{l}. 1^{f}. 7^{d}. $\frac{1}{5}$; *lisez* 12^{l}. 9^{f}. 7^{d}. $\frac{1}{5}$
P. 173, *lig.* 12, 8^{l}. 14^{f}. *lisez* 9^{l}.

Fractions qu'on pourroit avoir peine à lire en quelques endroits de la premiere Partie.

P*Age* 5 *ligne* 6 de la note $\frac{3}{5}$, *lig.* 8 $\frac{11}{31}$
P. 6 *lig.* 16 $\frac{4}{5}$, *lig.* 17 $\frac{6}{11}$, *lig.* 21 $\frac{86}{283}$
P. 13 *lig.* 14 $\frac{1}{3}$, *lig.* 18 $\frac{1}{3}$, *lig.* 30 $\frac{17}{26}$, *lig.* derniere $\frac{3}{13}$
P. 14 *lig.* 5 $\frac{17}{26}$, *lig.* 16 $\frac{5}{6}$
P. 18 *lig.* 5 $\frac{1}{2}$
P. 36 *lig.* 16 $\frac{77}{136}$, *lig.* 21 $\frac{3}{19}$
P. 38 *lig.* derniere $\frac{10}{106}$
P. 41 *lig.* 11 $\frac{25}{54}$, *lig.* 12 $\frac{36}{54}$, *lig.* 13 $\frac{35}{54}$ & $\frac{40}{54}$
P. 42 *lig.* 6 $\frac{37}{136}$
P. 43 *lig.* 7 $\frac{76}{247}$
P. 48 *ligne* 36 $\frac{13}{20}$, *ligne* 38 $\frac{5707}{13824}$, *ligne* 47 $\frac{1590}{13824}$, *ligne* 49 $\frac{5256}{13824}$, *ligne* 50 $\frac{13188}{13824}$
P. 49 *lig.* 14 $\frac{40}{42}$, *lig.* 18 $\frac{40}{42}$, *lig.* 23 $\frac{6154}{13824}$, *lig.* 25 $\frac{1696}{13824}$, *lig.* 28 $\frac{2}{3}$
P. 58 *lig.* 20 $\frac{15}{24}$
P. 64 *lig.* 33 $\frac{20}{23}$, *lig.* 36 $\frac{38}{83}$
P. 66 *lig.* 19 $\frac{139}{144}$, *lig.* 27 $\frac{213}{249}$
P. 68 *lig.* 11 $\frac{35}{41}$, *lig.* 24 $\frac{13}{15}$
P. 70 *ligne* 29 $\frac{25}{48}$, *ligne* 33 $\frac{11532}{13020}$, $\frac{1462}{3255}$, *ligne* 34 $\frac{22}{25}$, *ligne* 38 $\frac{144}{651}$, *ligne* 39 $\frac{229289}{781200}$
P. 71 *lig.* 27 $\frac{99805}{208334}$, *lig.* 28 $\frac{1639783}{2500000}$, *lig.* 36 $\frac{53}{83}$, *lig.* 40 $\frac{11532}{13020}$
P. 73 *lig.* derniere du texte $\frac{240}{483}$
P. 74 *lig.* 2 $\frac{14}{23}$, *lig.* 4 $\frac{26}{27}$, *lig.* 5 $\frac{65}{73}$
P. 84 *lig.* 19 $\frac{18}{36}$
P. 85 *lig.* 11 $\frac{23}{36}$, *lig.* 14 $\frac{31}{36}$
P. 86 *lig.* 15 $\frac{4}{5}$
P. 88 *lig.* 18 $\frac{10}{48}$
P. 91 *lig.* 3 $\frac{19}{23}$, *lig.* 4 $\frac{108}{319}$
P. 97 *lig.* 13 $\frac{4}{7}$, *lig.* 16 $\frac{3}{7}$, *lig.* 17 $\frac{3}{7}$, *lig.* 19 $\frac{54}{108}$ ou $\frac{1}{2}$
P. 98 *lig.* 3 $\frac{1}{4}$, *lig.* 6 $\frac{1}{2}$, *lig.* 7 $\frac{1}{2}$, *lig.* derniere $\frac{6}{12}$ ou $\frac{1}{2}$
P. 99 *lig.* 3 après la grille $\frac{18}{40}$, *lig.* 4 $\frac{108}{40}$, *lig.* 8 $\frac{23}{27}$
P. 100 *lig.* 12 $\frac{18}{40}$, *lig.* 13 $\frac{18}{40}$, *lig.* 14 $\frac{648}{40}$
P. 101 *lig.* 2 $\frac{18}{20}$, *lig.* 3 $\frac{270}{20}$, *lig.* 7 $\frac{270}{22}$
P. 104 *lig.* 24 $\frac{11}{13}$

NOTIONS

NOTIONS PRÉLIMINAIRES
SUR L'INTÉRÊT DE L'ARGENT,
SUR LA CIRCULATION,
ET SUR LE PRIX DES CHOSES.

L'ARGENT eſt une marchandiſe à peu près également recherchée en tout temps & dans tous les pays, mais qui ſe trouvant quelquefois plus abondante en un même lieu, hauſſe ou baiſſe dans l'eſtime des hommes, de même que le blé, le vin, & toutes les autres denrées dont on n'a jamais prétendu fixer invariablement le prix. † p. 6.

Ainſi les conſtitutions ne ſauroient être ſur un pied toujours uniforme. Il étoit cependant néceſſaire de reſſerrer dans de certaines bornes l'intérêt de l'Argent ; autrement les Cours de Juſtice n'auroient ſu quels dédommagemens prononcer contre ceux qui diffèrent de payer des dettes exigibles dans les cas où il n'y a eu aucune convention d'intérêt entre les Parties. † p. 102.

Il falloit auſſi élever un rempart, à la faveur duquel la jeuneſſe & l'indigence puſſent éviter d'être perpétuellement la proie de l'usure habile à se prévaloir de la foiblesse de l'une, & de la nécessité de l'autre. † p. 103.

Mais la Loi, qui a restreint l'intérêt de l'argent à cinq pour cent, est d'autant plus juste, qu'elle n'oblige pas ceux qui en ont besoin, de l'emprunter à ce prix, mais qu'elle empêche le Prêteur d'en exiger une plus grande rétribution. †. p. 106.

Nos idées sur l'intérêt, sur le Commerce & sur les Monnoies des Grecs & des Romains, sont pleines de nuages & d'obscurités, parce que les Ecrivains ont négligé plusieurs points essentiels à l'Histoire.

La maniere de compter peut même avoir changé parmi eux, comme parmi nous. Nous ne comptons plus par florins, par gros, ni par piéces de 40, de 20, de 10 & de 5 deniers, qu'on appelloit autrefois toutes également des deniers. Le Parisis & le Tournois ont été abandonnés; mais quoi qu'on ait pu faire pour éviter la confusion en réduisant toutes les sommes à des livres, à des sols, & à des deniers, plusieurs de nos expressions que la fréquence de l'usage nous fait paroître simples & familieres, ne laisseront pas d'embarrasser quelque jour les siécles à venir. Qu'un homme voulant payer une somme très petite à trois personnes, par exemple 6 s., dise à la premiere en présence d'un Chinois, voilà 6 s.; à la seconde, en voici 4, à la troisiéme, en voilà 3, vous avez autant les uns que les autres; le Chinois n'auroit-il pas lieu de s'étonner comment 6 s, 4 s & 3 s peuvent former la même somme? Chacun de ceux qui auroit reçu son payement l'éclairciroit bientôt, en lui exposant que les premiers 6 s. étoient des piéces d'un s., les quatre autres des piéces d'un s. & $\frac{1}{2}$ & les trois derniers des piéces de 2 s. Mais les morts ne répondent pas plus à nos doutes sur le passé que sur l'avenir; & si nous nous trouvons pour ainsi dire étrangers sur plusieurs points au milieu des Citoyens avec qui nous vivons, combien le sommes nous davantage par rapport aux générations qui nous ont précédé? Un Louis quadruple vaut autant que quatre Louis simples; ainsi la valeur des choses s'exprimoit autrefois tantôt par le simple, & tantôt par le quadruple. Les Historiens du même temps fixoient le prix du setier de blé (A) à 3 l. tandis que d'autres le portoient à 12 l. &

(*A*) Le Journal de Paris sous Charles VI. avance p. 74. qu'*en Janvier* 1420. *un setier de bon blé coutoit* 32 *francs & plus, & que pour la Monnoie à Pâques un bon*

l'on écrivoit indifféremment qu'un Bœuf coutoit 50 l. ou qu'il coutoit 200 l. Dans nos anciennes Ordonnances des Monnoies, 20 ſ. de deniers exprimoient 20 ſ; 20 ſ. de mailles repréſentoient 10 ſ; & 20 ſ. de pites faiſoient 5 ſ; d'autre part 20 ſ. de doubles deniers valoient 40 ſ; & 20 ſ. de blancs de 5 deniers valoient 5 l. parce que le ſol ſignifioit 12 piéces.

Nos conſtitutions ne ſe font point au denier 100, quoique nous ayons quelques effets, comme des augmentations de gages, & des rentes ſur les Tailles, qui ne rapportent que ſur ce pied; mais j'eſtimerois volontiers avec Du Moulin que l'intérêt parmi les Romains étoit entre le denier 12 & le denier 20, ſuivant la condition de ceux qui contractoient; les Marchands prêtoient entre eux à un denier plus haut que les Nobles.

L'intérêt de l'argent hauſſe, lorſque la quantité des eſpéces d'un Royaume ne ſuffit pas aux dettes que les Habitans ont contractées, ou qu'elle n'eſt pas aſſez conſidérable pour l'étendue de leur commerce. † p. 9.

Il hauſſe non ſeulement quand l'argent ſort d'un pays, mais quand il ſe reſſerre dans les coffres des particuliers, ou lorſque les eſpéces monnoyées ſubiſſent une diminution conſidérable de leur numéraire; & il baiſſe réciproquement quand l'argent abonde dans un pays, que les particuliers ouvrent leurs coffres, que la confiance le fait librement circuler, & que le numéraire augmente par l'augmentation de la valeur des eſpéces, ou enfin lorſque les effets qui ont cours dans les payemens n'ont point une valeur bien aſſurée.

L'intérêt de l'argent eſt relatif à la quantité des eſpéces d'un Royaume comparée à ſa dépenſe générale. † p. 72.

Pour expliquer cette propoſition, voici le raiſonnement qu'on peut faire.

Bœuf coutoit 200 liv. ou plus. Monſtrelet T. 1. p. 302. dit, *Depuis l'an 1415 juſqu'à ce préſent an 1420, les Monnoies de France étoient moult affoiblies & tant qu'en concluſion devant le rétabliſſement d'icelles valut un écu d'or de la Forge du Roi de France la ſomme de 29 ſols monnoie courſable, jaçoit qu'il n'eût été forgé que pour 18 ſols Pariſis, & lors de la monnoie deſſus dite valoit une chevalée de blé 7 ou 8 liv.* Le Journal de Paris dit dans un autre endroit p. 53. *vers Pâques 1419 un Bœuf qu'on avoit donné mainte fois pour 8 ou 10 liv. au plus, coutoit 50 liv.* N. Gilles & Sauval, T. 2. p. 557. aſſurent que le ſetier de blé, meſure de Paris, en 1546, fut vendu 12 l. *& ne ſe trouve ès Hiſtoires & Chroniques de France avoir été vendu auparavant plus de 9 l.* Les Regiſtres du Chapitre de Notre-Dame de Paris portent que le ſetier cette année 1546 fut vendu 3 l.

Le marc d'argent fin monnoyé valant 54 l. supposons qu'il y ait en France un milliar & 80 millions de livres numéraires, ou 20 millions de marcs d'argent fin monnoyé, 15 millions d'habitans, & que la dépense de chaque habitant aille à 600 l. par an l'un dans l'autre, le total du mouvement d'argent pendant l'année sera de 9 milliars de livres numéraires. Nous pouvons admettre que dans cette position l'on placera l'argent au denier 20.

Si la quantité d'argent & le nombre du peuple restant les mêmes, la dépense double pendant l'année, & monte à 18 milliars, l'intérêt de l'argent haussera au denier 10.

Si la dépense est réduite à la moitié ou à 4 milliars 500 millions pendant l'année, l'intérêt de l'argent baissera au denier 40.

Mais comme la dépense varie très peu d'une année à l'autre, & que les particuliers pris en général, mangent dans le cours de l'année à peu près les mêmes sommes, parce que la diminution de la fortune des uns augmente la richesse des autres, on ne s'apperçoit pas que l'argent produise considérablement plus ou moins d'une année à l'autre, à moins qu'il n'y ait des raisons particulieres, comme M. Lock l'a observé.

Le marc valant 27 l. il n'y avoit que 540 millions d'espéces numéraires, la dépense de chaque habitant alloit à 300 l. & le total du mouvement d'argent à 4 milliars 500 millions.

Le marc valant 13 l. 10 f. il n'y avoit dans le Royaume que 270 millions d'espéces numéraires, la dépense de chaque habitant alloit à 150 l. & le total du mouvement à 2 milliars 250 millions.

Mais la quantité d'argent a pour le moins quadruplé depuis le temps où le marc d'argent valoit 6 l. 15 f; en sorte qu'au lieu de 135 millions d'espéces numéraires, il n'y avoit pour lors que 33 millions 750 mille l. ou 5 millions de marcs d'argent fin monnoyé. Il n'en est résulté autre chose, si ce n'est que la circulation des 33 millions 750 mille l. qui suffisoit à toute la dépense, parce qu'elle se faisoit quatre fois plus rapidement, s'est faite quatre fois plus lentement.

On peut même dire que la circulation de l'argent conserve toujours à peu près la même vîtesse qu'autrefois, parce que le luxe a quadruplé la dépense par l'introduction des glaces, des équipages, des ameublemens, & d'une infinité de choses qui étoient inconnues dans les siécles où l'argent étoit beaucoup plus rare.

Le prix de chaque chose est déterminé par la quantité d'argent qui est destiné dans un Royaume au commerce particulier de cette espéce de marchandise ; car quoiqu'en se prévalant de la situation & de la nécessité d'une personne on puisse quelquefois lui faire payer trop cher la marchandise qu'elle achette, ou l'argent qu'elle emprunte, ces singularités ne font point le cours général des choses. † p. 72.

Si nous prenons le blé pour une mesure fixe, nous trouverons que l'argent a essuyé dans sa valeur les mêmes variations que les autres marchandises. Supposons que dans la premiere année du Regne de Henry VII. 100 acres de terre fussent louées 6 d. par acre, & que 100 autres acres parfaitement semblables fussent affermées dans le même temps un boisseau de blé par acre, un boisseau de blé & 6 d. d'argent de rente, formoient le même revenu, & se balançoient ensemble : si ces terres étoient à affermer aujourd'hui de la même maniere, & que 6 d. d'alors valussent 50 sols d'à présent, celui qui payeroit en nature, continueroit de donner un boisseau de blé, l'autre devroit payer environ la valeur de 25 l. d'aujourd'hui. † p. 73.

La raison en est sensible. Depuis la découverte des Indes, il y a dix fois plus d'argent dans le monde, qu'il n'y en avoit alors ; il vaut aussi neuf dixiémes de moins, c'est-à-dire qu'il en faut donner dix fois plus qu'on n'en donnoit il y a deux cents ans pour acheter la même quantité de marchandise. † p. 73.

En considérant l'argent comme matiere, je crois que pour acheter les mêmes choses, il en faut donner aujourd'hui 3 à 4 fois plus (A) en poids qu'on n'en auroit donné du temps de S. Louis.

(*A*) L'Evêque d'Ely dans son Ouvrage intitulé *Cronicon pretiosum*, pag. 166 & 167, avance qu'en Angleterre depuis 1440, jusqu'à 1460, l'once d'argent valant 2 s. 6 d., le prix moyen du *Quarter* de blé étoit de 6 s. 8 d., que depuis 1686 jusqu'à 1706, l'once d'Argent valant 5 s. 2 d. le prix moyen du quarter de blé étoit de 40 s. Il résulte de ce qu'il dit que de 1440 à 1460, le marc d'Argent valoit 20 sols, que le *Quarter* de blé payé communément 6 s. 8 d. répondoit pour lors à 2457 grains $\frac{1}{7}$ pesant d'argent, & que de 1686 à 1706, le marc d'argent valant 41 s. 4 d. le *Quarter* de blé payé communément 40 s. coutoit 4459 grains $\frac{11}{31}$ pesant d'argent. Ainsi depuis 1460 jusqu'en 1706 les choses seroient presque enchéries du double en poids d'Argent, & au juste de 2457 $\frac{1}{7}$ à 4459 $\frac{11}{31}$, & en valeur nuémraire elles seroient montées de 1 à 6 en Angleterre. L'augmentation de la valeur numéraire des choses, est plus considérable en France, parce que la valeur des espéces s'y trouve plus augmentée.

Si on le considere par rapport au numéraire, il faudra peut-être depuis 1130 augmenter de 1 à 23 la valeur numéraire pour former le même poids d'argent qu'exprimoit une certaine somme d'alors. Un titre de 1130, qui est le plus ancien que j'aye trouvé sur nos Monnoies dans l'Histoire de Languedoc, semble fixer la valeur du marc d'argent fin monnoyé à 48 sols. Il vaut aujourd'hui environ 54 l. 6 s; c'est à peu près 23 fois plus qu'en 1130. En admettant que les 48 s. fussent Parisis, le marc d'argent ne vaudroit guères que 18 fois plus qu'en 1130. Si l'on compare le numéraire qui formoit autrefois le prix des choses vis-à-vis du prix qu'on les payeroit aujourd'hui, il faudra l'augmenter dans de certains temps de 1 à 60, & jusqu'à 72, depuis le commencement de notre Monarchie. Toutes ces propositions se feront sentir dans un exemple. Le marc d'argent fin monnoyé produisant 60 s. le setier de blé le plus beau coutoit 6 s. où la 10e partie du marc d'argent composée de 460 grains $\frac{4}{5}$ pesant d'argent. Aujourd'hui que le marc d'argent fin monnoyé produit 54 l. en négligeant les 6 s. 6. d. $\frac{6}{11}$ qu'il vaut de plus, le setier du plus beau blé mesure de Paris vaut communément (A) 18 l.; c'est le tiers du marc d'argent fin monnoyé qui répond à 1536 grains de poids d'argent. Le poids d'argent n'est augmenté que de 1 à 3 $\frac{86}{283}$, tandis que le numéraire est monté de 1 à 60.

Il est très difficile de déterminer quelle est la proportion de l'argent nécessaire au Commerce, parce que cette proportion ne se mesure pas simplement par la quantité d'argent, mais par la vivacité de sa circulation. † p. 33.

Si l'on donnoit à la fin du jour aux Ouvriers le salaire qu'on leur donne à la fin de la semaine, & que les rentes fussent payées dans des intervalles plus courts que le terme de six mois, la circulation se feroit plus rapidement. † p. 39.

La circulation est essentielle au bien de l'Etat; mais il ne faut pas lui attribuer plus de vertu qu'elle n'en a. Elle ne multiplie point les espéces, & souvent elle n'a d'autre mérite que celui de solder les comptes entre les particuliers.

Il est nécessaire que le blé arrive aux Marchés, & qu'il s'arrête dans quelqu'endroit pour y être consommé. S'il ne faisoit que

(A) On a négligé ici les fractions, elles ont été observées dans la suite de l'Ouvrage.

paſſer, il ne ſerviroit point à nourrir les habitans. L'argent de même ne profite à l'Etat qu'autant qu'il eſt dépenſé utilement, & qu'il produit un retour.

L'argent a beau changer de maître, juſqu'à ce qu'on en faſſe un emploi utile au Public, c'eſt comme s'il n'avoit fait que paſſer d'une poche dans une autre.

Il eſt indifférent qu'un homme garde une ſomme d'argent, ou qu'il la donne en pur don à un autre, celui-ci à un troiſiéme, le troiſiéme à un quatriéme, ſi cette ſomme après 200 caſcades pareilles, reſte entre les mains du dernier à qui elle parvient, ſans qu'il en faſſe d'autre uſage que de la ſerrer dans un coffre : il auroit auroit autant valu que le premier l'eut gardée.

A doit à B 20 mille livres ſur une Terre qu'il a achetée ; B les doit à C, C à D, & D à A. Que A s'acquitte avec B, B avec C, C avec D, & D avec A, l'Etat n'a rien gagné par cette circulation. Il gagnera véritablement ſi A employe ces fonds qui lui rentrent à améliorer ſa Terre, ou à ſoutenir des Manufactures, & il y auroit gagné tout autant ſi A ſans rembourſer B en avoit d'abord fait le même uſage.

Ces opérations, il eſt vrai, auront répandu quelque argent dans le Public ; mais chacun de ceux qui ſe feront acquittés, ne poſſédera plus dans ſon bien ce qu'il aura payé pour parvenir à ſe libérer ; & il importe peu que ce ſoit tel ou tel qui faſſe l'emploi de l'Argent, pourvû qu'il ſoit fait utilement.

Dix mille perſonnes qui joueroient au palet le long d'un grand chemin avec des Ecus, & qui changeroient à tous momens d'Ecus, feroient une grande circulation, mais inutile au Royaume, en comptant même ce qu'ils perdroient les uns contre les autres.

Quelques-uns veulent que le Luxe ſoit utile à un Royaume ; s'ils entendent par Luxe une dépenſe bien reglée, ils ont raiſon.

Un homme a des Terres qui lui rendent une quantité de blé, de vin, de foin. S'il vouloit y jetter des beſtiaux, mettre en valeur ſes Terres, les planter, les deſſécher par des foſſés, y faire tous les ans une certaine dépenſe, elles produiroient un quart davantage en tout ; il en réſulteroit plus d'abondance, & il feroit ſubſiſter ceux qu'il employeroit à ces ſortes de travaux. S'il bâtiſſoit des greniers, il ſe mettroit en ſituation de conſerver des grains pour les temps de diſette, & dans les années d'une extrême fertilité il n'aviliroit point le prix des blés, en vendant les ſiens au préjudice des pauvres Laboureurs, pour ſoutenir les dépenſes qu'il fait en meubles, en habits, en équipages, &c. Prétendra-t'on que ſon luxe ſoit avantageux à ſa Patrie ? Non. Cependant il a fait vivre des Ouvriers. Mais il en auroit fait vivre d'autres, & la Terre auroit rendu au Public l'intérêt de ce qu'il y auroit jetté.

Il faut pourtant convenir que de deux perſonnes dont l'une dépenſe mal-à-propos la moitié de ſon revenu, & l'autre en épargne la moitié ſans en faire aucun emploi, la derniere eſt plus préjudiciable à l'Etat; mais le nombre de celles-ci eſt extrêmement borné ; car la plûpart des Avares placent leur argent, & cherchent toujours des gens rangés qui en font un très-bon uſage.

Plus l'Argent reſte oiſif dans un Etat, plus le Commerce languit. L'Argent ne ſert point au Commerce ſimplement comme meſure, ou comme les jettons; il ſert par lui-même de gage & de ſûreté; c'eſt pourquoi tous les moyens qu'on peut mettre en œuvre pour le multiplier fictivement en fabriquant des billets, ne nous empêchent pas d'être pauvres, mais nous cachent pour quelque temps notre pauvreté. † p. 32. & 33.

La multiplication des Courtiers, par les mains de qui les Marchandiſes paſſent pour arriver juſqu'à nous, eſt contraire au bien du Commerce, & en diminue le profit. † p. 42.

Il en eſt d'un Royaume comme d'un Fermier; il s'enrichit lorſqu'il vend plus qu'il n'achette, & il s'appauvrit lorſqu'il achette plus qu'il ne vend. † p. 26. 28 & 118.

La richeſſe d'un Etat ne conſiſte pas à avoir plus d'or ou plus d'argent, mais à en avoir par proportion plus que ſes voiſins, & à en faire un meilleur uſage. † p. 15.

Il n'y a que deux voies pour enrichir un Etat qui n'a point de Mines en propre, les Conquêtes & le Commerce. † p. 16.

Les Royaumes qui poſſedent des Mines, ſont moins peuplés que ceux qui s'adonnent au Commerce, le travail attaché à l'exploitation des Mines, employant une infinité de perſonnes dont il abrége conſidérablement les jours. † p. 15.

La Nature a diſtribué des Mines en différentes parties du monde; mais leurs richeſſes ne ſont que pour les perſonnes induſtrieuſes & frugales, & elles ne s'arrêtent que dans les mains de ceux qui ont de l'ordre, de la prudence & de l'activité. † p. 117.

C'eſt

C'eſt un crime en Eſpagne que de tranſporter les Eſpéces : malgré cela elles ſortent en plein jour, & elles ſuivent le courant du Commerce, nonobſtant la rigueur de la Loi. † p. 117.

Il n'importe pas à un Etat que l'Argent ſoit dans la poche de Jean, ou dans celle de Pierre ; mais il importe à l'Etat que tout ſoit ordonné de façon, que celui entre les mains duquel il ſe trouve, ſoit encouragé à le faire circuler pour le bien public : on pourroit ajouter, & que chacun ait ce qui lui appartient. † p. 100.

Je dirai en paſſant, qu'on peut enviſager le Propriétaire de la Terre qui produit les denrées, & le dernier Acheteur qui les conſomme, comme les deux extrêmes dans le Commerce.

Il eſt inutile de convertir en monnoie les matieres d'argent qui ſont entrées dans un Royaume, lorſqu'elles n'y doivent point demeurer. ‡ p. 16.

L'Argent qui nous eſt apporté de dehors, ne peut reſter parmi nous, qu'autant que la balance d'un Commerce avantageux nous l'a rendu propre ; juſques-là il n'augmente pas réellement notre richeſſe. ‡ p. 16.

Les hommes ne contractent pas dans les marchés qu'ils font pour des dénominations ou des ſons, mais pour une valeur intrinſeque, qui n'eſt autre choſe que la quantité d'Argent, garantie par l'autorité publique dans une piéce d'une certaine dénomination. ‡ p. 9 & 12.

L'augmentation des Eſpéces ne leur ajoute au marché aucune valeur réelle. On n'allonge point une piéce d'étoffe en diminuant l'aune qui ſert à la meſurer, & on ne multiplie point l'Argent dans un Royaume en affoibliſſant la monnoie. † p. 12.

Le Change eſt toujours favorable aux Nations qui font le Commerce avec avantage, & qui attirent chez elles l'Argent des Peuples voiſins. ‡. p. 17.

Quoique deux onces d'Argent ſoient toujours intrinſequement égales en valeur par rapport au Commerce général du Monde, la poſition de l'une dans un certain Pays peut la faire préférer à l'autre qui ſeroit placée dans un autre endroit, & l'on pourroit par cette raiſon s'obliger de donner 20 onces d'argent dans un lieu, pour en recevoir 18 ou 19 dans un autre. † p. 79.

Le Change Etranger eſt un payement que l'on fait dans un Pays pour en être rembourſé dans un autre. ‡ p. 17.

On l'appelle Haut, quand il faut payer au-dessus du pair pour avoir des Lettres de Change ; & Bas quand on paye moins que le pair. ‡ p. 18.

Le Pair est un certain nombre d'Espéces d'un Pays, qui contiennent intrinsequement la même quantité d'Argent qu'un certain nombre d'Espéces d'un autre Pays. ‡ p. 18.

Le Change hausse contre nous, lorsque nous avons plus acheté de l'Etranger que nous ne lui avons vendu. Nous sommes alors obligés de chercher des fonds pour nous acquitter, & il faut que nous payions plus cher les Lettres de Change ; car toutes les choses dont la demande augmente, montent aussitôt de prix. ‡ p. 18.

Le crédit supplée quelque temps au défaut d'Argent ; mais comme il n'est en soi qu'une attente d'Argent, si l'Argent manque à l'échéance, le crédit tombe aussitôt. ‡ p. 15.

Les Lettres de Change qu'on remet à l'Etranger ne nous rendent pas plus riches. Elles nous épargnent seulement la peine de faire passer chez les Nations qui commercent avec nous des matiéres d'Or & d'Argent, qu'elles auroient été obligées de nous renvoyer. ‡ p. 19.

Lorsque la balance du Commerce total est contre un Royaume, il faut qu'il paye en Argent l'excédent de ce qui lui est dû ; car nos Billets ne trouvent de crédit durable qu'au moyen des fonds que nous avons à recouvrer. ‡ p. 19.

Deux métaux différens, comme l'Or & l'Argent, ne peuvent pas être ensemble la Mesure du Commerce d'un Pays, parce qu'une Mesure doit être invariable, & doit avoir les mêmes rapports dans toutes ses parties, au lieu que la proportion entre l'Or & l'Argent change quelquefois; c'est pourquoi il faut regarder l'Argent seul comme l'unique Mesure du Commerce. † p. 167, & ‡ p. 20.

Il ne paroît pas que la proportion entre l'Or & l'Argent ait jamais varié dans tous les Pays civilisés plus de 10 à 15 contre 1, c'est-à-dire, qu'un marc d'Or n'a jamais valu moins de 10 marcs ni plus de 15 marcs d'Argent du même titre.

La marque du Prince n'augmente point en Angleterre la valeur d'une quantité d'Argent ; au contraire elle la diminue un peu, parce qu'il est défendu de sortir l'Argent monnoyé, & que celui qui a des matieres, les peut faire convertir en Monnoie sans aucuns frais, ou les envoyer hors du Royaume, selon ce qui lui convient le mieux : en ſorte que l'Argent non monnoyé a un avantage ſur le monnoyé. ✝ p. 60.

En France, où le droit de Seigneuriage exiſte, les Orfévres payent actuellement d'une quantité d'Argent tout ce qu'elle pourroit produire, ſi elle étoit convertie en monnoie. Il eſt donc plauſible que la marque du Prince n'augmente pas toujours la valeur de la matiere.

On ſe détermine à acheter les choſes, ou parce qu'elles ſont néceſſaires à la vie, ou par la convenance que le goût, la mode & l'opinion y font entrevoir. Ceux qui ſont en état de payer les choſes néceſſaires à la vie, & que rien ne ſauroit ſuppléer, les achettent quoi qu'elles coûtent. La rareté en fait le prix, & il monte ou il baiſſe proportionnément au nombre des Vendeurs, & à celui des Acheteurs. ✝ p. 46.

La convenance a des bornes, elle eſt de comparaiſon. L'on aime mieux renoncer à une choſe qui feroit plaiſir, quand elle eſt trop chere, que de ſe priver de pluſieurs autres. ✝ p. 47.

Ce n'eſt point l'excellence des choſes, non plus qu'une addition, ou une augmentation de valeur intrinſeque qui en rend le prix plus ou moins grand, mais la quantité de l'eſpéce à vendre comparée avec la conſommation que l'on en peut faire. L'Air qui s'offre de lui-même à tout le monde, & l'Eau bien plus abondante que ce que l'on en peut conſommer, ne ſe vendent point malgré leur extrême utilité. Ainſi nous devons admirer la Providence dont la bonté a extrêmement multiplié les choſes qui nous ſont les plus néceſſaires. ✝ p. 63.

L'addition de quelque propriété nouvellement découverte à une eſpéce, n'en fait point monter le prix, à moins que cette nouvelle propriété n'augmente la conſommation. Si l'on pouvoit tirer du blé un reméde contre la pierre, ce grain deviendroit encore plus utile, mais il n'enchériroit point pour cela, parce que la quantité qu'on en pourroit employer à ce reméde, ne diminueroit pas d'une maniere ſenſible, ce qui ſeroit néceſſaire à la ſubſiſtance des hommes. ✝ p. 64.

Ce n'eſt point auſſi le plus de qualité qui fait vendre une eſpéce plus cher. Les Chardons à carder ſont meilleurs cette année que la précédente ; ils ne ſont point plus chers ſi la quantité & la conſommation ſe trouvent les mêmes. ✝ p. 64.

La diminution de qualité ne diminue point non plus le prix d'une marchandiſe. Le Houblon eſt communément plus cher dans les années où il eſt le moins bon; mais ſi cette eſpéce peut être ſuppléée par une autre, l'altération de la qualité en diminue le prix. Par exemple, ſi l'on n'avoit recueilli que du riz chétif & maigre, il ne ſe vendroit pas comme l'année d'auparavant, parce que le blé ou quelqu'autre grain pourroit le remplacer. † p. 64.

L'opinion reçue établit bien plus que la réalité, le prix des choſes. Si l'on eſtime qu'on n'a recueilli que le tiers du blé ou du vin qu'on a coutume de recueillir, quoiqu'on ait effectivement eu une demi-année, le blé ou le vin augmenteront à proportion de cette eſtime, quoique fauſſe; mais on revient bientôt à la vérité. S'il court un bruit ſans fondement d'une augmentation d'Eſpéces, elles ſe ſerrent auſſi-tôt.

Ne pourroit-on pas dire auſſi que ce qui eſt inconnu aux hommes, n'agit point ſur leur opinion, & qu'il n'a d'effet qu'au moment où la vérité commence à ſe faire ſentir? Une guerre ſanglante & une mortalité cruelle, ne font baiſſer le prix des grains qu'après qu'on s'eſt apperçu que la conſommation eſt conſidérablement diminuée. Ainſi l'abondance ou la diminution des matiéres d'Or & d'Argent étant ignorée n'influe qu'à la longue & très-foiblement ſur le prix des choſes. Nous ne ſaurions douter que la préſente guerre n'ait fait ſortir beaucoup d'Argent de la France & de la grande Bretagne. On pourroit preſque répondre que dans l'un & dans l'autre de ces Etats, le prix d'aucune eſpéce de marchandiſes n'eſt encore diminué.

La valeur des Terres eſt fondée ſur le produit des fruits qui ſe renouvellent chaque année, & qui ſe convertiſſant en Argent, forment un revenu ordinaire. † p. 49.

La valeur des denrées qui ſe conſomment, s'échangent & ſe tranſportent, eſt fondée ſur le beſoin qu'on en a pour vivre. † p. 49.

L'Argent a une valeur qui répond en même temps à celle des Terres & des Denrées. En le plaçant il produit un revenu annuel comme les Terres, avec cette différence que les Terres ſont inégales entr'elles, qu'elles ne ſauroient ſe tranſporter, & que la quantité en eſt fixe; au lieu qu'une once d'Argent eſt parfaitement égale à une once d'Argent, que l'Argent ſe tranſporte comme les Denrées, & qu'il peut être aussi bien qu'elles plus ou moins abondant. † p. 49.

Il y a long-temps que les Terres se vendoient à peu près sur le même pied qu'aujourd'hui. Une Ordonnance de Philippe le Long de Mars 1320 (A) nous fait voir qu'on les vendoit alors au denier 20. *Cum in partibus linguæ Occitanæ possessiones sint cariores quàm in partibus Gallicanis, volumus, . . . quod Ecclesiæ & Ecclesiasticæ personæ dictarum partium & locorum circumvicinorum in quibus denarius annui reditus pretio 20 denariorum vel plurium vel circà, communiter hereditariè vendi potest, &c.*

Dès-lors l'Argent se plaçoit à un denier plus avantageux. Les Ordonnances de Philippe de Valois de Juillet 1344, & du 6 Août 1349 (B) portent, *Nuls Marchands ne pourront prêter par an pour plus haut de 15 l. pour cent*, ç'auroit été au denier 6 $\frac{1}{3}$; mais si l'on aide à la lettre, comme je crois qu'il le faut faire, & qu'on entende que 100 l. Parisis ou 125 l. Tournois pouvoient produire 15 l. T. par an, l'intérêt de l'Argent entre Commerçans auroit été au denier 8 & $\frac{1}{3}$ ou à 12 pour 100 par an, qui reviennent à 1 pour 100 par mois ou au *fœnus unciale* des Romains.

Les Lettres du Roi Jean du 30 Mars (C) 1350, permettent aux Habitans du Bailliage de Vermandois de retirer (D) deux deniers par semaine de 20 s. Parisis qu'ils prêteront; & celles de Mars 1360 autorisent les Juifs à prêter sur gages en retirant de chacune l. ou de 20 s. qu'ils prêteront 4 d. par semaine. Cette usure auroit été exorbitante; 240 d. auroient rendu par an dans le premier cas 104 d., & dans le second, 208 deniers. Je crois donc qu'il faut entendre par les premiers 20 s. Parisis des sols de 12 piéces valant chacun 3 d. Parisis, & alors ces 20 s. font 60 s. P. ou 75 s. T. ou 900 d. T. qui divisés par 104 d. T. donnent un intérêt au denier 8 $\frac{17}{26}$ par an. Les seconds 20 s. Parisis seroient

(A) Tome I. des Ordonnances, p. 746.
(B) Tome II. des Ordonnances, p. 204 & 311.
(C) Tome II. des Ordonnances, p. 395.
(D) Celles de Philippe Auguste du premier Septembre portent la même chose. *Nullus Judæus prestabit cariùs quàm singulas libras pro 2 denariis per hebdomadam*, Tome I. des Ordonnances, p. 44, art. 1. Idem en 1218, *& libra non lucrabitur per septimanam nisi tantum 2 denarios*, Tome I. p. 36, art. 2. On pourroit encore expliquer ces Ordonnances en disant que la livre estellin valoit 4 l., & qu'ainsi les Juifs prenant 2 deniers pour livre d'intérêt par semaine avoient l'intérêt de leur Argent sur le pied du denier 9 $\frac{3}{13}$ par an.

des ſols composés de 12 piéces valant chacune 6 d. pariſis, auquel cas les 20 ſ. pariſis font 6 l. pariſis ou 7 l. 10 ſ. tournois ou 1800 d. tournois, qui diviſés par 208 d. payables au bout de l'an, à cauſe des 52 ſemaines dont l'année eſt composée, font un intérêt au denier 8 $\frac{17}{26}$ qui rend environ 1 pour 100 par mois, comme dans les Ordonnances de 1344 & 1349.

Si l'on rejette cette explication comme fondée ſur une ſuppoſition gratuite, & qu'on s'en tienne à la lettre, il faut ſe réſoudre à croire que l'uſure la plus monſtrueuſe a pu dans de certains temps être ſoutenue de l'autorité publique.

En 1339 (A) une rente de 20 ſ. ſur particuliers fut vendue le denier 8 ou moyennant 8 l. par l'Abbaye de Longchamp qui céda encore vers Noel 1341 (B) moyennant 10 l. 10 ſ. une fois payés, 36 ſ. de rente à prendre ſur une maiſon; (peut-être avoit elle été aliénée pour une ſomme pareille à faculté de reméré, autrement cette conſtitution auroit été acquiſe au denier 5 $\frac{5}{6}$) & de ces 10 l. 10 ſ. le Couvent acheta 1 arpent 21 perches de Terre dans ſon voiſinage.

Dans les Titres de la Terre de Stain, près S. Denis, il y a des Lettres du 15 Mai 1514 qui vendent au ſieur Ruzé 12 l. pariſis, ou 15 l. tournois de rente ſur la Terre & Seigneurie de Stain, moyennant 300 l. tournois; c'étoit le denier 20. Mais les rentes foncieres valent plus que les rentes conſtituées à prix d'argent, qui ſont rachetables en toute ſorte de temps.

En 1560 M. Brulard, Chanoine (C) de Notre-Dame de Paris, fit prêter à ſon Chapitre 4000 l. pour 333 l. 6 ſ. 8 d. de rente; c'étoit au denier 12: & le Roi permit au Clergé d'emprunter juſqu'à la ſomme de 100 mille livres de rente, au principal de 12 cents mille livres; c'étoit encore au denier 12. En 1567 les rentes étoient ſur le même pied.

(A) L'an 1339 de 20 ſ. de rente ſur Géneviéve vendus à Sire Adam Damiens, Bourgeois de Paris 8 l., deſquels nous eûmes 10 écus d'or chacun pour 16 ſ. pariſis.

(B) En cette année le Couvent vendit 36 ſ. de rente par an de la rente de Demoiſelle Mahaut Duval que l'on prenoit ſur la maiſon Raoul de Cormeilles, & furent vendus 10 l. 10 ſ. entour Noel 1341, deſquels deniers on acheta aſſez tôt après ledit Noel 1 arpent & 21 perches de Terre joignant aux nôtres de ci-entour. Ventes & ſaiſine 15 ſ.; pour meſurer ladite Terre 2 ſ.; & pour la Lettre & le Scel du Châtelet 7. ſ. 6 deniers. Somme de tout ce que ladite Terre couta 21 l. 14 ſ. 6 d. V. les Rouleaux de l'Abbaye de Longchamp, année 1341.

(C) Voyez les Mémoires de Condé, Tome I. p. 22 & 100.

Il se fit en 1572 une aliénation de biens Ecclésiastiques dans laquelle les rentes foncieres se vendirent le denier 24. L'Abbaye de Vauluisant fut taxée à 50 écus de rente, revenant au denier 24 à la somme de 3180 l., pour le payement de laquelle furent vendues & adjugées les rentes foncieres en grain déclarées au premier compte de Me Claude Marcel fol. 49. Ainsi l'écu valoit pour lors 2 l. 13 sols. Au 5 Mai, temps de l'adjudication, l'écu est énoncé comme valant 3 l. 5 s.

Nous avons vû de nos jours défendre de constituer sur un pied plus fort que le denier 50, & peu après le taux du Prince revenir au denier 20.

La Terre rapporte d'elle-même; l'Argent ne produit un intérêt que par convention. Celui qui place à constitution court les risques d'un défaut de payement, comme celui qui posséde une Terre court le risque d'une mauvaise année; mais le fonds de l'un est plus assuré que le fonds de l'autre qui peut s'anéantir par la mauvaise conduite ou les malheurs de son débiteur. C'est pourquoi les Terres sont toujours à un plus haut denier que les rentes. ☩ p. 55.

J'estime qu'il y a presque toujours eu une différence du tiers en sus des rentes constituées aux Terres, c'est-à-dire, que dans le temps où l'Argent se plaçoit au denier 12, les Terres se vendoient le denier 16; quand on le plaçoit au denier 15, les Terres valoient le denier 20; quand il s'est placé au denier 60, comme dans le temps du systême, les Terres ont valu le denier 80. Losque les Châteaux sont d'une certaine magnificence, ou au contraire que les Bâtimens se trouvent dans un grand délabrement, la proportion peut changer de quelque chose.

Du temps d'Elizabeth, l'Argent produisoit le denier 10, ou 10 pour 100; les Terres ne se vendoient pas pour cela au denier 10. Sous Jacques I., l'Argent étoit au denier 12 $\frac{1}{2}$; les Terres étoient sur un pied plus haut. ☩ p. 58.

Il y a une différence assez considérable sur le prix des Terres, suivant que l'Argent plus ou moins commun dans une Province, augmente ou diminue le nombre des Vendeurs & celui des Acheteurs. ☩ p. 59.

Dans quelques endroits d'Angleterre, elles se sont vendues au denier 17 ou 18, pendant que dans d'autres où il y avoit des

Manufactures elles étoient au denier 22 ou 23. † p. 60.

Le prix des Terres varie suivant la beauté du pays, la salubrité de l'air, la facilité des routes, la proximité des villes & des rivieres, la nature des droits & du revenu, l'ordre des partages, les formalités nécessaires pour acquérir, & la liberté de disposer plus ou moins étendue selon les Coutumes.

On demande ce qui peut engager un grand nombre de personnes à vendre leurs Terres: le peu d'économie, & les dettes; car on ne voit guère d'homme rangé qui se défasse de ses fonds, pour tirer un intérêt plus fort de son argent. † p. 84.

Qu'est-ce qui éloigne d'acheter des Terres? La même raison, la mauvaise conduite des hommes que la vanité jette dans des dépenses qui absorbent tout leur revenu & par delà. On ne songe à acquérir des fonds que lorsqu'on est au-dessus de sa dépense. ‡ p. 85.

C'est peut-être la raison pour laquelle du temps d'Elizabeth, que la sobriété, la frugalité, & la simplicité rendoient le Royaume florissant, les Terres se vendoient par proportion beaucoup plus cher qu'à présent. ‡ p. 85.

Si l'on veut que 100 l. d'Argent, & 5 l. de rente en Terre au denier 20, forment la même valeur, il faudra que le revenu soit semblable. Or les 100 l. d'argent ne produiront jamais constamment 5 l. de rente. † p. 104.

L'Argent éprouve de plus longs & de plus fréquens intervalles de stérilité que les Terres. Toutes les fois qu'il rentre par un remboursement dans les mains du Propriétaire, il reste mort jusqu'à ce qu'il ait trouvé quelqu'un qui le prenne à constitution, & qui le fasse circuler. Il n'en est pas de même des Terres; elles produisent, soit que le Propriétaire les afferme, ou qu'il les fasse valoir. † p. 105.

Comme les constitutions courent de plus grands hazards que les Terres, le produit de l'Argent doit être un peu plus fort. Celui qui emprunte peut faire banqueroute, & devenir insolvable; au lieu qu'à l'égard des Terres, si le revenu en manque quelquefois, le fonds demeure. Un homme achette 5 l. de rente en Terres sur le bord de la Mer, qui peut les submerger d'un moment à l'autre: il ne les doit pas payer au denier 20, comme celui qui acheteroit le même revenu au milieu du Royaume; mais il doit les avoir au denier 15 ou 16, à cause du risque. C'est là le cas

des

des Terres au denier 20, & des constitutions à 6 pour 100. L'Argent mérite un plus grand profit à cause du danger qu'il y a de le mal placer. † p. 105.

En diminuant l'intérêt de l'Argent, on détourne les Etrangers de venir s'établir parmi nous; ainsi nous faisons une double perte. Nous manquons à augmenter notre Peuple, dont le nombre est la plus grande force d'un Etat : nous manquons de plus à augmenter notre richesse. Tout ce qu'un Anglois paye pour une Terre, quand il l'acheteroit au denier 40, n'est d'aucun avantage pour le Royaume. Ce qu'un Etranger nous en donne, en s'établissant parmi nous, est autant d'Argent gagné pour la Nation; c'est un bien qui nous arrive, comme s'il tomboit des nues, & il ne fait rien sortir du pays. † p. 101.

L'intérêt excessif de l'Argent consomme tout le profit du Marchand, ou l'empêche d'emprunter pour étendre son commerce. Un intérêt trop modique ruine ceux dont la fortune est en Contrats, & leur ôte l'envie de prêter. Ces deux extrêmités font le même tort au Commerce. † p. 104.

Si nous jettons les yeux sur les siécles passés, nous trouverons que le Commerce n'a jamais été plus florissant en Angleterre, que sous la Reine Elisabeth, Jacques I., Charles I., quoique pendant ces Regnes l'Argent fut quelquefois à 8 ou 10 pour 100. † p. 107.

Je ne prétends pas que notre Commerce en fût plus florissant, parce que l'Argent se plaçoit à un denier très-avantageux; mais les succès de notre Commerce faisoient monter l'intérêt de l'Argent, par la raison que tout le monde vouloit en avoir pour s'y intéresser, comme à une fortune assurée. † p. 107.

Les Hollandois se proposent, dit-on, pour principe, de tenir toujours l'intérêt de l'Argent sur un pied fort bas. † p. 107.

Ce principe est gratuitement supposé. Il est vrai que Jean de Witt, étant à la tête des affaires de la Hollande, entreprit de diminuer les dettes publiques, & qu'après en avoir éteint beaucoup, comme il trouvoit des fonds, il fit avertir tous les Créanciers de l'Etat, que ceux qui ne voudroient pas réduire à 4 pour 100, n'avoient qu'à se présenter, & qu'ils seroient remboursés. Les Créanciers qui voyoient qu'il effectuoit ce qu'il disoit, & manquant d'emploi, accepterent ses offres; ils changerent leurs obligations en les réduisant de 5 à 4 pour cent. Mais il n'y eut point de Loi qui défendit de placer à un denier plus haut que 4 pour 100. † p. 108.

Il faut aussi convenir qu'en *1696* on pouvoit emprunter en Hollande à 3 ou 3 ½ pour 100, pourvû qu'on donnât de bonnes sûretés; mais l'abondance de l'Argent en étoit la seule cause, & tout homme sans aller contre les Loix, auroit pû placer son Argent à 10 pour 100; les Magistrats n'y auroient point mis d'empêchement. † p. 109.

En Hollande les Terres n'entrent que pour très peu dans les revenus de l'Etat; le Commerce en est le fonds principal, & toutes les fortunes sont en argent: de sorte que ceux qui ne sont pas commerçans, prêtent leur Argent. Si donc la Hollande remboursoit généralement les dettes, l'Argent pourroit tomber de 4 à 2 pour 100, à moins que ceux à qui il appartiendroit, ne le fissent passer dans d'autres pays. † p. 109.

Les emprunts de l'Etat en Hollande produisent aux Créanciers un intérêt annuel, qu'on regarde comme aussi sûr que celui des Terres. Les Citoyens achettent l'un de l'autre ces obligations, soit qu'il y ait de l'Argent dans les coffres publics ou non, & quelqu'un qui a une reconnoissance de l'Etat de 10000 l. peut la vendre tous les jours, & en faire de l'Argent comptant. Ce crédit est un très grand avantage pour les particuliers dont les fonds se trouvent par là toujours placés. † p. 110.

RÉFLÉXIONS SUR LE RAPPORT ENTRE L'ARGENT ET LES DENRÉES.

N est fort disposé à croire que l'abondance de l'Argent qui s'est introduit en Europe depuis la découverte du nouveau Monde, nous oblige d'en donner beaucoup plus pour acquérir les mêmes choses qu'on achetoit autrefois avec une bien moindre quantité. Mais combien en donne t'on plus qu'on n'en donnoit il y a quatre ou cinq siécles seulement? C'est ce qu'il faut approfondir. Ces rapports nécessaires pour éclaircir plusieurs points de l'Antiquité, peuvent être encore fort utiles pour le bon ordre des Finances. J'avoue qu'ils sont rebutans par la difficulté; mais ils ne sont pas impénétrables. Si nous voulons connoître des distances inaccesſibles, nous commençons par établir une baſe que nous meſurons avec exactitude; nous nous en ſervons enſuite pour déterminer par le raiſonnement ce qui nous étoit d'abord inconnu. Procédons de même, & developpons, avant que d'entrer en matiere, un principe de M. Lock, qui pourra nous ſervir de fil dans un labyrinthe où toutes les routes ſe croiſent & ſe confondent ſans ceſſe.

Sa propoſition, que le prix des choſes eſt relatif à leur conſommation, & à la quantité d'Argent deſtinée dans un Royaume à chaque branche du Commerce, s'expliquera dans l'hypothèſe ſuivante.

Je ſuppoſe qu'il y ait dans un Etat dix millions d'Habitans, qui conſomment dans l'année pour leur nourriture trente millions de ſetiers de blé meſure de Paris, & que toutes les Terres produiſent, dans les récoltes paſſablement bonnes, trente-ſix millions de ſetiers, dont il faut réſerver ſix millions pour enſemencer les Terres, le ſetier de blé de la meilleure qualité valant pour lors dix-huit livres ou le tiers du marc d'Argent fin monnoyé, (A) les trente millions de ſetiers répondront à cinq cents quarante millions de livres numéraires, ou à dix millions de marcs d'Argent fin monnoyé.

Qu'au lieu de trente-ſix millions de ſetiers, on n'en recueille que (B) ſeize millions, le nombre du peuple étant toujours le même, comme il faudra laiſſer ſix millions de ſetiers pour enſemencer les Terres, le ſurplus montant à dix millions ſe balancera toujours avec cinq cents quarante millions de livres numéraires, ou avec dix millions de marcs d'Argent fin monnoyé, & le ſetier de blé vaudra cinquante-quatre livres.

Si dans une année extraordinairement bonne on (C) recueille

(A) Diviſez toujours la quantité d'Argent deſtinée à payer le blé néceſſaire aux Habitans, par la quantité du produit de l'année, jointe à ce qui peut en reſter des années précédentes, en rabattant ce qu'il faut laiſſer pour les ſemences.

EXEMPLE.

Diviſez ici cinq cents quarante millions de livres par trente millions de ſetiers, il vient 18 liv. pour le prix du ſetier.

(B) Diviſez cinq cents quarante millions de livres par dix millions de ſetiers, il vient 54 liv. pour le prix du ſetier.

(C) Diviſez cinq cents quarante millions de livres par quarante millions de ſetiers, il vient 13 liv. 10 ſols pour le prix du ſetier.

quarante-ſix millions de ſetiers de blé, comme on laiſſe toujours ſix millions de ſetiers pour la ſemence des Terres, les quarante millions de ſetiers de ſurplus ſe balanceront de même avec cinq cents quarante millions de livres numéraires, ou avec dix millions de marcs d'Argent fin monnoyé, & le ſetier de blé vaudra treize livres dix ſols.

Que cette année ſoit ſuivie d'une récolte auſſi bonne, & qu'on recueille encore quarante-ſix millions de ſetiers, les quarante millions de ſetiers qui tombent dans le Commerce, joints aux dix millions reſtans de l'année précédente, ſe balanceront avec cinq cents millions de livres numéraires, & le ſetier de blé vaudra dix livres ſeize ſols.

Que l'année d'après on ne recueille que vingt-ſix millions de ſetiers de blé, les vingt millions de ſetiers reſtans des deux récoltes précédentes, joints aux vingt millions qui peuvent ſe vendre ſur les vingt-ſix millions, répondront à cinq cents quarante millions de livres numéraires, & le ſetier de blé vaudra treize livres dix ſols.

L'année d'après on recueille quarante-ſix millions de ſetiers de blé, (la quantité de trente millions de ſetiers étant toujours ſuffiſante pour le nombre du peuple, qu'on ſuppoſe n'être point changé pendant les dix années, non plus que la valeur des Eſpéces & la quantité d'Argent du Royaume,) il reſtoit dix millions de ſetiers de l'année précédente, qui joints aux quarante millions de celle-ci, iront toujours de pair avec cinq cents quarante millions de livres numéraires, & le ſetier de blé reviendra à dix livres ſeize ſols.

Que le ſetier de blé ſe balance encore quatre ans de ſuite de quatorze livres à ſeize livres, additionnant le prix des dix ans, & diviſant le produit par dix, on aura pour le prix moyen dix-huit livres.

C'eſt ce que l'on appercevra d'un ſimple coup d'œil dans la Table ſuivante, où le prix du ſetier de blé ſe trouve marqué conformément aux ſuppoſitions que nous venons de faire, en conſidérant ſur un pied différent la valeur du marc d'Argent fin monnoyé.

Le marc d'Argent fin monnoyé (D)

	valant . .	54 l.		27 l.		13 l.	10 ſ.	
Prix du Setier de blé dans notre ſuppoſition.		18 l.		9 l.		4 l.	10 ſ.	
		54		27		13	10	
		13	10 ſ.	6	15 ſ.	3	7	6 d.
		10	16	5	8	2	14	
		13	10	6	15	3	7	6
		10	16	5	8	2	14	
		14		7		3	10	
		15	8	7	14	3	17	
		14		7		3	10	
		16		8		4		
		180 l. { 10 / 18 l. prix moyen.		90 l. { 10 / 9 l. prix moyen.		45 l. { 10 / 4 l. 10 ſ. prix moyen.		

Par là nous voyons comment le blé monte quelquefois à un prix très haut, tandis qu'une augmentation conſidérable de récolte ne le fait pas baiſſer, à beaucoup près, autant que la diminution de récolte l'avoit fait monter.

Nous y découvrons encore que la même Intelligence qui créa tout avec nombre & meſure, & qui peſa dès le commencement du monde les collines & les montagnes, balança dès-lors les productions néceſſaires à la conſervation de la vie des hommes avec les générations à naître, & que dans une longue révolution de temps, les fruits de la Terre, aſſujettis en apparence aux caprices des Élémens & des Saiſons, mais au fond réglés par un ſage Diſpenſateur, nous fourniſſent exactement de quoi faire une conſommation toujours égale. Les bonnes années viennent ſeulement au ſecours des mauvaiſes qui dévorent les autres, comme dans l'ancienne ſtérilité de l'Egypte : car additionnant le produit que nous avons ſuppoſé pour les ſix premieres années, & le diviſant par ſix, il ſe trouve qu'on a recueilli chaque année trente-ſix millions de ſetiers de blé.

M. de Vauban dit que la France dans les bonnes années a de quoi nourrir ſes Habitans l'eſpace de dix-huit mois, ce qui n'eſt

(D) Dans la ſuppoſition que nous avons faite, ſi le marc d'Argent fin monnoyé n'avoit valu que vingt-ſept livres, le prix du ſetier de blé auroit diminué de moitié ; ſi le marc d'Argent fin monnoyé n'avoit valu que treize livres dix ſols, le prix du ſetier de blé auroit été réduit au quart. Ce raiſonnement peut s'appliquer du blé au vin, au bois, à la viande, &c.

pas contraire à notre ſuppoſition. Quelques-uns avec moins de vraiſemblance, vont juſqu'à trois ans. Que ferions-nous de notre ſuperflu ? On compte en Allemagne, Hongrie & Pruſſe trente millions d'hommes, en France ſeize, en Angleterre, Ecoſſe, Irlande neuf, en Eſpagne & en Portugal huit, en Italie & en Sicile huit, en Hollande quatre, ce qui fait ſoixante-quinze millions d'hommes. Peut-être y auroit-il encore à retrancher le quart du nombre ſur chacun de ces articles. Nos obſervations Géographiques nous ont conduit à diminuer aſſez conſidérablement la ſurface de la Terre habitable ; & très ſouvent, dans le Phyſique ainſi que dans le Moral, plus on examine les choſes, plus on rabat de l'opinion qu'on s'en étoit formée. L'Allemagne, l'Angleterre & la Sicile ont beaucoup plus de blé qu'il ne leur en faut pour la ſubſiſtance de leurs Habitans. L'Angleterre même donne (E) une récompenſe à ceux qui font ſortir des grains lorſqu'ils n'excedent pas un certain prix. L'Afrique & la Sicile nourriſſent une partie de la Provence. La Turquie, la Pologne, le Dannemarck & la Suede ont amplement leur proviſion de blé. L'Italie & l'Eſpagne n'ont pas par proportion autant de peuple que de grains. Quant à la Hollande, elle ne recueille guères que le tiers des blés qu'elle conſomme ; mais elle tire le ſurplus de divers côtés. Il n'y a pas dans toutes les Habitations Françoiſes, Eſpagnoles, Angloiſes, &c. plus de deux millions d'hommes mangeant du pain de froment. Nous ne portons point de blé à la Chine, au Mogol. Ou enverrions nous donc nos grains, & comment aurions nous jamais de cherté, ſi nous recueillions communément du blé pour trois ans, même pour dix-huit mois ?

Il eſt ſenſible qu'une étendue de Terre déterminée devant fournir aux différens beſoins des hommes, n'en ſauroit nourrir qu'une quantité déterminée. Conſidérons la lieue comme ayant en longueur deux mille deux cents toiſes, ou ſix cents perches de vingt-

(E) Quand le *Quarter* de *Malt* ou d'orge, meſure de Wincheſter, qui fait environ deux de nos ſetiers de Paris, ſe vendra vingt-quatre ſols, celui de riz trente-deux ſols & celui de blé quarante-huit ſols ſterling & au-deſſous, les Marchands qui feront ſortir des grains, auront de l'Etat deux ſols ſix deniers pour chaque *Quarter* de *malt* ou d'orge, trois ſols ſix deniers pour chaque *Quarter* de riz, & cinq ſols ſterling pour chaque *Quarter* de blé qu'ils tranſporteront hors du Royaume. Statut premier de Guillaume & de la Reine Marie, Seſſ. 1. cap. 12. V. le Titre *Corn and Grain*. Il eſt à obſerver que les Grains ſont rarement à ce prix en Angleterre.

deux pieds chacune, ou soixante arpens quarrés, qui se joindroient les uns aux autres sur une ligne droite; la lieue quarrée a donc trois mille six cents arpens. Si nous diminuons les lieues, elles en contiendront d'autant moins d'arpens; car l'arpent quarré, tel que nous l'envisageons, est une mesure fixe composée de dix perches sur dix perches, dont chacune a vingt-deux pieds de longueur.

Dans son état présent la France avec la Lorraine, réduite au quarré sur la Carte de M. de Lisle, n'a pas en longueur cent soixante-quinze lieues, & en largeur cent cinquante lieues de deux mille deux cents toises; ainsi elle ne contient pas vingt-six mille deux cents cinquante de ces mêmes lieues quarrées, ou quatre-vingt-quatorze millions cinq cents mille arpens quarrés. Supposons la pour simplifier de quatre-vingt seize millions d'arpens, & prenons en un tiers pour les rivieres, chemins, villes, villages, légumes, jardins, fruitiers, lins, chanvres, safran, colsat, vignes, prés, pâtures, étangs, sainfoins, luzernes, bourgognes, senevé, navette, chardons à carder, & pour toutes les semences des plantes qui ne servent point à la nourriture des hommes; un tiers pour les bois, landes, roches, bruyeres, marécages, & terres incultes; il n'y aura plus que trente-deux millions d'arpens de Terres labourables. Portons les à trente-trois millions, dont onze millions en blé, onze millions en avoine, & onze millions en repos. Si quelques Terres labourables rapportent tous les ans, ou produisent jusqu'à huit ou neuf setiers de blé, il y en a beaucoup plus dont on n'ensemence annuellement qu'une sixiéme, septiéme, ou huitiéme partie, & & qui ne rapportent guères au delà de deux setiers de blé par arpent; mais dans le courant ordinaire des Terres en labour, elles se cultivent comme nous venons de le présenter. Supposons que chaque arpent l'un dans l'autre rende en blé quatre setiers, mesure de Paris, dont il faudra réserver un sixiéme pour la semence, les onze millions d'arpens en blé, produiront quarante-quatre millions de setiers, sur quoi il faut retenir environ sept millions de setiers pour ensemencer les Terres. Il reste pour la nourriture des hommes trente-sept millions de setiers de blé.

Comptons en France seize millions d'Habitans, & donnons à chacun trois setiers pour sa nourriture pendant l'année. Ils consommeroient quarante-huit millions de setiers; nous n'en faisons rapporter aux Terres que trente-sept; la France n'auroit donc

guères

guères de blé que ce qu'il lui en faudroit pour la nourriture de douze à treize millions (F) d'Habitans.

Cette supposition peut être fautive en quelque chose; mais elle ne sauroit s'éloigner beaucoup de la vérité, & elle nous fait voir, 1°. que nous n'avons pas beaucoup de grains au-delà de notre nécessaire; 2°. que le peuple n'est pas aussi nombreux qu'on se l'imagine.

Le nombre du peuple doit être pareillement diminué dans les autres Etats. Il faut à notre compte environ huit arpens par homme, en supposant toutes les Terres de même nature que les nôtres. L'Angleterre, l'Ecosse & l'Irlande réduites au quarré, ne comportent pas cent lieues sur cent vingt lieues, ou quarante-trois millions deux cents mille arpens quarrés, qui répondent à cinq millions quatre cents douze mille hommes. L'Allemagne avec la Prusse & la Hongrie, peut avoir deux cents lieues sur deux cents lieues, c'est-à-dire, cent quarante-quatre millions d'arpens, ou dix-huit millions d'hommes. L'Italie séparée de la Sicile, a environ cent quatre-vingt lieues sur trente-six, qui font vingt-trois millions trois cents vingt-huit mille arpens, & deux millions huit cents seize mille hommes. L'Espagne & le Portugal ont cent quatre-vingt-dix lieues sur cent soixante-cinq, ou trente-un mille trois cents cinquante lieues quarrées, c'est-à-dire, cent douze millions huit cents cinquante mille arpens, ou quatorze millions cent six mille deux cents cinquante Habitans. La Chine a environ quatre cents lieues sur quatre cents lieues, autrement cinq cents soixante-seize millions d'arpens, ou soixante-douze millions d'hommes. L'Europe n'a guères que neuf cents lieues sur six cents, ou cinq cents quarante mille lieues quarrées, & elle ne pourroit contenir qu'un milliart neufs cents quarante-quatre millions d'arpens quarrés, ou deux cents quarante-trois millions d'hommes, si toutes les Terres étoient composées comme la France; mais la Moscovie, la Laponie, &c. étant des Pays presque déserts, on seroit peut-être fondé à réduire tous les Peuples de l'Europe à cent-cinquante mil-

(F) Ce compte revient à celui de M. l'Abbé Dubos qui dit, *que suivant les calculs ausquels on ajoute le plus de foi, le Royaume de France contient treize millions d'ames.* Il est vrai qu'il n'y comprenoit pas la Lorraine, & il observe que sur un pareil nombre, celui des personnes sujettes à la Capitation, ne fait guères plus du quart. *V. l'Etablissement des Francs dans les Gaules, Tom. 1. p. 134.*

lions d'hommes, comme on pourroit croire qu'à la Chine & dans les Pays où les Habitans se nourrissent de riz, il y a par proportion plus de Peuple qu'en France.

Il est encore vraisemblable que les onze millions d'arpens de Terre en blé ne produisent pas d'ordinaire quarante-quatre millions de setiers; car tout arpent capable de rapporter communément quatre setiers de blé, s'affermeroit aujourd'hui six livres, & les trente-trois millions d'arpens produisant à ce compte cent-quatre-vingt-dix-huit millions de livres, pourroient seuls payer quarante-cinq millions de Taille, & porter les trois quarts de celle de tout le Royaume, dans la proportion où la Taille se trouve à présent vis-à-vis du produit des Terres.

En Sologne (G) le Fermier d'une petite Métairie louée quatre cents soixante-dix livres, paye deux cents dix-huit livres trois sols de Taille, outre cinquante-une livre six sols de Capitation. Dans une autre affermée deux cents soixante livres, le Fermier paye cent vingt livres huit sols de Taille, & trente-sept livres onze sols de Capitation. Le Dixième du Village où sont situées ces Métairies qui m'appartiennent toutes deux, monte à mille neuf cents cinquante-deux livres neuf sols; ainsi il est à présumer que le canton peut produire par an, dix-neuf mille cinq cents vingt-quatre livres dix sols. Dans le même endroit, le total du Rôle de la Taille pour l'année 1744, est de six mille huit cents quatre-vingt-six livres treize sols, & la Capitation de deux mille cent neuf livres. On voit que la Taille excède souvent le tiers du produit des Terres, & que la Capitation monte à peu près au tiers de la Taille.

(G) Les Terres de Sologne & du Berry ne sont guères louées que sur le pied de quinze sols l'arpent, encore avec une avance considérable de Bestiaux qu'on donne aux Fermiers, sans retirer que son Capital à la fin du Bail; car la première Ferme, dont j'ai parlé, est d'environ six cents arpens labourables, dont la plus grande partie est en Bruyeres & Pâtures, outre quinze journées & demie de Pré, & l'on a avancé au Fermier pour huit cents soixante-treize livres de Bestiaux, à titre de *Cheptel mort*; la seconde est de deux cents quarante-sept arpens comme dessus, outre huit journées de Pré, & le Fermier a reçu un *Cheptel mort* de cinq cents livres. Il y a en Sologne & en Berry plus de quarante lieues de long, sur dix lieues de large, qui ne valent pas mieux. Une grande partie de la Champagne, de la Bretagne, du Maine, du Poitou, & des environs de Bayonne, &c. ne produit guères davantage. L'Angleterre, les Pays-Bas, & les Etats voisins, ont pareillement une infinité de Bruyeres, ou de Terres qui ne sont d'aucun rapport. Il est vrai que le Vexin, la France, la Normandie, l'Auvergne, le Languedoc, &c. sont des Provinces très-fertiles en grains.

Mais ne concluons point encore du particulier au général ; considérons les objets dans un plus grand tableau.

Le Dixième de toutes les Généralités pendant l'année 1743, non compris les Pays d'Etats, montoit à vingt-trois millions six cents dix mille livres, ce qui donne lieu de croire que tous les biens fonds des mêmes Provinces sujets au Dixième, en décuplant cette somme, produisent par an deux cents trente-six millions cent mille livres. Or la Taille de ces mêmes Généralités pendant l'année 1743, avec ses crues, sans la Capitation, montoit à soixante-un millions six cents trente-sept mille huit cents quatre-vingt-trois livres, qui font un peu plus que le quart de deux cents trente-six millions cent mille livres, représentant le produit de tous les biens fonds des Généralités du Royaume.

Si l'on entre dans le détail des Généralités, on verra que dans quelques-unes les crues qui sont un accessoire de la Taille en égalent presque le principal ; que dans quelques autres, par exemple, dans celle de Paris, elles surpassent la Taille ; & que ces impositions réunies, sans y comprendre la Capitation, approchent beaucoup du quart de ce que toutes les Terres labourables pourroient être affermées. Mais pour établir exactement le revenu des Terres d'une Généralité par le montant du Dixième, il faut d'abord défalquer les *parties prenantes*, dont l'objet n'est pas à la vérité considérable. Il faudroit ensuite examiner si les biens qui appartiennent à l'Eglise, & qui sont sujets à la Taille sans être imposés au Dixième, vont plus ou moins haut que le produit des Terres des Gentilshommes, assujetties au Dixième & franches de Taille, quand ils les tiennent par leurs mains. Il me semble que les revenus de l'Eglise exempts du Dixième, surpassent de beaucoup les biens francs de Taille appartenans à la Noblesse.

Les revenus du Clergé en France estimés quarante millions, & ceux des fonds de Terre de tout le Royaume quatre cents millions par an, le Clergé auroit un dixiéme des biens fonds. La Noblesse ne fait pas valoir un dixiéme des Terres qui lui appartiennent. On peut s'assurer, à peu près, du revenu du Clergé en estimant toutes les Cures quant aux biens fonds & droits de Dixmes seulement à cinq cents livres chacune. Le produit des Evêchés & des Abbayes se trouve dans l'Almanach Royal ; il n'y a plus qu'à estimer les revenus des Chapitres, des Prieurés & des Chapelles.

D ij

Il eſt encore certain que la Taille ſe leve, dans les petites Villes, ſur l'induſtrie de quelques perſonnes qui n'ont point de fonds de Terre ; mais ce qui en provient ne fait pas un objet : ne nous y arrêtons point. Cependant après avoir établi le rapport de la Taille avec le produit des Terres labourables, plus nous reſſerrerons dans notre idée le montant de la Taille portée par ces mêmes Terres, plus il s'enſuivra que le produit & la quantité des Terres labourables doivent ſouffrir de diminution ; ce qui fortifie ma propoſition par rapport à la quantité de notre peuple & de nos grains.

Ainſi toutes les Terres à blé du Royaume ne doivent pas rapporter trente-ſept millions de ſetiers de froment, ſemence déduite ; mais une portion de ces mêmes Terres produit du ſeigle, du ſarraſin, du mil, & d'autres grains également deſtinés à la nourriture du peuple, quoique d'une moindre valeur & bonté que le froment.

L'orge qui ſert à engraiſſer les volailles, occupe une partie des Terres que nous avons réſervées pour l'avoine. Confondons enſemble ces deux ſortes de grains.

Un arpent d'avoine rend communément parmi nous autour de deux ſetiers meſure de Paris, dont chacun contient deux ſetiers de blé, & s'enſemence d'environ quatre boiſſeaux, pareillement doubles, qui font un ſixiéme du produit.

Sur ce pied, les onze millions d'arpens en avoine produiſent vingt-deux millions de ſetiers.

Rabattons un ſixiéme pour la ſemence, il reſte dix-huit millions trois cents trente-trois mille trois cents trente-trois ſetiers & un tiers.

Otons-en deux millions trois cents trente-trois mille trois cents trente-trois ſetiers, pour les bœufs & pour les volailles qu'on ſe propoſe d'engraiſſer.

Le ſurplus montant à ſeize millions de ſetiers, nourriroit un million trois cents trente-trois mille chevaux employés à travailler utilement pour nous.

J'avoue qu'il n'y a peut-être pas un huitiéme des Terres labourables qui ſe cultivent avec des chevaux ; mais ſur trente-trois millions d'arpens de ces mêmes Terres, admettant que chaque charrue ſuffit à quatre-vingt-dix-neuf arpens, c'eſt-à-dire, à trente-trois arpens par sol, & que toutes les Terres soient labourées par des chevaux qui avancent plus d'ouvrage que les bœufs, la France auroit trois cents trente mille charrues attelées pour l'ordinaire d'un cheval dans les Pays même où on laboure avec des bœufs, de deux pour le moins, fréquemment de trois, & quelquefois de six dans les endroits où l'on n'emploie que des chevaux. Il faudroit donc compter en France plus de quatre cents mille chevaux de labour.

Joignez à ce nombre les chevaux des Rouliers, des voitures publiques & particulieres, ceux de monture pour les Troupes, les postes, la chasse, le manége, les étalons, les chevaux de bât, des Meûniers, Blâtiers, Plâtriers, Chassemarées, Coquetiers, Maragers, &c. On concevra aisément que l'avoine de nos Terres est mangée par les chevaux, & que si les hommes en font quelque usage pour leur nourriture, ils la restituent amplement aux animaux par la quantité de son qu'ils leur abandonnent en échange. Ainsi la portion de farine d'avoine, qui dans les Provinces maigres se mêle avec celle de seigle & de sarrasin, pour faire le pain des gens de la campagne, n'augmente pas véritablement le lot du peuple.

Savary après un état fait en 1690 (H) compte qu'il naît tous les ans dans le Royaume soixante mille Poulains des Cavalles marquées & saillies par les Etalons du Roi; qu'il y avoit alors plus de deux cents mille de ces Cavalles marquées à la marque Royale, & que le nombre des Etalons du Roi alloit à mille six cents trente-six Chevaux.

On trouvera peut-être que j'ai porté trop haut la quantité de grains nécessaire pour les semences, en la fixant au sixiéme de la récolte. Je n'ignore pas que dans le Véxin, dans ce que nous appellons la *France*, & dans les meilleures Terres où l'on recueille huit à neuf setiers de blé, mesure de Paris, par arpent, la semence monte au plus à un setier; elle ne seroit donc que le huitiéme ou le neuviéme du produit.

Mais dans les bons cantons de la Brie, qui valent moins que le Véxin, & beaucoup mieux que le général du Royaume, puisque l'arpent y rapporte quatre setiers, on seme d'abord six boisseaux,

(H) Dictionnaire du Commerce au mot *Cheval*, page 281.

& vers la fin des ſemailles juſqu'à ſept & huit. Les moindres Terres qui ne produiſent que deux à trois ſetiers par arpent, s'enſemencent de cinq à ſix boiſſeaux. C'eſt pourquoi en prenant un milieu, j'ai fixé la ſemence à un ſixiéme du produit des Terres.

Ecoutons Budée. (I) Comme la qualité de la Terre varie autant que les meſures des Provinces, il eſt aſſez difficile de déterminer avec préciſion combien il faut communément de boiſſeaux de Paris pour enſemencer un arpent. Voici cependant un réſultat des informations que j'ai faites ſur ce ſujet. Les Terres moyennement fortes & graſſes, exigent environ neuf à dix boiſſeaux de ſemence par arpent; les Terres légeres & peu ſujettes aux eaux, en veulent ſept à huit, & les terreins ordinaires en demandent ſix.

L'état préſent où nous ſommes, dira quelqu'un, prouve que nous recueillons communément beaucoup plus de grains qu'il ne nous en faut. Tous les greniers regorgent dans les Provinces, & l'on ne fait point d'argent de ſes blés. J'avoue qu'ils ſont aujourd'hui à bas prix; mais le prix actuel des grains qui ſemble annoncer que nous avons preſque une récolte entiere d'avance, outre la quantité néceſſaire à la conſommation de l'année courante, entre dans l'ordre

(I) « Columella de ſatione loquens, L. 12. Pinguis agri jugerum ſi ſolutus & » ſiccus ſit, quaternos tantum modios tritici poſcere tradidit; ſi cretoſus aut uligi- » noſus quinos. Hoc cum à noſtratibus anxiè inquirerem, vix conſtare opiniones de- » prehendi; id quod ex varietate ſoli & menſurarum contingit. Quantum tamen » colligere potui, plena, id eſt, mediocris pinguis arvi menſura, ſolo denſo do- » drantem minimum poſcit, interdum etiam dextantem, id eſt, decem modios » Romanos: ſoluto & minimè uliginoſo ſolo nunc ſeptenos, nunc octonos. Mini- » mus modus agri, reliquis etiam competentibus, ſenos modios, id eſt, medimnum » poſcit. His convenit dictum Columellæ, L. 2. Jugerum, inquit, agri pinguis » plerumque modios tritici quatuor, mediocris quinque poſtulat, adorei modios » novem, ſi eſt lætum ſolum, ſi mediocre decem deſiderat. *Budée*, *L. 5. p. 143.*

Varron, *Lib. 1 de re ruſticâ*, *c. 44*, *nous dit :* « Seruntur fabæ modii quatuor in » jugero, tritici quinque, ordei ſex, farris ſex, ſed nonnullis locis pauló ampliùs » aut minùs; ſi enim eſt locus craſſus plus, ſi macer minus. Quare obſervabis quan- » tum in ea regione conſuetudo erit ſerendi, ut tantum facias quantum valet regio » ac genus terræ, ut ex eodem ſemine aliubi cum decimo redeat, aliubi cum quinto- » decimo, ut in Etruriâ & locis aliquot in Italiâ.

Et Pline, *L. 18*, *c. 24 :* « Serere in jugero temperati ſoli juſtum eſt tritici aut » ſiliginis modios quinque, farris aut ſeminis quod frumenti genus ita appellamus de- » cem, hordei ſex, fabæ quintam partem ampliùs quam tritici pingui ſolo plus, » gracili minùs. Eſt & alia diſtinctio, in denſo aut cretoſo, aut uliginoſo ſolo, tri- » tici aut ſiliginis modios ſex, in ſolutâ terrâ, nudâ, & ſiccâ & læta quatuor. Ergo » inter quatuor & ſex modios pro naturâ ſoli, alii quinque non minùs ſeri pluresve » præcipiunt.

économique de la Providence ; son attention dispense les biens avant les maux, & fait précéder par des récoltes abondantes les années de stérilité, qui n'ont pour objet que d'exciter les hommes au travail. Leurs vicissitudes nous apprennent que nous verrions bientôt disparoître des amas de grains, sur lesquels notre orgueil aime à fonder sa confiance, & notre ingratitude ses murmures, si l'Auteur de la Nature appelloit seulement une année la famine sur la Terre. (K) Nous sommes autorisés à le dire par les tristes expériences qui s'en réiterent presque tous les dix ans.

Suivant l'hypothèse que nous avons formée pour expliquer les variations dans le prix des grains, il seroit facile de déterminer à peu près la quantité de blés qui peuvent être dans les greniers du Royaume, en comptant sur ceux qui sont encore en terre, & sur lesquels est naturellement fondée la nourriture du peuple durant l'année après la récolte. Lorsque le setier de blé se vend dix-huit livres, on a juste le nécessaire jusqu'à la moisson ; s'il vaut neuf livres, on a un an de blé devant soi, outre ce qu'il faut pour gagner la moisson ; s'il arrivoit qu'il ne valût que six livres, on auroit d'avance deux années, outre ce qu'on pourroit consommer jusqu'à la moisson. Au contraire, quand il se vend trente-six livres le setier, il n'y a de blé que la moitié de ce qu'il faudroit pour attendre la moisson. S'il valoit soixante-douze livres, il n'y en auroit que le quart ; mais une infinité de personnes se privent de cet aliment lorsqu'il est à un prix excessif, & c'est alors que se vérifie le proverbe, *cherté foisonne*.

S'il n'y avoit aucune espérance de récolte sur les grains confiés à la Terre, le problème se compliqueroit, & du jour que l'on auroit reconnu que les blés sont absolument perdus, quoiqu'on en eut une année devant soi, outre ce qu'il faut pour arriver au temps de la moisson, le setier de blé qui étoit à dix livres, se rapprocheroit assez brusquement de dix-huit livres ; mais il ne passeroit pas ce prix dans le cours de l'année, à moins qu'elle ne parût encore tourner mal ; au lieu que si les grains en terre avoient promis un quart de plus qu'une récolte ordinaire, le setier de blé aux approches de la moisson seroit encore probablement tombé au dessous de dix livres.

(K) Vocavit famem super terram & omne firmamentum panis contrivit. *Ps.* 104. ℣. 16.

Obſervons ſi cette même hypothèſe peut ſe concilier avec la réalité des faits. Par la Table ſuivante, on verra qu'en diviſant par onze le prix que le ſetier du meilleur blé s'eſt vendu à Paris aux premiers jours du marché des quatre quartiers de l'année, depuis 1732, juſques & compris 1742, le prix moyen en a été de dix-huit livres douze ſols huit deniers huit onziémes.

Années.	Prix des quatre Saiſons de l'année.			Addition du prix des quatre Saiſons.			Le quart eſt le prix moyen de l'Année.		
1732.	17 l.			57 l.	10 ſ.		14 l.	7 ſ.	6 d.
	13	10 ſ.							
	13	10							
	13	10							
1733.	12	10		48	.	.	12		
	11	10							
	12								
	12								
1734.	11	15		48	10	.	12	2	6
	11	15							
	12	10							
	12	10							
1735.	12			51	5	. .	12	16	3
	11	5							
	13	5							
	14	15							
1736.	14	10		56	12	6 d.	14	3	1 ½
	14	5							
	13	17	6 d.						
	14								
1737.	13	15		59	7	. .	14	16	9
	14	5							
	14	15							
	16	12							

1738.

Année	Prix		Total		Prix moyen		
1738.	16 l.	10 ſ.	71 l.	5 ſ.	17 l.	16 ſ.	3 d.
	17	15					
	18						
	19						
1739.	21	10	82	10 .	20	12	6
	21						
	20						
	20						
1740.	20		110	. . .	27	10	
	20						
	20						
	50						
1741.	46		148	. . .	37		
	35						
	35						
	32						
1742.	26	15	87	15 .	21	18	9
	21						
	21	10					
	18	10					
Total du prix des onze années . .					205 l.	3 ſ.	7 d.

Cette ſomme diviſée par onze donne pour le prix moyen du ſetier pendant les onze années, dix-huit livres douze ſols huit deniers huit onziémes.

En n'eſtimant aujourd'hui le ſetier de blé que quinze livres, on n'a point d'égard au prix du blé d'élite que je mets à dix-huit livres année commune; mais ſur cent ſetiers qu'un Laboureur recueillera dans les meilleures Terres, il y en aura peut-être dix qui ſeront naturellement du plus beau blé; ſi l'on veut tirer le plus beau grain ſur les quatre-vingt-dix autres ſetiers, pour en former ce qu'ils nomment la tête du blé, le reſte ſe vendra d'autant moins. Ainſi l'on peut ſe rapprocher du ſentiment de ceux qui n'eſtiment le prix du ſetier de blé l'un dans l'autre que quinze livres : c'eſt ce qu'on appelle le blé moyen. Il y a encore un autre blé inférieur, qu'on appelle le bas prix ; le ſetier de ce blé vaut à peu près treize livres dix ſols, c'eſt-à-dire, le quart de la valeur du marc d'Argent fin monnoyé, dans le temps que le ſetier du plus beau blé en vaut le tiers ou dix-huit livres. Car depuis 1726 que le marc d'Argent fin monnoyé produit cinquante-quatre livres, (L) le ſetier du meilleur blé à Paris, en confondant les bonnes & les mauvaiſes années pour former un prix moyen, s'eſt communément payé dix-huit livres. Il n'a pas moins valu dans les Provinces éloignées (M) pendant ces dix-huit années, & même les petites Villes à dix ou douze lieues à la ronde de Paris, l'ont quelquefois acheté plus cher que nous, parce que dans les chertés, l'attention du Magiſtrat ſe porte preſque toute entiere ſur la principale Ville du Royaume, & qu'on tire à force des campagnes qui s'épuiſent pour faire ſubſiſter la Capitale. Les choſes ont toujours été à peu près dans la même proportion pendant les cent-cinquante années qui ſont les plus proches de nous, comme on le verra par les Tables, ſi l'on veut ſe donner la peine de comparer le prix du blé vendu à Roſoy en Brie depuis 1595, avec la valeur du marc d'Argent fin monnoyé.

Lorſque le blé eſt à ſon plus bas prix, le ſetier de Paris n'eſt guère au deſſous de la cinquiéme partie de la valeur du marc d'Argent fin monnoyé; dans les années les plus cheres, il n'a preſque jamais paſſé la valeur d'un marc & demi d'Argent fin monnoyé depuis cent cinquante ans.

Chacun ſait qu'on doit diſtinguer deux ſortes de chertés, celles que produit le dérangement des Saiſons, & qui ſont l'effet de la nature, & celles que cauſent les guerres & la fureur des hommes. Dans les premieres, le prix du blé ne monte guères du plus bas au plus haut que d'un à ſept. Dans les ſecondes, comme dans les Villes aſſiégées, le blé n'enchérit au plus, ainſi que les autres choſes néceſſaires à la vie, que d'un à ſoixante. Ce ſaut ſe fait en peu de temps, & ne dure qu'un petit nombre de jours. On pourroit même calculer par le prix du blé dans quel temps la faim

(L) On néglige ici les ſix ſols ſix deniers ſix onziémes qu'il vaut de plus.

(M) En 1744, j'ai comparé le prix des blés relativement au poids, dans l'eſpace de cent quarante lieues de diſtance. Il n'y avoit, pour ainſi dire, point de différence entre le prix des Provinces & celui de Paris. La livre peſant de blé ſe vendoit partout un peu moins d'un ſol; une meſure de ſoixante livres peſant ſe payoit dans un lieu cinquante-huit ſols; une autre de quarante livres peſant à quarante lieues plus loin, ſe payoit dans la même proportion trente-huit ſols huit deniers. Un denier ou deux de plus ou de moins ſur ſoixante ou quatre-vingt livres, ne font pas un objet; il peut y avoir des cas extraordinaires dans les guerres, ou dans les diſettes extrêmes.

forcera une Place à ſe rendre, la plus grande partie du peuple ne mangeant plus de pain lorſque ſon prix eſt monté ſeulement d'un à vingt. C'eſt ce qu'il eſt aiſé de vérifier par les Siéges de la Rochelle, de Paris, de Sancerre, où l'on ſe porta aux mêmes extrémités que dans celui de Jéruſalem : les vivres y enchérirent d'un à ſoixante.

Niera-t'on que depuis cent cinquante ans l'Argent ne ſe ſoit conſidérablement multiplié en Europe ? Il faut donc conclure que le plus ou le moins d'Argent ne fait pas un changement marqué dans ſa proportion avec les denrées.

Je ne prétens pas cependant que les choſes n'ont point du tout changé, mais je ſoutiens qu'elles n'ont pas autant changé qu'on ſe l'imagine. Depuis cent cinquante ans, le ſetier de blé meſure de Paris, en faiſant un prix moyen, a toujours valu le tiers de ce qu'auroit produit le marc d'Argent fin monnoyé. Il paroît que depuis Philippe-Auguſte juſques vers l'an 1520, le ſetier ſe balançoit communément avec la neuviéme partie de la valeur du marc d'Argent fin. En 1202 le ſetier de blé meſure de Paris valoit à peu près ſix ſols huit deniers ; c'étoit la neuviéme partie du marc d'Argent fin monnoyé, qui produiſoit pour lors environ ſoixante ſols. En 1514 le ſetier de blé eſtimé communément vingt-cinq, vingt-ſix & vingt-ſept ſols, étoit encore la neuviéme partie du marc d'Argent fin monnoyé, valant pour lors douze livres. Nous chercherons dans la ſuite la raiſon de ce changement de proportion. Le rapport qui ſe trouvera dans les paſſages que nous allons citer, entre les temps paſſés & celui d'à préſent, vient de ce que les grains avoient pour lors triplé de prix, ainſi que nous l'avons vû pluſieurs fois de nos jours.

En 1304 le marc d'Argent monnoyé valant environ ſix livres (N), le ſetier du meilleur blé fut fixé, par Ordonnance de Philippe le Bel, à quarante ſols Pariſis (O).

(N) *Du Dimanche après les Brandons 1301, juſqu'à la veille de la ſaint Barthelemi, l'an 1303, valut le marc d'Argent cent quatre ſols Tournois*, c'eſt-à-dire, qu'il étoit payé aux Monnoies cinq livres quatre ſols, & converti en monnoie, il devoit produire davantage ; *de la ſaint Barthelemi 1303, juſqu'à l'Aſcenſion 1304, il valut ſix livres aux Monnoies.* (Regiſtre noſter.)

(O) L'Ordonnance de Philippe le Bel en Mars 1304, porte : *Nul, ſous peine de confiſcation de biens, ne vendra le ſetier du meilleur froment, meſure de Paris, plus de 40 ſols Pariſis, & le ſetier d'autre moindre blé à proportion.* (C'eſt le tiers de la valeur

Mais cette fixation fut faite dans une grande cherté, & elle produisit un très-mauvais effet, en ce qu'elle empêcha les marchés d'être fournis; aussi fut-elle révoquée quelques jours après par une autre Ordonnance donnée à Paris en 1304 le jour de Pâques Fleuries (P), dans laquelle Philippe le Bel permit aux Marchands de grains d'en tirer le prix qu'ils pourroient. Elle commence par ces mots: *Comme nous à réfréner la commune tempête & nécessité qui est aujourd'hui pour la cherté des blés, &c.* Nous pouvons supposer assez naturellement que le prix du setier de blé monta pour lors à la moitié de la valeur du marc d'Argent fin; en 1709, il monta à un marc & demi d'Argent fin monnoyé; ce qui fait le triple du poids d'Argent en des circonstances assez semblables.

Nous voyons dans les Comptes de l'Abbaye de Longchamp, près Paris, qu'en 1312 le setier de blé y fut acheté seize sols un denier & $\frac{77}{136}$: c'étoit environ le cinquiéme de soixante-quinze sols que (Q) le marc d'Argent étoit payé aux Monnoies; mais il devoit produire davantage après sa fabrication en espéces.

Une Tablette de Preuilly en cire de l'an 1313 & 1314, fixe le prix du setier d'avoine à seize sols, d'un porc à vingt-quatre sols, d'une brebis à six sols trois deniers & $\frac{3}{19}$, d'un bœuf à quatre livres quinze sols, d'un mulet à cinq livres, d'un cheval à sept livres dix sols, d'une livre de cire à deux sols huit deniers, d'une livre de chandelle à huit deniers Parisis. Ce sont à peu près les proportions d'aujourd'hui, deux brebis & demi pour un setier d'avoine, quatre livres de chandelle pour une livre de cire, deux livres six onces & demie de cire pour une brebis, environ seize brebis pour un bœuf parvenu à la moitié de sa grosseur, & pesant environ quatre cents livres, & quatre brebis pour un porc qui peseroit soixante livres ou environ.

Cependant les proportions entre les denrées, sans avoir égard

du Marc d'Argent.) *Le setier des meilleures féves & du meilleur orge à la mesure de Paris, sera vendu trente sols Parisis; le setier de la meilleure avoine vingt sols; le setier du meilleur son dix sols Parisis; les autres grains à proportion.* (Tome I. des Ordonnances, p. 426.)

(P) Ordonnances, Tome I. p. 426.

(Q) Du 20 Janvier 1310, jusqu'au 19 Septembre 1313, le marc d'Argent valut aux Monnoies soixante-quinze sols Tournois; & du 19 Septembre 1133, jusqu'au premier Mars, il valut cinquante-quatre sols. (*Regiftre nofter.*)

aux événemens extraordinaires, n'ont pas toujours été exactement les mêmes. En partant du même temps jusqu'à nous, les choses qui sont du superflu pour la vie, comme les amandes, les figues, les raisins, ont monté d'un à seize; les choses qui sont d'un plus grand usage, mais qui ne sont pas d'une nécessité indispensable, comme le bœuf & le mouton, &c. ont monté d'un à dix-huit; les choses absolument nécessaires à la vie, & que tout le monde consomme, comme le blé & les grains ont monté d'un à vingt.

En 1342, il y eut plusieurs changemens (R) dans les Monnoies, & le marc d'Argent fin monnoyé en prenant un milieu valut douze livres. Un bœuf se payoit pour lors à Preuilly dix à onze livres; il revenoit à peu près à sept onces d'Argent fin monnoyé. Aujourd'hui les bœufs qu'on vend communément dans les campagnes, & qui sont bien plus petits que ceux de Paris, vaudroient à Preuilly environ cent trente-cinq livres; c'est à peu près vingt-une onces d'Argent fin monnoyé, qui font en poids le triple d'alors.

Un cheval de voiture (*pro quadriga*) acheté à Preuilly trente-deux livres dix sols, valoit autant que trois bœufs, qui, sur le pied de sept onces piéce, faisoient vingt-une onces. Aujourd'hui, un cheval semblable se vendroit communément aux environs de soixante-trois onces pesant d'Argent fin, qui produiroient en valeur numéraire autour de quatre cents deux livres quinze sols.

Le prix des grains & des animaux destinés à la nourriture, & à l'usage des hommes, nous conduit naturellement à faire la comparaison du salaire des Ouvriers, suivant la différence des temps.

Une Ordonnance du 12 Avril 1350 (S) nous apprend que la monnoie étoit vingt-quatriéme, c'est-à-dire, que le marc d'Argent fin monnoyé produisoit six livres. Les Espéces furent augmentées la même année, & le marc d'Argent fin monnoyé valut depuis six livres quinze sols, jusqu'à neuf livres tournois. Comme il vaut aujourd'hui cinquante-quatre livres six sols six deniers &

(R) Du 10 Mars 1341, jusqu'au dernier Juin 1342, le marc d'Argent fin fut payé aux Monnoies comme matiére onze livres; du 30 Juin 1342, au 7 Septembre suivant, douze livres dix sols; du 7 Septembre 1342, au 9 Avril suivant, treize livres; & du 9 Avril 1342, au 22 Septembre 1343, treize livres dix sols. (*Registre noster.*)

(S) Tome II. des Ordonnances, page 231. (Pâques se trouva le 8 Avril.)

ſix onziémes, il eſt monté depuis 1350 juſqu'à nous environ d'un à ſix ou à huit.

Dans la même année il y eut une grande (T) mortalité, en conſidération de laquelle les ſalaires des Ouvriers & gens de journée furent augmentés d'un tiers en ſus, par Ordonnance de Février 1350. (V) Elle attribue aux Faucheurs de pré quatre ſols de l'arpent. Actuellement on leur paye à Preuilly environ quarante-huit ſols de l'arpent pour la premiere herbe. Cette augmentation ſur les journées de Faucheur depuis 1350, juſqu'à préſent, iroit d'un à douze. Ils ont un vingt-uniéme du marc d'argent fin, ils n'en avoient guères qu'un quarantiéme en 1350.

Suivant la même Ordonnance de 1350, un Chartier conduiſant la charrue, aura de la S. Martin d'hiver, juſqu'à la S. Jean, ſoixante ſols ou trois livres, & de la S. Jean juſqu'à la S, Martin quatre livres, c'eſt-à-dire, ſept livres par an. En 1738, le premier Chartier de Preuilly avoit ſoixante-ſeize livres par an, & en 1739 quatre-vingt-deux livres. Un autre Chartier eut en 1739 ſoixante-douze livres par an. C'eſt à peu près une augmentation d'un à douze en numéraire, & de ſix onces à douze onces en poids d'Argent.

L'Ordonnance ci-deſſus accorde à un Vacher la ſomme de

(T) L'ancien Manuſcrit des Chroniques de France en velin, de la Bibliothéque de M. de Sardieres, fait mention de la Peſte de 1348, dont il eſt parlé dans l'Ordonnance de 1350, & il rapporte ces mots, page 495.

En cettuy an 1351, fût la plus très-grande cherté de tous biens qu'homme qui lors vecquit eut onc vû au Royaume de France & par eſpécial de grains; car un ſetier de froment valoit par aucun temps en ladite année 8 livres Pariſis, un ſetier d'avoine 40 ſols Pariſis, un ſetier de pois 8 livres Pariſis, & les autres grains à l'avenant.

(V) Voyez dans Fontanon, Tome I. p. 864, & dans le Recueil des Ordonnances, Tome II. p. 350, les Titres 24, 25, 26 & 27: *Ne pourront prendre & avoir pour leur ſalaire, tant grain comme argent, que le tiers plus ſeulement de ce qu'ils prenoient avant la mortalité de l'Epidémie.*

Titre 24, p. 369 du Tome II. du nouveau Recueil des Ordonnances de M. Secouſſe. L'Ordonnance ne dit point ſi ces prix étoient en ſols Pariſis ou Tournois; elle prononce ſeulement, Tit. 17, p. 357, *en Pays de Pariſis, Pariſis; & de Tournois, Tournois.* Il eſt probable qu'avant la mortalité les Ouvriers n'avoient que trois ſols pour faucher un arpent de pré. L'augmentation ſeroit donc d'un à quinze ou environ, depuis 1350 juſqu'à préſent. Ils gagnoient à Preuilly du même ouvrage cinquante ſols en 1721. Ce qu'on leur donne, eſt proportionné à la peine qu'ils peuvent avoir lorſque l'herbe eſt plus ou moins fournie. Avant la mortalité, les Chartiers conduiſant la charrue, n'avoient par an que cinq livres ſix ſols environ, qui augmentés d'un tiers, font ſept livres. L'augmentation de cent ſix ſols à quatre-vingt livres eſt en numéraire d'un à quinze & $\frac{10}{106}$.

cinquante sols par an, ou deux onces un septiéme d'Argent fin monnoyé. En 1739 le Vacher de Preuilly avoit trente livres par an, ou quatre onces quatre neuviémes d'Argent fin. C'est une augmentation d'un à douze en valeur numéraire, & du double à peu près en poids d'Argent.

La même Ordonnance (X) prononce : *Les Maréchaux qui ferrent les chevaux ne pourront prendre ne avoir d'un fer neuf à palefroi ou à roussin, de fer d'Espagne, que dix deniers, & de fer de Bourgogne neuf deniers, & pour chevaux de harnois des plus grands, sept deniers, & des autres six deniers.* Il faut lire dix deniers de fer d'Espagne, & neuf deniers de fer de Bourgogne, & sept deniers pour le fer des roussins; car les fers des plus grands chevaux se payent davantage que ceux des roussins ou palefrois, qui sont des chevaux de selle. En multipliant par douze les sept, les neuf, & les dix deniers, le fer reviendroit aujourd'hui à sept, à neuf & à dix sols; c'est à peu près le prix des campagnes. L'Ordonnance de 1567 (Y) fixe le fer du plus grand cheval à deux sols six deniers tournois, du médiocre à vingt deniers, & du plus petit à quinze deniers tournois.

L'Ordonnance de 1350 donne aux (Z) Faucheurs d'avoine de chacun arpent, à la mesure de vingt-deux pieds pour perche, dix-huit deniers; cette somme multipliée par douze, fait juste dix-huit sols qu'ils auroient à peu près aujourd'hui. En 1738 ils avoient à Preuilly pour faucher un arpent d'avoine quatorze sols par jour, outre la nourriture. Le Fermier de Villeneuve-le-Comte, près Montigny, donne quinze sols par jour à ceux qui fauchent ses avoines, & les nourrit; trente sols par jour à ceux qui fauchent ses prés, & aux scieurs de blé quatre livres par arpent.

En 1350, (A) *les Batteurs en grange auront de la S. Remi à Pâques dix-huit deniers sans être nourris, & à la tâche d'argent douze sols du muid de blé, & huit sols du muid d'avoine; & s'ils battent en blé, ils auront & prendront au vingt*, c'est-à-dire la vingtiéme partie. En 1721 on payoit à Preuilly aux Batteurs, du bichet de froment deux sols, & du bichet d'avoine

(X) Page 865.
(Y) Dans Fontanon, Tome I. p. 814.
(Z) Page 369, art. 175.
(A) Art. 178, p. 369, suivant l'Ordonnance ci-dessus.

un sol ; ç'auroit été douze sols du setier de blé, & sept livres quatre sols du muid, ce qui fait depuis 1350 une augmentation d'un à douze.

Pesons relativement à la valeur du marc d'Argent, & à celle du setier de blé, les prix qu'on a payés en divers temps pour toutes les façons d'un arpent de vigne depuis 1535, jusqu'à présent.

En 1535 & 1536 elles se payoient à Preuilly sept livres tournois. Le prix moyen (B) du setier de blé, mesure de Paris, étoit d'environ trois livres tournois, & le marc d'Argent fin monnoyé depuis 1529, produisoit quinze livres tournois. Ainsi les Vignerons pouvoient avoir deux setiers & un tiers de blé avec ces sept livres, qui répondoient à un peu moins d'un demi marc d'Argent fin monnoyé.

En 1606 le marc d'Argent fin monnoyé produisoit aux environs de vingt-deux livres dix sols. Le setier de blé barbu valoit à Preuilly six livres ; on y donnoit alors pour la façon d'un arpent de vigne quinze livres, c'étoit environ deux setiers un tiers de froment. Les Registres de Notre-Dame de Paris en 1606 l'estiment sept livres, *Domini appreciaverunt sextarium frumenti ad septem libras.*

En 1708 le marc d'Argent fin monnoyé valut pendant le cours de l'année jusqu'au premier Mars quarante-sept livres huit sols, jusqu'au premier Juin quarante-deux livres treize sols deux deniers un cinquiéme, jusqu'au premier Août trente-sept livres dix-huit sols quatre deniers quatre cinquiémes, jusqu'au premier Janvier trente-six livres quatorze sols huit deniers trois cinquiémes. On donnoit à Preuilly, de la façon des Vignes de Beauvais,

(B) On verra par les Tables, qui suivront cette partie, que le setier de blé valoit

		l.	s.	d.
en 1529	. . . .	4 l.	10 s.	
1530	. . . .	2	5	
1531	. . . .	5	3	2 d.
1532	. . . .	4	1	8 d.
1533	. . . .	2	6	
1534	. . . .	1	12	
1535	. . . .	2		
1536	. . . .	2	18	
	Total des huit années	24 l.	15 s.	10 d.
	dont le huitiéme est	3 l.	1 s.	11 d.

trente

trente livres par arpent. Le ſetier de blé, meſure de Paris, valoit pour lors aux environs de treize livres, en ſorte que les Vignerons pouvoient avoir deux ſetiers & un tiers de blé.

En 1739, & aujourd'hui, on leur donne à Preuilly de la façon d'un arpent des vignes de Beauvais trente-cinq livres, & de Grateloup quarante livres. En eſtimant le ſetier de blé ſur le pied de quinze livres, les Vignerons peuvent encore avoir deux ſetiers & un tiers de blé.

On voit par là qu'en 1535 les Vignerons pour façonner un arpent des mêmes vignes, n'avoient pas la moitié d'un marc d'argent fin monnoyé, & qu'ils n'en recevoient guère que $\frac{25}{54}$; qu'en 1606 ils avoient plus de la moitié du marc, ou $\frac{36}{54}$, & qu'à préſent ils ont $\frac{35}{54}$, & $\frac{40}{54}$ du marc d'argent fin monnoyé: mais quoiqu'ils touchent aujourd'hui plus de matiere d'argent, ils n'en peuvent de même communément acheter que deux ſetiers & un tiers de blé. Depuis 1535 l'augmentation du prix des Journaliers eſt de ſept livres à trente-cinq livres, & quarante livres, c'eſt-à-dire, d'un à cinq, ou d'un à cinq & cinq ſeptiémes. Le blé ſans parler du plus beau, eſt monté de trois livres à quinze livres, ou d'un à cinq. Le vin eſt monté depuis le même temps, ainſi que le ſalaire des Journaliers, d'un à cinq. Car en 1535, quarante muids de vin de Preuilly furent achetés deux cents vingt livres; c'étoit cinq livres dix ſols le muid. En 1739 trente-deux muids du même vin y furent achetés enſemble huit cents ſoixante-dix-huit livres quinze ſols; c'eſt vingt-ſept livres dix ſols le muid, & cinq fois plus de valeur numéraire qu'en 1535. Quant aux Eſpéces, la valeur du marc d'Argent fin monnoyé depuis 1535, juſqu'à préſent, eſt montée de quinze livres à cinquante-quatre livres, (C) ou d'un à trois & trois cinquiémes.

Enviſageons à préſent les choſes par rapport au commerce, & nous remarquerons qu'il y en a qui, bien loin d'être augmentées de prix depuis deux cents ans, ſont au contraire diminuées.

En 1740 nous payions la livre de ſucre environ ſeize ſols. En 1595 elle valoit vingt ſols. Cependant les Eſpéces étoient bien plus baſſes en 1595, qu'elles ne ſont aujourd'hui. Cette diminution dans le prix du ſucre, vient de ce que la quantité s'en

(C) La fraction de ſix ſols ſix deniers & ſix onziémes qu'il vaut de plus, a été négligée.

F

eſt conſidérablement multipliée en Europe depuis cent-cinquante ans, au moyen de nos Plantations, & par là, nous pouvons juger du progrès de notre commerce.

En 1312, onze muids quatre ſetiers de froment coûterent à Longchamp près Paris cent dix livres treize ſols neuf deniers; c'étoit environ ſeize ſols & $\frac{37}{136}$ le ſetier. Sept livres de poivre y furent payées la même année vingt-huit ſols; c'étoit quatre ſols la livre, ou environ le quart du prix du ſetier de blé. En 1738 & 1739, la livre de poivre coûtoit à Preuilly trente-deux & trente-ſix ſols; ce n'étoit guère que la dixiéme partie du ſetier de blé, ſur le pied de quinze à dix-huit livres le ſetier.

L'once de clou de girofle, qui valoit environ dix ſols en 1587, ne vaudroit guère aujourd'hui que douze ou quinze ſols, quoique les Eſpéces ayent bien plus que doublé de valeur depuis ce temps.

La livre de cannelle qui coûtoit à Longchamp en 1312 ſept ſols, ou à peu près la moitié du prix du ſetier de blé, ſe payoit à Preuilly en 1738 environ dix livres huit ſols: il n'y auroit point eu de diminution ſur la cannelle, quoiqu'elle vienne par la voie de la mer, & même elle auroit un peu plus monté que les grains, peut-être à cauſe des droits dont les Hollandois qui en font ſeuls le commerce, comme maîtres de l'Iſle de Ceylan, ont chargé cette Epicerie. C'eſt par la même raiſon que le ſel eſt enchéri pour nous & pour les Etrangers bien au de-là des grains.

Pour ſimplifier, & pour voir ſi les choſes coûtent aujourd'hui plus de matiére d'Or ou d'Argent qu'elles n'en coûtoient dans les temps éloignés, il faut conſidérer les Eſpéces qu'on donnoit autrefois pour certaines marchandiſes.

Les Regiſtres du Chapitre de Notre-Dame de Paris nous apprennent, qu'en 1360 le ſetier de blé coûtoit à Paris un mouton d'or, qui en 1360 & 1361 valoit vingt-cinq & trente ſols. Les moutons d'or exiſtent encore; ils étoient de cinquante-deux au marc, c'eſt-à-dire qu'ils peſoient quatre-vingt-huit grains & huit treiziémes, au titre de vingt-deux karats & trois huitiémes de France, ſuivant l'inſtruction des Changeurs d'Anvers; car vingt-deux karats, quatre grains & demi d'Anvers, font vingt-deux karats & trois huitiémes parmi nous. Quatre-vingt-huit grains d'or à ce titre, vaudroient en 1745 environ quinze livres dix sols ; c'est le prix moyen du setier de blé. En 1361 le setier de blé valoit à Longchamp trente sols, c'étoit encore le même prix à peu près. Mais en 1360 & 1361 il y eut disette de grains. Le setier de blé qui ne coûtoit en 1356 que dix-huit sols, étoit monté à trente sols, & il avoit plus que doublé du prix ordinaire. Un mouton ne coûtoit à Longchamp en 1361 que douze sols & $\frac{76}{247}$, & le setier de blé ne doit guère valoir dans son prix commun que la moitié en sus (D). Mezeray dans le Regne du Roi Jean (E) rapporte qu'en 1358 il y eut une famine qui dura les quatre années suivantes.

Ouvrons pour un moment les yeux sur les horreurs de quelques Siéges opiniâtres.

Dans la Ville de Sancerre assiégée sous Charles IX. en 1573, » la livre de chair de cheval se vendit deux testons, une tête huit » livres, un foie cinq écus. Quand il n'y eut plus de tout cela à » vendre, on faisoit bouillir les cuirs, les peaux de cheval & de » chiens, tout ce qui avoit passé par les Tanneries & les mains des » Corroyeurs, les peaux des selles, les étrivieres, les cuirs des » soufflets, les ongles & cornes de bœufs, de chevaux & de » chiens jettés de long-temps, & demi pourris dans les fumiers. Il » ne demeura aux maisons aucuns titres en parchemin; il n'y eut » point d'herbes qui ne fussent arrachées, quoiqu'elles donnassent » la mort, pourvû qu'elles pussent remplir. Enfin le suif n'étant » plus que pour les plus riches, ils firent du pain de paille ha- » chée, & d'ardoise, y mêlant du fumier de chevaux. Une fille » de trois ans, morte de faim & mise en terre, fut déterrée par » sa mere, & mangée par le pere & elle, & ces deux étant décou- » verts, brûlés en Justice. (F) En ce Siége, en quarante jours, » plus de quatre cents moururent de faim, & près de trois cents » demeurerent étiques; dans tous les combats, il n'étoit point

(D) C'est par des comparaisons semblables qu'on peut prononcer, si les grains en divers temps étoient chers ou à bon marché. Un homme qui saura qu'en 1709 un bon mouton se vendoit dix livres, & un setier de blé, mesure de Paris, soixante-dix livres; qu'en 1740, un semblable mouton se vendoit douze livres, & le setier de blé cinquante livres; & qu'en 1745, un pareil mouton se vend douze livres, & le setier de blé dix livres; conclura avec juste raison que la cherté de 1709, étoit plus grande que celle de 1740, que les grains sont à bas prix en 1745, & que les Espéces étoient plus hautes en 1740 & 1745, qu'en 1709.

(E) Pag. 448.

(F) D'Aubigné, L. 1, c. 12, p. 600.

» mort cent hommes. Les tranchées avoient été ouvertes au commencement de Mars, & la Ville se rendit le 19 Août. Le teston contenant environ cent soixante-neuf grains pesant d'Argent fin, vaudroit en 1745 autour de quarante sols; ainsi la livre de chair de cheval auroit coûté quatre livres d'aujourd'hui.

En 1579, » les Assiégés à Montpellier ayant fait une sortie, » prirent tant de tonneaux de blé, que le pain qui valoit le jour » d'auparavant un écu, ne valoit plus qu'un sol le lendemain » (G) (Il pût très-bien arriver que le blé se donnât pour lors à meilleur marché qu'au commencement du Siége, à cause du peu d'ordre qu'il devoit y avoir entre ceux qui s'en étoient emparés, & qui pouvoient manquer de lieux commodes pour le serrer.) D'Aubigné ajoute: » N'estimez pas ces barricades pleines de blé, » chose fabuleuse, car c'est pour ce que les gens de guerre ayant eu » tout le pillage du pays, avoient empli ces vaisseaux des blés » qu'ils pensoient vendre à leur bon point.

Le Siége de Paris sous Henry IV. commença le 7 Mai 1590, & fut levé le 30 Août de la même année. Voici ce que L'Etoile rapporte: » Le 31 Juillet (H) j'ai vû du pain blanc à un écu la » livre, & j'ai acheté un minot de blé huit écus. Le Samedi (I) » 4 Août le beurre salé fut vendu trois livres, le frais trois livres » dix sols, & le quarteron d'œufs huit livres. Le 11 Août (K) » fut vendue la livre de beurre quatre livres, un œuf neuf à dix » sols, un setier de blé quatre-vingts écus, & un membre de » mouton quatre écus. Le Mercredi 15 Août, (L) comme j'étois à » ma porte, se vint présenter à moi un pauvre homme qui tenoit » entre ses bras un enfant d'environ cinq ans, que je vis incontinent » mourir, & m'assura ce pauvre pere, que depuis trois jours ni » lui ni son enfant n'avoient rien mangé, & que depuis quinze » jours il n'avoit vû de pain; je lui en donnai un, pour allonger sa vie. Le Jeudi seize Août fut publiée à Paris la permission à toutes personnes de sortir de la Ville, car la famine étoit » tellement accrue, qu'on commençoit à mettre en usage le pain

(G) D'Aubigné, L. 3, c. 21. p. 945.
(H) L'Etoile, Tome II. P. 16.
(I) Page 18.
(K) Page 21.
(L) Page 21.

» fait des os de nos peres, qu'on appelloit ici le pain de Madame » de Montpensier, parce qu'elle en exaltoit l'invention, & sans » toutefois en tâter, mais il ne dura guères, car ceux qui en man- » geoient en mouroient. Le 18 Août la livre de beurre cinq li- » vres, & un œuf douze sols (M). Le 24 d'Août le setier de blé » fut vendu trois cents livres, un œuf quinze sols, & la livre de » beurre jusqu'à sept livres (N). Six jours avant la levée du Siége, » vous eussiez vû le pauvre peuple, qui commençoit à mourir à tas, » manger les chiens morts tout cruds par les rues, d'autres des rats » & souris, & des cuirs. Le 29 d'Août Madame Roduet refusa » de M. de Rochefort vingt-cinq écus pour un minot de blé; & » le Samedi suivant, troisiéme jour du Siége levé, elle offrit une » mine de blé pour sept écus. (O)

Le setier de blé qui se vendoit communément en 1590 environ neuf livres, monta pendant le Siége de Paris à trois cents livres, c'est d'un à trente-trois & un tiers; une livre de beurre qui se vendoit cinq sols, fut portée à sept livres, c'est d'un à vingt-huit; les œufs de sept deniers piéce, allerent à quinze sols, c'est d'un à vingt-cinq & cinq septiémes.

On remarque de là, que dans les chertés extrêmes, les choses les plus nécessaires à la vie, augmentent plus par proportion, que celles dont on peut absolument se passer. Il est encore à observer qu'au commencement du Siége tout étoit déja augmenté de prix, à cause des troubles de la guerre. Si nous considérons l'état des choses en 1589, l'écu valoit trois livres, & le setier de blé six livres cinq sols. Le blé monta donc depuis 1589, jusques vers la fin du Siége, d'un à cinquante. Mezeray (P) dit que la livre de pain de froment se paya dans cette extrêmité jusqu'à cinquante & soixante sols. En 1589, un mouton fut vendu le 13 Janvier à Preuilly trois livres, & dans le même mois dix-huit œufs, à quatre deniers piéce, coûterent six sols, la livre de beurre cinq sols six deniers; c'est à peu près une augmentation d'un à cinquante. Le marc d'Argent fin monnoyé valoit pour lors aux environs de vingt-deux livres.

(M) Page 21.
(N) Page 23.
(O) Page 23.
(P) Tome III. p. 929.

L'Hiſtoire du Siége de la Rochelle en 1628 (Q) porte » qu'en » Mai on commença à y faire du pain de paille de froment, qui » ſe trouva aſſez bon, & mangeable; la farine en étoit fort belle, » car la paille contient une ſorte de moëlle. Sur la fin de Juin, & » au commencement de Juillet, on ſe mit à tuer les chevaux, les » ânes, les mulets, les chiens, chats, &c. dont la chair ſe ven- » dit dix & douze ſols la livre, & ſur tout celle du cheval, qui ne » differe guère de celle du bœuf. On ſe jetta ſur les cuirs, qu'on » faiſoit tremper & bouillir, & on les fricaſſoit avec un peu de » ſuif & d'eau. En Juillet un bœuf valoit trois cents & quatre » cents livres; le moindre vin de l'Iſle de Ré, valoit douze » ſols la pinte, l'autre ſeize ſols, vingt ſols, & vingt-cinq ſols. » L'orge nouvelle quatre livres le boiſſeau, le froment douze, » quinze, & vingt livres, & il y en eut de vendu juſqu'à trente » & quarante livres le boiſſeau. Le 27 Juillet quatre boiſ- » ſeaux de froment ſe vendirent juſqu'à cent écus. Le pain d'é- » pice ne ſe faiſoit plus qu'avec de la farine d'iris, & de racines » d'eringe; les pauvres en mangeoient de crues & de fricaſſées, » elles avoient le goût de châtaignes, mais elles laiſſoient beau- » coup d'âcreté à la gorge. En Septembre la livre de chair de » cheval valoit quatre & cinq livres en argent. Un âne fort pe- » tit, & de trois ans, fut vendu en gros quatre-vingt-quatorze » écus; les vaches & chevaux communément huit cents, neuf » cents, & mille livres, une brebis quarante écus, le boiſſeau » de féves autant, & celui de froment ſoixante-quatorze écus, » un foie de brebis neuf livres; & le 17 dudit mois, un biſcuit » de dix deniers, en temps de paix, fut vendu un écu d'or. Le Sieur » Garaut Echevin débitoit, par libéralité, chaque biſcuit du » poids & prix que deſſus, à quarante ſols, la livre de beurre à » quarante-huit ſols; ailleurs elle coûtoit juſqu'à cinq & ſix li- » vres, le vin clairet cinquante ſols la pinte, le blanc à quarante » ſols, la livre de gros pain, avec tout le ſon, à quatre livres ſeize » ſols. En Octobre, à l'approche de la Flotte Angloiſe, le blé » baiſſa, & ſe vendit trente écus le boiſſeau; la Ville vendit à » picotin, celui de la recherche, au prix de vingt-quatre écus, » les poules ſix livres, trois œufs quatre quarts d'écus. Le 14

(Q) Elle a été imprimée à Rouen en 1671.

» Octobre la livre de chevre six livres, le jour précédent quatre » œufs huit quarts d'écus de seize sols piéce, un chou cinq livres; » la pistole d'or valoit sept livres quatre sols. Le 21 Octobre une » vache mille livres, & si on retint un quartier de derriere vendu » en détail à douze francs la livre, un picotin de blé cent livres, » un œuf quarante & cinquante sols, le picotin de blé, qui est » la huitiéme partie du boisseau, mesure de la Ville, deux cents » livres, un mouton trois cents, quatre cents, & cinq cents li- » vres. La Ville se rendit au Roi le 30 Octobre.

On doit faire attention que dans les chertés ceux qui font des récits, augmentent presque toujours le véritable prix des choses, & qu'ils le diminuent dans des temps d'une extrême abondance. Mais l'augmentation est toujours environ d'un à soixante au Siége de la Rochelle. L'an 1628, la livre de chevre devoit valoir, en des temps ordinaires deux sols; elle se vendit six livres, c'est soixante fois plus. Les œufs qui revenoient autour de neuf à dix deniers piéce, monterent entre quarante & cinquante sols; c'est encore soixante fois plus. Un chou qui pouvoit se vendre un sol huit deniers, monta à cinq livres; c'est soixante fois plus. Les cinq cents livres que le mouton entier fut payé, divisées par soixante, en reportent le prix à huit livres six sols huit deniers, & les trois cents livres qu'il se vendit plus communément, le fixent à cinq livres, ce qui pouvoit être alors le prix d'un mouton. Le biscuit de dix deniers en temps de paix monta à un écu d'or, & l'on en distribuoit même à quarante sols; ce qui fait une augmentation d'un à quarante-huit & soixante.

Recherchons maintenant le prix des grains vers l'an 1500, & faisons en la comparaison avec les prix actuels, après quoi nous hazarderons quelques conjectures sur les disettes de la premiere & de la seconde race de notre Monarchie..

Les Tables dressées sur les extraits des Mercuriales, qui se sont conservées dans quelques dépôts depuis 1595, & dont j'ai eu communication, peuvent servir à nous éclairer pendant quelque temps. Si l'on veut remonter plus haut, il faut nécessairement recourir aux Archives des Chapitres ou des Maisons Religieuses d'ancienne fondation. La Mare, Budée, le Journal de Paris sous Charles VI, & plusieurs anciennes Chroniques Latines, Françoises & Italiennes, imprimées séparément, ou recueillies par M. Muratori, fourniront aussi plusieurs piéces de comparaison, & par le rapport du prix de différentes choses, avec le prix du setier mesure de Paris, il est sensible que les mesures (R) sont les mêmes qu'autrefois. Dans

(R) Le poids du setier de blé constate que nos mesures n'ont point changé. *Extat in actis Decurionum hujus Urbis, medimnum lectissimi tritici appensum jussu Decurionum fuisse, inventumque esse pondus centum & sedecim librarum, quæ ratio efficit in modium undevicenas libras nostras & trientes.* Budée, L. 5. p. 152. v°. Ainsi le setier de bon blé pesoit de son temps deux cents trente-deux livres comme aujourd'hui.

Le boisseau de Paris dont on se sert pour fournir l'Etape aux Troupes, est évalué par l'Ordonnance du 13 Juillet 1727, imprimée dans le Code Militaire, p. 91, *à une mesure quarrée de huit pouces de tout sens, sur dix pouces de hauteur, laquelle mesure rase, suivant l'évaluation qui en a été faite, doit être censée le boisseau de Paris:* huit pouces quarrés sur dix pouces de haut, font six cents quarante pouces cubes.

Budée dit qu'une mesure d'un pied cube emplie comble, répondoit à trois boisseaux de Paris. Un pied cube fait mille sept cents vingt-huit pouces cubes; le comble est à peu-près un neuviéme en sus de la capacité, ou cent quatre-vingt-douze pouces cubes, qui joints aux mille sept cents vingt-huit, produisent mille neuf cents vingt pouces cubes. Nos trois boisseaux composés de six cents quarante pouces cubes, feroient également mille neuf cents vingt pouces cubes. « Vas cubicum ex » tabellis quatuor compingendum locavi, ita ut intus pedale quoquo versus esset. » Hoc vas autem tritico cum implevissem, cum mensuris nostris composui, implendo, deplendoque subinde. Hoc faciens deprehendi, vas illud tesserarium, » id est, amphoram meam cumulatam, hujus Urbis quadrantem radio æquatum » capere, nec aliam esse inter utramque mensuram differentiam, quam quæ esse » soleat inter mensuram rasam & fastigatam, ut amphora antiqua, cum eo auctario » quod liberaliores venditores condonare solent, quadrantem nostrum hostimento » admensum quomodo vænire moris est, omninò æquare possit. Quadrantem appello ejus mensuræ quartam partem, quam sextarium triticarium dicimus. *Budée, L. 5. p. 140. r°. & v°.*

Nos trois boisseaux composés chacun de six cents quarante-quatre pouces cubes, en négligeant la fraction, feroient mille neuf cents trente-deux pouces cubes: car le boisseau de Paris, suivant l'Histoire de l'Académie, Tom. 6. p. 541, étant un cube, dont le côté est huit pouces sept lignes & $\frac{13}{16}$, contient huit millions neuf cents huit mille trois cents soixante-trois mesures, dont huit font la ligne cube, ou six cents quarante-quatre pouces cubes & $\frac{5707}{13824}$.

Conformément à l'Ordonnance de 1669, mentionnée dans le Traité de la Police, Tom. 2. p. 101, dans le Dictionnaire de Furretiere, & dans celui du Commerce, au mot *Boisseau*, où ce dernier cite une Ordonnance du Prévôt des Marchands du 19 Décembre 1670, le boisseau de Paris étant un cylindre qui doit avoir dix pouces de diamétre, & huit pouces deux lignes & demi de hauteur, dans l'hypothèse que le diamétre est à la circonférence, comme 100000000 sont à 314159265 3, contient huit millions neuf cents dix-huit mille soixante-dix mesures, dont huit font la ligne cube ou six cents quarante-cinq pouces cubes, & $\frac{12500}{13824}$.

Il n'y a que douze de ces boisseaux au setier, qui contiendroit sept mille sept cents quarante-un pouces cubes & $\frac{1256}{13824}$, ou suivant les Mémoires de l'Académie, sept mille sept cents trente-deux pouces cubes & $\frac{14188}{13824}$.

Si

Dans les disettes, les Magistrats chargés de la Police de cette Ville ont fait de temps en temps des essais, pour parvenir à regler le prix du pain : & ces essais rapportés au second Tome du Traité de la Police, nous font voir que le setier de blé, mesure

Si l'on veut réduire plus simplement en pouces cubes le boisseau de Paris, consideré comme un vrai cylindre, il faut prendre le diamétre qui est de dix pouces, & dire ; si le diamétre est à la circonférence, comme sept à vingt-deux, combien donneront dix pouces ? Il vient trente-un pouces & trois septiémes, qui multipliés par cinq moitié du diamétre, donnent cent cinquante-sept pouces & un septiéme quarrés pour le double de l'aire du cercle ; prenant la moitié de cent cinquante-sept pouces & un septiéme, on aura soixante-dix-huit pouces & quatre septiémes pour l'aire quarrée du fond du boisseau. Multipliez ces soixante-dix-huit pouces & quatre septiémes quarrés par huit pouces deux lignes & demie, hauteur du boisseau, vous aurez six cents quarante-quatre pouces cubes & $\frac{46}{77}$.

Ou bien, dites ; quatorze est à onze, comme le quarré du diamétre du cercle est à la superficie du cercle, & multipliez le produit par la hauteur du cylindre, vous aurez également pour le boisseau de Paris six cents quarante-quatre pouces cubes & $\frac{46}{77}$.

Le Pere Mersenne dans son Traité intitulé *Parisienses mensuræ*, qu'il composa vers l'an 1640, avance que le boisseau de Paris, étant un cylindre dont le diamétre a les trois quarts du pied, ou neuf pouces, & la hauteur huit pouces cinq lignes, contient sept millions quatre cents un mille neuf cents quatre-vingt-quatorze mesures, dont huit font la ligne cube, ou cinq cents trente-cinq pouces cubes & $\frac{6154}{13824}$.

Il y avoit, selon lui, seize de ces boisseaux au setier de Paris, qui auroit contenu huit mille cinq cents soixante-sept pouces cubes & $\frac{1696}{13824}$.

Voici le passage Latin du Pere Mersenne. » Pedis dodrans *(ou les $\frac{3}{4}$ du pied)* » tribuit latitudinem interiorem modio Parisiensi quem vocant *boisseau*, bes cum 5 » lineis altitudinem *(ou les $\frac{2}{3}$ du pied, & cinq lignes)* libras 16 tritici continet absque » ulla succussione vel percussione cum impletur ad cumulum, qui cum libris 3 $\frac{1}{2}$ constet supersunt libræ 13 $\frac{1}{2}$ cum modium hostieris... Modius major qui præcedentis quadruplus est, quique *minot* à nobis appellatur, frumenti libras 64 continet ; » cui deunx seu pollices 11 altitudinem interiorem, latitudinem vero pollices 15 » cum 3 lineis, hoc est pedem 1 $\frac{1}{4}$ & $\frac{1}{4}$ digiti. Sextarius quem *setier* Galli vocant, » 4 modiis majoribus constat, qui tamen certa mensura non est, quemadmodùm, » neque modius segetis, quem Parisienses vocant *muid de blé*, qui 12 sextarios *(setiers)* complectuntur. p. 12. & 13.

Je ne crois pas qu'il y ait jamais eu pour le blé seize boisseaux au setier de Paris, comme le dit le Pere Mersenne. L'Ordonnance de 1557, rapportée dans Fontanon, Tome premier, p. 977. fait voir que dès lors la mesure du blé, dont l'étalon se gardoit à l'Hôtel de Ville de Paris, étoit le boisseau, trois boisseaux faisoient un minot, quatre minots faisoient un setier, & douze setiers un muid. On voit encore dans un extrait Latin des Mémoriaux de la Chambre des Comptes, rédigé vers l'an 1400, & inséré dans le Glossaire de Ducange, au mot *Modius*, que trois boisseaux de Paris faisoient un quart ou un minot, que deux quarts ou deux minots faisoient une mine, que deux mines formoient le setier, & qu'un muid étoit composé de douze setiers. Budée dit la même chose, L. 5. p. 495. *Sextarius noster triticarius in bina medimna* (ou deux mines) *vel quaternas amphoras* (ou quatre minots) *dividitur, & inde in duodenos modios quos bossellos appellamus.*

Peut-être le Pere Mersenne a-t'il confondu le setier de sel avec celui de blé. Le setier de sel est composé de seize boisseaux, quatre de ces boisseaux font un minot

de Paris, depuis 1418 jufqu'à 1700, s'eft balancé pour le poids de 205 à 244 livres. Selon que le grain étoit plus nourri (S), le fetier rendoit plus ou moins en poids, en farine & en pain.

de fel, & au muid il y a cent quatre-vingt douze boiffeaux. Voyez le Dictionnaire du Commerce, au mot *Boiffeau*. Le boiffeau de fel ne contient que fix cents quarante pouces cubes, & un quart de pouce. Peut-être auffi fur ce qu'on rend à ceux qui payent la mouture en argent feize boiffeaux de farine pour un fetier de blé, auroit-il cru le fetier compofé de feize boiffeaux. V. les Tables, année 1568.

Divifant deux cents quarante livres, ou trente mille fept cents vingt gros par fept mille fept cents quarante-un pouces cubes, le pouce cube de blé ne péfe pas tout-à-fait quatre gros, poids de marc, mais il ne s'en faut prefque rien. Deux pouces cubes ne péfent donc pas tout-à-fait huit gros ou une once, feize pouces cubes égalent prefque huit onces, & trente-deux pouces cubes péfent une livre de feize onces, ou peut s'en faut. On pourroit ainfi comparer aifément toutes les mefures avec celle de Paris; car après avoir divifé par trente-deux pouces cubes, la quantité de pouces cubes que contenoient toutes les mefures dont on m'avoit envoyé la hauteur & la largeur, j'ai trouvé toujours à une demi-livre plus ou moins de différence, ce que des gens du pays bien informés m'avoient mandé qu'elles pefoient.

(S) Suivant Muller, le fcheffel de feigle mefure de Konigfberg, fans prélever le minage, péfe d'ordinaire quatre-vingt-quinze livres, & minage déduit, quatre-vingt-dix livres. Ces quatre-vingt-dix livres après avoir paffé deux fois fous la meule, rendent le même poids de quatre-vingt-dix livres de farine.

Nous trouvons un effai dans Lamare, Tome II. p. 361. fuivant lequel le blé fit précifément au fortir du moulin, le même poids de farine, qu'étoit celui du grain; mais il en rapporte cinq autres, dans lefquels le déchet fur un fetier va de trois à huit livres.

Un fcheffel de froment, qui eft un peu plus lourd que le feigle, péfe jufqu'à cent livres.

On a obfervé par quantité d'expériences, qu'une mefure qui contient huit fcheffels de bon grain, doit faire, au fortir du moulin, onze fcheffels de farine, & trois fcheffels de fon, parce que la farine eft moins compacte. Lorfque le blé eft mal moulu & mal bluté, c'eft-à-dire, que la farine & le fon n'ont pas été bien brifés ou féparés, & quand on n'a pas le poids qu'on avoit livré, le Meûnier eft en faute.

Dans quatre effais rapportés par Lamare, les douze boiffeaux de blé, qui compofent notre fetier de Paris, rendirent feize à dix-fept boiffeaux de farine & de fon. L'Ordonnance du 11 Octobre 1382 enjoint aux Meûniers de ne prendre pour moudre un fetier de blé, qu'un boiffeau rès, & de rendre pour chacun fetier de froment quinze boiffeaux de farine, autant du méteil, & de chacun fetier de feigle quatorze boiffeaux de farine. *Lamare*, *Tome* II. p. 160.

Un Mémoire qui m'a été fourni par une perfonne employée à la Police des grains, fait monter en farine & en fon le produit d'un fetier de blé de Paris à dix-neuf boiffeaux. Suivant Muller nos douze boiffeaux devroient rendre vingt-un boiffeaux de farine & de fon; mais peut-être notre grain eft-il moins plein, que celui de Pruffe.

De plus on vend à Paris le blé à mefure rafe. Si on le vend en Pruffe mefure comble, cela peut faire la différence de dix-neuf à vingt-un.

Conformément aux Ordonnances des Villes maritimes d'Allemagne, les Boulangers de cinq livres de farine, font tenus de rendre fept livres de pain, parce que pour former la pâte, on met d'ordinaire foixante livres d'eau, fur cent livres de farine, & qu'après la cuiffon, ces cent foixante livres fe trouvent réduites à cent quarante livres. *Muller*, *p.* 17.

C'eſt ce qu'on remarquera dans la Table ſuivante.

Le ſetier de blé, meſure de Paris, peſoit	P. 341 au 25 Mars 1418.	P. 346 au 20 Nov. 1434.	P. 351 au au 6 Déc. 1466.	P. 353 au 10 Sept. 1477,	P. 361 au 2 Octo. 1573.	P. 423 au 5 Juillet 1700.
	205 lb. $\frac{1}{2}$.	226 lb. $\frac{1}{4}$.	216 lb.	222 lb.	209 lb. $\frac{3}{4}$.	244 lb.
Il rendit en poids de farine & de ſon.	202 lb. $\frac{1}{2}$.	221 lb. $\frac{1}{8}$.	208 lb.	215 lb. $\frac{15}{16}$.	209 lb. $\frac{3}{4}$.	240 lb.
Le ſetier produiſit en pain blanc.	. . .	90 lib.	126 lb.	144 lb.	60 lb.	78 lb. $\frac{7}{8}$.
En pain Bourgeois ou bis-blanc.	127 lb. $\frac{1}{2}$.	. . .	. . .	. . .	64 lb.	77 lb. $\frac{1}{2}$.
En pain bis.	65 lb.	77 lb. $\frac{5}{8}$.	. . .	. . .	48 lb.	37 lb.
Total des livres des trois ſortes de pain.	192 lb. $\frac{1}{2}$.	167 lb. $\frac{5}{8}$.	126 lb.	144 lb.	172 lb.	193 lb. $\frac{1}{8}$.

J'ai quelque peine à croire qu'on ne tire du ſetier de blé que

A ce compte il faudroit une livre & un ſeptiéme de pâte pour faire une livre de pain cuit.

Les Reglemens faits à Ratiſbonne & à Konigſberg le 9 Août 1597, portent : » Qu'il faut une livre & un huitiéme de pâte pour faire une livre de pain cuit, » neuf ſeiziémes de pâte pour une demi-livre, & neuf trente-deuxiémes pour un » quarteron de pain cuit.

Tout le monde ſait qu'il faut laiſſer pour le moins trois heures au four un pain de vingt-quatre livres, ou d'un moindre volume, pour qu'il ait ſon degré de cuiſſon.

la quantité de livres de pain marquée dans ces différens essais. Mais tout le monde sait que dans les mauvaises années le

Suivant l'essai fait en 1600, par ordre du Margrave Fréderic de Brandebourg, un scheffel rend en poids de farine moulue à fin pour pain blanc quatre-vingt-trois livres; cette farine passée à fin, pése soixante-quatre livres, & mise en pâte, elle fait quatre-vingt-onze livres.

Si l'on veut avoir de gros pain de ménage, on fera passer son grain deux fois sous la meule : on tamisera la farine provenant du scheffel, dont on séparera quatre ou six livres de gros son; le surplus mis en pâte, donnera cent vingt livres de pain de ménage.

Retranchant de ce qui proviendra du scheffel, vingt livres pour les gruaux & le son, y compris le droit de minage, il restera en fine farine autour de soixante-quinze livres, qui paitries, levées, & cuites avec soin, rendront cent cinq livres de pain, nommé *panis siliginis candidus.*

Le pain sera encore plus blanc, si l'on veut retrancher sur un scheffel vingt-sept livres de gruaux & de son, y compris le droit de minage; on aura soixante-huit livres de fine farine, qui donneront quatre-vingt-quinze livres & un cinquiéme de pain blanc, nommé *panis siliginis candidior.*

J'observerai qu'en repassant quatre fois la farine au tamis, il y a de déchet pour l'ordinaire vingt-deux livres de son ou de gruaux.

En cas qu'on veuille faire deux sortes de pain, on coupera au tamis la farine provenue du scheffel, & l'on aura d'un côté quarante-cinq livres de fine farine, & de l'autre quarante-cinq livres de grosse farine mêlée avec le son. Paitrissant séparément chacune de ces deux sortes de farines, dont trois livres font quatre livres de pain, les quarante-cinq livres de fine farine produiront soixante livres de pain mollet, & les quarante-cinq livres de la grosse farine feront également soixante livres de pain bis.

Nota. Que tout le pain dont il est parlé jusqu'ici, est de pur seigle.

On aura de très-bon pain en prenant trois scheffels de seigle, & un scheffel de froment. Retranchez des trois premiers scheffels quarante-cinq livres de son & grosse farine, à raison de quinze livres pesant par scheffel, & du scheffel de froment trente livres pour la déduction des gruaux, son, & droit de minage; toutes ces farines produiront cinq cents quatre-vingt-quinze livres pesant, qui, suivant l'Ordonnance de Leipsick, feront quatre cents treize livres de pain.

Ceux qui voudront avoir du pain de pur froment très-blanc, ne tireront du scheffel de blé pesant cent livres, que soixante-dix livres de fine farine, dont ils auront quatre-vingt-onze livres de pain cuit, nommé *panis similagineus.*

En quelques endroits, on ne permet pas de faire du pain de la derniere blancheur, parcequ'il y a beaucoup de déchet, & que les gruaux & le son augmentent d'autant plus, qu'on fait le pain plus blanc; mais comme on ne laisse pas de faire quelque argent des gruaux & du son, qui ne sont pas en pure perte, & que ce qu'on tire du scheffel en pain extrêmement blanc, quoiqu'en moindre quantité, se vend le même prix, qu'une plus grande quantité qu'on tireroit du scheffel, en faisant le pain d'une moindre blancheur, les droits du Boulanger ne changent point, quoiqu'il y ait plus de façon pour le pain blanc, dont la farine se passe au tamis jusqu'à six fois; & on croit le Boulanger assez récompensé par le prix qu'il retire des gruaux & du son.

L'Ouvrage de Muller imprimé à Leipsick en 1616, & composé en Allemand, se trouve à la Bibliotheque des Quatre-Nations; le titre répondroit en Latin à celui *de pane faciendo.*

On estime à Paris qu'un setier de blé rend, la premiere fois qu'il passe sous la

blé pése moins, & rend moins de farine que dans les bonnes (T), & que la même quantité de grain, ou la même mesure du même blé ne pése pas parfaitement la même chose dans (V) les divers

meule, neuf à dix boisseaux de farine blanche; qu'en faisant remoudre les gruaux, les recoupes & le son, l'on en retire encore deux ou trois boisseaux de farine plus bise, & qu'outre ces douze boisseaux de farine, il revient de plus six boisseaux de son, & un de recoupes. Le boisseau de farine pesant douze livres & demie, produit seize livres de pain, dit pain du marché, & les douze boisseaux (ou le setier de farine) font cent quatre-vingt-douze livres de pain; le surplus du son peut être laissé pour les animaux, qui partagent avec nous les productions de la terre. Mais quand on voudroit tout mettre à profit pour la nourriture des hommes, le setier de blé ne rendroit au plus que dix-sept boisseaux de farine & de son, capables d'être convertis en pain, qui à seize livres par boisseau, produiroient deux cents soixante-douze livres de pain. Les huit cents seize livres provenant de trois setiers, divisées par trois cents soixante-cinq, donneroient deux livres & un quart par jour. On ne croit pas estimer trop haut la consommation des hommes l'un dans l'autre, en la portant à trois setiers par an. S'il y a des personnes qui mangent moins, il y en a beaucoup qui consomment davantage.

(T) *Apud nos experientia docuit messibus præter ordinem fœcundis, tritici medimnum Argentoratensem, id est, sex modios Georgicos, 200 ferè libras Argentoratenses pondere æquasse, qui annis sterilioribus vix centum quinquaginta attigerunt.* Eisenschmid, de Ponderibus, p. 90. sect. 2.

(V) Il est notoire que la mesure des grains dans le Soissonnois, n'a pas changé depuis 1728, & la différence entre le poids des grains vendus sur le marché de Soissons pendant les années ci-dessous, montre que notre setier de Paris peut varier de deux cents cinq à deux cents quarante livres.

Années.	Setier de froment.	Setier de méteil.	Setier de seigle.	Setier d'orge.	Setier d'avoine.
	lb.	lb.	lb.	lb.	lb.
1728 . . .	156 . .	148 . . .	141 . . .	134 . . .	124.
1729 . . .	160 . . .	140 . . .	136 . . .	108 . . .	120.
1730 . . .	160 . . .	152 . . .	140 . . .	115 . . .	122.
1731 . . .	158 . . .	157 . . .	154 . . .	136 . . .	114.
1732 . . .	156 . . .	148 . . .	152 . . .	124 . . .	116.
1733 . . .	162 . . .	160 . . .	156 . . .	134 . . .	132.
1734 . . .	162 . . .	154 . . .	138 . . .	126 . . .	112.
1735 . . .	156 . . .	144 . . .	142 . . .	136 . . .	128.
1736 . . .	160 . . .	154 . . .	142 . . .	136 . . .	128.
1737 . . .	168 . . .	156 . . .	158 . . .	130 . . .	120.
1738 . . .	160 . . .	154 . . .	156 . . .	138 . . .	122.
1739 . . .	164 . . .	158 . . .	160 . . .	134 . . .	132.
1740 . . .	146 . . .	144 . . .	152 . . .	136 . . .	118.
1741 . . .	160 . . .	152 . . .	156 . . .	144 . . .	122.
1742 . . .	162 . . .	154 . . .	154 . . .	140 . . .	122.
Poids commun des 15 années.	lb. 159 $\frac{1}{4}$ . .	lb. 151 $\frac{2}{3}$ . .	lb. 149 $\frac{1}{8}$ . .	lb. 131 $\frac{2}{3}$ . .	lb. 122.

temps de l'année. Il ne faut pas conclure de ce changement dans le poids du grain, que la mesure ait changé en elle-même. On paye aujourd'hui dans les redevances la quantité de setiers ou de boisseaux marquée par les titres les plus anciens ; & si les me-

Le très-beau blé qui se vend dans le grenier des Marchands, peut peser cent soixante livres le setier année commune ; mais cela ne fait point regle, parceque ce sont des blés passés au crible normand, & pour lesquels on prend plus de soin.

Savary, dans son Dictionnaire du Commerce, au mot *setier*, dit que huit setiers de Soissons font cinq setiers de Paris. Ainsi le setier de Soissons peseroit cent cinquante livres ; car cinq fois deux cents quarante égalent douze cents, qui, divisés par huit, font cent cinquante livres : & Lamare, Tome II. p. 96. dit que le setier de Soissons pése quatre-vingts livres.

La contrariété entre le Dictionnaire du Commerce, & le Traité de la Police, vient de ce que le dernier a pris, dans les mémoires qu'on lui a envoyés, l'essein pour le setier, l'essein étant précisément la moitié du setier.

Le muid de blé de Soissons est composé de douze setiers, ou vingt-quatre esseins, ou quarante-huit pichets. Le setier contient quatre pichets ou deux esseins, & l'essein deux pichets. Le pichet fait, comme le minot de Paris, le quart du setier. Il contient dix-sept pintes, mesure d'Auchy, qui en font vingt de Soissons, & la pinte pése année commune deux livres six onces.

Dix-huit setiers, mesure de Soissons, font douze setiers mesure de Paris. Il y a même quelque chose à gagner, mais qu'on perd par les frais du transport. Ainsi l'on peut dire que le muid de Paris est un tiers plus fort que celui de Soissons. Le pichet qu'on nomme *minot* à Paris, & que les Dictionnaires appellent *bichet*, est rond ; il a sept pouces huit lignes de hauteur, & quatorze pouces quatre lignes de largeur. La mesure pour l'avoine est plus grande ; le pichet contient vingt-trois pintes, mesure d'Auchy ; il faut, comme aux autres grains, douze setiers au muid, ou vingt-quatre esseins, ou quarante-huit pichets. On parle presque toujours dans le Païs de la mesure d'Auchy, parceque le Seigneur d'Auchy, à cause de sa Vicomté, tenoit les poids & mesures d'une bonne partie du Soissonnois, & cette mesure est toujours regardée comme mesure matrice.

La façon de mesurer le grain, n'est point à ras, ni à comble, mais grain sur bord, & ne se fournit jamais que dans le pichet. La différence du poids, entre les froments, les méteils & les seigles, vient des années, où ils essuient plus ou moins d'accidens, & de ce qu'ils ne mûrissent point en même temps.

Il est cependant encore à remarquer que du mois de Décembre à la fin de Mai, il y a sur le blé quelque différence de poids, parceque pour lors le grain a sué, & a jetté son eau ; aussi la farine est-elle plus blanche : & il n'y a point de comparaison pour la bonté, entre du pain fait de blé vieux, & du pain fait avec du blé nouveau ; le premier est beaucoup plus doux, plus sain & plus nourrissant.

Savot, dans son Traité du poids & prix antique des Médailles, dit, p. 135. « Le » blé nouveau pése plus que le vieil ; celui aussi de certaines années est de plus grand » poids que celui de quelques autres. Il y a trois ou quatre ans que le setier de Paris de beau froment, se trouvoit du poids de deux cents cinquante à deux cents » cinquante-quatre livres ; au lieu que depuis trois ans en-çà, il ne s'en est point » trouvé qui ait pesé guères plus de deux cents cinquante-deux livres. » (Je crois qu'il faut lire d'abord deux cents quarante & deux cents quarante-quatre, & ensuite deux cents trente-deux livres ; autrement il n'y auroit point eu de différence). L'Ouvrage de Savot est imprimé en 1627, & il fut composé vers l'an 1626 ; car il est dédié à Messire Antoine Ruzé Marquis d'Effiat, à qui l'on donne dans l'Epitre

ſures avoient changé, l'un des deux, ou du Créancier ou du Débiteur lezé, auroit élevé la voix, & les Hiſtoriens en euſſent dit quelque choſe.

Les Ordonnances (X) des Monnoies, & le témoignage de Budée, qui termina ſon ouvrage en (Y) 1514, conſtatent qu'en 1513 le marc d'Argent (Z) le Roi monnoyé produiſoit

dédicatoire, le titre de Chevalier des Ordres du Roi, qu'il n'obtint qu'en 1625.

Il eſt à obſerver, qu'une quantité de blé péſe plus au ſortir de la moiſſon, que quelques mois après, parceque l'humidité s'évapore; mais comme le grain ſe reſſerre pour lors, ce qui faiſoit, immédiatement après la moiſſon, un boiſſeau de blé, ne le remplit plus trois ou quatre mois après, & il y faut ajoûter d'autre grain. Par-là le boiſſeau péſe plus quand le blé a été gardé quelque temps, pourvû qu'il n'ait point été piqué des charentons, ou des mites.

(X) La Déclaration du 5 Décembre 1511, porte: « Louis, &c. en Novembre » 1507, avons reglé, &c. que les Ecus au Porc-épic que faiſons faire de nouveau » en notre Monnoie, auroient cours du poids de deux deniers dix-ſept grains tré» buchant, pour 36 ſols 3 deniers Tournois, & les Ecus au Soleil qui paravant avoient » été faits, auroient cours du poids & miſe de deux deniers ſeize grains & au-deſ» ſus, pour ſemblable prix de trente-ſix ſols trois deniers Tournois, & les Ecus à » la Couronne du poids de deux deniers quatorze grains pour trente-cinq ſols Tour» nois...... (Mais comme quelques-uns les prenoient dans le commerce pour une » plus grande valeur) ordonnons que noſdits Ecus au Porc-épic que faiſons de préſent » forger, & les Ecus au Soleil ſeront pris pour trente-ſix ſols trois deniers Tour» nois; ceux à la Couronne pour trente-cinq ſols Tournois, les grands blancs Ludo» vicus que faiſons de préſent forger, & ceux à la Couronne pour douze deniers » Tournois, & les grands blancs au C. couronné pour dix deniers Tournois; les » grands blancs au Soleil pour treize deniers Tournois, & les liards, doubles, Pa» riſis & petits Tournois pour les prix ordinaires......... & qu'on ne vende le » marc d'or fin plus de cent trente livres trois ſols quatre deniers, & le marc d'ar» gent plus de onze livres Tournois, &c.

Voici l'Ordonnance des Généraux des Monnoies du 23 Janvier 1514, ſur la fabrication des Ecus-Soleil & grands blancs. « De par les Généraux Maitres des » Monnoies du Roi notre Sire, Gardes de la Monnoie de Lyon, nous vous en» voyons les patrons des Ecus-Soleil & grands blancs-Couronne, que le Roi a or» donné préſentement être ouvrés en ſes Monnoies ci-dedans enclos, leſquels Ecus » vous ferez ouvrer & monnoyer de ſoixante-dix de poids au marc de Paris, qui eſt » ſemblable poids & loi que les Ecus au Porc-épic qu'on avoit accoutumé ouvrer, & y » faites mettre l'écriture, telle qu'elle eſt èſdits patrons, & faites ouvrer les grands » blancs à quatre deniers douze grains de loi Argent-le-Roi à deux grains de remède » de ſept ſols deux deniers de poids au marc de Paris, qui auront cours pour douze » deniers Tournois, & faites tailler leſdits Ecus & grands blancs au recours cha» cune piéce, & ainſi qu'il eſt déclaré ès dernieres Ordonnances. » Semblables Lettres furent envoyées aux autres Monnoies. Le marc d'Argent fin monnoyé, Argent le Roi, produiſoit onze livres 9 ſols 4 deniers.

(Y) *Edicto principali libra Argenti undecim francicis æſtimata eſt, licet paſſim jam duodecim væneat.* Budée, de aſſe, L. 2. p. 45, Edition de Vaſcoſan.

(Z) L'on comptoit pour lors en Argent-le-Roi, *& l'Argent-le-Roi* (comme nous l'apprenons du Regiſtre noſter) *eſt & doit être, à une maille près, de l'Argent fin; car l'Argent fin eſt à douze deniers de loi, & l'Argent-le-Roi à onze deniers*

onze livres dix ſols. Cherchons quelle pouvoit être de ſon temps la proportion du ſetier de blé avec l'Argent. Ce que nous allons traduire fera connoître que les meſures ſont reſtées les mêmes.

J'interrogeai, dit-il, (A) un Boulanger de ma connoiſſance, qui fourniſſoit ma table, & qui venoit quelqueſois me voir pour acheter du blé. Dans l'appréhenſion que je n'euſſe projetté quelque choſe de contraire à l'intérêt de ſon Corps, il héſita d'abord à répondre aux queſtions que je lui propoſois ; mais après l'avoir raſſuré ſur ce point, il me dit ; qu'un ſetier compoſé de deux mines de parfaitement bon blé, rendoit environ ſeize douzaines ou cent quatre-vingt-douze pains de la premiere blancheur, dont chacun, au ſortir du four, ſuivant les Statuts, devoit peſer douze onces. [Ainſi du ſetier on tireroit en pain blanc cent quarante-quatre livres de ſeize onces.]

Je lui demandai (B) combien il reſtoit en gruaux & en ſon ; il me répondit, un minot ou le quart du ſetier.

Il ajouta que (C) le gros pain, autrement dit pain bourgeois, ou de la ſeconde blancheur, ſe faiſoit du poids de quatre livres, & que chacun de ces pains devoit peſer autant que cinq des premiers ; que cependant un pain de quatre livres ſe vendoit le même prix que quatre des autres, parce que dans le pain de la premiere blancheur, il n'entre que la plus fine farine, & qu'on

obole, ou à onze deniers douze grains. Afin de comparer exactement les Monnoies d'alors avec les nôtres, nous fixerons la valeur du marc d'Argent fin monnoyé en 1514, à douze livres.

(A) « Hæc ego cum ſcriberem piſtorem accerſiri juſſi, ideò mihi notum quod » pane ab eo utebar, & ipſe emercandi frumenti causâ interdùm ad me ventitabat. Cum hæc igitur ab eo ſciſcitarer, vix tandem extudi ut fateretur, verebatur enim ut ſenſi, ne quid in panificum nationem imprudens effaretur. Sed cum » fidem feciſſem nil me hujuſcemodi cogitare quod ille ſuſpicari poſſet, eò ægrè » hominem perduxi ut diceret, ex ſextariis ſingulis noſtris, id eſt, binis medimnis » tritici probi, panes primariæ notæ ſedecies duodenos minimum factitari. Primario autem pani jam cocto & tepido duodenas uncias lege municipali taxatas eſſe, » id eſt, libræ noſtræ dodrantem. *p.* 161. *v°*.

(B) « Petenti autem quantum in furfures abiret, reſpondit, hemimedimnum, » id eſt, quadrantem ſextarii noſtri.

(C) « Porrò ſecundarios panes pondo quaternûm librarum fieri ſolere, quantum » quini panes primarii penderent, quanquam ſinguli ſecundarii pro quaternis tantùm primæ notæ cederent væni rentque. Id ideò inſtitutum, quoniam nil furfurum in eo pane eſſet, qui è maſsâ conficeretur cribro ſuccreta pollinario. Cum » pondera tunc & panes expediri juſſiſſem, ad libram parem propemodum reſponderunt. Tametſi uncia ſæpè decedit in ſingulas libras, indulgentiâ eorum qui legis cuſtodes conſtituuntur.

n'y emploie point celle qui n'a point paſſé à travers le bluteau.

J'envoyai chercher ſur le champ de ces divers pains, & les ayant mis dans des balances, je les trouvai à peu près du poids qu'il m'avoit dit; car les Prépoſés à la Police leur paſſent quinze onces pour ſeize, en leur accordant une once de déchet par livre, comme un remede autoriſé par la Loi.

Ceux qui mangent (D) le plus de pain frais & tendre, ne ſauroient conſommer par jour plus de deux pains de la premiere blancheur de douze onces chacun, l'un à dîner, & l'autre à ſouper. Les médiocres mangeurs ont aſſez des trois quarts d'un de ces pains, ou de neuf onces par repas, qui font dix-huit onces par jour.

Ainſi le boiſſeau produiſant (E) ſeize pains, ſuffit pour huit jours à un homme fait; & quatre boiſſeaux le nourriſſant l'eſpace d'un mois, quatre ſetiers feroient ſon année. Il faut obſerver qu'il nous reſte encore les gruaux, les recoupes, & le ſon qui montent à la quatriéme partie.

Les Ouvriers (F), & gens de travail qui ne ſe nourriſſent

(D) « Eſt autem primarii noſtri panis ea omninò magnitudo, ut qui plurimùm » panis eſitet, non ultrà binos etiam recentes in ſingulos dies abſumat, id eſt, ſin» gulos in ſingula convivia; qui autem mediocris in panis eſu ſit, etiam dodrante » Romano in ſingulos convictus ſatietur.

(E) « Hac ratione fit ut è ſingulis modiis ſenideni panes redigantur, qui octonis » diebus viritim ſufficiunt, & quarta pars ſuperſit in furfures ſecreta. Hac igitur » ratione comperimus quaternorum modiûm excretam farinam affatim in menſem » ſuppetere, ita ut furfures ſuperſint quartam partem implentes.

Les Priſonniers, ſuivant l'Article XI. de l'Arrêt du Parlement, rendu le 18 Juin 1717, doivent avoir chacun par jour un pain de bonne qualité, & du poids au moins d'une livre & demie. *V. Bornier, Tome II. p.* 183. Ainſi le ſetier de blé faiſant deux cents ſoixante-douze livres de pain bis, leur dureroit cent quatre-vingt-un jours & un tiers, & ils conſommeroient au moins deux ſetiers de blé par an. La ration de chaque ſoldat eſt de même d'une livre & demie, outre la viande & le vin; en route même on donne aux Cavaliers trente-ſix onces de pain par jour, outre deux livres de viande, & une pinte & demie de vin. Ils conſommeroient chacun trois ſetiers ſur ce pied. Les Quinze-Vingts avoient autrefois quatre ſetiers chacun par an; on leur retient à préſent un quart, & ils n'ont plus que trois ſetiers, outre ce qu'on leur donne en Argent.

(F) « Verùm hoc de iis intelligendum, qui liberaliora vitæ inſtituta ſequuntur. » Eſt enim alia ratio ſellulariorum artificum, eorumque qui artes operoſas factitant, quique iis opificiis vitam tolerant, quæ multâ corporis fatigatione con» ſtant. Hos enim uberioribus cibariis uti ac craſſioribus neceſſe eſt: præſertim cum » cibarii magnâ parte pulmentarii vice utantur, ac ter ferè aut quater in dies epu» lentur. His ternos dodrantes partim ſecundarii panis, partim poſtremæ notæ » ſtatuo. Sed & inter eos artificiorum varietas, & corporum fatigatio refert. Pluſ-

guères que de pain bis, & qui font quatre repas, en consomment davantage. On peut compter que ceux qui fatiguent le moins, en mangent tous les jours trente-six onces, ou deux livres & un quart, & que ceux dont la fatigue est plus rude, comme les Portefaix, &c. en consomment par jour jusqu'à quarante-huit onces ou trois livres.

En questionnant encore (G) le Boulanger, dont je viens de parler, j'appris que six boisseaux de bon blé envoyés au Moulin, rendoient huit boisseaux combles, & quelquefois même huit & un quart, & qu'en mêlant les gruaux & le son avec la fine farine, on devoit tirer d'une mine dix douzaines & huit pains de douze onces. A ce compte, le setier de blé produiroit en farine seize boisseaux combles, ou même seize & demi, & en pain bis cent quatre-vingt-douze livres de seize onces, & notre boisseau rendroit en ce pain seize des mêmes livres.

Ceux qui mangeroient par jour trois livres de pain bis, consommeroient donc un setier de blé en soixante-quatre jours, & dans un an cinq setiers, huit boisseaux, & sept seiziémes. Il faudroit aux personnes qui se contenteroient de deux livres par jour, trois setiers, neuf boisseaux, & $\frac{15}{24}$ par an.

Chaque Domestique de Paris, sur le pied de neuf livres de pain par semaine, sans compter celui de la soupe, ni ce qu'ils en mangent dans des repas de traverse, consommeroit par an quatre cents soixante-huit livres de pain blanc, ou trois setiers de blé pour le moins. Il en faut davantage pour les Ouvriers qui ne

» culo enim pane gerulis opus est, & malleo tundentibus, & helciariis, & id genus operis, quàm sarcinatori, aut sutori, & aliis qui sedentario tantùm opificio incumbunt. Artificiis igitur remissioribus, quaterna ut summum pondo sufficient panis secundarii, id est, quaterni dodrantes nostri.

(G) « Nunc si ulterius ratiocinari placeat, comperi percontando ab illo pistore, » ex medimno tritici probi octies duodenos (ut minimum) dodrantales panes confici...... si quidem constat ex senis modiis tritici probi, id est, ex medimno, » octonos cumulatos, & interdùm octonos & quadrantem farinæ redire. Si igitur » furfuribus cum polline confusis panes dodrantales fiant, ex medimno denos duodenarios panum & octonos habebimus : ut facile est colligere, si quis in singulos » modios senosdenos panes numeret. Fiunt enim pro octo modiis farinæ, octies » senideni, id est, centum & duodetriginta, id est, decies duodecim & octo » prætereà. Nunc si in dies singulos, ternos panes dodrantales numeremus, hebdomada quælibet paulominùs unum modium absumet. Ita duodetriginta dies, » quaternos modios absument. *Budée, L. 5. p. 161, 162.*

mangent que très-peu de viande, & qui n'ont pas ce qu'on donne aux Domestiques, outre leur pain.

En supposant que ce qui peut être nécessaire à la nourriture de chaque personne dans le cours d'une année aille à trois setiers de froment (H), les quatre-vingt-deux mille muids de blé, qui, suivant le témoignage des gens les plus instruits, entrent tous les ans à Paris pour la subsistance du peuple, ne pourroient faire vivre que trois cents vingt-huit mille personnes. Si l'on veut que les habitans de cette Ville mangent moins de pain que ceux de la campagne, & qu'on réduise la consommation des premiers à deux setiers par tête en une année, il n'y auroit dans Paris que quatre cents quatre-vingt-douze mille ames, sans comprendre les enfans au-dessous de trois ans, quoiqu'ils mangent de la bouillie, & les malades, & sans avoir égard d'un autre côté, à ce que les Brasseurs, plusieurs métiers, & les animaux, comme les chiens, chats, &c. en consomment.

Les Boulangers de notre Banlieue, prennent encore à la Halle une partie du blé dont se nourrissent les Villages voisins de Paris. De plus, une multitude considérable de personnes de la campagne, qui apportent des légumes, des fruits, des vins, & autres marchandises, sans faire corps avec les Habitans de Paris, subsistent sur la quantité de blé qui entre annuellement dans cette Ville.

Il est vrai que plusieurs personnes abandonnent la Ville, & sur-tout vers la fin de l'Eté, pour aller passer l'Automne à la campagne; mais leur nombre peut être compensé par les gens des Provinces, que le plaisir ou les affaires attirent à Paris pour quelques mois pendant le reste de l'année.

(H) Suivant les certificats de M. de la Lande, longtemps employé par la Police pour tenir un état des grains qui se consommoient à Paris, il n'y eût de consommé dans l'année 1729, en blé, en farine & en pains faits hors de cette Ville, & évalués en grains, que quatre-vingt-un mille deux cents soixante-trois muids cinq setiets un boisseau, & en 1730, que quatre-vingt-un mille deux cents vingt muids trois setiers quatre boisseaux de blé. A l'égard de l'avoine, en 1729, il s'en consomma dix-sept mille deux cents soixante-dix-sept muids un setier, & en 1730, dix-sept mille deux cents quatre-vingt-dix-neuf muids & un setier. Ainsi en donnant un muid ou douze setiers chaque année pour la nourriture d'un cheval, il n'y auroit guères dans Paris que dix-sept mille trois cents chevaux. La consommation d'orge dans Paris en 1729, n'alla qu'à deux mille sept cents vingt-cinq muids neuf setiers, & en 1730, à deux mille six cents cinquante-quatre muids.

Ces transmigrations, s'il m'est permis de me servir de ce terme, jettent beaucoup de difficulté dans le dénombrement du peuple d'une Ville, à plus forte raison d'un Royaume. Où ranger une personne qui demeureroit six mois à Paris, & six mois à Rouen, une autre qui passeroit neuf mois à Paris, & trois mois à sa campagne? Il ne faudroit compter la premiere dans le peuple de Paris que pour une moitié, la seconde, que pour les trois quarts d'un habitant; autrement la premiere personne que nous avons proposée, seroit imputée en même temps à Paris & à Rouen. Cependant, quoique cent mille personnes se transplantent peut-être tous les ans hors de la Ville pendant une portion de temps, je ne crois pas qu'il y ait de maniere plus sûre que la consommation pour asseoir un jugement sur le nombre des Habitans d'une Ville, ni qu'on puisse mieux déterminer le peuple d'un Etat que par la quantité des grains qu'on y recueille, comparée avec celle des grains qui entrent de dehors pour la subsistance des Habitans, ou qui sortent pour l'Etranger. Voyons pourtant si nous pourrions parvenir, d'une autre façon, à estimer le nombre de nos Citoyens.

En 1713, le dixiéme des maisons de Paris fut fixé, suivant les Rôles, à un million deux cents quatre-vingt-trois mille cinquante-neuf livres, surquoi les reprises, à cause des lieux inhabités, monterent à trente-quatre mille six cents soixante-dix-neuf livres; ensorte qu'il ne produisit qu'un million deux cents quarante-huit mille trois cents quatre-vingts livres. La Ville depuis ce temps s'est accrue ou embellie, & le dixiéme des maisons est pareillement augmenté. En 1734, 1735 & 1736, il montoit à un million huit cents quatre-vingt-sept mille sept cents vingt-quatre livres, ou environ. Portons-le maintenant à deux millions, & supposons toutes les maisons de la Ville & des Fauxbourgs occupées; leur produit annuel iroit à vingt millions de livres. Mettons-les toutes l'une dans l'autre à sept cents livres de loyer; Paris ne renfermeroit guères que vingt-huit mille cinq cents soixante-onze maisons (I), qui à vingt personnes par maison, con-

(I) Le Discours préliminaire de l'histoire de Paris, composée par Félibien, & revûe par le P. Lobineau, avance, p. 10, *que les Habitans y passent le nombre de*

tiendroient cinq cents soixante-onze mille quatre cents vingt Habitans, & le loyer de chacun d'eux ne passeroit guères trente-cinq livres. Cependant il est fort peu de Citoyens dont le logement n'aille plus haut. Ceux qui liront ces réflexions en pourront juger par eux-mêmes, s'ils veulent prendre la peine de diviser le loyer des maisons qu'ils occupent, par la quantité de personnes avec lesquelles ils demeurent, en confondant les maîtres, les enfans & les domestiques. Si l'on portoit le loyer de chacun des Habitans à quarante livres, il ne se trouveroit que cinq cents mille ames dans Paris, où l'on compte à présent vingt-huit mille maisons.

J'avoue qu'il y a plusieurs maisons dans cette Ville qui appartiennent à l'Église, & qui ne sont point assujetties à payer le dixiéme; mais nous n'avons point non plus parlé de celles qu'on rebâtit, ou qui ne sont point occupées. Si l'on fait attention à la somme passée pour les reprises du dixiéme en 1713, & qui se rapporte assez avec celles des années suivantes, on est fondé à dire qu'il y a toujours un trente-septiéme ou un quarantiéme des maisons de Paris vacant.

Toutes ces considérations me font croire que le nombre des Habitans de cette Ville, est au-dessous de six cents mille personnes, en comptant même les enfans qui viennent de naître.

On pourroit encore estimer d'une maniere plus vague le peuple de cette Capitale, qui se rapportera toujours à peu près au même. Paris, y compris ses Fauxbourgs, réduit au quarré a en-

sept cents mille, & qu'on y compte plus de vingt-un mille sept cents maisons. Suivant cet exposé, il y auroit plus de trente-deux personnes dans chaque maison, ce qui n'est pas croyable. Je ne pense pas qu'en fondant ensemble les Invalides, l'Hôtel-Dieu, les Jésuites, &c. on pût compter à Paris cent Communautés sous un même bâtiment, composées de deux cents personnes chacune : le total n'en monteroit qu'à vingt mille ames, qui, réparties également dans toutes les maisons de la Ville, n'augmenteroient pas d'une personne dans chaque maison le nombre des vingt que nous avons supposé. En 1552, le Prévôt des Marchands dit qu'il y avoit douze mille maisons en la Ville & Fauxbourgs de Paris; & M. le Premier Président de Thou en 1568, qu'elles montoient à quatorze mille. *Hist. de Paris de Félibien, Tom. V. p. 381 & 404.* Paris s'est beaucoup étendu depuis ce temps; mais il faut aussi convenir que les rues & les maisons sont beaucoup plus grandes qu'alors. La Caille dans sa Description de Paris imprimée en 1714, ne comptoit dans la Ville, y compris ses Fauxbourgs, que vingt-un mille huit cents maisons; il marque leur nombre dans chaque rue.

viron trois mille toifes, fur trois mille toifes; c'eft-à-dire, trois cents vingt-quatre millions de pieds quarrés, qui, divifés par quarante-huit mille quatre cents pieds quarrés, répondans à un arpent quarré de deux cents vingt pieds fur deux cents vingt pieds, produifent environ fix mille fix cents quatre-vingt-quatorze arpens. Rabattons-en la moitié pour l'efpace qu'occupent les quais, la riviere, les rues, places, Eglifes, remparts, foffés, chantiers, & les champs renfermés dans les Fauxbourgs, il refte trois mille trois cents quarante-fept arpens quarrés pour les maifons, cours & jardins. Mettons neuf maifons par arpent, & vingt perfonnes dans chaque maifon, il y auroit dans la Ville & les Fauxbourgs trente mille cent vingt-trois maifons, & fix cents vingt-quatre mille foixante Habitans. Ainfi chaque arpent répondroit à cent quatre-vingts perfonnes. S'il eft dans Paris quelques portions de terrein plus peuplées, il y en a beaucoup qui le font moins; l'emplacement des Hôtels répandus dans les différens quartiers, & celui des Chartreux, des Carmes, auffi-bien que des Cordeliers, des Auguftins, & autres Couvents qui fe trouvent plus dans le cœur de la Ville, ne contiendroient pas à beaucoup près cent quatre-vingts perfonnes par arpent. Chaque maifon, à neuf par arpent, auroit un peu moins de foixante-treize pieds fur foixante-quatorze pieds, ou douze toifes & un pied, fur douze toifes deux pieds, y compris la cour, ce qui ne fait pas une grande maifon. Les échoppes & les maifonnettes où il n'y a que trois, quatre ou cinq perfonnes n'emploient pas ce terrein, mais auffi faut-il en affembler cinq ou fix pour faire une maifon telle que nous les eftimons. De plus, il y a une quantité confidérable de bâtimens uniquement deftinés à fervir de magafins.

La Paroiffe de S. André des Arcs renferme quatre cents foixante ou quatre cents quatre-vingts maifons, & huit à neuf mille Paroiffiens; c'eft autour de vingt perfonnes dans chaque maifon. La Paroiffe de S. Sulpice eft environ quinze fois plus grande; peut-être n'y a-t'il pas fix ou fept fois plus d'Habitans, à caufe du Luxembourg, des Hôtels, des Couvents & des Jardins, fitués dans fon enceinte. Tout le quartier S. Germain des Prez qui s'étend depuis la rue de Nevers, près la rue Dauphine, jufqu'au

Gros Caillou, ne contenoit que mille deux cents quinze maiſons, ſuivant la Caille, dont la deſcription fut dreſſée en 1714, ſous les yeux de M. d'Argenſon.

M. de Liſle, dans les Mémoires de l'Académie des Sciences de l'année 1725, p. 52, ne donne à cette Ville que trois millions cinq cents trente-huit mille ſix cents quarante-ſept toiſes quarrées, qui multipliées par trente-ſix pieds répondans à une toiſe quarrée, ne font que cent vingt-ſept millions de pieds quarrés; je lui en ai donné deux cents vingt-cinq millions; mais il dit, *je n'ai pas compris dans ce calcul les jardins conſidérables de Paris, comme les Tuileries, le Luxembourg, & pluſieurs autres, enfermés cependant au dedans du rempart, au dehors duquel je n'ai pas compris non plus Chaillot, qui eſt cependant regardé aujourd'hui comme un des Fauxbourgs de la Ville.*

Venons au prix des grains du temps de Budée (K). On tient parmi nous, dit-il, que les grains ſont en France à leur juſte prix, lorſque le ſetier du meilleur froment ſe vend vingt-cinq ſols tournois; il ſe balance de vingt à trente ſols; au-deſſous de vingt ſols, il eſt à vil prix, & il y a cherté quand il paſſe trente ſols. Nous l'avons vû pendant le cours de cette année, qui n'a pas été des meilleures, varier de vingt ſols à vingt-deux ſols & demi, & il eſt preſque toujours fort bas, lorſque la ſortie du Royaume en eſt défendue.

Les Regiſtres du Chapitre de Paris, portent encore qu'en 1514 le ſetier de blé fut acheté ſeize ſols Pariſis, qui font vingt ſols tournois.

A l'égard du pain (L), il étoit à ſon taux, ſuivant Budée,

(K) « Apud nos commodam tritici primarii annonam eſſe aiunt cum medimni » bini, id eſt, ſextarius, quinis & vicenis ſolidis Turonicis væneunt. Ab eo pretio » ad tricenos juſtam æſtimationem eſſe : deorsùm autem ad vicenos jam ad vilitatem ſpectare : quod ſuprà hæc aut infrà eſt, caritatis & vilitatis appellatione cen» ſeri. Cum hæc litteris mandarem, pretium diverſis anni partibus à vicenis ſoli» dis ad vicenos binos & ſemiſſem plerumque evariavit, tametſi minimè ubere » biennii proventu. Sed ferè ita evenit cum exportare ad exteros non licet. *Budée, L. 5. p.* 140. *v°.*

(L) « Commoda apud nos annona eſſe dicitur, cum terni primarii panes quincunce » væneunt, qui nummus vulgò albulus appellatur. Si igitur commodam annonam ſe» quamur, & qualis eo anno fuit cum hæc ſcriberem, in ſingulos francicos duode» quinquaginta quincunces numerabimus. Ducenti denarii viginti aureos noſtros » valent, id eſt, quinque & triginta francicos. *Budée, L. 5. p.* 172.

lorſque trois pains de la premiere blancheur, de douze onces chacun, ſe vendoient cinq deniers, qu'on nomme ordinairement un blanc. Nous pouvons, dit-il, nous arrêter à ce prix, qui étoit celui de l'année où j'écrivois, & nous comptons dans chaque franc quarante-huit blancs, (en effet cinq fois quarante-huit deniers font deux cents quarante deniers, ou une livre numéraire.)

Comme un ſetier de blé produiſoit cent quatre-vingt-douze pains blancs, & que trois de ces pains, l'an 1513, ſe vendoient cinq deniers ou un blanc, en prenant le tiers de cent quatre-vingt-douze, on aura pour le prix du ſetier de blé converti en pain blanc, ſoixante-quatre piéces de cinq deniers ou trois cents vingt deniers, qui répondent à vingt-ſix ſols huit deniers.

Ces paſſages donnent beaucoup de lumiéres, & prononcent expreſſément que du temps de Budée le ſetier de blé valoit vingt-cinq ſols, qui n'auroient contenu en poids d'Argent, que le tiers de ce qu'on le paye aujourd'hui communément.

La comparaiſon du produit actuel des Terres, avec ce que les mêmes fonds rapportoient en 1514, répandra encore quelque jour ſur cette matiere; car il eſt vrai-ſemblable que les Terres ont toujours été affermées proportionnément à ce qu'elles ont pû produire, toutes charges déduites, & relativement au prix des denrées.

Budée, (M) dit que dans un endroit de la France, nommé Marly

L'Ecu-couronne, comme on le peut voir dans la Déclaration du 3 Février 1511, valoit pour lors trente-cinq ſols, ainſi les vingt Ecus-couronnes faiſoient effectivement trente-cinq livres.

Chaque Ecu-couronne contenoit environ ſoixante grains peſant d'Or fin; trente-cinq ſols d'alors, étoient compoſés de quarante-deux grains & ſix ſeptiémes peſant d'Or fin, qui vaudroient environ ſept livres ſix ſols, aujourd'hui que le Louis de vingt-quatre livres, ſans parler de l'épargne des remédes, contient cent quarante grains & quatre cinquiémes peſant d'Or fin. Les vingt-cinq ſols, du temps de Budée, auroient fait en Argent cinq cents grains & $\frac{20}{71}$, c'eſt-à-dire, un peu moins d'une once, &, à peu de choſe près, notre Ecu de ſix livres d'aujourd'hui. Cette différente eſtimation en Or & en Argent, vient de ce que la proportion entre ces deux métaux, a changé depuis Budée de douze à quatorze $\frac{38}{81}$.

(M) « In eo tractu qui peculiari nomine Francia appellatur, nos prœdium Marlianum habemus. Neque nunc de ſumma ubertate, aut ſoli aut temporis loquimur, ſed de eâ quæ plerumque viſitur. Notum eſt in eo agro arpenna duodevicena in annos ſingulos, ſingulis modiis noſtris oblocari tritici lectiſſimi. Quanquam ea ferè locationum formula eſt, ut colonus eo rectè præbendo tritico defungi poſſit

Marly, (c'eſt Marly la Ville, entre Louvres & Luſarche, où il avoit du bien) il falloit une mine & demie, ou neuf boiſſeaux, pour enſemencer un arpent ; que dix-huit arpens d'aſſez bonnes terres s'y affermoient communément un muid de blé à un ſol près du meilleur. Ainſi chaque arpent étoit affermé huit boiſſeaux de blé.

Ces huit boiſſeaux valant pour lors ſeize ſols huit deniers ſur le pied de vingt-cinq ſols le ſetier, vaudroient à préſent douze livres en mettant le boiſſeau à trente ſols, & le ſetier à dix-huit livres. L'arpent doit donc ſe louer douze livres, & les dix-huit arpens deux cents ſeize livres, avec quoi on auroit encore un muid de blé dans des temps ordinaires ; c'eſt en effet ce que l'arpent de terre eſt à peu près affermé à Marly.

Cette Terre vient d'être vendue en 1745 à M. de Nantouillet. On m'a aſſuré qu'il avoit augmenté le prix du bail, & que l'arpent dont ſon prédéceſſeur ne retiroit que treize livres, étoit préſentement affermé ſur le pied de quatorze livres.

A Fontenay Mareuil, près Goneſſe, il n'y a pas long-temps qu'une Terre étoit affermée en grain, moyennant un ſetier de blé par arpent. De quatre-vingts arpens, ſuivant les anciens baux, on devoit rendre quatre-vingts ſetiers, qui s'eſtimoient en un certain temps de l'année, & ſe payoient en Argent. Aujourd'hui le Fermier n'ayant pas voulu affermer en grain ces mêmes quatre-vingts arpens, il en rend mille livres & un millier de paille ; c'eſt environ treize livres quinze ſols de l'arpent, en évaluant le millier de paille à cent livres

Les dix-huit arpens de Budée, en eſtimant alors, comme nous venons de dire, le ſetier de blé vingt-cinq ſols, & la valeur du marc d'Argent douze livres, produiſoient par an quinze livres de

» poſſit, quod ſummæ bonitati uno ſolido cedat, & interdùm eo quod ſemiſſe tantum ſolidi. Modium autem noſtrum (ut jam dixi) duodenos ſextarios continet : » & ſextarius binos medimnos. Hac ratione ſingula jugera quotannis beſſem ſextarii noſtri, id eſt, octonos modios penſitare inveniuntur, cum tamen in eo tractu » nullum agrum reſtibilem eſſe ſciam. Noſtri aiunt Agricolæ arpennum quale diximus, » ſeſquimedimnum ferè poſcere ut benè ſeratur arvum. » *Budée, Edition de Vaſcoſan, L. 5. p. 142.* L'arpent, du temps de Budée, étoit le même qu'il eſt aujourd'hui, *Juſtam agri noſtri perticam vicenûm binûm pedum eſſe longitudinis ... & centenarium jugerum* (ou l'arpent de cent perches quarrées) *quadraginta octo millia & quadringintos pedes habet quadratos. (Budée, L. 5. p. 142;)* ce qui prouve encore que les meſures n'ont point changé.

rente, ou environ un marc & deux onces d'argent fin monnoyé. Si sa famille avoit conservé ces dix-huit arpens, elle en retireroit actuellement deux cents seize livres, tandis qu'avec quinze livres de rente sur particuliers, en supposant même que cette rente fut toujours restée au denier douze, qui étoit le taux d'alors, ses descendans n'auroient aujourd'hui guères plus de deux onces d'Argent fin monnoyé, dont ils ne pourroient pas tout-à-fait acheter un setier du meilleur blé; mais comme le denier vingt, vingt-cinq, trente, & cinquante, a succédé au denier douze, si nous supposons la rente réduite au denier vingt-quatre, les quinze livres de rente ne produiroient aujourd'hui que sept livres dix sols, qui ne pourroient plus payer que cinq boisseaux. A ce compte, une maison qui auroit eu son bien placé en terre, depuis ce temps, se trouveroit plus de vingt-huit fois aussi riche qu'une autre qui auroit toujours eu le même bien en Contrats réduits du denier douze au denier vingt-quatre.

En sorte qu'il seroit vrai de dire que depuis deux cents trente ans, ceux dont le bien consistoit en rentes, seroient appauvris de $\frac{139}{144}$, ou qu'ils ne feroient plus guères que la vingt-neuviéme partie de ce qu'ils étoient en état de faire il y a deux cents trente ans; au lieu que celui qui auroit conservé depuis le même temps un fonds de terre rapportant par an, toute dépense déduite, un muid de grain, répondant en 1514 à un marc deux onces d'argent fin monnoyé, se trouveroit à présent le même revenu de douze setiers valant deux cents seize livres dans des temps ordinaires, & ces deux cents seize livres répondroient aujourd'hui à trois marcs cinq onces deux cents cinquante-neuf grains & $\frac{213}{249}$ d'argent fin monnoyé, en comptant que le marc d'argent fin monnoyé produit cinquante-quatre livres six sols six deniers six onziémes.

Présentons encore ce raisonnement sous une autre face, afin de rendre la chose plus sensible.

Un homme du temps de Budée, pour quinze livres de principal, placées au denier douze, avoit vingt-cinq sols de rente, dont il pouvoit avoir un setier de blé.

Ce principal de quinze livres, réduit au denier vingt-quatre, ne produiroit aujourd'hui que douze sols six deniers de rente; & en estimant le setier du meilleur blé dix-huit livres, année commune, pour avoir un ſetier de blé, on ſeroit obligé d'y joindre tous les ans dix-ſept livres ſept ſols ſix deniers, dont le principal, au denier vingt-quatre, monteroit à quatre cents dix-ſept livres. Comment ſur vingt-cinq ſols de rente, qui depuis 1514 auroient été réduits en divers temps du denier douze au denier quinze, au denier dix-huit, au denier vingt, au denier vingt-quatre, & qui par conſéquent ſeroient tombés à vingt ſols, à ſeize ſols huit deniers, à quinze ſols, & à douze ſols ſix deniers, auroit-on pu dans l'eſpace de deux cents trente ans, même en joignant chaque année les intérêts au principal, faire un fonds de quatre cents dix-ſept livres ? Il faudroit n'avoir jamais rien dépenſé ſur ſon revenu. Au lieu que celui qui auroit eu vingt-cinq ſols de rente en terre, du temps de Budée, en épargnant tous les ans un quart de ſon revenu, pour l'entretien des bâtimens, auroit encore ſon ſetier de blé.

Si les denrées étoient montées (N) de prix en proportion du rehauſſement des eſpéces, & que le denier des conſtitutions fut demeuré le même qu'autrefois, il n'y auroit de différence que dans le numéraire, entre le prix actuel des terres, & ce qu'on les vendoit autrefois. Mais comme les denrées ont enchéri plus que les monnoies n'ont été rehauſſées, ſi l'on y joint encore le changement du denier des conſtitutions, on doit retirer des terres qui ſe vendent bien plus d'argent peſant qu'on n'en auroit eu il y a deux cents trente ans, & les terres ſeroient augmentées d'un à vingt (O) depuis 1514, quoique le marc d'Argent fin monnoyé

(N) Depuis 1514, juſqu'en 1544, le blé & les autres denrées ont augmenté d'un à douze. Depuis 1567 juſqu'à nous, l'augmentation dans leur prix, ſemble n'avoir été que d'un à ſix. Le cent de foin, dans l'Ordonnance du 4 Février 1567, porté à cent ſols, en les multipliant par ſix, reviendroit à trente livres; la voie de bois de compte iroit de trois livres à dix-huit livres; la paire de ſouliers de quinze ſols à quatre livres dix ſols; le chapon de ſept ſols à quarante-deux ſols; auſſi le marc d'Argent fin monnoyé, qui valoit douze livres en 1514, étoit-il monté en 1567, aux environs de dix-huit livres; & comme il vaut aujourd'hui cinquante-quatre livres ſix ſols, &c. en eſtimant le cent de foin trente livres, on donne à peu près quatre onces & quatre neuviémes d'Argent fin monnoyé; au lieu qu'en 1567, on n'auroit payé le cent de foin ſur le pied de cent ſols, que deux onces & deux neuviémes d'Argent fin monnoyé.

(O) Les terres étoient, du temps de Budée, au denier quinze; vingt ſols de rente en fonds de terre, ſe vendoient ſur le pied de quinze livres. Aujourd'hui la quantité de denrées qui formoit alors un revenu de vingt ſols, produiroit douze livres, & ces douze livres ſe vendroient ſur le pied du denier vingt-cinq, c'eſt-à-dire, trois cents livres. L'augmentation du prix des terres depuis Budée, eſt donc d'un à vingt.

ne ſoit augmenté depuis ce temps que d'un à quatre & demi, ou de douze livres à cinquante-quatre livres ſix ſols.

Il eſt ſenſible qu'on donne aujourd'hui trois fois plus de matiere d'Argent pour la même quantité de grains, qu'on n'en donnoit il y a deux cents trente ans, & ce qui pourra ſurprendre, c'eſt que cette proportion paroît s'être établie dans l'eſpace d'une cinquantaine d'années.

A Londres, où les Monnoies n'ont pas beaucoup changé, ſi mêmes elles ont changé pendant cet eſpace de temps, le *quarter* de blé, qui fait preſque deux de nos ſetiers de Paris, & au juſte un ſetier $\frac{35}{41}$, s'eſt balancé depuis 1646 juſqu'à 1740 entre une livre quatre ſols ſterling, & trois livres quatorze ſols ſterling, comme on le peut voir dans l'Ouvrage de M. l'Evêque d'Ely, intitulé *Cronicon precioſum*, auſſi bien que dans la Table publiée à Londres, qui lui ſert de ſupplément. Si l'on prend le prix moyen, on trouvera que depuis 1646 juſques & compris 1665, il valoit deux livres dix-ſept ſols cinq deniers & un quart ſterling; que depuis 1666 juſques & compris 1685, il valoit deux livres ſix ſols trois deniers & trois quarts ſterling; depuis 1686 juſques & compris 1705, deux livres cinq ſols neuf deniers trois quarts ſterling depuis 1706; juſques & compris 1725, deux livres quatre ſols neuf deniers & trois cinquiémes ſterling; & depuis 1726 juſques & compris 1740, il ne s'eſt payé qu'une livre dix-neuf ſols ſept deniers $\frac{13}{15}$ ſterling.

En comparant le prix actuel des grains avec ce qu'ils valoient il a cent ou cent-cinquante ans, nous trouverons que depuis un ſiécle ils ſont réellement diminués en Angleterre de près d'un tiers de leur prix, & qu'en France depuis cent cinquante ans, ils n'ont pas tout-à-fait ſuivi l'augmentation de la valeur des eſpéces. Si nous remontons à 1595 juſques & compris 1605, & que nous confondions le prix de toutes ces années, le ſetier de blé, meſure de Paris, répondoit à cinq onziémes du marc d'Argent fin monnoyé : il n'en vaut communément que le tiers depuis cinquante-deux ans; ce qui prouve de même que les blés ont baiſſé parmi nous. On peut attribuer cette diminution à pluſieurs cauſes.

Ou les ſtérilités ont été moins fréquentes, & les récoltes communément meilleures.

Ou les terres ſeroient mieux cultivées, les Habitans ſe trouvant plus nombreux, & s'étant appliqués pendant une longue paix à les mettre en valeur.

Enfin la consommation peut être moindre, les hommes étant ou plus sobres, ou plus pauvres, ou plus rares.

Pour distinguer si les stérilités ont été moins fréquentes dans un siécle que dans un autre, il faut comparer les sauts qu'à fait le blé. Lorsqu'ils ont été aussi considérables, on pourroit conclure que les récoltes n'ont pas été communément meilleures.

Si les terres étoient mieux cultivées, parce que le nombre des hommes se trouveroit augmenté, leur nombre même auroit soutenu le prix des grains.

Nous ne dirons pas que les hommes sont devenus plus sobres, ni plus reglés.

Il ne paroît pas non plus qu'ils se soient appauvris, ni que le commerce ait tombé tout à la fois en France & en Angleterre : au contraire, il entre chaque année dans ces deux Royaumes beaucoup d'Argent qui en augmente perpétuellement la richesse.

On seroit presque tenté de croire que le nombre des hommes auroit diminué, & que la terre se seroit un peu dépeuplée. Cette diminution pourroit être attribuée aux guerres générales de l'Europe, & aux voyages de long cours. Il passe pour constant que le terme de la vie s'abrége assez considérablement dans les Isles, à cause de la différence du climat.

Mais quoique plusieurs choses puissent contribuer à l'abbaissement comme à l'enchérissement des denrées, il est probable qu'on doit imputer à une autre cause la diminution qui peut être arrivée dans le prix des grains depuis cent-cinquante ans ; & voilà celle qui me frapperoit davantage. La France & l'Angleterre, pendant un long intervalle de temps, n'ont presque point été désolées par les guerres civiles, dont les ravages concourant avec le dérangement des saisons & les fléaux périodiques, tenoient autrefois les grains plus chers qu'ils ne sont présentement. Aussi les variations dans le prix des choses nécessaires à la vie, sont-elles toujours plus sensibles pendant des troubles domestiques. Dans ces temps déplorables, les champs demeurent quelquefois incultes, les récoltes sont détruites ou abandonnées, & celles qu'on avoit serrées pour la nourriture des hommes, ne servent bien souvent que de pâture aux flammes. Cependant les Provinces ne souffrent pas toutes également ; les grains de quelques-unes se lévent tranquillement, & produisent dans les autres, lorsque les passages sont libres, une différence de prix considérable. Les guerres de Religion, qui ont duré en France depuis 1560, jusqu'à la prise de la Rochelle en 1628, si l'on en excepte quelques intervalles de tranquillité, & les révolutions d'Angleterre sous Charles I, sous le fils de Cromwel, & sous Jacques II, agitoient davantage ces Royaumes qu'ils ne l'ont été par la suite. Il ne faut donc plus s'étonner que les grains, depuis quelques années, soient à plus bas prix qu'ils n'étoient il y a cent cinquante ans.

N'y auroit-il point à présent lieu de douter si l'augmentation du prix consideré par rapport au poids de l'Argent, ne seroit point autant l'effet du rehaussement (P) des subsides, que de l'abondance des Espéces? Car il semble que sans aucun changement dans la quantité des matieres d'Or & d'Argent, & sans aucune variation dans les monnoies, la consommation demeurant toujours la même, une pinte de vin qui se payoit communément dix sols, s'achetera onze sols ou un dixiéme de plus en poids d'Argent, au moment qu'on aura mis sur la pinte de vin un sol de nouveaux droits. C'est ce qu'il faut examiner, afin de concilier les faits autant qu'il est possible, avec les maximes générales.

La Taille payée (Q), dit-on, par les Fermiers, tombe uni que-

(P) Il résulteroit de là, que comme on paye à peu près dans toute l'Europe le même poids d'Argent pour la même quantité de grains, les impositions se sont aussi multipliées à peu près également dans tous les Etats, quoiqu'elles puissent être fort diversifiées.

(Q) Le marc d'Argent fin monnoyé produisoit douze livres Tournois en 1514, & cinquante-quatre livres cinq sols en 1744. L'augmentation de la valeur des espéces est d'un à quatre $\frac{25}{48}$. Le prix moyen du setier du meilleur blé, mesure de Paris, étoit en 1514 de vingt-cinq sols Tournois, & en poids d'Argent fin de quatre cents quatre-vingts grains. En 1744, le prix moyen du même setier de blé étoit de dix-huit livres douze sols, & en poids d'Argent fin de mille cinq cents soixante-dix-neuf grains [illegible]. L'augmentation du prix du blé est d'un à trois [illegible]; en poids d'Argent fin, & d'un à quatorze $\frac{22}{25}$ en valeur numéraire. En 1514, un arpent de terre labourable à Marly-la-Ville dans la France, se louoit seize sols huit deniers, ou trois cents vingt grains pesant d'Argent fin. En 1744, un arpent de terre labourable dans le même endroit, étoit affermé treize livres, & en poids d'Argent fin onze cents quatre grains [illegible]. L'augmentation du louage des terres en poids d'Argent fin, est d'un à trois [illegible], & en valeur numéraire d'un à quinze & trois cinquiémes. En 1514, la Taille de tout le Royaume montoit à deux millions cinq cents mille livres de valeur numéraire, & en poids d'argent fin à deux cents huit mille trois cents trente-trois marcs & un tiers. En 1743, la Taille, sans y comprendre la Capitation & le Dixiéme, ni les Païs d'Etats, montoit à soixante-un millions six cents trente-neuf mille sept cents quatre-vingt-trois livres, ou bien à

ment ſur les Maîtres, qui ſont obligés d'en rabattre le montant ſur le prix de leurs Fermes; le Fermier & le Public n'en ſupportent rien. Mais n'en ſeroit-il point des Fermes comme d'une Maiſon louée à un Fabricant de dentelles, de rubans, de cartes à jouer? Si l'on mettoit ſur chaque perſonne de cette profeſſion un impôt annuel de cent écus, il eſt probable que les dentelles, les rubans & les cartes enchériroient, parce que l'objet d'un homme qui travaille, eſt de vivre de ſon métier. Le Fabricant ſe contenteroit-il d'eſſayer uniquement à diminuer le loyer de la maiſon qu'il occuperoit pour ſon commerce?

Dans le temps que le marc d'Argent fin, converti en monnoie, produiſoit douze livres, & que le Royaume payoit deux millions cinq cents mille livres de Taille, ou deux cents huit mille trois cents trente-trois marcs & un tiers d'Argent fin monnoyé, Marly-la-Ville en payoit ſon contingent, & comme nous l'avons dit ci-devant, l'arpent y étoit affermé ſeize ſols huit deniers, le ſetier de blé valant pour lors vingt-cinq ſols. Eſtimant aujourd'hui les Tailles, pour ſimplifier le calcul, cinquante-quatre millions ou un million de marcs d'Argent fin monnoyé, l'arpent à Marly-la-Ville ne laiſſe pas d'être affermé treize livres. Le louage de l'arpent eſt donc monté de ſeize ſols huit deniers à treize livres, & le prix du ſetier de blé de vingt-cinq ſols à quinze ou dix-huit livres. Le Propriétaire & le Fermier ſont à peu près dans le même état, & ils ne ſouffrent point de l'augmentation de la Taille que je ſuppoſe montée de deux millions cinq cents mille

un million cent quarante-un mille quatre cents ſoixante-quinze marcs d'Argent fin. L'augmentation ſeroit en poids d'Argent d'un à cinq [illegible], & en valeur numéraire d'un à vingt-quatre [illegible]. L'augmentation du ſalaire des Ouvriers doit être à peu près comme celle des terres. *V. ci-devant p.* 38. J'ai compté le poids du fin, qui entre dans les différentes valeurs numéraires d'à préſent, ſur le pied de cinquante-quatre livres cinq ſols le marc d'Argent fin monnoyé, quoiqu'il vaille cinquante-quatre livres ſix ſols ſix deniers ſix onziémes, pour profiter des Tables que j'ai rédigées de cinq ſols en cinq ſols, & qui donnent, preſque ſans calcul, les opérations toutes faites. L'erreur ne ſera guères que d'environ une millième partie, ce qui ne mérite point d'attention. Le poids d'Argent fin qui entreroit exactement dans dix-huit livres douze ſols d'aujourd'hui monteroit à mille cinq cents ſoixante-dix-ſept grains [illegible], ſur le pied de cinquante-quatre livres ſix ſols ſix deniers ſix onziémes le marc d'Argent fin monnoyé; en le comptant ſur le pied de cinquante-quatre livres cinq ſols, les dix-huit livres douze ſols ſont compoſés de mille cinq cents ſoixante-dix-neuf grains [illegible] peſant d'Argent fin. La différence eſt ſi légere, que j'ai cru ne devoir pas embarraſſer la comparaiſon du numéraire par une plus grande préciſion.

livres à cinquante-quatre millions. Qui eſt-ce donc qui porte véritablement l'augmentation de la Taille, & les ſept cents quatre-vingt-onze mille ſix cents ſoixante-ſix marcs deux tiers qu'il faut donner de plus en poids d'Argent, ſi ce n'eſt celui qui achette (R) les denrées, & qui peut être le Propriétaire de la Terre comme un autre?

Examinons un peu le progrès des Tailles. M. du Crot établit qu'elles ont commencé à être ordinaires ſous Charles VII, c'eſt-à-dire, qu'elles ne ſe levoient avant lui que pendant un temps, & qu'elles ceſſoient après la guerre. Sous ce Prince elles montoient à deux millions par an; ſous Louis XI. à trois millions quatre cents mille livres. (S) Sous Louis XII. elles furent diminuées; François I. les porta à quatre millions, & en outre il établit la grande crue pour l'entretien des Garniſons. Henry II. impoſa le Taillon en 1549. Henry III. rehauſſa les Tailles de deux crues, l'une de ſix cents mille livres, & l'autre de trois cents mille livres. Conformément à l'état arrêté au Conſeil le 27 Août 1634, elles alloient à vingt-huit millions deux cents deux mille ſept cents onze livres quatorze ſols dix deniers; & ſuivant Omer Talon, en 1648 à cinquante millions.

En 1523, qui eſt le terme le plus éloigné que j'aye pû trouver, la Taille montoit ſur la Généralité de Paris à un million quatre-vingt-neuf mille cent quatre-vingt-dix-neuf livres dix-huit ſols ſept deniers; & en 1743 elle alloit ſur la même Généralité à cinq millions ſept cents vingt-quatre mille ſix cents trente-huit livres.

(R) La paille qui fait un commerce conſidérable depuis l'aggrandiſſement de Paris, ſans entrer dans un plus grand détail, peut avoir ſoutenu le loyer des terres de Marly-la-Ville, & payer l'excédant de ce qu'on donne en poids d'Argent pour la Taille, quoique le prix du blé ne ſoit pas monté par proportion tout-à-fait tant que les Tailles.

(S) Commines nous apprend quels étoient les revenus de Charles VIII. » Davantage avoit mis le Roi de nouveau ſon imagination de vouloir vivre ſelon les » Commandemens de Dieu, & mettre la Juſtice en bon ordre, & l'Egliſe auſſi, » de ranger ſes Finances, de ſorte qu'il ne levât ſur ſon Peuple que douze cents » mille francs, & par forme de Taille, outre ſon Domaine, qui étoit la ſomme que » les trois Etats lui avoient accordée en la Ville de Tours, lorſqu'il fut Roi, & » vouloit ladite ſomme par octroi pour la défenſe du Royaume, & lui il vouloit » vivre de ſon Domaine, comme anciennement faiſoient les Rois. Et il le pouvoit » bien faire, car le Domaine eſt bien grand, s'il étoit bien conduit, compris les » Gabelles & certaines Aides, & paſſe un million de francs. Toutefois c'eut été un » grand ſoulagement pour le Peuple qui paye aujourd'hui plus de deux millions & » demi de francs de Taille. C. 51. *des Chroniques de Charles VIII.*

vres. Si l'on y joint ce qu'elle paye de Capitation, qui ne se levoit point en 1523, montant en 1743 à un million sept cents quarante mille deux cents soixante-onze livres, sans y comprendre celle de la Ville de Paris (T), & si l'on considére l'augmentation des Aides & de la Gabelle, les impositions auront décuplé, quoique la valeur des Espéces ne soit guères montée depuis 1523 jusqu'à nous, que d'un à trois & demi ; car le marc d'Argent fin monnoyé, qui produisoit aux environs de quinze livres en 1523, ne produiroit aujourd'hui que cinquante-quatre livres six sols &c.

Ne seroit-on pas fondé à inférer de-là que les subsides augmentant avec les nécessités de l'Etat, pourroient bien obliger aujourd'hui les particuliers de donner des mêmes choses trois fois plus de poids d'Argent qu'ils n'en donnoient en 1514?

Ne devroit-on point tirer une autre conclusion ? c'est que sans compter le défaut d'intérêt, pendant que l'Argent demeure oisif après un remboursement, le danger qu'il y a de le mal placer, les frais immenses d'une direction & d'un ordre de Créanciers, les diminutions d'Espéces, Billets, &c. qui peuvent se mettre vis-à-vis des réparations qu'entraînent les terres, de l'insolvabilité de quelques Fermiers, & des années de stérilité, il résulteroit de ce qu'on vient de dire, que la plus grande partie des charges d'un Etat, tombe réellement sur ceux qui ont leur bien en rentes, quoiqu'ils ne paroissent y contribuer en rien, lorsqu'ils demeurent dans des Villes qui ne sont pas taillables, ou qu'ils se trouvent exempts de ce subside.

On ne sauroit douter que M. du Tot ne se soit trompé dans la comparaison qu'il a faite des revenus de Louis XII avec ceux de Louis XV, quand il fixe, après Bodin, la valeur des denrées sous le Regne de Louis XII, conformément aux prix marqués dans les Coutumes d'Auvergne, de Bourbonnois, & dans plusieurs autres. Si l'on compare les prix des choses en 1510, on verra qu'ils étoient bien plus considérables que ceux qui sont marqués dans ces Coutumes. Une livre de cire, estimée par ces Coutumes dix-huit deniers, valoit deux sols & $\frac{240}{483}$ de denier en 1295, &

(T) En 1743 la Capitation de toutes les Généralités du Royaume alloit à vingt-un millions huit cents vingt-un mille cent quatre-vingt-quinze livres.

un ſol dix deniers & trois vingt-cinquiémes en 1296 : La livre de ſuif tirée pour quatre deniers, valoit en 1296 quatre deniers $\frac{14}{25}$: Un mouton fixé à cinq ſols, ſe payoit ſix ſols huit deniers & un vingt-deuxiéme en 1312, ſix ſols & $\frac{26}{27}$ de denier en 1316, dix ſols ſept deniers $\frac{65}{73}$ en 1322, ſept ſols ſix deniers en 1323, &c. Un agneau tiré pour dix-huit deniers, ſe vendoit trois ſols quatre deniers en 1471, trois ſols en 1472 : Un poulet priſé deux deniers, coûtoit cinq deniers en 1472 : Un pigeon priſé un denier, coûtoit quatre deniers & deux quinziémes en 1472.

Louis XII. mourut en 1515. Or en 1514 le prix du ſetier de blé montant à vingt-cinq ſols, comme Budée le dit poſitivement, ſe balançoit avec quinze livres ou trois cents ſols, qui font le prix commun du ſetier de blé moyen en 1744. On auroit donc autant fait avec vingt-cinq mille livres d'alors, qu'avec trois cents mille livres d'aujourd'hui, & avec vingt-cinq millions du même temps, qu'avec trois cents millions d'à préſent. Cependant trois cents millions produiroient actuellement près de trois fois autant d'Argent peſant, qu'en produiſoient vingt-cinq millions en 1514. M. Dutot fait monter (V) les revenus de Louis XII. à treize millions quatre cents trente-neuf mille cinq cents quatre-vingt-quatorze livres par an, & il obſerve que M. de Sully ne les fixoit qu'à ſept millions ſix cents cinquante mille livres. Budée qui vivoit ſous Louis XII, & qui étoit extrémement inſtruit, ne les portoit pas à quatre millions (X), *quadragies centenis milli-*

(V) Tome I. p. 360.

(X) L. 3. p. 81. & L. 4. p. 117. *Hæc ſumma ære noſtro vicies ſemel centena & viginti quinque millia aureorum valet .... quo anno hæc prodidi princeps noſter, tantam ferme pecuniam ex ditione Gallicâ percepit.* Ces deux millions & vingt-cinq mille écus à trente-cinq ſols l'écu, font trois millions cinq cents quarante-trois mille ſept cents cinquante livres. *Quod ne comminiſci videar, ſcire licet apud nos tria eſſe penſitationum genera, ex quibus ærarium noſtrum conſtat, Canonem* (c'eſt le Domaine, cinq groſſes Fermes, Caſuels, &c.) *Oblationem* (les Entrées, les Gabelles, &c.) *horum duorum generum ut æſtimationem certam facere nequeo* (le Domaine muable & les Entrées ſont des parties ſujettes à des variations) *ſic ad ſexcenta aureorum millia hoc nomine accepta referri haud incertâ ratione colligo.* (ſix cents mille écus de trente-cinq ſols font un million cinquante mille livres.) *Tertium genus Indictio appellatur* (c'eſt la Taille) *hoc capût ſtâtam plerumque habet ſummam paulò plus octingena & quinquagena aureorum millia, ita ut Urbes inſignes ſtipendariæ non ſint*, huit cents cinquante mille écus de trente-cinq ſols faiſoient un million quatre cents quatre-vingt ſept mille cinq cents livres ; ces trois parties jointes enſemble, n'iroient qu'à deux millions cinq cents trente-ſept mille cinq cents livres. *Budée, L. 3. p. 81.* L'écu ſol qui valoit pour lors trente-ſix ſols trois deniers, au-

bus Francicorum, hoc enim vocabulo nostri in ratiociniis principalibus utuntur, ubere ratione æstimabam. Il y comprenoit cependant tous les revenus de la Couronne, le Domaine, les Traites, grosses Fermes, Aides, Gabelles, les parties Casuelles, la Taille, &c. Il nous apprend que la Taille de tout le Royaume pouvoit aller (Y) à deux millions cinq cents mille livres. Or avec quarante-huit millions d'aujourd'hui, on feroit autant que Louis XII. auroit pû faire avec quatre millions, comme en multipliant par douze les vingt-cinq sols que le setier de blé coûtoit communément pour lors, on en feroit le prix commun de notre setier de blé. Ces quatre millions de livres ne répondoient qu'à trois cents trente-trois mille trois cents trente-trois marcs, au lieu que les quarante-huit millions d'aujourd'hui répondroient à huit cents quatre-vingt-huit mille huit cents quatre-vingt-huit marcs & huit neuviémes d'Argent fin monnoyé. Si nous estimons actuellement les revenus du Roi deux cents seize millions, sans y faire entrer le dixiéme, qui est une imposition extraordinaire, ils répondent à quatre millions de marcs du même Argent.

Les Coutumes dont nous avons parlé, en estimant les différentes choses qui entrent dans les redevances, afin de prévenir les contestations, ont moins eu égard aux prix courans des denrées dans le temps de leur rédaction, qu'à ce que ces mêmes choses

roit fait quelque chose de plus; mais fort peu; car les quatorze cents cinquante mille écus sol n'auroient produit que deux millions sept cents vingt-huit mille cent vingt-cinq livres.

(Y) « Sic igitur statuebam, si Tributa quæ quotannis ex occasione gerendarum rerum varie & libero principum arbitratu indicuntur, ad statam fixamque summam & formulam redigerentur, posse hilari populi conditione ad quinquies & vicies centena millia francicorum pervenire, vectigalia autem de quibus ante diximus, & patrimonium regium ac diadematicum duodecies minimum confi- cere. *Budée, L. 4. p. 117.* Dans ce dernier passage, les Tailles montant à vingt-cinq fois cent mille livres, ou à deux millions cinq cents mille livres, & le Domaine à douze cents mille livres; tous les revenus de Louis XII. alloient à trois millions sept cents mille livres. Mais quand même on voudroit s'en tenir à l'estimation de M. de Sully, & qu'on augmenteroit les revenus de Louis XII. jusqu'à la somme de huit millions, en fixant aujourd'hui les revenus de la Couronne à deux cents seize millions, l'augmentation des revenus du Roi feroit toujours d'un à vingt-sept; celle des terres qui n'ont pas peut-être monté dans tout le Royaume, comme à Marly-la-Ville, à cause de l'aggrandissement de Paris, ne feroit que d'un à quinze & trois cinquiémes depuis 1514, comme on l'a dit ci-dessus; il est vrai que le Royaume a été fort augmenté depuis Louis XII. par l'addition de l'Alsace, de la Franche-Comté, & de grands terreins en Flandre & en Amérique.

produisoient en Argent, par rapport à la valeur des monnoies lors de l'inféodation de plusieurs de ces devoirs. Sans remonter trop haut, & sans se fixer tout-à-fait au présent, elles ont cherché un milieu. Pour cela, elles se sont arrêtées au temps où le marc d'Argent fin monnoyé auroit valu huit livres, ce qui peut remonter à Philippe de Valois en 1339, & elles ont estimé sur ce pied le prix des grains, qui composent les principales redevances. A l'égard des autres denrées, les prix en sont restés dans les Coutumes, tels qu'ils avoient été fixés par des estimations plus anciennes, parce que ces parties étoient d'une moindre importance.

Le Chapitre 31 de la Coutume d'Auvergne, rédigée en 1510, favorise cette opinion (Z). Comme l'Argent étoit monté de huit à douze livres depuis 1339 jusqu'en 1510, lorsqu'on étoit contraint, faute d'avoir recueilli du blé, de payer en Argent un setier de froment, mesure de Brioude, que la Coutume, suivant d'anciennes estimations, laisse fixé à huit sols, le Débiteur aux termes de la même Coutume, dont l'objet étoit de conserver l'intérêt du Débiteur & du Créancier, devoit donner en argent douze sols.

Il étoit permis de même au Débiteur d'acquitter douze sols d'argent, en livrant un setier de blé, mesure de Brioude, quoique le prix n'en fut fixé par cette Coutume qu'à huit sols. J'inclinerois assez volontiers à croire que c'est ce qu'il faut entendre

(Z) « Qui est obligé & tenu de faire assiette de rente en directe Seigneurie à » la Coutume du Païs d'Auvergne audit bas Païs, il est tenu de bailler & asseoir » les deux tiers de ladite rente en blé, mesure de Clermont, & le tiers en de- » niers; & s'il n'y a assez de blé pour fournir les deux parts, l'on peut bailler ar- » gent en rente au lieu de blé, sauf que de l'argent qu'on baille pour blé, l'on en » doit rabattre un tiers pour l'intérêt & plus value du blé, comme de douze sols » de rente en argent, baillés pour blé, faudra rabattre le tiers qui sont quatre » sols, & par ainsi desdits douze sols Argent, restent huit sols en assiette pour » blé, & audit cas le Créancier ne le peut refuser. S'il y a plus que deux » tiers de blé, & qu'il faille bailler blé pour le tiers d'argent, ou pour partie d'ice- » lui, le blé qui se baille pour argent, doit croitre d'un tiers, comme qui baille un » setier de froment en assiette pour argent, il faut le bailler pour douze sols, là où » il ne se bailleroit que pour huit sols, quand seroit baillé pour blé. *V. Coutume d'Auvergne, Chap.* 31.

« Setier de froment, qui en assiette coutumiere, ne vaut que huit sols Tournois, » se prend pour douze sols en ladite assiette. *Coutume de Bourbonnois, Tome XIX.* « Une oie, quand elle se baille pour blé, elle vaut en assiette huit deniers Tour- » nois; & quand elle se baille pour argent, elle vaut douze deniers Tournois. *Id.*

par l'article 4, chapitre 31, *douze sols de rente* (A) *rendable en argent, ne rendent que huit sols en nature.* L'intérêt ou la plus value du blé article 16, ne signifient autre chose que l'enchérissement du blé par rapport aux Espéces. Or en 1510, temps auquel cette Coutume a été rédigée, le marc d'Argent fin monnoyé auroit valu environ douze livres : on doit donc conclure que les Rédacteurs ont suivi le prix du temps, où le marc d'Argent fin monnoyé pouvoit valoir huit livres, puisqu'avec huit sols de blé, on acquittoit douze sols d'argent. Le chapitre 36 de la Coutume de Bourbonnois présente la même idée, quand il dit que huit sols en directe ou en nature, valent douze sols de de rente, rendables en argent.

Les terres ne s'affermant point sur le pied de ce que les grains valent, par rapport à des circonstances extraordinaires qu'on présume ne devoir pas durer, ceux qui étoient chargés avant la rédaction des Coutumes de faire des évaluations, & de fixer une mesure juste & au gré des deux Parties contractantes, n'ont point regardé le prix courant des denrées dans le temps d'une disette, ni après une augmentation considérable de la valeur des Espéces. Ils ont senti que ces prix retomberoient naturellement avec la valeur de l'Argent. C'est pourquoi les évaluations se sont toujours faites, eu égard à ce que les monnoies & les denrées valoient dans un temps qu'on pouvoit regarder comme le plus ordinaire.

La Coutume de Montargis, rédigée en 1531, (B) fixe le setier de blé, qu'elle déclare égal à celui de Paris, à la somme de vingt sols, le setier de seigle à seize sols huit deniers, celui d'orge à treize sols quatre deniers, d'avoine à six sols huit deniers, de pois & de féves au prix du froment, de mil & de navette au prix du seigle, la poule à dix deniers, le chapon à quinze deniers, dans le temps que le setier de blé se vendoit communément quarante & quarante-cinq sols. Peut-être les autres Coutumes ont-elles de même estimé les choses un tiers de moins

(A) Les Coutumes n'auroient-elles point voulu dire aussi, que les terres Seigneuriales qui produisoient des droits aux mutations, s'estimoient un tiers en sus des rentes constituées à prix d'argent? La Coutume d'Anjou présente cette idée dans l'Article 493.

(B) Chap. 2.

qu'elles ne coûtoient d'ordinaire, & par cette raison elles reportent à douze sols ce qui n'est prisé que huit sols, & à trente sols ce qui n'est estimé que vingt sols.

Ne faudroit-il point encôre considérer que toutes ces choses ont été estimées à bas prix par les Coutumes, à cause de la difficulté des recouvremens, & parce que ceux qui sont chargés de ces rentes, les payent volontiers en denrées de la moindre qualité, d'où vient le proverbe, *maigre comme un chapon de rente ?*

Si nous voulons avoir une idée du prix des grains, pendant la premiere & la seconde race de notre Monarchie, nous n'en pouvons guères juger que par les chertés dont les Auteurs nous ont parlé, en faisant attention que le prix des grains quadruple & quintuple quelquefois. Le silence des Auteurs nous fait croire que les monnoies n'ont pas beaucoup changé jusqu'au regne de S. Louis, & qu'ainsi les choses étoient à peu près sur un pied assez semblable, lorsqu'il n'y avoit point d'évenemens extraordinaires. Or le setier de blé, mesure de Paris, valoit sous Philippe-Auguste, ayeul de S. Louis, environ six sols huit deniers, comme nous l'apprenons par le compte de 1202, que nous a donné M. Brussel dans son Traité des Fiefs. Observons quelques-unes des chertés précédentes.

L'an 588, sous Clotaire II, il y eut une si grande famine en France, dit le Commissaire Lamare (C) *que le boisseau d'avoine se vendoit le tiers d'une livre d'or, ce qui reviendroit aujourd'hui à quatre-vingt-douze livres dix sols de notre monnoie courante.*

Quelqu'estimable que soit l'Auteur dont nous parlons, il y a dans cet endroit deux fautes considérables; le Latin de Grégoire de Tours, qu'il cite en marge (D), porte : *Ita ut vix modium annonæ aut semimodium vini uno triente venundarent.* Lamare a confondu le mot d'*annona* avec celui d'*avena ;* & le *triens*, ou le tiers de l'*aureus* pesoit vingt-huit grains & quatre cinquiémes d'or, qui n'auroient valu que quatre livres dix sols en 1740.

Il est à observer que dans la cherté de 1740, le boisseau de blé n'a guères passé quatre livres, notre Louis de vingt-quatre

(C) Traité de la Police, T. II. Tit. 14. C. 10. p. 335.

(D) L. 7. §. 45.

livres, pesant à peu près cent-cinquante-trois grains & trois cinquiémes.

Tout se seroit trouvé dans la proportion de notre temps. Il paroît plus vraisemblable que le *modius* de Grégoire de Tours dans ce passage, étoit notre bichet composé de deux boisseaux. Le prix s'en rapporte assez bien avec celui du setier ou du boisseau pendant les famines suivantes. Vingt-huit grains & trois cinquiémes d'or, suivant la proportion douziéme, répondoient à trois cents quarante-cinq grains & trois cinquiémes d'argent; six bichets, ou six fois ce prix, auroient donné deux mille soixante-treize grains & trois cinquiémes d'argent, pour payer un setier qui revenoit assez probablement dans la cherté du temps de Charlemagne à mille neuf cents vingt grains, comme on le voit par une regle de trois, si 48 sols donnent 4608 grains, combien 20 sols, réponse, 1920 grains.

Nota. Quatre sols d'or, suivant la proportion douziéme, égaloient en valeur quarante-huit sols d'argent valeur du marc; un sol d'or faisoit donc en numéraire douze sols, & le tiers du sol d'or exprimoit en numéraire quatre sols d'argent. C'est ce que le bichet auroit coûté; ainsi le boisseau seroit pour lors monté de cinq deniers à vingt-quatre.

Je croirois volontiers que le *semimodius vini* de Grégoire de Tours étoit de cent-quarante-quatre pintes, ou de la moitié du muid composé de deux cents quatre-vingt-huit pintes, mesure de Paris; & en ce cas, la pinte seroit revenue à plus de neuf grains pesant d'argent, qui feroient un peu plus de deux sols d'aujourd'hui.

Réfléchissons sur une Ordonnance de Charlemagne en 794, insérée dans le Traité de la Police. Après avoir établi que notre boisseau est encore le même qu'il étoit pour lors, & du temps des Romains, Lamare (E) dit que Charlemagne fixa le prix du boisseau de blé à quatre deniers, & il regla qu'on en feroit douze pains de deux livres chacun, qui vaudroient (F), tous ensemble, un denier.

(E) Tome II. p. 337.

(F) M. de la Bruere rapporte ces mots dans la Vie de Charlemagne, en parlant du Concile de Francfort. « On fixa aussi le prix des grains. Il est remarquable que » ceux que l'on recueilloit dans les Domaines du Roi, & que l'on vendoit à son » profit, étoient fixés au-dessous du prix ordonné. Le Prince remettoit moitié sur » le prix de l'avoine & de l'orge, le tiers sur le seigle, & le quart sur le froment.

Le prix du boisseau de blé, converti en pain, n'auroit été que le quart du prix du grain. Il faut donc aider à la lettre; & voici comment on peut entendre cet endroit.

Le marc d'argent fin monnoyé, pendant les deux premieres races, & jusques vers S. Louis, a toujours valu par supposition quarante-huit sols Parisis, ou soixante sols tournois. Le setier de blé répondoit alors communément à la neuviéme partie de la valeur du marc d'argent, c'est-à-dire, à cinq sols Parisis ou environ (G), & le boisseau à cinq deniers parisis. Le prix des grains ayant qua-

Tome II. p. 33. Cette explication ne léve point la difficulté, il faudroit qu'on eût remis les trois quarts sur le blé, pour donner à un denier en pain, ce qui auroit coûté quatre deniers en blé. Le Réglement du Concile de Francfort est rapporté dans le cinquiéme Tome du Recueil des Historiens, p. 651, mais sans aucun raisonnement. Voici le texte : « Statuit piissimus Dominus noster Rex consentiente sanctâ Sinodo, » ut nullus homo, sive Ecclesiasticus, sive Laïcus, nunquam carius vendat annonam, » sive tempore abundantiæ, sive tempore caritatis, quam modium publicum & no- » viter statutum, de modio de avena denario uno, modio ordei denarii duo, mo- » dio sigali denarii tres, modio frumenti denarii quatuor; si vero in pane vendere » voluerit duodecim panes de frumento habentes singuli libras duas pro denario » dare debeat, sigalatios quindecim æquo pondere pro denario, ordeaceos viginti » similiter pensantes, avenaceos viginti quinque similiter pensantes. » Ce passage pourroit encore s'expliquer d'une autre maniere, en disant que les Boulangers étoient tenus de donner deux livres de douze onces, c'est-à-dire, vingt-quatre onces, ou une livre & demie de seize onces pour un denier, & de faire douze de ces pains au boisseau qui auroit à peu près rendu dix-huit livres de pain bis, comme aujourd'hui. A ce compte le boisseau de blé converti en pain produisoit un sol, & le setier de blé douze sols.

(G) La Chronique de Geoffroy, Prieur de l'Abbaye de Vigeois, en bas Limosin écrite en 1183, & rapportée par le P. Labbe dans le second Tome de sa nouvelle Bibliotheque des Manuscrits, nous apprend, p. 318, qu'en 1170, qui fut une très-bonne année, le setier de blé se vendit cinq sols cinq deniers. *Anno quo supra magna fuit abundantia frumenti vini & olei. Subterraneæ vidi sextarium vini pro uno denario, sextarium frumenti pro quinque solidis & quinque denariis, de secali pro tribus solidis.* C'est un peu moins que le prix fixé dans un Capitulaire de Charlemagne en 806, que Lamare nous a rapporté, Tome II. p. 337. » Consideravi- » mus itaque ut præsenti anno quia per plurima loca fames valida esse videtur, ut » omnes Episcopi, Abbates, Abbatissæ, Optimates & Comites seu domestici & « cuncti fideles qui beneficia regalia tam de rebus Ecclesiasticis quamque & de re- » liquis habere videntur, ut unusquisque de suo beneficio suam familiam nutricare » faciat & de sua proprietate propriam familiam nutriat, & si Deo donante super » se & super familiam suam, aut in beneficio, aut in alode, annonam habuerit & ve- » nundare voluerit, non carius vendat nisi modium de avena denarios tres, modium » unum de speltâ disparatâ contra denarios tres, modium unum de segale contra de- » narios quatuor, modium unum de frumento parato contra denarios sex, & ipse » modius sit quem omnibus habere constitutum est, ut unusquisque æquam habeat » mensuram & æquales modios. » On voit par là que pour soulager les peuples, menacés d'une disette, le boisseau de blé fut mis à six deniers, & par conséquent le setier à six sols.

druplé

druplé à cause de la cherté, le boisseau valut vingt deniers. Les quatre deniers (ou piéces) fixés pour le prix du boisseau, représentoient donc quatre blancs de cinq deniers chacun, valant ensemble vingt deniers.

De ce boisseau on faisoit douze pains de deux livres, chaque livre étant du poids de douze onces, ce qui revient pour les douze pains de vingt-quatre onces, à dix-huit de nos livres de seize onces. La livre de pain, du poids de douze onces, étoit taxée à un denier simple; ainsi le boisseau converti en pain produisoit vingt-quatre deniers au Boulanger, qui par là se trouvoit avoir un cinquiéme de bénéfice. Aujourd'hui, quand le blé est à vil prix, le Boulanger a pour la cuisson le tiers du prix du blé; dans la cherté, il n'en a que le cinquiéme, ou le sixiéme.

Vers la fin de la seconde race, dit Aimoin, (H) les Hongrois ravagérent la France, & il y eut de grands troubles dans le Royaume, qui furent suivis d'une rude famine. La mesure du blé (probablement le setier) se vendoit vingt-quatre sols; *Hungari Franciam depopulari cæperunt..... post hæc rebellaverunt Francorum proceres contra Ludovicum Regem, super omnes autem Hugo magnus..... in ipso anno facta est fames valida per totum regnum Francorum, ita ut modius frumenti venundaretur 24 solidis.* Il y a toute apparence qu'Aimoin exprimoit dans ce passage que le boisseau qui valoit ordinairement, comme nous venons de le dire, cinq deniers, étoit monté à vingt-quatre deniers, & le setier de blé à vingt-quatre sols. Ainsi le prix des grains avoit presque quintuplé pour lors, & la cherté auroit été fort grande.

On entendra de même ce que dit le Pere Calmet dans son Histoire de Lorraine (I). En 1028, la famine fut telle pendant trois ans par tout le monde, à cause des pluies, qu'on ne se souvenoit pas d'en avoir vû de pareille. Le blé devint d'un prix exorbitant. *Fuit autem fames valida, ita ut multi morerentur inediâ. Hiemalium enim pluviarum abundantia omnes segetes absorbuerat: (Episcopus pauperibus pecuniam obtulit) una omnes cœperunt voce clamare nummis sibi opus non esse, de nummo enim nil*

(H) P. 735.
(I) Tome I. p. 1087.

aut parum quisque sibi valentis comparare posse ; quia sicut ipse nosset modius unus frumenti appenderet solidis 25. Preuves, p. 30.

Dans la Chronique de S. Maixent en Poitou, nous voyons que le setier de blé, qui se vendoit trois sols en 1122, valut jusqu'à trente-six sols en 1124 (K).

Ces recherches pourroient nous donner le vrai sens de divers passages des Ecrivains de l'antiquité.

Selon Columelle, qui vivoit sous Tibere & sous l'Empereur Claude, les prés, les pâturages & les bois produisoient assez considérablement à leurs maîtres, quand un arpent (L) rendoit cent sesterces ou vingt-cinq deniers Romains, qui répondoient, suivant notre maniere de compter, à deux sols un denier, dans lesquels, le marc d'Argent fin valant pour lors quarante-huit sols, il entroit cent quatre-vingt-douze grains pesant d'Argent fin. Nous avons vû qu'en 1514 l'arpent de terre labourable à Marly-la-Ville, étoit affermé trois cents vingt grains en poids d'Argent fin. Mais l'arpent d'Italie étoit bien plus petit que le nôtre. Columelle, Quintilien & Varron composent le *jugerum* de deux cents quarante pieds sur cent vingt, qui font vingt-huit mille huit cents pieds quarrés, tandis que notre arpent est de quarante-huit mille quatre cents pieds quarrés.

Il arrivoit rarement, au rapport de Pline, que le boisseau de blé ne pesât pas seize livres ; (M) *raro modius grani non 16 libras implet*. On peut croire qu'il en pesoit communément dix-huit ou dix-neuf. Le boisseau de France, à peu près le même que celui de Paris, rendoit jusqu'à vingt-deux livres de pain. (N) *Siligineæ farinæ modius Gallicæ 22 libras panis reddit*. Le *modius* qui avoit une double acception, (O) & qui signifioit aussi quelquefois un medimne, une mine ou six boisseaux, pesoit donc

(K) « Anno 1122, annona fuit levius vendita quàm multis annis præteritis ; circa duos solidos fuit sextarius sigillæ, & sextarius frumenti per tres solidos. Anno » 1124, tempus carum nimis, ita ut frumentum venundaretur 36 solidis. *Chronicon S. Maxentii, vulgò dictum Malleacense, p. 220. Tom. II. du Pere Labbe.*

(L) « Prata, pascua & silvæ, si centum sestertios singula jugera efficiant, optimè Domino consulere videntur. *Columelle, L. 3.*

(M) Pline, L. 18. C. 10.

(N) Pline, L. 18. C. 9.

(O) Le setier de vin, parmi nous, a pareillement une double signification ; car ce mot exprime huit pintes de vin, & le demi-setier est la moitié de la chopine, ou le quart de la pinte. Il faut aussi faire attention, que les livres Romaines dont

autour de cent huit ou de cent quatorze livres. Auſſi faiſoit-on cent vingt-deux livres de pain d'une mine de froment, & cent dix-ſept livres de celle de ſeigle. (P) *Panes vero è modio ſimilaginis* 122, *è floris modio* 117. Le boiſſeau de farine commune de froment valoit de prix moyen quarante as ou quatre deniers Romains, autrement quatre deniers tournois. Le boiſſeau de fleur de farine de froment valoit quarante-huit as ou quatre deniers quatre cinquiémes. Le boiſſeau de fleur de farine de ſeigle valoit cinquante-ſix as ou cinq deniers trois cinquiémes : (Q) *Pretium huic annona media in modios (ſingulos) farinæ* 40 *aſſes, ſimilagini caſtratæ octonis aſſibus amplius, ſiligini caſtratæ duplum*, (ou huit as de plus que l'autre.) Ce prix revient à celui du ſetier de blé ſous Charlemagne. Pline marque encore combien on pouvoit faire de pains des différentes farines que produiſoit le *modius* medimne, ou notre mine ; on tiroit des cent huit ou cent quatorze livres que la mine peſoit, cinquante livres de fine farine, dix-ſept livres d'une ſeconde farine, trente livres & un tiers de farine des gruaux & recoupes ; le ſon le plus fin pouvoit faire deux livres & demie, ou cinq demi-livres de pain ; du plus gros il s'en faiſoit encore autant ; & il reſtoit en ſon de rebut, qui n'étoit plus propre qu'à la nourriture des animaux, ſix ſetiers, c'eſt-à-dire, ſix trente-ſixiémes, autrement un ſixiéme du boiſſeau, qui peſoit environ trois livres. (R) *Similago* 50, *pollen autem* 17 *pondo panis reddere viſa, tritici* 30 *cum triente & ſecundarii panis quinas ſelibras, totidem cibarii, & furfurum ſextarios ſex.* Je croi (S) que le *ſextarius* ou le ſetier de Pline faiſoit la trente-

Pline parle, n'étoient que de douze onces, & que les nôtres ſont de ſeize. Ainſi les vingt-deux livres de pain que le boiſſeau de farine produiſoit, n'exprimeroient que ſeize & demie de nos livres.

(P) L. 18. C. 10.

(Q) L. 18. C. 10.

(R) L. 18. C. 10.

(S) Quelques-uns prétendent que le *Sextarius* des Romains péſoit deux livres, & qu'il y en avoit ſeize au boiſſeau, qui, ſuivant leur compte, auroit peſé trente-deux livres. Cette opinion ne ſauroit s'accorder avec le paſſage que je viens de citer, non plus qu'avec pluſieurs autres du même Auteur. *Leviſſimum eſt Gallicum atque è Cherſoneſo advectum* (frumentum) *quippe non excedunt in modios, vicenas libras, ſi quis panem ipſum ponderet.* L. 18. c. 7. Il dit encore dans le même Chapitre : *Panis multifarie & è milio fit, è panico rarius, ſed nullum frumentum ponderoſius eſt, aut quod coquendo magis creſcat, ſexaginta enim pondo panis è modio reducunt, modiumque pultis ex tribus ſextariis madidis . . . Ex uno grano terni*

ſixiéme partie du *modius* boiſſeau, & que de là notre ſetier de vin eſt la trente-ſixiéme partie du *modius* muid. Or le boiſſeau peſant autour de dix-huit livres, le ſetier qui en étoit la trente-ſixiéme partie peſoit une demi-livre, & les ſix ſetiers peſoient environ trois livres. Cela s'accorde fort bien avec le paſſage ci-deſſus, qui établit le poids de la mine de grain, & la quantité de pain qu'on en tiroit communément. Les quatre-vingt-dix-ſept livres de farine avec cinq livres de ſon propre à faire deux ſortes de pain, ſans y comprendre trois livres de ſon de rebut, pouvoient faire autour de cent vingt-deux livres de pain. Ainſi le *ſextarius* des Romains approchoit très fort de notre demi-litron. Leur meſure de blé nommée *medimne* rendoit environ quatre-vingt-dix-ſept livres de farine, & huit livres de ſon, dont trois livres de rebut. Le boiſſeau de ſeigle, plus léger que le blé, & qui rend moins de farine, produiſoit quatre ſetiers de fine farine, ou quatre trente-ſixiémes de boiſſeau peſant deux livres, ou cinq ſetiers, autrement cinq trente-ſixiémes de boiſſeau qui peſoient deux livres & demie, en y joignant la farine qui n'a point paſſé à travers le bluteau; un demi-boiſſeau, autrement $\frac{18}{36}$ de la farine des gruaux & recoupes peſant neuf livres pour le pain bis blanc; quatre ſetiers ou deux livres de ſon propre à faire du pain bis, & quatre ſetiers ou deux livres de ſon de rebut; on tiroit donc du boiſſeau de ſeigle trente-un ſetiers ou quinze livres & demie de farine & de ſon. (T) *E ſiligine lautiſſimus panis, piſtrinarumque opera laudatiſſima juſtum eſt è grano* (V) *Campanæ, quam vocant caſtratam, è modio redire ſextarios quatuor ſiliginis; vel è gregali ſine caſtraturâ ſextarios quinque, prœterea floris ſemimodium; & cibarii quod ſecundarium vocant ſextarios quatuor,*

ſextarii gignuntur. C'eſt-à-dire, que pour faire un boiſſeau ou un chaudron de bouillie ſur trente-trois ſetiers d'eau, on mettoit trois ſetiers de ce grain, qui ſe renfloit prodigieuſement à la cuiſſon, & qui étoit trois fois plus compact & plus peſant que le blé, ce qui revient à un douziéme de grain ſur onze douziémes d'eau, & qu'un ſeul grain de ſemence produiſoit en poids juſqu'à une livre & demie, & à la meſure, un douziéme du boiſſeau. Il ſeroit étrange, après ce qu'a dit Pline, qu'il eut fallu mettre trois ſetiers de grain ſur treize ſetiers d'eau, & qu'un ſeul grain eut rendu ſix livres de poids ou les trois ſeiziémes du boiſſeau, qui feroient preſque un cinquiéme. Sur ſix pintes & chopine de lait, on ne met qu'une chopine de riz, c'eſt-à-dire, un treiziéme. Le grain dont Pline parloit, pouvoit prendre encore plus d'eau que le riz. Les habitans de la baſſe Ethiopie font encore leur boiſſon avec du riz & du millet. *V. Lamare, Tome II. L. 5. p. 450.*

(T) Pline, L. 18. C. 9.

(V) *Campanæ*, du ſeigle de la Campanie.

furfuris sextarios totidem. Si l'on vouloit tirer au pain blanc, du boisseau de seigle on faisoit seize pains blancs & trois pains bis, qui étoient vraisemblablement du poids d'une livre de douze onces chacun, & il restoit un demi-boisseau de son. A ce compte, la mine de seigle faisoit en pain quatre-vingt-cinq livres & demie de seize onces chacune, savoir soixante-douze livres de pain blanc, & treize livres & demie de pain bis. (X) *Si vero pollinem facere libeat 16 pondo panis redeunt & cibarii tria, furfurumque semimodius.* A l'égard du blé d'Afrique, il rendoit par boisseau en fleur de farine un demi-boisseau & cinq setiers ou cinq trente-sixiémes, c'est-à-dire, $\frac{23}{36}$ pour pain blanc; en farine de gruaux quatre setiers, ou quatre trente-sixiémes pour le pain bis blanc; & quatre setiers ou quatre trente-sixiémes de son; ce qui fait de même trente-un setiers, ou $\frac{31}{36}$, pesant un peu plus que le seigle, c'est-à-dire, environ seize à dix-huit livres. *Similago ex tritico fit laudatissima. Ex Africo justum est è modiis redire semodios, & pollinis sextarios quinque, itam autem appellant quod florem in siligine, præterea secundarii sextarios quatuor, furfurumque tantumdem.*

Tandis que le setier de blé valoit cinq sols, la paye journaliere du Soldat, parmi les Romains, montoit à un denier, ou à la soixantiéme partie du prix du setier. Ce même setier, valant aujourd'hui quinze à dix-huit livres, la paye du Soldat François (Y) est d'environ cinq sols, qui font la soixantiéme ou la soixante-douziéme partie du prix du setier. Mais le denier Romain faisoit autrefois la sept cent vingtiéme partie de la valeur du marc d'Argent fin monnoyé sur le pied de soixante sols tournois, & les cinq sols d'à présent font la deux cent dix-septiéme partie de la valeur du marc d'Argent fin monnoyé, produisant cinquante-quatre livres six sols. Ainsi les choses, par rapport à ce qu'on les payoit en matiere d'Argent parmi les Romains, étoient à peu

(X) Pline, L. 18. C. 9.

(Y) Par le mot de *Soldat*, j'entens l'Infanterie Françoise dont chaque fusilier, suivant l'Article III. de l'Ordonnance du 30 Novembre 1733, doit avoir cinq sols six deniers par jour. Dans quelques corps, la paye est un peu plus forte. Les soldats du Régiment des Gardes Françoises, suivant l'Article premier de la même Ordonnance, auront quatorze livres quinze sols par mois, & les Grenadiers du même Régiment, seize livres quinze sols : mais il y a quelque retenue. Il faut encore observer, qu'en campagne la solde est différente. L'Article premier de l'Ordonnance du premier Avril 1734, fixe la paye de l'Infanterie servant en campagne, à deux sols six deniers par jour, outre la ration réglée.

près ſur le même pied que du temps de Louis XII, & elles coûtoient près de trois fois & demie moins de poids d'Argent qu'elles n'en coûtent aujourd'hui.

On pourroit encore expliquer autrement le paſſage de Pline, & celui de Columelle, le premier concernant le prix des grains, & le ſecond le produit des terres.

Le *denarius* d'Auguſte, qui exiſte dans tous les Cabinets, & tel que le préſente (Z) Eiſenſchmid après Boutteroue (A), peſoit environ ſoixante - douze grains, poids de marc, du titre de onze deniers, c'eſt-à-dire, qu'il contenoit autour de ſoixante-ſix grains peſant d'Argent fin.

Le *modius* medimne de farine commune valoit quarante as, ou quatre de ces deniers, répondant à deux cents ſoixante - quatre grains peſant d'argent fin. Le medimne de fine farine de blé, coûtoit quarante-huit as ou quatre deniers & $\frac{4}{5}$ Romains, répondant à trois cents ſeize grains & quatre cinquiémes peſant d'Argent fin. Le medimne de la fleur de farine de ſeigle, ou de la plus chere, ſe payoit cinquante-ſix as ou cinq deniers & trois cinquiémes, peſant en Argent fin trois cents ſoixante-neuf grains trois cinquiémes.

Sur ce pied, le ſetier de farine commune auroit valu en poids d'Argent fin cinq cents vingt-huit grains, celui de fine farine de blé ſix cents trente-trois grains trois cinquiémes, & le ſetier de la plus fine fleur de farine de ſeigle ſept cents trente-neuf grains quatre cinquiémes, ou environ les deux cinquiémes du poids d'Argent qu'on le payeroit aujourd'hui parmi nous, quoique communément le ſetier de blé ne répondît en 1514 qu'à quatre cents quatre-vingts grains peſant d'Argent fin.

La mouture plus chere, ſans doute, parmi les Romains que du temps de Budée, puiſqu'ils n'avoient point l'uſage de nos Moulins, & l'abondance de l'Argent qu'ils avoient ramaſſé, auroient pû produire cette différence.

(Z) Eiſenſchmid, p. 135.

(A) Boutteroue, p. 96, nous dit : « Quant à la monnoie d'Argent, depuis la » Loi Cornelia, la proportion douziéme fut rétablie, & la Taille du denier ren- » forcée & remiſe de quatre-vingt-quatre à la livre, de ſoixante-douze de nos » grains de poids, *& p.* 176 : J'ai fait faire pluſieurs eſſais du denier d'Argent » françois de la premiere race, par leſquels j'ai trouvé qu'ils étoient fabriqués à » onze deniers, dix, onze à douze grains. » *Nota.* Que onze deniers douze grains Argent-le-Roi, font onze deniers de fin.

Suivant cette idée, le meilleur arpent de pré, d'herbages, & de bois, rendant, selon Columelle, cent sesterces ou vingt-cinq deniers Romains, auroit produit mille six cents cinquante grains pesant d'Argent fin, qui vaudroient aujourd'hui environ vingt livres.

Mais j'aimerois mieux m'en tenir à la premiere explication. Si le mot de *denarius* signifie toujours dans les Auteurs anciens, des espéces contenant le poids de soixante-six grains d'Argent fin, il résulte perpétuellement de ce qu'ils nous rapportent des sommes immenses & ridicules.

Les moindres repas d'Heliogabale montant (B) à cent mille sesterces ou à vingt-cinq mille deniers, auroient été environ à dix-neuf mille trois cents soixante-quinze livres d'aujourd'hui; les festins ordinaires (C) de Lucullus dans la salle d'Apollon, à trente-huit mille sept cents cinquante livres; le cheval de Cornelius Dolabella (D), selon Aulugelle, à dix-neuf mille trois cents soixante-quinze livres.

Analisons le passage de Lampridius sur les repas d'Heliogabale; il rapporte qu'ils n'étoient jamais au-dessous de cent mille sesterces, *hoc est argenti libras triginta.* Ces cent mille sesterces représentoient vingt-cinq mille deniers, ou cent quatre livres trois sols quatre deniers, comme nous comptons.

Les vingt-cinq mille deniers divisés par trente livres donnent huit cents trente-trois deniers & un tiers, ou soixante-neuf sols cinq deniers & un tiers pour la valeur de chaque livre d'Argent du poids de douze onces. Notre marc d'Argent n'étant que de huit onces, il faut rabattre un tiers des soixante-neuf sols cinq deniers & un tiers, qui est vingt-trois sols un denier & sept neuviémes; le reste forme la valeur du marc d'Argent sous Heliogabale montant à quarante-six sols trois deniers cinq neuviémes, que j'estimerois être des sols Parisis; mais n'entrons point encore dans cette discussion.

Trente livres de douze onces produisent trois cents soixante onces, ou quarante-cinq marcs d'Argent, qui, à cinquante li-

(B) Hostus, Tome I. p. 117.

(C) Plutarque, Vie de Lucullus, p. 634.

(D) L. 3. C. 9.

vres le marc, pour faire un compte plus rond, donnent deux mille deux cents cinquante livres d'aujourd'hui.

Ainſi les moindres repas d'Heliogabale auroient monté à deux mille deux cents cinquante livres d'à préſent. Les feſtins de Lucullus au double, ou à quatre mille cinq cents de nos livres, le cheval de Dolabella à deux mille deux cents cinquante des mêmes livres. Cette expoſition s'approche davantage de la vraiſemblance.

Diſcutons ce que Ciceron poſſedoit en maiſons à Rome, à Tuſcule & à Formies. (E) *Les Conſuls, de l'avis de leur Conſeil, m'ont adjugé deux millions de ſeſterces pour ma maiſon de Rome; mais ils ont mis mes autres biens à fort bas prix, ma maiſon de Tuſculum à cinq cents mille ſeſterces, & celle de Formies à cent cinquante mille.* Les deux millions de ſeſterces, autrement cinq cents mille deniers, ou deux mille quatre-vingt-trois livres ſix ſols huit deniers, comme nous comptons, pour celle de Rome, produiſoient, ſur le pied de quarante-huit ſols le marc d'Argent, huit cents quarante-ſept marcs $\frac{10}{48}$, qui en négligeant les fractions, feroient aujourd'hui, le marc valant cinquante livres, la ſomme de quarante-deux mille trois cents cinquante livres. Sa maiſon de Tuſcule à cinq cents mille ſeſterces, auroit valu le quart de celle de Rome, ou environ dix mille cinq cents quatre-vingt-huit de nos livres. Celle de Formies à deux cents-cinquante-mille ſeſterces, auroit été payée la moitié de la précédente, ou cinq mille deux cents quatre-vingt-quatorze livres d'à préſent: mais Ciceron ſe récrie fort contre l'eſtimation des deux dernieres. Je ne vois rien qui répugne dans cette évaluation avec le correctif que Ciceron y met, ſurtout ſi nous conſidérons qu'avant la découverte des Indes, les choſes coûtoient environ le tiers de ce qu'elles coûteroient aujourd'hui en poids d'Argent.

Nous ne ſommes point non plus obligés de croire que le Tuſculum de Ciceron fût quelque choſe de ſuperbe; ce n'étoit que la maiſon de campagne d'un Philoſophe, dont la retraite pouvoit être

(E) *Epître ſeconde du quatriéme Livre à Atticus.* J'ai cité la traduction de M. l'Abbé Mongaut, voici le Latin: *Nobis ſuperficiem Ædium Conſules de Concilii Sententia æſtimarunt HS vicies, cætera valde illiberaliter: Tuſculanam villam quingentis millibus, Formianam HS 250000, quæ æſtimatio non modo vehementer ab optimo quoque, ſed etiam à plebe reprehenditur.*

être à la vérité propre & agréable : le prix même de plusieurs autres maisons achetées par des Citoyens peu connus, hors par les Lettres de Ciceron, montre que le Tusculum n'avoit rien d'extraordinaire.

Marcus Fonteius (F) *a acheté cent trente mille sesterces la maison que Rabirius avoit à Naples, & que vous aviez déja toute toisée & rebâtie dans votre esprit.* C'étoit donc un emplacement plûtôt qu'une maison, au lieu que celle de Ciceron étoit toute faite & ajustée. (G) *Le Consul Messala a acheté la maison d'Autronius quatre cents trente-sept mille sesterces, cet achat justifie le mien.* Il est inutile d'en rapporter un plus grand nombre d'exemples.

Au reste les mots de denier, de sesterce, de talent, de mine, de livre, de dragme & de sicle pouvoient bien avoir plusieurs significations parmi les Anciens, comme ceux de denier, de livre, & de grain en ont plusieurs parmi nous : car par denier nous entendons le plus souvent la douziéme partie du sol, ou bien la douziéme partie en argent pur d'une quantité, par exemple d'un marc ou de douze onces de matiere mêlée d'argent & de cuivre, quelquefois une piéce quelle que soit sa valeur, & fréquemment un poids de vingt-quatre grains.

Serions-nous donc surpris que les endroits de Ciceron, d'où Budée (H) infere, malgré leur obscurité, que le boisseau de blé valoit en Sicile deux sesterces, annonçassent quarante-huit grains pesant d'Argent, tandis que deux grains de loi par marc représentent parmi nous trente-deux grains pesant d'Argent fin. Les deux sesterces pris dans le sens de deux grains de loi sur la livre de douze onces, feroient quarante-huit grains pesant d'Argent fin, ce qui se concilie très-bien avec Pline. A parler franchement de plusieurs passages contre Verrès, j'en dirois volontiers ce que Ciceron dit lui-même (I) du Livre de Serapion.

Je ne m'éloignerois pas non plus de croire que les six mille de-

(F) *Domum Rabirianam Neapoli, quam tu jam dimensam & exædificatam animo habebas, M. Fonteius emit HS* CCC I ƆƆƆ XXX. Lettre II. à Atticus, Livre I.

(G) *Messala Consul Autronianam domum emit HS* CCCC XXXVII. *quid id ad me, inquies ? tantum quod eâ emptione, & nos bene emisse judicati sumus.* Epître treize à Atticus. Liv. 1.

(H) Budée, L. 5. p. 139. v°.

(I) « Ex quo quidem ego, quod inter nos liceat dicere, millesimam partem vix » intelligo. *Ep. 4. à Atticus, Livre 2.*

niers qui répondoient au talent devroient être envisagés comme six mille grains de notre poids de marc, & que les neuf cents douze grains qu'il y faudroit ajouter pour faire la livre Romaine de douze onces ou le talent, exprimoient l'alliage qui n'a aucune valeur, & n'est compté pour rien dans les espéces d'or & d'argent.

On ne sauroit guères se former une idée plus considérable du talent ou de la livre qui signifioit aussi pourtant une valeur numérique, puisqu'elle représentoit, comme nous l'avons vû sous (K) Heliogabale, soixante-neuf sols cinq deniers & un tiers. Elle répondoit quelques siécles auparavant, & probablement, selon (L) Pline, vers le temps de Papirius (M) Carbon, à soixante sols ou à soixante mines, précédemment sous le Dictateur (N) Fabius à trente sols ou à trente mines, dans la premiere guerre de Carthage (O) à quinze sols ou à quinze mines, sous (P) le Roi Tullius à deux sols six deniers, ou environ; & il formoit, comme valeur numérique, un poids différent suivant que les monnoies haussoient ou baissoient, & que les Auteurs considéroient cette valeur en or, en argent, ou en cuivre. C'est ainsi que le marc

(K) Vers l'an 220, depuis Jesus-Christ.

(L) « Libræ autem pondus æris imminutum bello Punico primo cum impensis » Respublica non sufficeret : constitutumque est ut asses sextantario pondere feri» rentur. Ita quinque partes factæ lucri, dissolutumque æs alienum. Postea Anni» bale urgente Q. Fabio Maximo Dictatore asses unciales facti, placuitque dena» rium x v¦I assibus permutari, quinarium octonis, sestertium quaternis. Ita » Respublica dimidium lucrata est. Mox Lege Papiriâ semunciales asses facti. Au» reus nummus post annum 62 percussus est quam argenteus, ita ut scrupulum » valeret sestertiis vicenis, quod efficit in libras ratione sestertiorum qui tunc » erant, sestertios DCCCC. *Pline*, *L.* 33. *C.* 3. Le Karat pour l'Or, étant la moitié du poids du denier pour l'Argent, le grain de loi sur douze onces d'Or, ou le scrupule devoit peser douze grains, tandis que le grain de loi sur douze onces d'Argent, ou le sesterce que nous nommons parmi nous denier, pesoit vingt-quatre grains, poids de marc. Ainsi le scrupule d'Or faisoit juste le double de notre trente-deuxiéme de Karat, qui pése six grains, poids de marc. Les quatre scrupules d'Or pesant quarante-huit grains, ou le douziéme d'une once, égaloient en valeur une once d'Argent, composée de vingt grains estellins, ou de vingt-quatre deniers, poids de marc. La livre d'Or répondant, comme on le verra dans un moment, à trois mille six cents deniers d'Argent, la demi-livre représentoit mille huit cents deniers, & le quart de la livre, comme le sesterce étoit le quart du denier, faisoit neuf cents deniers, ainsi que Pline le dit.

(M) Quatre-vingt-cinq ans avant Jesus-Christ.

(N) Environ 217 ans avant Jesus-Christ.

(O) Environ 256 ans avant Jesus-Christ.

(P) Environ 580 ans devant Jesus-Christ.

d'or fin monnoyé valant sept cents quatre-vingt-treize livres, celui d'argent cinquante-quatre livres, & celui de cuivre vingt sols, la livre numéraire seroit composée en or de cinq grains $\frac{52}{61}$, en argent de quatre-vingt-cinq grains $\frac{108}{319}$, & en cuivre de quatre mille six cents huit grains. En diminuant de moitié la valeur du marc, le poids de la livre numéraire augmenteroit du double, & en doublant la valeur du marc, la livre numéraire perdroit la moitié de son poids.

Il faut donc rabattre infiniment de l'estimation que les Auteurs modernes font du talent, &c. dont il n'est pas plus possible en tant que valeur numéraire de fixer le poids pour tous les temps que celui de notre livre, de notre sol & de notre denier.

Si l'on ne regarde les choses dans ce point de vûe, l'or & l'argent se seroient autrefois prodigués comme la chose du monde la plus vile. Concevra-t'on qu'au milieu des plus grands projets un (Q) Prince politique, dont l'Etat n'étoit pas fort riche avant la conquête de la Perse, eût voulu payer treize mille écus de notre monnoie, un cheval, qu'aucun Souverain des plus puissants n'acheteroit aujourd'hui à pareil prix ? Que la dépense du tombeau d'Ephestion (R) ait pû monter à douze mille talens d'or, ou à trente-six millions : Que Harpalus, Gouverneur (S) de Babilone pour Alexandre, eut une coupe de vingt talents ou de douze cents livres pesant d'or ; il auroit fallu une machine pour la remuer, cependant Demosthene la prend, & s'étonne à la verité de son poids. Harpalus la lui envoye avec vingt autres talents ; il avoit présenté auparavant à Phocion sept cents talens, (T) ou sept cents mille écus. La coupe de Semiramis que Cirus enleva parmi le butin, pesoit (V) quinze talens. Une femme étoit bien forte si elle portoit à sa bouche une masse de neuf cents livres pesant. Les Ambraciens firent présent au Consul M. Fulvius d'une couronne (X) de cent-cinquante livres d'or, & les

(Q) Philippe Roi de Macédoine. *V. M. Rollin, Tome VI. p.* 191. Il dit dans le Tome IV. des Etudes, p. 309. le Talent Attique vaut trois mille livres de France.
(R) V. M. Rollin, Tome VI. p. 668.
(S) *Idem*, Tome VI. p. 649.
(T) V. M. Rollin, Tome VI. p. 647.
(V) Pline, L. 33. C. 3.
(X) Tite-Live, L. 38. p. 823.

Députés de Moagéte, Tiran de Cibire, offrirent pour une (Y) autre quinze talens. Quel eut été le volume de semblables couronnes qui n'étoient qu'une simple ceinture de tête ? N'est-il pas plus naturel de croire que les treize talens payés pour Bucephale étoient treize piéces de quinze sols d'alors, ou neuf livres quinze sols, suivant notre maniere de compter ; que la dépense du tombeau d'Ephestion montoit à neuf mille livres du temps d'Alexandre ; que la coupe de Harpalus & celle de Semiramis pesoient, la premiere autant que quinze livres, & la seconde autant que onze livres cinq sols d'alors ; que les sept cents talens offerts à Phocion faisoient cinq cents vingt-cinq livres de ce temps ; que les couronnes, dont parle Tite-Live, répondoient, la premiere au poids de douze livres dix sols, & l'autre à celui de quinze livres d'or monnoyé ? Comment auroit-on manié des plats de cent livres pesant (Z), & celui de cinq cents livres que (A) Drusillanus affranchi de Claude fit faire, au rapport de Pline ? Tout devient possible en admettant que le *Pondo* étoit une portion de la livre numéraire.

Rome possédoit si peu d'or du temps de Camille (B), qu'elle étoit hors d'état d'envoyer à Delphes une coupe d'or en l'honneur d'Apollon, si les Dames Romaines n'eussent sacrifié leurs joyaux pour cette offrande qui pesa huit talens. En comptant le talent pour soixante livres de poids, cette dépense auroit monté à neuf cents soixante marcs, ou à sept cents quatre-vingt-onze mille deux cents livres de notre monnoie.

Quelque temps après, pour se racheter des Gaulois, les Romains s'engagerent à leur payer (C) *mille auri pondo*, que les Traducteurs ont rendu dans toutes les occasions semblables par mille livres pesant d'or. La Ville peu riche encore, n'auroit jamais pû fournir une si grosse somme. Ces expressions signifient donc autre chose que des livres de poids.

(Y) *Idem*, L. 38. p. 825.

(Z) « Lancesque è centenis libris Argenti, quas tunc super quingintas numero » Romæ fuisse constat. *Pline*, *L.* 33. *C.* 3.

(A) Drusillanus nomine Rotundus, dispensator Hispaniæ citerioris quingenariam lancem habuit. *Pline*, *Lib.* 33. *C.* 3.

(B) Plutarque, Vie de Camille.

(C) Plutarque, Vie de Camille, p. 161.

David prit une couronne au Roi des Ammonites (D), qui pesoit un talent d'or, & la chevelure d'Absalon (E) pesoit deux cents sicles, poids du Roi. On ne prétendra pas que cette couronne pesât soixante de nos livres, ni qu'Absalon eût deux cents onces, ou même cent onces de cheveux : les plus fortes chevelures ne sont guères que quinze à seize onces, encore ce sont des chevelures de femmes. D'ailleurs il ne s'agissoit pas de le raser entiérement, mais de retrancher seulement de ses cheveux le superflu qui pouvoit l'incommoder. Ainsi le sicle, dans ce passage & dans presque tous les autres, pourroit bien exprimer une valeur numéraire, ou, comme nous l'avons dit du sesterce, en le comparant à un grain de loi sur douze onces, le poids de vingt-quatre grains, ou d'un denier poids de marc ; à ce compte les deux cents sicles auroient fait huit onces & un tiers.

Nous parviendrons à entendre les valeurs spécifiées dans la Loi Salique, en les comparant avec les amendes établies par les Loix Romaines, si nous faisons attention que le Parisis forme un quart de plus que le Tournois, c'est-à-dire, que quatre sols Parisis valent cinq sols Tournois.

Une Loi du Code de Justinien (F), & de celui de Theodose, porte : *Substrahens equum de grege dominico ipsum restituit & in una libra auri punitur, ex aliis gregibus in 6 auri unciis.*

Les six onces d'or composées chacune de six piéces, font une demi-livre, ou trente-six piéces d'or nommées *solidi* ou sols, ou bien sextules ; la livre d'or étoit de douze onces & de soixante-douze piéces d'or, dont chacune, suivant la proportion douziéme entre l'or & l'argent, valoit un sol Parisis d'or, ou douze sols Parisis, autrement quinze sols Tournois d'argent.

La livre d'or répondoit à huit cents soixante-quatre sols Parisis d'argent, qui font quarante-trois livres quatre sols Parisis, ou cinquante-quatre livres Tournois.

A présent la livre d'or de douze onces valant cinquante-quatre livres Tournois, le marc d'or, qui n'est que de huit onces, valoit un tiers ou dix-huit livres Tournois de moins, c'est-à-dire, qu'il valoit trente-six livres Tournois.

(D) L. 2. Rois, C. 12. ℣. 30.
(E) L. 1. Rois, C. 9. ℣. 8.
(F) L. 11. p. 1334 & T. 4. L. 10. T. 6. p. 410.

La livre d'argent, ſuivant la proportion douziéme, valoit quatre-vingt-dix ſols Tournois, & le marc d'argent ſoixante ſols Tournois.

La Loi Salique s'exprime en ces termes : (G) *Si quis Waranionem Regis furaverit* 3600 *denariis qui faciunt ſolidos* 90 *culpabilis judicetur, ſi homini Franco* 1800 *denariis qui faciunt ſolidos* 45 *culpabilis judicetur.*

Il eſt évident que ces quatre-vingt-dix ſols Tournois, ſont la même choſe que les ſoixante-douze ſols Pariſis de la Loi de Juſtinien, qui ſe convertiſſent en Tournois, par l'addition du quart en ſus.

Mais comment trois mille ſix cents deniers font-ils douze onces, ou quarante-trois livres quatre ſols Pariſis, ou cinquante-quatre livres Tournois, ou ſoixante-douze ſols Pariſis, ou quatre-vingt-dix ſols Tournois? Le voici.

Douze onces d'or égaloient en valeur cent quarante-quatre onces d'argent. Les cent quarante-quatre onces d'argent, à vingt deniers eſtellins de poids l'once, font deux mille huit cents quatre-vingts deniers Pariſis. Pour réduire cette ſomme en Tournois, ajoutez-y le quart en ſus ou ſept cents vingt deniers, il viendra trois mille ſix cents deniers Tournois. Ainſi le ſol d'or ou la ſextule qui peſoit trois deniers eſtellins & un tiers, ou quatre deniers poids de marc, autrement quatre-vingt-ſeize grains, valoit quarante deniers eſtellins, ou quarante-huit deniers d'argent poids de marc.

C'eſt-à-dire, que (H) le ſixiéme d'une once d'or égaloit en valeur douze ſixiémes d'une once d'argent, ou en autres termes plus ſimples, que le ſixiéme d'une once d'or produiſoit la même valeur que deux onces d'argent.

Chacun des ſoixante-douze ſols Pariſis d'or valant douze ſols Pariſis d'argent, multipliez ſoixante-douze ſols Pariſis par douze ſols Pariſis, il vient huit cents ſoixante-quatre ſols Pariſis, ou quarante-trois livres quatre ſols Pariſis.

(G) Titre 40. p. 81.

(H) Le ſol d'Or ou le ſixiéme de l'once, égaloit en valeur deux onces d'Argent, ou quarante-huit deniers de poids d'Argent; le ſemis égaloit une once d'Argent ou vingt-quatre deniers; les trois deniers d'Or égaloient une demi-once ou vingt-quatre deniers; & le denier d'Or égaloit en valeur quatre-vingt-ſeize grains ou quatre deniers de poids d'Argent.

De même chacun des quatre-vingt-dix ſols Tournois d'or valant douze ſols Tournois d'argent, multipliez quatre-vingt-dix ſols Tournois par douze ſols, il vient mille quatre-vingts ſols Tournois, ou cinquante-quatre livres Tournois, comme nous comptons aujourd'hui.

Toutes les amendes de la Loi Salique étoient en deniers ou en ſols Tournois, & dans les Loix Romaines, en deniers Pariſis.

La Loi des Allemands prononce ſur le vol d'un cheval : (I) *Si quis caballum involaverit adpreciet eum Dominus cum ſacramento uſque ad 6 ſolidos, ſi tantum valet.* Ces ſix ſols exprimoient de même ſoixante-douze piéces d'or.

En ſuppoſant que le marc (K) d'argent fin monnoyé ait toujours valu, depuis Papirius juſques vers S. Louis, environ quarante-huit ſols Pariſis, & qu'il n'y ait eu de changemens dans la monnoie des Romains, que ceux qui nous ont été rapportés dans Pline, L. 33. C. 3, un marc ſemblable n'auroit valu ſous Fabius que que vingt-quatre ſols Pariſis, dans la premiere guerre de Carthage que douze ſols Pariſis, ſous Tullius que deux ſols Pariſis. Ainſi du temps de Pline le prix moyen du boiſſeau de blé, eſtimé cinq deniers, répondoit à quarante grains peſant d'argent fin, & celui du ſetier, ou de douze boiſſeaux, à quatre cents quatre-vingts grains.

Pour l'intelligence de pluſieurs Reglemens (L) ſur la taille du Pain, qui ont beaucoup de rapport avec la matiere qu'on vient de traiter, & qui nous ont été conſervés dans le Recueil des Ordonnances & dans Lamare, je vais finir par l'explication d'un paſſage de l'ancienne Coutume de la Ville & Septene de Bour-

(I) Titre 70.

(K) La proportion entre le cuivre & l'Argent fin monnoyés, eſt actuellement environ d'un à cinquante-quatre. L'Argent étant autrefois moins commun qu'aujourd'hui, elle pouvoit être du temps de Pline d'un à ſoixante ; auquel cas le Talent conſidéré comme la livre de douze onces d'Argent, répondoit à ſoixante *Pondo*, autrement mines ou livres de cuivre de douze onces chacune, & notre marc & demi de cuivre monnoyé produiſant aujourd'hui trente ſols, n'auroit exprimé pour lors qu'un ſol.

(L) Voyez le Reglement de l'an 1311 rapporté dans le ſecond tome des Ordonnances, p. 351, dans Fontanon, tome I. p. 853. & dans Lamare, tome II. p. 247. Celui de 1372, & celui du 21 Octobre 1096 dans Lamare, tome II. p. 252 & 253, comme auſſi l'Ordonnance du 31 Octobre 1421 dans les preuves ci-après, page 42, avec les prix des grains de l'année 1430, ſuivant le Journal de Paris, p. 136.

ges, où nous remarquerons que les plus anciens Tarifs du prix du pain reglés sur ce que le setier de froment peut valoir, formeroient encore à peu près aujourd'hui le prix actuel de la livre de pain. Voici d'abord le texte de la Coutume, article 169, p. 904. du Coutumier général.

» Pour savoir de quel poids doit être la miche blanche faite » par les Boulangers à quelque prix que le boisseau de froment » soit, il est à sçavoir que si le boisseau de froment vaut six blancs, » que la miche de deux deniers doit peser dix-huit onces cuite; » ainsi faut que le Boulanger vende quinze miches pour tirer six » blancs, que ledit boisseau de froment lui aura coûté : & est à » notter que lesdites quinze miches, pesant chacune dix-huit on- » ces, font en somme deux cents soixante-dix onces, & si le » Boulanger tire plus de quinze miches dudit boisseau de fro- » ment, ce lui vient à profit.

Une opération de calcul donnera l'intelligence de cet article, & des suivans.

Le prix du boisseau en nombre de blancs, est le premier Diviseur, qui change suivant le prix du boisseau.

Le nombre de dix-huit onces est le premier dividende invariable.

Le quotient multiplié par six, donne le poids de chaque pain de deux deniers.

Le second dividende invariable, est le nombre de deux cents soixante-dix onces à diviser par le poids de chaque pain; ce qui en proviendra, fait la quantité de pains qu'on doit tirer du boisseau.

Premier dividende perpétuel	18 onces	6 blancs	Premier diviseur, prix du boisseau,
	18	—	
	00	3 onces	
Multiplicateur perpétuel		6	
Chaque pain du prix de deux deniers doit peser		18 onces	Second diviseur, poids de chaque pain,
Second dividende perpétuel	270 onces		
	18	15 pains au boisseau.	
	90		
	90		
	00		

Item.

Item. » Si le boiſſeau de froment vaut ſept blancs, faut partir dix-huit onces en ſept parties, qui eſt en chacune partie deux » onces & quatre ſeptiémes, & pour ſçavoir combien la miche » de deux deniers doit peſer, faut prendre & aſſembler ſix deſ- » dites parties, qui ſont enſemble quinze onces & trois ſeptiémes » que doit peſer ladite miche ; ainſi faut que le Boulanger vende » dix-ſept miches & demie pour tirer ſept blancs que le boiſſeau » de froment lui aura coûté. Et eſt à noter que leſdites dix-ſept » miches & demie peſant chacune quinze onces & trois ſeptiémes, » font enſemble la ſomme de deux cents ſoixante-dix onces com- » me deſſus.

Le boiſſeau de blé valant ſept blancs ou trente-cinq deniers.

Premier dividende perpétuel 18 onces { 7 blancs { Premier diviſeur, prix du boiſſeau.
14 — 2 onces $\frac{4}{7}$
4

Multiplicateur perpétuel 6

12 onces
3 $\frac{3}{7}$

Chaque pain de deux deniers doit peſer . . { 15 onces $\frac{3}{7}$, *ou* 108 ſeptiémes. { Second diviſeur, poids de chaque pain.

Second dividende perpétuel { 270 onces, *ou* 1890 ſeptiémes.
108
810
756
54

17 pains $\frac{54}{108}$ *ou* $\frac{1}{2}$ au boiſſeau.

Item. » Si le boiſſeau de froment vaut huit blancs, faut partir » dix-huit onces en huit parties qui eſt en chacune partie deux on- » ces & un quart, & pour ſçavoir combien la miche de deux de- » niers doit peſer, faut prendre & aſſembler ſix deſdites parties, » qui ſont enſemble treize onces & demie que doit peſer ladite » miche; ainſi faut que le Boulanger vende vingt miches pour » tirer huit blancs que le boiſſeau lui aura coûté : & eſt à noter » que leſdites vingt miches peſant chacune treize onces & demie, » ſont enſemble ladite ſomme de deux cents ſoixante-dix onces, » comme deſſus.

Le boiſſeau valant huit blancs ou quarante deniers.

Premier dividende perpétuel 18 onces { 8 blancs { Premier diviſeur, prix du boiſſeau.
16 — 2 onces $\frac{1}{4}$
2
Multiplicateur perpétuel 6
12 onces
1 $\frac{1}{2}$

Chaque pain de deux deniers doit peſer... 13 onces $\frac{1}{2}$, { Second diviſeur, poids de chaque pain.
Second dividende perpétuel { 270 onces ou 540 demi. } ou 27 demi.
54
000
20 pains au boiſſeau.

Item. » Si le boiſſeau de froment vaut neuf blancs, faut partir » dix-huit onces en neuf parties, qui eſt en chacune partie deux » onces, & pour ſçavoir combien la miche de deux deniers doit » peſer, faut prendre & aſſembler ſix deſdites parties, qui font » enſemble douze onces, que doit peſer ladite miche; ainſi faut » que le Boulanger vende vingt-deux miches & demie pour ti- » rer neuf blancs que le boiſſeau de froment lui aura coûté : & » eſt à noter que leſdites vingt-deux miches & demie, peſant » chacune douze onces, font enſemble ladite ſomme de deux » cents ſoixante-dix onces, comme deſſus. Ainſi il faut faire le » compte, comme dit eſt, à quelque prix que le boiſſeau de fro- » ment ſoit, de plus en plus, & de moins en moins, & l'on » trouvera toujours par ladite épreuve, que le compte eſt bon & » vrai, ſans aucune faute.

Le boiſſeau de blé valant neuf blancs ou quarante-cinq deniers.

Premier dividende perpétuel 18 onces { 9 blancs { Premier diviſeur, prix du boiſſeau.
18 — 2 onces.
00
Multiplicateur perpétuel . . . 6

Chaque pain du prix de deux deniers doit peſer . . . . { 12 onces { Second diviſeur, poids de chaque pain.
Second dividende perpétuel 270 onces — 22 pains $\frac{6}{12}$ ou $\frac{1}{2}$ au boiſſeau.
24
30
24
6

Le boiſſeau de Bourges eſt un peu plus fort que celui de Paris (M). En le ſuppoſant égal au nôtre, il y en auroit douze à notre ſetier de Paris. Le blanc exprime, comme on ſait, cinq deniers. Si le boiſſeau vaut ſix blancs, le ſetier vaudra trente ſols, & ainſi du reſte. C'eſt ce qu'on voit par la Table ci-deſſous, après laquelle nous donnerons la maniere de fixer le prix de la livre de pain à quelque ſomme qu'on puiſſe eſtimer le ſetier.

Prix du boiſſeau, meſure de Bourges.						Prix de notre ſetier.			
1 blanc fait	5 d.					5 ſ.			
2 blancs font	10					10			
3 . . .	15					15			
4 . . .	20	ou	1 ſ. 8 d.			20	ou	1 l.	
5 . . .	25	ou	2	1		25	ou	1	5 ſ.
6 . . .	30	ou	2	6		30	ou	1	10
12 . . .	60	ou	5			60	ou	3	
24 . . .	120	ou	10			120	ou	6	
36 . . .	180	ou	15			180	ou	9	
40 . . .	200	ou	16	8		200	ou	10	
48 . . .	240	ou	20		ou 1 l.	240	ou	12	
96 . . .	480	ou	40		ou 2	480	ou	24	
144 . . .	720	ou	60		ou 3	720	ou	36	
192 . . .	970	ou	80		ou 4	960	ou	48	
240 . . .	1200	ou	100		ou 5	1200	ou	60	

Suppoſons le ſetier à dix livres, c'eſt à quarante blancs le boiſſeau, comme il eſt marqué dans la Table. Diviſez dix-huit par quarante blancs, il vient $\frac{18}{40}$. Multipliez les $\frac{18}{40}$ par ſix, vous aurez $\frac{108}{40}$, ou deux onces & ſept dixiémes pour chaque miche. Diviſez deux cents ſoixante-dix onces par deux onces ſept dixiémes, il vient cent miches à deux onces ſept dixiémes, dont chacune vaudra deux deniers.

Ainſi ſeize onces vaudront onze deniers $\frac{23}{27}$, ou un ſol à un rien près, ce qui eſt encore l'eſtimation d'aujourd'hui.

Pour étendre l'uſage de ce Tarif, & dire combien le pain valant un certain nombre de deniers doit peſer, lorſqu'on ſaura le prix du ſetier, & par conſéquent celui du boiſſeau, il n'y a

(M) Suivant l'Almanach d'Orleans, vingt-cinq boiſſeaux de Bourges font le muid d'Orleans, qui péſe en blé ſix cents livres; ainſi le boiſſeau de Bourges péſe vingt-quatre livres; celui de Paris n'eſt eſtimé que du poids de vingt livres.

qu'à changer le premier multiplicateur perpétuel. Au lieu de multiplier le premier produit par six pour deux deniers, il faudra, si l'on veut avoir le poids du pain d'un denier, multiplier le premier produit par trois; si l'on veut avoir le poids d'un pain de trois deniers, il faudra le multiplier par neuf; si l'on veut avoir le poids d'un pain de quatre deniers, le multiplier par douze, & ainsi du reste, en triplant le nombre des deniers donné pour le prix du pain.

Par exemple, on demande combien un pain d'un sol ou de douze deniers doit peser, le setier valant dix livres, & le boisseau quarante blancs.

Divisez dix-huit par quarante blancs, il vient $\frac{18}{40}$; multipliez les $\frac{18}{40}$ par trente-six, qui répondent à trois fois douze deniers, vous aurez $\frac{648}{40}$, qui, réduits en entiers en divisant six cents quarante-huit par quarante, font seize onces & un cinquiéme pour le poids de chaque pain d'un sol.

Divisez à présent deux cents soixante-dix onces par seize onces & un cinquiéme, il vient seize pains & deux tiers au boisseau, dont chacun pésera seize onces & un cinquiéme, & se vendra un sol.

Multipliant seize onces & un cinquiéme par seize pains & deux tiers, ou divisant deux cents soixante-dix onces par seize, on voit que le boisseau devoit rendre seize livres quatorze onces de pain; ce qu'il produisoit de plus étoit au profit du Boulanger.

Il faudroit diminuer quelque chose, c'est-à-dire, environ un dixiéme sur le poids du pain, dont on fixeroit le prix parmi nous relativement à la Coutume de Bourges, parce que notre boisseau se vendant le même prix, feroit d'un moindre poids que celui de Bourges. Si l'on vouloit donc appliquer la formule précédente à notre usage, il n'y auroit qu'à augmenter d'un dixiéme le prix de notre setier, après quoi l'on procéderoit comme il a été dit. Nous voyons dans le Journal de Paris (N) qu'en 1430 le setier de blé y valut, pendant le mois de Juin, jusqu'à cinq livres. *Le pain*, dit-il, *appetissa tant, que le pain d'un blanc* (ou de cinq deniers) *très noir, ne pesoit guères plus de douze onces, & qu'un Laboureur en mangeoit bien trois ou quatre par jour.* En opérant suivant la Coutume de Bourges, lorsque le setier vaut cinq

(N) Page 136.

livres, le boiſſeau vaut vingt blancs. Diviſez dix-huit onces par vingt blancs, il vient $\frac{18}{20}$; multipliez les $\frac{18}{20}$ par quinze, après avoir triplé les cinq deniers, le produit qui monte à $\frac{270}{20}$, ou à treize onces & demie, formeroit le poids du pain de cinq deniers ou d'un blanc; mais on feroit de la ſorte le pain plus peſant qu'il n'étoit. Joignez donc un dixiéme aux vingt blancs, vous aurez vingt-deux blancs, & en ſuivant l'opération $\frac{270}{22}$, ou douze onces & trois onziémes pour le poids de chaque pain. Le Journal de Paris nous dit qu'il ne peſoit guères plus de douze onces, & qu'un Laboureur en mangeoit bien trois ou quatre par jour, c'eſt-à-dire, qu'il mangeoit dans un jour pour quinze ou vingt deniers, autrement deux livres & un quart, ou trois livres de pain de ſeize onces, ſuivant ſon appetit. A ce compte le ſetier ne duroit, comme Budée l'a établi, que ſoixante-quatre jours au plus grand mangeur, & quatre-vingt-ſix jours & deux tiers à celui qui mangeoit moins. On peut donc eſtimer la conſommation des hommes, l'un dans l'autre, à trois ſetiers par an.

Journées.	Petit mangeur.	Grand mangeur.
1 . . .	2 lb. $\frac{1}{4}$ ou . 15 d.	3 lb. . . ou . 20 d.
2 . . .	4 $\frac{1}{2}$. 2 ſ. 6	6 . . 3 ſ. 4 .
4 . . .	9 . . 5 . .	12 . . 6 . 8 .
8 . . .	18 . . 10 . .	24 . . 13 . 4 .
16 . . .	36 . . 20 . .	48 . . 26 . 8 .
32 . . .	72 . . 40 . .	96 . . 53 . 4 .
64 . . .	144 . . 80 . .	192 . . 106 . 8 .
86 $\frac{2}{3}$ . .	192 . 106 . 8 d.	

Tacite rapporte que ſous Neron, après l'incendie de Rome, le prix du boiſſeau de blé fut réduit à trois deniers. Il pouvoit valoir communément à peu près cinq deniers, & le ſetier cinq ſols; *pretiumque frumenti minutum ad ternos nummos.* Une Loi du Code Théodoſien porte : *Panem oſtienſem & fiſcalem uno nummo diſtrahi volumus* (O).

En opérant, comme on l'a dit, le pain d'un denier auroit peſé

(O) Code Tome 5, p. 258, Liv. 14, Tit. 19.

cinquante-quatre onces, tandis que le boiſſeau valoit cinq deniers, & il y en auroit eu cinq au boiſſeau.

Nos anciennes Ordonnances déterminoient auſſi le poids du pain, par cette expreſſion, *le pain ſera d'un denier, de deux deniers, &c.*

Ne pourrions-nous point expliquer par là ce Reglement du Concile d'Aix-la-Chapelle en 817, *Ut libra panis triginta ſolidis per duodecim denarios metiatur*, en diſant qu'il étoit défendu de faire d'autre pain que des pains de douze deniers, ou du poids de ſix livres & un peu plus, tant que le ſetier de blé vaudroit trente ſols : ainſi le mot, *libra panis*, auroit ſignifié la même choſe que, *pondus panis*, & l'on auroit ſous-entendu, *ſextario tritici valente.* Ou faudroit-il entendre que la livre de pain étoit dès-lors fixée à trente demi-onces, qui répondent à trente fois douze deniers peſant, ou au poids de quinze onces, comme Budée l'établit dans le paſſage que nous avons rapporté ci-devant, p. 56.

Comme les hommes ſe ſont conduits de tous les temps par le même eſprit, & que les mêmes cauſes produiſent toujours un effet ſemblable ſur les mêmes ſujets, il n'eſt pas douteux qu'anciennement les grains ne montaſſent quelquefois dans des proportions à peu près pareilles à celles des deux ou trois derniers ſiécles. Produiſons ſur ce point quelques témoignages des meilleurs Ecrivains de l'antiquité.

Caſſius écrit à Ciceron que la meſure de blé (c'étoit probablement le *modius* ou le boiſſeau) ſe payoit juſqu'à douze dragmes, ou trois tétradragmes dans le camp de Dolabella, dont les troupes commençoient à manquer de vivres. *Jam ternis tetradrachmis triticum apud Dolabellam eſt. Niſi quid navibus Laodicenorum ſupportarit, cito fame pereat neceſſe eſt.* (Lettre 13 du 12e Livre des Epîtres *ad familiares.*) Ainſi le boiſſeau de blé coûtoit près de trois fois plus qu'il ne valoit d'ordinaire du temps de Pline, car la dragme & le denier ſe confondoient preſque toujours.

Ceſar, en préſence d'Afranius, ſe trouva encore bien plus preſſé. Le boiſſeau de blé, comme il nous l'apprend, monta juſqu'à cinquante deniers, en ſorte que le prix étoit dix fois plus haut que celui de Pline. *Annona crevit quæ fere res inopiâ, non ſolum præſentis ſed etiam futuri temporis, ingraveſcere conſuevit; jamque ad denarios 50 in ſingulos modios annona pervenerat & militum vires inopia frumenti diminuerat atque incommoda in dies augebant.* Cæſar, L. 1. *De bello Civili.*

Plutarque nous décrit la ſituation de l'armée d'Antoine dans la guerre contre les Parthes. Voici les paroles de la traduction d'Amiot. » La famine commença à les preſſer pour ce qu'ils ne pou- » voient recouvrer que bien peu de blés, & ſi falloit toujours » combattre pour l'avoir, & outre cela ils avoient faute des ou- » tils à le moudre & à faire du pain, à cauſe qu'une grande par- » tie avoit été laiſſée, parce que les Sommiers qui les portoient » étoient morts ou bien employés à porter ceux qui étoient ma- » lades ou navrez: ſi fut la famine ſi grande, que la huitiéme par- » tie d'un boiſſeau de froment ſe vendoit 50 drachmes. *(Vie d'An- » toine.* Ce paſſage que j'ai rapporté en entier nous fait voir que les Romains dans leurs armées avoient des Moulins portatifs, & que le blé valoit quatre-vingts fois plus que le prix marqué par Pline, ſi le chœnix étoit effectivement la huitiéme partie du boiſſeau des Romains.

Demoſthene établit que le médimne de froment à Athenes ſe payoit d'ordinaire dans les bonnes années cinq drachmes. En cas que le médimne d'Athenes fut égal à celui de Rome, on concluroit aſſez naturellement que ſous Alexandre le Grand les monnoies étoient ſix fois moins hautes que du temps de Pline où les ſix boiſſeaux valoient trente deniers; & le paſſage de Pline, que nous avons rapporté, établit que les monnoies avoient été conſidérablement augmentées depuis Servius Tullius.

Ceux qui ſont verſés dans les meſures Grecques pourront balancer le prix marqué par Demoſthene avec ce que le blé ſe vendit dans la même Ville d'Athenes (P) aſſiégée par Démétrius Poliorcete, environ l'an du monde 3710, & 210 ans après par Silla.

Quant au bas prix des vivres, lors du triomphe de Métellus, qui termina la premiere guerre de (Q) Carthage 250 avant J. C. auquel temps on eut à Rome, pendant trois jours de marché,

(P) Voyez Plutarque, vie de Démetrius & de Sylla.

(Q) V. Pline, L. 18. C. 3. & M. Rollin, Hiſt. Rom. L. 11. T. 4. p. 166.

un boiſſeau de blé pour un as, ce fut ſans doute par une largeſſe des Magiſtrats, qui payerent ou de leur propre bien, ou des deniers publics, le ſurplus de ce qu'il coûtoit. C'eſt ainſi que la Ville diſtribue parmi nous gratuitement au peuple du pain & du vin dans des temps de réjouiſſances.

En proportionnant le prix des choſes à la valeur des eſpéces, ſous Tullius le boiſſeau de blé pouvoit coûter deux as & un douziéme, dans la premiere guerre de Carthage douze as & demi, ſous Fabius vingt-cinq as, & depuis Papirius cinquante as ou cinq deniers.

Le prix de l'étain & du plomb, ſuivant Pline, comparé avec les prix de 1202, appuie ce que nous avons dit au ſujet du numéraire des Romains, & fait voir que depuis ſon temps juſqu'à l'an 1200, les monnoies n'ont preſque pas changé de valeur; (R) *Pretium ejus* (*ſtamni*) *in libras*, 30 (*ſubauditur aſſes*); *albo per ſe ſincero ſunt* 30 (*aſſes*); *nigro* 16 (*aſſes*): c'eſt-à-dire, que la livre d'étain de douze onces valoit trente as ou trois deniers. Sur ce pied notre livre de ſeize onces auroit valu du temps de Pline quatre deniers. La livre de douze onces d'étain noir ou d'une eſpéce de plomb fin valant ſeize as ou un denier & trois cinquiémes, celle de ſeize onces devoit valoir vingt-un as & un tiers, ou deux deniers & deux quinziémes. En 1202 la livre d'étain valoit ſix deniers, & celle de plomb un denier $\frac{11}{13}$. La différence entre les deux prix n'eſt pas bien grande.

Il ſeroit donc eſſentiel d'avoir des Tables exactes du prix de différentes choſes, de la valeur des eſpéces, de leur titre, de leur poids, & de la valeur du marc de fin monnoyé. Sans cela on ne ſauroit ſe flatter de parvenir à entendre dans les Auteurs ce qui concerne la partie des monnoies, & l'on n'en aura jamais que des idées extrêmement confuſes.

(R) Pline, Liv. 34, Chap. 17.

ESSAI

ESSAI SUR LES MONNOIES, OU VARIATIONS DANS LE PRIX ET DANS LA VALEUR DU MARC D'ARGENT.

UOIQUE les monnoies ſoient quelque choſe de réel, de ſenſible & d'intéreſſant pour tout le monde, peu de perſonnes en ont une idée nette & diſtincte. On ſait en général, que l'or, l'argent & le cuivre ſervent à meſurer la valeur des choſes qui tombent dans le commerce; que ces métaux s'eſtiment différemment; qu'ils s'allient entr'eux; & qu'une maſſe d'or, d'argent & de cuivre fondus enſemble, eſt d'autant moins précieuſe, que le métal le plus vil y domine davantage. On a encore entendu dire, qu'anciennement une livre numéraire, compoſée de vingt ſols, valoit beaucoup plus qu'elle ne vaut aujourd'hui, & volontiers on le redit dans l'occaſion, peut-être ſans en avoir jamais examiné la cause & l'effet, ni la différence des anciens sols aux nôtres. On a même appris à l'inspection de quelques piéces de monnoie, ou dans les conversations particuliéres, que la *Tranche* répond à l'épaisseur ; le *Cordon*, le *Chapelet* ou le *Grènetis* aux hachures ou petits grains en relief qui regnent sur la tranche & vers la circonférence ; la *Légende* à l'inscription qu'on lit sur la monnoie ; le *Millésime* établi par Henry II. en 1549, à l'année où l'espèce a été frappée ; le *Différent* à une marque certaine que les Graveurs & les Maîtres particuliers ont choisie avec le consentement de la Cour des Monnoies, pour être en quelque sorte l'enseigne des espèces frappées au coin des uns & sous la conduite des autres ; le *Point secret*, aujourd'hui suppléé par une Lettre alphabétique, suivant l'Ordonnance de Janvier 1549, à un petit trait autrefois placé sous quelque lettre de la Légende, afin de désigner le lieu de la fabrication. Mais on s'en tient à cette superficie. Ceux même qui ont le mieux écrit sur cette matière, ne nous ont levé qu'un petit coin du rideau.

Boutteroue, l'un des plus judicieux, à ce qu'il me semble, a travaillé sur les monnoies Juives, Grecques, Romaines & Gauloises. Pour établir un systême solide, il a discuté les poids de ces divers peuples, leurs engagemens & leurs traités, qui peuvent marquer la proportion des métaux, ou leur valeur relative suivant les temps, & il a rassemblé plusieurs constitutions des Empereurs, où l'on retrouve les principes sur lesquels sont fondées les Ordonnances de nos Rois, qui concernent cette branche du gouvernement.

Le Blanc est en quelque sorte le continuateur de Boutteroue. Son objet, dans le sens dont il l'a pris, s'annonce d'une maniere plus brillante. Il se rapproche davantage de nous. On y voit des traits sur l'histoire de chaque régne exposée chronologiquement. Les circonstances qui ont produit ou suivi les grandes mutations, y sont observées. Nous avons même à la fin du Livre une table du prix du marc d'or & d'argent, aussi-bien que du titre & de la valeur des espèces depuis Louis VI. en 1113. Le ſtile en eſt pur, naturel, agréable. Avec tout ce mérite, pluſieurs faits n'ont point été touchés ou approfondis ; & lorſqu'on cherche dans ſon livre l'intelligence de quelque paſſage, ſoit d'une Ordonnance, ſoit d'un Hiſtorien, on eſt preſque toujours en défaut. La conſéquence qui en réſulte naturellement, eſt qu'il s'en faut beaucoup que ce livre ne ſoit parfait. On ne doit pas s'en prendre au peu de capacité de l'Auteur, qui a montré dans l'exécution de ſon plan beaucoup d'ordre, de connoiſſance & de jugement; mais au petit nombre de matériaux qu'il a pû mettre en œuvre, & au temps qui défigure, qui diviſe, & qui parvient enfin à tout anéantir.

Conſtant expoſe les fonctions des différens Officiers occupés ſur les monnoies. Le texte eſt appuyé d'Edits & d'Ordonnances imprimées ſéparément comme preuves. Sa maniére de raiſonner n'eſt point auſſi vive, auſſi ſerrée, ni auſſi concluante que celle des deux premiers. Malgré cela ſon Ouvrage eſt fort inſtructif, & nous apprend des particularités qu'on auroit peine à trouver ailleurs.

Aucun de ces trois Ecrivains n'eſt entré dans le méchaniſme des monnoies, ou dans la maniére d'en faire l'eſſai, l'alliage & la fabrication. Boizard y a ſuppléé. Après avoir donné les définitions générales, il détaille les opérations qui concernent le travail. Elles ont un peu changé depuis qu'il a écrit; c'eſt l'effet ordinaire du temps : mais dans les Arts, il eſt bon de ſavoir même ce qui a été abandonné; on en ſent d'autant mieux les progrès. Il donne auſſi les premieres idées ſur le devoir des Officiers, la différence des baux, les délivrances des eſpèces, & le jugement des deniers de Boëte qui ſont éprouvés à la Cour des Monnoies, pour fixer le titre & le poids de chaque fabrication.

Poulain qui a écrit au commencement du dix-ſeptiéme ſiécle, a enviſagé les monnoies d'un œil politique, par rapport aux changemens que les Princes y font en certaines circonſtances, & par rapport à la maniére dont ces changemens influent ſur un Etat. Ses maximes ſont aſſez juſtes, quoiqu'il n'en ait pas tiré toutes les inductions possibles ; & le jugement peu favorable qu'il porte sur le balancier, généralement reçu aujourd'hui, n'est point un motif suffisant pour prévenir contre ses opinions, qu'il n'a pas au surplus développées avec beaucoup d'art.

Les monnoies ont encore été considérées sous un autre point de vûe par le sieur de Malestroit. Cette brochure imprimée à Paris chez Dupuis en 1578, roule sur l'avilissement où l'on croyoit dès-lors que l'or & l'argent étoient tombés par leur multiplication en Europe.

L'Auteur essaye de prouver que ces métaux, quoique devenus plus communs, n'avoient rien perdu de leur valeur réelle, puisqu'avec la même quantité de matiére ou de fin, on pouvoit encore acquérir les mêmes choses qu'on avoit achetées trois cents ans auparavant ; & il soutient que la diminution dans les fortunes, aussi-bien que l'augmentation du prix des denrées, venoient uniquement de ce que les monnoies numéraires qui sont la livre, le sol & le denier, contenoient beaucoup moins de fin qu'autrefois.

Bodin son contemporain l'a combattu dans une réponse, où il maintient qu'on tiroit bien plus de service d'une certaine quantité d'argent au même titre sous François I. que sous Henry II, quoique l'éloignement du temps ne fût pas considérable. Mais son ouvrage écrit d'un ton dogmatique & magistral, n'est qu'une déclamation perpétuelle, qui n'établit rien de précis, & présente à tout moment le faux pour le vrai.

Voilà les principaux objets à considérer dans les monnoies, & les Auteurs les plus estimés qui en ont traité. Je ne dois pas oublier les Tables & les excellentes Dissertations qui sont en tête du nouveau Recueil des Ordonnances, non plus que le Livre de Budée, l'un des plus savans hommes de son siécle. Nous pouvons y joindre le Discours de Savot sur les Médailles antiques, & les Recherches de Garrault, qui a presque tracé le plan de Boutteroue & de Constant.

Turcan, Le Bégue, Cabans, Pinette, Coquerel, &

plusieurs autres imprimés ou manuscrits n'apprennent rien. Haultin & Lautier ne nous ont donné que les figures de plusieurs de nos monnoies, sans aucun raisonnement; & ces empreintes se trouvent pour la plûpart dans Le Blanc & dans du Cange. Ceux qui seront curieux de connoître tout ce qui a été composé sur cette matiére, n'auront qu'à consulter le Livre intitulé: *Philippi Labbæi Bibliotheca nummaria*, Hostus & le P. Banduri.

Après tant d'Ouvrages, il semble que la matiére devroit être épuisée; il s'en faut cependant beaucoup: à peine la carrière est-elle ouverte. Son immensité ne me permet pas d'entreprendre de la parcourir entièrement, ni même de tenter d'approcher du but. J'essayerai seulement d'en montrer le chemin; & pour soulager l'imagination qui a besoin de s'appuyer sur quelque chose, & qui ne sauroit suivre sans figure un problême de Géométrie, je me bornerois volontiers à une table, dans laquelle on verra la maniére de résoudre toutes les questions qu'on peut faire sur les monnoies. Mais il est à propos de présenter auparavant quelques réfléxions.

Le marc dont nous nous servons pour mesurer la pesanteur de l'or, de l'argent & du cuivre, est la moitié de la livre pesant. Il comprend huit onces, ou soixante-quatre gros, ou cent soixante estellins, autrement dits esterlins, ou cent quatre-vingt douze deniers, ou six cents quarante felins, ou quatre mille six cents huit grains.

Sans recourir à l'opinion de ceux qui pensent que les Arabes nous ont donné ce poids, comme ils nous ont donné leurs chiffres, nous pouvons croire que notre marc est la mesure commune & matrice dont se sont servis successivement les Juifs, les Grecs, les Romains, & les autres Peuples pour tailler leurs espèces, comme cela se pratique encore aujourd'hui en Europe. L'ancienne livre Gauloise étoit parfaitement égale à la livre Romaine. Boutteroue l'a justifié par les premiéres monnoies des Gaules & de Rome.

Les Romains devenus les maîtres de l'Univers, l'établirent dans toute l'étendue de leur domination. Nous voyons de temps immémorial en France les eſpèces conſtamment diviſées ſur le marc de Troye ou de Paris (*a*), quoique pluſieurs de nos Provinces ayent des poids particuliers qui n'ont jamais été d'aucune conſidération dans les monnoies.

Le marc de Rome ſe diviſe aujourd'hui en huit onces, l'once en huit drachmes, la drachme en trois ſcrupules, le ſcrupule en deux oboles, l'obole en trois ſiliques, la ſilique en quatre primes ou grains, & les huit onces en quatre mille ſix cents huit grains.

Quant à la diverſité des opinions ſur l'ancienne livre Romaine, elle vient de ce que les Auteurs monétaires ont tantôt pris des médailles pour les eſpèces courantes, & tantôt des poids qui n'avoient peut-être d'uſage que dans la vente des marchandiſes, pour les poids originaux des monnoies. Appliquant ces fauſſes meſures à divers périodes de temps, où les eſpèces ne ſe rencontroient plus les mêmes, ils ont fait différens rapports de la livre Romaine.

Budée l'eſtime un peu plus de douze onces & demie de France.

Boutteroue ſuppoſe la derniere livre Romaine égale à dix & demie de nos onces.

Le Blanc a adopté le ſentiment de Garrault, qui ne s'éloigne pas beaucoup de celui de Boutteroue. Ils la comparent l'un & l'autre à dix onces deux tiers, ou à dix onces cinq gros un denier, poids de marc.

Le P. Merſenne confrontant à notre marc une lame d'airain du poids de trente-ſix grains Romains, qui lui fut envoyée par le P. Niceron, & qui faiſoit la dix-ſeptiéme partie d'une once Romaine, trouva qu'elle peſoit ſeulement trente-un & demi de nos grains; d'où il conclud que la drachme égaloit ſoixante-ſept grains poids de marc, qu'ainſi elle étoit de cinq grains plus légere que notre gros, & qu'une livre Romaine de douze onces ou de deux cents quatre-vingt-huit dragmes reviendroit à deux cents ſoixan-

(*a*) Les marcs de Limoges, de Tours, ou de la Rochelle, ne ſignifioient, à ce que j'imagine, autre choſe que des ſommes qui valoient plus ou moins ſuivant qu'on les comptoit, en ſols Limouſins, en ſols Tournois, ou en ſols Rochelois, tous différens des ſols Pariſis.

te-huit deniers poids de marc, c'eſt-à-dire, à onze & un huitiéme de nos onces.

Cette opinion paroît favoriſée par les Auteurs Grecs & Latins, qui confondent perpétuellement la valeur du denier Romain, & celle de la drachme Attique. Nous avons plusieurs quadruples de ces drachmes, auſſi-bien que des doubles drachmes caractériſées de même par une Pallas du côté de l'effigie, & par une chouette au revers, dont les quadruples, ſelon les Anglois, reviennent à deux cents ſoixante-huit, & les doubles à cent trente-quatre grains de leur poids de Troye (*a*). Ainſi la drachme Attique, ou le denier Romain ſeroit de ſoixante-ſept grains Anglois. Gréaves convient du fait; cependant il atteſte qu'il a peſé ſcrupuleuſement un très-grand nombre de deniers conſulaires qui lui ont paſſé par les mains en Italie & ailleurs, & il dit que ceux qui s'étoient le mieux conſervés, peſoient ſoixante-deux grains Anglois du poids de Troye, vérifié auparavant avec ſoin ſur les originaux qu'on garde à la Tour de Londres, à la Bourſe & dans l'Univerſité d'Oxford. Il tire

(*a*) Les Anglois ont deux ſortes de poids ou de livres, celle de Troye, & celle qu'ils nomment *aver du poids*.

Voici ce qu'en dit Savari: « La livre de Troye n'eſt que de douze onces, & c'eſt à ce poids que ſe péſent les perles, les pierreries, l'or, l'argent, le pain, & toutes ſortes de blés & de graines. Chaque once eſt de vingt deniers, & chaque denier de vingt-quatre grains; enſorte que quatre cents quatre-vingts grains font une once, & cinq mille ſept cents ſoixante grains une livre.

» La livre d'*aver du poids* eſt de quatre onces plus forte que celle du poids de Troye; mais auſſi il s'en faut quarante-deux grains que l'once *aver du poids* ne ſoit auſſi peſante que celle du poids de Troye, ce qui revient à peu près à un douzième; deſorte qu'une once *aver du poids* n'eſt que de quatre cents trente-huit grains, lorſque celle du poids de Troye eſt de quatre cents quatre-vingts, ce qui fait une différence, comme de ſoixante-treize à quatre-vingts; c'eſt-à-dire, que ſoixante-treize onces du poids de Troye, feront quatre-vingts onces *aver du poids* (& que quatre-vingts livres *aver du poids* ne feront que ſoixante-treize livres poids de Troye.) » [Il faut réformer ce qui eſt dans la parenthèſe. Quatre-vingts livres *aver du poids*, feroient environ quatre-vingt-ſeize livres poids de Troye, car la livre de Troye eſt à celle *aver du poids*, comme quatorze à dix-ſept, ou cinquante-un à cinquante-ſix.]

Wiberd avance que quatorze livres *aver du poids* égalent dix-ſept livres de Troye, & Moore p. 11, confirme ce que Savari nous a expoſé. « 80 ounces *aver du poids* make near 73 ounces Troy: Which is 5 lib. *aver du poids* to 6 lib. Troy. Which shews the ounces *aver du poids* leſſer, and the lib. *aver du poids* greater than the ounces or lib. of Troy. »

la même induction de deux expériences sur le Conge de Vespasien qui pesoit dix livres d'eau, la premiere par Villapandus sur le Conge même, & l'autre de Gassendi sur un modèle. Par la premiere, le poids du denier, ou la septiéme partie de l'once Romaine, revient à soixante-deux grains quatre cinquiémes; & par la seconde, à soixante-deux grains $\frac{361}{450}$. Gréaves concilie les Auteurs Grecs & Latins, en disant que le denier Romain & la drachme Attique pouvoient s'échanger réciproquement, sans être tout-à-fait du même poids; comme dans plusieurs Etats, on ne fait point de difficulté de prendre en payement des pièces étrangeres, lorsqu'elles contiennent sur l'estimation la même quantité de fin, que celles du Pays où l'on se trouve.

Hooper résout la difficulté autrement. Il avoue que les anciennes drachmes, comme les Dariques & celles de Philippe & d'Alexandre, pesoient soixante-sept grains poids de Troye d'Angleterre; mais il avance que celles qu'on fabriqua dans la suite, perdirent peu à peu de leur poids. Sous les premiers Empereurs Romains, ces pièces n'étoient plus que de soixante-trois des mêmes grains. Quelque temps après elles vinrent au-dessous de cinquante-cinq; elles firent alors la huitiéme partie d'une once Romaine.

Le Docteur Arbuthnot pense que l'once *aver du poids* d'Angleterre, est précisément la même que l'once Romaine, & il conclud que les Romains l'ont portée dans cette Isle. Je me suis, dit-il, un peu écarté dans mes Tables du sentiment de M. Gréaves, sur la quantité de grains de Troye qui entrent dans une once *aver du poids*, en supposant que la livre *aver du poids* composée de seize onces, est à la livre de *Troyes*, comme cent soixante-quinze à cent quarante-quatre. L'once Romaine ou *aver du poids* revient à quatre cents trente-sept grains & demi de Troye, & la livre Romaine à cinq mille deux cents cinquante des mêmes grains; mais on m'a assuré que la vraie proportion est de dix-sept à quatorze. Ainsi l'once Romaine ou *aver du poids* est exactement à l'once de Troye, comme cinquante-un à cinquante-six. A ce compte la livre Romaine n'est plus

que

que de cinq mille deux cents quarante-cinq grains de Troye & un septiéme, ce qui fait quatre grains & deux septiémes à retrancher, & le denier Romain pése soixante-deux grains, & $\frac{22}{49}$ poids de Troye d'Angleterre.

Ces contrariétés au sujet de la livre Romaine, n'ont rien de surprenant. On n'a que peu de pièces de comparaison sur lesquelles il faut conclure du particulier au général, ce qui est une source d'erreurs. Joignez à cela que les Auteurs qui ne se sont pas rencontrés dans le même temps, ont envisagé les choses sous différens points de vue, & que les espèces que nous pouvons confronter avec leurs témoignages, différent toujours un peu. Quelques-unes ont été faites plus légeres que d'autres, par la précipitation, le peu d'habileté, ou la friponnerie d'un ouvrier. D'autres ont été rognées ou se sont usées davantage à force de frayer. C'est cependant sur le pied où se trouvent ces espèces, qu'on prend des idées, & qu'on établit un systême. Doit-on s'étonner qu'il y ait quelque variation entre les Auteurs?

« Il y a vingt ans, dit Gerard Malines, (*a*) que Thomas » Lord Knivet, le Chevalier Richard Martin, avec plusieurs » autres Echevins & Officiers de la Ville de Londres, M. » Jean Williams Argentier ou Orfévre de Sa Majesté & moi, » nous fûmes commis pour examiner la monnoie de la Tour » de Londres. Après avoir comparé la livre du poids de Troye » de douze onces, avec le marc de Troye de huit onces, & » balancé un marc & demi avec cette livre, nous trouvâmes » que douze de nos onces pésent trois *penniweights* ou estellins plus que les douze onces de France, deux estellins & » demi plus que les douze onces des Pays-Bas & d'Allema» gne, quatre estellins & neuf grains plus que douze onces » d'Ecosse; & que notre once étoit plus forte que celle de » tous les Pays. »

M. Arbuthnot prétend qu'une once de France composée de cinq cents soixante-seize grains, égale dix-neuf deniers seize grains & demi, ou quatre cents soixante-douze grains & demi de Troye d'Angleterre; c'est-à-dire, qu'il

(*a*) Chap. 8. of the weight, and fineness of moneys and theyr several stands.

s'en faut sept grains & demi Anglois de Troye, que l'once de France ne soit aussi pesante que celle d'Angleterre, qui n'a que quatre cents quatre-vingts grains, tandis qu'il en entre dans la nôtre cinq cents soixante-seize.

Il pourroit bien y avoir quelque chose à rectifier dans l'exposition de Gerard Malines, & dans le calcul du Docteur Arbuthnot.

Le premier convient que soixante-douze Angelots avec un o dans le flanc de la nef, pésent douze onces poids de Troye d'Angleterre. Or l'évaluation de la Cour des Monnoies du 6 Août 1549, *imprimée dans Fontanon, p.* 132, détermine à quatre deniers le poids de ces mêmes Angelots, ensorte qu'il y en avoit quarante-huit à notre marc, & soixante-douze dans douze de nos onces, comme dans la livre de Troye d'Angleterre.

Les impériales, suivant Malines, étoient de soixante-neuf à la livre de Troye Angloise. Dans l'évaluation qu'on vient de citer, & dans l'Ordonnance de François I. du 19 Mars 1540, que *Fontanon rapporte, pag.* 114, ces mêmes pièces étoient de quarante-six à notre marc; & par conséquent il en falloit soixante-neuf pour faire douze de nos onces.

Au rapport de Malines, cent vingt-six Carolus de Flandres composoient douze onces de Troye d'Angleterre. Par les mêmes Ordonnances il entroit dans notre marc quatre-vingt-quatre de ces pièces, & il y avoit en douze de nos onces cent vingt-six Carolus.

Selon le même Malines, cent cinq Ducats de Portugal à la longue ou à la petite croix, pesoient une livre de Troye Angloise. Suivant l'Ordonnance de François I. du 15 Avril 1545, conservée dans *Fontanon, p.* 129, il y avoit à notre marc soixante-dix desdits Ducats, & dans douze de nos onces cent cinq de ces pièces.

Les Réales d'Espagne étant de cent huit à la livre de Troye Angloise de douze onces suivant la Table de Malines, se trouvent de soixante-douze à notre marc, comme il est porté dans l'Ordonnance du 23 Janvier 1549, rapportée par *Fontanon, p.* 138.

La différence qui ſe trouve dans le rapport de quelques autres eſpèces, vient du remède de poids ménagé diverſement ſur les pièces dont on s'eſt ſervi pour régler les eſſais, ou de ce que les peſées n'ont pas été faites avec la même préciſion.

Je penſe donc qu'il faut former le rapport du marc de Troye Anglois au marc de Tróye François, en comparant l'eſterlin, qui péſe vingt-quatre grains Anglois, à vingt-huit grains quatre cinquiémes de France, comme on a toujours fait, & non pas à vingt-neuf grains $\frac{243}{945}$. Sur ce pied un eſterlin ou vingt-quatre grains Anglois égalent vingt-huit grains quatre cinquiémes de France, vingt eſterlins ou une once ou quatre cents quatre-vingts grains Anglois font cinq cents ſoixante-ſeize grains de France, & cent ſoixante eſterlins qui répondent à un marc, ou à trois mille huit cents quarante grains de Troye d'Angleterre, égalent quatre mille ſix cents huit grains ou le marc de Paris, & le grain Anglois ne fait qu'un grain & un cinquiéme des nôtres.

L'once de Troye Angloiſe ſe trouve de la ſorte égale à notre once de Troye. Toute la différence conſiſte dans la diviſion des grains.

On appelle indifféremment en Angleterre huit onces de Troye un marc de Veniſe, & le marc de Veniſe eſt ſemblable à celui de France. M. de Lomenie marque même dans une Lettre au feu Roi, que cent marcs poids de Paris, faiſoient cent un marcs poids de Veniſe.

La livre d'Amſterdam compoſée de deux marcs poids de Troye, eſt auſſi pareille à celle de Paris, & le petit nombre de grains, dont quelques-uns font la livre de Paris plus forte que l'autre, n'entre preſque point en conſidération. L'inégalité qui s'y trouve peut provenir de pluſieurs cauſes. Le P. Merſenne, dans ſon Traité intitulé, *Pariſienſia pondera*, prétend avoir remarqué que les trois poids qu'on garde à la Cour des Monnoies, l'un de ſoixante-quatre marcs, l'autre de trente-deux marcs, & le moindre de ſeize marcs, ſur leſquels on étalonne les autres poids, différent entr'eux de quelques grains, ce qu'il attribue au frottement qui a diminué l'un plus que l'autre.

A l'égard du marc de Cologne dont on se sert en Allemagne, il se divise en huit onces, l'once en deux Loths, le Loth en quatre Drachmes, la drachme en trois Engels, & l'Engel en trente-deux As, qui reviennent, suivant Ricard, à trente grains de France, & suivant le Docteur Arbuthnot, à vingt-neuf grains $\frac{263}{945}$; desorte que l'As ou Eff d'Allemagne, est un peu moins que le grain François, & le marc de Cologne composé de cent cinquante-deux Engels, représente, selon Ricard, quatre mille cinq cents soixante grains de France, & selon l'autre, quatre mille quatre cents deux grains $\frac{778}{945}$.

Constant, p. 168, observe qu'en 1529 Charles V. Empereur fit vérifier le marc de l'Empire sur le marc original de la Monnoie, & que celui de l'Empire se trouva plus fort d'un denier ou de vingt-quatre grains.

En Espagne on se sert de différens poids, le quintal, l'arrove, la livre, l'once, l'adarame ; le quintal pése quatre arroves, l'arrove vingt-cinq livres, la livre seize onces, l'once seize adarames.

Pour l'or, il y a de menus poids qui sont le marc, le castillan, le tomin, le grain. Un marc est une demi-livre des livres communes ou huit onces ; il se partage en cinquante castillans, le castillan en huit tomins, le tomin en douze grains.

Pour l'argent, le marc se divise en huit onces, l'once en huit octaves, l'octave en soixante-quinze grains. Le grain est du même poids que dans l'or.

A Venise, le marc a huit onces, l'once quatre quarts ou silicos, le quart trente-six carats ou siliquas, le carat quatre grains, & il y a quatre mille six cents huit grains dans le marc, ou onze cents cinquante-deux siliquas.

A Florence, la livre se divise en douze onces, l'once en vingt-quatre deniers, le denier en vingt-quatre grains, dont il y a six mille neuf cents douze à la livre.

A Genes il y a deux poids, le marc pour l'or, & la livre pour l'argent. Le marc a huit onces, l'once vingt-quatre deniers, le denier vingt-quatre grains. La livre a douze onces, l'once vingt-quatre deniers, le denier vingt-quatre grains.

A Naples, la livre a douze onces, & l'once huit octaves.

Le marc de Meiſſen en Saxe, ſe diviſe en huit onces, l'once en vingt-quatre ſols ou deniers, le ſol en vingt-quatre grains, & il y a dans un marc quatre mille ſix cents huit grains.

A Dantzik, il eſt composé de huit onces, l'once de trente-deux ſols, le ſol de deux hellers, & il y a cinq cents douze hellers au marc.

Celui de Nuremberg eſt de ſeize loots ou de huit onces, le loot de quatre quintes, la quinte de quatre primes, deniers ou nommules, le denier de quatre ſeſterces, & le marc a deux cents cinquante-ſix deniers, ou mille vingt-quatre ſeſterces.

En Portugal il a huit onces, l'once huit octaves, & chaque octave quatre grands grains & demi.

Le marc d'Anvers eſt plus peſant que la livre ordinaire de cinq pour cent ; il ſe diviſe en huit onces, l'once en vingt Engels, l'Engel en trente-deux grains, & le marc a cinq mille cent vingt grains.

Le Titre eſt la meſure qui détermine le degré de bonté, ou la quantité d'alliage qui entre dans l'or ou l'argent.

Il ne ſe diſtingue pas ſi facilement que la peſanteur : on ne le connoît que par l'eſſai.

Par les anciens Réglemens, au rapport de Garrault, le fin de l'or ſe diviſoit en vingt degrés, & celui de l'argent en dix. Chaque degré ſe ſubdiviſoit en cinquiémes, en dixiémes & en vingtiémes. C'eſt pour cela, dit-il, que les Orfévres ont partagé l'once en vingt eſtellins. Le fin de l'or a été dans la ſuite augmenté d'un cinquiéme, & proportionnément celui de l'argent a été porté à douze deniers.

En Angleterre, comme la livre de Troye eſt de douze onces, ſi l'argent eſt pur fin, on dit qu'il eſt à douze onces ; s'il y a deux onces d'alliage, on dit qu'il eſt à dix onces ; s'il y en a trois, on dit qu'il eſt à neuf onces ; s'il y en a trois & demi, on dit qu'il eſt à huit onces dix eſtellins ou *penny weights*, & ainſi du reſte. L'once revient donc à ce que nous appellons denier de fin, & elle ſe diviſe en vingt deniers eſtellins, dont chacun égale vingt-huit grains quatre cinquiémes de France. Le titre de l'or ſe diviſe en douze onces ou vingt-quatre Carats ; deux Carats égalent une once, & le Carat ſe diviſe en quatre grains.

Le titre de l'argent ſe diviſe parmi nous en douze deniers ou en deux cents quatre-vingt-huit grains, & celui de l'or en vingt-quatre Carats, ou en 768 trente-deuxiémes; enſorte qu'un denier de fin pour l'argent, repréſente deux Carats pour l'or, & le Carat ſe partage en demi, en quarts, en huitiémes, & en trente-deuxiémes.

Les Allemands partagent le titre du marc d'or & d'argent en ſeize loths, dont chacun repréſente une demi-once ; ainſi ſeize loths ou ſeize demi-onces de fin, font un marc de fin, autrement douze deniers ou vingt-quatre Carats.

Le denier de fin exprimant parmi nous vingt-quatre grains de loi, ou deux Carats, il eſt ſenſible que le Carat revient à douze grains de fin, & comme ſeize loth égalent vingt-quatre Carats, le loth répond à un Carat & demi, ou à dix-huit grains de loi.

L'or & l'argent qu'on ſuppoſe ſans alliage, car on ne ſauroit guères affiner l'or que juſqu'à vingt-trois Carats ſept huitiémes, & l'argent que juſqu'à onze deniers dix-huit grains, s'appellent à vingt-quatre Carats & à douze deniers de fin.

On appelle de l'or à vingt-trois Carats, celui où il eſt entré une vingt-quatriéme partie d'alliage, c'eſt-à-dire, où il y a vingt-trois Carats d'or pur, & un Carat de cuivre. Le Carat pourroit donc abſolument s'appliquer à l'alliage comme au fin ; cependant ſuivant l'uſage commun, il ne ſe dit guères que du fin, & par ces mots, *de l'or à quinze Carats*, &c. on entend une quantité de matiére où il y a quinze parties d'or fin contre neuf parties d'alliage.

Quoique par rapport au fin, une once d'or puiſſe être à vingt-quatre Carats auſſi-bien qu'un marc, ou une plus grande quantité; il est toujours vrai de dire, que dans un marc, un Carat d'alliage ou de fin pése plus que dans une once, & que le Carat de fin est réellement comme ses subdivisions en trente-deuxiémes, un certain poids d'or séparé par supposition de tout alliage.

Aussi, selon Boutteroue, il y avoit un poids réel nommé Carat qui pesoit la vingt-quatriéme partie du marc. Il en rapporte pour preuve deux anciennes pièces d'or, dont l'une a pour Légende,

De fin or suis un droit Carat pesant;

Et la seconde,

D'or fin suis extrait de Ducats
Et fus fait pesant trois Carats.

La premiere pése cent quatre-vingt-douze grains, ou la vingt-quatriéme partie du marc, & la seconde pése cinq cents soixante-seize grains, ou la huitiéme partie d'un marc. Sur ce pied un Carat par marc représente cent quatre-vingt-douze grains de poids, comme un trente-deuxiéme de Carat représente six grains de poids; & un denier de loi ou de fin représente trois cents quatre-vingt-quatre grains de poids, comme un grain de loi représente seize grains de poids.

Cependant quand on lit dans les anciennes Ordonnances qu'on fera une telle monnoie d'*or fin*, il ne faut pas croire que ces espèces fussent à vingt-quatre Carats. L'or à quelque titre qu'il fût alors, étoit presque toujours appellé or fin, & cette expression jette une très-grande obscurité sur les monnoies des douziéme & treiziéme siécles. Ajoutez à cela, que souvent la valeur pour laquelle ces pièces devoient être exposées, n'est point marquée dans les Lettres qui ordonnent des fabrications.

C'est ce qu'on voit clairement dans les Lettres de Philippe le Bel du 7 Février 1310, *to.* 1. *des Ordonnances*, *p.* 478.

Rechin & Pierre feront une monnoie d'or fin qui sera appellée à l'aignel, & sera ladite monnoie de cinquante-huit deniers & un tiers au marc de Paris.

Lesdits Rechin & Pierre acheteront & donneront au marc d'or

fin au marc de Paris en deniers durs à la masse, cinquante-sept livres dix sols Tournois.

Au marc d'or fin en deniers à la Reine, cinquante-sept livres douze sols.

Au marc d'or fin de florins de Florence & de deniers à la chaire, cinquante-quatre livres quinze sols.

Au marc d'or fin en or, en platte & en paillole, en deniers d'or à double croix & au mantelet, cinquante-deux livres dix sols au marc de Paris.

C'est-à-dire, qu'ils devoient payer du marc de deniers durs à la masse, cinquante-sept livres dix sols; du marc de deniers à la Reine, cinquante-sept livres douze sols; du marc de florins, cinquante-quatre livres quinze sols; & du marc de deniers à la double croix, cinquante-deux livres dix sols. La différence entre les prix, fait voir que ces espèces n'étoient point au même titre, quoiqu'elles soient également nommées or fin. Il seroit inutile d'en rapporter une plus grande quantité d'exemples. Mais une seule espèce dont on connoît le titre, comme dans l'Ordonnance du 13 Juin 1346, tom. 2. p. 249, nous apprend quelquefois celui de plusieurs autres.

La TAILLE est la quantité de pièces qu'on doit faire suivant le mandement du Prince dans un marc d'or ou d'argent, ou de cuivre. Ces espèces doivent être aussi égales entr'elles qu'il est possible.

Sous Osric vers l'an 900, les Saxons divisoient la livre de Troye de douze onces en deux cents quarante deniers (*a*) sterlins, ou sols communs, & l'once en vingt de ces mêmes pièces qu'ils appellerent *pfenning*, d'où s'est formé le mot Anglois *penny*. C'est pour cela que l'once de Troye Angloise est estimée, pour le poids & pour le titre vingt *penny weights* ou deniers sterlins, dont chacun représente vingt-quatre

(*a*) A ce compte la livre de douze onces d'argent monnoyé auroit produit vingt sols sterling, dont chacun répondoit à peu près à trois sols Tournois; ensorte que les douze onces produisoient environ trois livres Tournois. Mais ces espèces étoient peut-être au titre de huit deniers de fin & audessous. Dès-lors le marc de fin monnoyé pouvoit produire aux environs de trois livres Tournois.

vingt-quatre grains. Les choſes demeurerent à peu près ſur le même pied juſqu'à Edouard III. Sous Henry VI l'once d'argent ſe diviſa en trente *pence* ou deniers. Pendant le Régne d'Edouard IV elle répondit à quarante *pence* ou deniers, ſous Henry VIII à quarante-cinq. La Reine Eliſabeth augmenta d'un tiers la valeur de l'once qu'elle porta à ſoixante deniers, ou cinq ſols ſterling.

Les anciennes Ordonnances expriment la Taille des monnoies de trois façons différentes. Par exemple, le Mandement de Philippe de Valois du 23 Août 1348, *to. 2. p.* 289, porte : *Nous vous mandons..... que vous faſſiez faire deniers d'or à l'écu, qui auront cours pour ſeize ſols la pièce, & de cinquante-quatre de poids au marc de Paris ;* c'eſt-à-dire, qu'il devoit y avoir cinquante-quatre deniers à l'écu dans un marc.

Et faites faire deniers Tournois doubles & Pariſis petits ſur le pied de monnoie vingt-troiſiéme. C'eſt-à-dire, comme on l'expliquera dans un moment, que le marc d'argent fin monnoyé devoit produire cinq livres quinze ſols. Cette ſomme réduite en deniers, donne ſeize cents vingt deniers Tournois, dont il faut prendre la moitié pour les doubles Tournois, & rabattre un cinquiéme pour les Pariſis petits. Il y avoit donc au marc d'argent fin monnoyé, huit cents dix doubles Tournois, & douze cents quatre-vingt-ſeize petits Pariſis.

Pour bien entendre ce que ſignifioient les termes de Monnoie *premiere*, *ſeconde*, *troiſiéme*, *quatriéme* &c, il eſt à remarquer que le marc d'argent fin étoit toujours fictivement diviſé en ſoixante pièces. Chacune des ſoixante pièces valoit autant de deniers, que le nombre donné pour la monnoie exprimoit d'unités. Par exemple, lorſque la monnoie étoit vingt-quatriéme chacune des ſoixante pièces valoit vingt-quatre deniers ou deux ſols, & les ſoixante enſemble faiſoient ſix livres qui répondoient à la valeur du marc d'argent fin. Lorſque la monnoie étoit vingt-troiſiéme chacune des ſoixante pièces valoit vingt-trois deniers ou un ſol onze deniers, & les ſoixante enſemble formoient cent quinze ſols pour la valeur du marc d'argent fin : ainſi du reſte.

Le Mandement du Roi Jean du 24 Janvier 1354, *to. 1. p.* 571, enjoint aux Généraux des Monnoies de fabriquer des blancs deniers à la couronne qui auront cours pour cinq deniers Tournois la pièce, à deux deniers douze grains de loi, & de ſix ſols huit deniers de poids; c'eſt-à-dire, de quatre-vingts pièces au marc, ce qui ſe connoît en réduiſant en deniers la ſomme donnée.

Aujourd'hui on ne ſe ſert plus que de la premiere maniére, comme dans l'Edit de Janvier 1726, le Roi ordonne qu'il ſoit fabriqué des louis d'or au titre de vingt-deux Carats, & à la taille de trente au marc; c'eſt-à-dire, que les trente louis doivent peſer un marc, & que chacun devroit peſer par conſéquent cent cinquante-trois grains trois cinquiémes, ce qui ſe voit en diviſant quatre mille ſix cents huit grains poids du marc, par trente nombre deſdits louis au marc.

Les monnoies ont deux ſortes de valeur, l'une fixée par l'autorité publique du Légiſlateur qui leur donne cours dans ſes Etats ſur un certain pied, l'autre fondée ſur l'eſtimation qu'en font les Négocians étrangers, en comparant la quantité de fin qu'elles contiennent par rapport aux eſpèces de leur propre pays. C'eſt pourquoi il faut prendre garde d'attribuer au marc d'or & d'argent, la valeur que nous voyons exprimée dans de vieux Regiſtres qui ont fait mention de ce cours volontaire, ſous le titre de *curſus florenorum voluntarius*.

La ſomme qui exprimoit autrefois la taille, annonçoit auſſi d'une maniére aſſez commode la valeur du marc d'eſpèces courantes, qu'on connoiſſoit en multipliant par la valeur de chaque pièce la ſomme indiquée pour la taille. Par exemple, dans l'Ordonnance du 30 Décembre 1355, (*to. 3. des Ordonnances, p.* 37,) le Roi Jean veut qu'on faſſe deniers blancs qui ſeront à huit deniers de loi dudit argent (le Roi), & auront cours pour dix deniers Tournois la pièce, & de huit ſols de poids. Si l'on multiplie les huit ſols de poids par dix, on aura quatre-vingts ſols ou quatre livres Tournois pour la valeur du marc. Ces eſpèces étoient à huit deniers de loi argent le Roi ; augmentant de moitié en sus les quatre livres, on sait que le marc de fin argent le Roi produisoit six livres Tournois. Suivant ce qui vient d'être dit, la somme donnée pour le poids des deniers désignoit la valeur du marc de ces espèces ; en prenant la moitié de la somme donnée pour les mailles, en la doublant pour les doubles Tournois, & en la quintuplant pour les pièces de cinq deniers, on avoit la valeur du marc des espèces courantes. Les sommes Tournoises produisoient la valeur du marc en Tournois, les sommes Parisis la produisoient en Parisis.

La valeur du marc d'argent fin monnoyé s'exprimoit autrefois par un nombre, comme on vient de le toucher il n'y a qu'un moment, & l'on disoit monnoie quarantiéme, soixantiéme, soixante-dixiéme, quatre-vingtiéme, &c ; ce qui signifioit en multipliant le nombre donné par cinq sols, que le marc d'argent fin produisoit tant. Dans le premier exemple, quarante fois cinq sols font deux cents sols ou dix livres ; dans le second, soixante fois cinq sols font trois cents sols ou quinze livres ; dans le troisiéme, soixante-dix fois cinq sols font trois cents cinquante sols ou dix-sept livres dix sols ; dans le quatriéme, quatre-vingts fois cinq sols font quatre cents sols ou vingt livres. Le Mandement du 27 Septembre 1355, *to. 3 p. 16*, ordonne qu'on fasse ouvrer..... gros deniers blancs à la couronne..... à trois deniers de loi argent le Roi, & de six sols huit deniers de poids (ou de quatre-vingts pièces) au marc de Paris, en ouvrant sur le pied de monnoie quatre-vingtiéme. Le marc fin à douze deniers produisoit donc vingt livres, & le marc courant desdits gros à trois deniers de loi, ne devoit valoir que le quart ou cinq livres ; & comme il y avoit quatre-vingts gros au marc, il s'ensuit que le gros Tournois avoit cours pour quinze deniers Tournois, quoique la valeur n'en soit pas marquée dans ce Mandement. On indiquoit aussi la valeur du marc fin par cette expression, *en trayant*, ou en tirant, *tant du marc*, par exemple, vingt livres, c'est-à-dire, que le marc fin monnoyé devoit produire vingt livres.

L'argent le Roi, (a) à ce que nous voyons dans le Regiſtre Noſter folio 205, *eſt & doit être à une maille près de l'argent fin ; car l'argent fin eſt à douze deniers de loi, & l'argent le Roi à onze deniers obole ou à onze deniers douze grains.*

Le commencement de ce paſſage eſt favorable au ſentiment de la Préface des Ordonnances, *to.* 3. *p.* CXI, ſuivant lequel vingt-quatre grains argent le Roi font vingt-trois grains de fin ; mais la ſuite donne preſque à penſer qu'il falloit vingt-cinq grains argent le Roi pour faire vingt-quatre grains de fin. *Si prend-t'on l'argent le Roi à douze deniers, & le fin à douze deniers obole, & vaut chacun denier vingt-quatre grains, & douze grains* (font une) *obole ou maille ; ainſi emporte chacun denier d'aloi d'argent fin, un grain en argent le Roi ; ſi comme qui diroit, cette monnoie eſt à quatre deniers d'argent fin, c'eſt-à-dire, qu'il eſt à quatre deniers quatre grains argent le Roi.*

Toutes les monnoies ſe travailloient juſques vers la moitié du ſiécle précédent en argent le Roi, qui ſe compte comme l'argent fin. Pour réduire ſeulement l'argent fin en argent le Roi, il faut ajoûter une maille à chaque ſol que le marc d'argent vaut, parce qu'une maille eſt la vingt-quatriéme partie d'un ſol. Si le marc d'argent fin valoit dix ſols, le marc argent le Roi devoit valoir dix ſols dix mailles, ou dix ſols cinq deniers. On convertit l'argent fin en argent le Roi, en ajoûtant un grain ſur chaque denier de fin, & le vingt-quatriéme d'un grain ſur chaque grain ; comme pour convertir de l'argent le Roi en argent fin, il en faut retrancher la vingt-cinquiéme partie, c'eſt-à-dire, rabattre un grain ſur vingt-cinq grains ; ce qui reſte eſt la quantité d'argent pur fin.

Si l'on compare la différence du prix des matiéres d'or & d'argent relativement au titre, on voit que l'alliage n'eſt actuellement compté pour rien dans les monnoies, quoiqu'il ſoit vrai que les métaux ont entr'eux une proportion, non-ſeulement comme monnoie, mais encore comme matiére.

(a) L'extrait du Regiſtre Noſter eſt rapporté dans Boizard, pag. 13.

Vingt-quatre marcs d'or à dix-huit Carats, ne font pas payés davantage que dix-huit marcs à vingt-quatre Carats, quoiqu'ils contiennent également dix-huit marcs de fin, & que les vingt-quatre marcs ayent de plus six marcs de cuivre, qui coûteroient trois livres sur le pied de dix sols le marc pesant.

Autrefois même il arrivoit assez souvent que l'alliage diminuoit le prix d'une semblable quantité de fin, à cause des frais de l'affinage. C'est ce qu'on voit clairement, en lisant les Ordonnances du 17 Mai 1354, *tom.* 2. *p.* 554, du 27 Juin 1354, *tom.* 2. *p.* 555, du 7 Septembre 1354, *tom* 2. *p.* 558, &c. Dans la premiere de ces pièces, le Roi Jean mande aux Généraux de faire payer à ceux qui apporteront des matiéres à ses monnoies, neuf livres dix sols Tournois du marc d'argent allié à trois deniers cinq grains de loi, & huit livres dix sols Tournois au-dessous; c'est-à-dire, qu'une quantité de matiéres d'argent, au titre de trois deniers cinq grains, qui contenoit un marc de fin, étoit payée neuf livres dix sols Tournois; & qu'une autre quantité d'argent d'un titre plus bas qui contenoit pareillement un marc de fin, n'étoit payée que huit livres dix sols Tournois.

Cependant on ne faisoit pas toujours cette distinction. Les Ordonnances du 21 & 22 Février 1358, *tom.* 3. *p.* 322, du 25 Février 1358, *tom.* 3. *p.* 324, du 10 Avril 1358, *tom.* 3. *p.* 334, &c. fixent sur le même pied le marc de fin, malgré la différence du titre des matiéres qui le produisoient; ensorte que deux marcs à six deniers de loi, valoient autant que quatre marcs à trois deniers, & que huit marcs à un denier douze grains.

La question suivante mettra dans un plus grand jour ce qui vient d'être touché. On suppose qu'un Orfévre soit obligé de faire ses ouvrages au titre de dix deniers, & qu'il ait la liberté d'affiner lui-même ses lingots. Trois hommes se présentent pour lui vendre des matiéres; le premier lui offre douze marcs d'argent à dix deniers, faisant dix marcs de fin; le second dix marcs à douze deniers, faisant dix marcs de fin; le troisiéme vingt marcs à six deniers, faisant pareillement dix marcs de fin. L'orfévre rendra-t'il à chacun le même prix ? il devroit moins payer au second qu'au premier, puisque pour mettre sa matiére au titre, il faudroit acheter deux marcs de cuivre, & consommer du charbon pour fondre les deux marcs de cuivre avec les dix marcs d'argent. Si les frais de séparation du cuivre sont moindres que le prix du cuivre qu'on pourra retirer par l'affinage, il devroit donner davantage au troisiéme, puisqu'il y auroit par là du bénéfice. Si au contraire ils étoient plus grands que le prix de ce même cuivre, il devroit rendre d'autant moins au troisiéme. Mais comme on a besoin tantôt de fin & tantôt d'alliage, & que des matiéres à différens titres fondues & mêlées ensemble dans une certaine proportion, il en résulte une masse au titre qu'on souhaitte, l'usage présent accorde le même prix aux trois Marchands dans l'espèce qu'on vient de proposer.

Les REMEDES ou de poids ou de loi, sont une indulgence accordée de tout temps aux Maîtres & Directeurs particuliers des Monnoies qui ne sauroient travailler avec assez de précision, pour que les espèces soient parfaitement du poids & du titre prescrit.

Lorsqu'elles ne s'en éloignent que dans les limites réglées par le Prince, elles sont admises par le premier jugement que rendent les Juges-Gardes à passer en délivrance & à courir dans le public.

La TRAITE n'est autre chose que la quantité de matiére qu'on retient en nature dans les Hôtels des Monnoies, à ceux qui y portent des matiéres destinées à être converties en monnoies, & c'est là-dessus que se prennent les frais de fabrication qu'on appelle *Brassage*, & le bénéfice du Prince qu'on nomme *Seigneuriage*. Faisons à présent l'analyse de quelques Ordonnances sur les monnoies.

L'analyse des pièces qui remontent au-dessus de 1300 concernant les monnoies, est accompagnée de beaucoup de difficultés, parce que la valeur des espèces ne s'y trouve point marquée. Je crois cependant qu'on peut parvenir à l'établir sur des conjectures qui auront beaucoup de probabilité, si elles n'ont pas une entiére évidence.

Deux titres rapportés dans la nouvelle hiſtoire du Languedoc, dont l'un d'Avril 1130, & l'autre de 1132, nous font connoître quel étoit pour lors l'état des monnoies dans cette Province.

Bernard, Comte de Melgueil, pour indemniſer (*a*) Guillaume Seigneur de Montpellier & ſes Vaſſaux du préjudice qu'ils avoient ſouffert de l'affoibliſſement des monnoies, & en conſidération d'une ſomme de dix-huit mille ſols Melgoriens que le Seigneur de Montpellier lui avoit prêtée, donne en Fief audit Guillaume & à ſes héritiers à perpétuité trois deniers Melgoriens, ſur la quantité de deux cents quarante deniers ou de vingt ſols, qu'il fera fabriquer à Melgueil au titre (*b*) de quatre deniers de fin pour les pièces dites deniers (*denarii integri*) & du poids de vingt-quatre deniers à l'once, c'eſt-à-dire, de cent quatre-vingt-douze pièces au marc.

A l'égard des mailles, elles feront au titre de trois deniers de fin, du poids de vingt-cinq deniers à l'once, ou de deux cents pièces au marc; & ſur vingt ſols de gros deniers, il y aura trois ſols de mailles.

Voici comment on peut entendre ces paſſages.

Les deniers ſeront au titre de quatre deniers de fin, c'eſt-à-dire, qu'il devoit entrer dans un marc quinze cents trente-ſix grains peſant d'argent fin, & trois mille ſoixante-douze grains d'alliage. Il y aura vingt-quatre de ces pièces dans une once, & dans le marc cent quatre-vingt-douze. Diviſant quatre mille ſix cents huit par cent quatre-vingt-douze, chacune de ces eſpèces devoit peſer vingt-quatre grains, dont huit grains peſant d'argent fin, & ſeize grains de cui-

(a) *Anno Dominicæ Incarnationis* 1130 *in menſe Aprili, ego Bernardus Comes Melgorienſis filius Mariæ, pro damno quod tu Guillelme.... & tui homines habebatis in hac præſenti minoratione Melgorienſis monetæ, & pro* 18000 *ſolid. Melgor. quos mihi dediſti bona fide, laudo & concedo... ad feudum... tres denarios Melgor. in ipſa moneta pro ſingulis viginti ſolidis.* Hiſtoire du Languedoc de Don Vaiſſete, *to.* 2. preuves, *p.* 455.

(b) *Præterea ipſam monetam de Melgorio de cætero non faciam fabricari niſi in hoc pondere & in hac lege, videlicet denarios integros ad quatuor denarios argenti fini & viginti quatuor denarios in uncia, & meſallas ad tres denarios argenti fini & viginti quinque in uncia.* Hiſt. du Languedoc, *to.* 2. preuves, *p.* 456.

vre, puiſque leur titre étoit à quatre deniers.

Quatre deniers peſant d'argent fin feront un ſol, (*quod in ſingulis ſolidis ſint quatuor denarii argenti fini*, preuves, *p.* 467) l'once d'argent fin devoit donc produire ſix ſols, & le marc de fin monnoyé quarante-huit ſols.

Pour s'en convaincre, on n'a qu'à multiplier vingt-quatre deniers par huit onces, il vient cent quatre-vingt-douze deniers. Diviſez ces cent quatre-vingt-douze deniers par douze, vous aurez ſeize ſols de poids. Ces mots de vingt-quatre deniers ou de deux ſols pour une once, préſentent la même idée que l'expreſſion de ſeize ſols de poids, qui ne veut dire autre choſe, ſi ce n'eſt que le marc de ces eſpèces au titre de quatre deniers vaudroit ſeize ſols. Il faut à préſent tripler cette valeur, parce que le titre n'étoit qu'à quatre deniers, & que trois fois quatre deniers font douze deniers de fin. Or trois fois ſeize ſols font quarante-huit ſols.

La propoſition qu'on vient d'établir, peut encore ſe vérifier d'une autre maniére. Si le denier valeur numéraire contenoit huit grains peſant d'argent fin, les ſoixante-douze deniers repréſentant ſix ſols, répondoient à cinq cents ſoixante-ſeize grains peſant, ou à un once d'argent fin, & le marc ou les huit onces d'argent fin monnoyé à quarante-huit ſols.

A l'égard des mailles, elles feront au titre de trois deniers, c'eſt-à-dire, qu'il entreroit au marc onze cents cinquante-deux grains peſant d'argent fin, & trois mille quatre cents cinquante-ſix grains de pur cuivre. Il devoit y avoir vingt-cinq pièces à l'once, ou deux cents au marc; ainſi le poids de chacune de ces eſpèces monte à vingt-trois grains $\frac{1}{25}$, dont cinq grains $\frac{19}{25}$ peſant d'argent fin, & dix-ſept grains $\frac{7}{25}$ de pur cuivre.

Multipliez vingt-cinq de ces pièces qui compoſoient une once par huit onces, il vient deux cents pièces; diviſez ces deux cents pièces par douze, le produit eſt ſeize ſols huit deniers. Quadruplez cette valeur, parce que le titre deſdites mailles n'étoit qu'à trois deniers, le produit du marc de fin monnoyé ſera de ſoixante-ſix ſols huit deniers.

Chacune

Chacune de ces mailles valoit en termes de monnoyage, le tiers de deux sols ou huit deniers, comme il est porté dans le texte : *Et in duobus solidis obolorum sint tres denarii argenti fini*, preuves *p.* 467. A ce compte les vingt-cinq mailles réellement contenues dans une once, multipliées par huit deniers, donnoient huit sols quatre deniers pour la valeur d'une once d'argent fin monnoyé en ces espèces ; car huit fois vingt-cinq mailles ou huit fois douze deniers & demi font huit sols quatre deniers. Les huit onces d'argent fin monnoyé en oboles, produisoient donc soixante-six sols huit deniers.

On peut opérer d'une autre façon qui donne toujours le même produit. Les trois mailles, ainsi qu'il est dit dans le passage qu'on vient de citer, valoient deux sols d'oboles ou un sol de deniers, parce que vingt-quatre oboles ne font qu'un sol. Prenant le tiers des deux cents mailles qui entroient dans le marc, & dont les trois exprimoient un sol valeur numéraire, on a soixante-six sols huit deniers pour la valeur du marc d'argent fin monnoyé en oboles. On expliquera de même, si l'on veut, les deniers ci-dessus. Quatre de ces deniers valoient un sol en termes de monnoyage ; comme il y avoit vingt-quatre de ces deniers à l'once, l'once de fin produisoit six sols, & prenant le quart des cent quatre-vingt-douze piéces qui composoient un marc d'espèces courantes, on aura quarante-huit sols pour la valeur du marc d'argent fin monnoyé en deniers de Melgueuil.

Le marc des oboles valoit par proportion plus que celui des deniers, mais on ne pouvoit donner en payement d'une somme de vingt sols (*a*) que trois sols d'oboles sur dix-sept sols de deniers, ou trois marcs d'oboles sur dix-sept marcs de deniers. Or dix-sept marcs de deniers à quarante-huit sols le marc de fin, produisoient en valeur huit cents seize sols, & les trois marcs de fin en oboles produisoient deux cents sols ; joignant les deux cents sols aux huit cents seize sols, il vient mille seize sols pour la valeur des vingt marcs ;

(*a*) *Et in viginti solidis habeat semper tres solidos de medalliis tantum.* Hist. du Languedoc, *to.* 2. preuves, *p.* 456.

ainsi chaque marc de fin se trouve de cinquante sols, comme il est marqué dans plusieurs autres passages de ce Tome.

Si ces sols étoient des sols Parisis, (comme je le crois, fondé sur deux raisons que je ne propose pourtant que comme des probabilités ; la premiere, sur ce que l'on comptoit autrefois bien plus souvent en Parisis qu'en Tournois ; la seconde, sur ce que les Ordonnances (1) d'Alfonse, Comte de Toulouse, des années 1251 & 1253, établissent qu'en Languedoc les monnoies se pesoient au marc de Troye ou de Paris,) les cinquante sols Parisis donnent trois livres deux sols six deniers Tournois en 1130, pour le pied moyen de la valeur du marc d'argent fin monnoyé provenante des deniers & des mailles mêlés ensemble.

Ainsi les deniers de Melgueuil valoient un denier Parisis, & les mailles un demi-denier Parisis.

En 1251 & 1253, les monnoies étoient un peu augmentées en Languedoc ; car suivant les Ordonnances d'Alfonse qu'on vient de citer, le marc d'argent fin monnoyé produisoit en 1251 aux environs de cinquante-sept sols dix deniers, & en 1253 autour de cinquante-trois sols six deniers, que je crois également Parisis.

Voici le Traité fait par Eudes Duc de Bourgogne le Mardi après la Saint Martin 1327, au sujet de la monnoie qui devoit se fabriquer dans la Ville d'Auxone ; il nous est rapporté dans les preuves de l'Histoire de Bourgogne, To. 2. p. 187.

(a) Comte

(b) dois huy des huy, ou de ce jour d'hui

(c) le dit

» NOUS EUDES, DUC DE BOURGOGNE, ET (a) *Cuens* » D'AUXONE : Faisons savoir à tous, que nous havons » traitié & fait convenances à Maistre Bonins de Chivauls » sur le fait de nostre monoye, laquelle nous ordenons (b) *dois* » *huy* à battre & faire battre en nostreditte Contée d'Auxo- » ne par la maniere qui sensuit. C'est à savoir que (c) *lidis*

(1) Histoire du Languedoc, *to.* 3. *p.* 490, *ad marcam de Triasta*, & p. 492, *ad marcam Trecenam.*

» Bonins doit faire florins au coing de Florance de soixante » & dix pour marc, au marc de Paris, & à vint & trois ca- » rats d'or de loy; & se moins estient trovez ne de pois ne » de loy en la boite de la garde, lidit Bonins seroit tenu » de payer la faute & l'amandement à nous, & doit lidit » Bonins donner à tous marchands pour marc d'or de vingt- » quatre Carats soixante & dix deniers d'or, (*d*) *de cels* que » l'on fera à ladite monoye, & à nous par chacun marc deux » deniers d'or. Item lidit Bonins doit faire (*e*) *maales* blan- » ches du cours de huit deniers & pour piece, & onze sols » trois deniers pour marc, au marc de Paris, & (*f*) *nuef* » deniers de loy argent le Roy: & pour cette maniere les » (*g*) *puet* & doit la garde délivrer, sauf tant que se la gar- » de les trovoit (*h*) *dous* grains de loy au marc fort ou foi- » ble, & (*i*) *doues* maales en trois marcs forts ou foibles, » nous voulons & nous plait que ladite garde les puisse » délivrer par cette maniere. Et ne porrions rien demander » audit Maistre Bonins d'amandement pour raison de la fau- » te dessusdite. Encour doit lidit Maistre Bonins faire de- » niers doubles qui hont cours pour deux deniers Parisis la » piéce, de seize sols au marc de Paris, & de quatre deniers » de loy argent le Roy. Et s'ainsi étoit que ladite garde les » trovast de deux grains de loy moins ou plus au marc, & » de six deniers en trois marcs forts ou foibles, nous volons » & nous plait que ladite garde les li puisse délivrer; Et est » assavoir que lidit Maistre Bonins doit donner aux mar- » chands en argent pour marc d'argent le Roy, au marc de » Paris, cent & cinq sols Tornois pour marc. Et nous doit » lidit Maistre Bonins rendre pour le monoage, c'est à sa- » voir pour douze cent marcs de œuvre de maales blanches, » soixante marcs de maailles blanches. Encore nous doit li- » dit Maistre Bonins rendre pour le monoage des doubles » de douze cent livres doubles, soixante marcs de doubles, » & la garde doit faire délivrance audit Bonins de deux jours » en deux jours, ce est à savoir jours ouvrables des de- » niers monoyez tant d'or comme d'autres, se il voit que » la monoye face à délivrer (*k*) *segon* lordenance dessusdi-

(*d*) de ceux

(*e*) mailles

(*f*) neuf

(*g*) peut

(*h*) deux

(*i*) deux

(*k*) Selon

du latin *secundum* » te. Et mettra laditte garde en boite pour deux cens deniers
» d'or hun denier d'or. Encour mettra laditte garde en boi-
» te pour mille maales blanches une maaille blanche. Item
» mettra laditte garde en boite pour dix livres de doubles,
» un denier double, & mettra laditte garde en écrit en hun
» papier pour denier soixante, toutes les journées de ses dé-
» livrances. Encour est accordé & convenancié entre nous
» & ledit Bonins, que le droit qui nous apartient ès mo-
» noies dessusdites, si comme dessus est divisié, lidit Bonins
» nous paiera par la maniere qui s'ensuit, ce est à savoir
(a) dès » (*a*) *dois* la prime jornée qu'il en commencera premiers à
(b) doresnavant » battre, au chief des deux premiers mois, & (*b*) *danqui en*
» *avant* il païera de mois en mois, & doit & est tenu ledit
» Maistre Bonins de faire ouvrer tout le billon qui viendra
(c) du lieu » tant d'or comme d'argent, sens partir (*c*) *dou leu.* Et don-
» ra lidit Bonins à ouvriers pour le cent de florins dix-huit
» deniers tornois, & pour le monoage quinze deniers tor-
(d) aux » nois (*d*) *es* monoiers; & prendront lidis ouvriers & mo-
» noiers à lour paiement, dudit Maistre Bonins de la monoie
» qui se fera en leu blanche ou noire, telle comme il plaira
» audit Bonins. Encour est accordé que ledit Maistre Bonins
» donra à ouvriers pour le marc de maailles blanches ou-
» vrer douze deniers tornois. Item donra pour la breve de
» dix marcs de doubles ouvrer es ouvriers trente-six deniers
» doubles. Item es monoïers pour la breve de dix livres mo-
» noier dix & huit deniers doubles pour toutes choses, &
(e) prendra » se ledit Bonins les puet pour moins havoir, il les (*e*) *pren-*
» *ra.* Encour donra ledit Bonins à Jehan de Tornay notre
(f) Tailleur ou Graveur » (*f*) *Tailleour* au fait de ladite monoie pour la paire de fer
» à florins, ce est à savoir une pille & dous trousseauls vint
» cinq sols tornois. Item pour le marc de maailles blanches
» un denier tornois. Item pour vint sols de doubles un de-
» nier tornois, & pour ce prix ledit Jehan doit délivrer fers
» es monoïers. Encour est accordé & convenancié entre
» nous & ledit Bonins, que toutes fois qu'il nous plaira faire
» monoie de plus bas pié ou de plus haut, & de plus don-
» ner en argent, ledit Bonins est tenu dou faire & d'obeïr

» à nos comandemens touchant le fait de laditte monoie. » Et voulons que ledit Bonins fasse cette monoie jusques à » dous ans continuellement (*a*) *ensuigant*, en telle maniere » que se nous changiens le pié de notre monoie, si voulons » nous que durant ce terme, ledit Bonins y soit toujours » pour le marchié qui se fairoit entre nous & ledit Bonins. Et » promettons audit Bonins & es ouvriers & es monoiers, » à tous officiauls & (*b*) *maignies* de la monoie toutes fran- » chises & libertez telles, comme li Roys de France don- » ne à ses monoiers, & comme notre chiers Sires & peres li » Dux Robers, dont (*c*) *Dex hait ame*, donoit à ses monoiers. » Encour promettons nous à toutes manieres de marchands, » François, Lombards, Juifs ou autres venant à notre mo- » noie, portant billon ou retornant, qu'ils soient francs & » quittes par toute notre Comté d'Auxone, & par tous les » détroits & par notre terre que nous avons en l'Empire, » & pour les détroits & pour les leux des Subjets de notre- » dite contée & terre de l'Empire, en tant comme il apar- » tient à notre profit ou dommage. Encour voulons nous » que li officiauls, les maignies, les ouvriers & les monoiers » dudit Bonins allant & venant à notredite comté & terre » de l'Empire, & par les lieux dessusdits, si comme dessus » est dit, (*d*) *j'ay soit* ce qu'il ne portoient point de billon » soient francs & quittes de toutes servitudes, piaiges ou » autres exactions de servitudes. Et pour ce que ces choses » soient plus fermes & (*e*) *estaubles*, ledit Bonins les doit » ploiger par bones ploiges & soffisans, tenir, garder & ac- » complir sans corrompre jusques à la valeur de dous mille » livres Tornois. Où témoignage de laquelle chouse nous » avons fait à mettre notre (*f*) *seaul* en ces presentes let- » tres faites & données à nos jours de Beaune, le Mardi » après la saint Martin d'hiver, l'an de grace 1327. »

(*a*) ensuivant, de l'Italien *seguenti.*

(*b*) *maignies* de l'Anglois, *menial*, domestiques.

(*c*) Dieu ait l'ame

(*d*) jaçoit quoique

(*e*) stables

(*f*) scel

Cette Ordonnance enjoint au nommé Bonnins, Maître de la Monnoie d'Auxone, de fabriquer des florins d'or marqués du même coin que ceux de Florence, & d'en tailler soixante-dix dans le marc de Paris, au titre de vingt-trois Carats, en payant le marc d'or fin soixante-dix des mêmes florins ; c'eſt-à-dire , que la pièce devoit peſer ſoixante-cinq grains $\frac{29}{33}$, dont ſoixante-trois grains $\frac{3}{33}$ d'or, & deux grains $\frac{26}{33}$ de cuivre.

La proportion entre la valeur du imarc d'or & d'argent fin monnoyé, qui, ſuivant une Ordonnance de Février 1269, du premier Janvier 1336, & du 29 Janvier 1339, étoit d'un à douze ou douzième, & qui a été longtemps ſur ce pied, donne lieu de croire que le florin valoit vingt ſols Tournois. Alors le marc de ces eſpèces rendoit en valeur ſoixante-dix livres Tournois ; & puiſque leur titre n'étoit qu'à vingt-trois Carats, en augmentant la valeur d'un vingt-troiſiéme, le marc d'or fin monnoyé produiſoit ſoixante-treize livres dix deniers $\frac{10}{23}$.

Le Prince payoit le marc d'or fin ſoixante-dix florins ou ſoixante-dix livres Tournois. Comme les eſpèces n'étoient qu'à vingt-trois Carats, rabattant le vingt-quatriéme de ſoixante-dix livres, qui eſt deux livres dix-huit ſols quatre deniers, le marc à vingt-trois Carats ne lui coûtoit que ſoixante-ſept livres un ſol huit deniers Tournois, & le marc monnoyé au même titre produiſoit ſoixante-dix livres Tournois. La traite ſur un marc monnoyé étoit donc de deux florins dix-huit ſols quatre deniers Tournois, ou de deux livres dix-huit ſols quatre deniers Tournois. Comme il eſt dit dans l'Ordonnance ; *Et à nous par chacun marc deux deniers d'or*, je croirois que le Prince prenoit deux livres par marc d'eſpèces courantes pour ſon droit de Seigneuriage, & que les dix-huit ſols quatre deniers de ſurplus étoient pour le braſſage.

En ſouſtrayant de ſoixante-treize livres un denier $\frac{10}{23}$ valeur du marc d'or fin monnoyé, la ſomme de ſoixante-dix livres Tournois que le Prince payoit du marc d'or fin, on voit que la traite par marc d'or fin converti en monnoie, étoit de trois livres dix deniers $\frac{10}{23}$ Tournois.

Nous entrevoyons ce qui revenoit au Prince par marc d'or monnoyé, pour ſon droit qu'on nommoit *Seigneuriage*, comme auſſi ce qui ſe donnoit aux ouvriers ſous le nom d'*ouvrage*, & aux monnoyers ſous le nom de *monnoyage*.

Mais nous ne saurions découvrir ce qui étoit accordé aux Maîtres ou Directeurs de la Monnoie sous le nom de *brassage*, & au Ferreur, Tailleur ou Graveur des coins des monnoies sous le nom de *ferrage*; car une partie de la traite entre dans les coffres du Prince, & l'autre s'en va en frais.

Il devoit être payé aux ouvriers sur cent Florins d'or fabriqués dix-huit deniers Tournois, ou $\frac{1}{1333}$ & $\frac{1}{3}$ de $\frac{1}{1333}$.

Ce qui fait pour	50	9d.
pour	10	1 $\frac{4}{5}$
pour	10	1 $\frac{4}{5}$
Et pour	70 Florins qui composoient un marc.	12d. $\frac{3}{5}$ T.

Les monnoyers avoient de cent Florins d'or monnoyés quinze deniers Tournois, ou $\frac{1}{1600}$.

de . .	50	7d. $\frac{1}{2}$
de . .	10	1 $\frac{1}{2}$
de . .	10	1 $\frac{1}{2}$
Et de . .	70 Florins ou d'un marc	10d. $\frac{1}{2}$ T.

L'Ordonnance ne marque point non plus sur l'or les remèdes de loi & de poids; mais à l'égard de l'argent, elle ne laisse rien à conjecturer.

Elle prescrit audit Bonnins de faire des mailles blanches, valant chacune huit deniers Tournois, de cent trente-cinq au marc, c'est ce que veut dire l'expression *de onze sols trois deniers pour marc, au marc de Paris*; car onze sols trois deniers font cent trente-cinq deniers, ou cent trente-cinq pièces, selon le stile d'alors, qui appelloit toutes sortes de pièces *un denier*.

Il est aisé de connoître le poids de chaque pièce, en divisant les quatre mille six cents huit grains du marc par le nombre de cent trente-cinq pièces qui devoient se trouver dans un marc. On voit par là que chacune de ces mailles blanches ne devoit pas peser plus de trente-quatre grains $\frac{18}{135}$.

Pour réduire cette fraction à la plus petite dénomination, il faut chercher (*a*) le plus grand diviseur commun qui est neuf, alors les $\frac{18}{135}$ sont représentés par $\frac{2}{15}$, car en dix-huit il y a deux fois neuf, & en cent trente-cinq il se trouve quinze fois neuf.

On a la valeur du marc de ces espèces de deux façons; ou en multipliant les onze sols trois deniers, suivant l'ancienne maniére de s'exprimer par huit deniers Tournois, valeur de chaque pièce, ce qui fait quatre livres dix sols Tournois; ou en multipliant huit deniers Tournois par cent trente-cinq, nombre de pièces au marc, & faisant la réduction du produit en livres & en sols Tournois, qui rend également quatre livres dix sols Tournois. J'observerai en passant, que la premiere façon est plus simple & plus courte.

Le titre de ces mailles est fixé à neuf deniers de loi *argent le Roi*. Ne nous embarrassons point quant à présent de la différence entre l'argent fin & l'argent le Roi qui se divisent absolument de la même maniére en douze deniers, ou en deux cents quatre-vingt-huit grains de fin; mais les douze deniers argent le Roi contiennent $\frac{1}{24}$ de fin de moins que les douze deniers d'argent pur fin.

Pour trouver combien il entroit d'argent fin, dit argent le Roi, & de cuivre dans un marc, il faut se rappeller que le titre étoit à neuf deniers d'argent le Roi, & qu'un denier de fin sur un marc représente toujours trois cents quatre-vingt-quatre grains de poids, de même qu'un grain de fin

(*a*) On trouve le plus grand commun diviseur, en divisant le dénominateur par le numérateur; s'il n'y a point de reste, le numérateur est le plus grand commun diviseur: s'il y a un reste, ce reste devient le numérateur, & le numérateur de la premiere fraction devient le dénominateur, qu'il faut diviser l'un par l'autre jusqu'à ce qu'on trouve un diviseur exact. Lorsqu'on n'en trouve point d'autre que l'unité, la fraction est irréductible, & par conséquent à ses moindres termes.

Exemple. 135 / 126 / 9 ($\frac{18}{7}$

18 / 18 / 00 ($\frac{9}{2}$ Diviseur commun

$\frac{18}{135}$ (9 .... $\frac{2}{15}$ (9 ...
9 / 45 / 45 / 00

représente

représente toujours seize grains de poids, qu'un Carat représente cent quatre-vingt-douze grains, qu'un demi-Carat répond à quatre-vingt-seize grains, un quart de Carat à quarante-huit grains, un huitiéme de Carat à vingt-quatre grains, un seiziéme de Carat à douze grains, un trente-deuxiéme de Carat à six grains de poids, dès-lors les neuf deniers d'argent le Roi multipliés par trois cents quatre-vingt-quatre grains, font trois mille quatre cents cinquante-six grains de poids argent le Roi.

Soustrayant de quatre mille six cents huit grains qui composent le marc, ces trois mille quatre cents cinquante-six grains d'argent le Roi, il reste onze cents cinquante-deux grains pour le poids du cuivre par marc de mailles blanches.

Il n'y a qu'à diviser ces trois mille quatre cents cinquante-six grains d'argent le Roi par cent trente-cinq mailles qui entroient dans le marc, on aura vingt-cinq grains $\frac{2}{15}$ argent le Roi dans chaque maille; & si l'on soustrait ces vingt-cinq grains $\frac{2}{15}$ du poids de la pièce qui montoit à trente-quatre grains $\frac{2}{15}$, il reste pour le poids du cuivre de chaque maille huit grains $\frac{8}{15}$.

On aura la valeur du marc de fin argent le Roi par les parties aliquotes, ou par une régle de trois, en disant, si neuf deniers produisent quatre livres dix sols, combien produiront douze deniers. Comme le titre de ces mailles étoit à neuf deniers, & qu'en ajoutant un tiers ou trois deniers, on forme un marc de fin toujours représenté par douze deniers de fin, qu'on prenne pareillement le tiers de quatre livres dix sols, valeur du marc courant, & qu'on ajoute ce tiers ou trente sols à quatre livres dix sols, on aura six livres Tournois pour la valeur du marc de fin argent le Roi: aussi un marc & un tiers de marc de ces espèces, donnoit-il un marc de fin argent le Roi, & produisoit-il en valeur six livres Tournois.

Le Prince payoit le marc de fin argent le Roi cent cinq sols Tournois. Soustrayant ces cent cinq sols de six livres Tournois, on voit que la traite par marc de fin argent le

Roi, étoit de quinze sols Tournois, qui font le huitiéme de six livres.

Mais les espèces fabriquées étant au titre de neuf deniers argent le Roi, si l'on prend les deux tiers de cent cinq sols Tournois, on aura le prix que coûtoit le marc d'espèces au titre de la fabrication, & les deux tiers de cent cinq sols, font trois livres dix-huit sols neuf deniers Tournois. Il est quelquefois néçessaire d'opérer par la régle de trois, en disant, si douze deniers de fin argent le Roi ont coûté cent cinq sols Tournois, combien devoient coûter neuf deniers.

Soustrayons ces trois livres dix-huit sols neuf deniers Tournois de quatre livres dix sols Tournois, la traite par marc d'espèces converties en monnoie, monte à onze sols trois deniers Tournois; or la traite sur le marc courant est toujours dans la même proportion que la traite sur le marc de fin, c'est-à-dire, que puisqu'elle étoit d'un huitiéme sur le marc de fin argent le Roi, elle montoit aussi à un huitiéme sur un marc monnoyé.

Lorsqu'on a la traite avec sa proportion sur un marc de fin, on a la valeur du marc de fin : il en est de même de la traite sur le marc courant. Par exemple, la traite sur les mailles est de quinze sols ou d'un huitiéme par marc de fin; huit fois quinze sols font six livres pour la valeur du marc de fin argent le Roi : la traite sur le marc monnoyé est de onze sols trois deniers; multipliez onze sols trois deniers par huit, il vient quatre livres dix sols pour la valeur du marc courant.

Nous avons vû que le marc de mailles blanches produisoit quatre livres dix sols Tournois, qu'il coûtoit au Prince trois livres dix-huit sols neuf deniers Tournois, & que la traite sur chaque marc monnoyé étoit de onze sols trois deniers Tournois. Calculons à présent le bénéfice & la dépense.

Douze cents marcs de mailles blanches à quatre livres dix sols le marc, valoient cinq mille quatre cents livres Tournois, & les soixante marcs que le Prince retiroit sur ladite quantité, valoient deux cents soixante-dix livres Tournois. En divisant cinq mille quatre cents livres par deux cents soixante-dix livres Tournois, on voit que le Prince prenoit un vingtiéme pour ſon droit de Seigneuriage. Il n'y a donc qu'à tirer le vingtiéme de quatre-vingt-dix ſols, valeur du marc de mailles blanches fabriquées, & l'on aura quatre ſols ſix deniers Tournois pour le Seigneuriage du Prince par marc deſdites mailles. Auſſi douze cents fois quatre ſols ſix deniers Tournois font-ils les deux cents ſoixante-dix livres que le Prince retiroit pour douze cents marcs convertis en monnoie.

Ledit Bonnins étoit tenu de donner un ſol Tournois par marc aux ouvriers pour leur ouvrage d'un marc de mailles blanches; or un ſol eſt le quatre-vingt-dixiéme de quatre-vingt-dix ſols que le marc de mailles blanches produiſoit.

Il devoit donner aux monnoyers une maille blanche ou huit deniers Tournois pour la livre de mailles blanches; c'eſt-à-dire, pour deux cents quarante mailles blanches qui produiſoient huit livres Tournois; c'eſt $\frac{1}{240}$. Or le deux cent quarantiéme de quatre-vingt-dix ſols Tournois, valeur du marc de mailles blanches, eſt quatre deniers & demi Tournois.

Au Graveur un denier Tournois pour un marc de mailles blanches qui valoit quatre-vingt-dix ſols, ou mille quatre-vingts deniers Tournois; c'eſt $\frac{1}{1080}$.

Toutes ces parties en additionnant ce qui reſtoit au Maître pour ſon braſſage, compoſent la traite montant à onze ſols trois deniers.

Récapitulation ſur un marc de mailles blanches.

Seigneuriage du Prince.	4ſ. 6d. T.	ou $\frac{1}{20}$
Ouvrage aux Ouvriers.	1	ou $\frac{1}{90}$
Monnoyage aux Monnoyers. . .	4 $\frac{1}{2}$	ou $\frac{1}{240}$
Ferrage au Graveur.	1	ou $\frac{1}{1080}$
Il reſtoit pour le braſſage au Maître.	5 3 $\frac{1}{2}$	ou $\frac{1}{17}$ & $\frac{1}{127}$.
Total pareil à la traite	11ſ. 3d. T.	

Si l'on veut ſavoir le changement qu'opére la réduction de l'argent le Roi en argent pur fin, comme on s'exprime aujourd'hui dans le travail des monnoies, il n'y a qu'à déduire (*a*) un vingt-quatriéme des neuf deniers argent le Roi, titre des mailles blanches. Ainsi le denier de fin argent le Roi étant composé de vingt-quatre grains, on retranchera neuf grains sur les neuf deniers qui se trouveront par là réduits à huit deniers quinze grains, ou à deux cents sept grains d'argent pur fin.

On sait ce que le marc & la pièce contiendront d'argent pur fin & de cuivre, en opérant comme il vient d'être dit sur l'article de l'argent le Roi.

La valeur du marc d'argent pur fin monnoyé, se connoîtra de même par une régle de trois, en disant, si deux cents sept grains pur fin donnent quatre-vingt-dix sols Tournois, combien deux cents quatre-vingt-huit grains; il vient six livres cinq sols deux deniers $\frac{14}{23}$ de denier (ou $\frac{126}{207}$ de denier). On peut aussi prendre le vingt-troisiéme de six livres Tournois, valeur du marc de fin argent le Roi, & l'ajouter à ladite somme de six livres Tournois, il viendra également six livres cinq sols deux deniers $\frac{14}{23}$ Tournois.

La différence entre l'argent le Roi & l'argent pur fin, n'influe en aucune façon sur la valeur, sur le prix, non plus que sur la traite du marc d'espèces courantes; car dans l'Ordonnance ci-dessus, le marc de mailles blanches considérées au titre de neuf deniers argent le Roi, ou de huit deniers quinze grains argent pur fin, vaut toujours également la somme de quatre livres dix sols Tournois; il coûte de même trois livres dix-huit sols neuf deniers Tournois, comme on peut s'en convaincre par une régle de trois, en disant, si deux cents huit grains argent fin ont coûté cinq livres neuf sols six deniers $\frac{18}{23}$, combien coûteront deux cents sept grains. A l'égard du prix du marc de pur fin, il se connoît en augmentant cent cinq sols d'un vingt-troisiéme.

La traite par marc courant, reste aussi sur le même pied.

(*a*) On opére ici conformément à la Préface des Ordonnances; la différence d'un vingt-quatriéme à un vingt-cinquiéme est extrêmement légere. *Poulain page* 223, compte deux sortes d'argent le Roi, celui de haute loi & celui de basse loi, la nuance entre l'un & l'autre est si foible, que je crois devoir ici la négliger.

La valeur du marc d'argent fin, dit argent le Roi, est seulement augmentée d'un vingt-troisiéme, puisqu'un marc de fin argent le Roi ne contient réellement que onze deniers douze grains de pur fin.

Le prix du marc d'argent pur fin augmente par la même raison d'un vingt-troisiéme, aussi-bien que la traite par marc de pur fin.

On connoîtra la proportion de la traite par un raisonnement assez simple. La monnoie étant vingt-quatriéme, le marc de fin argent le Roi, qui se divisoit toujours en soixante gros, valoit six livres Tournois, & le gros valoit vingt-quatre deniers Tournois, ou deux sols Tournois. D'un autre côté, le marc de fin argent le Roi étoit payé cent cinq sols Tournois sur le pié de monnoie vingt-uniéme; c'est-à-dire, qu'on recevoit à la monnoie le gros sur le pié de vingt-un deniers Tournois, & qu'on le rendoit sur le pié de vingt-quatre deniers Tournois. Ainsi la traite étoit de trois deniers sur vingt-quatre deniers, ou de trois vingt-quatriémes, qui font juste un huitiéme.

Il faut observer qu'il y a eu de tout temps des remèdes de poids & de loi, & que le Maître de la Monnoie en fabriquant les espèces peut,

Ou n'user d'aucun remède,

Ou n'employer que l'un ou l'autre,

Ou n'épargner qu'une partie de l'un & de l'autre,

Ou les ménager tous deux en entier; mais qu'il ne sauroit aller au-delà, ni les excéder, & que le profit qui revient de cette épargne, doit uniquement tourner au bénéfice du Prince.

Considérons séparément les remèdes, & parlons d'abord de celui de poids.

Le remède de poids sur les mailles blanches, étoit de deux mailles en trois marcs (*Nota*, qu'il y a une faute dans l'imprimé, & qu'il faut lire *En* au lieu de *Et*. Cette faute est répétée en parlant du remède de poids sur les doubles Parisis.) C'est-à-dire, que le remède de poids par marc étoit de deux tiers de pièce, & qu'au lieu de tailler cent trente-cinq mailles dans un marc, on en pouvoit tailler cent trente-cinq deux tiers, ce qui réduit le poids de la pièce à trente-trois grains $\frac{393}{407}$.

Par cette épargne seule, le titre des espèces ne change point; il reste toujours à neuf deniers, & le marc effectif contient de même trois mille quatre cents cinquante-six grains, & en cuivre onze cents cinquante-deux grains. Qu'on divise donc trois mille quatre cents cinquante-six grains par cent trente-cinq deux tiers, on verra que le fin de chaque maille, en épargnant le remède de poids en entier, n'est plus que de vingt-cinq grains $\frac{193}{407}$, & le poids de cuivre de huit grains $\frac{200}{407}$.

Chaque maille blanche fabriquée de la sorte, conserve la même valeur, & vaut toujours huit deniers Tournois; mais comme il se trouve au marc effectif cent trente-cinq mailles deux tiers, la valeur du marc courant effectif monte à quatre livres dix sols cinq deniers deux tiers.

Celle du marc de fin effectif argent le Roi, doit monter en même proportion. On le connoîtra, en disant, par une régle de trois, si deux cents seize grains produisent quatre livres dix sols cinq deniers deux tiers, combien produiront deux cents quatre-vingt-huit grains de fin, il vient six livres sept deniers $\frac{120}{216}$ ou cinq neuviémes, en prenant la plus petite fraction.

Il n'y a point par là de changement sur le prix du marc de fin, ni du marc courant. La traite augmente seulement sur le marc courant, & sur le marc de fin. Celle par marc courant monte à onze sols huit deniers deux tiers, comme on le voit en soustrayant trois livres dix-huit sols neuf deniers de quatre livres dix sols cinq deniers deux tiers; & la traite sur un marc de fin argent le Roi monte à quinze sols sept deniers cinq neuviémes, en soustrayant cinq livres cinq sols de six livres sept deniers cinq neuviémes.

Voyez ce qui a été dit ci-dessus pour la réduction de l'argent le Roi en argent pur fin. Il n'y aura de changement que dans la régle de trois où l'on dira, si deux cents sept grains d'argent fin produisent quatre livres dix sols cinq deniers deux tiers, combien deux cents quatre-vingt-huit grains; il viendra six livres cinq sols dix deniers $\frac{102}{107}$ pour la valeur du marc effectif d'argent pur fin. Alors la traite par marc de pur fin sera de seize sols trois deniers $\frac{3381}{4761}$. Du surplus, tout sera le même que sur l'argent le Roi.

Examinons à présent l'effet du remède de loi seul ménagé dans toute son étendue.

Le remède de loi sur lesdites mailles est de deux grains par marc ; & chaque grain de fin faisant toujours, comme il a été dit, sur un marc la quantité de seize grains de poids, si l'on ôte trente-deux grains de trois mille quatre cents cinquante-six grains pesant d'argent le Roi, qui sans le remède de loi auroient dû entrer dans le marc, la quantité de fin du marc au titre de huit deniers vingt-deux grains argent le Roi, se trouve réduite à trois mille quatre cents vingt-quatre grains pesant du même argent, & celle du cuivre montera de onze cents cinquante-deux grains à onze cents quatre-vingt-quatre grains.

Qu'on divise donc ces trois mille quatre cents vingt-quatre grains argent le Roi, par cent trente-cinq pièces, le poids du fin de chaque pièce tombe à vingt-cinq grains $\frac{49}{135}$.

Divisez à présent les onze cents quatre-vingt-quatre grains de cuivre qui entroient dans le marc par cent trente-cinq pièces, le poids du cuivre contenu dans chaque pièce, montera à huit grains $\frac{104}{135}$.

Ces vingt-cinq grains $\frac{49}{135}$ pesant d'argent le Roi, joints à huit grains $\frac{104}{135}$ de cuivre, font trente-quatre grains $\frac{18}{135}$ ou deux quinziémes, & le poids de la pièce ne change point par l'épargne du seul remède de loi, ensorte que le marc reste toujours effectif.

Il est encore à observer que chaque maille blanche fabriquée de la sorte, vaudra toujours huit deniers Tournois, & que les cent trente-cinq feront quatre livres dix sols.

Pour savoir quelle seroit la valeur du marc de fin argent le Roi, en épargnant seulement le remède de loi, sans user du remède de poids, il n'y a qu'à dire par une régle de trois, si deux cents quatorze grains produisent quatre livres dix sols Tournois, combien produiront deux cents quatre-vingt-huit grains, il vient six livres un sol un denier $\frac{98}{214}$.

Le prix du marc effectif au titre de huit deniers vingt-deux grains argent le Roi, doit changer. Pour le fixer, il faut dire par une régle de trois, si deux cents quatre-vingt-huit grains coûtent cent cinq sols, combien coûteront deux cents quatorze grains; il vient trois livres dix-huit sols & un quart de denier.

Il n'y a qu'à soustraire de quatre livres dix sols Tournois ces trois livres dix-huit sols & un quart de denier, on aura la traite sur un marc monnoyé montante à onze sols onze deniers trois quarts, par l'épargne entiére du seul remède de loi.

Déduisant de six livres un sol un denier $\frac{98}{214}$ les cent cinq sols que coûtoit le marc de fin argent le Roi, la traite par marc de fin argent le Roi est de seize sols un denier $\frac{98}{214}$.

Il est inutile de répéter ce qu'on a dit pour la réduction de l'argent le Roi en argent pur fin.

Passons à l'effet des remèdes de poids & de loi ménagés ensemble dans toute leur étendue.

Par le remède de poids, il y aura cent trente-cinq pièces & deux tiers au marc, & par le remède de loi, le titre des espèces sera à huit deniers vingt-deux grains.

Il faudra donc diviser les trois mille quatre cents vingt-quatre grains, qui au titre de huit deniers vingt-deux grains entrent dans un marc, par le nombre de cent trente-cinq pièces deux tiers; pour lors la pièce ne contiendra plus que vingt-cinq grains $\frac{97}{407}$ pesant d'argent le Roi. Divisant les onze cents quatre-vingt-quatre grains de cuivre par le même nombre de cent trente-cinq deux tiers, chaque pièce contiendra en cuivre huit grains $\frac{298}{407}$, & le poids de chaque maille sera toujours au moins de trente-trois grains $\frac{395}{407}$.

Le marc effectif des espèces courantes, vaudra quatre livres dix sols cinq deniers deux tiers, puisque dans aucun des cas que nous avons supposés, la valeur de chaque maille ne change, & qu'il se trouve dans un marc effectif cent trente-

trente-cinq mailles deux tiers, valant huit deniers chacune.

Pour connoître quelle sera la valeur du marc de fin argent le Roi, il faut revenir à la régle de trois; si deux cents quatorze grains produisent quatre livres dix sols cinq deniers deux tiers, combien produiront deux cents quatre-vingt-huit grains, il vient six livres un sol neuf deniers $\frac{18}{214}$ Tournois.

Comme le prix du marc courant & celui du marc de fin, sont les mêmes qu'en usant du remède de loi seul, il n'y a qu'à soustraire de quatre livres dix sols cinq deniers deux tiers la somme de trois livres dix-huit sols & un quart de denier, la traite par marc courant effectif, sera de douze sols cinq deniers cinq douziémes. Si l'on déduit cinq livres cinq sols de six livres un sol neuf deniers $\frac{18}{214}$, la traite par marc de fin montera à seize sols neuf deniers $\frac{18}{214}$, par l'épargne entiére des remèdes de poids & de loi.

Le Maître de la Monnoie devoit encore faire des *deniers doubles Parisis* courant pour deux deniers Parisis, ou deux deniers & demi Tournois, de seize sols de poids, ou de cent quatre-vingt-douze pièces au marc, qui pesoient chacune vingt-quatre grains.

Le titre fixé à quatre deniers, donne pour le marc quinze cents trente-six grains de poids d'argent le Roi, qui divisés par les cent quatre-vingt-douze pièces, font pour chacune huit grains pesant du même argent.

Le cuivre du marc montant à trois mille soixante-douze grains divisés de même par cent quatre-vingt-douze, rend seize grains de cuivre pour chaque double Parisis, faisant avec les huit grains pesant d'argent, le poids de vingt-quatre grains.

Doublez les seize sols de poids, parce que les pièces étoient des doubles Parisis, vous aurez trente-deux sols Parisis, qui augmentés du quart en sus, font quarante sols Tournois pour la valeur du marc courant.

Le titre étant à quatre deniers, si l'on triple ces quarante sols Tournois, on aura la valeur du marc de fin argent le Roi, qui sera de six livres Tournois.

Le marc de fin argent le Roi étant payé de même cent cinq sols Tournois, si l'on en prend le tiers pour le titre de quatre deniers auquel se trouvoient ces espèces, on aura trente-cinq sols Tournois pour le prix du marc au même titre des doubles Parisis.

La traite par marc courant est de cinq sols Tournois, & sur un marc de fin argent le Roi de quinze sols Tournois.

Sur douze cents livres de doubles Parisis, ledit Bonnins devoit rendre au Prince soixante marcs de doubles Parisis. Or la livre étant composée de deux cents quarante pièces, les douze cents livres de doubles Parisis font deux cents quatre-vingt-huit mille doubles Parisis; & comme le double Parisis vaut deux deniers & demi Tournois, ces deux cents quatre-vingt-huit mille doubles Parisis représentent sept cents vingt mille deniers Tournois, autrement trois mille livres Tournois, & quinze cents marcs d'espèces monnoyées, puisque le marc monnoyé produisoit quarante sols Tournois. Les soixante marcs de doubles Parisis font quatre-vingt-seize livres Parisis, ou cent vingt livres Tournois pour le Prince, qui font juste un vingt-cinquiéme de la somme de trois mille livres Tournois. Si l'on prend donc le vingt-cinquiéme de quarante sols Tournois que le marc de doubles Parisis monnoyés produisoit, on aura le Seigneuriage du Prince montant par marc à un sol sept deniers un cinquiéme Tournois; en effet, quinze cents fois un sol sept deniers un cinquiéme Tournois, font cent vingt livres Tournois.

Les dix marcs de doubles Parisis font seize livres Parisis ou vingt livres Tournois, surquoi les ouvriers ayant six sols Parisis ou sept sols six deniers Tournois, c'est sept deniers un cinquiéme Parisis, ou neuf deniers Tournois par marc fabriqué.

On peut faire autrement ce compte qui reviendra toujours au même. Les trente-six doubles Parisis que les ouvriers avoient pour dix marcs, font six sols Parisis ou sept sols six deniers Tournois, ou quatre-vingt-dix deniers Tournois, dont le dixiéme pour un marc est neuf deniers Tournois, qui font $\frac{3}{160}$ de quarante sols Tournois, valeur du marc de doubles Parisis.

Les dix livres de doubles Parisis font deux mille quatre cents pièces ou doubles Parisis, valant six mille deniers Tournois ou vingt-cinq livres Tournois, surquoi les monnoyers ayant trente-six deniers Parisis ou quarante-cinq deniers Tournois, c'est trois deniers trois cinquiémes Tournois par marc courant. Or trois deniers trois cinquiémes sont juste $\frac{3}{400}$ de quarante sols Tournois.

Il appartenoit au Ferreur ou Graveur un denier Tournois pour vingt sols de doubles Parisis, ou pour deux cents quarante doubles Parisis, valant six cents deniers Tournois, c'est $\frac{1}{600}$; or le six centiéme de quarante sols Tournois, est quatre cinquiémes de denier Tournois.

Toutes ces parties doivent encore être égales à la traite sur le marc des doubles Parisis, montant à cinq sols Tournois.

Récapitulation.

Seigneuriage du Prince	1f. 7d. $\frac{1}{5}$ T.	ou $\frac{1}{25}$ du marc.
Ouvrage aux Ouvriers	9	ou $\frac{3}{160}$ ou $\frac{1}{53}$ & $\frac{1}{3}$.
Monnoyage aux Monnoyers. . .	3 $\frac{3}{5}$	ou $\frac{3}{400}$ ou $\frac{1}{133}$ & $\frac{1}{3}$.
Ferrage au Graveur	$\frac{4}{5}$	ou $\frac{1}{600}$.
Il restoit pour le brassage du Maître	2 3 $\frac{2}{5}$	ou $\frac{1}{17}$ & $\frac{71}{157}$.
Total pareil à la traite. . .	5f. T.	

Le remède de poids sur les doubles Parisis, étoit de six deniers ou de six pièces en trois marcs, c'est-à-dire, qu'il étoit de deux pièces par marc, & qu'au lieu de tailler cent-quatre-vingt-douze doubles Parisis dans un marc, on en pouvoit tailler cent quatre-vingt-quatorze.

Divisez les quatre mille six cents huit grains du marc par cent quatre-vingt-quatorze pièces, chacune d'elles pése vingt-trois grains $\frac{146}{194}$; d'où il résulte que ces doubles Parisis pouvoient se balancer de vingt-quatre grains à vingt-trois grains $\frac{146}{194}$.

Comme le titre étoit toujours à quatre deniers, le marc contenoit quinze cents trente-six grains pesant d'argent le Roi, & trois mille soixante-douze grains de cuivre qui proviennent de trois cents quatre-vingt-quatre grains multipliés par quatre deniers pour l'argent, & par huit pour le cuivre, suivant ce qui a été dit.

Qu'on divise ces quinze cents trente-six grains pesant d'argent le Roi par cent quatre-vingt-quatorze pièces, la pièce ne contient plus que sept grains $\frac{178}{194}$ pesant d'argent le Roi; & trois mille soixante-douze grains de cuivre divisés par cent quatre-vingt-quatorze, donnent quinze grains $\frac{162}{194}$ de cuivre, qui joints à sept grains $\frac{178}{194}$, font vingt-trois grains $\frac{146}{194}$.

Or le remède de poids étant de deux pièces par marc ou de quarante-sept grains $\frac{98}{194}$, & chaque pièce valant deux deniers & demi Tournois, il est aisé de savoir quelle seroit la valeur du marc courant effectif, par l'épargne entiére du seul remède de poids. Il n'y a qu'à ajouter à quarante sols Tournois la somme de cinq deniers Tournois, valeur des deux pièces.

Pour lors la valeur du marc de fin effectif argent le Roi seroit de six livres un sol trois deniers Tournois, comme l'on voit, en triplant quarante sols cinq deniers Tournois, valeur du marc courant au titre de quatre deniers.

Le prix du marc de fin argent le Roi, & du marc courant effectif, ne souffre aucun changement par le remède de poids. Ainsi la traite par marc courant ne fait qu'augmenter de cinq deniers Tournois, comme on le voit, en déduisant trente-cinq sols Tournois de quarante-sols cinq deniers; & celle du marc de fin argent le Roi monte à seize sols trois deniers Tournois, ce qui se vérifie en soustrayant cinq livres cinq sols Tournois de six livres un sol trois deniers Tournois.

Ménageons seulement le remède de loi.

Il étoit de deux grains de loi; & chaque grain de loi faisant toujours seize grains de poids, si l'on ôte trente-deux grains de quinze cents trente-six grains pesant d'argent le Roi, qui sans le remède de loi auroient dû entrer dans un marc, la quantité de fin du marc au titre de trois deniers vingt-deux grains se trouve réduite à quinze cents quatre-

grains, & l'alliage augmente de trois mille soixante-douze grains à trois mille cent quatre grains.

Qu'on divise les quinze cents quatre grains pesant d'argent le Roi, & les trois mille cent quatre grains de cuivre par cent quatre-vingt-douze pièces, le poids de la pièce tombe, en épargnant le seul remède de loi, à sept grains $\frac{160}{192}$ d'argent le Roi, & à seize grains $\frac{160}{192}$ de cuivre.

Par là le poids de la pièce ne change point, & le marc reste toujours effectif: il n'y a de changement que dans le titre au moyen duquel on augmente en alliage ce qu'on retranche sur le fin.

La valeur du marc monnoyé demeure la même, aussi-bien que celle de la pièce.

Mais celle du marc de fin changera; il faudra dire par une régle de trois, si quatre-vingt-quatorze grains d'argent le Roi produisent quarante sols Tournois, combien quinze cents quatre grains, il vient six livres deux sols six deniers $\frac{60}{94}$.

Le prix du fin du marc courant ne sera plus le même, & il faudra le chercher par une régle de trois, en disant, si deux cents quatre-vingt-huit grains coûtent cent cinq sols, combien quatre-vingt-quatorze grains, il vient trente-quatre sols trois deniers ($\frac{72}{288}$) ou un quart.

Déduisez de quarante sols la somme de trente-quatre sols trois deniers un quart, la traite par marc courant sera de cinq sols huit deniers un quart.

Celle du marc de fin argent le Roi, sera de dix-sept sols six deniers $\frac{60}{94}$.

Epargnons les remèdes de poids & de loi ensemble.

Celui de poids porte jusqu'à cent quatre-vingt-quatorze le nombre de pièces au marc, dont chacune ne pése plus que vingt-trois grains $\frac{146}{194}$.

Le remède de loi réduit le titre à trois deniers vingt-deux grains ou à quatre-vingt-quatorze grains, qui font, comme on l'a dit, quinze cents quatre grains pesant d'argent le Roi, & trois mille cent quatre grains de cuivre pour le marc effectif.

Divisez ces quinze cents quatre grains pesant d'argent le

Roi, & trois mille cent quatre grains d'alliage, par cent quatre-vingt-quatorze pièces, elles n'auront plus de fin argent le Roi que ſept grains $\frac{146}{194}$, & de cuivre que ſeize grains de poids.

Le marc courant vaudra quarante ſols cinq deniers Tournois. Dites par une régle de trois, ſi quatre-vingt-quatorze grains argent le Roi produiſent quarante ſols cinq deniers Tournois, combien deux cents quatre-vingt-huit grains, il viendra ſix livres trois ſols neuf deniers $\frac{90}{94}$ pour la valeur du marc de fin argent le Roi.

Les quatre-vingt-quatorze grains argent le Roi, n'ont coûté que trente-quatre ſols trois deniers un quart, & les deux cents quatre-vingt-huit grains de fin, ou le marc de fin du même argent, que cent cinq ſols. Souſtrayez donc de quarante ſols cinq deniers Tournois la ſomme de trente-quatre ſols trois deniers un quart Tournois, & de ſix livres trois ſols neuf deniers $\frac{90}{94}$ celle de cinq livres cinq ſols Tournois, vous aurez ſix ſols un denier trois quarts Tournois pour la traite par marc courant effectif, & dix-huit ſols neuf deniers $\frac{90}{94}$ pour la traite par marc de fin effectif argent le Roi.

Il faut conſidérer que le remède de poids emporte une déduction du fin & de l'alliage. Ce remède étant ſur les doubles Pariſis de deux pièces ou de quarante-ſept grains $\frac{49}{97}$ par marc, s'il a été employé en entier ſans aucun remède de loi, les quatre mille ſix cents huit grains du marc effectif ſe trouveront réduits à quatre mille cinq cents ſoixante grains $\frac{48}{97}$, qu'on peut regarder comme le marc fictif. Le compte eſt aiſé à vérifier, en ſouſtrayant de quatre mille ſix cents huit grains les quarante-ſept grains $\frac{49}{97}$.

A préſent de ces quarante-ſept grains $\frac{49}{97}$, il y en a un tiers en argent le Roi & les deux tiers en cuivre, puiſque le titre eſt à quatre deniers : ainſi il faut ôter des quinze cents trente-ſix grains la quantité de quinze grains $\frac{81}{97}$ argent le Roi pour le tiers de quarante-ſept grains $\frac{49}{97}$, & le fin du marc fictif n'eſt plus en poids que de quinze cents vingt grains $\frac{16}{97}$ peſant d'argent le Roi.

Il faudra pareillement retrancher trente-un grains $\frac{65}{97}$, qui font les deux tiers de quarante-fept grains $\frac{49}{97}$, de la quantité de trois mille foixante-douze grains de cuivre qui entroient auparavant dans le marc, dont le cuivre eft par là réduit à trois mille quarante grains $\frac{32}{97}$.

Divifant les quinze cents vingt grains $\frac{16}{97}$ pefant d'argent le Roi par cent quatre-vingt-douze pièces, chacune d'elles ne contiendra plus que fept grains $\frac{267}{291}$ d'argent le Roi; & fi l'on divife les trois mille quarante grains $\frac{32}{97}$ par cent quatre-vingt-douze pièces, le poids du cuivre contenu dans chacune d'elles, n'ira plus qu'à quinze grains $\frac{243}{291}$, qui font jufte la même chofe que fept grains $\frac{178}{194}$ pefant d'argent le Roi, & quinze grains $\frac{162}{194}$ de cuivre.

La connoiffance du marc fictif, ne fert qu'à confirmer ce qui a été établi, & il n'en réfulte autre chofe que ce qu'on étoit parvenu à connoître d'une maniére infiniment plus fimple & plus facile.

En parlant des monnoies, nous devons donc envifager deux fortes de marcs; le marc effectif compofé de quatre mille fix cents huit grains de poids, & le marc fictif ou le poids auquel le marc eft réduit par la déduction du remède de poids.

La valeur du marc courant fictif de quelque maniére qu'on ménageât les remèdes permis fur les doubles Parifis ci-deffus fabriqués, étoit toujours de quarante fols Tournois, & celle du marc de fin fictif argent le Roi, de fix livres Tournois.

La valeur du marc courant effectif, fuivant que les remèdes étoient ménagés, pouvoit aller de quarante fols Tournois à quarante fols cinq deniers Tournois, mais elle ne fauroit aller au-delà.

La valeur du marc de fin effectif argent le Roi, fans ufer des remèdes, fera de . . . 6l. T.

En ufant du feul remède de poids en entier, elle fera de . . . . 6 1f. 3d. T.

En ufant du feul remède de loi en entier, elle fera de . . . . 6 2 6 $\frac{60}{94}$ T.

En usant des deux remèdes en entier, elle montera à . . . . 6l. 3f. 9d. $\frac{20}{94}$ T.

A l'égard des mailles blanches, la valeur du marc de fin effectif argent le Roi, sans user des remèdes, étoit de . . . 6

En usant du seul remède de poids, elle étoit de . . . . 6 0 7 $\frac{5}{9}$.

En usant du seul remède de loi aussi en entier, elle étoit de . . . . . 6 1 1 $\frac{98}{114}$.

En usant des remèdes de poids & de loi en entier, elle étoit de . . . . 6 1 9 $\frac{18}{114}$.

Le Mandement des Généraux des Monnoies du 16 Décembre 1541, en exécution de l'Ordonnance de François I. du 19 Mars 1540, rapportée dans Fontanon, to. 2. p. 114, *est conçu en ces termes.*

» DE par les Généraux Conseillers du Roy notre Sire » sur le fait de ses monoyes, Gardes, Tailleur, Es- » sayeur, Contregarde, & Maître particulier de la Monoye » de Dijon. Nous vous mandons que ayez à faire continuer » l'ouvrage des deniers d'or, écus au Soleil à vingt-trois » carats, à un huitiéme de carat de remede, de soixante » onze écus & un sixiéme d'écu de poids au marc de Pa- » ris, & de deux deniers seize grains trois quarts, chacune » piéce au remede, d'un quart de grain sur le fort & sur » le foible chacune piéce, ensorte qu'ils ne soient à la dé- » livrance plus foibles en trois marcs de quatre felins & de- » mi, & desdits deniers Ecus ne ferez aucune délivrance, » qu'il n'y ait trois marcs pour le moins, en mettant en » boëte de deux cens desdits deniers écus monoyez & dé- » livrez un denier écu, pour après en faire les jugemens; » Aussi ferez ouvrer & monoyer deniers grands blans, dou- » zains à trois deniers seize grains (a) de loy argent de Roy,

(a) Les trois deniers seize grains argent le Roi, font effectivement trois deniers douze grains un tiers d'argent par fin, comme on le voit, en disant, qui

» qui eſt de loy trois deniers douze grains un tiers de grain fin, à deux grains dudit argent le Roy de remede, les faiſant tailler du poids & recours de deux deniers trois grains chacune piéce, à ce que après le blanchiſſage fait, ils reviennent du poids de (*a*) deux deniers deux grains chacune piéce, enſorte qu'ils ſoient de ſept ſols ſept deniers un quart de denier audit marc, qui ſont quatre-vingt-onze piéces un quart de piéce, à un grain de remede chacune piéce ſur le fort & ſur le foible, tellement qu'il y en ait autant de fortes que de foibles; Et qu'à la délivrance, ils ne ſoient plus foibles que de demie piéce pour marc, qui eſt en neuf marcs quatre piéces & demie. Leſquels deniers douzains vous délivrerez en neuf marcs en trois poids chacun poids de trois marcs, & faites mettre en boëte de ſoixante ſols deſdits deniers douzains monoyez & délivrez qui ſont trente-ſix livres d'iceux un denier deſdits douzains, en faiſant donner par le Maître particulier aux marchands & changeurs du marc d'or fin huit vingt-cinq livres ſept ſols ſix deniers tournois, & du marc d'argent à douze deniers de loy argent le Roy, qui eſt onze deniers douze grains fin, quatorze livres tournois. Au ſurplus, permettons à vous Maître particulier, que puiſſiez faire ouvrer & monoyer en laditte Monoye de Dijon la quantité de cinq cens marcs de liards, trois cens marcs de deniers doubles, & deux cens marcs de petits deniers tournois des poids, loy, & aux remedes qui s'enſuivent; c'eſt à ſavoir, leſdits deniers liards à deux deniers (*b*) ſix grains de loy argent le Roy, qui eſt de loy deux deniers trois grains trois quarts de grain fin, à deux grains de loy dudit argent le Roy de remede, & de dix-neuf ſols trois

ſi vingt-quatre grains d'argent le Roi font vingt-trois grains d'argent pur fin, combien donneront trois deniers ſeize grains argent le Roi ou quatre-vingt-huit grains, il vient quatre-vingt-quatre grains un tiers, ou trois deniers douze grains un tiers d'argent pur fin.

(*a*) Réduiſez ſept ſols un denier un quart en deniers, il vient quatre-vingt-onze deniers un quart, ou quatre-vingt-onze piéces un quart au marc.

(*b*) La réduction eſt juſte ſuivant une régle de trois ; ſi vingt-quatre donnent vingt-trois, combien deux deniers ſix grains ou cinquante-quatre grains, il vient deux deniers trois grains & trois quarts.

» deniers de taille audit marc de Paris, qui font deux cens » trente une piéces audit marc, & dix-neuf grains trébu» chans chacune piéce, tellement que, à la délivrance, ils » ne soient plus foibles de deux piéces sur chacun marc, qui » est en neuf marcs dix-huit piéces, & lesdits doubles tour» nois à un denier (*a*) six grains de loy argent le Roy, qui » est de loy un denier quatre grains trois quarts fin à deux » grains de remede, audit argent le Roy, & de seize sols » quatre deniers de taille audit marc, qui font neuf vingt » seize piéces pour marc, & vingt-trois grains & demi cha» cune, au remède d'un grain sur le fort & sur le foible cha» cune desdites piéces, tellement qu'ils ne soient plus foi» bles de trois piéces pour marc à la délivrance, qui est en » neuf marcs vingt-sept piéces, & lesdits petits deniers tour» nois, à dix-huit grains (*b*) de loy argent le Roy, qui font » dix-sept grains un quart fin de loy, à deux grains dudit » argent le Roy de remede, & de vingt-un sols de taille au» dit marc, qui font deux cens cinquante-deux piéces audit » marc, & dix-huit grains de poids chacune piéce au remede » d'un grain sur le fort & sur le foible, tellement qu'à la dé» livrance, ils ne soient plus foibles de trois piéces pour » marc, qui est en neuf marcs vingt-sept piéces, & lesquels » deniers, liards, doubles & petits deniers tournois, déli» vrerez pareillement en neuf marcs, à trois poids, chacun » desdits poids de trois marcs, en mettant en boëte de soi» xante sols desdits deniers liards monoyez & délivrez va» lants neuf livres d'iceux un denier liard, & de soixante » sols desdits deniers doubles tournois valants six livres d'i» ceux un denier double tournois en boëte, & de soixante » sols desdits petits deniers tournois valants soixante sols d'i» ceux un petit denier tournois, & vous donnez garde qu'il » soit ouvré & monoyé plus grande quantité desdits deniers, » liards doubles & petits deniers tournois que dessus; & au » reste vous, Maître particulier, baillez aux ouvriers pour » chacun marc d'œuvre tant du blanc que du noir, quinze

(*a*) Le compte est encore bon en opérant, comme il est marqué ci-dessus.

(*b*) La réduction est pareillement juste.

» deniers tournois, & aux monoyers sept deniers tournois » pour chacun marc pour tous déchets, excepté que en l'ou- » vrage noir lesdits ouvriers auront une once de déchets en » vingt marcs de noir, & deux marcs & demi de cisailles en » vingt marcs, tant du blanc que du noir; & si lesdits ouvriers » excédent ce que dessus, ce sera à leurs dépens, si ne faites » faute d'accomplir le contenu ci-dessus, sur peine de nous » en prendre à vous: Ecrit à Paris en la Chambre desdites » Monoyes le seiziéme jour de Decembre, l'an mil cinq » cent quarente un.»

Par l'Ordonnance de 1540, & par le Mandement ci-dessus, il étoit enjoint aux Maîtres ou Directeurs des Monnoies de fabriquer, ou de continuer la fabrication *des Ecus d'or au Soleil au titre de vingt-trois Carats*; c'est-à-dire, qu'il devoit entrer dans un marc quatre mille quatre cents seize grains pesans d'or, & cent quatre-vingt-douze grains de cuivre.

Le marc étoit divisé en soixante-onze écus & un sixiéme; ainsi chaque pièce devoit peser soixante-quatre grains $\frac{320}{417}$, surquoi il y avoit soixante-deux grains $\frac{22}{417}$ d'or fin, & deux grains $\frac{298}{417}$ de cuivre. Le poids déterminé dans l'Ordonnance à deux deniers seize grains trois quarts, ou à soixante-quatre grains trois quarts, n'est pas parfaitement juste.

Le remède de loi se trouvoit fixé par cette Ordonnance à un huitiéme de Carat par marc.

A l'égard du remède de poids, il étoit de *quatre felins & demi sur trois marcs*, c'est-à-dire, de dix grains quatre cinquiémes par marc. Chaque felin pesant sept grains & un cinquiéme, les quatre felins & demi font en poids trente-deux grains deux cinquiémes, dont le tiers est dix grains quatre cinquiémes pour un marc.

Si l'on veut opérer suivant la formule que j'ai donnée à la fin de cet essai, l'on saura ce qu'emportent de poids & de fin ces deux sortes de remèdes pris conjointement ou séparément; & l'on verra que les pièces les plus légeres, en épargnant tout le remède de poids, ne devoient pas peser moins de soixante-quatre grains $\frac{1276}{2138}$.

Il eſt parlé dans le Mandement d'un troiſiéme remède *d'un quart de grain ſur le fort & ſur le foible* pour les écus d'or, c'eſt-à-dire, que les pièces les plus peſantes ne devoient différer des plus légeres que d'un quart de grain au plus, & qu'il falloit que les plus légeres fuſſent compenſées par les plus lourdes, enſorte qu'il n'y a point de calcul à faire ſur ce remède, qui n'a été introduit que pour faciliter la taille, & qui n'a plus de lieu aujourd'hui que dans la fabrication de nos petites monnoies.

Le Maître de la Monnoie étoit obligé de prendre ſur deux cents écus d'or qu'il fabriquoit, une pièce pour la mettre en boëte, afin de ſervir à juger le travail.

La valeur des écus d'or eſt marquée dans l'Ordonnance du 19 Mars 1540, article premier, & chacun de ces écus valant quarante-cinq ſols, le marc d'or fin monnoyé, ſans compter l'épargne des remèdes de poids & de loi, produiſoit cent ſoixante-ſept livres un ſol huit deniers $\frac{20}{25}$.

Le Maître de la Monnoie payoit aux marchands, ou à ceux qui apportoient des matiéres à la Monnoie, cent ſoixante-cinq livres ſept ſols ſix deniers du marc d'or fin; ainſi la traite ſur un marc d'or fin monnoyé étoit de trente-quatre ſols deux deniers $\frac{20}{23}$, & montoit ſur un marc d'eſpèces courantes à trente-deux ſols neuf deniers trois quarts.

Il eſt attribué dans l'Ordonnance du 19 Mars 1540, article 40, aux ouvriers un écu d'or ſur vingt marcs d'écus d'or ouvrés, ou qu'ils auront fabriqués. L'écu valant quarante-cinq ſols, c'eſt deux ſols trois deniers par marc d'or.

Les monnoyers doivent avoir de deux mille écus d'or monnoyés un écu d'or ou $\frac{1}{2000}$; c'eſt un ſol ſept deniers $\frac{129}{600}$ par marc d'or.

A l'égard des Tailleurs ou Graveurs & des Eſſayeurs, on ne voit pas dans ces deux Ordonnances, quels étoient leurs droits par marc d'or; mais l'article 44 nous apprend, que leurs gages furent augmentés d'un quart en ſus, ou du Tournois au Pariſis, c'eſt-à-dire d'une cinquiéme partie qui revient au quart en ſus.

Les droits des Maîtres ou Directeurs furent auſſi augmentés par l'article 42 de l'Ordonnance de 1540, qui leur attribue par marc d'or seize sols six deniers, au lieu de quinze sols qu'ils avoient auparavant. Il faut observer qu'ils étoient chargés de payer sur cette somme les ouvriers, les monnoyers, & autres frais.

L'article 2 donne cours pour quarante-quatre sols trois deniers aux anciens écus d'or qui auroient pû perdre un grain de poids par le fray, & pour quarante-trois sols six deniers à ceux qui en auroient perdu jusqu'à deux.

Voulons, dit l'article 3, *qu'aux dits trois prix & poids respectivement, lesdits écus Soleil soient pris.... nonobstant que par nos Lettres Patentes un an y a ou environ.. ait été commandé n'en recevoir que du poids de deux deniers seize grains trébuchans, ou entre deux fers.*

Nota. Que dans les remontrances du Parlement du 18 Janvier 1507, sur les Lettres d'Edit données à Blois le 19 Novembre précédent, le Procureur Général conclud, que les écus seront trébuchans, & non entre deux fers.

D'où il résulte qu'il y avoit une différence entre les espèces trébuchantes, & celles entre deux fers. Je crois que l'Ordonnance sur laquelle les remontrances furent faites, ordonnoit qu'on reçut indistinctement pour le même prix les espèces légeres, & celles qui pouvoient avoir tout leur poids.

Il est pareillement ordonné au Maître de la Monnoie, de fabriquer des deniers grands blancs douzains au titre de trois deniers seize grains argent le Roi, que ce Mandement même réduit en argent fin au titre de trois deniers douze grains un tiers pur fin. Cette réduction est juste, comme on peut le vérifier; il n'y a qu'à se servir des parties aliquotes.

Trois deniers argent le Roi, font en argent pur fin deux deniers vingt-un grains.

Seize grains argent le Roi, font quinze grains $\frac{8}{14}$.

Trois deniers seize grains d'argent le Roi, font donc en argent pur fin, trois deniers douze grains $\frac{8}{14}$ ou un tiers.

Nous apprenons par ce Mandement & par une infinité d'autres, quelle est la différence entre l'argent fin, dit argent le Roi, & l'argent pur fin.

Il eſt porté que ces pièces ſeront *de recours*, c'eſt-à-dire, qu'on les devoit tailler entr'elles, les plus égales qu'il étoit poſſible, & que les plus lourdes devoient d'abord péſer deux deniers trois grains ou cinquante-un grains, afin qu'après le blanchiſſement qui emporte toujours un peu de matiére, elles ſe trouvaſſent du poids de cinquante grains; enſorte, ajoute l'Ordonnance, que ces pièces ſeront de ſept ſols ſept deniers un quart de denier au marc; ce qui ſignifie en ſuivant la formule, & en comptant autant de pièces dans un marc, qu'il ſe trouve de deniers dans la ſomme donnée, qu'il y aura, comme le Mandement le déclare, quatre-vingt-onze pièces & un quart au marc. Il ſe trouve encore une petite erreur dans la taille & dans le poids, car ces pièces auroient du peſer cinquante grains $\frac{182}{365}$.

Le remède de loi ſur ces pièces eſt de deux grains argent le Roi, ou d'un grain $\frac{22}{24}$ pur fin.

Le remède de poids de demi-pièce par marc, devoit produire un épargne de vingt-cinq grains $\frac{91}{365}$. L'Ordonnance qui ne s'eſt point aſſujétie à la derniere préciſion, porte cette épargne à vingt-cinq grains. Cette demi-pièce de remède par marc, monte ſur neuf marcs à quatre pièces & demie. Les peſées d'une quantité de marcs facilitent ſouvent les comptes, & repréſentent nos parties aliquotes. On pouvoit donc tailler dans un marc au moyen de cette demi-pièce de remède, quatre-vingt-onze pièces trois quarts, & pour lors les pièces les plus légeres, ne devoient pas peſer moins de cinquante grains $\frac{82}{367}$.

Le troiſiéme remède, comme on vient de l'expliquer, en parlant des écus d'or, eſt d'un grain par pièce. *A un grain de remède chacune pièce ſur le fort & ſur le foible, tellement qu'il y en ait autant de fortes que de foibles.*

Le Maître de la Monnoie étoit tenu de mettre en boëte ſur ſept cents vingt de ces eſpèces qu'il fabriquoit, une pièce pour parvenir à juger le travail, & chaque pièce valoit douze deniers Tournois, les ſoixante ſols de douzains repréſentant ſept cents vingt ſols ou trente-ſix livres; ainſi la valeur de chacune de ces pièces eſt donnée dans les paroles du Mandement. *Et faites mettre en boëte de soixante sols desdits deniers douzains monnoyez & délivrez, qui font trente-six livres d'iceux, un denier desdits douzains.* Il faut se souvenir que par le mot de sol, on n'entendoit autrefois que douze pièces, par le mot de denier une pièce, & par le mot de livre deux cents quarante pièces ; ensorte que les deniers, les sols & les livres, valoient plus ou moins suivant la valeur particuliere des différentes espèces qui avoient été fabriquées, comme on le verra dans l'explication de la suite de l'Ordonnance. Ici les soixante sols représentent trente-six livres.

J'observe pour abréger, que le marc d'argent fin monnoyé produisoit pour lors aux environs de quinze à dix-sept livres.

Le Mandement nous apprend que le marc de fin argent le Roi, étoit payé aux Monnoies quatorze livres Tournois.

Il restreint aussi à cinq cents marcs, la quantité de liards, à trois cents marcs celle de doubles Tournois, & à deux cents marcs celle de petits deniers Tournois, que le Maître de la Monnoie de Dijon pouvoit fabriquer. Comme les plus petites monnoies coûtent plus à fabriquer, parce qu'il y a plus de pièces au marc, & que cependant ces pièces sont nécessaires au commerce pour les appoints, on oblige les Maîtres des Monnoies d'en faire une certaine quantité ; mais on ne leur permet pas de l'excéder, parce que les particuliers en recevant un payement dans ces menues espèces dont le remède est très-fort, auroient intrinséquement moins de fin, qu'en touchant la même somme en espèces plus considérables.

Les liards doivent être au titre de deux deniers six grains argent le Roi, ou de deux deniers trois grains trois quarts de pur fin; de dix-neuf sols trois deniers au marc de Paris, c'est-à-dire, à la taille de deux cents trente-une pièces au marc, parce que dix-neuf sols trois deniers représentent deux cents trente-un deniers. La réduction du titre argent le Roi, en argent pur fin, est très-juste ; mais il y a encore une petite erreur entre la taille & le poids de chaque pièce, suivant le Mandement qui déclare que chaque liard péfera dix-neuf grains trébuchans, au lieu qu'il auroit dû peser dix-neuf grains $\frac{219}{231}$.

Le remède de loi fur ces pièces eft de deux grains argent le Roi, ou d'un grain $\frac{22}{24}$ d'argent pur fin, comme pour les douzains, doubles & petits Tournois.

Le remède de poids eft de deux pièces par marc, ou de dix-huit pièces en neuf marcs; c'eft-à-dire, qu'au lieu de tailler deux cents trente-une piéces dans un marc, on pouvoit en tailler au plus deux cents trente-trois, & alors chaque pièce n'auroit pefé que dix-neuf grains $\frac{181}{233}$ en épargnant tout le remède de poids.

Les deniers doubles Tournois font fixés *au titre de un denier fix grains argent le Roi, qui reviennent à un denier quatre grains trois quarts d'argent pur fin, de feize fols quatre deniers de taille au marc de Paris, ou de cent quatre-vingt-feize pièces au marc & du poids de vingt-trois grains & demi chaque pièce;* ils auroient dû pefer au jufte vingt-trois grains $\frac{50}{98}$.

Le remède de loi eft de deux grains argent le Roi par marc, ou d'un grain $\frac{22}{24}$.

Celui de poids eft de trois pièces par marc, enforte qu'on pouvoit tailler cent quatre-vingt-dix-neuf pièces dans un marc, au lieu de cent quatre-vingt-feize; & alors chaque pièce la plus légere qui pût fe fabriquer, n'auroit plus pefé que vingt-trois grains $\frac{31}{199}$.

Le troifiéme remède eft encore d'un grain fur le fort & fur le foible, en obfervant toujours que les plus légeres devoient être compenfées par de plus lourdes, qui ne devoient différer que d'un grain les unes des autres.

A l'égard des petits deniers Tournois, ils devoient être *au titre de dix-huit grains argent le Roi, ou de dix-fept grains un quart pur fin; de vingt-un fols de taille audit marc, faifant deux cents cinquante-deux pièces au marc, & du poids de dix-huit grains chaque pièce;* le jufte poids auroit dû être de dix-huit grains $\frac{72}{252}$.

Le remède de loi eft de deux grains argent le Roi, ou d'un grain $\frac{22}{24}$ de pur fin.

Celui

Celui de poids eſt encore de trois pièces par marc, c'eſt-à-dire, qu'on en pouvoit tailler dans un marc deux cents cinquante-cinq, au lieu de deux cents cinquante-deux; & alors les pièces les plus légeres ne peſoient plus que dix-huit grains $\frac{18}{255}$.

Par le troiſiéme remède d'un grain ſur le fort & ſur le foible, les pièces ne doivent encore différer que d'un grain au plus.

On mettoit en boëte pour le jugement de ce travail une pièce ſur ſoixante ſols, ou ſur ſept cents vingt de ces pièces qui valoient neuf livres; ainſi chacune d'elles valoit trois deniers Tournois, comme il eſt aiſé de le voir, en diviſant neuf livres par ſept cents vingt pièces.

Sur ſoixante ſols ou ſur ſept cents vingt doubles Tournois fabriqués & valant ſix livres, on mettoit une pièce en boëte; ainſi chaque double Tournois valoit deux deniers Tournois.

Sur ſoixante ſols ou ſur ſept cents vingt petits deniers Tournois qui valoient trois livres ou ſoixante ſols, on mettoit pareillement une pièce en boëte. Chacune de ces pièces valoit un denier Tournois.

Il eſt évident que dans ces différentes eſpèces, les ſoixante ſols qui ne ſont toujours que ſept cents vingt pièces, ont une valeur différente. Les ſoixante ſols de douzains valent trente-ſix livres; les ſoixante ſols de liards valent neuf livres; les ſoixante ſols de doubles Tournois valent ſix livres, & les ſoixante ſols de petits deniers Tournois valent trois livres.

Les ouvriers ſur un marc de douzains qui valoit quatre livres onze ſols trois deniers, avoient un ſol trois deniers Tournois; c'eſt $\frac{1}{73}$: de même pour les demi-douzains.

Sur un marc de liards valant deux livres dix-ſept ſols neuf deniers, ils avoient de même un ſol trois deniers Tournois; c'eſt un peu plus d'un quarante-ſixiéme, au juſte $\frac{5}{231}$.

Sur un marc de doubles Tournois valant trente-deux ſols huit deniers Tournois, ils avoient encore un ſol trois deniers Tournois; c'eſt un peu plus d'un vingt-ſixiéme, au juſte $\frac{15}{392}$.

Sur un marc de deniers Tournois valant vingt-un sols, ils avoient pareillement un sol trois deniers ; c'est un peu plus d'un seiziéme, au juste $\frac{5}{84}$.

Les monnoyers avoient sept deniers Tournois par marc de douzains, de demi-douzains, de liards, de doubles Tournois, & de deniers Tournois ; c'est presque la moitié de ce qu'avoient les ouvriers.

Il est attribué au Maître de la Monnoie par l'article 42 de l'Ordonnance de 1540, cinq sols six deniers Tournois pour marc de douzains, de demi-douzains, & de liards, au lieu de cinq sols qu'ils avoient auparavant, à la charge de payer les ouvriers, monnoyers & autres frais.

Ce Mandement attribue de plus aux ouvriers, une once de déchets en vingt marcs de noir, c'est-à-dire, de douzains, de liards, de doubles Tournois, & de deniers Tournois, avec deux onces & demie de cisailles en vingt marcs de blanc & de noir, autrement de pièces d'argent d'un titre ou plus haut ou plus bas. *Si les ouvriers excédent ce que dessus*, poursuit le Mandement, *ce sera à leurs dépens.*

Les empreintes de toutes les espèces énoncées dans l'Edit du 19 Mars 1540, sont p. 25 & suiv. de cette Ordonnance imprimée par Jean Dallier en la même année ; le titre & le poids en sont indiqués page 6 & suivantes.

On y verra page 5 & 25, des écus d'or sol d'ancienne fabrication sous François I. au titre de vingt-trois Carats & demi, du poids de trois deniers, & de soixante-quatre au marc, fixés à cinquante-un sols pièce ; & page 5 & 25, d'autres écus d'or sol de François I. de nouvelle fabrication, au titre de vingt-trois Carats, de deux deniers quatorze grains de poids, & de soixante-quatorze pièces au marc. Ils auroient donc dû peser soixante-deux grains $\frac{10}{37}$: l'Ordonnance ne porte que soixante-deux grains ; le cours en fut réglé à quarante-trois sols six deniers.

L'instruction donnée aux Changeurs d'Anvers en 1633, n'attribue pas toujours le même titre, ni le même poids aux espèces que l'Ordonnance du 19 Mars 1540.

L'instruction &c. page 52, fixe le titre des écus couronne

à vingt-deux Carats quatre grains & demi, & le poids à deux estrelins sept as, qui font soixante-trois grains $\frac{9}{10}$ poids de marc, en comptant l'estrelin pour vingt-huit grains $\frac{8}{10}$, & l'as pour $\frac{9}{10}$ de grain poids de marc. L'ordonnance en porte le titre à vingt-trois Carats, p. 5. v°. & le poids à soixante-deux grains trébuchans, p. 26.

Le vieil Ecu de France de soixante-quatre au marc, est dans l'instruction page 23, à vingt-trois Carats six grains & demi, & du poids de deux estrelins dix-sept as, qui font soixante-douze grains $\frac{9}{10}$ poids de marc, & dans l'Ordonnance au titre de vingt-trois Carats & demi, p. 5. v°. du poids de trois deniers ou soixante-douze grains trébuchans. *Monstrelet, to. 2. p.* 113, nous apprend que Charles VII en 1435 engagea les Villes de la Somme au Duc de Bourgogne rachetables de quatre cents mille écus d'or vieux de soixante-quatre au marc de Troye, huit onces pour le marc, & d'aloi à vingt-quatre Carats, & à un quart de Carat de remède.

Le franc à pié est dans l'instruction &c. p. 48 à vingt-trois Carats, & du poids de deux estrelins douze as, qui font soixante-huit grains deux cinquiémes poids de marc: dans l'Ordonnance pag. 6, il est à vingt-trois Carats trois quarts, du poids de soixante-huit grains ou de deux deniers vingt grains trébuchans.

Les francs à cheval étoient du même titre & du même poids suivant l'Ordonnance de 1540.

Les Royaux sont dans l'instruction &c. pag. 48 à vingt-trois Carats, & du poids de deux estrelins douze as, ou de soixante-huit grains deux cinquiémes poids de marc; dans l'Ordonnance p. 6, ils sont à vingt-trois Carats, du poids de deux deniers vingt grains trébuchans: aussi leur valeur n'étoit-elle que de quarante-sept sols trois deniers Tournois, tandis que les francs de même poids valoient quarante-huit sols trois deniers. Depuis dans l'Ordonnance de 1577 & plusieurs autres, les Royaux & les Francs ont eu le même cours, comme étant de même poids, d'où il paroît qu'on est venu à regarder leur titre comme semblable. L'estimation en a donc été mal faite dans un temps ou dans un autre, car les espèces fabriquées ne changent par le laps de temps que de poids, & non pas de titre.

Les Nobles à la rose d'Edouard, Roi d'Angleterre, sont dans l'Ordonnance de 1540 du poids de six deniers trébuchans, & du titre de vingt-trois Carats cinq huitiémes. L'instruction &c. p. 14 les prononce à vingt-trois Carats huit grains & demi, & du poids de cinq estrelins qui font six deniers poids de marc; le poids des demi y est marqué de deux estrelins & demi, ou de trois deniers poids de marc; il y avoit aussi des quarts de ces mêmes espèces d'un estrelin un quart, ou de trente-six grains poids de marc. Malines en détermine le titre à vingt-trois Carats trois grains trois quarts, (*Nota*, qu'en Angleterre le Carat n'est que de quatre grains) & la taille de quarante-six trois quarts à la livre de Troye de douze onces, c'est-à-dire de trente-un & un sixiéme au marc, qui font en poids cent quarante-sept grains $\frac{159}{187}$ piéce, ou six deniers trois grains $\frac{159}{187}$.

Le Noble Henri d'Angleterre est dans l'Ordonnance de 1540 du poids de cent trente grains, & du titre de vingt-trois Carats trois quarts, & dans l'instruction &c. pag. 16 à vingt-trois Carats huit grains & demi, & du poids de quatre estrelins quatorze as, qui font cent vingt-sept grains quatre cinquiémes poids de marc. Malines en fixe le titre à vingt-trois Carats trois grains & demi, le Carat n'étant, comme on vient de le dire, que de quatre grains; ils étoient, dit-il, de cinquante-trois & trois quarts à la livre de Troye; c'est de trente-cinq $\frac{58}{130}$ au marc, ou de cent trente grains pièce poids de marc.

Les Angelots d'Angleterre représentant d'un côté saint Michel terrassant le Dragon avec la Légende *Henricus D. gra. Rex Angl. & Franc.* & de l'autre un Vaisseau avec les Armes de France & d'Angleterre surmontées d'une croix, & autour, *per crucem tuam salva nos Xpe.*, sont dans l'Ordonnance de 1540 du poids de quatre deniers pièce, & du titre de vingt-trois Carats & demi.

Les anciens Angelots, suivant Goldast pag. 13, étoient

du titre de vingt-trois Carats huit grains, & de quarante-six au marc de Cologne.

Les Angelots d'Angleterre avec l'O sur la barque ou avec un O dans le flanc de la nef, suivant l'Ordonnance de 1549, *Voyez Fontanon, to. 2. p.* 132, pesoient aussi quatre deniers. Dans l'instruction &c. p. 49, ils sont du titre de vingt-deux Carats neuf grains, & pésent trois esterlins dix as, qui font quatre-vingt-quinze grains deux cinquiémes poids de marc. La Légende est d'un côté *Henricus D. g. Angl. Fra. & Hib. Rex*, & de l'autre, *per crucem tuam salva nos Xpe redem.*

L'Angelot avec un O, suivant Malines, étoit du titre de vingt-trois Carats & de soixante-douze à la livre de Troye, qui font quarante-huit à notre marc ; ainsi l'once Angloise est parfaitement égale à la nôtre.

Les Philippes d'or de France sont, dans l'instruction &c. p. 17, du titre de vingt-trois Carats huit grains & demi, & du poids de trois estrelins, ou de quatre-vingt-six grains deux cinquiémes poids de marc. *V. Budée, p.* 594.

Les couronnes d'or de France de Philippe dans l'instruction p. 18, sont à vingt-trois Carats huit grains & demi, & du poids de trois estrelins & demi, ou de cent grains quatre cinquiémes poids de marc.

Les Joannes d'or de France p. 18, sont à vingt-trois Carats huit grains & demi, pesant deux estrelins treize as, ou soixante-huit grains trois dixiémes.

Les Anges d'or de Flandres de Philippe le Hardi p. 22, à vingt-trois Carats six grains & demi, pesant trois estrelins onze as, ou cent dix grains sept dixiémes.

Les Philippes de France p. 48, à vingt-deux Carats neuf grains, pesant quatre estrelins douze as, ou cent vingt-six grains poids de marc.

Le vieil Noble de Flandres de Philippe le Hardi p. 50, à vingt-deux Carats neuf grains, pesant quatre estrelins quatorze as, ou cent douze grains un dixiéme poids de marc.

Le Mouton d'or de France p. 52, à vingt-deux Carats quatre grains & demi, pesant deux estrelins trente as, ou quatre-vingt-quatre grains trois cinquiémes poids de marc.

Les Saluts p. 17, font du titre de vingt-trois Carats huit grains & demi, & du poids de deux estrelins sept as, qui font soixante-trois grains neuf dixiémes poids de marc; dans l'*Ordonnance de* 1540, *p. 6*, v°. & 27, ils sont à vingt-trois Carats trois quarts, & pésent deux deniers dix-sept grains trébuchans ou soixante-cinq grains.

Les simples Ducats dans l'*Ordonnance de* 1540, du poids de deux deniers dix-sept grains, & du titre de vingt-trois Carats trois quarts, & dans l'instruction &c. p. 19, du titre de vingt-trois Carats sept grains & demi, pesent deux estrelins neuf as, qui font soixante-cinq grains sept dixiémes.

Les Riddes de Philippe dans l'*Ordonnance de* 1540, sont du poids de deux deniers dix-huit grains, à vingt-trois Carats trois quarts, & dans l'instruction pag. 11, du poids de deux estrelins neuf as, ou de soixante-cinq grains sept dixiémes poids de marc, & de vingt-trois Carats huit grains & demi.

Les gros d'Angleterre de Henri VIII par l'*Ordonnance de* 1540, sont du poids de quatre-vingt-quatre pièces au marc, (ou de cinquante-quatre grains six septiémes pièce) à dix deniers vingt-deux grains, & dans l'instruction &c. pag. 131, du poids de deux estrelins, ou cinquante-sept grains trois cinquiémes poids de marc, & de onze deniers de fin.

Les pièces de quatre Réales dans l'Ordonnance, sont du poids de dix deniers seize grains, ou de deux cents soixante grains, de dix-huit pièces au marc, à onze deniers deux grains trois quarts fin; & dans l'instruction &c. pag. 122, du titre de onze deniers deux grains & demi.

La même instruction donnée aux Changeurs d'Anvers en 1633, nous offre p. 132, les empreintes des quarts d'Ecus de France fabriqués sous Henry III & sous Henry IV, du titre de dix deniers vingt-trois grains & demi, & du poids de six estrelins huit as, qui font cent quatre-vingts grains poids de marc; ils devoient peser au moins cent quatre-vingt-un grains $\frac{53}{127}$.

Des quarts d'Ecus fabriqués sous Louis XIII jusqu'en 1628, du titre de dix deniers vingt-deux grains, p. 133.

Des Testons de France & de Navarre fabriqués sous

François I, Henry II & Charles IX, p. 135 & 136, du titre de dix deniers dix-huit grains, & du poids de six estrelins, ou cent soixante-douze grains quatre cinquiémes poids de marc.

Des Francs d'argent, p. 173 & 174, fabriqués sous Henry III & jusques sous Louis XIII en 1628, du titre de dix deniers & demi-grain, & du poids de neuf estrelins six as, ou de deux cents soixante-quatre grains trois cinquiémes poids de marc.

Des gros Tournois de Philippe le Bel en 1291 & 1292, du titre de neuf deniers seize grains, p. 182.

Des gros de Louis XI & de François I, du titre de dix deniers vingt-deux grains, p. 134.

Des vieux Patars de François I & de Louis XII, du titre de quatre deniers deux grains, p. 238.

Des gros de Nesle de Henry II, du titre de trois deniers seize grains, p. 240.

Des Patars de France de Henry II en 1549, de Charles IX & de François I, p. 241, à trois deniers neuf grains.

Des Patars de France de Henry II, de Charles IX & de Henry III en 1572, 1575 & 1576, page 247, à deux deniers dix-huit grains de loi.

Extrait de l'Ordonnance de Henry II, du 14 *Janvier* 1549 *dans* Fontanon, to. 2. p. 133.

» HENRY &c. avons par grande & meure délibération de Conseil, statué & ordonné ce qui ensuit:

» C'est à savoir que nouvel ouvrage, fabrication & espéce » sera faite d'écus, qui seront nommez henrys sur le prix de » huit-vingt-douze livres marc d'or fin, à vingt-trois carats, » un quart de carat de remede, de soixante-sept écus au » marc, à un felin & demi de remede pour marc; & de » deux deniers vingt grains & demi trébuchans piéce, qui » auront cours pour cinquante sols Tournois piéce, & pa- » reillement des doubles & demis henrys à l'équipolent. * * * *

» Et afin d'équipoller l'argent & billon avec l'or, & que

» les valeurs de nos monoyes se correspondent, tant du » rouge que du blanc, voulons qu'il soit d'oresnavant donné » en nos monoyes de chacun marc d'argent le Roy, au-» dessus de dix deniers de loy, quinze livres tournois. Et de » chacun marc d'argent le Roy en billon au-dessous desdits » dix deniers de loy, quatorze livres cinq sols, & que sur » ledit prix de quinze livres tournois marc d'argent le Roy, » de haute loy, soit continuée la fabrication des gros & de-» mi gros testons, en telles monoyes & en telle quantité » qu'il sera ordonné par lesdits Généraux de nos Monoyes » de poids & loy accoutumez, qui est de vingt-cinq piéces » & demie au marc, à un huitiéme de piéce, de remede » pour marc, qui est sept deniers onze grains tresbuchans » piéce, & à onze deniers six grains de loy argent le Roy, » à deux grains de remede; & sur ledit prix de quatorze li-» vres cinq sols marc d'argent le Roy en billon, soit faite » nouvelle forme de douzains, de quatre-vingt-quatorze » piéces au marc, à une piéce de remede pour marc, & » deux deniers demi-grain trébuchans piéce, à trois deniers » douze grains d'argent fin, à deux grains de remede, qui » auront cours pour douze deniers tournois piéce........

Article 6, page 134.

» Ayant égard à la cherté du charbon, eau-forte, ciment » & charges ci-dessus spécifiées, & afin que lesdits Maîtres, » tailleurs, ouvriers, & monoyers ayent occasion de bien » & deument faire l'ouvrage qui se fera esdites Monoyes, » ordonnons qu'au lieu de seize sols six deniers de brassage » pour marc, qu'ont de présent les Maîtres particuliers de » nos Monoyes pour chacun marc d'or ouvré d'une part, » & cinq sols six deniers pour chacun marc de douzains d'au-» tre, ils ayent doresnavant pour chacun marc d'or ouvré » vingt-cinq sols tournois, & pour chacun marc de douzains » six sols six deniers tournois, & pour les testons & demis tes-» tons le salaire accoutumé; à la charge de payer aux tail-» leurs desdites Monoyes, pour chacun marc d'or monoyé » deux sols tournois; & pour chacun millier d'œuvre des-» dits douzains cent sols tournois: & aux ouvriers pour cha-» cun marc d'or ouvré trois sols tournois; & pour chacun

marc

» marc de douzains, vingt deniers tournois : & aux monoyers pour chacun marc d'or monoyé, deux sols tournois ; & pour chacun marc de douzains, dix deniers tournois ; & pour les testons auront lesdits tailleurs, ouvriers & monoyers, les salaires accoutumez ; à la charge toutefois que lesdits ouvriers seront tenus de fournir à leurs dépens le charbon qu'il conviendra avoir pour ouvrer lesdits écus, testons & douzains, & de rendre lesdits ouvrages sans aucun déchet, à une once de cisaille pour marc seulement. »

Le même Roi par ses Lettres Patentes du 6 Octobre 1550, données à Rouen, accorda aux Tailleurs des monnoies, dans toute l'étendue du Royaume, une attribution de cinquante sols sur chaque millier d'œuvre de douzains. Après les avoir rapportées, nous examinerons ce qu'on doit entendre par cette expression.

« HENRY &c. A nos amez & féaux Conseillers les Généraux sur le fait de nos monoyes à Paris, SALUT. Comme dès le 9 Avril dernier les tailleurs des monoyes de notre Royaume, nous eussent présenté requête, afin qu'il leur fut par les Maîtres particuliers desdites monoyes chacun en son regard, payé pour leur droit de ferrage, *six deniers tournois pour chacun marc d'œuvre de blanc, & quatre deniers tournois pour marc d'œuvre de noir*, laquelle requête vous aurions renvoyée pour sur icelle nous donner avis, ce que vous avez depuis fait ; savoir faisons, que après avoir fait voir en notre Conseil privé votredit avis cy-attaché, & pour les causes à plein y contenues, avons dit & ordonné, & de notre grace spéciale, certaine science, pleine puissance, & autorité Royale, disons & ordonnons, voulons & nous plait, qu'à la fin de la présente année, il soit par votre Ordonnance taxé, & ordonné auxdits tailleurs, & à iceux payé par les Maîtres particuliers desdites monoyes chacun en droit soi cinquante sols tournois pour chacun millier d'œuvre de douzains qui se trouvera par les papiers des délivrances avoir été fait es-

» dites monoyes, outre & pardessus cent sols tournois que
» lesdits tailleurs prennent à présent pour chacun desdits
» milliers de blanc sur le brassage desdits Maîtres particu-
» liers desdites monoyes, suivant l'Edit de notre feu très-
» honoré Seigneur & Pere le Roi dernier, donné à Fon-
» tainebleau en Janvier 1549 ; & iceux cinquante sols avoir
» & prendre sur le Seigneuriage, Escharceté de loy, & foibla-
» ge de poids dudit ouvrage blanc. Voulons & nous plait
» par ces presentes, signées de notre main, de la puissance
» que dessus, que tout ce qui aura été payé par lesdits Maî-
» tres particuliers, chacun en droit soy, & comme à lui
» apartiendra auxdits tailleurs &c. pour les causes contenues
» en cesdites presentes, & icelles rapportant, ou vidimus
» deument collationné à l'original par l'un de nos amez
» Notaires & Secretaires, être passé & alloué ès comptes
» desdits Maîtres particuliers, faits & arrêtez par nos amez
» & feaux Conseillers, les gens de nos comptes à Paris, aux-
» quels mandons ainsi le faire sans difficulté par cesdites pre-
» sentes, sans toutefois que cela puisse tirer à conséquence
» pour l'avenir : car tel est notre plaisir, nonobstant quelcon-
» ques lettres à ce contraires ; & pour ce que des presentes,
» l'on pourroit avoir affaire &c. Donné à Rouen le 6 Oc-
» tobre 1550.

Registré par les Généraux des Monoyes le 9 Decembre 1550.

Les douzains fabriqués par l'Edit de Janvier 1549, étoient de quatre-vingt-quatorze à la taille au marc, & devoient peser quarante-neuf grains $\frac{1}{47}$, au titre de trois deniers douze grains argent le Roi ; il entroit dans chaque pièce quatorze grains $\frac{28}{94}$ d'argent fin argent le Roi, & trente-quatre grains $\frac{68}{94}$ de cuivre ; le marc d'espèces courantes, ou les quatre-vingt-quatorze pièces produisoient quatre livres quatorze sols, & le marc de fin monnoyé auroit rendu en ces espèces seize livres deux sols sept deniers trois septiémes, sans compter les remèdes dont on pourra voir l'effet en opérant suivant la Table.

Henry II. après avoir consulté les Généraux des Monnoies, régla par ses Lettres du 6 Octobre 1550, les droits des Graveurs ou Ferreurs qui demandoient six deniers par marc d'œuvre de blanc, & quatre deniers par marc d'œuvre de noir; d'où l'on voit que les coins du billon, étant moins travaillés que ceux des espèces d'or & d'argent, le droit des Graveurs doit être moindre sur chaque marc de billon qui se fabrique : & il ordonna que les Maîtres particuliers des Monnoies leur payeroient en diminution du Seigneuriage, cinquante sols Tournois par chaque millier d'œuvre de douzains fabriqués, outre cent sols Tournois qu'ils prenoient sur le brassage desdits Maîtres.

Il s'agit de savoir ce que signifie le millier d'œuvre. On ne sauroit entendre un millier de ces pièces; car si les Graveurs eussent pris seulement cent sols par millier sur le brassage du Maître, ils auroient eu dix sols par cent pièces, tandis qu'il n'étoit attribué que six sols six deniers Tournois par marc composé de quatre-vingt-quatorze pièces aux Maîtres particuliers, qui étoient encore tenus de payer les ouvriers monnoyers & autres frais; on sent tout d'un coup que cela étoit impratiquable.

Le millier d'œuvre exprimoit donc mille marcs de ces espèces fabriquées & passées en délivrance. Ainsi les Graveurs ayant cent cinquante sols sur mille marcs, leurs droits sur chaque marc de douzains montoient en 1550 à un denier quatre cinquiémes Tournois, comme on peut s'en assurer par les parties aliquotes; & ce droit est proportionné à ce qu'ils ont à présent, que les espèces ont plus que triplé de valeur depuis ce temps.

Finissons par l'analyse des louis & des écus fabriqués suivant l'Edit de Janvier 1726, dont l'Arrêt du Conseil du 15 Juin 1726 a réglé le cours, & considérons les nouveaux sols fabriqués par Edit d'Octobre 1738.

La maniére dont les remèdes de poids & de loi ont pû être ménagés en fabriquant les espèces, ne change rien au cours qu'elles ont dans le public suivant la volonté du Prince, qui par les Edits, Déclarations ou Arrêts de son Conſeil, en fixe communément la valeur auſſi-bien que les remèdes. C'eſt ce qu'on a voulu repréſenter dans la Table par une Etoile, qui déſigne les termes donnés & les diſtingue de ceux qu'il faut chercher. Cependant ces points ne ſont pas toujours exprimés dans les anciennes Ordonnances; & les Titres ou les Auteurs contemporains y ſuppléent rarement.

Lorſque les Edits s'expliquent ſur la valeur du marc d'eſpèces courantes, & ſur leur nombre au marc, il n'y a qu'à diviſer la valeur du marc par le nombre de pièces, on aura la valeur de chacune en particulier. Il n'eſt pas encore difficile de la dire, pourvû qu'on ſache trois termes, la valeur du marc de fin, le titre des eſpèces, & leur taille. Par exemple, on a fabriqué des eſpèces au titre de ſix deniers, dont le marc de fin monnoyé produiſoit ſix livres Tournois. On ſait par ces deux termes, que le marc de ces eſpèces valoit ſoixante ſols; mais il eſt impoſſible de dire quelle étoit la valeur de chaque pièce, parce qu'il pouvoit en entrer dans un marc dix, vingt, trente, &c. Si l'on ajoûte pour le troiſiéme terme qu'il y en avoit ſoixante au marc, on voit aiſément que chacune de ces pièces valoit un ſol; s'il n'y en avoit eu que vingt, chacune d'elles auroit valu trois ſols. Sans cela on eſt réduit à de ſimples conjectures, ſur leſquelles on ne peut faire qu'un médiocre fonds.

A l'égard des eſpèces qui courent actuellement en France, les louis, les écus, & les ſols de deux ſols un peu plus peſans ou un peu plus fins les uns que les autres, quoique dans de certaines bornes, ont tous également cours, les louis pour vingt-quatre livres, les écus pour ſix livres, & les pièces de deux ſols pour deux ſols.

La taille annoncée de même pour l'ordinaire dans les Edits, auſſi eſt-elle marquée d'une Etoile dans la Table, donne le poids de chaque pièce, dont la peſanteur ſe connoît en diviſant le marc par le nombre de pièces qui doivent le former.

Qu'on diviſe quatre mille ſix cents huit grains par trente louis, par huit écus trois dixiémes, & par cent douze pièces de deux sols, on saura que le louis doit peser au plus cent cinquante-trois grains trois cinquiémes, l'écu cinq cents cinquante-cinq grains $\frac{18}{83}$, & les sols de deux sols quarante-un grains un septiéme, en supposant ces dernieres pièces taillées également entr'elles.

Le remède de loi ne dérange rien au poids, mais le remède de poids augmente le nombre de pièces qui devoient faire le marc, & il affoiblit d'autant chacune d'elles.

Le remède de poids indiqué par les Edits, comme le marque l'Etoile, est de quinze grains pesant sur un marc de louis, de trente-six grains pesant sur un marc d'écus, & de quatre pièces ou de cent cinquante-huit grains $\frac{26}{29}$ sur un marc de pièces de deux sols.

Soustrayez les quinze, les trente-six, ou les cent cinquante-huit grains $\frac{26}{29}$ de quatre mille six cents huit grains, le marc fictif de louis est réduit à quatre mille cinq cents quatre-vingt-treize grains, celui d'écus à quatre mille cinq cents soixante-douze grains, & celui de pièces de deux sols à quatre mille quatre cents quarante-neuf grains $\frac{3}{29}$.

Divisez la quantité de grains du marc fictif par le nombre de pièces qui doivent composer le marc indépendamment du remède de poids, vous aurez le poids auquel la pièce sera réduite par la déduction du remède de poids.

Ainsi quatre mille cinq cents quatre-vingt-treize grains divisés par trente louis, réduisent le poids de chaque louis, en ménageant entiérement le remède de poids, à cent cinquante-trois grains un dixiéme.

Quatre mille cinq cents soixante-douze grains divisés par huit écus trois dixiémes, donnent pour le poids de chaque écu sur lequel on aura ménagé tout le remède de poids, cinq cents cinquante grains $\frac{70}{83}$.

Et quatre mille quatre cents quarante-neuf grains $\frac{3}{29}$ divisés par cent douze pièces de deux sols, font tomber le poids de chaque pièce de deux sols par l'épargne entiére du remède de poids, à trente-neuf grains $\frac{21}{29}$.

Ensorte que les louis, les écus, & les sols de deux sols les plus légers ne doivent pas peser moins de cent cinquante-trois grains un dixiéme, de cinq cents cinquante grains $\frac{70}{83}$, & de trente-neuf grains $\frac{21}{29}$, comme les plus lourds ne doivent pas peser plus de cent cinquante-trois grains trois cinquiémes, de cinq cents cinquante-cinq grains $\frac{15}{83}$, & de quarante-un grains un septiéme. On suppose toujours ici les pièces de deux sols taillées également entr'elles.

Divisez à présent les quatre mille six cents huit grains du marc effectif, par le poids auquel chaque pièce peut être réduite par la déduction du remède de poids, vous aurez le nombre des pièces qui entreront dans le marc effectif, en ménageant tout le remède de poids.

On voit par là que quatre mille six cents huit grains divisés par cent cinquante-trois grains un dixiéme pour les louis, par cinq cents cinquante grains $\frac{70}{83}$ pour les écus, & par trente-neuf grains $\frac{21}{29}$ pour les pièces de deux sols, donnent dans un marc effectif trente louis $\frac{150}{1531}$, huit écus $\frac{232}{635}$, & cent seize pièces de deux sols, ce qui fait une augmentation de pièces plus légeres qu'elles n'étoient; savoir les louis d'un demi-grain, les écus de quatre grains $\frac{28}{83}$, & les doubles sols d'un grain $\frac{85}{203}$ (*a*).

Cela se sent tout d'un coup sur les louis. Les quinze grains de remède de poids ôtés de trente pièces, font un demi-grain de moins sur chacune d'elles.

Les Edits qui fixent le poids de chaque pièce, montrent combien il en entre dans un marc. On n'a qu'à diviser les quatre mille six cents huit grains du marc par le poids de

(*a*) Le remède de poids est un peu plus fort sur les pièces de vingt-quatre sols & de douze sols, que sur les écus, & il l'est encore davantage sur celles de six sols. Il monte à cinq grains sur les cinq pièces de vingt-quatre sols, ainsi que sur les dix de douze sols, & à dix grains sur les vingt pièces de six sols, qui font la même valeur que l'écu de six livres.

Les pièces de vingt-quatre sols de quarante-une & demie au marc au titre de onze deniers, pésent cent onze grains $\frac{3}{83}$. Le remède de poids est de quarante-un grains & demi par marc, ensorte qu'en épargnant tout le remède de poids, chacune d'elles se trouve réduite au poids de cent dix grains $\frac{3}{83}$.

Le remède de poids est d'un demi-grain sur chaque pièce de douze sols, qui font de quatre-vingt-trois au marc.

Sur les pièces de six sols qui font de cent soixante-six au marc, il est de quatre-vingt-trois grains, c'est-à-dire, d'un demi-grain par pièce.

Quant au remède de loi, il est le même sur ces pièces que sur les écus.

chaque pièce, le produit répond à la taille de pièces au marc.

Le titre est fixé par les Edits, comme le marque l'Etoile dans la Table ; le remède de poids ne le change point, il retranche seulement par proportion quelque chose du fin & de l'alliage.

Ainsi le remède de poids réglé à quinze grains sur les louis, à trente-six grains sur les écus, & à quatre pièces ou cent cinquante-huit grains $\frac{16}{29}$ sur les pièces de deux sols, retranche de la quantité de fin qui entroit dans le marc de louis au titre de vingt-deux Carats, treize grains trois quarts pesant d'or fin, & un grain un quart de cuivre ; du marc d'écus au titre de onze deniers la quantité de trente-trois grains pesant d'argent fin, & trois grains de cuivre ; & du marc de pièces de deux sols au titre de deux deniers douze grains, celle de trente-trois grains $\frac{11}{116}$ de poids d'argent fin, & cent vingt-cinq grains $\frac{82}{116}$ de cuivre. Mais il ne reste plus au moyen de ce retranchement qu'un marc fictif, & le marc effectif contiendroit toujours la même quantité de fin qu'auparavant.

Le remède de loi diminue d'autant le fin du marc & celui des espèces ; il est aussi fixé par les Edits. En cas qu'il soit entiérement ménagé dans les fabrications, on soustraira du titre la totalité de ce remède.

Lorsque les remèdes de poids & de loi ont été ménagés ensemble dans toute leur étendue, le fin du marc effectif n'est point différent de ce qu'il étoit au moyen du seul remède de loi ; mais chaque espèce contient d'autant moins de fin en poids, comme on va le voir.

C'est par le titre qu'on connoît ce qu'il entre de fin & d'alliage dans un marc. Pour trouver cette quantité, il n'y a qu'à multiplier pour l'or le nombre de Carats par cent quatre-vingt-douze grains de poids, & celui de trente-deuxiémes par six grains de poids. Quant à l'argent, on multipliera le nombre de deniers de fin par trois cents quatre-vingt-quatre grains de poids, & celui de grains de fin par seize grains de poids. Ensuite on soustraira de quatre mille ſix cents huit grains qui compoſent un marc, le produit de l'or ou de l'argent fin qu'on aura eu par la multiplication ; le ſurplus donnera la quantité du cuivre.

Par exemple, les vingt-deux Carats titre des louis, donnent pour un marc quatre mille deux cents vingt-quatre grains peſant d'or fin, & trois cents quatre-vingt-quatre grains de cuivre. Il en eſt de même des écus, parce que vingt-deux Carats répondent à onze deniers de fin. Les deux deniers douze grains titre des pièces de deux ſols, font neuf cents ſoixante grains peſant d'argent fin, & trois mille ſix cents quarante-huit grains de cuivre.

Si l'on rabat le remède de loi (*a*) de dix trente-deuxiémes ſur les vingt-deux Carats pour les louis, de trois grains ſur onze deniers pour les écus, & de quatre grains de fin ſur les pièces de deux ſols, le titre des louis réduit à vingt-un Carats $\frac{22}{32}$, donne dans un marc quatre mille cent ſoixante-quatre grains peſant d'or fin, & quatre cents quarante-quatre grains de cuivre ; celui des écus baiſſé à dix deniers vingt-un grains, ou à deux cents ſoixante-un grains de fin, donne dans un marc quatre mille cent ſoixante-ſeize grains peſant d'argent fin, & quatre cents trente-deux grains de cuivre ; & celui des ſols de deux ſols réduit à deux deniers huit grains, donne pour un marc huit cents quatre-vingt-ſeize grains peſant d'argent fin, & trois mille ſept cents douze grains de cuivre.

En cas qu'on veuille ſavoir ce qu'il entrera de fin & de cuivre dans le marc fictif par la déduction des remèdes, il faut ſe ſervir de la régle de trois, & dire, ſi quatre mille ſix cents huit grains ſont réduits par le remède de poids ſur l'or

(*a*) Suivant l'Edit de Janvier 1726, le remède de loi étoit de dix trente-deuxiémes. La Déclaration du 12 Février de la même année, l'étend à douze trente-deuxiémes. Enſorte que le fin du marc effectif par l'épargne du remède de loi ſe trouve réduit au poids de quatre mille cent cinquante-deux grains d'or, celui du marc fictif par l'épargne entiere du remède de poids & de loi, au poids de quatre mille cent trente-huit grains trente-un ſoixante-quatriémes d'or, & celui de chaque louis en épargnant les remèdes dans toute leur étendue, au poids de cent trente-ſept grains $\frac{1823}{1920}$ d'or, à joindre à quinze grains $\frac{289}{1920}$ de cuivre, qui font enſemble cent cinquante-trois grains $\frac{192}{1920}$, ou cent cinquante-trois grains un dixiéme.

l'or à quatre mille cinq cents quatre-vingt-treize grains, à combien se réduiront quatre mille deux cents vingt-quatre grains pesant d'or fin; & trois cents quatre-vingt-quatre grains de cuivre, & ensuite à cause des remèdes de poids & de loi ensemble, à combien se réduiront quatre mille cent soixante-quatre grains pesant d'or fin, & quatre cents quarante-quatre grains de cuivre; il viendra, pour le retranchement du fin par le remède de poids seul, quatre mille deux cents dix grains $\frac{1152}{4608}$ ou un quart de grain pesant d'or fin, en réduisant la fraction au moindre terme, & trois cents quatre-vingt-deux grains $\frac{3456}{4608}$ ou trois quarts de cuivre; & pour le retranchement du fin par l'épargne des remèdes de poids & de loi ensemble, quatre mille cent cinquante grains $\frac{2052}{4608}$ ou $\frac{57}{128}$ pesant d'or fin, & quatre cents quarante-deux grains $\frac{2556}{4608}$ ou $\frac{71}{128}$ de cuivre, qui étant additionnés, doivent égaler le marc fictif, ou le poids auquel le marc effectif est réduit par la déduction du remède de poids. Cette manière d'opérer fera connoître le fin du marc fictif d'écus & de pièces de deux sols, en ayant seulement égard à la différence du marc fictif qui change selon la diversité des remèdes de poids.

On reconnoîtra la vérité de cette opération. Si l'on considère que les quinze grains de remède de poids sur les louis contiennent au titre de vingt-un Carats $\frac{22}{32}$ la quantité de treize grains $\frac{71}{128}$ pesant de fin, à déduire de quatre mille cent soixante-quatre grains pesant de fin, il doit rester quatre mille cent cinquante grains $\frac{57}{128}$ de poids de fin pour le marc fictif.

Les quatre cents quarante-quatre grains de cuivre se réduiront par le remède de poids à quatre cents quarante-deux grains $\frac{71}{128}$, parce que dans les quinze grains de remède de poids sur l'or il y a un grain $\frac{71}{128}$ de cuivre, comme on le voit en soustrayant de quinze grains la quantité de treize grains $\frac{57}{128}$ pesant de fin.

Divisant la quantité de fin du marc fictif par le nombre de pièces au marc, c'est-à-dire, par trente pour les louis, par huit trois dixièmes pour les écus, & par cent douze pièces de deux sols, on a la quantité de fin contenue dans chaque pièce, en épargnant le seul remède de poids, ou en ménageant celui de poids & de loi.

Ainsi quatre mille deux cents dix grains un quart pesant d'or fin, qui entrent dans le marc fictif de louis par la déduction du seul remède de poids, divisés par trente, donnent pour chaque louis cent quarante grains $\frac{41}{120}$, en ménageant le seul remède de poids.

Et quatre mille cent cinquante grains $\frac{57}{128}$ pesant d'or fin qui entrent dans le marc fictif de louis, par la déduction des remèdes de poids & de loi, divisés par trente louis, donnent pour chaque louis cent trente-huit grains $\frac{1337}{3840}$ pesant d'or fin, en épargnant les remèdes de poids & de loi ensemble dans toute leur étendue.

Qu'on divise également le cuivre du marc fictif par trente pour les louis, par huit trois dixiémes pour les écus, & par cent douze pour les sols de deux sols, on aura la quantité de cuivre contenue dans chaque pièce, après avoir épargné en entier le remède de poids augmenté ou séparé de celui de loi.

Ajoutant ensemble la quantité de fin & de cuivre, on aura le poids de chaque pièce. Il faut observer que le changement de numérateur & de dénominateur qu'on trouvera en opérant, n'empêche pas que les fractions ne soient au fonds les mêmes.

Le marc fictif est la quantité de grains à laquelle le marc effectif se trouve réduit par la déduction du remède de poids. Il se connoît en soustrayant du marc effectif le nombre de grains qui composent le remède de poids. Par exemple, il n'y a qu'à déduire pour les louis quinze grains de quatre mille six cents huit grains, il reste quatre mille cinq cents quatre-vingt-treize.

La valeur du marc fictif ne change point, non plus que celle des espèces, par la maniére dont on pourra ménager les remèdes.

La valeur du marc courant effectif est formée de la valeur de chaque pièce multipliée par le nombre de pièces au marc.

Pour avoir la valeur du marc effectif d'espèces courantes, sur lesquelles on aura ménagé tout le remède de poids, il faut dire, lorsque ce remède est indiqué en grains, si telle quantité de grains, à laquelle le marc effectif est réduit par le remède de poids, produit la premiere valeur du marc courant effectif, combien produira le nombre de grains qui sont le remède de poids; & l'on joindra ce produit à la premiere valeur du marc courant.

Ainsi l'on dira sur les louis, si quatre mille cinq cents quatre-vingt-treize grains produisent sept cents vingt livres, combien quinze grains de remède de poids; & l'on joindra le produit de deux livres sept sols & $\frac{1348}{4593}$ de denier à la somme de sept cents vingt livres: ce sera la valeur du marc courant effectif, en cas que le remède de poids ait été ménagé en entier sur la fabrication des louis.

On auroit pû dire, si quatre mille cinq cents quatre-vingt-treize grains ont produit sept cents vingt livres, combien quatre mille six cents huit grains; mais l'opération auroit été plus longue.

Le remède de loi ne change point la valeur du marc courant effectif.

Et l'épargne du remède de poids, jointe à l'épargne du remède de loi en entier, laisse la valeur du marc courant effectif la même qu'elle étoit, en ménageant le seul remède de poids.

La valeur du marc de fin effectif se trouve, comme on vient de le dire, en se servant des parties aliquotes. Le titre des louis est à vingt-deux Carats. Pour former un marc de fin, il faut y ajouter deux Carats, qui sont le onziéme de vingt-deux Carats. Prenant donc le onziéme de sept cents vingt livres, valeur du marc courant, & joignant le produit auxdites sept cents vingt livres, on aura la valeur du marc de fin, montant sans aucune épargne de remèdes à sept cents quatre-vingt-cinq livres neuf sols un denier un onziéme.

On peut aussi opérer par la régle de trois; si vingt-deux Carats donnent sept cents vingt livres, combien vingt-quatre Carats.

La valeur du marc de fin effectif après l'épargne entiére du remède de poids, se trouvera de même par les parties aliquotes, en prenant le onziéme de sept cents vingt-deux livres sept sols $\frac{1548}{4593}$ de denier, valeur du marc courant effectif par l'épargne de tout le remède de poids, & ajoutant ce produit auxdites sept cents vingt-deux livres sept sols $\frac{1548}{4593}$ de denier, il viendra sept cents quatre-vingt-sept livres treize sols quatre deniers $\frac{406428}{555758}$.

Si l'on se sert de la régle de trois, on trouvera la même chose.

Pour avoir la valeur du marc de fin effectif, en épargnant tout le remède de loi, il faut dire, si vingt-un Carats $\frac{22}{32}$, ou si six cents quatre-vingt-quatorze trente-deuxiémes donnent sept cents vingt livres, combien donneront sept cents soixante-huit trente-deuxiémes de Carat qui font un marc d'or pur fin; il vient sept cents quatre-vingt-seize livres quinze sols cinq deniers $\frac{250}{694}$.

La valeur du marc de fin effectif, en épargnant les remèdes de poids & de loi en entier, se trouve par une régle de trois. Si vingt-un Carats $\frac{22}{32}$, ou six cents quatre-vingt-quatorze trente-deuxiémes de Carat, donnent sept cents vingt-deux livres sept sols & $\frac{1548}{4593}$ de denier pour la valeur du marc courant, par l'épargne des remèdes de poids & de loi, combien donneront sept cents soixante-huit trente-deuxiémes qui forment un marc d'or fin; il vient sept cents quatre-vingt-dix-neuf livres sept sols cinq deniers $\frac{198144}{531257}$ (*a*).

A l'égard du prix du marc courant effectif, il fait partie du prix du marc de fin effectif. Une régle de trois le fait con-

(*a*) Sans faire aucune épargne des remèdes de poids & de loi, le marc d'argent fin monnoyé en écus de six livres & de trois livres, en pièces de vingt-quatre sols, de douze sols & de six sols, produit également cinquante-quatre livres six sols six deniers six onziémes; en pièces nouvelles d'un sol & de deux sols, cinquante-trois livres quinze sols deux deniers deux cinquiémes.

Avec toute l'épargne des remèdes de poids & de loi, il produiroit en écus de six livres & de trois livres, environ cinquante-cinq livres sept sols huit deniers; en pièces de vingt-quatre sols & de douze sols, cinquante-cinq livres onze sols cinq deniers; en pièces de six sols, cinquante-six livres trois deniers, & en pièces d'un sol & de deux sols, cinquante-neuf livres treize sols un denier; on néglige ici les fractions de deniers.

noître, lorſqu'il n'eſt pas marqué dans les Edits qui annoncent toujours combien le marc de fin ou le marc courant ſéront payés aux monnoies. On le trouve auſſi par les parties aliquotes.

Ainſi le marc d'or fin à vingt-quatre Carats étant payé aux Monnoies ſept cents quarante livres neuf ſols un denier un onziéme, & le titre des louis étant à vingt-deux Carats, il n'y a qu'à retrancher le douziéme de ſept cents quarante livres neuf ſols un denier un onziéme, qui eſt ſoixante-une livres quatorze ſols un denier un onziéme pour le prix de deux Carats; on a ſix cents ſoixante-dix-huit livres quinze ſols pour celui du marc de louis à vingt-deux Carats.

On le connoîtra de même par une régle de trois; ſi vingt-quatre Carats ſont payés ſept cents quarante livres neuf ſols un denier un onziéme, combien ſeront payés vingt-deux Carats.

Il faut opérer de l'une ou l'autre de ces façons, lorſque le ſeul prix du marc de fin des matiéres eſt fixé dans les Edits. Mais s'il s'agiſſoit de faire une fabrication avec des eſpèces décriées, & qui ſeroient priſes aux Monnoies pour un certain prix, ſoit à la pièce, ſoit au marc, (comme on fait des pièces de deux ſols nouvelles avec des anciennes pièces de dix-huit deniers qui ſont d'un titre parfaitement ſemblable, & dont le marc courant effectif doit être payé neuf livres dix-huit ſols onze deniers) il faudroit dire; ſi le titre donné, par exemple pour les ſols à deux deniers douze grains, qui ſont ſoixante grains de fin, eſt payé neuf livres dix-huit ſols onze deniers, combien ſeront payés douze deniers de fin, ou deux cents quatre-vingt-huit grains de fin, qui font un marc de fin: il viendra quarante-ſept livres dix ſols.

Au premier cas, le prix du marc de fin eſt le même dans les quatre colonnes, & le prix du marc courant change ſeulement par le remède de loi, ſans que le remède de poids y faſſe aucun changement.

Dans le ſecond cas, le prix du marc courant reſte toujours le même, & le prix du marc de fin augmente seulement par l'épargne du remède de loi.

La traite est la différence du prix à la valeur, ou entre ce que les matiéres converties en monnoie produisent, & ce qu'elles ont été payées.

Il faut soustraire le prix du marc courant, de la valeur du marc courant; & le prix du marc de fin, de la valeur du marc de fin.

Mais cette différence produit plusieurs combinaisons. Pour éclaircir cette proposition, considérons les sols nouvellement fabriqués. Comme le marc effectif des anciens sols se paye toujours neuf livres dix-huit sols onze deniers, de quelque façon que les remèdes de poids ou de loi ayent été ménagés sur les anciens sols portés à la Monnoie, & sur les nouveaux qu'on en a fabriqués, s'il n'y a point eu de remèdes ménagés sur les nouveaux, le marc de fin produira cinquante-trois livres quinze sols deux deniers deux cinquiémes; & s'ils avoient été ménagés en entier sur les espèces portées à la Monnoie, le marc de fin auroit coûté cinquante-une livres trois sols, ensorte que la traite ne monteroit par marc de fin, qu'à deux livres douze sols deux deniers deux cinquiémes; c'est le moins qu'elle puisse produire.

Au contraire, si les remèdes avoient été ménagés en entier sur les nouveaux sols, & que rien n'en eut été épargné sur les anciens portés à la Monnoie, le marc de fin des nouveaux sols produiroit cinquante-neuf livres treize sols un denier cinq septiémes, & le marc de fin des anciens auroit coûté quarante-sept livres dix sols, de façon que la traite monteroit par marc de fin à onze livres trois sols un denier cinq septiémes; c'est le plus haut où elle puisse monter.

Il y a deux sortes de proportions, l'une qu'on nomme *en œuvre*, & l'autre *hors d'œuvre.*

La premiere doit se prendre entre la valeur du marc d'or fin monnoyé, & la valeur du marc d'argent fin monnoyé; on voit par le produit après avoir divisé l'un par l'autre, combien un marc d'or vaut de marcs d'argent du même titre.

Cette proportion peut s'envisager de quatre maniéres, en comparant la valeur de l'un & de l'autre marc de fin monnoyé, sans avoir égard aux remèdes, ou bien ayant égard au seul remède de poids, ou au seul remède de loi, ou aux remèdes de poids & de loi ménagés en entier. Dans ces quatre cas, suivant que les remèdes différeront sur l'or & sur l'argent, la proportion changera. Elle est d'abord, sans avoir égard aux remèdes d'un à quatorze $\frac{38}{83}$, & ces quatorze $\frac{38}{83}$, autrement quatorze $\frac{52002970}{115769645}$, si l'on veut avoir égard au remède de poids seul, se changent en quatorze $\frac{48919370}{115769645}$; c'est la seconde maniére de la fixer.

La troisiéme naît du rapport de valeur entre le marc d'or & d'argent fin monnoyé, après l'épargne du remède de loi seul; elle est d'un à quatorze $\frac{43158}{86403}$.

La quatriéme provient de la comparaison de ce que valent les marcs d'or & d'argent fin monnoyés, après avoir entiérement épargné les remèdes de poids & de loi ensemble. Elle est d'un à quatorze $\frac{76407064}{176377324}$.

L'autre proportion qu'on nomme *hors d'œuvre*, se forme en comparant le prix que les marcs d'or & d'argent fin monnoyés sont payés dans les Hôtels des Monnoies. Cette proportion est actuellement d'un à quatorze $\frac{74791}{135072}$.

Il est encore plus court pour avoir la premiere des deux proportions, de comparer le fin de la même valeur en or & en argent. Par exemple, le quart du fin d'un louis vaut six livres, & pése trente-cinq grains un cinquiéme d'or fin sans aucune épargne de remèdes; on n'a qu'à chercher, en divisant l'un par l'autre, le rapport entre trente-cinq grains un cinquiéme d'or fin, & cinq cents quatre grains $\frac{624}{664}$ ou $\frac{78}{83}$ d'argent fin, qui font également six livres : il est comme un à quatorze $\frac{38}{83}$.

La proportion entre les espèces qui courent dans le même temps, n'est pas toujours parfaitement semblable. Le marc de fin monnoyé en pièces de deux sols, produit moins que le marc de fin en écus, si l'on compare leur valeur respective sans avoir égard aux remèdes, & produit davantage si l'on compare leur valeur après l'épargne des remèdes. Dès-lors les pièces de deux sols n'ont pas avec les louis la même proportion ni le même rapport que les écus.

On exige encore plus d'exactitude & d'égalité dans la taille des espèces destinées à faire les gros payemens, que dans celle des menues monnoies fabriquées seulement pour les appoints.

Les premieres comme les louis & les écus pour être admises à courir dans le public, doivent être taillées entre le plus fort & le moindre poids qu'elles peuvent avoir suivant l'Edit. Par exemple, les louis qui péseroient plus de cent cinquante-trois grains trois cinquiémes, & ceux qui péseroient moins de cent cinquante-trois grains un dixiéme, ne doivent pas se délivrer au public ; il en est de même des écus qui péseroient plus de cinq cents cinquante-cinq grains $\frac{15}{83}$, ou moins de cinq cents cinquante grains $\frac{70}{83}$: ces espèces sont rebutées par les Juges-Gardes, qui les font remettre en fonte aux dépens des Directeurs, lorsqu'elles sont trop fortes ou trop foibles, relativement à la portion du marc que chacune d'elles peut représenter au plus ou au moins. Voilà ce qu'expriment les Edits, qui portent que les pièces *seront de recours du marc à la pièce, & de la pièce au marc.*

Les autres de moindre importance, ne sont point sujettes à tant de précision ; on les taille le plus également qu'il est possible, mais elles sont reçûes dans les jugemens, pourvû que la moindre ou la plus grande quantité qui s'en peut fabriquer dans un marc suivant l'Edit, pése le marc. Ainsi les pièces de deux sols sont admises, lorsque cent douze, cent treize, cent quatorze, cent quinze & cent seize pesent un marc. Si les cent onze ou cent dix-sept faisoient le marc, on en rejetteroit quelques-unes. Les cent douze ou cent seize pièces peuvent donc varier considérablement entr'elles, en observant toutefois que le nombre de pièces plus légeres doit être compensé par un nombre de pièces plus lourdes ; c'est ce que signifient les mots de *sans recours du marc à la pièce, & de la pièce au marc.*

Cette

Cette différence entre les pièces, n'empêche point que le marc effectif & le marc fictif n'ayent des bornes certaines, ensorte que dans les pièces de deux sols, le marc effectif ne sauroit contenir moins de cent douze, ni plus de cent seize pièces; il ne doit pas encore y entrer plus de neuf cents soixante, ni moins de huit cents quatre-vingt-seize grains pesant d'argent fin, & le marc fictif doit avoir au moins huit cents soixante-cinq grains trois vingt-neuviémes pesant d'argent fin. C'est pourquoi j'ai calculé ces menues monnoies, comme si elles devoient être toutes égales entr'elles, aussi-bien que les espèces les plus considérables.

Après avoir envisagé les espèces primitives, il faut examiner celles qui en sont des divisions, & l'on remarquera que ces dernieres sont ou proportionnelles, ou disproportionnelles avec celles dont elles font partie.

Dans la premiere Classe sont les demi-louis, les demi-écus ou pièces de trois livres, & les sols de douze deniers, qui pésent & qui valent exactement la moitié des louis, des écus de six livres, & des sols de deux sols. Il résulte de l'uniformité de titre & de remèdes, même valeur & même traite sur chaque marc d'entiers comparés avec leurs fractions.

A l'égard des pièces de vingt-quatre sols, de douze & de six sols, elles sont disproportionnelles avec les écus de six livres, parce que le remède de poids est de quarante-un grains & demi par marc sur les pièces de vingt-quatre sols & de douze sols, & de quatre-vingt-trois grains par marc sur les pièces de six sols, tandis qu'il n'est que de trente-six grains sur un marc d'écus de six livres; aussi le marc courant & le marc de fin de ces espèces qui produit la même somme que le marc d'écus, sans compter l'épargne des remèdes, rend-t'il davantage, si l'on calcule ce qui revient en ménageant les remèdes, comme on le verra en opérant suivant la Table.

Outre les espèces qui se font journellement dans les Monnoies, il y en a quelquefois d'anciennes dont la fabrication est abandonnée, mais dont le cours se trouve autorisé par le Souverain. Telles sont les pièces fabriquées par Edit de

Septembre 1700 & de Septembre 1709, sous le nom de pièces de trente deniers, qui courent aujourd'hui, suivant l'Arrêt du Conseil du premier Août 1738, pour dix-huit deniers. Elles sont à deux deniers douze grains de loi, comme les nouveaux sols de deux sols ; mais elles pésent davantage. Le marc n'est composé que de cent pièces. En perdant de vûe l'épargne des remèdes de poids, chacune d'elles pése quarante-six grains deux vingt-cinquiémes, & contient neuf grains trois cinquiémes d'argent fin, ensorte que le marc d'argent fin de ces espèces ne rend que trente-six livres, tandis qu'il produit cinquante-trois livres quinze sols deux deniers deux cinquiémes en nouveaux sols qui ont moins de valeur intrinséque, puisque les nouveaux sols de deux sols n'ont que huit grains quatre cinquiémes pesant d'argent fin, contre neuf grains trois cinquiémes que contiennent les autres, valant seulement dix-huit deniers. Cette disproportion les a entiérement retirés du commerce, & l'on n'en reçoit plus dans les payemens. On voit par là que pour fixer la valeur du marc de fin dans un temps, il ne faut pas tabler sur ce que valent les anciennes espèces dont le cours est admis, mais sur le pied des nouvelles qui donnent le véritable état des monnoies : c'est à quoi plusieurs de nos Ecrivains se sont trompés.

Nous avons encore de plus anciens sols d'Octobre 1692 autorisés par l'Arrêt du premier Août 1738, à courir pour dix-huit deniers. Ils sont de cent trente-deux pièces au marc du titre de deux deniers douze grains, de façon que chacun pése sans l'épargne des remèdes trente-quatre grains dix onziémes, & contient sept grains trois onziémes pesant d'argent fin. Le marc d'argent fin de ces espèces rendroit quarante-sept livres dix sols quatre deniers quatre cinquiémes. Communément ces sols se confondent avec d'autres plus anciens qui sont d'un titre & d'un poids différent, mais qui courent pour la même valeur.

Quant au cuivre, les liards fabriqués par Edit de Juillet 1719, valant chacun trois deniers, sont de quatre-vingts au marc, au remède de quatre pièces : c'est-à-dire, que chaque pièce doit peser sans égard au remède de poids cinquante-sept grains trois cinquiémes. Les quatre-vingts liards qui composent un marc, produisent vingt sols. Si l'on épargne entiérement le remède de poids, (car il n'y a point de remède de loi sur les monnoies de cuivre) les quatre-vingt-quatre pièces formant un marc, ne péseront plus chacune que cinquante-sept grains cinq vingt-uniémes, & le marc de cuivre monnoyé rendroit vingt-un sols.

Les sols, demi-sols & quarts de sols de cuivre réglés par l'Arrêt du Conseil du 3 Février 1720, sont absolument sur le même pied. Nous voyons par là, qu'actuellement le cuivre monnoyé se trouve à peu près avec l'argent pur fin monnoyé dans la proportion d'un à cinquante-quatre; c'est-à-dire, qu'un marc d'argent fin monnoyé se balance contre cinquante-quatre marcs de cuivre monnoyé, tandis qu'un marc d'or fin monnoyé sans avoir égard aux remèdes, vaut quatorze marcs $\frac{38}{85}$ d'argent fin monnoyé.

On ne choquera donc point la vraisemblance, en disant que le Talent du temps de Pline, représentant comme valeur numéraire soixante-douze sols Parisis, ou d'un quart en sus plus forts que notre Tournois, c'est-à-dire, quatre livres dix sols Tournois, pesoit en cuivre monnoyé soixante livres de douze onces chacune, en argent pur une des mêmes livres, & en or fin une once suivant la proportion douziéme entre l'or & l'argent. Le *Pondo* considéré comme la soixantiéme partie du Talent auroit valu quatorze deniers deux cinquiémes Parisis, ou un sol six deniers Tournois, pesant en cuivre douze onces, en argent cent quinze grains trois vingt-cinquiémes, en or neuf grains $\frac{19}{110}$; & le denier comme poids faisant la centiéme partie du *Pondo*, pesoit en cuivre soixante-neuf grains trois vingt-cinquiémes : c'est presque notre gros, poids de marc. Si on regarde le denier Romain comme valeur numéraire, ou comme la douziéme partie du sol Parisis, il auroit pesé en cuivre quatre cents quatre-vingts grains, en argent fin huit grains, & en or pur les deux tiers d'un grain. A ce compte le setier de blé qui valoit à Rome, suivant Pline, autour de cinq sols Parisis, se payoit environ quatre cents quatre-vingts grains d'argent fin monnoyé.

Voici comment je traduirois le passage du 33e livre de Pline, chapitre 3. *Libræ autem pondus æris imminutum bello Punico primo, cum impensis Respublica non sufficeret; constitutumque est ut asses sextantario pondere ferirentur. Ita quinque partes factæ lucri, dissolutumque æs alienum. Posteà Annibale urgente Q. Fabio Maximo Dictatore asses unciales facti, placuitque denarium* XVI *assibus permutari, quinarium octonis, sestertium quaternis. Ita Respublica dimidium lucrata est. Mox lege Papiriâ semunciales asses facti.*

Dans la premiere guerre de Carthage, la République épuisée détériora les monnoies, & augmenta d'un à six la valeur des espèces, qui ne conserverent plus qu'une sixiéme partie de leur poids. *Constitutumque est ut asses sextantario pondere ferirentur.*

Sous Quintus Fabius elles furent encore affoiblies de moitié, ensorte qu'elles se trouverent réduites à une once, ou à une douziéme partie du poids & du fin qu'elles contenoient du temps de Servius Tullius; *asses unciales facti.* Le denier contint alors seize grains pesant d'argent fin, le quinaire ou la maille en contenoit huit, & le sesterce ou la pite quatre. *Placuitque denarium* XVI *assibus permutari, quinarium octonis, sestertium quaternis. Ita Respublica dimidium lucrata est.* L'As ou l'Ess des Allemands signifie encore aujourd'hui à peu près un de nos grains de poids.

Elles perdirent sous Papirius une autre moitié de leur poids, & furent réduites à une demi-once, ou à une vingt-quatriéme partie du poids & du fin qu'elles contenoient sous Tullius; *asses semunciales facti* : & pour lors le denier ne pesa plus en argent fin que huit grains.

D'où il résulte, en admettant la proportion douziéme entre l'or & l'argent, & soixantiéme entre l'argent & le cuivre, que sous Tullius l'As pesoit en cuivre onze cents cinquante-deux grains, en argent dix-neuf grains un cinquiéme, en or un grain neuf quinziémes; que le denier numéraire du même temps qui valoit dix As, pesoit en cuivre onze mille cinq cents vingt grains ou deux marcs & demi, en argent pur cent quatre-vingt-douze grains, en or seize grains : & que le marc de cuivre valoit pour lors deux cinquiémes de denier Parisis, celui d'argent fin deux sols Parisis, & celui d'or vingt-quatre sols Parisis.

Dans la premiere guerre de Carthage les monnoies étant affoiblies de cinq sixiémes, l'As ne pesa plus en cuivre que cent quatre-vingt-douze grains, en argent trois grains un cinquiéme, en or quatre quinziémes d'un grain ; le denier numéraire se trouva réduit en cuivre à dix-neuf cents vingt grains, en argent à trente-deux grains, en or à deux grains deux tiers : & le marc en cuivre monnoyé valut deux deniers deux cinquiémes Parisis, en argent fin douze sols Parisis, en or sept livres quatre sols Parisis.

Sous Fabius, l'As affoibli de moitié fut réduit en cuivre à quatre-vingt-seize grains, en argent à un grain trois cinquiémes, en or à deux quinziémes de grain; le denier en cuivre tomba dans la même proportion à neuf cents soixante grains, en argent à seize grains, en or à un grain deux tiers : & le marc valut alors en cuivre quatre deniers quatre cinquiémes Parisis, en argent vingt-quatre sols Parisis, en or quatorze livres huit sols Parisis.

Sous Papirius, l'As encore affoibli de moitié, ne pesa plus en cuivre que quarante-huit grains, en argent quatre cinquiémes d'un grain, en or un quinziéme de grain ; le poids du denier numéraire fut en cuivre de quatre cents quatre-vingts grains, en argent de huit grains, en or des deux tiers d'un grain. Pour lors le marc de cuivre valut neuf deniers trois cinquiémes Parisis, celui d'argent quarante-huit sols Parisis ou soixante sols Tournois, & celui d'or vingt-huit livres seize sols Parisis ou trente-six livres Tournois.

Pline ajoute : *Aureus nummus post annum 62 percussus est quam argenteus, ita ut scrupulum valeret sestertiis vicenis, quod efficit in libras, ratione sestertiorum qui tunc erant, sestertios 900.*

Quant aux monnoies d'or qui ne furent fabriquées à Rome

que longtemps après celles d'argent, la livre d'or de douze onces dans le temps de la premiere guerre de Carthage, valoit neuf cents sesterces.

Sous Fabius, quand les espèces eurent été affoiblies de moitié, ou que leur valeur eût été augmentée du double, ce qui est la même chose, la livre d'or en valut dix-huit cents.

Sous Papirius Carbon, la valeur des espèces ayant encore été doublée, la livre d'or valut trois mille six cents pièces d'argent nommées par les Romains sesterces, & dans la loi Salique, deniers.

Telle est donc la progression de la valeur du marc & de la livre d'or monnoyé parmi les Romains. Du temps de la premiere guerre de Carthage, le marc d'or valoit sept livres quatre sols Parisis ou neuf livres Tournois, autrement quinze sols Tournois d'or, dont chacun répondoit à douze sols Tournois d'argent; la livre de douze onces d'or valoit moitié en sus, c'est-à-dire, dix livres seize sols Parisis ou treize livres dix sols Tournois, ou vingt-deux sols six deniers Tournois d'or, dont chacun répondoit pareillement à douze sols Tournois d'argent.

Sous Fabius, le marc d'or valoit quatorze livres huit sols Parisis ou dix-huit livres Tournois, & la livre d'or vingt-une livres douze sols Parisis ou vingt-sept livres Tournois.

Sous Papirius, le marc d'or valut vingt-huit livres seize sols Parisis ou trente-six livres Tournois, autrement soixante sols Tournois d'or, dont chacun exprimoit douze sols Tournois d'argent; & la livre d'or valoit quarante-trois livres quatre sols Parisis ou cinquante-quatre livres Tournois, autrement quatre-vingt-dix sols Tournois d'or, valant chacun douze sols Tournois d'argent: on peut se rappeller ce qui a été dit ci-devant, page 93.

La suite du passage de Pline, *Post hæc placuit* XL *signari ex auri libris, paulatimque principes imminuêre pondus, minutissime verò ad* XLV, ne regarde que la taille des espèces d'or qu'on fit d'abord de quarante pièces à la livre de douze onces; ensuite on en diminua le poids, & elles furent taillées de quarante-cinq à la même livre : enforte que les premieres, de vingt-fix pièces deux tiers au marc, pefoient cent foixante-douze grains quatre cinquiémes, & les dernieres de trente au marc pefoient, comme nos louis d'aujourd'hui, cent cinquante-trois & trois cinquiémes de nos grains. Sans doute les premieres, fi le titre étoit femblable, valoient quelque chofe de plus que les fecondes. Celles de quarante à la livre Romaine, après le réglement de Papirius, devoient valoir quatorze fols quatre deniers quatre cinquiémes Parifis ou dix-huit fols Tournois d'argent, & celles de quarante-cinq à la même livre ne devoient courir que pour douze fols neuf deniers trois cinquiémes Parifis, ou quinze fols Tournois d'argent.

Comme le vol fe châtioit chez les Romains par des taxes affez fortes pour payer au fifc le quadruple (*a*) de la chofe volée, outre les dommages & intérêts de la partie civile qu'on prélevoit fur l'amende, fuivant ces mots, *Excepto capitali & dilaturâ*: (je croi qu'il faut lire *Excerpto*) fi l'on prend le fixiéme des fommes portées dans la Loi Salique, après en avoir multiplié le montant par douze, on faura par approximation ce que plufieurs chofes valoient pour lors.

Nous pouvons inférer des prix de l'an 1342 qu'un bœuf, lors de la rédaction de la Loi Salique, devoit valoir à peu près trois livres. Cette Loi porte ; *fi quis bovem furaverit*, 1400 *denarios qui faciunt folidos* 35 *culpabilis judicetur, excepto capitali & dilaturâ.* (Titre 3. art. 6.) Les trente-cinq fols d'or multipliés par douze fols d'argent fuivant la proportion douziéme, donnent quatre cents vingt fols ou vingt-une livres Tournois, comme nous comptons ; prenons le fixiéme de ces vingt-une livres, un bœuf ordinaire coûtoit alors autour de trois livres dix fols.

Un cheval tirant la charrue, fuivant les prix de 1202, de 1287, de 1295, de 1325, de 1329 & de 1339, valoit environ quatre livres dix fols, lorfque cette Loi fut rédigée. Elle prononce, (Titre 40. art. 1.) *Si quis caballum, qui carrucam trahit, furaverit*, 1800 *denarios qui faciunt folidos* 45 *culpabi-*

(*a*) Quintilien, Liv. 7. Chap. 6.

lis judicetur, excepto capitali & dilaturâ. Multipliez quarante-cinq sols d'or par douze sols d'argent, le produit est cinq cents quarante sols d'argent, ou vingt-sept livres Tournois, dont le sixiéme montant à quatre livres dix sols, faisoit alors le prix ordinaire d'un pareil cheval.

Cependant il y avoit des occasions où les amendes ne se régloient pas par l'estimation de la chose volée. Les peines étoient quelquefois plus fortes suivant la nature du crime : un vol domestique (*a*) se punissoit plus sévérement que le vol de la même chose abandonnée, pour ainsi dire, aux passans. Quelquefois la Loi avoit consideré la facilité de certains crimes légers en apparence, mais qui en préparent de plus grands ; pour avoir dérobé une oye (*b*) ou une poule qui s'enlévent aisément, il en coûtoit environ la douziéme partie de l'amende qu'on encouroit, pour avoir volé un bœuf plus difficile à détourner.

Diverses loix Romaines comparées avec la Loi Salique, justifieront, premiérement, que cette Loi fut formée sur les loix Romaines ; secondement, que l'ancienne proportion entre l'argent & le cuivre monnoyé étoit d'un à soixante. Etablissons d'abord la premiere proposition.

Pline, livre 17, chap. 1, dit : *Fuit & arborum cura legibus antiquis, cautumque est* XII *tabulis ut qui injuria cecidisset alienas lueret in singulas æris 25* (subaud. libras.).

La Loi Salique, tit. 8. *de furtis arborum*, art. 1, porte : *Si quis pomarium sive quamlibet arborem domesticam extra clausuram exciderit aut furatus fuerit, 120 denarios qui faciunt solidos 3, culpabilis judicetur, excepto capitali & dilaturâ.*

Aulu-Gelle, livre 20, chap. 1, nous rapporte cette autre Loi des douze Tables : *Si injuriam faxit alteri viginti-quinque* (libræ) *æris pœnæ sunto.*

Les art. 2, 3 & 6 du tit. 32 *de conviciis* dans la Loi Salique, sont conçus en ces termes : *Si quis alterum concagatum clamaverit, 120 denarios qui faciunt solidos 3, culpabilis judicetur. Si quis alterum vulpiculam clamaverit, 120 denarios qui faciunt solidos 3, culpabilis judicetur. Si quis alteri imputaverit*

(*a*) Tit. 9. art. 1, 4 & 5.

(*b*) Tit. 7. art. 5 & 6.

taverit quod scutum suum projecisset in hoste, vel fugiendo præ timore, 120 denarios qui faciunt solidos 3, culpabilis judicetur.

Ainsi les peines de la Loi Salique étoient semblables à celles des Romains, & les vingt-cinq livres de cuivre de douze onces chacune, répondoient aux trois sols Tournois d'or, ou aux cent vingt deniers de la Loi Salique. Passons à la seconde proposition.

Soixante-douze sols d'or Romains ou Parisis, autrement quatre-vingt-dix sols Tournois d'or, égaloient trois mille six cents deniers Saliques, ou douze onces d'or, ou cent quarante-quatre onces d'argent, ou sept cents vingt livres de cuivre de douze onces chacune.

A ce compte, les trois sols Tournois d'or en prenant la trentiéme partie, égaloient cent vingt deniers Saliques, composés de deux cents trente grains deux cinquiémes pesant d'or, ou de quatre onces quatre cinquiémes pesant d'argent, ou de vingt-quatre livres de cuivre.

Vingt-cinq livres de cuivre de douze onces chacune, font trois cents onces. Si l'on divise les trois cents onces par soixante, en admettant la proportion entre l'argent & le cuivre monnoyé d'un à soixante, il viendra cinq onces d'argent qui ne s'éloignent presque pas de quatre onces quatre cinquiémes. Cette différence est si légere, qu'on peut adopter ce qui vient d'être avancé, sans craindre de se tromper considérablement.

Plutarque dans la vie de Publicola, nous apprend qu'un boeuf, sans doute, fort jeune, comme on le voit par la proportion du prix, étoit estimé cent as, & un mouton dix as. Festus Pompeius confirme son témoignage, *centussibus boves antiquitus æstimabantur, oves decussibus.* Pour lors, l'as tel que nous l'avons regardé, étoit de deux onces de cuivre; un bœuf revenoit donc à deux cents onces de cuivre, ou suivant la proportion soixantiéme, à trois onces & un tiers d'argent. Mais peut-être ces as étoient-ils doubles, comme Pline paroît l'insinuer, *assis Dupondius erat*; aussi avons-nous longtemps fabriqué des doubles deniers, de même que l'on fabrique encore aujourd'hui des doubles louis. En ce cas il faudroit doubler le poids de la matiére, & un bœuf auroit coûté quatre cents onces de cuivre, ou six onces deux tiers d'argent, à peu près comme vers l'an 1342. *Voyez ci-devant page* 37. Mais cette digression sur l'antiquité m'a insensiblement mené trop loin; revenons à ce qui nous concerne de plus près, & rentrons dans l'objet principal de cette partie.

L'analyse des fabrications de monnoies, se résumera tout d'un coup dans la Table ci-après.

On y considére sous quatre points de vûe dans quatre rangées différentes, quel est le résultat

1°. D'une fabrication où l'on n'épargneroit point les remèdes, si les espèces en termes de monnoyage étoient droites de poids & de loi.

2°. D'une autre, où l'on n'épargneroit que le seul remède de poids.

3°. D'une, où l'on n'épargneroit que le seul remède de loi.

4°. D'une, où l'on épargneroit en entier les remèdes de poids & de loi.

La valeur de chaque pièce est représentée sous la lettre A.

La taille ou la quantité de pièces qu'on peut fabriquer au marc sous la lettre B.

Et ainsi du reste. Chacune de ces lettres tombe successivement dans les quatre rangées de sa colonne. Nous envisageons le 1er, le 2e, le 3e & le 4e B, comme nous voyons le 1er, le 2e, le 3e & le 4e A.

Le poids du marc, ou la quantité de grains dont il est composé, se nomme V.

Le nombre de Carats, ou de trente-deuxiémes pour l'or, & de deniers ou de grains pour l'argent, qui exprime un marc de fin, s'appelle Z.

L'étoile ou ce caractere * désigne les points qui sont indiqués dans les Edits, Déclarations ou Arrêts du Conseil.

Ce trait — entre deux lettres signifie *moins*, ou qu'il faut soustraire un nombre d'un autre : ainsi V — S veut dire V moins S, ou quatre mille six cents huit grains, dont on souf-

TABLE pour faire l'analyse de toutes les monnoies. Il faut la placer entre la page 194 & 195 de la partie intitulée : Essai sur les monnoies.

V Marc effectif [illegible]. Z Marc de fin, de 24 Karats ou de [illegible] pour l'or. Et de 12 deniers ou de 288 grains de fin pour l'argent.	Valeur de chaque pièce.	Taille au marc.	Poids des espèces.	Titre des espèces.	Fin & alliage du marc effectif.	Fin alliage & poids de chaque pièce.	Fin alliage & poids du marc total.	Valeur du marc total.	Valeur du marc effectif.	Valeur du marc de fin effectif.	Prix du marc courant effectif.	Prix du marc de fin effectif.	Traite sur un marc courant effectif.	Traite sur un marc de fin effectif.	Proportion entre le marc d'or & d'argent.	Ancienne manière d'exprimer la Taille.	Ancienne manière d'exprimer la valeur du marc de fin.
S Remède de poids. T Remède de loi.	A*	B*	C	D*	E	F	G	H	I	K	L	M*	N	O	P	Q*	R*
1°. [illegible]	1er A*	1er B*	1er C = V / [illegible]	1er D*	[illegible] pour le fin & pour l'alliage.	[illegible] = 1er F pour le fin & pour l'alliage.	o	o	A × 1er B = 1er I	1er D . 1er I :: Z . 1er K	Z . 1er M* :: 1er D . 1er L	D . L :: Z . M	1er I — 1er L = 1er N	1er K — 1er M = 1er O	1er K or / 1er K arg. = 1er P	Pour l'argent. Le nombre de l'aloi multiplié par 12. [illegible] deniers égale R. On trouve la valeur du marc des espèces, en multipliant par la valeur de chaque pièce la somme indiquée, ou Q par A.	Pour l'argent, le nombre des [illegible] multiplié par [illegible] égale K.
2°. En supposant le remède de poids de tant de grains par marc [illegible]. Sans alliage du remède de loi.	2e A*	V - S . 2e B :: V . 2e B autrement 2e B = [illegible]	2e C = V — [illegible]	2e D*	2e E comme dessus.	[illegible] = 2e F pour le fin & pour l'alliage.	V — S = G ou par la règle de trois, V . 2e E :: V - S . 2e G fin & alliage.	1er A × 2e B = H	A × 2e B = 2e I	2e D . 2e I :: Z . 2e K	Z . 1er M :: 1er D . 2e L	D . L :: Z . M	2e I — 2e L = 2e N	2e K — 1er M = 2e O	2e K or / 2e K arg. = 2e P		
3°. En supposant le remède de loi de tant [illegible]. Sans remède de poids.	3e A*	3e B*	3e C = V / [illegible]	3e D = D* — T*	D — T multiplié comme dessus, égale 3e F	[illegible] = 3e F pour le fin & pour l'alliage.	o		A × 1er B = 3e I	3e D . 3e I :: Z . 3e K	Z . 1er M :: 3e D . 3e L	D . L :: Z . M	3e I — 3e L = 3e N	3e K — 1er M = 3e O	3e K or / 3e K arg. = 3e P		
4°. En supposant les remèdes de poids & de loi [illegible].	4e A*	V - S . 4e B :: V . 4e B autrement 4e B = V / [illegible]	4e C = V — [illegible]	4e D = D* — T*	D — T multiplié comme dessus [illegible]	[illegible] = 4e F pour le fin & pour l'alliage.	V — S = G ou par la règle de trois, V . 4e F :: V - S . 4e G fin & alliage.	1er A × 4e B = H	A × 4e B = 4e I	4e D . 4e I :: Z . 4e K	Z . 1er M :: 4e D . 4e L	D . L :: Z . M	4e I — 4e L = 4e N	4e K — 1er M = 4e O	4e K or / 4e K arg. = 4e P		

traîroit la quantité de grains accordée pour le remède de poids.

A × B signifie qu'il faut multiplier A par B, c'est-à-dire, la valeur de chaque pièce par la quantité de pièces au marc.

$\frac{V}{B}$ qu'il faut diviser V par B, ou le nombre de grains qui forme un marc par la quantité de pièces qui doivent y entrer.

V — S . 1er B :: V . 2e B, c'est-à-dire, qu'il faut faire une régle de trois, ou que V moins S est au 1er B, comme V est au 2e B.

2e B $= \frac{V}{2^e C}$ signifie que le 2e B égale V divisé par le 2e C.

D K^ts^ × 192 = 1er E signifie que le nombre de Karats qui forme le titre pour l'or multiplié par 192 égale 1er E, ou le nombre de grains pesant de fin contenus dans le marc.

D 32es × 6 = 1er E signifie que le nombre des 32es qui forme le titre pour l'or multiplié par 6 égale 1er E, ou le nombre de grains pesant de fin contenus dans le marc.

D d^r^ × 384 = E signifie que le nombre de deniers qui forme le titre pour l'argent multiplié par 384 égale E, ou le nombre de grains pesant d'argent fin contenus dans le marc.

D g^r^ × 16 = E signifie que le nombre de grains qui forme le titre pour l'argent multiplié par 16 égale E, ou le nombre de grains pesant d'argent fin contenus dans le marc.

IL faudroit un volume considérable pour observer tous les changemens des monnoies depuis 500 ans, & pour faire connoître ce que le marc d'argent fin monnoyé a produit dans les diverses fabrications. Je me contenterai de donner un extrait du *Regîstre noster*, dont l'autenticité est appuyée de deux anciens manuscrits de la Bibliothéque du Roi, qui lui servent de continuateurs. Du Cange les a publiés dans son Glossaire au mot *marca*. Ce que nous ajouterons est puisé dans une source encore meilleure, si elle ne se perdoit pas à tout moment; je veux dire dans les Ordonnances mêmes de nos Rois.

Ainsi nous suivrons pendant près de cinq siécles, les différences dans le prix du marc d'argent le Roi, reçu comme matiére, & l'on saura à peu près sa valeur, ou ce qu'il produisoit après le monnoyage, si l'on augmente pour l'ordinaire d'un cinquiéme la valeur du marc depuis 1288 jusqu'en 1500, & d'un dixiéme depuis 1500 jusqu'à présent.

En comptant de la sorte, nous tiendrons une espèce de milieu; cependant nous nous tromperons souvent (*a*), mais c'est le privilége ou la condition de l'humanité, & il est souvent à propos de négliger une trop grande précision, lorsqu'on veut parcourir une vaste étendue de temps, de pays, ou de faits.

Les Tables suivantes expriment toujours le prix & la valeur du marc d'argent fin en Tournois.

(*a*) Aujourd'hui la Traite est entre un seiziéme & un dix-septiéme du prix des matiéres. En 1719 & 1720 elle étoit bien plus considérable.

Prix du marc d'argent fin reçû aux Monnoies comme matière.		*Valeur du marc d'argent fin monnoyé.*	
Du Mardi gras 1288 à la S. Vincent 1294, & de-là jusqu'à la veille de Pâques 1295, le marc d'argent (fin argent le Roi) fut payé (*a*).	$2^{l}. 18^{s}.$	[R. M. du Lundi après la Quasimodo 1293, furent fabriquées mailles à $12^{d}.$ de loi argent le Roi, de 126 pièces au marc, ayant cours pour $6^{d}.$ ob. pièce; ainsi le marc d'argent fin, dit le Roi monnoyé, produisoit	$3^{l}. 8^{s}. 3^{d}.$
Du Samedi veille de Pâques 1295 jusqu'à la Trinité 1296, il fut payé	$3^{l}. 1^{s}.$		
Depuis la Trinité 1296 jusqu'au Mardi devant Noël,	$3^{l}. 6^{s}.$		
Du Mardi devant Noël 1296 jusqu'à la saint Martin d'Eté 1297,	$3^{l}. 8^{s}.$		
De la S. Martin d'Eté 1297 jusqu'à la Pentecôte 1298,	$3^{l}. 10^{s}.$		
De la Pentecôte 1298 jusqu'à la Pentecôte 1299,	$3^{l}. 15.$		
De la Pentecôte 1299 jusqu'à la S. Georges 1302,	$4^{l}. 5.$		
De la S. Georges 1302 jusqu'au Mardi après les Brandons (ou la Chandeleur)	$4^{l}. 8^{s}.$		
Du Mardi après			

(*a*) Le marc d'argent ne se payoit pas constamment le même prix dans toutes les Monnoies du Royaume. Quant à la valeur du marc d'argent fin monnoyé, elle est établie par les Ordonnances indiquées à la Table du sixiéme Volume des Ordonnances de M. Secousse jusqu'en 1382. On l'a calculée depuis 1382 sur des Ordonnances imprimées pour la plûpart. (R. M. renvoye au Registre manuscrit de M. Renard. L au Rouleau en parchemin de Longchamp.)

Prix du marc d'argent fin reçû aux Monnoies comme matière.		*Valeur du marc d'argent fin monnoyé.*	
les Brandons 1302 jusqu'à la veille S. Barthelemi de l'an 1303, que M. Riche eut les monnoies,	5l. 4s.		
De la S. Barthelemi 1303 jusqu'à l'Ascension 1304,	6l.		
De l'Ascension 1304 jusqu'à la S. Jean,	6l. 5s.		
De la saint Jean 1304 jusqu'à la Notre-Dame de Septembre,	6l. 12s.	[R. M. Le 15 Août 1303, furent faits gros Tournois à 9d. de loi argent le Roi, de 58 au marc, ayant cours pour 26d. T. pièce; le marc de fin monnoyé en argent le Roi, produisoit	8l. 7s. 1d. $\frac{1}{3}$
De la Notre-Dame de Septembre 1304 jusqu'à la S. Luc,	6l. 15s.		
De la saint Luc 1304 jusqu'au premier Mars,	7l. 5s.		
Du premier Mars 1304 jusqu'à Pâques 1305, que Richard eut les monnoies;	7l. 10s.		
De Pâques 1305 jusqu'à la Septembresche 1306, 51 gros à 3s. 4d. le gros, ou	8l. 10s.		
De la Septembresche 1306 (*a*)		[R. MS. Le 1er Octobre 1306, fu-	

(*a*) L'Ordonnance du Sénéchal de Poitou sur le prix des vivres à Poitiers, pour le temps qu'y séjourneroit le Pape Clement V qui s'y rendit vers la fin de l'an 1307, régla ce qui suit.

Tuit Bolenger, tuit forner & autres faiseurs de pain, donront à leurs valets, à celui qui enfourne 2s 6d, & aux autres valets 2s. par semaine, & leurs dépens.

Bons Charpentiers & bons Massons auront par jour 12d. & leurs dépens, ou

Prix du marc d'argent fin reçû aux Monnoies comme matière.		*Valeur du marc d'argent fin monnoyé.*	
jusqu'au 14 Avril 1308, le gros valut 10d. obole Parisis, Du 14 Avril 1308	$2^l. 15^f. 6^d.$	rent faits par Mandement du Roi donne à Paris, Bourgeois doubles à 6^d. de loi	

18^d. fans dépens, & moyens Charpentiers & Maffons 8^d. par jour & leurs dépens, & 12^d. fans dépens.

Vignerons, hotteurs & autres menus ouvriers, auront fans dépens 8 à 9 den.

Souliers de Cordouan bons & fins pour homme, les meilleurs 32^d; fouliers de vaches bons & fins, les meilleurs 2 fols.

Somme de groffe bûche le fais de cheval commun en bois, où l'on peut aller une fois pour jour, 8 deniers.

Valets à maréchaux, c'eft à favoir, forgeurs prenront par jour 4^d. & leurs dépens.

Fer de cheval d'armes le plus grand 8^d; fer de Roucin & de Palefroy, & de grand mulet 6^d; fer de Roucinaille & de Muleton 4^d; fer d'afne 3 deniers.

Jalon d'huile, 4^f.

Liv. de fef (ou fuif) 6^d.

Liv. de fain, 7^d.

Liv. de fain fondu, 6^d.

Liv. de chandelle de fef, de couton & de lumignon, 8^d.

Fais de foin apporté au marché à un homme, 18^d.

Fais de foin à un afne bon & grand, 2^f.

Fais de foin bon & grand à un cheval, 4^f.

Fais de feurre (ou de paille) à un cheval bon & grand, 18^d.

Liv. d'acier Poitevin ou autre, 3^d. & maille.

Cuir de bœuf verd, 25^f.

Cuir de bon bœuf tanné, 23^f.

Peau de mouton à toute la laine, 2^f.

Bon frein pour Roucin, 4^f.

Uns efperons, 12^d.

Selle à Efcuier garnie d'étriers & de poitrail, 26^f.

Paire de gands d'alun bons 8^d, & les autres gands, 6^d.

Un cent de bourre laniffe, 26^f.

Le millier de clous à cheval, 7^f.

Milliers de clous à latte, 4^f. 6^d.

Milliers de clous à corde bons & fins, 5^f. 6^d.

Peau de parchemin la meilleure, de chevrotin ou de velin, 10^d.

Peau de parchemin commun, 6^d.

L'hotelier ne prenra pour la grande mefure d'avoine fignée au fein du Roi que 13^d, & pour foin jour & nuit, 12^d.

Prix du marc d'argent fin reçû aux Monnoies comme matiére.		*Valeur du marc d'argent fin monnoyé.*	
jusqu'au 20 Janvier 1310,	2^{l}. 19^{s}.	argent le Roi, d'un denier de poids, au fur de 192 pièces au marc, ayant cours pour 2^{d}. P. pièce;	
Du 20 Janvier 1310 jusqu'au 19 Septembre 1313,	3^{l}. 15^{s}.	ainsi le marc de fin argent le Roi monnoyé, valoit	
Du 19 Septembre 1313 au 1er Mars 1317,	2^{l}. 14^{s}.		4^{l}.
Du 1er Mars (*a*) 1317 au 7 Mai 1322,	3^{l}. 7^{s}. 6^{d}.		
Du 7 Mai 1322 au 24 Juillet 1326,	4^{l}.	[L. Du 7 Mai 1322,	4^{l}. 7^{s}. 9^{d}.
Du 24 Juillet 1326 au 20 Janvier suivant,	4^{l}. 10^{s}.	Ordonnance du Duc de Bourgogne	
Du 20 Janvier 1326 au 8 Janvier 1327,	5^{l}.	de la saint Martin 1327,	6^{l}.

(a) *Un ancien rouleau de Longchamp en parchemin, contient ce qui suit.*

C'est le prix que le marc d'argent a valu depuis le 1er jour de Mars, l'an 1317.

Du 1er jour de Mars l'an 1317 jusqu'au 7e jour de Mai 1322, fit-on gros Tournois d'argent de 59 & $\frac{7}{16}$ de poids au marc de Paris (à 11^{d}. obole de loi) qui eurent cours pour 15^{d}. T. la pièce, & donnoit-on au marc d'argent 54 gros Tournois.

Du 7e jour de Mai 1322 jusqu'au 4e jour de Mai 1323, fit-on obole blanche à 10^{d}. de loi, & de 6^{d}. P. de cours, & de 9^{s}. 9^{d}. de poids au marc de Paris, & donnoit-on au marc d'argent 4^{l}. T. Et fit-on en icelui temps deniers doubles à 6^{d}. de loi, qui eurent cours pour 2^{d}. P. & donna-t'on en argent pour faire iceux 68^{s}. 9^{d}. T. & durerent ces deux prix jusqu'au 2e jour de Juin 1324.

Du 2e jour de Juin 1324 jusqu'au 24e jour de Juillet 1326, fit-on denier obole blanche à 11^{d}. de loi, & doubles à 5^{d}. de loi; & donna-t'on au marc d'argent 4^{l}. Tournois.

Du 24e jour de Juillet 1326 jusqu'au 20e jour de Janvier ensuivant, fit-on oboles blanches & doubles de poids, cours & loi dessus dits; & donna-t'on au marc 4^{l}. 10^{s}. Tournois.

Du 20e jour de Janvier 1326 jusqu'à huit jours de Janvier 1327, fit-on oboles blanches d'argent à 9^{d}. de loi, qui eurent cours pour 8^{d}. T. & doubles à 4^{d}. de loi; & donnoit-on au marc d'argent 100^{s}. Tournois.

Du

Prix du marc d'argent fin reçû aux Monnoies comme matiére.		*Valeur du marc d'argent fin monnoyé.*	
Du 8 Janvier 1327 au 7 Novembre 1328,	5^{l}. 8^{s}.		
Du 7 Novembre 1328 au 26 Décembre 1329,	5^{l}. 11^{s}.		
Du 26 Décembre 1329 au 9 Avril 1330,	4^{l}. 4^{s}.		
Du 9 Avril 1330 au 13 Février 1336,	2^{l}. 15^{s}. 6^{d}.	[L. Au 20 Septembre 1330,	3^{l}.
Du 13 Février 1336 au 1er Février 1337,	3^{l}. 12^{s}. 6^{d}.	[L. Du 13 Février 1336,	4^{l}. 10^{s}.
Du 1er Février 1337 au 17 dudit mois,	3^{l}. 16^{s}.		
Du 17 Février 1337 au 6 Septembre 1338,	4^{l}.		

Du 8e jour de Janvier 1327 jusqu'au 7e jour de Novembre 1328, fit-on oboles blanches d'argent & doubles comme dessus; & valoit le marc 108^{s}. T.

Du 7e jour de Novembre 1328 jusqu'au 20e jour de Septembre 1330, fit-on oboles blanches & doubles comme dessus; le marc d'argent 111^{s}.

Du 20e jour de Septembre 1330 jusqu'au 12e jour de Juin 1333, fit-on petits Parisis à 4^{d}. de loi, & de 16 de poids; le marc d'argent 57^{s}. 6^{d}. Tournois.

Du 12e jour de Juin 1333 jusqu'à 9 jours de Mars 1334, fit-on petits Parisis comme dessus; & donnoit-on au marc 55^{s}. 6^{d}. T. & dura icelui prix, sans faire nulle autre monnoie, jusqu'à 13 jours de Février 1336.

Du 13e jour de Février 1336 jusqu'au 1er jour de Février 1337, fit-on deniers d'argent à la couronne, qui eurent cours pour 10^{d}. T. la piéce, à 10 deniers 16 grains de loi argent le Roi, & de 8^{s}. de poids au marc de Paris; & doubles à 4^{d}. de loi, qui eurent cours pour 2^{d}. T. la piéce; & donna-t'on au marc 72^{s}. 6^{d}. Tournois.

Du 1er jour de Février 1337 jusqu'au 18e jour dudit mois, fit-on deniers doubles comme dessus; & donna-t'on au marc d'argent 76^{s}. Tournois.

Du 18e jour de Février 1337 jusqu'à 16 jours de Septembre 1338, fit-on deniers à la couronne, & doubles comme dessus; & donna-t'on au marc 4^{l}. T.

Prix du marc d'argent fin reçu aux Monnoies comme matière.		*Valeur du marc d'argent fin monnoyé.*	
Du 6 Septembre 1338 au 16 Novembre suivant,	4l. 4f.	Ordonnance de Philippe le Bel du 31 Octobre 1338, monnoie 24e,	6l.
Du 16 Novembre 1338 au 19 Décembre suivant,	4l. 12f.	Du 16 Novembre 1338 au 14 Avril 1339,	6l.
Du 19 Décembre 1338 au 4 Janvier suivant,	4l. 16f.		
Du 4 Janvier 1338 au 19 Août 1339,	5l.		
Du 19 Août 1339 au 20 Janvier suivant,	5l. 6f.		
Du 20 Janvier 1339 au 7 Février suivant,	5l. 10f.	Ordonnance au 29 Janvier 1339, monnoie 30e,	7l. 10f.
Du 7 Février 1339 au 19 Avril suivant,	6l. 5f.	Ordonnance au 5 Février 1339, monnoie 30e,	7l. 10f.

Du 16e jour de Septembre 1338 jusqu'au 16e jour de Novembre ensuivant, fit-on deniers & doubles comme dessus; & donna-t'on au marc d'argent 4l. T. jusqu'au 28e jour dudit mois, & depuis ledit 28e jour, 4l. 4f. Tournois.

Du 16e de Novembre 1338 jusqu'à 14 jours d'Avril 1339, fit-on deniers d'argent à la couronne qui eurent cours pour 10d. T. à 8d. de loi argent le Roi, & de 8f. de poids au marc de Paris, & doubles à 3d. de loi & 2 Tournois de cours; & donna-t'on au marc d'argent jusqu'au 19e jour de Décembre 1339, 4l. 12f. T. & dudit jour 19e de Décembre jusqu'au 4e jour de Janvier ensuivant, 4l. 16f. T. & dudit jour 4e Janvier, 100f. Tournois.

Du 14e jour d'Avril 1339 jusqu'au 18e jour de Décembre ensuivant, fit-on deniers à la couronne, & doubles comme dessus; & donna-t'on jusqu'à 19 jours d'Août ensuivant au marc d'argent, 100f. T. & dudit jour 19 d'Août, 105f. Tournois.

Du 17e jour de Décembre 1339 jusqu'au 10e jour de Janvier ensuivant, fit-on deniers à la couronne doubles; & donna-t'on au marc d'argent jusqu'à 20 jours de Janvier, 105f. T. & depuis ledit 20e jour de Janvier, 110f. Tournois.

Du 10e jour de Janvier 1339 jusqu'à 10 jours en Avril ensuivant, fit-on deniers à la couronne pour 10d. de cours à 7d. de loi, & 8f. 9d. de poids, & doubles Tournois de 16f. 8d. T. de poids à 2d. 40 grains de loi.

Prix du marc d'argent fin reçû aux Monnoies comme matiere.		*Valeur du marc d'argent fin monnoyé.*	
Du 19 Avril 1339 au 1er Août 1340,	6^l^. 15^f^.	Ordonnance au 6 Avril 1339,	9^l^.
Du 1er Août 1340 au 4 Déc. suivant,	7^l^.		
Du 4 Décembre 1340 au 5 Février suivant,	7^l^. 10^f^.		
Du 5 Février 1340 au 13 dudit mois,	8^l^. 4^f^.	Ordonnance au 5 Février 1340, monnoie 42e,	10^l^. 10^f^.
Du 13 Fév. 1340 au 23 Mai 1341,	9^l^. 4^f^.	Ordonnance au 13 Février 1340, monnoie 48e,	12^l^.
Du 23 Mai 1341 au 18 Août suivant,	9^l^. 12^f^.		
Du 18 Août 1341 au 13 Déc. suivant,	10^l^.		
Du 13 Décembre 1341 au 10 Mars suivant,	10^l^. 10^f^.		

Du 10e jour d'Avril 1339, 1340 jusqu'au 1er jour d'Août ensuivant, fit-on deniers à la couronne, & doubles comme dessus; les deniers à la couronne à 6^d^. de loi, & 9^f^. de poids au marc de Paris, & les doubles à 2^d^. de loi & 15^f^. de poids; & valut le marc d'argent 6^l^. 15^f^. Tournois.

Du 1er jour d'Août 1340 jusqu'au 3e jour de Décembre ensuivant, en faisant les monnoies dessus dites, valut marc d'argent 7^l^. Tournois.

Du 4e de Décembre 1340 jusqu'à 8 jours de Février ensuivant, en faisant les monnoies dessus dites, valut marc d'argent 7^l^. 10^f^. Tournois.

Du 8e jour de Février 1340 jusques 13 jours dudit mois ensuivant, fit-on gros Tournois à la fleur-de-lis à 6^d^. de loi argent le Roi, & de 7^f^. de poids, qui eurent cours pour 12^d^. P. la pièce, & doubles Parisis noirs de 2 Parisis la pièce, à 2^d^. de loi, & de 15^f^. de poids; & valut marc d'argent 8^l^. 4^f^. Tournois.

Du 13e jour de Février 1340 jusqu'au 26e jour de Juillet 1341, le gros Tournois à 6^d^. de loi & de 8^f^. de poids, & les doubles à 2^d^. de loi & de 16^f^. de poids; valut marc d'argent 9^l^. 4^f^. & 9^l^. 12^f^. Et d'illecques jusqu'au 6e jour de Novembre 1341, de tels loi, poids & cours comme dessus, acheté le marc d'argent au prix de 9^l^. T. Et d'illecques jusqu'au 13e jour de Décembre 1341, du poids, loi & cours dessusdit, acheté marc d'argent, 10^l^. 10^f^.

Du 13e jour de Décembre 1341 jusqu'à 8 jours de Janvier ensuivant, fit-on gros Tournois & doubles à la fleur-de-lis, du poids, loi & cours dessusdit; marc d'argent, 10^l^. 10^f^.

Prix du marc d'argent fin reçû aux Monnoies comme matiére.		*Valeur du marc d'argent fin monnoyé.*	
Du 10 Mars 1341 au dernier Juin 1342,	11^{l}.		
Du 30 Juin 1342 au 7 Septembre ſuivant,	12^{l}. 10^{s}.	3 Juin 1342, monnoie 60e,	15^{l}.
Du 7 Septembre 1342 au 9 Avril ſuivant,	13^{l}.		
Du 9 Avril 1342 au 22 Septembre 1343,	13^{l}. 10^{s}.		
Du 22 Septembre 1343 au 28 Octobre ſuivant,	10^{l}. 12^{s}.		
(*a*) Du 28 Octobre 1343 au 16 Février 1344,	3^{l}. 4^{s}.	Du 28 Octobre 1343,	3^{l}. 15^{s}.
Du 16 Février 1344 au 9 Avril 1345,	3^{l}. 8^{s}.		
Du 9 Avril 1345 au 16 Juin 1346,	3^{l}. 10^{s}. 6^{d}.	Du 9 Avril 1345,	3^{l}. 14^{s}. 6^{d}.
Du 16 Juin 1346 au 24 Janvier ſuivant,	4^{l}. 10^{s}.		
Du 24 Janvier 1346 au 4 Mars 1346,	6^{l}. 15^{s}.		
Du 4 Mars 1346 au 23 Juillet 1347,	7^{l}. 10^{s}.		
Du 23 Juillet 1347 au 13 Janvier ſuivant,	4^{l}. 16^{s}.		
Du 13 Janvier 1347 au 31 Août 1348,	5^{l}.		
Du 31 Août 1348			

(*a*) Fin du Regiſtre noſter.

Prix du marc d'argent fin reçû aux Monnoies comme matiére.		*Valeur du marc d'argent fin monnoyé.*	
au 2 Décembre suivant,	5l.		
Du 2 Décembre 1348 au 31 dudit,	6l.	15 & 25 Janvier 1348,	9l.
Du 31 Décembre 1348 au 12 Mai 1349,	6l. 8f.		
Du 12 Mai 1349 au 7 Août 1349,	6l. 15f.		
Du 7 Août 1349 au 8 Décembre 1349,	7l. 2f.		
Du 8 Décembre 1349 au 29 Janvier 1350,	7l. 10f.		
1350.			
Au 26 Avril,	4l. 15f.	12 Avril 1350,	6l.
11 Août,	5l.		
26 Août,	5l. 5f.		
18 Novembre,	5l. 12f.		
5 Février,	6l.		
7 Mars,	6l. 8f.		
25 Mars,	6l. 18f.	19 Mars 1350,	9l.
1351.			
Au 30 Juin,	7l. 8f.	14 Mai 1351,	12l.
17 Août,	8l. 10f.	11 Octobre 1351,	13l. 10f.
12 Septembre,	9l. 10f.		
16 Décembre,	10l.		
15 Janvier,	11l.	22 Janvier,	7l. 10f.
21 Février,	4l. 5f.		
27 Mars,	4l. 16f.		
1352.			
Au 2 Juin,	5l. 4f.		
24 Juillet,	5l. 12f.	22 Juillet 1352,	10l.
16 Août,	6l.		

Prix du marc d'argent fin reçû aux Monnoies comme matiére.		*Valeur du marc d'argent fin monnoyé.*	
24 Octobre,	6l. 8f.		
24 Novembre,	7l. 10f.	24 Novemb. 1352,	12l.
24 Décembre,	8l. 10f.		
7 Février,	9l. 4f.		
1353.			
Au 30 Juillet,	11l. 15l.	20 Avril 1353,	11l.
28 Août,	12l. 15f.	5 Octobre 1353,	6l. 10f.
3 Novembre,	4l. 10f.		
10 Février,	5l.		
27 Mars,	5l. 10f.		
12 Avril,	6l. 5f.	8 Avril 1353,	12l.
1354.			
Au 24 Mai,	13l. 10f.		
26 Mai,	9l. 2f.		
5 Juillet,	10l. 12f.		
6 Septembre,	11l. 8f.	31 Octobre 1354,	6l.
24 Novembre,	4l. 4f.		
21 Janvier,	4l. 12f.		
26 Janvier,	4l. 16f.		
4 Avril,	5l. 6f.		
1355.			
Au 20 Mai,	6l. 10f.	22 Mai 1355,	12l.
6 Juillet,	7l. 10f.	11 Juillet 1355,	16l.
14 Juillet,	10l.		
26 Août,	11l.	17 Août 1355,	18l.
25 Septembre,	12l. 10f.	27 Septemb. 1355,	20l.
17 Octobre,	14l.		
9 Novembre,	16l.		
6 Décembre,	18l.	30 Décemb. 1355,	6l.
2 Janvier,	4l. 15f.		
1356.			
Au 10 Août,	6l. 10f.		
18 Septembre,	7l. 5f.		

Prix du marc d'argent fin reçû aux Monnoies comme matière.		*Valeur du marc d'argent fin monnoyé.*	
27 Octobre,	8l. 10f.	23 Novemb. 1356,	12l.
9 Décembre,	10l.		
10 Janvier,	10l. 10f.		
20 Février,	10l. 10f.		
4 Mars,	13l.		
26 Mars,	6l. 10f.		
1357.			
Au 27 Janvier,	8l. 10f.		
1358.			
Au 1er Mai,	10l.		
1er Juillet,	12l.		
24 Juillet,	14l.		
1er Septemb.	6l. 15f.	22 Août 1358,	8l.
21 Octobre,	7l.		
13 Novembre,	8l.		
27 Novembre,	8l. 12f.		
6 Décembre,	9l. 10f.		
9 Février,	7l.	22 Février,	9l.
27 Mars,	7l. 10f.	25 Février,	10l.
		15 Avril,	12l.
1359.			
Au 3 Mai, (*a*)	9l.	28 Avril 1359, & 6 Mai,	15l.

(*a*) Personne n'ignore les malheurs de la France après la bataille de Poitiers, où le Roi Jean fut pris par les Anglois. Cependant on a de la peine à concevoir qu'en 1359 le marc d'argent ait été payé jusqu'à 102l. & que de 102l. il soit retombé tout d'un coup à 11l. Le manuscrit de la Bibliothéque du Roi, nous rapporte le prix du marc d'or que je donnerai ici en François d'après le Latin, pareillement imprimé dans Du Cange au mot *Marca*.

Depuis le dernier Août 1358 jusqu'au 20 Avril suivant avant Pâques, on fit des Royaux d'or fin courans pour 25l. T, du poids de 66 au marc, & le marc d'or s'achetoit 78l. 15f. Tournois.

Dudit jour 20 Avril au 2 Juin 1359, on fit des Royaux courans comme ci-dessus, du poids de 69 au marc, & le marc d'or s'achetoit 80l. 12f. 6d. T.

Du 2 Juin 1359 au 9 Janvier 1360, on fit des Royaux du titre, du cours &

Prix du marc d'argent fin reçû aux Monnoies comme matière.		*Valeur du marc d'argent fin monnoyé.*	
Au 9 Juillet,	12l.	25 Mai 1359,	18l.
31 Juillet,	16l. 4f.	27 Juillet,	24l.
8 Septembre,	22l. 3f.		

du poids ci-dessus ; le marc d'or se payoit 81 livres 5f. valant 65 Royaux.

Comment le marc d'argent pouvoit-il se payer 102l. tandis que le marc d'or n'étoit payé que 81l. 5f. au plus.

Mais le même manuscrit nous apprend que les Royaux d'or couroient au 1er Septembre 1358 suivant le taux du Prince, pour 20f. P. ou 25f. T ; qu'au 20 Avril 1359, ils étoient pris de gré à gré pour 28f. P ; que de jour en jour le peuple en donnoit quelque chose de plus, de façon qu'en Octobre & Novembre on les recevoit pour 60f. & jusqu'à 4l. 15f. Au 27 Novembre ils revinrent à 27f, & monterent ensuite tous les jours : le 27 Février ils se prenoient pour 6l, le 23 Mars 1359, pour 12l. 10f.

Et alors les Royaux furent réduits par Ordonnance à 32f. P. *& tunc per ordinationem fuit moneta Paris. proclamata, videlicet Regales ad* 32f. P.

De plus, suivant une Ordonnance du 15 Mars 1359 imprimée dans le 3e *to. des Ordonnances*, *p.* 400, le marc d'argent fin monnoyé auroit produit 125l. T.

Une autre du 27 Mars 1359 qui suit immédiatement la précédente, réduit les blancs deniers à l'étoile de 2f. P. à 2d. P ; ensorte que par cette diminution, 1f. seroit tombé à 1 denier. Malgré cette réduction, le marc d'argent fin monnoyé produisoit encore 12l. T ; d'où l'on doit inférer qu'il avoit valu précédemment plus de 144l. Tournois.

Le Blanc aussi-bien que Boizard & quelques autres, ont parlé de ce prodigieux affoiblissement des monnoies en 1359 sous le régne du Roi Jean, sans avoir établi par aucuns titres quelle étoit la proportion entre l'or & l'argent.

Peut-être dans les payemens un peu considérables, étoit-on pour lors obligé de donner une certaine somme en or, & une autre en argent, comme nous avons vû de nos jours donner une portion en papier, le surplus en or ou en argent.

Que cette conjecture soit vraie ou fausse, il est évident qu'il y avoit en 1359 une disproportion sensible entre les espèces ; car ce n'est point sur la rareté de l'argent, mais sur la comparaison de la bonté intrinséque des différens effets avec lesquels on peut se liberer, que le peuple se détermine à rechercher les uns plus que les autres, & à donner une augmentation de prix à ceux qu'on regarde comme les meilleurs.

Un ancien Rouleau en parchemin, qui comprend la recette & la dépense de Longchamp, depuis le 1er Octobre 1359 jusqu'au 7 Janvier de la même année, nous indique la valeur des monnoies & le prix des denrées dans cet intervalle de temps.

A la S. Remi 1er Octobre 1359, écus 48f. (T.)

Le 2 Octobre, pour 2 setiers & une mine de blé, acheté chacun setier 106f, valent 13l. 5f.

Le

Prix du marc d'argent fin reçû aux Monnoies comme matière.		*Valeur du marc d'argent fin monnoyé.*	
Au 19 Octobre, 23 Novembre,	29l. 8f. 15l.	18 Octobre 1359,	45l.

Le 4 Octobre, 319 écus & $\frac{1}{4}$ valent 766l. T. 4f. (*A ce compte l'écu valoit 48f.* T.)

Queue de vin nouveau, 8l.

Pour 6 fetiers & un minot de blé achetés à Dourdan, chacun fetier 4l, valent 25l.

Pour un cent d'œufs, 40f.

Le Vendredi 4 Octobre jour de S. François, pour poiffon, 6l.

Pour un fetier d'huile, 48f.

Pour 4 fetiers 3 minots & $\frac{1}{2}$ de blé, acheté chacun fetier 4l. 5f. T, valent 20l. 15f. 3d. T.

Pour 9 journées du Charpentier, chacun jour 4f, valent 36f.

Le Samedi, (5 Octobre) pour 26 aunes & $\frac{1}{2}$ de toile, achetée chaque aune 7f. 6d, valent 9l. 18f. 9d.

Pour 12 fetiers de blé, acheté chacun fetier 100f, valent 60l.

Baillé 24 Royaux valant 72l. (*Le Royal valoit donc* 3l.)

Le Dimanche 6 Octobre, pour 4 fetiers & une mine de blé, acheté chacun fetier 4l. 7f, valent 19l. 11f. 6d.

Pour relier la grande cuve, 6f.

Pour faire battre aux granges 12 fetiers & une mine de blé, & 13 fetiers & une mine d'avoine, 60f. 8d. T. (*C'eft près de trois fois plus qu'en* 1350, *qui étoit une année de mortalité & de cherté, dans laquelle on n'auroit payé aux batteurs que* 20f; *favoir* 12f. *pour le muid de blé, &* 8f. *pour le muid d'avoine. Voyez ci-devant page* 39.)

Aux botteleurs pour 9 milliers de foin, à raifon de 14f. pour le bottelage du millier 6l. 6f. T. & pour le vin du marché, 2f. 6d.

Le Mercredi 9 Octobre, pour 4 fetiers & une mine de blé, acheté chacun fetier 4l. 2f, valent 18l. 9f.

Ledit Mercredi, pour 4 fetiers & une mine de blé bis, acheté chacun fetier 69f, valent 15l. 10f. 6d.

Quatorze écus & $\frac{1}{4}$, valent 34l. 4f. (*L'écu valoit encore* 48f.)

Le Vendredi 11 Octobre, pour 12 fetiers de blé, acheté chacun fetier 112f, valent 67l. 4f.

Ecus 50f.

Le Samedi 12 Octobre 1359, cinq aunes de drap pour les Cuifinieres, l'aune demi-Royal, valent 7. 17f. 6d. (*Sur ce pied le Royal valoit* 3l. 3f.)

Aune de drap pour les Freres, 62f. 6d.

Pour 12 fetiers de blé, acheté chacun fetier 110f, valent 66l.

D d

Prix du marc d'argent fin reçû aux Monnoies comme matière.		*Valeur du marc d'argent fin monnoyé.*	
Au 19 Décembre,	18l. 8f. 9d.		
31 Décembre,	24l. 12f. 6d.		

Huit fetiers de blé, acheté chacun fetier 100f, valent 40l.

Pour 13 fetiers d'avoine vendus 12 écus & ½, valent 31l. 5f. (*C'étoit* 48f. 0d. $\frac{12}{13}$ *le fetier, &* 50f. *l'écu.*)

Pour 3 fetiers d'avoine vendus, 78f.

Pour 2 fetiers d'avoine vendus, chacun fetier 46f.

(*Par la proportion de l'avoine & du blé, il paroît que l'année n'avoit pas été mauvaife, & que le marc d'argent devoit être très-haut. Vers la fin de l'année dans le courant de Février & de Mars, les efpèces étoient encore trois fois plus hautes qu'en Octobre, Novembre & Décembre; car l'écu qui étoit pris alors volontairement pour* 4l. *& quelques fols, fe prit en Mars pour* 12l. 10f.)

Un quarteron de harengs frais, 24f.

Pour 20 moutons, 75l. (*C'eft* 3l. 15f. *le mouton.*)

Cinq queues de vin vendues à Dourdan, defquelles il falloit 8 fetiers de vin qu'elles ne fuffent pleines, vendues 22 écus, valent 55l. (*C'eft environ* 10l. 10f. *la queue.*)

Deux cents quatre livres fept deniers T. valent 81 écus & ½, & 5f. 7d. T. (*Les* 81 *écus &* ½, *&* 5f. 7d. T. à 50f. *l'écu, font* 204l. *&* 7d.)

Jeudi 17 Octobre, 2 douzaines de pains achetés 8f. (*C'eft* 4d. *chaque pain.*)

Vendredi 18 Octobre, 3 quarterons de harengs frais achetés 40f. (*C'eft* 53f. 4d. *le cent.*)

Ecus 52f.

Samedi 19 Octobre 1359, écus pour 52f.

Minot de fel, 4l. 10f. T.

Pour 150 œufs, 36f. (*C'eft* 24f. *le cent.*)

Douze aunes de toile pour les Freres, valent 9l, à 15f. l'aune.

Quatre aunes de drap pour les Freres, 4 Royaux, valent 13l. (*Le Royal valoit* 3l. 5f.)

Pour un demi-boiffeau de fel, 20f.

Pour 39 moutons 14 écus, valent 36l. 8f. (*C'étoit* 52f. *l'écu, &* 18f. 8d. *le mouton.*)

Pour une livre de gingembre & une livre de cannelle, 56f.

Ecus 55f.

Le Mercredi 24 Octobre, 60 moutons achetés 90 écus, qui valent 12 vingtfept livres 10f, ou 247l. 10f. (*L'écu valoit* 55f. *& chaque mouton,* 4l. 2f. 6d.)

Prix du marc d'argent fin reçû aux Monnoies comme matiere.		*Valeur du marc d'argent fin monnoyé:*	
Au 21 Janvier, 10 Février,	24^{l}. 9^{s}. 4^{d}. 42^{l}.		

Ecus 60^{s}.

Reçû des rentes de Paris 48 écus pour 60^{s}. pièce.
Cent trente harengs, 4^{l}. 2^{s}.
Mardi 5 Novembre, cinq douzaines de pains, 20^{s}. (*C'est à* 4^{d}. *chaque pain.*)

Ecus 64^{s}.

Six setiers d'avoine vendus 6 Royaux, valent 24^{l}.. (*C'est* 4^{l}. *le Royal, &* 4^{l}. *le setier d'avoine.*)
Vingt-trois moules de bûche vendus 11 Royaux, valent 44^{l}. (*C'étoit* 4^{l}. *chaque Royal, &* 38^{s}. 3^{d}. $\frac{3}{23}$ *le moule.*)
Setier d'huile, 4^{l}.
Pour 12 setiers de blé, à 8^{l}. 10^{s}. le setier, valent 102^{l}.
Pour 1 setier d'huile, 64^{s}.
Pour 1 cent & demi-quarteron de harengs, 4^{l}. 12^{d}.
Liv. de gingembre, livre de poivre & une once de safran, pour tout, 4^{l}.
Pour 2 liv. & une once de coton, 55^{s}.
Fer de bêche pour le Jardinier, 16^{s}.
27 Octobre le Dimanche devant la Toussaint, un cent d'œufs, 28^{s}.

Ecus 76^{s}.

Demi-cent d'œufs, 20^{s}. (*C'est à* 40^{s}. *le cent.*)
Quarteron de cire à cacheter, 8^{s}.
Pour une livre de coton, 34^{s}.
Pour une livre de claron, 7^{s}. 6^{d}.
Six setiers & mine de blé, acheté le setier 9^{l}. 5^{s}, payé 60^{l}. 2^{s}. 6^{d}.
Quatre setiers & minot d'avoine, à 8^{l}. 10^{s}. le setier, 36^{l}. 2^{s}. 6^{d}.
Sept setiers de blé, à 10^{l}. 2^{s}. le setier, 69^{l}. 6^{s}.
Douze queues de vin achetées chacune 8 écus, payé 96 écus, valent 364^{l}. 16^{s}. (*C'est à* 3^{l}. 16^{s}. *l'écu, &* 30^{l}. 8^{s}. *la queue de vin.*)
Cinq écus valent 19^{l}. (*C'est* 3^{l}. 16^{s}. *l'écu.*)

Ecus, 4^{l}. 11^{s}. 6^{d}.

Cheval acheté 8 écus, valent 36^{l}. 12^{s}. (*C'est à* 4^{l}. 11^{s}. 6^{d}. *l'écu.*)
Queue de vin, 5 écus $\frac{1}{2}$.

Prix du marc d'argent fin reçû aux Monnoies comme matière.		*Valeur du marc d'argent fin monnoyé.*	
Au 25 Février, 3 Mars,	53^{l}. 17^{f}. 6^{d}. 72^{l}. 16^{f}.		

Ecus, 4^{l}. 14^{f}. 7^{d}. $\frac{3}{8}$.

Onze fetiers une mine de froment au prix de 34 écus le muid, payé 26 Royaux 7^{f}. 8^{d}, valent 136^{l}. 7^{f}. 8^{d}. (*Ainsi l'écu valoit* 4^{l}. 14^{f}. 7^{d}. $\frac{3}{8}$, *le Royal* 5^{l}. 4^{f}. 7^{d}. $\frac{5}{13}$, *& le fetier de blé* 11^{l}. 17^{f}. 2^{d}. $\frac{6}{23}$.)

Forte monnoie.

Royaux pour 32^{f}. (P.)

Cinq écus, valent 6^{l}. 8^{f}. (*L'écu valoit donc* 25^{f}. 7^{d}. $\frac{1}{5}$ *vraisemblablement Parisis.*)

Dix écus valent 12^{l}. 16^{f}. (*C'est* 25^{f}. 7^{d}. $\frac{1}{5}$ P. *l'écu.*)

De Jean Lavigne pour 29 marcs & $\frac{1}{2}$ d'argent doré en images & autres choses, vendu chacun marc 7 écus $\frac{1}{4}$; & pour 5 marcs $\frac{1}{2}$ d'argent blanc, vendu chacun marc 6 écus & $\frac{3}{4}$, reçu pour tout 251 écus, valent 321^{l}. 5^{f}. 4^{d}. (*C'étoit* 25^{f}. 7^{d}. $\frac{47}{251}$ *chaque écu, & environ* 8^{l}. 12^{f}. 9^{d}. *le marc d'argent, dont le titre n'est point marqué.*)

Ecus pour 32^{f}. (T.)

(*Il paroît que les* 25^{f}. 7^{d}. $\frac{1}{5}$ *ci-dessus étoient Parisis; car en augmentant cette somme du quart en sus, l'écu revient à* 32^{f}. T.)

Six fetiers d'avoine reçu 6 Royaux, valent 12^{l}. (T.) (*Les Royaux ci-dessus étoient donc à* 32^{f}. P. *ou à* 40^{f}. T. *& le fetier d'avoine valoit* 40^{f}. T.)

Cinq fetiers & dix boisseaux de froment, à 66^{f}. 8^{d}. le fetier, payé 19^{l}. 8^{f}. 11^{d}.

Seize livres de cire en cierge & chandelle 4 Royaux, valent 6^{l}. 8^{f}. (*Ainsi le Royal valoit* 32^{f}. *& la livre de cire coûtoit* 8^{f}. *que je crois Parisis.*)

Samedi 16 Décembre, fetier de menues féves, 54^{f}.

Setier & minot de grosses féves, 75^{f}.

Sept minots de pois, 7^{l}. (*C'est* 4^{l}. *le fetier.*)

Un fetier & un boisseau de blé méteil, 62^{f}. 10^{d}.

Huit peaux de parchemin, 11^{f}. (*C'est* 1^{f}. 4^{d}. $\frac{1}{2}$ *chaque peau.*)

Veille de Noël, 2 Royaux 4^{l}. & le Royal valoit 40^{f}. (T.)

Pour une main de papier, 8^{f}.

Ecus pour 38^{f}.

Six cuilliers d'argent pesant $\frac{1}{2}$ marc & 5 esterlins payé 4 écus, valent 7^{l}. 12^{f}. (Ainsi l'écu valoit 38^{f}. & le marc d'argent 14^{l}. 6^{f}. 1^{d}. $\frac{7}{17}$; car il y avoit 160 esterlins au marc, & 20 à l'once. Dans le temps que l'écu valoit 3^{l}. 16^{f}. le marc

Prix du marc d'argent fin reçû aux Monnoies comme matiere.		*Valeur du marc d'argent fin monnoyé.*	
Au 18 Mars,	10^{l}. 2^{l}.		
24 Mars,	11^{l}.	27 Mars 1359,	12^{l}.
1360.			
Au 28 Mars,	11^{l}.	25 Avril 1360,	16^{l}.
6 Juin,	7^{l}.	26 Mai,	16^{l}.
29 Juin,	10^{l}. 10^{f}.	28 Mai,	12^{l}.
6 Août,	15^{l}.	22 Juillet,	15^{l}.
16 Août,	17^{l}.		
26 Août,	18^{l}. 10^{f}.		
13 Septembre,	7^{l}.		
3 Novembre,	8^{l}.		
19 Novembre,	9^{l}.		
12 Décembre,	4^{l}. 18^{f}.	5 Décembre,	6^{l}.
25 Mars,	5^{l}.		
Du 24 Avril 1361		3 Septemb. 1364,	6^{l}.
jufqu'au 5 Mai 1365,	4^{l}. 5^{f}.	3 Août 1369,	6^{l}.

d'argent au même titre valoit probablement le double, ou 28^{l}. 12^{f}. 2^{d}. $\frac{14}{17}$, & il y a toute apparence que les cuilliers n'étoient pas de l'argent pur fin.)

Dernier jour de Décembre 1359, reçu 4 écus, valent 7^{l}. 12^{f}. (*L'écu valoit de même 38^{f}.*)

4 Janvier 1359, pour 9 peaux de chatris ou de mouton, reçu 32^{f}. (*C'eſt 3^{f}. 6^{d}. $\frac{2}{3}$ la peau.*)

La note fur l'Ordonnance du 27 Mars 1359, *to.* 3. *p.* 401, cite la Chronique de S. Denis, dont voici les paroles: *Le Lundi devant Pâques fleuries l'an 1359 le 23e jour de Mars, fut la monnoie publiée à Paris, à 2^{d}. pour le denier blanc, qui paravant valoit 2^{f}. Pariſis, & valoit lors le fetier de bon froment* 18^{l}. P. *ou environ de ladite foible monnoie.*

Du temps de Budée, le marc d'argent valant 12^{l}, le fetier de blé fe payoit 25 fols. En 1359 le marc d'argent étant 12 fois plus haut, le blé valoit auffi plus de 12 fois davantage. Mais la fituation de la France avoit beaucoup de part à l'enchériffement de tout.

Le manufcrit des grandes Chroniques de France de M. de Sardieres, parlant de cette même année, page 434 v°. nous dit: *Et levoit-on de toutes marchandiſes qui paſſoient par Melun trop grand ſubſide, car on levoit de chacun tonnel de vin 6 écus d'or, de chacun muid de grain 2 écus, d'un couple de foin, d'un millier de cotterets 7 écus d'or, & d'autres choſes à la valeur.*

Prix du marc d'argent fin reçû aux Monnoies comme matiére.		*Valeur du marc d'argent fin monnoyé.*	
Du 5 Mai 1365 au 11 Mars 1384,	5l.	7 Avril, 28 Mai & 31 Août 1372,	6l.
1384.			
Du 11 Mars 1384 au 31 Octobre 1389, { en blanc, en noir,	5l. 16s. 5l. 12s.	Au 11 Mars 1384, monnoie 25e.	6l. 5s.
Au 30 Octobre 1389 jusqu'au 8 Avril 1391, en bl.	6l.	Au 30 Octobre 1389,	6l. 15s.
Du 8 Avril 1391 jusqu'au 26 Octobre 1411, { en blanc, en noir,	6l. 15s. 6l. 8s.		
Du 30 Octobre 1412 au 7 Juin 1412, { en blanc, en noir,	7l. 6l. 13s.		
Du 7 Janvier 1413 jusqu'au 3 Novembre suivant,	7l.	Au 7 Janv. 1413, monnoie 39e.	11l. 14s.
Du 3 Novembre 1413 jusqu'au 4 Juin 1414,	7l.		
Du 4 Juin 1414 jusqu'au 10 Juin 1417,	7l.		
Au 10 Mai 1417 jusqu'au 21 Octobre suivant,	8l.		
Au 21 Octobre 1417 jusqu'au 28 Mai 1418,	9l.	Au 21 Octobre 1417, monnoie 60e.	15l.
Au 28 Mai 1418 jusqu'au 19 Janvier suivant,	9l. 10s.		
Au 19 Janvier 1418 jusqu'au 7 Mars suivant,	10l.		
Au 7 Mars 1418		Au 7 Mars 1418	

Prix du marc d'argent fin reçû aux Monnoies comme matiére.		*Valeur du marc d'argent fin monnoyé.*	
jusqu'au 9 Avril 1420,	16^{l}. 10^{s}.	monnoie 96e.	24^{l}.
Au 9 Avril 1420 jusqu'au 6 Mars suivant,	18^{l}.		
Au 6 Mai 1420 jusqu'au 11 Février suivant,	26^{l}.	Au 6 Mai 1420, monnoie 160e.	40^{l}.
Au 11 Février 1420 jusqu'au 11 Août 1421,	28^{l}.		
Au 11 Août 1421 jusqu'au 23 Novembre 1422,	6^{l}. 3^{s}.		
Au 23 Novembre 1422 jusqu'au 4 Juin 1423,	6^{l}. 15^{s}.		
Au 4 Juin 1423, (*a*)	6^{l}. 18^{s}.	Au 4 Juin 1423,	7^{l}. 10^{s}.
Au 8 Octobre 1431,	7^{l}. 5^{s}.	Au 8 Octobre 1431,	8^{l}.
Au 9 Août 1436,	7^{l}.		
Au 20 Janvier 1446,	8^{l}.	Au 20 Janvier 1446,	9^{l}.
Au 26 Mai 1447,	8^{l}. 10^{s}.		
		Au 31 Juillet 1461,	9^{l}.
Au 1er Février 1467,	9^{l}. 5^{s}.	Au 1er Février 1467,	11^{l}. 5^{s}.
Au 2 Novembre 1475,	10^{l}.	Au 2 Novembre 1475,	10^{l}. 11^{s}. 4^{d}.
		Au 15 Sept. 1476,	12^{l}.
Au 12 Novembre 1478,	10^{l}.	Au 12 Novembre 1478,	10^{l}. 16^{s}.
Au 19 Février 1483,	10^{l}.	Au 19 Février 1483,	12^{l}.

(*a*) Ici finissent les manuscrits de la Bibliothéque du Roi. Les prix suivans sont tirés des Ordonnances mêmes. On ne s'est pas proposé de les rassembler tous, mais d'en présenter seulement quelques-uns pour servir de points de comparaison, & l'on a rapporté d'une maniére assez complette, ce que le marc d'argent fin monnoyé a produit en divers temps depuis 1641 jusqu'à présent.

Prix du marc d'argent fin reçû aux Monnoies comme matiére.		*Valeur du marc d'argent fin monnoyé.*	
Au 24 Avril 1488,	11^{l}.	24 Avril 1488,	11^{l}. à 12^{l}.
Au 25 Avril 1498,	11^{l}.		
Août 1499,	12^{l}. 15^{s}.		
Au 5 Septembre 1502,	11^{l}.	5 Septemb. 1502,	11^{l}. 10^{s}.
Au 19 Novembre 1507,	11^{l}.	19 Novemb. 1507,	11^{l}. 9^{s}. 4^{d}.
Au 5 Décembre 1511,	11^{l}.		
Au 23 Janvier 1514,	11^{l}.	14 Mai 1514,	12^{l}.
Au 18 Mai 1519,	12^{l}. 15^{s}.	18 Mai 1519,	13^{l}.
Au 19 Mars 1540,	14^{l}.	Au 19 Mars 1540,	15^{l}.
Au 14 Janvier 1549,	15^{l}.		
Au 31 Décembre 1563,	15^{l}. 15^{s}.	31 Décemb. 1563,	16^{l}. 13^{s}. 4^{d}.
Au 31 Mai 1575, { haute loi,	19^{l}.	31 Mai 1575,	21^{l}. 5^{s}. 8^{d}.
{ baſſe loi,	17^{l}. 15^{s}.		
Au 28 Septembre 1577,	19^{l}.	3 Février 1582,	20^{l}. 12^{s}. 4^{d}.
Au 9 Avril 1591,	18^{l}. 15^{s}.	En 1596,	20^{l}. 12^{s}. 4^{d}. $\frac{4}{5}$
Septembre 1602,	20^{l}. 5^{s}. 4^{d}.	Septembre 1602,	22^{l}.
Au 5 Décembre 1614,	20^{l}. 5^{s}. 4^{d}.	Septembre 1636,	27^{l}. 10^{s}.
Au 5 Mars 1636,	23^{l}. 10^{s}.	27 Novemb. 1641,	29^{l}. 3^{s}. 7^{d}. $\frac{7}{11}$
Septembre 1641,	26^{l}. 10^{s}.	Novembre 1643,	28^{l}. 13^{s}. 8^{d}.
Mars 1655,	28^{l}. 10^{s}.	Décembre 1689,	32^{l}. 2^{s}.
		1690.	32^{l}. 11^{s}. 8^{d}. $\frac{8}{11}$
		1691.	32^{l}. 11^{s}. 8^{d}. $\frac{8}{11}$
Octobre 1692,	30^{l}.	Au 1er Août 1692,	31^{l}. 12^{s}. 3^{d}. $\frac{3}{11}$

Prix du marc d'argent fin reçû aux Monnoies comme matiére.		*Valeur du marc d'argent fin monnoyé.*	
		1693.	31^{l}. 4^{s}. 6^{d}. $\frac{6}{11}$
		Au 1er Juillet,	30^{l}. 14^{s}. 9^{d}. $\frac{9}{11}$
Septembre 1693,	30^{l}.	1er Août,	30^{l}. 5^{s}. 1^{d}. $\frac{1}{11}$
Au 22 Septembre 1699,	33^{l}. 10^{s}.	1er Octobre 1693 jusqu'au 1er Janvier 1700,	34^{l}. 19^{s}. 7^{d}. $\frac{7}{11}$
		1700.	
		Au 1er Janvier,	34^{l}. 10^{s}. 7^{d}. $\frac{7}{11}$
		1er Février,	34^{l}. 0^{s}. 10^{d}. $\frac{10}{11}$
		1er Avril,	33^{l}. 11^{s}. 2^{d}. $\frac{2}{11}$
		1er Juin,	33^{l}. 1^{s}. 5^{d}. $\frac{5}{11}$
		1701.	
		Au 1er Janvier,	32^{l}. 11^{s}. 8^{d}. $\frac{8}{11}$
		1er Avril,	32^{l}. 2^{s}.
Septembre 1701,	32^{l}. 16^{s}.	1er Juillet,	31^{l}. 12^{s}. 3^{d}. $\frac{3}{11}$
		19 Septembre,	32^{l}. 16^{s}. 7^{d}. $\frac{7}{11}$
		4 Octobre,	36^{l}. 19^{s}. 3^{d}. $\frac{3}{11}$
		1702.	
		Au 1er Septemb.	35^{l}. 19^{s}. 9^{d}. $\frac{9}{11}$
		1703.	
		Au 1er Janvier,	35^{l}. 0^{s}. 4^{d}. $\frac{4}{11}$
Octobre 1703,	34^{l}.	1er Août,	34^{l}. 17^{s}. 1^{d}. $\frac{1}{11}$
		1er Octobre,	34^{l}. 0^{s}. 10^{d}. $\frac{10}{11}$
		1704.	
		Au 1er Mai,	33^{l}. 11^{s}. 2^{d}. $\frac{2}{11}$
		16 Mai,	33^{l}. 1^{s}. 5^{d}. $\frac{5}{11}$
		Mai,	38^{l}. 18^{s}. 1^{d}. [illegible]/11

Prix du marc d'argent fin reçû aux Monnoies comme matiére.		*Valeur du marc d'argent fin monnoyé.*	
		1705.	
		Au 1er Février,	$38^{l}.\ 8^{s}.\ 5^{d}.\frac{5}{11}$
		1er Juillet,	$37^{l}.\ 18^{s}.\ 8^{d}.\frac{8}{11}$
		1er Septemb.	$37^{l}.\ 13^{s}.\ 9^{d}.\frac{9}{11}$
		1706.	
		Au 1er Janvier,	$36^{l}.\ 19^{s}.\ 3^{d}.\frac{3}{11}$
		1er Mars,	$35^{l}.\ 0^{s}.\ 4^{d}.\frac{4}{11}$
		1707.	
		Au 1er Janvier,	$34^{l}.\ 10^{s}.\ 9^{d}.\frac{9}{11}$
		Août,	$47^{l}.\ 8^{s}.$
		1708.	
		Au 1er Mars,	$42^{l}.\ 13^{s}.\ 2^{d}.\frac{2}{5}$
		Juin,	$37^{l}.\ 18^{s}.\ 4^{d}.\frac{4}{5}$
		Août,	$36^{l}.\ 14^{s}.\ 8^{d}.\frac{2}{5}$
		1709.	
		Au 1er Janvier,	$33^{l}.\ 5^{s}.\ 5^{d}.\frac{5}{11}$
		16 Mars,	$31^{l}.\ 12^{s}.\ 4^{d}.\frac{4}{11}$
10 Décembre 1712,	$42^{l}.\ 10^{s}.\ 10^{d}.\frac{10}{11}$	Et de Mai jusqu'au 1er Décembre 1713,	$43^{l}.\ 12^{s}.\ 8^{d}.\frac{8}{11}$
		1713.	
		Au 1er Décembre,	$42^{l}.\ 10^{s}.\ 10^{d}.\frac{10}{11}$
		1714.	
		Au 1er Février,	$41^{l}.\ 9^{s}.\ 1^{d}.\frac{1}{11}$
		1er Avril,	$40^{l}.\ 7^{s}.\ 3^{d}.\frac{3}{11}$
		15 Octobre,	$36^{l}.$
		1er Décembre,	$34^{l}.\ 18^{s}.\ 2^{d}.\frac{2}{11}$

Prix du marc d'argent fin reçû aux Monnoies comme matiére.		*Valeur du marc d'argent fin monnoyé.*	
		1715.	
		Au 1er Février,	$33^{l}. 16^{s}. 4^{d}. \frac{4}{11}$
		1er Avril,	$32^{l}. 14^{s}. 6^{d}. \frac{6}{11}$
		1er Juin,	$31^{l}. 12^{s}. 8^{d}. \frac{8}{11}$
		1er Septemb.	$30^{l}. 10^{s}. 10^{d}. \frac{10}{11}$
Décembre 1715,	$34^{l}. 18^{s}. 2^{d}. \frac{2}{11}$	De Décembre 1715 jusqu'en Mai 1718.	$43^{l}. 12^{s}. 3^{d}.$
		1718.	
		Mai 1718,	$65^{l}. 9^{s}. 1^{d}. \frac{1}{11}$
23 Septemb. 1719,	$50^{l}. 12^{s}. 4^{d}. \frac{4}{11}$	23 Septemb. 1719,	$63^{l}. 5^{s}. 5^{d}. \frac{5}{11}$
		3 Décembre 1719,	$61^{l}. 1^{s}. 9^{d}. \frac{9}{11}$
		1720.	
		Au 1er Janvier,	$61^{l}. 1^{s}. 9^{d}. \frac{9}{11}$
		22 Janvier,	$65^{l}. 9^{s}. 1^{d}. \frac{1}{11}$
		28 Janvier,	$61^{l}. 18^{s}. 2^{d}. \frac{2}{11}$
Février 1720,	$60^{l}.$	3 Février,	$65^{l}. 9^{s}. 1^{d}. \frac{1}{11}$
11 Mars,	$80^{l}.$	5 Mars,	$87^{l}. 5^{s}. 5^{d}. \frac{5}{11}$
		Mars,	$98^{l}. 3^{s}. 7^{d}. \frac{7}{11}$
		1er Avril,	$76^{l}. 7^{s}. 3^{d}. \frac{3}{11}$
		1er Mai,	$70^{l}. 18^{s}. 2^{d}. \frac{2}{11}$
		29 Mai,	$90^{l}.$
		1er Juillet,	$81^{l}. 16^{s}. 4^{d}. \frac{4}{11}$
		16 Juillet,	$73^{l}. 12^{s}. 8^{d}. \frac{8}{11}$
		30 Juillet,	$130^{l}. 18^{s}. 2^{d}. \frac{2}{11}$
		1er Septemb.	$114^{l}. 11^{s}. 9^{d}. \frac{9}{11}$
		16 Septembre,	$98^{l}. 3^{s}. 7^{d}. \frac{7}{11}$
		24 Octobre,	$85^{l}. 1^{s}. 9^{d}. \frac{9}{11}$
		1er Décembre,	$68^{l}. 14^{s}. 6^{d}. \frac{6}{11}$
Août 1723,	$74^{l}. 3^{s}. 7^{d}. \frac{7}{11}$	En Août 1723 jusqu'au 4 Février 1724,	$75^{l}. 5^{s}. 5^{d}. \frac{5}{11}$

Prix du marc d'argent fin reçû aux Monnoies comme matiére.		*Valeur du marc d'argent fin monnoyé.*	
		1724.	
		Au 4 Février,	67^{l}. 1^{ſ}. 9^{d}. $\frac{9}{11}$
27 Mars 1724,	53^{l}. 9^{ſ}. 1^{d}. $\frac{1}{11}$	27 Mars,	54^{l}. 10^{ſ}. 10^{d}. $\frac{10}{11}$
Septembre,	44^{l}. 8^{ſ}.	22 Septembre,	43^{l}. 12^{ſ}. 8^{d}. $\frac{8}{11}$
		Septembre 1724 jusqu'en Mai 1726,	45^{l}. 5^{ſ}. 5^{d}. $\frac{5}{11}$
Janvier 1726,	37^{l}. 1^{ſ}. 9^{d}. $\frac{9}{11}$	1726.	
Et depuis le 26 Mai 1726 juſqu'en Mars 1746,	51^{l}. 3^{ſ}. 3^{d}. $\frac{3}{11}$	Et depuis le 26 Mai 1726 juſqu'en Mars 1746.	54^{l}. 6^{ſ}. 6^{d}. $\frac{6}{11}$

Les termes omis & les mécomptes legers, ſoit dans les dates, ſoit dans les ſommes qui établiſſent la valeur du marc d'argent fin monnoyé, n'empêchent point qu'on ne puiſſe faire ſur cette Table des rapports généraux aſſez juſtes.

VARIATIONS

VARIATIONS
ARRIVÉES
DANS LE PRIX DE DIVERSES CHOSES
pendant le cours des cinq derniers ſiécles.

1202.

MUid de *vin* de Samois 9^{s}. 6^{d}. $\frac{12}{341}$. [De 38 modiis vini Sameſii, 4 (*a*) ſeſtariis minus, 18^{l}. M. Bruſſel, Traité des Fiefs. To. 2. p. 142.

Muid de *vin* de Milly 16^{s}. 2^{d}. $\frac{82}{115}$. [Pro 19 modiis vini & 6 ſeſtariis de Milliaco 15^{l}. & 11^{s}.

Muid de *vin* de Moret 23^{s}. 4^{d}. [Pro 6 modiis Moreti 7^{l}.

Muid de *vin* de Montargis 32^{s}. 9^{d}. $\frac{39}{73}$. [Pro 4 modiis & 2 ſeſtariis qui ſunt apud montem Argi ad modium Gaſtineſii, 6^{l}. 13^{s}.

(*a*) 38 muids moins 4 ſetiers, font 37 muids 32 ſetiers, car le muid de vin a 36 ſetiers.

Depuis 1202 la plûpart des choſes ſont enchéries de 1 à 40 ou environ ; par exemple, une livre d'étain commun eſt montée de 6^{d}. à 20^{s}. une liv. de plomb de 1^{d}. $\frac{11}{13}$. à 6^{s}. une livre de cire de 1^{s}. 2^{d}. $\frac{2}{5}$, à 48^{s}. un muid de vin de Meulan de 15^{s}. à 30^{l}. un ſetier d'avoine meſure de Paris de 7^{s}. à 14^{l}. le ſetier de blé pareille meſure de 9^{s}. à 18^{l}. (Il étoit à bas prix en 1202. car il valoit moins que l'avoine ; c'étoit à peu près comme en 1745 ſur le pied de 13^{l}.) un cheval de 50^{s}. à 100^{l}. de 10^{l}. à 400^{l}. & de 27^{l}. à 1080^{l}. de 30^{l}. à 1200^{l}. de 34^{l}. à 1360^{l}. un fort jambon de 10^{s}. à 20^{l}. une aune de toile pour les ſurplis des enfans de chœur de 2^{s}. à 4^{l}. Suivant cette proportion de 1 à 40, toutes les façons d'un arpent de vigne payées alors 36^{s}. 4^{d}. devroient coûter aujourd'hui 72^{l}. cependant elles ne vont guères qu'à 40^{l}. mais par le mot de façons, nous entendons communément la taille, les ſimples labours, & les provins ordinaires de la vigne : & peut-être les mots *de omnibus facturis* comprenoient-ils le fumage, le ſarclage, l'écolure, les Provins extraordinaires, les échalas, &c. auquel cas toutes les dépenſes d'un arpent de vigne monteroient bien à 72^{l}.

La différence de la qualité des choſes, des monnoies & des meſures, pouvoit encore faire l'inégalité qu'on remarque entre le prix du muid de vin ou du ſetier de blé en quelques endroits ; & celui des mêmes grains livrés à la meſure de Paris, où l'on comptoit pour lors en Pariſis. On trouvera p. 152. du compte ci-deſſus, quel étoit le rapport entre les livres de Provins & celles de Paris, 120^{l}. *Pruvinenſes de Pacamento quæ valuerunt* 97^{l}. P. ainſi 20^{s}. de Provins faiſoient 14^{s}. 11^{d}. $\frac{1}{13}$ Pariſis, de-ſorte qu'il falloit retrancher environ $\frac{1}{4}$ des ſommes exprimées en ſols & en livres de Provins, pour les convertir en Pariſis ; & pag. 153. du même compte 494^{l}. 8^{s}. *Giemenſes* (de Gien) *qui valent* 319^{l}. 12^{s}. vingt ſols de Gien faiſoient donc 15^{s}. 4^{d}. $\frac{84}{309}$ Pariſis. Comme il y avoit encore d'autres monnoies qui couroient pour lors en France, ainſi qu'on le voit dans le même titre *Leproſi* 30^{s}. *Carnotenſes*, p. 142. &c. il eſt facile de ſe tromper dans ces comptes.

Conformément à l'Ordonnance de 1265 on devoit prendre des Nantois à l'Écu & Angevins 15 pour 12 Tournois, des Mançois 1 pour 2 Angevins, des Eſtellins 1 pour 4 Tournois. *Ordonnances*, *To*. 1. *p*. 94.

p. 143. Muid de *vin* 15^{s}. [Pro 1 modio vini 15^{s}.

Muid de *vin* 16^{s}. [Pro 3 modiis vini 48^{s}.

p. 150. Muid de *vin* de Samois, 14^{s}. 6^{d}. $\frac{1118}{2407}$. [De 33 modiis & 15 ſestariis & $\frac{1}{2}$ vini ad modium Sameſii, 24^{l}. 6^{s}. & $\frac{1}{2}$.

Muid de *vin* de Gaſtinois, 12^{s}. [Pro 30 modiis Gaſtinen', 18^{l}.

p. 191. *Façons d'un arpent de vigne*, 36^{s}. 4^{d}. $\frac{4}{11}$. [De 44 aripennis vineæ faciendis de omnibus facturis 80^{l}.

p. 143. Setier de *blé* 3^{s}. [Pro 6 modiis (*a*) & 7 ſeſtariis bladi 12^{l}. 3^{s}. minus (ou 11^{l}. 17^{s}.)

Setier de *blé* 2^{s}. 6^{d}. [Pro 3 modiis bladi 4^{l}. & $\frac{1}{2}$.

Setier de *blé* 2^{s}. 6^{d}. [Domus Dei 30^{s}. Pro 1 modio bladi 30^{s}.

Setier de *blé* 5^{s}. [Pro 3 modiis & $\frac{1}{2}$ bladi 10^{l}. & $\frac{1}{2}$.

p. 147. Setier de *blé* 6^{s}. 4^{d}. [Pro 2 modiis bladi 7^{l}. 12^{s}.

Setier de *froment*, 6^{s}. 4^{d}. [Pro uno modio frumenti 76^{s}.

Setier de *blé* 5^{s}. [Pro 1 modio bladi 60^{s}.

p. 161. Setier de *blé* meſure de Paris, 5^{s}. 6^{d}. $\frac{12}{13}$. [Pro 6 modiis & $\frac{1}{2}$ bladi venditi ad menſuram Pariſ. 21^{l}. 15^{s}.

p. 173. Setier de *blé* 6^{s}. 11^{d}. $\frac{3}{5}$. [Pro 30 (*b*) ſextariis bladi Monachorum de Bec, 7^{l}. & $\frac{1}{2}$ & 15^{l}. Andeg'.

Setier de *blé* 6^{s}. 8^{d}. [Pro 3 modiis bladi reddendis per menſes 12^{l}.

Setier de *froment* 6^{s}. 8^{d}. [Pro 1 modio frumenti 4^{l}.

p. 143. Setier d'*avoine* 2^{s}. 2^{d}. [Pro 4 modiis avenæ 104^{s}.

(*a*) Le muid étoit alors de 12 ſetiers, pour le blé comme pour le ſel, auſſi-bien qu'aujourd'hui : mais il faut dire que les 3^{s}. & les 2^{s}. 6^{d}. qui font ici le prix du ſetier de blé, étoient en monnoie au moins du double plus forte que celle de Paris, ou que ce blé étoit d'une mauvaiſe qualité ; car le ſetier de Meulan eſt égal au nôtre, ou bien que le mot de *Bladum* ſignifioit non-ſeulement du froment, mais encore du ſeigle, & même du ſarrazin, que nous nommons auſſi blé noir.

Le prix général des choſes dans un Royaume n'eſt pourtant pas toujours exactement meſuré, par ce qu'elles ſe vendent dans un endroit particulier. La crainte d'un parti qui s'avance vers une place ouverte, les fait quelquefois donner au-deſſous de la moitié de ce qu'on en auroit tiré ſans cet événement. Nous en avons la preuve dans les Rouleaux de Longchamp, année 1418. Au contraire à l'approche de l'ennemi, elles doivent naturellement augmenter dans une ville en état de ſe défendre, lorſqu'on préſume qu'il ne ſera pas libre d'y faire entrer des proviſions pendant un certain eſpace de tems. Peut-être des circonſtances ſemblables, ſans recourir à la différence des monnoies, produiſoient-elles l'inégalité que nous avons remarquée entre les prix de 1202.

(*b*) C'eſt-à-dire, pour 30 ſetiers de blé fournis aux Moines du Bec à titre de fondation, ou bien achetés d'eux. Peut-être les 7^{l}. 10^{s}. Pariſis leur avoient-ils été donnés en argent pour Fiefs & Aumônes. Je croi que les 10^{l}. 9^{s}. P. égalant 15^{l}. Angevines, formoient le prix des 30 ſetiers, & que le ſetier de blé valoit alors 6^{s}. 11^{d}. $\frac{3}{5}$ P. ce prix a plus de rapport avec ceux qui ſuivent. Autrement le ſetier auroit valu 11^{s}. 11^{d}. $\frac{3}{5}$ car 7^{l}. 10^{s}. & 10^{l}. 9^{s}. P. font 17^{l}. 19^{s}. Pariſis.

On voit en additionnant les parties de ce chapitre de Dépenſe, que ces ſommes étoient Pariſis, que la livre valoit 20^{s}. le ſol 12^{d}. P. & que la livre Pariſis valoit 27^{s}. 10^{d}. $\frac{2}{5}$ Angevins, ce qui fait preſque moitié en ſus de plus que la livre d'Anjou, dont il falloit ſouſtraire environ $\frac{1}{3}$ pour ramener le compte au Pariſis. Auſſi 99^{l}. 9^{s}. Angevins, p. 174. faiſoient-ils 68^{l}. 5^{s}. P. Le texte latin du compte porte : *Expenſa Magiſter Chriſtophorus pro haliis* 20^{l}. 9^{s}. 2^{d}. *Pro portis Paciaci* 10^{l}. 0^{s}. 5^{d}. *Pro foſſatis Paciaci & domibus & pontibus parandis* 12^{l}. 12^{s}. 5^{d}. *Pro 30 ſextariis Monachorum du Bec* 7^{l}. *& dimid. &* 15^{l}. *Andegavenſes. Summa* 50^{l}. *&* 12^{s}. *&* 15^{l}. *Andegavenſes quæ valent* 10^{l}. 9^{s}. *Par. ſumma* 60^{l}. *&* 21^{s}. le total eſt juſte ; 20^{l}. 9^{s}. 2^{d}. joints à 10^{l}. 0^{s}. 5^{d}. à 12^{l}. 12^{s}. 5^{d}. à 7^{l}. 10^{s}. & à 10^{l}. 9^{s}. Pariſis qui égaloient 15^{l}. Angevines, font 61^{l}. 1^{s}. Pariſis : ainſi toutes ces ſommes étoient Pariſis.

Setier d'*avoine* 2^{s}. [Pro 8 modiis avenæ ad modium Moreti, 9^{l}. 12^{s}. p. 150.

Setier d'*avoine* mesure de Paris, 6^{s}. 11^{d}. $\frac{3}{7}$. [Pro 21 sestariis avenæ ad mensuram Paris. 7^{l}. 6^{s}. p. 161.

Setier d'*avoine* 2^{s}. [Pro 483 minis avenæ de Feritate cum avena fuit vendita 12^{d}, 24^{l}. 3^{s}. p. 184.

Setier de *pois* & de *féves*, 6^{s}. 3^{d}. $\frac{3}{7}$. [Pro 3 Sestariis & plenâ minâ pisarum & fabarum, ad munitionem Feritatis 22^{s}. p. 207.

Minot de *sel* 1^{s}. 8^{d}. $\frac{13}{19}$. [Pro 19 Sestariis salis, 6^{l}. 11^{s}. p. 143.

Minot de *sel* 1^{s}. 9^{d}. [Pro 1 modio salis, 4^{l}. 4^{s}.

Minot de *sel* 1^{s}. 9^{d}. [Pro 3 Sestariis salis 21^{s}.

Minot de *sel* 1^{s}. 9^{d}. [Pro dimidio modio salis 42^{s}.

Liv. de *cire* 1^{s}. 2^{d}. $\frac{7}{10}$ [Pro 20 lib. ceræ, 24^{s}. 6^{d}. p. 160.

Liv. de *plomb* 1^{d}. $\frac{11}{13}$. [Pro MXL. plumbi (*a*) ad turrim tegendam 160^{s}. p. 154.

Liv. d'*étain* 6^{d}. [Pro 200 lib. stamni 100^{s}.

Cheval donné par le Roi, 34^{l}. [Pro 4 equis quos Rex dedit 136^{l}. p. 182.

Cheval 27^{l}. [Et pro 3 aliis (equis) 80^{l}. & 20^{s}.

Cheval 30^{l}. [Pro 1 equo 30^{l}.

Cheval 10^{l}. [Pro 1 equo 10^{l}. p. 206.

Pro (alio) equo 10^{l}.

Roussin 50 & 60^{s}. [Pro 1 Roncino 50^{s}. p. 207.

Pro (alio) Roncino 50^{s}.

Pro (alio) Roncino 60^{s}. (*b*)

Palefroi 60^{s}. [Pro 1 Palefrido 60^{s}.

Petit *Porc* 5^{s}. [Pro 1 Porcello 5^{s}. p. 143.

Cochon grillé ou *Jambon*, 13^{s}. 6^{d}. [Pro 4 Bacconibus 54^{s}. (*c*) p. 160.

(*a*) On pourroit dire que le passage latin qui porte : *Pro MXL. plumbi ad turrim tegendam VIIIxx. L.* signifie pour 40 milliers de plomb 160^{l}. auquel cas la livre de plomb seroit revenue à $\frac{24}{25}$ de denier ; Mais il me paroît plus naturel de croire qu'on a mis une L. pour une S ; car je n'ai jamais vu MC pour 100 mille, mais CM. Le nombre qui marque la quantité de milliers, s'est toujours placé le premier. La proportion entre le prix du plomb & celui de l'étain, confirme encore mon sentiment.

(*b*) C'est sur ce pied que plusieurs de nos Coutumes ont évalué à 60^{s}. un Roussin de service qui coûtoit réellement 60^{s}. en 1202. *Voyez la Coutume de Blois, C. 7. art. 93.*

(*c*) Le mot *Bacco* signifie non-seulement un Jambon, mais quelquefois un Cochon grillé ou fumé. *Voyez Ducange.*

Les Chroniques de M. Muratori, marquent plusieurs prix du blé & de quelques autres grains à Parme depuis 1165 jusqu'à 1307. Le plus bas prix du setier dans 21 années, est de 2 à 3 s. impériaux, & le plus haut prix de 10 à 13 des mêmes sols. Mais il faudroit multiplier ce prix par 3 $\frac{1}{3}$ pour ramener le prix du *stajo* de Parme au setier de Paris ; car suivant les mesures qui m'ont été envoyées d'Italie, le $\frac{1}{2}$ *stajo* de Parme qu'on appelle *Mina* dans le pays, étant un cylindre qui a de diametre 1 pied 2 pouces de France, & de haut 7 pouces 6 lig. contient 15960296 mesures, dont 8 font la ligne cubique, ou 1154 pouces cubes de France, & $\frac{925}{1728}$. Si l'on divise par 32 pouces cubes à peu près égaux à 1^{l}. de France les 1154 pouces cubes qui composent le $\frac{1}{2}$ *stajo* de Parme, il pésera environ 36 de nos livres, & le *stajo* répondroit à 3 boisseaux $\frac{3}{5}$ mesure de Paris, en cas que la mesure de Parme soit encore la même qu'elle étoit alors ; c'est-à-dire qu'il péseroit 72^{l}. poids de marc. Ainsi le prix moyen du setier de blé mesure de Paris, auroit été à Parme pendant ces 21 années de 20 s. 8^{d}. impériaux. Comme j'ignore entiérement le rapport de ces sols avec nos monnoies du douziéme siécle, je n'ai pas cru devoir insérer ces prix dans les tables, non plus que ceux de Plaisance, de Boulogne, de Padoue &c. qu'on trouvera dans l'ouvrage même de M. Muratori pour Parme. Tome 11. p. 761 & suivantes.

p. 161. *Cochon* grillé ou *Jambon*, 10^{s}. 0^{d}. $\frac{1}{3}$. [Pro 36 bacconibus venditis, 18^{l}. & 12^{d}.

p. 201. Aune de *toile* 2^{s}. [Pro 8 ulnis telæ ad camiſias & ad pannos faciendos 16^{s}. (pour les enfans de chœur de Poiſſy).

Aune de *toile* 2^{s}. [Pro 11 ulnis telæ ad camiſias puerorum & ad unum cheinſe 22^{s}.

Aune de *toile* 1^{s}. 8^{d}. [Pro 24 ulnis telæ ad camiſias dominarum (Piſſiaci) 40^{s}.

1256.

Hiſtoire de Languedoc, To. 3. p. 521. *Geline* 6^{d}. T. [Pro 50 gallinis 25^{s}. (T.) *Il s'agiſſoit d'aſſeoir* 500^{l}. T.

Journée d'homme 6^{d}. T. [Pro 40 jornalibus hominum 20^{s}. T.

Oie 8^{d}. T. [Pro uno anſere 8^{d}. T.

Setier de *blé* 5^{s}. 4^{d}. T. [1 modium frumenti valet 64^{s}. T.

1287.

L. Setier de *pois* 11^{s}. 0^{d}. $\frac{32}{37}$. [Pour 18 ſetiers & une mine de pois, 10^{l}. 4^{s}. 10^{d}.

Tonneau de *vin* 3^{l}. 8^{s}. 6^{d}. $\frac{34}{41}$. [Pour 41 Tonneaux de vin, 140^{l}. 11^{s}. 4^{d}.

Pour 100 & 3 douzaines de *poulailles*, & 7 douzaines de *pigeons* & 13 *œufs*, 31^{l}.

Setier de *ſain* 5^{s}. 5^{d}. $\frac{1}{3}$. [Pour 6 ſetiers de ſain, 1^{l}. 12^{s}. 8^{d}.

Minot de *ſel* 1^{s}. 5^{d}. $\frac{7}{20}$. [Pour 5 ſetiers de ſel, 1^{l}. 8^{s}. 11^{d}.

Liv. d'*amandes* 7^{d}. $\frac{29}{70}$. [Pour 140 liv. d'amandes, 4^{l}. 6^{s}. 6^{d}.

Paire de *ſouliers* 2^{s}. 5^{d}. $\frac{10}{11}$. [Pour 33 paires de ſoles, 4^{l}. 2^{s}. 3^{d}.

Pour 300 liv. de *ſuif* & *claron* & *chandelle* faire, 6^{l}. 14^{s}. 4^{d}.

Pour 8 *arpens de bois*, meſurer, couper, fagoter, charchier, entaſſier & la haie d'entour le bois faire, 8^{l}. 16^{s}. 7^{d}.

Pour un *Palefroi*, acheté 7^{l}. 12^{s}. 1^{d}.

Vendu 524 toiſons de *laine* & 50 *peaux*, 32^{l}. 10^{s}.

1289.

L. Setier de *blé* 6^{s}. 3^{d}. $\frac{283}{323}$. [Pour 13 muids & 5 ſetiers, & pleine mine de froment à manger, 51^{l}. 1^{s}. 2^{d}.

Setier de *noix* 7^{s}. 8^{d}. [Pour 3 ſetiers de noix, 1^{l}. 3^{s}.

Pinte d'*huile* 9^{d}. $\frac{3}{16}$. [Pour 160 quartes d'huile, 12^{l}. 5^{s}.

Pour *Livres* relier, *encre* & *parchemin*, 1^{l}. 11^{s}. 4^{d}.

Setier de *blé* 7^{s}. 10^{d}. $\frac{2}{9}$. [Pour 18 ſetiers de blé à ſemer, 7^{l}. 1^{s}. 4^{d}.

1290.

L. *Brebis* 3^{s}. 3^{d}. $\frac{9}{10}$. [De 80 brebis vendues, reçu 13^{l}. 6^{s}.

De 2 *truies* & un *ver* vendus, 2^{l}.
Setier de *blé* 8^{s}. 4^{d}. [Pour l'achat de 11 muids de blé à manger, 55^{l}.
Tonneau de *vin* 3^{l}. 11^{s}. 6^{d}. $\frac{6}{7}$. [Pour 56 tonneaux de vin, 200^{l}. & 8^{s}.
Pinte d'*huile* 7^{d}. $\frac{89}{100}$. [Pour 200 quartes d'huile, 13^{l}. 3^{s}.
Minot de *sel* 1^{s}. 7^{d}. $\frac{25}{43}$. [Pour 10 setiers & 3 minots de sel, 3^{l}. 10^{s}. 3^{d}.
Pour 8 *coutils*, 3^{l}. 16^{s}.
Pour les *blés*, scier & lier, 14^{l}. 2^{s}. 8^{d}.
Pour 400 liv. de *suif*, *claron*, *coton*, & *chandelle* faire, 6^{l}. 7^{s}.
A Ravol notre Procureur pour son salaire de l'année, 10^{l}.

1294.

Setier de *blé* 9^{s}. 8^{d}. $\frac{5}{9}$. [De 3 muids de blé, vendus 17^{l}. 9^{s}. 8^{d}. L.
Setier de *méteil* 9^{s}. 5^{d}. [De 15 setiers de méteil, 7^{l}. 1^{s}. 3^{d}.
Setier d'*avoine* 8^{s}. 6^{d}. $\frac{59}{117}$. [De 9 muids & 9 setiers d'avoine, 49^{l}. 19^{s}. 5^{d}.
Setier de *féves* 12^{s}. [Pour l'achat de 2 setiers de féves, 1^{l}. 4^{s}.
Mouture du setier de *blé* 7^{d}. [Pour moudre 19 muids & 3 setiers de blé, 6^{l}. 14^{s}. 9^{d}.
Pinte d'*huile* 7^{d}. $\frac{19}{21}$. [Pour 189 quartes d'huile, 12^{l}. 9^{s}.
Setier de *noix* 14^{s}. [Pour 5 setiers de noix, 3^{l}. 10^{s}.
Pour une *truie* & 23 *pourceaux*, 8^{l}. 5^{s}. 4^{d}.
Aune de *toile* 9^{d}. $\frac{21}{65}$. [Pour 260 aunes de toile, 10^{l}. 2^{s}.
Pour 8 dos de *cuir*, 2^{l}. 12^{s}.
Paire de *semelles* 3^{s}. 0^{d}. $\frac{24}{29}$. [Pour 29 paires de semelles, 4^{l}. 9^{s}.

1295.

Setier de *seigle* 11^{s}. 6^{d}. $\frac{14}{57}$. [Pour 14 setiers & 1 minot de seigle, 8^{l}. 4^{s}. 2^{d}. L.
Pourceau 8^{s}. 6^{d}. $\frac{21}{23}$. [Pour 23 pourceaux, achetés 9^{l}. 17^{s}. 3^{d}.
Setier de *sain* 4^{s}. 11^{d}. $\frac{7}{11}$. [Pour 11 setiers de sain à manger, 2^{l}. 14^{s}. 8^{d}.
Pinte d'*huile* 9^{d}. $\frac{241}{285}$. [Pour 142 quartes $\frac{1}{2}$ d'huile, 11^{l}. 13^{s}. 10^{d}.
Millier d'*oignons* 8^{s}. 10^{d}. $\frac{4}{11}$. [Pour 5 milliers $\frac{1}{2}$ d'oignons, 2^{l}. 8^{s}. 9^{d}.
Setier de *noix* 16^{s}. 4^{d}. $\frac{1}{2}$. [Pour 2 setiers de noix, 1^{l}. 12^{s}. 9^{d}.
Minot de *sel* 4^{s}. 0^{d}. $\frac{23}{38}$. [Pour 9 setiers & pleine mine de sel, 7^{l}. 13^{s}. 11^{d}.
Pour un *Livre* d'Evangiles, 4^{l}. 10^{s}.
Pour un *Breviaire*, enluminer & lier, 1^{l}. 15^{s}.
Liv. de *cire* 2^{s}. 0^{d}. $\frac{240}{483}$. [Pour 120 liv. & 3 quarterons de cire, 12^{l}. 6^{s}. 6^{d}.
Aune de *toile* 1^{s}. 1^{d}. [Pour 42 aunes de toile de lin, 2^{l}. 5^{s}. 6^{d}.

Aune de *toile* 8^{d}. $\frac{162}{187}$. [Pour 187 aunes de grosse toile, 6^{l}. 18^{s}. 2^{d}.
Pour 420 liv. de *suif*, *claron*, *coton* & *chandelle* faire, 10^{l}. 15^{s}. 4^{d}.
Pour une charretée de *charbon*, 15^{s}.
Cheval 6^{l}. 15^{s}. 0^{d}. $\frac{1}{3}$. [Pour 2 Chevaux & un Palefroi, achetés 20^{l}. 5^{s}. 1^{d}.

1296.

L. Aune de *toile* 12^{d}. $\frac{6}{83}$. [Pour 83 aunes de toile au moutier, 4^{l}. 3^{s}. 6^{d}.
Liv. de *cire* 1^{s}. 10^{d}. $\frac{3}{23}$. [Pour 100 liv. de cire, 9^{l}. 4^{s}. 4^{d}.
Liv. de *fil* 1^{s}. 7^{d}. $\frac{16}{17}$. [Pour 34 liv. de fil délié à toiles & voiles, 2^{l}. 16^{s}. 6^{d}.
Liv. de *fil* 6^{d}. $\frac{25}{36}$. [Pour 108 liv. de fil à nappes, 3^{l}. 0^{s}. 3^{d}.
Aune de *toile* 11^{d}. $\frac{1}{70}$. [Pour 140 aunes de toile, 6^{l}. 8^{s}. 6^{d}.
Pour une *sole*, 4^{s}.
Façon de la paire de *souliers* 1^{s}. [Pour faire 22 paires de soles, 1^{l}. 2^{s}.
Pour *bouclettes* aux soles, 2^{s}.
Liv. de *suif*, 4^{d}. $\frac{14}{25}$. [Pour 500 liv. de suif, 9^{l}. 10^{s}.
Pour un *pot* & une *poêle* de fer, & 1 *gril*, & 2 *chandeliers* neufs, 1^{l}. 7^{s}.
Millier de *tuiles* 24^{s}. [Pour 3 milliers de tuiles, 3^{l}. 12^{s}.

1297.

L. Setier de *féves* 15^{s}. 3^{d}. $\frac{3}{5}$. [Pour 3 setiers & 1 minot, & un boissel de féves, 2^{l}. 11^{s}.
Setier d'*orge* 11^{s}. 3^{d}. $\frac{3}{4}$. [Pour 8 setiers d'orge, 4^{l}. 10^{s}. 6^{d}.

1302.

L. Cent de *poires* 1^{s}. 2^{d}. $\frac{2}{5}$. [Pour 1 millier de poires, 12^{s}.
Millier de *pommes* 8^{s}. 6^{d}. [Pour 4 milliers de pommes, 1^{l}. 14^{s}.
Minot de *sel* 3^{s}. 7^{d}. $\frac{1}{2}$. [Pour une mine de sel délié, 7^{s}. 3^{d}.
Minot de *sel* 3^{s}. 0^{d}. $\frac{3}{4}$. [Pour 2 setiers de gros sel, 1^{l}. 4^{s}. 6^{d}.
Pour une charretée de *charbon*, 15^{s}. 4^{d}.
A Maître Pierre le Fisicien, 5^{l}.
Vendu un *torel*, 8^{l}.
Et 2 petits *torillons*, 9^{l}. 10^{s}.

1304.

L. L'Ordonnance de Philippe le Bel de Mars 1304, tom. I. p. 426. défendit de vendre le setier du meilleur *froment*, mesure de Paris, plus de 40^{s}. P. Le setier des meilleures *féves* & du meilleur *orge*, plus de 30^{s}. P. Le setier de la meilleure *avoine*, plus de 20^{s}. P. Le setier du meilleur *son*, plus de 10^{s}. P.

1312.

Setier de *pois* 17^{s}. 5^{d}. $\frac{1}{10}$. [Pour 20 setiers de pois, 17^{l}. 8^{s}. 6^{d}. L.
Setier de *féves* 7^{s}. 2^{d}. $\frac{10}{13}$. [Pour 2 setiers & deux boisseaux de féves, 15^{s}. 8^{d}.
Setier de *froment* 16^{s}. 3^{d}. $\frac{45}{136}$. [Pour 11 muids 4 setiers de froment, 110^{l}. 13^{s}. 9^{d}.
Fromage 1^{s}. 6^{d}. [Pour 2 gros fromages, 3^{s}.
Pourceau 14^{s}. 6^{d}. $\frac{18}{29}$. [Pour 29 pourceaux, 21^{l}. 2^{s}.
Mouton 6^{s}. 8^{d}. $\frac{1}{22}$. [Pour 44 moutons, 14^{l}. 13^{s}. 6^{d}.
Setier de *fain* 8^{s}. [Pour 17 setiers de fain, 6^{l}. 16^{s}.
Tonneau de *vin* 3^{l}. 4^{s}. 10^{d}. $\frac{10}{29}$. [Pour 58 tonneaux de vin & 1 rapé, 188^{l}. 1^{s}. 3^{d}.
Minot de *sel* 4^{s}. 2^{d}. $\frac{1}{2}$. [Pour une mine de blanc sel, 8^{s}. 5^{d}.
Minot de *sel* 2^{s}. 1^{d}. $\frac{13}{22}$. [Pour 5 setiers 1 mine de gros sel, 2^{l}. 6^{s}. 11^{d}.
Liv. d'*amandes* 8^{d}. $\frac{124}{326}$. [Pour 326 liv. d'amandes, 11^{l}. 7^{s}. 8^{d}.
Liv. de *gingembre* 3^{s}. 8^{d}. $\frac{4}{13}$. [Pour 13 liv. de gingembre, 2^{l}. 8^{s}.
Liv. de *cannelle* 6^{s}. 11^{d}. $\frac{1}{7}$. [Pour 7 liv. de cannelle, 2^{l}. 8^{s}. 6^{d}.
Pour 1 liv. de *safran*, 20^{s}.
Liv. de *poivre* 4^{s}. [Pour 7 liv. de poivre, 1^{l}. 8^{s}.
Liv. de *cumin* 9^{d}. $\frac{1}{27}$. [Pour 27 liv. de cumin, 1^{l}. 0^{s}. 4^{d}.
Liv. de *riz* 5^{d}. $\frac{3}{10}$. [Pour 20 liv. de riz, 8^{s}. 10^{d}.
Aune de *toile* 1^{s}. 2^{d}. $\frac{49}{52}$. [Pour 104 aunes de toile, 6^{l}. 9^{s}. 6^{d}.
Aune de *toile* 1^{s}. 0^{d}. $\frac{3}{10}$. [Pour 100 aunes de toile plus grosse pour le tour, 5^{l}. 2^{s}. 6^{d}.
Aune de *toile* 1^{s}. 5^{d}. $\frac{67}{103}$. [Pour 103 aunes de toile rondette, 7^{l}. 11^{s}. 6^{d}.
Millier de *cerceaux* 2^{l}. 2^{s}. [Pour 2 milliers de cerceaux, 4^{l}. 4^{s}.
Setier de *vesce* 9^{s}. 4^{d}. [Pour 3 mines de vesce, 14^{s}.

1313.

Setier de *méteil* 8^{s}. 7^{d}. $\frac{33}{61}$. [De 15 setiers & 1 minot de méteil vendus 6^{l}. 11^{s}. 7^{d}. L.
Taureau 3^{l}. 15^{s}. [De 2 taureaux vendus 7^{l}. 10^{s}.
Vache 31^{s}. [De 8 vaches vendues 12^{l}. 8^{s}.
D'un *porcel* & une *truie* vendus 2^{l}. 6^{s}.
De 3 queues & 1 tonnel de *verjus* vendus 6^{l}. 8^{s}. 11^{d}.
Setier de *farine* 17^{s}. 8^{d}. $\frac{4}{7}$. [De 8 setiers & 3 minots de farine vendus 7^{l}. 15^{s}.
Setier d'*avoine* 13^{s}. 10^{d}. $\frac{34}{41}$. [De 10 setiers & 1 minot d'avene vendus 7^{l}. 2^{s}. 6^{d}.

PR† Setier d'*avoine* 16^{ſ}. [Pro 6 ſext. avenæ emptæ de capellano Egligny, 4^{l}. 16^{ſ}.

Pro animalibus emptis.

Bœuf 4^{l}. 15^{ſ}. [Pro 8 bobus emptis apud. . . . . ; 38^{l}.
Mulet 5^{l}. [Pro 4 mulis emptis ibidem, 20^{l}.
Brebis 6^{ſ}. 3^{d}. $\frac{3}{19}$. [Pro 95 bidentibus emptis, 29^{l}. 15^{ſ}.
Pro *jumento* empto 7^{l}. 10^{ſ}. plus 15^{ſ}.
Summa, 96^{l}.

1314.

L. Setier de *blé* 10^{ſ}. [De 4 ſetiers & pleine mine de blé vendus 45^{ſ}.
Setier d'*orge* 7^{ſ}. 2^{d}. $\frac{2}{3}$. [De 4 ſetiers & pleine mine d'orge vendus 32^{ſ}. 6^{d}.
Setier d'*avoine* 9^{ſ}. 7^{d}. $\frac{17}{33}$. [De 8 muids 9 ſetiers d'avene vendus 50^{l}. 10^{ſ}. 6^{d}.
D'un ver (ou *verat*) vendu 20^{ſ}.
D'un *taureau* vendu 4^{l}. 10^{ſ}.
D'un *torillon* & une *geniſſe* vendus 75^{ſ}.
D'une *vache* vendue 36^{ſ}.

PR† Recepta à Feſto omnium Sanctorum anni 1314. uſque ad ſequentem Circumciſionem.

Pro larderio.

Pro 6 lib. *ſtuppæ* emptæ pro candela facienda, 5^{ſ}. 3^{d}.
Pro 600 *ſepi* operati in candela, 24^{ſ}. 6^{d}. (c'eſt pour la façon).
Pro *ſepo* empto de Jo. Theobaldo, 76^{ſ}.
Pro *candela* de *bougia* & *torticis* cereis, & aliis precipuis *candelis* pro garniſione hoſpitii, 78^{ſ}.
Pinte d'*huile* 1^{ſ}. 0^{d}. $\frac{1}{4}$. [Pro 4 ſext. olei pro hoſpitio ſuo, 32^{ſ}. 8^{d}.
Liv. de *ſuif* 8^{d}. $\frac{16}{97}$. [Pro 679 lib. ſepi ad candelam, 23^{l}. 2^{ſ}.
Summa, 33^{l}. 18^{ſ}. 5^{d}.
Liv. de *plomb* 3^{d}. $\frac{1197}{4050}$. [Pro 4050 lib. plumbi empti Pariſiis, 55^{l}. 12^{ſ}. 3^{d}.
Liv. de *cire* 2^{ſ}. 8^{d}. $\frac{3}{112}$. [Pro 224 lib. ceræ emptæ, 29^{l}. 17^{ſ}. 10^{d}.
Porc 24^{ſ}. [Pro 5 porcis venditis 6^{l}.

1315.

Sous Louis Hutin, il y eut cette année une famine. *V. Mezeray, p.* 355.
Le ſetier de *froment* ſe vendoit à Paris près de 40^{ſ}. P. ou de 50^{ſ}. T. forte monnoie. *Sauval, tom.* 2. *p.* 557.

1316.

1316.

Setier d'*avoine* 13^{s}. 6^{d}. [De 10 ſetiers d'avoine vendus 6^{l}. 15^{s}. L.
Setier d'*orge* 29^{s}. 1^{d}. $\frac{5}{7}$. [De 7 ſetiers d'orge vendus 10^{l}. 4^{s}.
Setier de *blé* 17^{s}. [De 5 ſetiers de blé vendus 4^{l}. 5^{s}.
D'un *torel* vendu 4^{l}.
D'un *porcel* vendu 12^{s}.
Setier de *pois* 30^{s}. 9^{d}. [Pour 18 ſetiers de pois, 27^{l}. 13^{s}. 6^{d}.
Setier de *froment* 26^{s}. [Pour 2 ſetiers de froment, 52^{s}.
Pourceau 18^{s}. 4^{d}. $\frac{8}{9}$. [Pour 18 pourceaux, 16^{l}. 11^{s}. 4^{d}.
Mouton 6^{s}. 0^{d}. $\frac{26}{27}$. [Pour 81 moutons, 24^{l}. 12^{s}. 6^{d}.
Setier de *ſain* 7^{s}. 7^{d}. $\frac{7}{10}$. [Pour 20 ſetiers de ſain, 7^{l}. 12^{s}. 10^{d}.
Setier de *noix* 25^{s}. [Pour 1 mine de noix, 12^{s}. 6^{d}.
Pour 4 ſommes $\frac{1}{2}$ 6 ſetiers $\frac{1}{2}$ d'*huile*, 20^{l}. 17^{s}.
Tonneau de *vin* 8^{l}. [Pour 31 tonneaux de vin & 1 queue de rapé, 254^{l}. 19^{s}.
Minot de *ſel* 15^{s}. 4^{d}. $\frac{16}{33}$. [Pour 4 ſetiers & 1 minot $\frac{1}{2}$ de gros ſel, 13^{l}. 9^{s}.
Minot de *ſel* 15^{s}. 4^{d}. [Pour 3 boiſſeaux de ſel délié, 11^{s}. 6^{d}.
Liv. d'*amandes* 7^{d}. $\frac{97}{425}$. [Pour 425 liv. d'amandes, 12^{l}. 16^{s}.
Liv. de *gingembre* 5^{s}. [Pour 8 liv. de gingembre, 40^{s}.
Liv. de *cumin* 1^{s}. 0^{d}. $\frac{3}{19}$. [Pour 38 liv. de cumin, 38^{s}. 6^{d}.
Liv. de *poivre* 3^{s}. 0^{d}. $\frac{8}{13}$. [Pour 13 liv. de poivre, 39^{s}. 8^{d}.
Liv. de *cannelle* 2^{s}. 7^{d}. $\frac{1}{9}$. [Pour 9 liv. de cannelle, 23^{s}. 8^{d}.
Liv. de *ſafran* 14^{s}. [Pour 1 liv. $\frac{1}{2}$ de ſafran, 21^{s}.
Liv. de *riz* 8^{d}. $\frac{2}{5}$. [Pour 10 liv. de riz, 7^{s}.
Setier de *féves* 24^{s}. [Pour 1 minot de féves, 6^{s}.

1318.

La fête du S. Sacrement inſtituée par Urbain IV. La cauſe fut qu'il y avoit onze mois qu'il n'étoit tombé de pluie, dont avint grande cherté l'eſpace de deux ans; & dans les Octaves, le *blé* n'étoit plus qu'à 20^{s}. le ſetier; & fut l'an 1318. *Antiquités de Rouen de Taillepied*, p. 196.

1320.

Pour 1 ſetier de *pois*, 108^{s}. L.
Pour 6 *pourceaux* & 1 *geniſſe*, 9^{l}. 1^{s}. 10^{d}.
Mouton 8^{s}. 7^{d}. $\frac{11}{94}$. [Pour 188 moutons, 80^{l}. 15^{s}. 6^{d}.
Setier de *ſain* 6^{s}. 4^{d}. [Pour 16 ſetiers de ſain, 101^{s}. 4^{d}.
Setier d'*oignons* 10^{s}. [Pour 5 ſetiers d'oignons, 50^{s}.

Setier de *ſénevé* 51^{s}. 2^{d}. $\frac{2}{3}$. [Pour 1 minot 2 boiſſeaux de ſénevé, 21^{s}. 4^{d}.

Minot de *ſel* 2^{s}. 6^{d}. $\frac{7}{10}$. [Pour 10 ſetiers de gros ſel, 102^{s}. 4^{d}.

Minot de *ſel* 8^{s}. [Pour 3 mines de blanc ſel, 48^{s}.

Liv. d'*amandes* 5^{d}. $\frac{19}{25}$. [Pour 400 liv. d'amandes, 9^{l}. 12^{s}.

Liv. de *gingembre* 5^{s}. 6^{d}. [Pour 12 liv. de gingembre, 66^{s}.

Liv. de *ſafran* 14^{s}. [Pour 2 liv. de ſafran, 28^{s}.

Liv. de *poivre* 4^{s}. 8^{d}. $\frac{4}{7}$. [Pour 14 liv. de poivre, 66^{s}.

Liv. de *riz* 6^{d}. $\frac{3}{5}$. [Pour 30 liv. de riz, 16^{s}. 6^{d}.

Pour 6 liv. de *dragées* 2 liv. $\frac{1}{2}$ de *ſucre* roſat, 2 liv. $\frac{1}{2}$ d'*anis*, 56^{s}. 6^{d}.

Liv. de *régliſſe* 1^{s}. 3^{d}. [Pour 2 liv. de régliſſe, 2^{s}. 6^{d}.

1322.

L. *Pourceau* 12^{s}. 8^{d}. $\frac{4}{25}$. [De 50 pourceaux vendus, reçu 31^{l}. 14^{s}.

Setier de *froment* 20^{s}. 3^{d}. $\frac{913}{949}$. [Pour l'achat de 9 muids 10 ſetiers, 1 mine, boiſſel $\frac{1}{2}$ de froment, 120^{l}. 11^{s}. 8^{d}.

Pourceau 11^{s}. 9^{d}. $\frac{7}{25}$. [Pour 50 pourceaux, 29^{l}. 8^{s}. 8^{d}.

Mouton 10^{s}. 7^{d}. $\frac{65}{73}$. [Pour 146 moutons, 77^{l}. 16^{s}.

Setier de *ſain* 7^{s}. 1^{d}. $\frac{6}{7}$. [Pour 14 ſetiers de ſain, 100^{s}. 2^{d}.

Somme d'*huile* 4^{l}. [Pour 3 ſommes d'huile à manger, 12^{l}.

Setier de *noix* 23^{s}. 5^{d}. $\frac{1}{7}$. [Pour 1 ſetier & 3 minots de noix, 41^{s}.

Pour 1 ſetier de *féves*, 16^{s}. 3^{d}.

Setier de *féves* 39^{s}. [Pour 2 boiſſeaux de féves fraſées, 6^{s}. 6^{d}.

Pour un ſetier d'*oignons*, 19^{s}. 8^{d}.

Tonneau de *vin* 5^{l}. 19^{s}. 1^{d}. $\frac{5}{21}$. [Pour 21 tonneaux de vin, 125^{l}. 1^{s}. 2^{d}.

Pinte de *vinaigre* 5^{d}. $\frac{3}{13}$. [Pour 6 ſetiers $\frac{1}{2}$ de vinaigre, 22^{s}. 8^{d}.

Setier de *ſénevé* 49^{s}. 3^{d}. $\frac{3}{19}$. [Pour 1 mine 1 boiſſeau & demi-quart de ſénevé, 29^{s}. 3^{d}.

Minot de *ſel* 4^{s}. 4^{d}. $\frac{10}{11}$. [Pour 8 ſetiers 1 minot de gros ſel, 7^{l}. 5^{s}. 6^{d}.

Minot de *ſel* 7^{s}. 11^{d}. $\frac{1}{5}$. [Pour 1 ſetier 3 minots, & 2 boiſſeaux de blanc ſel, 59^{s}. 6^{d}.

Liv. d'*amandes* 9^{d}. [Pour 300 liv. d'amandes, 11^{l}. 5^{s}.

Liv. de *gingembre* 4^{s}. 3^{d}. $\frac{3}{13}$. [Pour 26 liv. de gingembre, 111^{s}.

Liv. de *cannelle* 6^{s}. [Pour 9 liv. de cannelle, 54^{s}.

Liv. de *ſafran* 20^{s}. [Pour 2 liv. de ſafran, 40^{s}.

Liv. de *cumin* 6^{d}. [Pour 30 liv. de cumin, 15^{s}.

Liv. de *riz* 6^{d}. [Pour 30 liv. de riz, 15^{s}.

Liv. de *régliſſe* 1^{s}. [Pour 4 liv. de régliſſe, 4^{s}.

Liv. de *dragées* 5^{s}. [Pour 4 liv. $\frac{1}{2}$ de groſſes dragées, 22^{s}. 6^{d}.

Pour 1 cabas de *figues* & de *raiſins*, 71^{s}. 6^{d}.

Aune de *blanchet* 6^{s}. 4^{d}. [Pour 6 aunes de blanchet, 38^{s}.

Aune de *futaine* 1^{s}. 8^{d}. [Pour 3 aunes de futaine, 5^{s}.
Pour une *fourrure*, 13^{s}.
Pour 2 *bluteaux*, 5^{s}.
Liv. de *fil* 2^{s}. 11^{d}. $\frac{5}{11}$. [Pour 22 liv. de fil à nappes & à touailles, 65^{s}.
Liv. de *fil* 2^{s}. [Pour 3 liv. de fil à coudre robes, 6^{s}.
Aune de *toile* 1^{s}. 7^{d}. $\frac{7}{8}$. [Pour 64 aunes de toile rondette, 106^{s}.
Aune de *toile* 1^{s}. [Pour 31 aunes de toile à coutils, 31^{s}.
Pour 4 *coutils*, 48^{s}.
Aune de *toile* 11^{d}. $\frac{1}{2}$. [Pour 100 aunes de grosse toile pour le tour, 4^{l}. 15^{s}. 10^{d}.
Pour 2 sommes & 3 setiers d'*huile* pour ardoir, 9^{l}. 16^{s}.
Pour 500 liv. de *suif*, *coton*, *clairon* & *chandelle* faire, 19^{l}. 14^{s}. 2^{d}.
Setier d'*avoine* 13^{s}. 6^{d}. [De 6 muids d'avoine vendus 48^{l}. 12^{s}.
D'une queue de *verjus*, 28^{s}.
D'un *taureau* vendu 64^{s}.

1323.

Setier de *froment* 15^{s}. 7^{d}. $\frac{23}{127}$. [Pour 2 muids 7 setiers & 3 minots de froment, 24^{l}. 15^{s}. 3^{d}. L.
Pourceau 24^{s}. [Pour 9 pourceaux à lard, 10^{l}. 16^{s}.
Pourceau 1^{l}. 1^{s}. 8^{d}. $\frac{8}{9}$. [Pour 18 pourceaux à manger, 19^{l}. 11^{s}. 4^{d}.
Mouton 7^{s}. 6^{d}. $\frac{21}{206}$. [Pour 412 moutons, 154^{l}. 13^{s}. 6^{d}.
Setier de *sain* 8^{s}. 1^{d}. $\frac{4}{5}$. [Pour 10 setiers de sain, 4^{l}. 1^{s}. 6^{d}.
Setier de *noix* 16^{s}. [Pour 1 mine de noix, 8^{s}.
Pinte de *vinaigre* 2^{d}. $\frac{10}{43}$. [Pour 1 queue de vinaigre, 4^{l}.
Setier de *sénevé* 40^{s}. 6^{d}. $\frac{6}{7}$. [Pour 1 mine & 1 boisseau de sénevé, 23^{s}. 8^{d}.
Minot de *sel* 2^{s}. 8^{d}. $\frac{2}{5}$. [Pour 5 setiers de gros sel, 54^{s}.
Minot de *sel* 5^{s}. 7^{d}. $\frac{5}{6}$. [Pour 3 mines de blanc sel, 33^{s}. 11^{d}.
Liv. d'*amandes* 7^{d}. $\frac{1}{5}$. [Pour 225 liv. d'amandes, 6^{l}. 15^{s}.
Liv. de *gingembre* 4^{s}. [Pour 12 liv. de gingembre, 48^{s}.
Liv. de *cannelle* 4^{s}. 10^{d}. $\frac{2}{5}$. [Pour 15 liv. de cannelle, 73^{s}.
Liv. de *safran* 19^{s}. [Pour 2 liv. de safran, 38^{s}.
Liv. de *poivre* 7^{s}. [Pour 12 liv. de poivre, 4^{l}. 4^{s}.
Liv. de *riz* 6^{d}. [Pour 30 liv. de riz, 15^{s}.
Liv. de *réglisse* 8^{d}. [Pour 2 liv. de réglisse, 1^{s}. 4^{d}.
Pour 7 liv. de *dragées*, 2 liv. & 1 quarteron d'*anis*, 42^{s}. 11^{d}.
Liv. de *sucre* 4^{s}. [Pour 3 liv. $\frac{1}{2}$ de sucre blanc en pierre, 14^{s}.
Pour 1 cabas de *figues* & 1 de *raisins*, 50^{s}.
Pour 700 de rouges *pommes*, & 600 & 1 quarteron de blanches, & 1 hottée de *nesfles*, 34^{s}. 4^{d}.

1324.

L. *Pourceau* 31^{s}. 4^{d}. [Pour 9 pourceaux à lard, 14^{l}. 2^{s}.
Pourceau 14^{s}. 5^{d}. $\frac{13}{14}$. [Pour 28 pourceaux à manger, 20^{l}. 5^{s}. 10^{d}.
Mouton 6^{s}. 4^{d}. $\frac{264}{415}$. [Pour 415 moutons, 132^{l}. 10^{s}. 4^{d}.
Setier de *sain* 7^{s}. 3^{d}. $\frac{1}{4}$. [Pour 16 setiers de sain 116^{s}. 4^{d}.
Setier de *noix* 32^{s}. [Pour 3 minots de noix, 24^{s}.
Pour 60 tonneaux de *vin*, 2 queues de saugié & 1 rapé, 370^{l}. 9^{s}. 2^{d}.
Setier de *sénevé* 44^{s}. [Pour 1 mine de sénevé, 22^{s}.
Minot de *sel* 3^{s}. 9^{d}. $\frac{4}{13}$. [Pour 6 setiers & mine de gros sel, 4^{l}. 18^{s}. 2^{d}.
Minot de *sel* 7^{s}. 6^{d}. $\frac{18}{25}$. [Pour 3 mines & 1 boissel de blanc sel, 47^{s}. 3^{d}.
Liv. d'*amandes* 6^{d}. $\frac{6}{25}$. [Pour 400 liv. d'amandes, 10^{l}. 8^{s}.
Liv. de *gingembre* 4^{s}. 6^{d}. [Pour 15 liv. de gingembre, 67^{s}. 6^{d}.
Liv. de *cannelle* 5^{s}. [Pour 12 liv. de cannelle, 60^{s}.
Liv. de *poivre* 5^{s}. 6^{d}. [Pour 12 liv. de poivre, 66^{s}.
Liv. de *riz* 4^{d}. $\frac{1}{2}$. [Pour 24 liv. de riz, 9^{s}.
Pour 1200 de rouges *pommes*, & 900 de blanches, 26^{s}. 6^{d}.
Pour 1 muid $\frac{1}{2}$, 4 setiers & 3 pintes, & 1 quarte de *miel*, 6^{l}. 2^{s}. 10^{d}.

1325.

L. *Peau de mouton* 9^{d}. $\frac{27}{29}$. [De 145 peaux de mouton vendues 6^{l}.
Veau 9^{s}. [De 2 veaux vendus 18^{s}.
Setier de *seigle* 6^{s}. 9^{d}. $\frac{2}{5}$. [De 19 setiers de méteil, & 1 setier de seigle, 6^{l}. 15^{s}. 8^{d}.
Un setier d'*avoine*, 7^{s}.
D'un *cheval* vendu 100^{s}.
Pour 9 *pourceaux* à lard, & 12 à mangier, 18^{l}.
Mouton 8^{s}. 6^{d}. $\frac{23}{30}$. [Pour 100 moutons, 42^{l}. 13^{s}. 10^{d}.
Setier de *sénevé* 36^{s}. [Pour 1 boisseau de sénevé, 3^{s}.
Minot de *sel* 2^{s}. 6^{d}. $\frac{3}{5}$. [Pour 5 setiers de gros sel, 51^{s}.
Minot de *sel* 7^{s}. [Pour 1 mine de blanc sel, 14^{s}.
Pour 32 setiers & 1 quarte de *miel*, 7^{l}. 3^{s}. 2^{d}.

1326.

L. Queue de *vin* 3^{l}. & pinte 1^{d}. $\frac{29}{43}$. [Pour 3 queues de vin, 9^{l}.
Pinte de *vin* 3^{d}. $\frac{15}{43}$. [Pour 1 queue de vin rouge, 6^{l}.

Queue de *vin* 4^{l}. & pinte 2^{d}. $\frac{10}{43}$. [Pour 2 queues de vin vermeil, 8^{l}.

Tonneau de *vin* 8^{l}. [Pour 6 tonneaux de vin 48^{l}.

1327.

Mouton 11^{s}. 9^{d}. $\frac{41}{95}$. [Pour 95 moutons, 55^{l}. 19^{s}. 8^{d}. L.

Pourceau 21^{s}. 4^{d}. $\frac{4}{5}$. [Pour 10 pourceaux à lard, 10^{l}. 14^{s}.

Pourceau 13^{s}. 4^{d}. $\frac{2}{3}$. [Pour 18 pourceaux à manger, 12^{l}. 1^{s}.

Setier de *ſain* 8^{s}. 3^{d}. $\frac{1}{4}$. [Pour 16 ſetiers de ſain, 6^{l}. 12^{s}. 4^{d}.

Pour 6 ſetiers & 1 minot de gros *ſel*, 1 ſetier & 1 boiſſel de *ſel* délié, 6^{l}. 3^{s}.

Setier de *froment* 13^{s}. 9^{d}. $\frac{47}{129}$. [Pour 5 muids 4 ſetiers, 1 mine de froment, 44^{l}. 8^{s}. 10^{d}.

Setier de *ſénevé* 12^{s}. 6^{d}. $\frac{2}{3}$. [Pour 3 mines de ſénevé, 18^{s}. 10^{d}.

Liv. d'*amandes* 1^{s}. 1^{d}. $\frac{1}{25}$. [Pour 300 liv. d'amandes, 16^{l}. 6^{s}.

Liv. de *gingembre* 7^{s}. 4^{d}. [Pour 14 liv. de gingembre, 102^{s}. 8^{d}.

Liv. de *cannelle* 4^{s}. 2^{d}. [Pour 14 liv. de cannelle, 58^{s}. 4^{d}.

Liv. de *ſafran* 39^{s}. [Pour 2 liv. de ſafran, 78^{s}.

Liv. de *poivre* 6^{s}. [Pour 9 liv. de poivre, 54^{s}.

Liv. de *riz* 10^{d}. [Pour 15 liv. de riz, 12^{s}. 6^{d}.

Liv. de *régliſſe* 11^{d}. [Pour 6 liv. de régliſſe, 5^{s}. 6^{d}.

Pour 11 liv. de *dragées* & 1 liv. d'*anis*, 78^{s}. 4^{d}.

Liv. de *ſucre* 5^{s}. 1^{d}. $\frac{11}{13}$. [Pour 3 liv. & 1 quarteron de ſucre blanc, 16^{s}. 9^{d}.

Pour 2 milliers de *pommes* rouges, 400 de *blandurel* & 100 de *poires*, 59^{s}. 8^{d}.

Cheval 12^{l}. 17^{s}. 6^{d}. [Pour 3 chevaux achetés, 38^{l}. 12^{s}. 6^{d}.

1328.

Peau de mouton 3^{s}. 6^{d}. [De 110 peaux de mouton vendues 19^{l}. 5^{s}. L.

Taureau 6^{l}. [Pour 2 taureaux vendus 12^{l}.

Setier de *féves* 10^{s}. 8^{d}. $\frac{2}{9}$. [De 9 ſetiers de féves vendus 4^{l}. 16^{s}. 2^{d}.

Mouton 14^{s}. 7^{d}. $\frac{13}{15}$. [Pour 180 moutons, 131^{l}. 18^{s}.

Pourceau 20^{s}. [Pour 12 pourceaux à lard, 12^{l}.

Pourceau 17^{s}. 0^{d}. $\frac{3}{5}$. [Pour 15 autres pourceaux, 12^{l}. 15^{s}. 6^{d}.

Minot de *ſel* 3^{s}. 5^{d}. $\frac{7}{16}$. [Pour 1 muid de gros ſel, 8^{l}. 5^{s}. 9^{d}. obole.

Minot de *ſel* 6^{s}. 2^{d}. $\frac{1}{2}$. [Pour 3 ſetiers & 1 mine de ſel délié, 4^{l}. 6^{s}. 11^{d}.

Setier de *froment* 17^{s}. 3^{d}. $\frac{57}{109}$. [Pour 2 muids 3 ſetiers, 1 minot de froment, 23^{l}. 11^{s}. 3^{d}.

Liv. d'*amandes* 9^{d}. $\frac{17}{100}$. [Pour 400 liv. d'amandes, 15^{l}. 5^{s}. 8^{d}.

Liv. de *gingembre* 7^{s}. 6^{d}. [Pour 15 liv. de gingembre, 112^{s}. 6^{d}.

Liv. de *cannelle* 4^{s}. [Pour 12 liv. de cannelle, 48^{s}.
Liv. de *ſafran* 39^{s}. 6^{d}. [Pour 2 liv. de ſafran, 79^{s}.
Liv. de *poivre* 7^{s}. 7^{d}. [Pour 9 liv. de poivre, 68^{s}. 3^{d}.
Liv. de *riz* 8^{d}. [Pour 18 liv. de riz, 12^{s}.

1329.

L. Des choſes vendues.
D'un *cheval*, 9^{l}. 6^{s}. 8^{d}.
Bœuf 7^{l}. 5^{s}. [De 2 bœufs & 2 taureaux, 29^{l}.
Peau de mouton 3^{s}. 0^{d}. $\frac{20}{21}$. [De 63 peaux de mouton, 9^{l}. 14^{s}.
Pourceau 1^{l}. 19^{s}. 10^{d}. [De 4 pourceaux, 7^{l}. 19^{s}. 4^{d}.
D'un cent de *laine*, 22^{l}. 1^{s}.
Marc d'argent 53^{s}. $\frac{9}{19}$. [De hanap & cuilliers d'argent qui peſoient 4 marcs & demi, & 2 onces, 12^{l}. 14^{s}.
Marc d'argent 52^{s}. [D'un hanap d'argent doré peſant 2 marcs, 104^{s}.
Setier de *noix* 30^{s}. [Pour 1 mine de noix, 15^{s}.
Setier de *pois* 1^{l}. 3^{s}. 11^{d}. $\frac{1}{5}$. [Pour 2 muids & 1 ſetier de pois, 29^{l}. 18^{s}. 4^{d}.
Liv. d'*amandes* 1^{s}. 3^{d}. $\frac{305}{400}$. [Pour 400 liv. d'amandes, 26^{l}. 5^{s}. 5^{d}.
Liv. de *gingembre* 6^{s}. 9^{d}. $\frac{1}{5}$. [Pour 15 liv. de gingembre, 101^{s}. 6^{d}.
Liv. de *cannelle* 5^{s}. 5^{d}. [Pour 12 liv. de cannelle, 65^{s}.
Liv. de *ſafran* 31^{s}. 1^{d}. $\frac{1}{2}$. [Pour 2 liv. de ſafran, 62^{s}. 3^{d}.
Liv. de *poivre* 8^{s}. 1^{d}. $\frac{5}{12}$. [Pour 12 liv. de poivre, 4^{l}. 17^{s}. 5^{d}.
Liv. de *cumin* 1^{s}. 4^{d}. $\frac{7}{30}$. [Pour 30 liv. de cumin, 40^{s}. 7^{d}.
Liv. de *ſucre* 9^{s}. 5^{d}. $\frac{3}{4}$. [Pour 4 liv. de ſucre, 37^{s}. 11^{d}.
Liv. de *riz* 8^{d}. $\frac{1}{10}$. [Pour 20 liv. de riz, 13^{s}. 6^{d}.
Liv. de *régliſſe* 1^{s}. 4^{d}. $\frac{1}{5}$. [Pour 5 liv. de régliſſe, 6^{s}. 9^{d}. pite.
Pour 400 de *pommes* & 1500 *poires*, 45^{s}.
Setier de *froment* & *méteil* l'un dans l'autre, 12^{s}. 4^{d}. $\frac{42}{163}$. [Pour 5 muids 11 ſetiers de froment, 10 ſetiers 1 mine de méteil, 50^{l}. 6^{s}. 10^{d}.

1330.

MURAT. Tom. 13. de laudibus Papiæ, p. 24.

Turonenſis argenteus moderno tempore 5 ſolidos & plus valet. Communiter venditur ibi *triticum* ponderis unius viri robuſti 6 Turonenſes argenti; eſt autem portatura illic tritici taxata ad 3 ſextarios ex quibus unus in menſe ſufficit cuilibet comeſtori.

1332.

L. *Mouton* 6^{s}. 4^{d}. $\frac{64}{201}$. [Pour 201 moutons, 63^{l}. 18^{s}. 4^{d}.
Pourceau 18^{s}. 11^{d}. $\frac{11}{12}$. [Pour 24 pourceaux à manger, 22^{l}. 15^{s}. 10^{d}.
Setier de *ſain* 7^{s}. 7^{d}. $\frac{19}{33}$. [Pour 16 ſetiers $\frac{1}{2}$ de ſain, 6^{l}. 5^{s}. 11^{d}.

Setier de *froment* 11^{s}. 8^{d}. $\frac{102}{103}$. [Pour 12 muids, 10 ſetiers, & 1 mine de froment, 90^{l}. 15^{s}. 3^{d}.

Liv. d'*amandes* 8^{d}. $\frac{456}{462}$. [Pour 462 liv. d'amandes, 17^{l}. 6^{s}.

Liv. de *riz* 3^{d}. $\frac{57}{125}$. [Pour 125 liv. de riz, 36^{s}.

Setier de *pois* 19^{s}. 1^{d}. $\frac{25}{27}$. [Pour 20 ſetiers & 1 minot de pois, 19^{l}. 8^{s}.

1333.

Mouton 4^{s}. 10^{d}. $\frac{250}{413}$. [Pour 413 moutons, 100^{l}. 17^{s}. L.

Pourceau 14^{s}. [Pour 4 pourceaux à manger, 56^{s}.

Setier de *ſain* 9^{s}. 1^{d}. $\frac{83}{97}$. [Pour 12 ſetiers, & pinte de ſain, 111^{s}.

Setier de *froment* & *méteil* l'un dans l'autre, 16^{s}. 4^{d}. $\frac{316}{329}$. [Pour 17 muids & 9 ſetiers & minot & boiſſel de froment, & 6 ſetiers de méteil, 180^{l}.

Liv. d'*amandes* 7^{d}. $\frac{460}{464}$. [Pour 464 liv. d'amandes, 15^{l}. 9^{s}.

Liv. de *gingembre* 5^{s}. 0^{d}. $\frac{2}{9}$. [Pour 9 liv. de gingembre, 45^{s}. 2^{d}.

Liv. de *poivre* 3^{s}. 2^{d}. $\frac{2}{5}$. [Pour 20 liv. de poivre, 64^{s}.

Liv. de *cannelle* 5^{s}. 8^{d}. $\frac{2}{9}$. [Pour 9 liv. de cannelle, 51^{s}. 2^{d}.

Pour 1 liv. de *ſafran*, 14^{s}.

Liv. de *cumin* 6^{d}. [Pour 10 liv. de cumin, 5^{s}.

Liv. de *ſucre* 3^{s}. 4^{d}. $\frac{12}{17}$. [Pour 8 liv. $\frac{1}{2}$ de ſucre blanc, 28^{s}. 10^{d}.

Liv. de *dragées* 6^{s}. [Pour 4 liv. de dragées, 24^{s}.

Setier de *pois* 32^{s}. 11^{d}. $\frac{3}{13}$. [Pour 13 ſetiers de pois, 21^{l}. 8^{s}. 2^{d}.

Setier de *féves* 14^{s}. 2^{d}. $\frac{70}{97}$. [Pour 6 ſetiers & 1 boiſſel de féves, & 2 ſetiers de fraſées, 115^{s}.

Setier de *ſénevé* 48^{s}. 9^{d}. $\frac{3}{5}$. [Pour 5 boiſſeaux de ſénevé, 20^{s}. 4^{d}.

Pour 6 ſetiers de gros *ſel*, & 3 mines & 1 minot de blanc, 70^{s}.

1334.

Mouton 4^{s}. 11^{d}. $\frac{79}{189}$. [Pour 189 moutons, 46^{l}. 15^{s}. 10^{d}. L.

Pour 12 *pourceaux* à lard, & 28 à manger, 54^{l}. 12^{s}. 4^{d}.

Setier de *ſain* 7^{s}. 8^{d}. $\frac{68}{121}$. [Pour 15 ſetiers & pinte de ſain, 116^{s}. 8^{d}. obole.

Tonneau de *vin* 3^{l}. 2^{s}. 3^{d}. $\frac{14}{27}$. [Pour 53 tonneaux de vin, 1 rapé, 168^{l}. 3^{s}. 10^{d}.

Setier de *froment* 10^{s}. 4^{d}. $\frac{192}{215}$. [Pour 7 muids, 9 ſetiers, & 1 mine de froment, & 14 ſetiers de blé pour manger, 55^{l}. 18^{s}. 10^{d}. obole.

Setier de *pois* 23^{s}. 9^{d}. $\frac{3}{8}$. [Pour 2 muids de pois, 28^{l}. 10^{s}. 9^{d}.

Setier de *féves* 11^{s}. 5^{d}. [Pour 8 ſetiers de féves, 4^{l}. 11^{s}. 4^{d}.

Liv. d'*amandes* 6^{d}. $\frac{306}{508}$. [Pour 508 liv. d'amandes, 13^{l}. 19^{s}. 6^{d}.

Liv. de *ſafran* 15^{s}. 4^{d}. [Pour 1 liv. $\frac{1}{2}$ de ſafran, 23^{s}.

Pour 1 muid de gros *ſel*, & 2 ſetiers de blanc, 6^{l}. 3^{s}. 7^{d}.

1337.

L. *Mouton* $7^{\text{ſ}}$. 0^{d}. $\frac{169}{174}$. [Pour 174 moutons, 61^{l}. $12^{\text{ſ}}$. 1^{d}.
Pour 10 *pourceaux* à lard, & 3 pour manger, 24^{l}. $18^{\text{ſ}}$. 10^{d}.
Setier de *ſain* $6^{\text{ſ}}$. 4^{d}. $\frac{4}{129}$. [Pour 16 ſetiers, & 1 pinte de ſain, $102^{\text{ſ}}$. 2^{d}.
Setier de *froment* $12^{\text{ſ}}$. 5^{d}. $\frac{407}{941}$. [Pour 13 muids, 3 minots & 1 boiſſeau de froment, 97^{l}. $13^{\text{ſ}}$. obole.
Setier de *féves* $10^{\text{ſ}}$. 3^{d}. $\frac{1}{3}$. [Pour 3 ſetiers de féves, $30^{\text{ſ}}$. 10^{d}.
Liv. d'*amandes* 4^{d}. $\frac{109}{525}$. [Pour 525 liv. d'amandes, 9^{l}. $4^{\text{ſ}}$. 1^{d}.
Liv. de *cannelle* $3^{\text{ſ}}$. 4^{d}. [Pour 12 liv. de cannelle, $40^{\text{ſ}}$.
Liv. de *poivre* $3^{\text{ſ}}$. 8^{d}. [Pour 15 liv. de poivre, $55^{\text{ſ}}$.
Liv. de *riz* 5^{d}. $\frac{1}{2}$. [Pour 26 liv. de riz, $11^{\text{ſ}}$. 11^{d}.
Liv. de *ſucre* $3^{\text{ſ}}$. 6^{d}. [Pour 5 liv. de ſucre en pierre, $17^{\text{ſ}}$. 6^{d}.
Pour 5 milliers 800, que *pommes* que *poires*, $67^{\text{ſ}}$. 4^{d}.

1339.

L. *Aux batteurs* du muid $5^{\text{ſ}}$. 2^{d}. & du ſetier 5^{d}. $\frac{1}{6}$. [Pour battre 20 muids de grains, $103^{\text{ſ}}$. 4^{d}.
Mouton $9^{\text{ſ}}$. 0^{d}. $\frac{25}{44}$. [Pour 176 moutons, 79^{l}. $12^{\text{ſ}}$. 4^{d}.
Pour 8 *pourceaux* à lard, & 4 à manger, 26^{l}. $8^{\text{ſ}}$.
Pinte de *ſain* 10^{d}. $\frac{42}{59}$. [Pour 14 ſetiers $\frac{1}{2}$ & 1 quarte de ſain, $105^{\text{ſ}}$. 4^{d}.
Setier de *froment* $14^{\text{ſ}}$. 11^{d}. $\frac{113}{173}$. [Pour 13 muids, 2 ſetiers, 7 boiſſeaux de froment, 118^{l}. $14^{\text{ſ}}$. 2^{d}.
Setier de *pois* $16^{\text{ſ}}$. 0^{d}. $\frac{8}{29}$. [Pour 14 ſetiers & 1 mine de pois, 11^{l}. $12^{\text{ſ}}$. 4^{d}.
Liv. de *poivre* $5^{\text{ſ}}$. [Pour 15^{l}. de poivre, $75^{\text{ſ}}$.
Liv. de *riz* 5^{d}. [Pour 20 liv. de riz, $8^{\text{ſ}}$. 4^{d}.
Liv. de *ſucre* $5^{\text{ſ}}$. 6^{d}. $\frac{1}{3}$. [Pour 6 liv. de ſucre en pierre, $33^{\text{ſ}}$. 2^{d}.
Cheval 13^{l}. $4^{\text{ſ}}$. 3^{d}. [Pour 2 chevaux achetés pour la charrue, 26^{l}. $8^{\text{ſ}}$. 6^{d}.
Pour 1 *cheval* acheté pour le Procureur, 16^{l}. $14^{\text{ſ}}$.
Liv. de *figues* & *raiſins* 9^{d}. $\frac{9}{10}$. [Pour 12 liv. de figues & 28 liv. de raiſins, $33^{\text{ſ}}$.
Liv. de *régliſſe* 9^{d}. $\frac{1}{2}$. [Pour 4 liv. de régliſſe, 38^{d}.
Pour 6 ſetiers de gros *ſel*, & 2 ſetiers 1 minot de blanc, 9^{l}. $9^{\text{ſ}}$. 9^{d}.
L'Ecu d'or valoit $16^{\text{ſ}}$. P. & vers la S. Luc, les blancs deniers valoient 8^{d}. P.

1340.

L. Les Florins à l'Ecu, valoient chacun $32^{\text{ſ}}$. P. vers la S. Matthieu.

Cent

Cent de *harengs* 12ſ. 4d. [Pour 300 de harengs ſaures, 37ſ.
Cent de *harengs* 14ſ. [Pour 200 de harengs blancs, 28ſ.

Pro *vineis* Belli viſus,	68l.	10ſ.	7d.	PR†
Pro *vineis* Grati loci,	29.	2.	6.	
Pro *vineis* Donnæ Mariæ,	28.	10.		
Pro *vinea* Bueriæ,	14.	19.		
Pro *vineis* de.....	20.			
Summa . . .	161l.	2ſ.	1d.	

Pro blado empto.

Pro dimidio modio *frumenti*, & dimidio modio *ordei* empto à Feſto S. Martini propè Muſeolum, 31l.

Setier de *ſon* 28ſ. & le bichet 3ſ. 6d. [Pro 15 ſext. 1 minâ 5 bichet. de *ſurfure* empto apud Donnam Mariam, ſext. 28ſ, val. 22l. 2ſ. 9d. per magiſtrum Donnæ Mariæ.

Setier de *ſon* 16ſ. [Pro 2 modiis de furſure empto apud Provins; ſext. 16ſ, val. 19l. 4ſ. per fratrem Column.

Setier d'*avoine* 42ſ. [Pro 5 ſext. 5 bichetis de avenâ emptâ à Remigio Prement ad menſuram Donnæ Mariæ, ſext. 42ſ, val 11l. 16ſ. 4d.

Setier d'*orge* 44ſ. [Pro 6 ſext. de avenâ & modio de ordeo empto à Curato Egligny, ſext. 44ſ, val. 26l. 8ſ.

Setier de *ſon* 30ſ. [Pro 1 ſext. de furſure ad menſuram Donnæ Mariæ, 30ſ.

Setier d'*avoine* 35ſ. 7d. obole. [Pro 29 ſext. plena mina de avenâ emptâ apud Sameſium ad menſuram de Ville, ſext. 35ſ, val. 52l. 10ſ. 11d.

Pro expenſa famulorum piſcariæ adducendo per aquam 20 ſext. & minam de avenâ, 18ſ.

Setier d'*avoine* 50ſ. [Pro 3 ſext. de avenâ emptâ apud Muſeolum, ſext. 50ſ, val. 7l. 10ſ. per eundem.

Setier de *ſon* 2l. [Pro 4 ſext. de furſure empt. ibidem, 8l. per eundem.

Setier d'*orge* 45ſ. [Pro 4 ſext. de ordeo empto à Magiſtro ſub 9l. per eundem.

Setier d'*orge* 42ſ. [Pro 1 modio de ordeo empto verſus Abbatiam de Sigillarie à Feſto omnium Sanctorum, ſext. 42ſ, val. 25l. 4ſ.

Setier d'*orge* 44ſ. [Pro 2 ſext. de ordeo, ſext. empto 44ſ, val. 4l. 8ſ.

Setier d'*orge* 46ſ. [Pro 6 ſext. de ordeo, ſext. empto 46ſ, val. 13l. 16ſ.

Setier d'*orge* 52ſ. 6d. & le bichet 6ſ. 6d. $\frac{3}{4}$. [Pro 10 ſext. de ordeo, ſext. empto 52ſ. 6d, val. 26l. 5ſ.

Setier de *ſon* 30ſ. [Pro 2 modiis de furſure empto apud Donnam Mariam, ſext. 30ſ, val. 36l. per magiſtrum.

(*a*) Summa 303l. 13ſ. 7d.

(*a*) Il y a des articles qu'on ne ſauroit lire; on en voit ſeulement le montant qui entre dans l'addition ci-deſſus, 43ſ, 40ſ, 53ſ 7d, 5ſ, 23ſ, 10ſ, 3ſ 9d, 11 6ſ.

Pro Larderio.

Liv. de *ſuif* 1^{s}. 7^{d}. $\frac{1}{5}$. [Pro 100 lib. de ſepo ad candelas empto apud Provins per Magiſtrum ſub 8^{l}.

Liv. de *ſuif* 1^{s}. 5^{d}. $\frac{38}{59}$. [Pro 118 lib. de ſepo ad candelas empto apud Muſeolum per eundem, 8^{l}. 13^{s}. 6^{d}.

Pro *ſtuppâ* emptâ ibidem pro dictâ candelâ faciendâ 15^{s}. per eundem.

Liv. de *ſuif* 1^{s}. 6^{d}. [Pro 32 lib. de ſepo ad candelas empto per Joan. 48^{s}.

Summa 19^{l}. 16^{s}. 6^{d}.

Pro Piſcaria.

Pro paga familiæ piſcariæ, 11^{l}. 12^{d}.

Pro 1 *pondere* de *canabo* empto per Magiſtrum ad piſcandum in foſſis domini Abbatis Bippandi, 5^{s}. 2^{d}.

Pro dicto *canabo filando*, 6^{s}.

Pro 6 *ponderibus* de *canabo* empto p. piſcandum p. Michael, 72^{s}.

Summa 15^{l}. 12^{s}. 2^{d}.

Pro cera & ſpeciebus.

Liv. de *cire verte* à cacheter 6^{l}. [Pro 1 quart. unciæ de cera viridi ad ſigillandum 22^{d}. ob. per eundem.

Pro 1 bucia de *cera* empta apud Provins 5^{s}. per fratr. Column.

Once de *cire* à cachéter 7^{s}. [Pro dimidia uncia de cera empta apud Donnam Mariam, 3^{s}. 6^{d}.

Somme d'*huile* 7^{l}. [Pro 10 ſummis olei venditi apud . . . , Summâ 7^{l}, val. 70^{l}.

Pro ferraturâ equorum in diverſis locis, 5^{s}. 3^{d}.

Magiſtro Johanni Mareſcallo 10^{s}. de novo.

L. 1341.

Bœuf 7^{l}. 13^{s}. 4^{d}. [Pour 3 bœufs, 23^{l}.

Pour 1 *torel* 9^{l}.

Liv. de *gingembre* 10^{s}. 8^{d}. [Pour 11 liv. de gingembre 117^{s}. 4^{d}.

Pour 2 ſetiers de *blé*, 14^{s}.

Pour 2 ſommes 2 ſetiers & une quarte d'*huile*, 32^{l}. 6^{s}. 2^{d}.

Setier d'*avoine* 1^{l}. 4^{s}. 8^{d}. $\frac{88}{97}$. [Pour 2 muids & 1 minot d'avoine de céans, 30^{l}.

Setier de *blé* 11^{s}. 4^{d}. $\frac{56}{109}$. [Pour 4 muids 6 ſetiers & une mine de blé des granges, 31^{l}.

Setier de *blé* 17^{s}. 6^{d}. $\frac{6}{7}$. [Pour 14 setiers du blé de Villeneuve, 12^{l}. 6^{s}.
Pour 240 *toisons* à 10^{s}. la toison, 120^{l}.
Pour 9 *pourceaux* à lard, & 2 à manger, 28^{l}. 2^{s}. 9^{d}.
Peau de mouton 3^{s}. 5^{d}. $\frac{5}{7}$. [Pour 63 peaux de mouton, 10^{l}. 19^{s}.
Pinte de *sain* 1^{s}. 8^{d}. $\frac{61}{79}$. [Pour 19 setiers & 3 quartes de sain, 13^{l}. 13^{s}. 6^{d}.
Pour 60 aunes de *toile* à 3^{s}. 6^{d}. l'aune, 10^{l}. 10^{s}.
Mouton 18^{s}. 5^{d}. $\frac{43}{94}$. [Pour 188 châtris, 173^{l}. 9^{s}. 6^{d}. Le texte ajoute tout de suite ; *derechef*, *les moutons dessus dits*, &c.
Setier de *froment* 18^{s}. 0^{d}. $\frac{42}{53}$. [Pour 26 setiers & une mine de froment, 23^{l}. 18^{s}. 9^{d}.
Liv. de *cannelle* 9^{s}. 3^{d}. [Pour 10 liv. de cannelle, 4^{l}. 12^{s}. 6^{d}.
Setier de *pois* 1^{l}. 9^{s}. 6^{d}. [Pour 25 setiers de pois, 36^{l}. 19^{s}. 4^{d}. ob.
Pour 2 liv. de *safran*, 72^{s}.
Pour 20 liv. de *cumin*, 30^{s}.
Setier de *féves* 17^{s}. 6^{d}. [Pour 2 setiers & une mine de féves, 43^{s}. 9^{d}.
Mouton 13^{s}. 2^{d}. $\frac{1}{8}$. [Pour 48 bêtes à laine, 31^{l}. 12^{s}. 6^{d}.
Mouton 17^{s}. 3^{d}. $\frac{9}{13}$. [Pour 26 bêtes à laine, 22^{l}. 10^{s}.
Pour 10 setiers de gros *sel*, & 5 minots de blanc, 14^{l}. 6^{s}. 5^{d}. obole.
Pour 2 *pourceaux*, 6^{l}. 13^{s}.
Liv. d'*amandes* 1^{s}. 1^{d}. $\frac{91}{100}$. [Pour 400 liv. d'amandes, 23^{l}. 3^{s}. 8^{d}.
Pour 3 setiers de *pois*, 54^{s}. 9^{d}.
Liv. de *poivre* 12^{s}. [Pour 11 liv. de poivre, 6^{l}. 12^{s}.
Pour 6 setiers d'*orge*, 60^{s}. 8^{d}.
Liv. de *riz* 1^{s}. [Pour 20 liv. de riz, 20^{s}.
Pour 2 setiers de *vesce*, 38^{s}. 3^{d}.
Pour 1 liv. d'*encens*, 7^{s}.
Liv. de *sucre* 8^{s}. [Pour 5 liv. de sucre en pierre, 40^{s}.
Pour 2 milliers de *tuiles*, 110^{s}.
Liv. de *réglisse* 1^{s}. 4^{d}. [Pour 3 liv. de réglisse, 4^{s}.
Pain 3^{s}. 6^{d}. $\frac{66}{79}$. [Pour 158 pains vendus 28^{l}. 4^{s}.
Pour 2 setiers d'*avoine*, 26^{s}. 8^{d}.
Aune de *toile* 3^{s}. 10^{d}. [Pour 27 aunes & $\frac{1}{2}$ de nappes, 105^{s}. 5^{d}.
Pour 50 aunes de *voile* & 20 aunes de *toile*, 11^{l}. 10^{s}.
Pour 4 liv. de *fil*, 5^{s}. 4^{d}.
Aune de *toile* 3^{s}. 4^{d}. [Pour 40 aunes de toile blanche déliée, 6^{l}. 13^{s}. 4^{d}.
Aune de *toile* 1^{s}. 11^{d}. $\frac{19}{115}$. [Pour 230 aunes de toile écrue, 22^{l}. 4^{s}.
Aune de *toile* 2^{s}. 1^{d}. [Pour 30 aunes de toile à coutils, 62^{s}. 6^{d}.
Aune de *toile* 2^{s}. 4^{d}. [Pour 60 aunes de toile pour le Moulin, 7^{l}.
Pour 1 millier de *cerceaux*, 67^{s}. 9^{d}. obole.

Computus burseriæ à Festo Circumcisionis Domini anni 1341, usque ad sequentem Circumcisionem anni 1342.

De eo quod remansit in bursâ, ...	957[l].	10[f].	4[d].
De frumento, ...	304.		
De vino, ...	1090.	10.	
De oleo, ...	167.	15.	
De animalibus, ...	369.	6.	
De lanis & pellibus, ...	201.	10.	
De nemoribus, ...	2363.	11.	10. ob.
De debitoribus, ...	36.	10.	
De censu & reditu de locationibus domorum,	264.	2.	
De diversis accidentibus, ...	288.	5.	
&c.			
Summa totius expensæ, ...	5727[l].	14[f].	9[d]. ob.
Summa verò receptæ fuit, ...	6048.		2. ob.
Sic excedit recepta expensam, ...	320[l].	5[f].	5[d].

1342.

PR† Computus burseriæ à Festo Circumcisionis Domini anni 1342, usque ad Festum Paschæ anni 1343.

De eo quod remansit in bursa, 320[l]. 5[f]. 5[d].

De Frumento.

Setier de *blé* 44[f]. 5[d]. $\frac{1}{3}$. [Pro 18 sext. frumenti quod debuit nobis Magister, 40[l].

De Animalibus.

Porc 7[l]. 10[f]. [Pro 2 porcis qui erant apud . . . . , 15[l].

Pro blado empto.

Setier d'*orge* 54[f]. [Pro 5 modiis & 9 sext. de ordeo empto versus Abbatiam de Sigille ad mensuram Curiæ, sext. empto 54[f], val. 186[l]. 6[f].

Setier d'*avoine* 40[f]. boisseau 3[f]. 4[d]. [Pro 4 modiis avenæ, minus 3 boissellis, emptis ibid. ad dictam mensuram, sext. 40[f], val. 95[l]. 10[f].

* * *

Setier d'*avoine* 40[f]. [Pro 1 modio de avenâ empto à Borissa de tumba, 24[l].

Setier d'*avoine* mesure de Donne Marie 52[f]. [Pro 2 modiis avenæ emptæ à Chess. ad mensuram Donnæ Mariæ, sext. 52[f], val. 62[l]. 8[f].

Setier de *son* ou de gruau pour du pain 30[f]. [Pro uno modio de fursure empto apud Donnam Mariam pro pane, sext. 30[f], val. 18[l].

Setier de *son* 32[f]. [Pro 6 sext. & 1 mina de fursure empto ibidem, sext. 32[f], val. 10[l]. 8[f].

Setier de *son* 30[f]. [Pro 7 sext. de fursure empto ibidem, 10[l]. 10[f].

Setier de *son* 30^{s}. [Pro 6 sext. & 3 bichetis de sursure empto ibidem, 9^{l}. 15^{s}.

Setier de *son* 31^{s}. 6^{d}. [Pro 3 minis de sursure empto p. Magistrum Donnæ Mariæ 47^{s}. 3^{d}. de quo ... habuit 6 bichetos & Abbatia 6 bichetos.

Setier de *son* 32^{s}. [Pro 2 sext. de sursure empto apud Donnam Mariam pro grangiâ Belli visus, 64^{s}.

Setier de *son* 40^{s}. [Pro 1 sext. de sursure empto pro Grato loco, 40^{s}.

Setier de *son* 32^{s}. [Pro 2 aliis sext. de sursure empto pro dicto loco 64^{s}. per Magistrum loci.

Setier de *féves* 60^{s}. [Pro 1 sext. fabarum empto à Curato Egligny, 60^{s}.

Setier d'*orge* 40^{s}. [Pro 4 bichetis de ordeo empto à Priore de Herennio 20^{s}. per Magistrum Grati loci.

Pro una mina de *sursure* empto, 24^{s}.

Summa 369^{l}. 7^{s}. 6^{d}.

Pro animalibus emptis.

Cheval de voiture 32^{l}. 10^{s}. [Pro equo pro quadriga per Magistrum de Rumont, 32^{l}. 10^{s}.

Pro 2 *bobus* emptis pro Eschou 9^{l}. Vero ille à quo sunt empti habuit unum antiquum bovem dicti loci de Menex modici valoris.

Summa 41^{l}. 10^{s}.

Pro expensa grangiarum.

Apud Bellum visum, 23^{l}. 5^{s}. per talliam, (c'est *Beauvais.*)
Apud Gratum locum, 100^{s}. per talliam, (c'est *Grateloup.*)
Apud Eschou, 60^{s}. (c'est *Eschou.*)
Apud Camp. 6^{s}. per talliam, (c'est *Champereux.*)

Summa 37^{l}. 5^{s}.

Pro paga familiæ p. grang.

Apud Bellum visum, 14^{s}.
Apud Gratum locum, 9^{s}.
Apud Camp. 9^{s}.
Apud Eschou, 11^{s}.
Apud Boulein, 9^{s}. (c'est *Boulein près* d'*Eschou.*)
Apud . . . . 60^{s}.

Summa 112^{s}.

Aune de *toile* pour les tables du Réfectoire 3^{s}. 10^{d}. [Pro 89 ulnis de mappis pro Refectorio, quâlibet ulnâ emptâ 3^{s}. 10^{d}, val. 17^{l}. 11^{s}.

1343.

PR† Compotus burſeriæ à Feſto Paſchæ anni 1343, uſque ad Feſtum S. Johannis Baptiſtæ ejuſdem anni.

Setier de *froment* 100^{s}. [Pro 3 modiis, 4 ſext. de frumento, ſext. 100^{s}, val. 200^{l}.

Pro blado empto.

Setier de *blé* 38^{s}. 9^{d}. $\frac{15}{17}$. [Pro 2 ſext. & 1 bicheto empto apud Donnam Mariam, 4^{l}. 2^{s}. 6^{d}.

Setier de *blé* 40^{s}. [Pro 1 ſext. empto ibid. 40^{s}.

Setier de *blé* 40^{s}. [Pro 2 ſext. 4^{l}.

Setier de *blé* 40^{s}. [Pro 3 ſext. emptis ibid. p. Chaumont, 6^{l}.

Setier de *blé* 32^{s}. [Pro dimidio modio empto ibid. per Magiſtrum, ſext. 32^{s}, val. 9^{l}. 12^{s}.

Setier de *blé* 2^{l}. [Pro 2 ſext. emptis apud..... 4^{l}.

Setier de *blé* 2^{l}. [Pro uno alio ſext. empto ibid. 40^{s}.

Pro animalibus emptis.

	l.	s.	d.
Bœuf 11^{l}. [Pro quodam bove, ...	11.		
Bœuf 8^{l}. 15^{s}. [Pro 2 bobus emptis apud.	17.	10.	
Bœuf 8^{l}. [Pro alio empto ibid.	8.		
Bœuf 8^{l}. [Pro alio empto ibid.	8.		
Bœuf 9^{l}. [Pro alio empto ibid.	9.		
Summa	53^{l}.	10^{s}.	

Aune de *toile* 2^{s}. 3^{d}. $\frac{87}{118}$. [Pro 590 ulnis de telis communibus emptis, 68^{l}. 3^{s}. 9^{d}.

Aune de *toile* blanche 5^{s}. 10^{d}. [Pro 20 ulnis telæ albæ pro domino Abbate, quâlibet ulnâ emptâ 5^{s}. 10^{d}, val. 116^{s}. 7^{d}. ob.

Pro 209 ulnis de *Lormero*, quâlibet ulnâ emptâ 27^{d}. ob. val. 23^{l}. 18^{s}. 11^{d}. obole.

Pro 12 *tapeciis* de *Lorraico*, quolibet empto 9^{s}. 5^{d}. ob. val. 113^{s}. 6^{d}.

Aune de *toile* de table 3^{s}. 10^{d}. [Pro 41 ulnis mapparum pro Conventu, pro qualibet ulna 3^{s}. 10^{d}, val. 7^{l}. 17^{s}. 2^{d}.

Veau 32^{s}. 6^{d}. [Pro 3 vitulis emptis, 4^{l}. 17^{s}. 6^{d}.

Pro carnibus emptis à Feſto Paſchæ pro infirmis, 113^{s}. 8^{d}.

1344.

L. *Mouton* 9^{s}. 6^{d}. $\frac{70}{127}$. [Pour 127 moutons, 60^{l}. 12^{s}. 4^{d}.

Setier de *ſain* 11^{s}. 2^{d}. [Pour 7 ſetiers de ſain, 78^{s}. 2^{d}.

Setier de *froment* 13^{s}. 10^{d}. $\frac{746}{1015}$. [Pour 7 muids, une mine & 1 boiſſeau de froment, 58^{l}. 15^{s}. 3^{d}.

Setier de *pois* 1^{l}. 4^{s}. 6^{d}. $\frac{30}{79}$. [Pour 19 setiers, une mine & 1 minot de pois, 24^{l}. 4^{s}. 6^{d}.

Pour 6 setiers de gros *sel*, & une mine de blanc, 9^{l}. 0^{s}. 16^{d}.

Liv. d'*amandes* 8^{d}. $\frac{94}{325}$. [Pour 325 liv. d'amandes, 11^{l}. 4^{s}, 6^{d}.

Liv. de *poivre* 7^{s}. [Pour 14 liv. de poivre, 4^{l}. 18^{s}.

Liv. de *riz* 4^{d}. [Pour 20 liv. de riz, 6^{s}. 8^{d}.

Pour 1 liv. de *safran*, 16^{s}.

Liv. de *sucre* 5^{s}. [Pour 6 liv. $\frac{1}{2}$ de sucre, 32^{s}. 6^{d}.

Millier de *pommes* 10^{s}. [Pour 3 milliers de pommes, 30^{s}.

1345.

Mouton 7^{s}. 7^{d}. $\frac{265}{387}$. [Pour 387 moutons, 147^{l}. 16^{s}. 10^{d}. L.

Pourceau 22^{s}. 10^{d}. $\frac{14}{23}$. [Pour 23 pourceaux, 26^{l}. 6^{s}. 4^{d}.

Pinte de *sain* 1^{s}. 1^{d}. $\frac{49}{65}$. [Pour 16 setiers, & une quarte de sain, 7^{l}. 9^{s}.

Setier de *froment* 10^{s}. 1^{d}. $\frac{319}{349}$. [Pour 7 muids, 3 setiers & 1 minot de froment, 44^{l}. 6^{s}. 10^{d}.

Setier de *pois* 1^{l}. 5^{s}. 2^{d}. $\frac{14}{15}$. [Pour 22 setiers, & une mine de pois, 28^{l}. 8^{s}.

Liv. d'*amandes* 5^{d}. $\frac{11}{20}$. [Pour 400 liv. d'amandes, 9^{l}. 5^{s}.

Liv. de *poivre* 6^{s}. [Pour 12 liv. de poivre, 72^{s}.

Liv. de *riz* 6^{d}. [Pour 32 liv. de riz, 16^{s}.

Liv. de *sucre* 4^{s}. [Pour 6 liv. de sucre en pierre, 24^{s}.

1347.

Mouton 12^{s}. 2^{d}. $\frac{171}{194}$. [Pour 194 moutons, 118^{l}. 14^{s}. 7^{d}. L.

Pourceau 38^{s}. 6^{d}. [Pour 12 pourceaux à lard, 23^{l}. 2^{s}.

Setier de *sain* 11^{s}. 2^{d}. $\frac{2}{7}$. [Pour 17 setiers $\frac{1}{2}$ de sain, 9^{l}. 15^{s}. 10^{d}.

Setier de *froment* 15^{s}. 2^{d}. $\frac{37}{69}$. [Pour 5 muids, 9 setiers de froment, 52^{l}. 9^{s}. 7^{d}.

Setier de *pois* 13^{s}. 9^{d}. $\frac{7}{8}$. [Pour 2 muids, 8 setiers de pois, 22^{l}. 2^{s}. 4^{d}.

Liv. d'*amandes* 1^{s}. 5^{d}. $\frac{17}{25}$. [Pour 400 liv. d'amandes, 29^{l}. 9^{s}. 4^{d}.

Liv. de *poivre* 15^{s}. 10^{d}. [Pour 12 liv. de poivre, 9^{l}. 10^{s}.

Liv. de *riz* 1^{s}. 8^{d}. [Pour 20 liv. de riz, 33^{s}. 4^{d}.

Liv. de *sucre* 9^{s}. 0^{d}. $\frac{20}{23}$. [Pour 8 liv. $\frac{1}{2}$ & demi quarteron de sucre en pierre pour office de Dame Abbesse, 78^{s}. 3^{d}.

Setier de *sénevé* 55^{s}. 4^{d}. [Pour 3 boisseaux de sénevé, 13^{s}. 10^{d}.

1348.

Mouton 9^{s}. 0^{d}. $\frac{1}{2}$. [Pour 96 moutons, 43^{l}. 8^{s}. L.

Pourceau 2^{l}. 19^{s}. 9^{d}. $\frac{3}{5}$. [Pour 10 pourceaux à lard, 29^{l}. 18^{s}.
Setier de *ſain* 9^{s}. 2^{d}. $\frac{6}{7}$. [Pour 10 ſetiers $\frac{1}{2}$ de ſain, 4^{l}. 17^{s}.
Setier de *froment* 15^{s}. 2^{d}. $\frac{13}{15}$. [Pour 3 muids, 9 ſetiers de froment, 34^{l}. 5^{s}. 9^{d}.
Setier de *pois* 16^{s}. 10^{d}. $\frac{10}{11}$. [Pour 1 muid, & 10 ſetiers de pois, 18^{l}. 12^{s}.
Liv. d'*amandes* 1^{s}. [Pour 50 liv. d'amandes, 50^{s}.
Liv. de *poivre* 11^{s}. 6^{d}. [Pour 2 liv. de poivre, 23^{s}.

1350.

L. De 7 ſetiers de *blé* vendus chacun ſetier, 70^{s}.
Mouton 13^{s}. 7^{d}. $\frac{12}{25}$. [Pour 250 moutons, 170^{l}. 5^{s}. 10^{d}.
Pourceau 57^{s}. 10^{d}. $\frac{2}{7}$. [Pour 7 pourceaux à lard, 20^{l}. 5^{s}.
Pinte de *ſain* 1^{s}. 9^{d}. $\frac{12}{35}$. [Pour 8 ſetiers, & 3 quartes de ſain, 6^{l}. 4^{s}. 6^{d}.
Pour 4 ſetiers & mine de *ſel*, & une mine de blanc, 27^{l}. 7^{s}.
Setier de *froment* 4^{l}. 4^{s}. 0^{d}. $\frac{24}{195}$. [Pour 16 ſetiers, & 1 boiſſel de froment, 67^{l}. 11^{s}. 2^{d}.
Setier de *pois* & *féves* 105^{s}. 3^{d}. $\frac{9}{11}$. [Pour 10 ſetiers de pois, & 1 ſetier de féves, 57^{l}. 18^{s}. 6^{d}.
Liv. de *gingembre* 15^{s}. 4^{d}. [Pour 6 liv. de gingembre, 4^{l}. 12^{s}.
Liv. de *poivre* 16^{s}. 2^{d}. [Pour 6 liv. de poivre, 4^{l}. 17^{s}.
Liv. de *cannelle* 14^{s}. [Pour 2 liv. de cannelle, 28^{s}.
Liv. de *ſafran* 15^{l}. 4^{s}. [Pour 1 once $\frac{1}{2}$ de ſafran, 28^{s}. 6^{d}.
Liv. de *dragées* 18^{s}. [Pour 4 liv. de dragées, 72^{s}.
Cent de *pommes* 1^{s}. 11^{d}. $\frac{17}{55}$. [Pour 5 milliers, & 300 de pommes, 103^{s}.
Pour 11 ſetiers, & 2 quartes de *miel*, 6^{l}. 13^{s}. 10^{d}.
Tonneau de *vin* 12^{l}. 14^{s}. 4^{d}. $\frac{12}{37}$. [Pour 37 tonneaux de vin, 470^{l}. 11^{s}. 4^{d}.
Setier de *froment* 4^{l}. 4^{s}. 0^{d}. $\frac{24}{195}$. [Pour 16 ſetiers, & 1 boiſſel de froment, 67^{l}. 11^{s}. 2^{d}.
Pour *façons d'un arpent de vigne* à Dourdan, 7^{l}.
Quarteron de *bûches* 5^{l}. 0^{s}. 8^{d}. $\frac{4}{7}$. [Pour 35 quarterons de bûches, 176^{l}. 5^{s}.
Battage du muid de grain 18^{s}. 0^{d}. $\frac{27}{40}$. [Pour battre 13 muids, & 4 ſetiers de tous grains, 12^{l}. 9^{d}.
Pour un *cheval* acheté, 20^{l}. 6^{s}.

MURAT. To. 16. p. 57. Valſe à Roma al continuo uno *pane* grande di 12 à 18 uncie al peſo denari 12, il *biado* coſtàva il Rucchio ch'era 12 provende communali da lire 4 e ſoldi 10, in lire 5, il fiorino del oro valeva ſolidi 40, volendo di ſalario le fanti, femine rozze, & i ragazzi della

della stalla, il meno fiorini 12 l'anno & i piu sperti 18 & 24 fiorini l'anno.

1351.

En cettui an 1351, fut la plus très-grande cherté de tous biens qu'homme qui lors vecquit eut oncques veu au Royaume de France, & par espécial de grains; car un setier de *froment* valoit par aucun temps en ladite année 8l. P. un setier d'*avoine* 40s. P. un setier de *pois* 8l. P. & les autres grains à la value. (Mf. des Chroniques de France en velin appartenant à M. de Sardiere, p. 405. v°. sous le Roi Jean.)

1354.

Cent d'*œufs* 8s. 0d. $\frac{3}{40}$. [Pour 29 milliers & 200 d'œufs de somme, & 2 milliers 800 d'œufs n. 128l. 2s. 3d. L.

Mouton 24s. 3d. $\frac{10}{79}$. [Pour 237 moutons, 287l. 9s. 9d.

Pourceau 9l. 5s. 7d. $\frac{7}{11}$. [Pour 11 pourceaux, 102l. 2s.

Minot de *sel* 12s. 3d. [Pour 1 mine de blanc sel, 24s. 6d.

Setier de *froment* 29s. 4d. $\frac{14}{23}$. [Pour 8 muids 7 setiers 1 mine de froment, 152l. 0s. 15d.

Setier de *pois & féves* 43s. 0d. $\frac{12}{137}$. [Pour 5 setiers de pois, & 6 setiers & 1 minot & 2 boisseaux de féves, 24l. 11s.

Liv. d'*amandes* 2s. [Pour 26 liv. d'amandes, 52s.

1356.

Des choses vendues.

Setier de *blé* 12s. [Pour 19 setiers de blé vendus, 11l. 8s. L.

Setier d'*avoine* 29s. 10d. $\frac{10}{17}$. [Pour 8 setiers, & 1 mine d'avoine, 12l. 14s.

Pour 1 *torel* vendu, 6l.

Pour une *vache* vendue, 38s.

Mouton 11s. 3d. $\frac{93}{97}$. [Pour 97 moutons, 54l. 19s.

Minot de *sel* 9s. 10d. $\frac{2}{7}$. [Pour 1 setier 1 mine & 1 minot de gros sel, 69s.

Setier de *pois & féves* 30s. 4d. $\frac{4}{27}$. [Pour 11 setiers 1 mine & 1 minot de pois, & 1 setier & 3 minots de féves, 20l. 9s. 8d.

Setier de *froment* 17s. 8d. $\frac{20}{117}$. [Pour 2 muids, 5 setiers, & 1 minot de froment, 25l. 17s. 2d.

1360.

Le setier de *blé* valut un mouton d'or, qui couroit pour 25s. au titre de 22 Karats 4 gr. $\frac{1}{2}$ & du poids de 3 deniers 16 grains. ND.

1361.

L. Setier d'*avoine* 32^{s}. 10^{d}. $\frac{26}{43}$. [Pour 15 muids, 2 setiers, 1 mine & 1 minot d'avoine, vendus 300^{l}. 9^{s}. 6^{d}.

Cent d'*œufs* 7^{s}. 9^{d}. $\frac{423}{889}$. [Pour 10 milliers 668 œufs, 41^{l}. 11^{s}.

Pour 15 setiers, & 1 queue d'*huile*, 15^{l}. 10^{s}. 4^{d}.

Pourceau 3^{l}. 13^{s}. [Pour 10 pourceaux à lard, 36^{l}. 10^{s}.

Mouton 12^{s}. 3^{d}. $\frac{177}{247}$. [Pour 247 moutons, 152^{l}. 6^{d}.

Setier de *pois* & *féves* 46^{s}. 3^{d}. $\frac{15}{19}$. [Pour 12 setiers & 1 minot de pois, & 6 setiers, 1 mine, & 1 minot de féves, 44^{l}.

Minot de *sel* 13^{s}. [Pour 2 setiers, & 1 mine de sel, 6^{l}. 10^{s}.

Liv. de *gingembre* 5^{s}. 7^{d}. $\frac{1}{2}$. [Pour 8 liv. de gingembre, 45^{s}.

Liv. de *poivre* 5^{s}. 7^{d}. $\frac{1}{2}$. [Pour 8 liv. de poivre, 45^{s}.

Liv. de *cannelle* 7^{s}. [Pour 5 liv. de cannelle, 35^{s}.

Liv. de *riz* 1^{s}. [Pour 3 liv. de riz, 3^{s}.

Liv. d'*amandes* 1^{s}. 6^{d}. [Pour 10 liv. d'amandes, 15^{s}.

Pour 1 liv. de *sucre*, 10^{s}.

Liv. de *figues* & *raisins* 10^{d}. $\frac{1}{2}$. [Pour 4 liv. de figues & de raisins, 3^{s}. 6^{d}.

Cent de *pommes* 1^{s}. [Pour 12 cents de pommes, 12^{s}.

Setier de *froment* 30^{s}. 2^{d}. $\frac{370}{823}$. [Pour 11 muids, 5 setiers, 2 boisseaux de froment, 207^{l}. 3^{s}.

1365.

L. *Mouton* 10^{s}. 11^{d}. $\frac{21}{235}$. [Pour 235 moutons, 128^{l}. 7^{s}. 2^{d}.

Setier de *pois* & *féves* 18^{s}. 0^{d}. $\frac{64}{175}$. [Pour 15 setiers, mine & minot de pois, & pour 6 setiers & $\frac{1}{2}$ minot de féves, 19^{l}. 14^{s}. 5^{d}.

Minot de *sel* 18^{s}. 3^{d}. [Pour 1 setier de gros sel, 73^{s}.

Setier de *blé* 20^{s}. 3^{d}. $\frac{141}{641}$. [Pour 13 muids, 4 setiers & 1 minot de blé, 162^{l}. 8^{s}.

Queue de *vin* 4^{l}. 0^{s}. 10^{d}. $\frac{9}{16}$. [Pour 64 queues de vin, 258^{l}. 16^{s}. 4^{d}.

1369.

L. Cent d'*œufs* 6^{s}. 3^{d}. $\frac{9}{89}$. [Pour 17 milliers, & 800 d'œufs, 55^{l}. 14^{s}.

Mouton 10^{s}. 7^{d}. $\frac{13}{20}$. [Pour 240 moutons, 127^{l}. 13^{s}.

Setier de *pois* & *féves* 20^{s}. 4^{d}. [Pour 6 setiers de pois, & 3 setiers de féves, 9^{l}. 3^{s}.

Pour 4 setiers de gros *sel*, & 3 minots, 3 boisseaux de blanc, 16^{l}. 8^{s}. 6^{d}.

Liv. de *poivre* 4^{s}. 6^{d}. $\frac{6}{7}$. [Pour 5 liv. $\frac{1}{2}$ de poivre, & 1 liv. $\frac{1}{2}$ en poudre, 32^{s}.

Setier de *blé* 34^{s}. 2^{d}. $\frac{2}{89}$. [Pour 7 muids, 5 setiers de blé, 152^{l}. 1^{s}.

1372.

Cent d'*œufs* 4^{s}. 8^{d}. [Œufs 20400 payés 47^{l}. 12^{s}. L.
Setier de *ſain* 13^{s}. 5^{d}. $\frac{1}{7}$. [Pour 3 ſetiers & $\frac{1}{2}$ de ſain, 47^{s}.
Mouton 12^{s}. 4^{d}. $\frac{1}{14}$. [Pour 112 moutons, 69^{l}. 2^{s}.
Pour 2 *pourceaux*, 25^{s}.
Pour 25 quarterons de *bûches* de moule, le quarteron 2 francs, valent 50^{l}. (T.) qui valent 40^{l}. (P.)
Setier d'*avoine* 7^{s}. [Pour 6 ſetiers d'avoine, 42^{s}.
Setier de *ſon* 2^{s}. 9^{d}. $\frac{3}{13}$. [Pour 13 ſetiers de bren (ou de ſon) 36^{s}.
Liv. de *ſucre* 8^{s}. 8^{d}. $\frac{4}{7}$. [Pour 7 liv. de ſucre blanc, 61^{s}.
Aune de *toile* 3^{s}. 4^{d}. [Pour 14 aunes de toile, 46^{s}. 8^{d}.
Futaille 7^{s}. 6^{d}. $\frac{2}{3}$. [Pour 18 queues vuides, vendues 6^{l}. 16^{s}.
Setier d'*avoine* 7^{s}. 9^{d}. $\frac{1}{3}$. [De 12 muids d'avoine, vendus 56^{l}.
Saumon 17^{s}. 8^{d}. [Pour 3 ſaumons, 53^{s}.
Veau 13^{s}. [Pour 10 veaux, 6^{l}. 10^{s}.
Mouton 14^{s}. [Pour 140 bêtes à laine, moutons & brebis, 101^{l}. 10^{s}.
Porc 2^{l}. 15^{s}. 8^{d}. $\frac{4}{13}$. [Pour 13 porcs gras, 36^{l}. 4^{s}.
Setier de *ſain* 10^{s}. 5^{d}. $\frac{1}{3}$. [Pour 4 ſetiers & $\frac{1}{2}$ de ſain, 47^{s}.
Pour 1 ſetier de *pois* & *féves*, 30^{s}.
Pour 4 ſetiers, 1 mine & 1 minot de gros *ſel*, & 4 boiſſeaux de blanc, 24^{l}. 16^{s}. 6^{d}.
Setier d'*oignons* 48^{s}. 5^{d}. $\frac{1}{3}$. [Pour 1 mine, & 1 minot d'oignons, 36^{s}. 4^{d}.
Setier de *blé* 12^{s}. [Pour 12 muids de blé, 86^{l}. 8^{s}.

1375.

Pour 34 piéces de *poulailles*, 34^{s}. L.
Pour un ſetier de *ſain*, 12^{s}.
Millier d'*œufs* 2^{l}. 8^{s}. 2^{d}. & le cent 4^{s}. 9^{d}. $\frac{4}{5}$. [Pour 6 milliers d'œufs, 14^{l}. 9^{s}.
Mouton 11^{s}. 8^{d}. [Pour 60 moutons, 35^{l}.
Pour 1 cent de *celerin*, 32^{s}.
Pour 1 ſetier d'*huile*, 4^{l}.
Minot de *ſel* 25^{s}. 9^{d}. [Pour 1 ſetier de gros ſel, 103^{s}.
Setier de *pois* 21^{s}. 4^{d}. [Pour 3 ſetiers de pois, 64^{s}.
Pour 1 ſetier d'*oignons*, 66^{s}.
Setier de *froment* 15^{s}. 4^{d}. $\frac{1}{2}$. [Pour 8 ſetiers de froment, 6^{l}. 3^{s}.
Setier de *froment* 16^{s}. [Pour 20 ſetiers de froment, 16^{l}.
Queue de *vin* 12^{l}. [Pour 2 queues de vin vieil, 24^{l}.
Queue de *vin* 6^{l}. 8^{s}. [Pour 5 queues de vin nouvel, 32^{l}.

1376.

L. *Peau de mouton* 1^{ſ}. 9^{d}. $\frac{9}{11}$. [Pour 66 peaux de mouton, 6^{l}.

Pour 2 ſetiers de *blé*, 28^{ſ}.

Pour 2 charretées de *bûches*, 28^{ſ}.

Setier de *blé* 4^{ſ}. 5^{d}. $\frac{1}{3}$. [Pour 9 ſetiers de blé, 40^{ſ}.

Deux *chevaux* vendus, & 2 *juments*, 12^{l}. 16^{ſ}.

Pour 20 ſetiers d'*avoine*, à 5^{ſ}. 6^{d}. le ſetier, 110^{ſ}.

Pour 3 ſommes d'*huile*, 30^{l}. 16^{ſ}.

Minot de *ſel* 1^{l}. 6^{ſ}. 2^{d}. $\frac{18}{39}$. [Pour 4 ſetiers & 1 mine de gros ſel, & 6 boiſſeaux de délié blanc, 25^{l}. 11^{ſ}.

Charretée de *foin* 2^{l}. 8^{ſ}. 8^{d}. [Pour 12 charretées de foin, 29^{l}. 4^{ſ}.

Quarteron de *bûches* 1^{l}. 12^{ſ}. 1^{d}. $\frac{23}{25}$. [Pour 25 quarterons de bûches, 40^{l}. 4^{ſ}.

Fauchage de l'arpent d'avoine 2^{ſ}. 3^{d}. $\frac{9}{11}$. [Pour fauchage de 44 arpens d'avoine, 102^{ſ}.

Pour 1 *pourcel*, vendu 25^{ſ}.

Pour 4 mines de *veſce*, 14^{ſ}.

Setier d'*avoine* 9^{ſ}. 2^{d}. [Pour 1 muid d'avoine, 110^{ſ}.

Setier de *blé* 11^{ſ}. 2^{d}. $\frac{312}{317}$. [Pour 13 muids, 2 ſetiers, & 1 mine de blé, 89^{l}. 2^{ſ}. 11^{d}.

Setier de *blé* 6^{ſ}. 3^{d}. [Pour 8 ſetiers de blé, vendus 50^{ſ}.

Setier d'*avoine* 8^{ſ}. 10^{d}. $\frac{2}{5}$. [Pour 2 muids & $\frac{1}{2}$ d'avoine, 13^{l}. 6^{ſ}.

Cent d'*œufs* 3^{ſ}. 11^{d}. $\frac{69}{244}$. [Pour 24 milliers, & 400 d'œufs, 48^{ſ}. 17^{d}. obole.

Setier de *pois* & *féves* 20^{ſ}. 10^{d}. $\frac{1}{5}$. [Pour 18 ſetiers de pois, & 2 ſetiers de féves, 20^{l}. 17^{ſ}.

Setier de *blé* 10^{ſ}. [Pour 3 ſetiers, & 1 mine de blé, 35^{ſ}.

Setier d'*oignons* 2^{l}. 1^{ſ}. 5^{d}. $\frac{1}{3}$. [Pour 3 ſetiers d'oignons, 6^{l}. 4^{ſ}. 4^{d}.

Pourceau 2^{l}. 7^{ſ}. 1^{d}. [Pour 12 pourceaux, 28^{l}. 5^{ſ}.

Mouton 11^{ſ}. 6^{d}. $\frac{253}{331}$. [Pour 331 moutons, 191^{l}. 7^{ſ}. 7^{d}.

Setier de *blé* 11^{ſ}. 2^{d}. $\frac{312}{317}$. [Pour 13 muids, 2 ſetiers, 1 mine de blé, 89^{l}. 2^{ſ}. 11^{d}.

Queue de *vin* 4^{l}. 19^{ſ}. 7^{d}. $\frac{71}{79}$. [Pour 79 queues de vin, 393^{l}. 13^{ſ}.

1381.

Meſſe fondée à 2^{ſ}. P. *Hiſt. de Paris*, *Tom.* 3. *p.* 405.

1382.

L. Millier d'*œufs* 38^{ſ}. 11^{d}. $\frac{5}{9}$. [Pour 22 milliers, & 500 d'œufs, 43^{l}. 16^{ſ}. 8^{d}.

Mouton 9ˢ. 11ᵈ. $\frac{11}{85}$. [Pour 255 moutons, 126ˡ. 11ˢ. 6ᵈ.
Pourceau 2ˡ. 6ˢ. 2ᵈ. [Pour 12 pourceaux à lard, 27ˡ. 14ˢ.
Minot de *sel* 19ˢ. 8ᵈ. [Pour 4 boisseaux de sel blanc, 19ˢ. 8ᵈ.
Setier de *pois* & *féves* 21ˢ. 7ᵈ. $\frac{1}{17}$. [Pour 15 setiers de pois, & 2 setiers de féves, 18ˡ. 7ˢ.
Pour 3 sommes, & 7 quartes d'*huile*, 17ˡ. 6ˢ. 10ᵈ.
Setier de *blé* 10ˢ. 6ᵈ. $\frac{74}{123}$. [Pour 10 muids, 3 setiers de blé, 64ˡ. 17ˢ. 8ᵈ.

1385.

Setier de *blé* 14ˢ. 10ᵈ. $\frac{19}{210}$. [Pour 17 muids, 6 setiers de blé, 155ˡ. 16ˢ. 7ᵈ. L.
Pinte de *vin* 2ᵈ. $\frac{752}{1607}$. [Pour 37 queues, & 20 setiers de vin, 165ˡ. 5ˢ.

1388.

Famuli lucrantur Placentiæ omni anno pro quolibet eorum salario usque in Florenos auri 12, pedissequæ lucrantur usque in Florenos 7 auri quolibet anno, & habent victum sed vestitum non. Si unus habet ad presens 9 buccas in suâ familiâ & 2 roncinos, expendit omni anno ultra Florenos 300 auri valentes libras 480 Imperialium. *Le Florin valoit donc pour lors 32 sols impériaux.* MURAT. To. 18. p. 579.

1390.

Pour 1 panier de *poisson*, 42ˢ. L.
Carpe 3ˢ. 6ᵈ. $\frac{2}{3}$. [Pour 18 carpes, 64ˢ.
Pour 1 panier de *maquereaux*, 28ˢ.
Mouton 14ˢ. 6ᵈ. $\frac{218}{277}$. [Pour 277 moutons, 201ˡ. 18ˢ.
Pourceau 2ˡ. 12ˢ. 7ᵈ. $\frac{5}{13}$. [Pour 12 pourceaux, & 1 petit pourcel, 34ˡ. 4ˢ.
Pour 1 *torel*, 44ˢ.
Minot de *sel* 16ˢ. 7ᵈ. $\frac{1}{2}$. [Pour 4 setiers de gros sel, 13ˡ. 6ˢ.
Minot de *sel* 24ˢ. 8ᵈ. [Pour 6 boisseaux de sel blanc, 37ˢ.
Setier de *pois* 34ˢ. 8ᵈ. $\frac{8}{9}$. [Pour 13 setiers, 1 mine de pois, 23ˡ. 9ˢ.
Setier de *séneué* 6ˡ. [Pour 1 boissel de séneué, 10ˢ.
Setier de *blé* 20ˢ. 0ᵈ. $\frac{116}{633}$. [Pour 13 muids, 2 setiers, & 1 minot de blé, 158ˡ. 7ˢ. 5ᵈ.
Queue de vin 6ˡ. 1ˢ. 10ᵈ. $\frac{2}{61}$. [Pour 61 queues de vin, 371ˡ. 12ˢ.

1397.

Mouton 9ˢ. 9ᵈ. $\frac{21}{467}$. [Pour 467 moutons, 227ˡ. 15ˢ. L.
Pourceau 2ˡ. [Pour 6 pourceaux à lard, 12ˡ.

Minot de *sel* 18^{s}. 0^{d}. $\frac{3}{17}$. [Pour 4 setiers, & 1 minot de gros sel, 15^{l}. 6^{s}. 3^{d}.

Setier de *pois* & *féves* 32^{s}. 10^{d}. [Pour 11 setiers de pois, & 1 setier de féves, 19^{l}. 14^{s}.

Pour 2 sommes, & 2 setiers d'*huile*, 8^{l}. 7^{s}.

Setier de *blé* 13^{s}. 2^{d}. $\frac{95}{149}$. [Pour 12 muids, 5 setiers de blé, 98^{l}. 9^{s}. 9^{d}. obole.

Queue de *vin* 4^{l}. 1^{s}. 9^{d}. $\frac{27}{29}$. [Pour 29 queues de vin, 118^{l}. 13^{s}.

1398.

L. *Mouton* 10^{s}. 1^{d}. $\frac{57}{271}$. [Pour 271 moutons, 136^{l}. 17^{s}. 4^{d}.

Pourceau 41^{s}. 2^{d}. $\frac{2}{5}$. [Pour 10 pourceaux à lard, 20^{l}. 12^{s}.

Minot de *sel* 17^{s}. 6^{d}. $\frac{1}{2}$. [Pour 4 setiers, 1 mine de gros sel, 15^{l}. 15^{s}. 9^{d}. pite.

Minot de *sel* 26^{s}. 8^{d}. [Pour 7 boisseaux de sel blanc, 46^{s}. 8^{d}.

Setier de *pois* & *féves* 21^{s}. 7^{d}. $\frac{13}{17}$. [Pour 15 setiers de pois, & 2 setiers de féves, 18^{l}. 8^{s}.

Pour 2 sommes, & 4 setiers d'*huile*, 11^{l}. 12^{s}. 4^{d}.

Setier de *blé* 14^{s}. 2^{d}. $\frac{152}{393}$. [Pour 16 muids, 4 setiers, 1 mine de blé, 139^{l}. 10^{s}. 1^{d}.

Queue de *vin*, 4^{l}. 5^{s}. 3^{d}. $\frac{3}{25}$. [Pour 50 queues de vin, 213^{l}. 16^{s}.

1405.

L. *Façon du millier de fagots* 12^{s}. 7^{d}. $\frac{1}{17}$. [Pour faire 17 milliers de fagots, 10^{l}. 14^{s}.

Carpe 8^{s}. [Pour 12 carpes, 4^{l}. 16^{s}.

Merlan 8^{d}. $\frac{4}{25}$. [Pour 50 merlans, 34^{s}.

Mouton 12^{s}. 6^{d}. $\frac{128}{133}$. [Pour 266 moutons, 167^{l}. 6^{s}. 4^{d}.

Pourceau 2^{l}. [Pour 12 pourceaux à lard, 24^{l}.

Minot de *sel* 31^{s}. [Pour 8 boisseaux de sel blanc, 62^{s}.

Minot de *sel* 20^{s}. [Pour 6 setiers de gros sel, 24^{l}.

Setier de *pois* 19^{s}. 5^{d}. $\frac{13}{19}$. [Pour 9 setiers, & 1 mine de pois, 9^{l}. 5^{s}.

Setier de *froment* 18^{s}. 2^{d}. $\frac{11}{196}$. [Pour 16 muids, & 4 setiers de froment, 178^{l}. 19^{d}.

Pour 38 queues de *vin* à 10 liv. la queue, 380^{l}. 9^{s}.

Somme de *charbon* 5^{s}. 5^{d}. $\frac{3}{5}$. [Pour 15 sommes de charbon, 4^{l}. 2^{s}.

1406.

L. *Carpe* 4^{s}. 11^{d}. $\frac{1}{5}$. [Pour 20 carpes, 4^{l}. 18^{s}. 8^{d}.

Carpe 5^{s}. 0^{d}. $\frac{12}{19}$. [Pour 19 carpes, 4^{l}. 16.

Mouton 10^{f}. 9^{d}. $\frac{13}{15}$. [Pour 330 moutons, 178^{l}. 11^{f}. 4^{d}.
Pourceau 33^{f}. 2^{d}. $\frac{10}{13}$. [Pour 13 pourceaux à lard, 21^{l}. 12^{f}.
Minot de *ſel* 32^{f}. [Pour 6 boiſſeaux de ſel blanc, 48^{f}.
Minot de *ſel* 21^{f}. 8^{d}. [Pour 6 ſetiers de gros ſel, 26^{l}.
Setier de *blé* & d'*avoine* 14^{f}. 11^{d}. $\frac{107}{227}$. [Pour 17 muids & 11 ſetiers de blé, & 1 muid d'avoine, 169^{l}. 15^{f}.
Pour 12 queues de *vin*, à 11 francs & 12 francs la queue.
Pour 52 queues, & 1 poinçon de *vin*, 542^{l}. 8^{f}.

1409.

Pilloient, roboient, tuoient, eſpécialement ceux au Comte d'Armagnac, dont ſi grande cherté s'enſuivit de pain (à Paris) que plus d'un mois le ſetier de bonne *farine* valoit 50 francs ou 60. J. P. p. 32

1410.

Vers Noël, ſetier de très-bon *blé* pour 18^{f}. ou 20^{f}. Pariſis, autrement 22^{f}. 6^{d}. Tournois, ou 25^{f}. Tournois. J. P. p. 44

1411.

Carpe 4^{f}. 3^{d}. $\frac{3}{7}$. [Pour 14 carpes, 60^{f}. L.
Mouton 10^{f}. 5^{d}. $\frac{17}{165}$. [Pour 330 moutons, 172^{l}. 4^{d}.
Pour 2 *vaches*, & 1 *veau*, 6^{l}. 8^{f}.
Setier de *farine* 18^{f}. [Pour 6 ſetiers de farine, 108^{f}.
Minot de *ſel* 16^{f}. [Pour 2 ſetiers, & 1 minot de gros ſel, 7^{l}. 4^{f}.
Minot de *ſel* 24^{f}. [Pour 3 boiſſeaux de ſel blanc, 18^{f}.
Pour 2 ſommes, & 2 pots d'*huile*, 16^{l}. 12^{d}.
Setier de *pois* 32^{f}. [Pour 1 minot de pois, 8^{f}.
Setier de *blé* & d'*avoine* 15^{f}. 9^{d}. $\frac{79}{497}$. [Pour 20 muids, 3 ſetiers, & mine de blé, & 5 ſetiers d'avoine, 195^{l}. 17^{f}. 2^{d}.
Queue de *vin* 7^{l}. 9^{f}. 8^{d}. $\frac{2}{13}$. [Pour 52 queues de vin, 389^{l}. 5^{f}.

1413.

Des choſes vendues.
Cent de *toiſons* 12^{l}. 16^{f}. [Pour 200 $\frac{1}{2}$ de toiſons de laine, 32^{l}. L.
Setier d'*avoine* 13^{f}. [Pour 8 ſetiers d'avoine vendus, 104^{f}.
Veau 21^{f}. 4^{d}. [Pour 6 veaux vendus, 6^{l}. 8^{f}.
Mouton 10^{f}. 8^{d}. $\frac{155}{342}$. [Pour 342 moutons, 183^{l}. 11^{d}.
Pourceau 38^{f}. 5^{d}. $\frac{7}{13}$. [Pour 13 pourceaux, 25^{l}.
Minot de *ſel* 19^{f}. 11^{d}. $\frac{9}{11}$. [Pour 5 ſetiers 1 mine de gros ſel, 21^{l}. 19^{f}. 8^{d}.

Minot de *sel* 23ˢ. [Pour 8 boisseaux de sel blanc, 46ˢ.
Setier de *pois* 1ˡ. 5ˢ. 2ᵈ. [Pour 6 setiers de pois, 7ˡ. 11ˢ.
Setier de *blé* 13ˢ. 1ᵈ. $\frac{2}{9}$. [Pour 9 muids de blé, 70ˡ. 15ˢ.
Queue de *vin* 5ˡ. 16ˢ. 2ᵈ. $\frac{14}{65}$. [Pour 32 queues $\frac{1}{2}$ de vin, 188ˡ. 16ˢ.

1414.

J. P. p. 26. Sept ou huit Mars, à cause du débordement de la Seine, moule de *bûche*, 9 ou 10ˢ. P. autrement 11ˢ. 3ᵈ. ou 12ˢ. 6ᵈ. T.
Cent de *cotrets*, 28 ou 32ˢ. P. autrement 35 ou 40ˢ. T.
Sac de *charbon* 12ˢ. P. ou 15ˢ. T.

1415.

J. P. p. 28. Décembre. Fut le *pain* très-cher; car le pain qu'on avoit devant pour 8 blancs (ou 3ˢ. 4ᵈ. T.) valoit 5ˢ. P. (ou 6ˢ. 3ᵈ. T.)
Bon *vin* 2ᵈ. pour la pinte.
Trois *œufs* pour 1 blanc, ou 5ᵈ. T.
Fromage commun pour 3 ou 4ˢ. P.

1416.

J. P. p. 30. Huitiéme Mai. Le *pain* fut très-cher, & coûtoit bien la douzaine, qu'on avoit devant pour 18ᵈ, 4ˢ. P. ou 5ˢ. T. (ainsi l'augmentation étoit de 3 à 8.)

1417.

J. P. p. 31. Vingt-neuf Mai, la pinte de *vin* sain & net, 1ᵈ.
Vingt-neuf Mai, furent criés à prendre petits moutons d'or pour 16ˢ. P. qui n'en valoient pas plus de 11ˢ. P.
Douze Septembre, la livre de *beurre* salé, 2ˢ. P.
Deux ou trois *œufs*, 4ᵈ. P.
Le *vin* qu'on avoit en Août pour 2ᵈ. coûtoit en Septembre suivant, 4 ou 6ᵈ. P.

p. 33. Minot de *sel* 22ˢ. 6ᵈ. T. [Le setier de sel coûtoit 4 écus de 18ˢ. P. piéce.

p. 34. Après la Toussaint enchérit tellement la *bûche*, que le cent de bons cotrets valoit 2 francs.
Et vingt-quatre moyennes *bûches*, & celle de Bondis, 20ˢ. P.
La *bûche* de Mole valoit 10ˢ. P. le Mole.

p. 35. Un petit quartier de *mouton*, 7 ou 8ˢ. P.
Un petit morceau de *bœuf* de bon endroit, 2ˢ. P. qu'on avoit en Octobre pour 6ᵈ. P.

Froissure

Froissure de mouton, 2 ou 3 blancs (10 ou 15^{d}. T.)
Tête de mouton, 6^{d}. P.
Livre de *beurre* salé 8 blancs (ou 3^{s}. 4^{d}. T.)
Un petit *porc* 60^{s}. ou 4 francs.
Douziéme Avril, quarteron d'*œufs* 8 blancs (ou 3^{s}. 4^{d}. T.) p. 36.
Idem, livre de *beurre* salé 7 ou 8 blancs (ou 3^{s}. 4^{d}. T.)

1418.

Agneau 10^{s}. [De 50 agneaux vendus la piéce 10^{s}. valent 25^{l}. L.
Agneau 24^{s}. [Pour 18 agneaux vendus la piéce 24^{s}. valent 21^{l}. 12^{s}.
Veau 36^{s}. 4^{d}. $\frac{4}{11}$. [Pour 11 veaux vendus, 20^{l}.
Marc d'argent 13 francs. [De la vaisselle vendue ; en premier 5 tasses d'argent pesant 3 marcs 5 onces 19 esterlins, chacun marc 13 francs, valent 38^{l}. 18^{s}.
Marc d'argent 10^{l}. 15^{s}. 5^{d}. $\frac{3}{5}$. [Item, 1 gobelet doré pesant 7 onces $\frac{1}{2}$ a été vendu 10^{l}. 2^{s}.
Marc d'argent 11^{l}. 12^{s}. [Item, le 5 jour d'Août que le Couvent étoit à Paris pour cause des Anglois, & n'avoit point de *vin*, pour ce fut vendu 4 *marcs* & 7 *onces* de la vaisselle du Trésor, chacun marc 11^{l}. 12^{s}. valent les 4 marcs & 7 onces, 56^{l}. 11^{s}.
Des choses vendues à Dourdan.
Setier de *blé* 7^{s}. 6^{d}. $\frac{6}{11}$. [Pour 11 setiers de blé vendus, 4^{l}. 3^{s}.
Setier d'*avoine* 6^{s}. 10^{d}. $\frac{1}{2}$. [Item, 8 setiers d'avoine, 55^{s}.
Queue de *vin* 2^{l}. 9^{s}. 7^{d}. $\frac{1}{5}$. [Pour 15 queues de vin vendues, 37^{l}. 4^{s}.
Le *vin* & le *grain* dessus dit, a été vendu hâtivement & à petit prix pour cause de gens d'armes qui étoient audit lieu.

Mise.

Carpe 4^{s}. 7^{d}. $\frac{5}{13}$. [Pour 13 carpes, 60^{s}.
Pour 2 *bœufs* & 2 *vaches*, 19^{l}. 19^{s}.
Mouton 9^{s}. 7^{d}. $\frac{3}{31}$. [Pour 155 moutons, 74^{l}. 6^{s}. 8^{d}.
Pourceau 3^{l}. 3^{s}. 6^{d}. $\frac{2}{3}$. [Pour 6 pourceaux, 19^{l}. 16^{d}.
Fléche de lard 2^{l}. 16^{s}. [Pour 4 fléches de lard, 11^{l}. 4^{s}.
Douzaine de pains 6^{s}. 1^{d}. $\frac{11}{13}$, pain 6^{d}. $\frac{2}{13}$. [Pour 13 douzaines de pains, 4^{l}.
Minot de *sel* 17^{s}. 10^{d}. [Pour 3 setiers de gros sel, 10^{l}. 14^{s}.
Minot de *sel* 26^{s}. 11^{d}. $\frac{5}{9}$. [Pour 9 boisseaux de blanc sel, 60^{s}. 8^{d}.
Quarte d'*huile* 10^{s}. 6^{d}. $\frac{1}{17}$, pinte 5^{s}. 3^{d}. $\frac{1}{34}$. [Pour 34 quartes d'huile, 17^{l}. 17^{s}. 2^{d}.
Setier de *pois* 3^{l}. 16^{s}. [Pour 7 setiers, 1 mine & 1 minot de pois, 29^{l}. 9^{s}.
Setier de *féves* 3^{l}. 10^{s}. 1^{d}. $\frac{11}{13}$. [Pour 1 setier & 1 boissel de féves, 76^{s}.
Pour 1 livre de *dragées*, & $\frac{1}{2}$ livre de *madriens* pour l'office de Dame Abbesse, 15^{s}.

Pour 1 liv. de *gingembre* colombin, 9^{s}.
Setier de *blé* 2^{l}. 2^{s}. 7^{d}. $\frac{35}{443}$. [Pour 9 muids, 2 ſetiers & 3 minots de blé à pluſieurs prix, 235^{l}. 16^{s}. 10^{d}.
Setier de *blé* 2^{l}. 14^{s}. 6^{d}. $\frac{234}{301}$. [Pour 4 muids & 2 ſetiers, & 2 boiſſeaux de blé à pluſieurs prix, 136^{l}. 17^{s}. 4^{d}.
Setier de *blé* 13^{s}. 4^{d}. [En l'an 1417, 2 muids de blé, 16^{l}.
Setier d'*orge* 27^{s}. 5^{d}. $\frac{1}{3}$. [Pour 4 ſetiers & 1 mine d'orge, 6^{l}. 3^{s}. 6^{d}.
Pour 8 queues, & 9 poinçons de *vin*, 266^{l}. 16^{s}.
Pinte de *vin* 5^{d}. $\frac{2}{3}$. [Pour 9 ſetiers de vin, 34^{s}.
Pour 1 poinçon de *vin*, 4^{l}.
J. P. p. 45. Vingt Juillet, la *bûche* de Bondy, 13 ou 14^{s}. P. celle de Grève la plus petite, 20^{s}. P.
Le mole de *bûche*, 10^{s}. P.
Le ſac de *charbon*, 13 ou 14^{s}. P.
Deux ou trois *œufs*, 1 blanc.
La livre de *beurre*, 6 blancs.
Très-petit *vin* la pinte, 6^{d}. P.
p. 48. Septembre, cent de bonnes *bûches*, 2 francs.
Sac de *charbon*, 16^{s}. P.
Le *moule*, 10 ou 12^{s}. P.
Livre de *beurre* ſalé, 7 ou 8 blancs.
Un *œuf*, 2^{d}. P.
Petit *fromage*, 3^{s}. P.
Petites *poires* & *pommes* la piéce, 1^{d}. P.
Deux petits *oignons*, 2^{d}. P.
Petit *vin*, 2 ou 3 blancs.

p. 49. Septembre. Mortalité; en moins de cinq ſemaines, trépaſſa en la Ville de Paris plus de 50 mille perſonnes, & tant trépaſſa de gens qu'on enterroit 4, 6 ou 8 Chefs d'hôtel à une *Meſſe* à Note, & bien ſouvent en convenoit payer 16 ou 18^{s}. P. & d'une *Meſſe* baſſe, 4^{s}. P.

p. 50. Un enfant de 14 ans mangeoit bien pour 8 deniers de *pain* à leure (ou alors) & coûtoit la douzaine 6^{s}. P. qu'on avoit eu pour 7 ou 8 blancs, (c'eſt-à-dire, pour 2^{s}. 11^{d}. ou 3^{s}. 4^{d}. T.)
Novembre, petit *fromage*, 10 ou 12 blancs.
Quarteron d'*œufs*, 5 ou 6^{s}. P.
Le *bœuf*, 38 francs.
Petite *bûche* de Marne verte, 40^{s}. P. ou 3 francs le cent.
Le *mole*, 12^{s}.
Le cent de méchantes *bourrées*, 36^{s}. P.
Un quarteron de *poires* d'angoiſſe, 4^{s}. P.
Et de *pommes*, 2^{s}. P. ou 6 blancs.
Livre de *beurre* ſalé, 8 blancs.
Une paire de *ſouliers* qu'on avoit pour 8 blancs, (ou 3^{s}. 4^{d}. T.)

coûtoit 16 ou 18 blancs (6ſ. 8d. ou 7ſ. 6d. T.)
Petit *pourcel*, 6 ou 7 francs.
Décembre, livre de *chandelle* 7 ou 8 blancs, ou (2ſ. 11d. ou 3ſ. 4d. T.) p. 51.
Le ſetier de *blé* valoit 4 ou 5 francs.
Petit *pain* la douzaine, 7ſ. P. (ou 8ſ. 9d. T.)
Froiſſure de mouton, 12d. P. (15d. T.)
Petite piéce de chair, 6 blancs.
Petit *fromage*, 4ſ. P.
Trois *œufs*, 3 blancs.
Livre de *beurre* ſalé, 4ſ. P.
Dix Janvier, quarteron de petites *pommes*, 16d.
Chaque *pomme*, 4d.
Le cent de *harengs* ſaures, 3 écus. p. 52.
Le cent de *harengs* caqués, 4 francs.
Deux petits *oignons*, 1d.
Quatre *navets*, 2d.
Un boiſſeau de bons *pois*, 10 ou 12ſ. P.
Boiſſeau de *féves*, 10 ou 12ſ. P.
Le cent de *noix*, 16d.
La pinte d'*huile* d'olive, 6ſ. P.
Livre de *ſain-doux*, 12 blancs.
La chopine, 18d.
La livre de *fromage* de preſſe, 3ſ. P.

Tout étoit tant cher, que chacun denier coûtoit 4 deniers de toutes choſes, ſinon de métaux, comme airain ou étain.
Airain avoit-on pour 6d. la livre.
Etain pour 8 ou 10d. la livre.
Potin, 4d. la livre.
Mais *argent* valoit 10 francs le marc.
Un des petits *moutons* devant dits de 16ſ. valoit 20ſ. P.
Mars, *marc d'argent* valut 14 francs.
Setier de bon *blé*, 100ſ. P.
Pinte de bonne *huile* de noix, 7 ou 8ſ.

Quinze Mars, le *blé* fut ſi cher, que le ſetier valut 8 francs; & environ huit jours à l'iſſue dudit mois, fut crié par les carrefours de Paris, que nul ne fut ſi hardi qu'il vendit blé *ſeigle* plus de 4 francs le ſetier, le meilleur ſetier de *méteil* plus de 60ſ. P. le meilleur *froment* plus de 72ſ. P. & que nul Moulnier ne prinſt point de la *mouture* que argent, c'eſt à ſavoir 8 blancs pour ſetier; & chacun Boulanger fit bon pain blanc, pain bourgeois, & pain feſtiz à toute ſa fleur, & de certain prix dit ou cri. Quand les marchands qui alloient aux blés, & les Boulangers ouirent le cri, ſi ceſſerent de cuire, & les marchands d'aller hors, & auſſi ils n'y alloient point, & n'allaſſent qu'à une lieue de Paris, que ce ne fût sur leur vie.

R. PA. Vingt-six Novembre. Lettres ordonnant aux Maîtres des Forêts de Champagne & Brie, de faire couper & vendre ès Forêts de Bondy pour Paris chaque arpent pour 8l. T. & au-dessous jusqu'à 6l. T. ordonnent aux Marchands de vendre le bois à prix raisonnable, & qu'ils délivrent désormais le *mole* de bûche pour 6s. P. & au-dessous, & le cent de *cotrets* pour 16s. P. & au-dessous.

Vingt-deux Décembre. Le Parlement ordonne aux Marchands de vendre à prix raisonnable, à savoir chaque *mole* de bûche pour 6s. P. & au-dessous; le cent de *cotrets* des plus petits à 16s. les moyens à 20s. & les meilleurs à 24s. P. & au-dessous; & les *bourrées* à prix raisonnable.

Histoire de Rouen, to. 1. p. 144 & 147. Dans la Capitulation de Rouen rendu à Henry V. Roi d'Angleterre le 13 Janvier 1418, la Ville payera au Roi 300 mille Ecus d'or, deux desquels égaleront un Noble d'Angleterre, ou au lieu de chaque Ecu 30 grands blancs ou 15 gros, chaque Ecu valant 25s. T.

J. P. p. 53. Vers la fin du Carême vint des *hannons* (a) de fois à autres, mais on vendoit le sac 26s. P. comme on avoit vu avoir pour 5 blancs autrefois; & n'en avoit-on que bien peu pour 5 ou 6 blancs.

Et vint un peu de *figues* grasses & rudes, & si en vendoit-on la livre 2s.

Et toujours un *hareng* caqué bon 8d. P. un saure 6d.

Une petite *seiche*, 3 ou 4 blancs.

Et enchérirent tant les *oignons*, que une petite botte, de 20 ou 24 oignons, coûtoit 4s. P.

L. M. To. 2. p. 342. Au 5 Mars 1418, le setier de *blé* coûtoit 4 Ecus à Paris; le setier de *méteil* 60s. P. de *seigle* 48s. P. l'Ecu valoit 22s. 6d. T. c'étoit 4l. 10s. T. le setier, ou 72s. P. comme il est dit de l'autre part dans le Journal de Paris, p. 52.

1419.

J. P. p. 53. Seize Avril. En ce temps furent Pâques le 16 jour d'Avril 1419. Lors fut la *chair* si chere, qu'un *bœuf* qu'on avoit donné maintesfois pour 8 francs, ou pour 10 tout au plus, coûtoit 50 francs.

Un *veau* 4 ou 5 francs.

Un *mouton* 60s. ou 4 francs.

Toute chair qu'on pouvoit manger, fut volaille ou autre, étoit tant chere; car un homme eut bien mangé à son repas pour 6 blancs de bon bœuf, ou mouton, ou lard.

Et n'avoit-on que deux *œufs* pour 2 blancs.

Un *fromage* mol 6 ou 8 blancs.

(a) Espéce de Coquillage.

La livre de *beurre* salé 14 blancs, le frais 18 blancs.
Une *froissure de mouton*, 2ſ. ou 8 blancs.
Un *pied de mouton*, 4d.
La *tête de mouton*, 3 ou 4 blancs.

Et toujours couroient les Armagnacs, comme ci-devant est dit, tuoient, pilloient, boutoient feu par tout, sur femmes & sur hommes, sur grains, & faisoient pis que Sarrasins, & nul ne les contredisoit.

Le 8 & 9 jour de Juin ensuivant, après les trèves devant dites environ six jours, vint tant de biens à Paris, de lard, de fromage de presse, qu'ils étoient entassés ès halles aussi haut qu'un homme, & fut donné pour 2 blancs ou pour 2 francs, ce qui coûtoit 6 la semaine de devant; & vint tant d'aulx à Paris, que ce qui coûtoit 12 ou 15ſ. la semaine de devant, étoit donné pour 5 ou 6 blancs: & vint grand foison de pain de Corbeil, de Melun & du plat-pays d'entour Paris, qu'ils avoient des biens aux bonnes Villes; & si en vint d'Amiens & de par-delà; mais peu amenda du marché de tousjours, fors qu'il étoit bien plus blanc. p. 54.

Onze Juin. La Vigile de la Trinité vint tant de poisson à Paris, que on avoit 4 ou 5 bonnes *soles* pour un gros, & l'autre marée à la value; & fut la Trinité le jour S. Barnabé 11 jour de Juin l'an 1419.

La semaine ensuivant fut crié que on prenist les moutons devant dits de 16ſ. pour 24ſ. P. dont les Marchands de loin furent plus éloignés que devant de venir marchander à Paris, ne nul n'y venoit qui de la monnoie tenit compte au prix qu'elle couroit en ce temps; car il couroit à Paris blancs de Bourgogne de 8d. P. piéce que on appelloit *Lubres* qui ne valoient mie 3 deniers, & avec ce étoient rouges comme mériaux. Si eussiez vu par tout Paris ou marchandise couroit, toujours débat fut à pain ou à vin, ou à autre chose.

Août. Les garnisons & soldats courans firent tout enchérir, tellement que le *blé* qui ne valoit que 40ſ. P. (ou 50ſ. T.) valut tantôt après 6 ou 7 francs. p. 57.

Un setier de *pois* ou *féves*, 10 ou 12 francs.

Fromage, œufs, beurre, aulx, oignons, bûche, char, bœuf, toutes choses de quoi gens & bêtes & enfans pouvoient vivre, enchérirent tellement, que très-petite *bûche* valoit 3l. le cent.

Et pour cette cherté, fut ordonné le Bois de Vincennes à être coupé, & coûtoit le *mole* 16ſ. ou 18ſ. P. & n'en avoit-on que 32 pour mole.

Une somme de *charbon* 3l. qu'on avoit eu autrefois aussi bonne pour 5 ou pour 6ſ.

Les petits enfans ne mangerent point de lait; car pinte coûtoit 10 ou 12d. Certes en icelui temps pauvres gens ne mangerent ne chair ne graiſſe; car un petit enfant eut bien mangé pour 3 blancs de chair à ſon repas.

La pinte de bon *ſain-doux*, 4 ou $5^{ſ}$. P.

Un *pied de mouton*, 4^{d}.

Un *pied de bœuf* 7 blancs, & les tripes à la value.

Beurre ſalé, $4^{ſ}$.

Un *œuf*, 8^{d}.

Un petit *fromage*, $7^{ſ}$. P.

Une paire de *ſouliers* à homme, $8^{ſ}$. P.

Un *patin*, 8 blancs.

Bœuf, & toutes autres choſes quelconques étoient enchéries pour la mort du bon Duc, & ſi ne gagnoit-on denier, & ſi ne valoit rien la monnoie blanche; car un blanc de 16^{d}. ne valoit pas plus de 3^{d}. en argent, & un écu d'or du temps paſſé, valoit $38^{ſ}$. P.

Pour un *marc d'argent*, 14 francs.

Rymer, to. 9. p. 798. Septembre. Le *marc d'argent* fin monnoyé, valoit en Normandie à Rouen, 15^{l}.

J. P. p. 60. Quatre Novembre. La troiſiéme cauſe, tout étoit ſi cher à Paris; que le plus ſage ne s'y ſavoit vivre, ſpécialement *pain* & *bûche* qui étoient ſi chers, que oncques depuis 200 ans n'avoient été, & la chair; car à Noël un *quartier de mouton*, quand il étoit bon, coûtoit $24^{ſ}$. P. la chair d'un *mouton*, 6^{l}. une *oue*, $16^{ſ}$. P. & l'autre à la value.

p. 61. Décembre. En ce temps on n'avoit pas trop bon *blé* pour 10^{l}. le ſetier, dont chacun franc valoit $16^{ſ}$. P. & ſi coûtoit le ſetier à *moudre*, 8 ou $10^{ſ}$. P. ſans ce que le Meûnier en prenoit à mau profit.

Pour ce fut ordonné que le blé, quand on le bailleroit au Meûnier feroit peſé & rendroit la farine par poids, & avoit-on du ſetier peſant 8^{d}. & le Meûnier du *moudre*, $4^{ſ}$. P.

Mars. En ce temps on ne faiſoit point de *pain* blanc, & ſi n'en faiſoit-on point de moins de 8^{d}. pour la piéce, par quoi pauvres gens n'en pouvoient finer, & le plus de pauvres gens ne mangeoient que pain de noix.

Trois Avril. En ce temps en Carême étoit celle cherté; car il n'y avoit ni *épices*, ni *figues*, ni *raiſins*, ni *amandes*; de chacun ſe coûtoit la livre $5^{ſ}$. P.

Huile d'olive, $4^{ſ}$. P.

Aune de *drap* à teindre en vert ancre, coûtoit $14^{ſ}$. P.

Hiſtoire de Paris, to. 2. p. 798. En Mars le *blé* étoit monté à un prix exceſſif. Le ſetier de *froment* y valut juſqu'à 11 & 12 francs d'or.

Le ſetier de *pois* & de *féves* autant.

L'*avoine*, 8^{l}.

Et le millier de *foin*, 20^{l}.

J. P. p. 62. A Pâques, le *quartier du bon mouton*, $32^{ſ}$. P.

Petite *queue de mouton*, 10ſ. P.
Tête de veau, 12ſ. P.
Froiſſure de mouton, 12ſ. P.
La (livre de) *vache*, 6ſ. P.
Le 8 Mai, 1 ſetier de *blé* coûtoit à Paris 5 écus. *Lamare*, *to.* 2. *p.* 344.

Vingt Septembre. *Bladum* de Mory appreciaverunt & juraverunt quod ſextarium non valebat ipsâ die, ultrà 54ſ. P. ND.

1420.

Drap de 16ſ. valoit 40ſ. P. J. P. p. 62.
Serge 16ſ. P.
L'aune de bonne *toile*, 12ſ. P.
Et de *futaine* 16ſ. P.
Une paire de *ſouliers* valoit 10ſ. P. p. 71.
Une paire de *chauſſes*, 2 francs ou 40ſ.
Un écu d'or de 18ſ. valoit en ce temps-là 4 francs, ou plus.
Un bon noble d'Angleterre, 8 francs.
Quatre vieux deniers P. valoient mieux qu'un gros de 16 deniers, qui pour lors couroient.
Et fut mis le *pain* de 8d. à 10d. & celui de 16 à 20.
Liv. de bonne *chandelle*, 10 blancs.
Un *œuf*, 4d.
Liv. de *fromage*, 8 blancs.
A la S. Remi fut crié le *pain* de 5 blancs à 2ſ. P. celui de 10d. à 12d.
Un *œuf*, 6d.
Un *hareng* caqué, 12d. *hareng* poudré, 5 blancs.
Le *vin* étoit ſi cher, qu'on vendoit une queue du cru d'entour de Paris, 21 ou 22 francs.
Setier de bonne *farine*, 16 ou 17 francs.
Méchante *bûche* de Marne, 4 francs.
Décembre. Un *pain* qu'on avoit au temps devant pour 4d. P. coûtoit 40d. P.
Setier de *farine*, 24 francs.
Setier de *pois* ou de *féves* bonnes, 20 francs.
Deux. Décembre. Enchérit tant le blé & la farine, que le ſetier de *froment*, meſure de Paris, valoit 30 francs.
Et la *farine* bonne, 32 francs.
Et n'y avoit point de *pain* à moins de 24d. P. piéce, qui étoit à tout le bran, & le plus peſant ne peſoit que 20 onces, ou environ.
Vingt-cinq Décembre. N'y avoit *vin* qui ne coûtât 12d. la pinte.
Janvier. Setier de bon *blé* 32 francs, & plus. p. 74.

Setier d'*orge*, 27 francs.

Un *pain* de 16 onces à toute la paille, 8 blancs.

Pinte de *vin* médiocre, 16^{d}. P. qu'on avoit eu auſſi bon pour 2^{d}. P.

Pour la monnoie à Pâques, un bon *bœuf* coûtoit 200 francs, ou plus.

Un bon *veau*, 12 francs.

La *flêche de lard*, 8 ou 10 francs.

Un *pourcel*, 16 ou 20 francs.

Un petit *fromage* tout blanc, 16^{ſ}. P.

R. PA. Regiſtres du Parlement. Le Parlement condamne onze Meûniers qui avoient contrevenu à faire moudre, labourer & cuire en pains de 4^{d}. P. la piéce, un certain nombre de muids de blé au profit des Hôpitaux, & de quelques Couvents & perſonnes.

Regiſtres du Parlement. La Cour condamne ladite Guillote à payer à Deniſe de Ruel, pour les arrérages d'une rente échue l'an 1418 deux muids de blé, & les arrérages échus durant le procès, & à payer dorénavant ladite rente, tant que ladite Guillote ſera détentrice deſdits héritages, & eſtime la Cour chacun ſetier de *blé* d'iceux arrérages à 40^{ſ}. P.

MO. To. I. p. 302. Depuis l'an 1415 juſqu'à ce préſent an 1420, les monnoies de France étoient moult affoiblies, & tant qu'en concluſion devant le rétabliſſement d'icelles valut un Ecu d'or de la forge du Roi de France, la ſomme de 29 ſols monnoie courſable, jaçoit ce qu'il n'eut été forgé que pour 18^{ſ}. P.

Et lors de la monnoie deſſus dite, valoit une chevalée de *blé* 7 ou 8^{l}.

1421.

L. Muid de *blé*, 4 écus d'or le ſetier.

Deux muids de *blé* au prix de 2 écus d'or le ſetier.

Pour treize *meſſes*, 26^{ſ}.

Liv. de *bougie* pour leſdites meſſes, 10^{ſ}.

Aune de *toile* 7^{ſ}. 6^{d}. $\frac{2}{7}$. [Pour 10 aunes de toile pour couvrir les chevaux, 75^{ſ}. 4^{d}.

Sac de *plâtre* 2^{ſ}. 8^{d}. [Pour 6 ſacs de plâtre, 16^{ſ}.

Pour 6 *journées* de maçon, 36^{ſ}.

Façon du moule de bûche 2^{ſ}. 8^{d}. $\frac{8}{35}$. [Pour la façon de 70 moules de bûche, 9^{l}. 8^{ſ}.

Façon du millier de cotrets, environ 3^{l}. 16^{ſ}. [Façon de 5900 & un quarteron de cotrets, 23^{l}. 0^{ſ}. 6^{d}.

Façon du millier de bourrées 2^{l}. 11^{ſ}. 2^{d}. $\frac{10}{37}$. [Façon de 18500 bourrées, 47^{l}. 7^{ſ}.

Deux *chevaux* achetés à la S. Martin, l'un 420^{l}. & l'autre 56^{l}.

En pain acheté pour le Couvent & nos gens pour toute cette année pour défaute de *blé*; pour ce 593^{l}. 4^{ſ}.

Pour

Pour 2 *futailles*, 24ſ.

Minot de gros *ſel* 32ſ. 2d. ⅔. [Pour 2 ſetiers, 1 minot de gros-ſel, 14l. 10ſ.

Minot de *ſel* blanc 4l. 12ſ. [Pour 4 boiſſeaux de ſel blanc, 4l. 12ſ.

Pinte d'*huile* 7ſ. 8d. 10/97. [Pour 24 quartes & une chopine d'huile à pluſieurs prix, 18l. 16ſ.

Chopine de *ſain* 3ſ. 6d. ⅔. [Pour 9 chopines de ſain, 32ſ.

Pourceau 6l. 1ſ. [Pour 4 pourceaux, 24l. 4ſ.

Mouton 28ſ. [Pour 45 moutons, 65l. 3ſ.

Liv. de *gingembre* 35ſ. 4d. [Pour ½ liv. de gingembre colombin, 17ſ. 8d.

Liv. de *poivre* 48ſ. [Pour 1 quarteron de poudre de poivre, 12ſ.

Setier de *blé* 17l. 8ſ. [Pour 3 muids & 3 ſetiers de blé, 677l. 2ſ. 3d.

Pour 11 queues & 13 poinçons de *vin*, 579l. 20d.

Pinte de *vin* 1ſ. 1d. 1/13. [Pour 26 pintes de vin acheté, 37ſ.

Nota. Deux ſols de forte monnoie valant en foible 16 ſols, & 4 ſols forte monnoie, 32 ſols.

Le Samedi ſuivant 12 jour d'Avril fut criée la monnoie de Rouen, que le gros de 16 deniers P. ne vaudroit que 4 deniers P. & le noble 16 ſols T. & l'écu 30 ſols Tournois. J. P. p. 75.

Le Mardi enſuivant en fut ſi grand écri à Paris, que chacun cuidoit certainement que on fit ainſi le Mercredi ou le Samedi enſuivant de la monnoie, comme on avoit fait à Rouen, dont tous vivres enchérirent tant, que on n'en pouvoit finer.

Car une pinte d'*huile* qui ne valoit que 5 ſols ou 16 blancs, coûta avant le Samedi, 12ſ. P.

La livre de *chandelle*, 10ſ. P.

La livre de *beurre* ſalé, 10ſ. P. & toutes autres choſes au prix.

Et vendoit chacun Marchand ainſi qu'il vouloit toutes denrées, car nul n'y mettoit aucun reméde pour le profit public.

Deux Mai. Regiſtres du Parlement aux Bénédictins. Ce jour, pour ce que les Boulangers de Paris faiſoient pluſieurs fautes en leur métier, la Cour enjoignit aux Huiſſiers de viſiter leurs boutiques & de peſer le pain que pluſieurs avoient appetiſſé, ſous ombre de ce qu'ils diſoient qu'il leur convenoit acheter & payer 32 francs du ſetier de *blé*, & plus haut prix, qu'avoit été taxé & impoſé ſur chacun ſetier par l'Ordonnance de Me. Jean Aguenin, & Me. Quentin Maſſue, Commiſſaires de la Cour; quant à ce, la Cour a enjoint auſdits Huiſſiers de dire aux Boulangers qu'ils viennent, ſi bon leur ſemble, par devers leſdits Commiſſaires, & ils leur feront délivrer ès greniers par les Marchands le meilleur *blé*, & au plus haut prix pour 26 francs chacun ſetier. R. PA.

Le Jeudi enſuivant, Vigile de S. Martin d'Eté 3 Juillet, furent J. P. p. 76.

criées les monnoies à Paris, que le gros de 16 deniers ne vaudroit que 4 deniers P. le blanc de 4 deniers, 1 denier P. Une piéce de monnoie de 2 deniers P. qui pour lors étoit, ne valoit qu'une maille, qui moult dommagea les pauvres gens, & ne fit profit qu'à ceux qui avoient rentes & revenus.

R. PA. Regiſtres du Parlement. La Cour a taxé les ſalaires de Lambert Rathelen, Huiſſier, pour avoir eu la garde d'aucuns priſonniers de la Conciergerie, à un franc pour chacun jour depuis la publication du nouvel cours des monnoies, c'eſt à ſavoir depuis le 3 Juillet dernier, & à 2 francs pour le temps qu'il fut commis à ladite garde juſques au temps de ladite publication faite le 3 Juillet ſuſdit.

J. P. p. 77. En ce temps étoit le *vin* ſi cher, que chacune pinte de vin moyen coûtoit 4 ſols P. & ſi n'amendoit point le vin, & ſi y avoit en ce temps à Paris plus de blé que homme qui fut né en ce temps, y eut onc vû de ſon âge; car on témoignoit qu'il y en avoit pour bien gouverner Paris pour plus de 2 ans entiers, & ſi n'étoit point encore cueilli l'Août de nuls grains.

R. PA. Regiſtres du Parlement. Ce jour furent publiées les Ordonnances ſur le nouveau cours des monnoies & de la nouvelle monnoie, & que les gros qui autrefois avoient eu cours pour 20 deniers T. juſqu'au 3 Juillet dernier, & depuis ledit 3 Juillet avoient eu cours pour 5 deniers T. la piéce, n'auront cours que pour 2 deniers P. la piéce, & que la monnoie nouvellement faite & forgée auroit cours pour 2 deniers, & un pour 1 denier Tournois.

Enſemble furent publiées les Ordonnances pour mettre prix raiſonnable aux denrées, marchandiſes & ſalaires d'ouvriers.

Voici quelques articles de l'Ordonnance du 31 Octobre 1421.

CHARLES, par la grace de Dieu Roi de France, au Prévot de Paris, ou à ſon Lieutenant; Salut. Comme par grand avis & meure délibération de Conſeil, pour le très-grand bien & utilité de toute la cauſe publique de notre Royaume, nous avons fait faire & forger certaines nouvelles monnoies ayant cours pour deux deniers, & pour un denier Tournois la piéce, & ordonné que tous les gros qui ont eu autrefois cours pour vingt deniers Tournois, & depuis pour cinq deniers Tournois la piéce, n'auront cours que pour deux deniers Pariſis la piéce. Comme par nos autres Lettres Patentes, ſur ce faites peut apparoir, & il ſoit ainſi qu'à l'occaſion du nouveau cours d'icelles monnoies, pluſieurs de nos Sujets vendant & achetant vivres, denrées & marchandiſes, pourroient par ignorance & ſimpleſſe ou autrement encourir un grand dommage, ſe proviſion raiſonnable ne eſtoit miſe; nous qui voulons obvier à toutes fraudes, déceptions & dommages que pourroient encourir en cette partie nosdits Sujets, avons par maniere de provision, & jusqu'à ce que plus à plein, se métier est, y soit pourvû, fait faire certaines Ordonnances sur le fait desdits vivres, denrées & marchandises en la maniere qui ensuit.

Les trois premiers articles n'ont point de rapport aux prix des denrées, c'est pourquoi on les supprime. Le second dit seulement que les Changeurs délivreront l'Ecu neuf d'or pour 18 sols Parisis, & le Salut pour 20 sols Parisis.

Que tous Marchands quelconques, qui de présent ont blé en grenier à Paris, qu'iceux grains ils exposent & mettent en vente, ainsi qu'il leur sera ordonné par les commis & préposés à ce faire, & n'excédent la vente d'iceux, les prix qui ensuivent; c'est à savoir le setier du meilleur *blé froment* sain & net, outre le prix de cinquante sols Parisis de la monnoie devant dite.

Item le setier de *blé* moyen après le meilleur, outre quarante-six sols Parisis.

Item le setier du plus petit *blé froment*, outre le prix de quarante sols Parisis.

Item par semblable le setier du meilleur *seigle*, outre le prix de trente-deux sols.

Item le setier du moyen *seigle*, outre le prix de trente sols.

Item pareillement n'excédent la vente de l'*orge* le setier du meilleur orge, outre ni au-dessus du prix de vingt-six sols, & le setier du petit & moyen orge vingt-quatre sols.

Item le setier de la meilleure *avoine* ne vendent, outre ne au-dessus du prix de trente-deux sols.

Item la moyenne au-dessus de trente sols, le tout sur peine de forfaire icelle denrée, & d'amende arbitraire, de laquelle forfaiture, le dénonciateur aura le quart, & si aucun recelle le délit, il en sera puni à l'ordonnance de Justice.

Item que tous Meûniers reçoivent sans refus & fassent moudre diligemment les grains dont ils seront requis, tant pesez qu'à peser, & que pour la mouture ils ne prennent grain, s'il ne plaît à celui ou ceux à qui appartiendront lesdits grains, & aussi que pour leur mouture ils ne prennent ni exigent, c'est à savoir au regard des grains qu'ils iront querir, pour la *mouture* d'iceux, & pour leurs peines de rapporter les farines, que seize deniers Parisis de la monnoie devant dite par setier & non plus, & pour la mouture des grains qui leur seront portés, douze deniers Parisis & non plus, &c.

Item que tous Boulangers cuisent diligemment & sans cesser, & ne fassent *pain* sinon du poids & au prix qui s'ensuit; c'est à savoir le pain blanc de treize onces tout cuit, & labouré bien & deument, à trois deniers Parisis de taille.

Item pain brun de ſemblable poids tout cuit & de bon labeur comme deſſus, & ſans malemiſſion à deux deniers de taille.

Item pain de vingt-ſix onces de labeur que deſſus, à quatre deniers & ſix deniers de taille.

Item pain de ſeigle tout pur & bien labouré des poids devant dits, ce qu'ils ſeront tenus de dire & déclarer aux acheteurs, à deux deniers Tournois, & à quatre Tournois de taille & non plus, & que les Boulangers ne tirent du ſetier de farine que ſix douzaines de petits pains blancs de treize onces, & trois douzaines de vingt-ſix onces & non plus, & que aucun n'enfreigne ce que dit eſt, ſur peine de confiſcation du pain pour premiere fois, & ſeconde fois de privation du métier, & de dix-huit livres Pariſis d'amende, & autrement être punis à diſcrétion de Juſtice.

Item que tous Marchands taverniers publics, tiennent leurs hôtels & tavernes ouvertes, & expoſent en vente leurs vins continuellement ſans clorre leur taverne, & ne excédent à la vente les prix qui s'enſuivent; c'eſt à ſavoir au regard du *vin* de Beaulne & de l'Auxerrois, la pinte de tout le meilleur, outre ne au-deſſus du prix de douze deniers Pariſis de la monnoie devant dite.

Item la meilleure pinte de vin François, outre ne au-deſſus de huit deniers Pariſis.

Item le moyen ſix deniers Pariſis.

Item le petit vin à quatre deniers Pariſis & au-deſſous, dont les dénonciateurs auront le quart comme devant eſt dit.

Item que les bouchers quelconques ne vendent la *chair* du meilleur mouton que dix-huit ſols Pariſis; c'eſt à ſavoir le quartier de devant cinq ſols, & le quartier de derriere quatre ſols, & que les chairs des autres moutons qui ne ſeront de telle bonté, ils vendent au-deſſous du prix des ſuſdits ſelon la bonté d'icelui chair, & prix comptant & raiſonnable.

Item que tous Marchands de bétail à pied fourché, & Marchands d'icelles denrées, Forains ou autres, & auſſi tous Bouchers vendent les autres chairs, tant porcs que bœufs, & autre animal, tant en gros qu'en détail, & réduiſent à prix comptant & raiſonnable, eu égard au cours & évalument des monnoies, ſur peine d'être punis à la diſcrétion de Juſtice.

Item que tous Chandeliers de ſuif ne vendent la *chandelle* au-deſſus de ſeize deniers Pariſis la livre.

Item que tous Vendeurs & Marchands, tant de poiſſon ſalé & autres poiſſons de mer, & auſſi de poiſſons d'eau douce & regratiers vendent icelles denrées, tant en gros qu'en détail, à prix comptant, comme devant eſt dit, ſur ſemblables peines que deſſus.

Item que tous Marchands de bûches n'excédent à la vente d'icelles denrées les prix qui enſuivent ; c'eſt à ſavoir la *mole de bûches* au-deſſus du prix de cinq ſols de la monnoie devant dite.

Item les *falourdes* le cent des meilleures, outre ne au-deſſus du prix de quarante ſols, & les autres au-deſſous, ſelon leur bonté & au feur l'emplaige.

Item les *cotrets* les meilleurs de la riviere d'Yonne quatorze ſols Pariſis le cent, & les autres au-deſſous, ſelon leur bonté & au feur de l'emplaige.

Item par ſemblable que les meilleurs cotrets de la riviere de Marne, n'excéderont point à la vente le prix de dix ſols le cent, & les autres au-deſſous, ſelon la valeur & bonté d'iceux.

Item le cent des meilleures *bourrées* dix ſols, & les autres auſſi au-deſſous d'icelui prix, ſelon la valeur & bonté d'icelles denrées.

Item que tous Marchands Drapiers, Epiciers, Merciers, Fripiers, Ferrons, Chauſſetiers, Cordonniers, Pourpointiers, Armuriers, Selliers, Lormiers & autres Marchands, &c. tant Groſſiers que Menuſiers & Regratiers, réduiſent les marchandiſes devant dites, & autres dont ils s'entremettent, & les vendent & délivrent à prix comptant, ſelon les prix de la valeur d'icelles denrées, & en part en regard au prix de la bonté des monnoies devant dites, ſur peine d'amende arbitraire à la diſcrétion de Juſtice.

DONNÉ à Paris le dernier jour d'Octobre l'an de grace mil quatre cent vingt-un, & de notre Regne le quarante-deuxième, ainſi ſigné, Par le Roi à la relation du Conſeil DERMEL, leſquelles Lettres furent publiées le troiſiéme jour de Novembre 1421.

En ce temps étoit une groſſe murmure à Paris pour le cri devant dit de la monnoie ; car tous les gens, ceux du Palais, du Châtelet, ſe faiſoient payer en forte monnoie & tout le Domaine du Roi, comme impoſition quatriéme & tous ſubſides, & ne prenoient le gros que pour 4 deniers P. & le mettoient en toutes choſes aux pauvres gens pour 16 deniers P. Si ſe courrouça le commun & firent Parlement en la Maiſon de Ville. Quand les Gouverneurs les virent, ſi eurent peur, & firent crier que le terme des maiſons premier venant, ſe payeroit en 12 gros pour 1 franc ; & cependant on y remédieroit le mieux qu'on pourroit, & étoit environ dix ou douze jours après la S. Jean 1421 ; & fut dit ou cri que la derniere ſemaine d'Août chacun qui tenoit maiſon à titre de louage, ou qui devoit cens ou rentes, allât parler à ſon Hôte, ou Cenſier ou Rentier, ſavoir en quelle monnoie ils voudroient payer après la S. Remi, & ouie leur réponſe, ils étoient quittes pour renoncer au louage, ou cens ou rentes : dont le peuple ſe déporta & fut appaiſé, pour ce qu'encore avoient deux mois de terme à prendre ou renoncer, & que le terme de la S. Remi venant feroit payé, comme on l'avoit accoutumé devant, 12 gros pour 1 franc. J. P. p. 77.

p. 78. En ce temps étoit tout fruit si cher, qu'on n'avoit que 4 *pommes* pour 1 blanc.

Le cent de *noix*, 4f.

Deux *poires* 6 blancs.

Liv. de *chandelle* 10f. T. [Deux liv. de chandelle, 16f. P.

Un petit *fromage*, 30f.

Un *œuf*, 3 blancs.

Setier de *féves* ou *pois* 24 francs. [Un boisseau de féves ou pois, 2 francs.

La liv. de *beurre*, 28 blancs.

Pinte d'*huile* 20f. T. [La pinte d'huile, 16f. P.

Une paire de *souliers* de Cordouan, 24f.

La paire *basane*, 16f.

La pinte de *vin*, 4f.

La *chair* plus chere que oncques mais.

Le troisiéme jour de Novembre ensuivant 1421, fut derechef la monnoie criée que les gros de 16 deniers ne seroient mis que pour 2 deniers, & firent autre monnoie qui ne valoit que 2 deniers T. dont le peuple fut si oppressé & grévé, que pauvres gens ne pouvoient vivre; car comme choux, poireaux, oignons, verjus &c. on n'avoit à moins de 2 blancs, car ils ne valoient qu'un denier après le cri, & qui tenoit à louage maison ou autre chose, il en convenoit payer 8 fois plus que le louage; c'est à savoir, du franc 8 francs, & de 8 francs 64 francs.

Ainsi des autres choses, dont le pauvre peuple eut tant à souffrir de faim & de froid, que nul ne le sait que Dieu; il geloit aussi fort à la Toussaint, qu'il fit oncques à Noël, & ne finoit-on de rien qui n'avoit menue monnoie.

p. 79. En ce temps toute malheureuseté étoit à Paris par lui Roi d'Angleterre, qui faisoit payer à tout homme qui n'avoit point de puissance selon sa qualité argent fin, l'un 4 marcs, l'autre 3, l'autre 2, l'autre 3 ou 4 onces, & pour faire cette méchante monnoie d'avant dite; & qui étoit refusant, tantôt avoit Sergent en sa maison & étoit mené en prisons diverses, & ne pouvoit-on parler à lui, & le convenoit payer, & n'eut eu plus vaillant au monde, puisque ce Président l'avoit dit; & étoient de son Conseil deux autres tyrans, Jean Dole, & Pierre d'Orgemont qui mirent marchandise si au bas, que homme ne vendoit ni n'achetoit que seulement pain & vin; car un homme étoit tout chargé de 10 francs en monnoie, & pour ce, n'en portoit-on point dehors, & si étoit si grévé de payer sa maison, que plusieurs renoncerent en ce temps à leurs propres héritages pour la rente.

p. 81. Janvier. Pour la bien venue du Duc de Bourgogne devant dit, on fit crier une petite monnoie nommée Noirets qui ne valoit qu'une

Poictevine, vaudroit une maille Tournoise; & fut tout le bien qu'il nous fit pour lors à la Ville de Paris, qui tant l'aimoit & qui tant avoit eu à souffrir, & encore avoit derechef pour lui & pour son pere, qui tant fut long & négligent en ces choses, tout ce que Dieu sait; & vraiment le fils en tenoit bien les taches.

Quinze Mai. Ces deux furent entr'eux deux en un batel petit & tous les autres comme porcs en tas, & en ce point furent menés comme les autres devant dits, & n'avoient 3 ou 4 à l'heure que un pain bien noir pesant 2 livres, & très-peu de pitance & de l'eau à boire. p. 83.

1422.

Vingt-trois Mai. En ce temps le Samedi 23 jour de Mai, firent crier soudainement les Gouverneurs de Paris, que nul de quelque état qu'il fut, ne print gros, ne ne fit prendre sur très-grosses peines, & qu'on les portât tous aux Changeurs, ordonné pour ce changer, lesquels étoient quatre qui avoient chacun un Banquier de France à leur change, & n'avoit-on du marc pesant des bons gros que 8 sols P. des mauvais aussi comme rien, qui fut aussi une très-ébahissante chose à Paris aux riches & aux pauvres; car le plus n'avoient autre monnoie, si perdoient moult; car le meilleur qui souloit valoir 16 deniers, ne valoit que un denier ou un tournois: si y eut grand murmure du peuple, mais à souffrir leur convint, quelque nécessité qu'ils eussent de pain ou de vin par défaut d'autre monnoie; car vrai est qu'iceux gros furent ainsi défendus à prendre pour gros très-mauvais, que le Dauphin ou les Arminaz feroient faire en son nom, qui par eux étoient envoyés à Paris & ès autres bonnes Villes, non tenant leur parti damnable, par faux marchands, qui après ce encore gagnoient par grand déception: car quand la monnoie fut criée que plus ne eut de cours, tout le meilleur d'iceux gros faux, on n'en avoit qu'une maille Tournoise, & pour celle cause fut ainsi défendu que nul n'en fit aucun trésor. J. P. p. 85.

Charles VI. mourut le 21 Octobre 1422. Henry Roi d'Angleterre étoit mort le 31 Août de la même année. Son fils Henry âgé de 9 à 10 mois lui succéda, & la France fut disputée par Charles VII. héritier légitime qui n'entra dans Paris qu'en 1436; jusques-là Henry y étoit reconnu. (V. N. Gilles, p. 327. v°.)

Et l'an 1422 on forgea monnoie blanche de 10 deniers T. piéce, au nom & aux armes dudit Henry, p. 328 v°.

Et fut fait une donnée à tous de 8 doubles, qui pour lors valoient 2 deniers T. la piéce, & n'avoit pour lors plus grande monnoie ni plus petite, se n'étoit d'or. J. P. p. 90.

1423.

J. P. p. 94. Juillet. En ce temps fut monnoie noire de 3 Tournois la piéce, qu'on n'osa faire oncques courir pour ce qu'elle de 2 Tournois étoit blanche, & celle de 3 Tournois noire. Le peuple en fut si mal content que la convint laisser, & si étoit tout assené.

R. PA. Registres du Parlement aux Bénédictins, du 10 Septembre 1423. Enjoint au Prévôt de Paris qu'il pourvoye aux marchandises & manœuvrances enchéries excessivement sous ombre de la mutation de la monnoie, qui est de bailler 6 doubles pour 2 blancs, & paravant on n'en bailloit que 5 avant le sixiéme jour de ce mois.

J. P. p. 96. Février. En ce temps qui geloit si âprement, avoit si grand marché de *choux* à Paris, qu'on en avoit une charretée pour 12 blancs. On en avoit assez pour 4 ou 6 personnes pour un noiret qui ne valoit qu'une Poictevine ou environ; & avoit-on *pois* & *féves* pour 2 sols P. le boisseau.

De fruit en grande abondance & très-bon; on avoit à Noël & après un quarteron de *pommes* de romeau ou de carpendu, pour 4 deniers & pour moins.

1424.

J. P. p. 102. Premier Octobre. Cette année furent les plus belles vendanges que oncques on eût vu d'âge d'homme, & tant de vin que la *futaille* fut si chere, que l'on vendoit 2 ou 3 queues vuides une queue de vin, un poinçon sans loyer 16 ou 18 sols P. Et bref, plusieurs mirent leur vin en cuves qu'ils firent enfoncer; & fut le *vin* à si grand marché avant la fin des vendanges, qu'on avoit la *pinte* pour un double, dont les trois ne valoient que un blanc, & pour un denier en avoit-on la pinte environ la S. Remi qui fut au Dimanche cette année.

Octobre. Tout homme de quelque état, finon les Gouverneurs, de tant de queues de vin qu'ils cueillirent, chacun paya très-grand rançon; car tous ceux qui avoient vin vers la Porte S. Jacques & celle de Bordelle, payoient chaque queue 3 sols P. forte monnoie, & de poinçons, de caques, de barils au fur des queues, & si avoient à leurs dépens les Anglois par-delà la Porte S. Jacques, & l'autre Porte pour les Arminaz qui toujours couroient en ce pays-là.

p. 103. Neuf Décembre. En ce temps couroient blancs de 8 deniers P. petits blancs aux Armes de France & d'Angleterre, & couroient niquets & noirets 4 pour 1 niquet, niquets 3 pour un blanc; & si avoit très-grand foison de blancs de 8 deniers aux Armes de Bretagne, dont plusieurs qui en avoient furent trompés; car le 9 Décembre fut publié qu'ils ne courroient que pour 7 deniers P. ainsi perdirent tous ceux qui en avoient la huitiéme partie de leurs pécunes.

1425.

1425.

Deux Novembre. En ce temps couroit une monnoie à Paris nommée Placques pour 12 deniers P. & étoit de par le Duc de Bourgogne, leſquelles Placques quand on vit que chacun en avoit ou peu ou grand, on les cria parmi Paris le Samedi 2 jour de Novembre 1425, à 8 doubles qui avoient été pris pour 9 doubles, dont grand murmure fut; mais à ſouffrir le convint quoique le cœur en doulût. J. P. p. 105.

1426.

Pour 2 caques de *harengs*, 12^{l}. L.

Minot de gros *ſel* 27^{s}. 3^{d}. [Pour 12 minots de gros ſel, 16^{l}. 7^{s}.

Cent de *harengs* ſaures 9^{s}. 5^{d}. $\frac{1}{7}$. [Pour 7 cents de harengs ſaures, 66^{s}.

Minot de *ſel* blanc 33^{s}. 4^{d}. [Pour 6 boiſſeaux de ſel blanc, 50^{s}.

Quarte d'*huile* 4^{s}. 2^{d}. $\frac{2}{3}$, pinte 2^{s}. 1^{d}. $\frac{1}{3}$. [Pour 30 quartes d'huile, 6^{l}. 6^{s}. 8^{d}.

Setier de *pois* 27^{s}. 10^{d}. $\frac{2}{13}$. [Pour 6 ſetiers & mine de pois, 9^{l}. 2^{d}.

Setier de *féves* 30^{s}. 2^{d}. $\frac{2}{3}$. [Pour 2 ſetiers & 1 minot de féves, 68^{s}.

Pinte de *ſain* 2^{s}. [Pour 3 quartes & 3 chopines de ſain, 15^{s}.

Fromage 5^{d}. $\frac{31}{150}$. [Pour 75 fromages, 32^{s}. 6^{d}. obole.

Pour 7 petits *cochons* & une *longe* de porc, 44^{s}. 8^{d}.

Maquereau 6^{d}. $\frac{6}{25}$. [Pour $\frac{1}{2}$ cent de maquereaux frais, 26^{s}.

Muid de *vin* 7^{l}. 4^{s}. [Pour 4 ſetiers de vin, 16^{s}.

Cochon 8^{s}. [Pour 2 cochons, 16^{s}.

Mouton 20^{s}. 2^{d}. $\frac{10}{13}$. [Pour 13 moutons, 13^{l}. 3^{s}.

Vache 7^{l}. 10^{s}. T. [Pour 4 vaches à 7 francs $\frac{1}{2}$ la piéce, valent 24^{l}. (c'eſt-à-dire 24^{l}. P. ou 30^{l}. T.)

Liv. d'*amandes* 1^{s}. 4^{d}. [Pour 2 liv. d'amandes, 2^{s}. 8^{d}.

Liv. de *ſucre* 8^{s}. [Pour un quarteron de ſucre, 2^{s}.

Setier de *blé* 17^{s}. [Pour 11 muids, 2 ſetiers & mine de blé à pluſieurs prix, 120^{l}. 16^{s}. 6^{d}.

Setier d'*avoine* 18^{s}. 8^{d}. $\frac{112}{121}$. [Pour 2 muids, 6 ſetiers & 1 minot d'avoine à pluſieurs prix, 28^{l}. 7^{s}.

Setier d'*orge* 15^{s}. 6^{d}. $\frac{2}{3}$. [Pour 4 ſetiers & mine d'orge, 70^{s}.

Setier de *veſce* 24^{s}. [Pour 3 mines de veſce, 36^{s}.

Pour 26 queues & 5 poinçons de *vin* à pluſieurs prix, 171^{l}. 4^{s}.

Pinte de *vin* 5^{d}. $\frac{29}{171}$. [Pour 21 ſetiers & 3 pintes de vin, 4^{l}. 2^{s}. ob.

En 1426 fut tant de *ceriſes*, qu'on en avoit à Paris 9 livres pour un blanc de 4 deniers, mais tout courant plus de ſix ſemaines on en avoit 6 livres pour 4 deniers P. & durerent juſqu'à la mi-Août qu'on avoit toujours la livre pour 2 deniers, ou au plus pour 2 doubles qui ne valoient que 4 Tournois. J. P. p. 106.

p. 107. Le 7 Janvier 1426 fut crié que les doubles du coin de France, les quatre ne vaudroient qu'un blanc un denier la piéce, & que ceux signés aux Armes d'Angleterre ne se changeroient point.

Ecus qu'on prenoit pour 23 sols, furent mis à 18 sols.

Petits moutons d'or aux Armes de France de 15 sols, réduits à 12 sols P. & le lendemain que le cri fut fait, on n'eut ni pain ni vin; de 8 ou 10 sols P. on n'eut que 4 blancs ou 5 au plus, & en fut jetté en la riviere plus de 50 Florins par désespoir.

1427.

L. Des choses vendues.

D'un *cheval* vendu, 6^{l}. 8^{s}.

Oison 3^{s}. 9^{d}. $\frac{1}{4}$. [De 16 oisons, 60^{s}. 4^{d}.

Setier d'*avoine* 8^{s}. [De 3 setiers d'avoine, 24^{s}.

Pour un millier de *noix* vertes, 3^{s}. 4^{d}.

De 4 queues de *vin* à 15 francs la queue, 60 francs.

Mise.

Pour 2 caques & une feuillette de *harengs*, 13^{l}. 4^{s}.

Minot de gros *sel* 26^{s}. 10^{d}. [Pour 6 minots de gros sel à 26^{s}. 10^{d}. le minot, vaut 8^{l}. 12^{d}.

Minot de *sel* blanc 32^{s}. [Pour 5 boisseaux & demi de sel blanc, 44^{s}.

Pinte d'*huile* 3^{s}. 3^{d}. $\frac{103}{137}$. [Pour 34 quartes & 1 chopine d'huile, 11^{l}. 6^{s}. 11^{d}.

Pour 7 setiers & 5 boisseaux de *pois*, 7^{l}. 8^{s}. 8^{d}.

Setier de *féves* 20^{s}. [Pour 2 setiers & mine de féves, 50^{s}.

Pinte de *sain* 1^{s}. 11^{d}. $\frac{17}{25}$. [Pour 6 quartes & une chopine de sain, 24^{s}. 8^{d}.

Liv. de *beurre* 1^{s}. 2^{d}. $\frac{1}{7}$. [Pour 1 pot de beurre pesant 28 liv. payé, 33^{s}.

Fromage 4^{d}. $\frac{80}{97}$. [Pour 97 fromages, 39^{s}.

Pour 1 cent de *pommes*, 2^{s}.

Carpe 3^{s}. 8^{d}. $\frac{4}{13}$. [Pour 13 carpes, 48^{s}.

Petit *cochon* 6^{s}. [Pour 6 petits cochons, 36^{s}.

Pour 1 *veau*, 28^{s}.

Carpe 4^{s}. [Pour 13 carpes, 52^{s}.

Pour 3 *coches* pleines & 10 petits *pourceaux*, 18^{l}.

Mouton 18^{s}. [Pour 11 moutons, 9^{l}. 18^{s}.

Mouton 18^{s}. [Pour 4 moutons, 72^{s}.

Pour 1 *taureau*, 56^{s}.

Agneau 7^{s}. 6^{d}. [Pour 8 agneaux, 60^{s}.

Setier de *blé* 25^{s}. 6^{d}. [Pour 10 muids, 1 setier & 1 minot de blé à différens prix, 77^{l}. 14^{s}. 9^{d}.

Setier d'*avoine* 12^{f}. 9^{d}. $\frac{63}{121}$. [Pour 3 muids, 4 setiers & 1 minot d'avoine, 25^{l}. 7^{f}. 8^{d}.

Setier d'*orge* 12^{f}. [Pour 4 setiers d'orge, 48^{f}.

Setier de *vesce* 14^{f}. [Pour 2 setiers de vesce, 28^{f}.

Pour 10 queues, 1 poinçon & 1 caque de *vin* à plusieurs prix; 241^{l}. 4^{f}.

Le 6 Août fut ordonné qu'on ne feroit plus *pain* que de 2 deniers piéce ou de 1 denier piéce, & bien avoit 8 ou 9 ans qu'on n'en avoit point fait à Paris, qui moins vaulsist de 2 deniers. J. P. p. 110 & 111.

Cette semaine fut crié & publié, que les écus d'or & les moutons d'or n'auroient plus de cours pour nul prix, que pour tant d'or.

Cette année fut moult fruit & bon, car on avoit 1 cent de bonnes *prunes* pour 1 denier.

Et fut aussi bel Août qu'il fit oncques d'âge d'homme vivant, quoique devant eut fait grande froidure & grande pluie. Les blés furent bons & largement.

Premier Octobre. Il fit aussi grand chaud à la S. Remi, qu'à la S. Jean. p. 113.

Les *vignes* rapporterent si peu, que le plus n'apporterent que 1 caque de vin en l'arpent...... moult se tenoit heureux qui en avoit en l'arpent 1 muid ou une queue.

En ce temps fut le *vin* très-cher, car on avoit très-petit vin pour 8 deniers pour pinte, & si étoit la monnoie très-bonne.

1428.

Il y eut du *pain* distribué de environ 3 deniers la piéce, qui pour lors étoit moult grand; car on avoit 1 setier de très-bon *froment* pour 12 sols P. si y en eut bien 700 douzaines. J. P. p. 116. 21 Juin.

La pinte de moyen *vin* au mois de Septembre coûtoit 12 deniers très-forte monnoie. p. 116 & 117.

Plusieurs brasserent de la cervoise, & n'étoit celle de Paris qu'à 2 doubles, & celle de S. Denis à 3 doubles, qui valoient 4^{d}. P.

En ce temps on avoit bons *pois* pour 10 deniers le boissel (c'est 10 sols P. le setier, ou 12 sols 6 deniers T.) bonnes *féves* pour 10 deniers.

Le quarteron d'*œufs* pour 12^{d}. P.

En ce temps le quatriéme de la cervoise à Paris à 6600 francs, & celui du vin n'étoit mie à la troisiéme partie; car le vin nouvel étoit si petit, qu'on n'en tenoit compte; & si étoit si cher, qu'on faisoit le caque 4. T. P. (*a*) & n'eussiez eu nul à moins de 4 francs. p. 117. Novembre.

(*a*) Il y a faute dans l'imprimé qui porte quatre Tournois Parisis.

1429.

J. P. p. 127. Ne venoit rien à Paris qui ne fut rançonné....
Septembre. Le cent de petits *cotrets*, valoit 24ſ. P.
Le *mole* 7 ou 8ſ.
Deux *œufs*, 4d. P.
p. 120. Le ſiége d'Orléans fit enchérir les vivres à Paris; car il y convenoit ſouvent mener grand foiſon de farines. Brief on en mena tant, que le *blé* enchérit à Paris de Samedi à autre de 20 ſols P. à 40ſ. P.
Petit *fromage* nouveau, 4 blancs.
Boiſſeau de *pois*, 14 ou 15 blancs.
Et ſi couroit très-forte monnoie.
p. 129. Fut la Pâques le 17 Avril, & fit très-froid.
Valoit le *moule* de bûche, 9ſ. P.
Et pour la défaute d'huile, on mangeoit du beurre en celui Carême comme en charnage.

1430.

J. P. p. 132. Liv. de *beurre* ſalé 3ſ. P. de très-forte monnoie.
2 Juin. Et la pinte d'*huile* de noix, 6ſ. P.
p. 135. Fut très-bel Août & très-belles vendanges; on avoit une pinte de bon *vin* pour tout homme d'honneur, pour 6 deniers.
p. 136. Enchérit le blé à Paris, que le ſetier de *blé* qui ne valoit devant la venue du Régent que 40 ſols P. à 42 ſols ou environ, valut après au mois ſuivant 72 (ſols P.) ou 5 francs tout meſale, dont le pain appetiſſa tant, que le pain de 1 blanc très-noir & très-meſale ne peſoit guères plus de 12 onces, & en mangeoit bien un Laboureur trois ou quatre par jour. (C'eſt 2 liv. $\frac{1}{4}$ ou 3 liv. par jour.)
Le 18 Mars 1430, le ſetier de *blé* coûtoit à Paris 62 ſols P. (ou 3l. 17ſ. 6d. T.) *Lamare, to. 2. p. 345.*

1431.

J. P. p. 143. Le jour de la mi-Août cuiſit un Boulanger, rue S. Honoré, du pain de très-belle farine.... qui devint de couleur de cendre; & en fit le Prévôt de Paris cuire, & le pain étoit ſavoureux & bon.
p. 147. L'hiver fut rude; les vivres & le bois très-cher; car un méchant
Décembre. *fagot* tout verd valoit 4 ou 6d. T.
p. 148. Mars & Avril. La Riviere fut très-groſſe.
Bonnes *féves* coûtoient 12 blancs le boiſſel.
Pois, 14 ou 15 blancs.
ND. Setier de *blé* à Paris, 40ſ. [M. de Ordonte retulit quod Domini

habebunt de blado de Mitriaco ſi voluerint exponere 12 francos pro modio, quod faciet afferri per mulieres quæ lucrabuntur ipſos 12 francos, & concluſum eſt quod fiat, & poterit valere Pariſiis 24 francos. (20 *Septembre* 1431, *Reg.* 8. *p.* 246.)

1432.

Petit *fromage*, 3 ou 4 blancs. J. P. p. 150.
Cinq *œufs*, 2 blancs. Mai.
Le Salus d'or piéce, valoit 22 ſols P. bonne monnoie.

Il y avoit en ce temps-là une piéce d'or qui n'étoit pas de fin or, p. 152. Août.
& les nommoit-on Dourderes, & valoient 16 ſols P. tantôt après furent criées à 14^{s}. P.

En cettui an faillirent les blés, & fut ſi grand cherté, qu'un ſetier de Septembre.
bon *blé* valoit 7 francs forte monnoie, & l'*orge* valoit 4 francs.

En ce temps gela ſi fort, que la Seine qui moult grande étoit, car p. 153 & 154.
elle paſſoit la Mortellerie en Grève, & pour certain y gela ſi fort, 8 Janvier.
qu'en deux jours & une nuit elle fut ſi fermement gelée, qu'elle dura juſqu'après la S. Vincent ; & pour ce enchérirent tous vivres, & ſpécialement tous grains dont on pouvoit faire farine.

Car le *froment* coûtoit 8 francs.
Petites *féves*, 5 francs le ſetier.
L'*orge*, 5 ou 6 francs.

Veſce, nelle, tout ſe vendoit ainſi cher à la value, ne on ne mangeoit à Paris que pain qu'on ſouloit faire pour les chiens, & étoit ſi petit de 4 deniers, qu'il paſſoit bien par-deſſous la main d'un homme; (c'eſt-à-dire, je crois, qu'on le couvroit de la main, ou qu'il n'étoit pas ſi grand que l'étendue du pouce au doigt du milieu.)

1433.

Setier d'*orge* 22^{s}. 2^{d}. $\frac{2}{3}$. [Pour la vente de 4 ſetiers, 1 mine d'orge, 100^{s}. E.
Setier d'*avoine* 1^{l}. 2^{s}. 6^{d}. [De 4 ſetiers d'avoine, reçu 4^{l}. 10^{s}.
Un ſetier de *blé*, 34^{s}.
Setier de *veſce* 14^{s}. [De 2 ſetiers de veſce, 28^{s}.
Oiſon 4^{s}. [De 25 oiſons vendus 100^{s}.
Pour 10 queues de *vin* vendues 18^{l}. la piéce, valent 142^{l}.
Aignelin 1^{s}. 2^{d}. $\frac{18}{121}$. [De 242 aignelins, reçu 14^{l}. 5^{s}. 4^{d}.
Mouton 16^{s}. 9^{d}. $\frac{3}{5}$. [De 5 moutons vendus 4^{l}. 4^{s}.
Agneau 8^{s}. 1^{d}. $\frac{23}{25}$. [Pour la vente de 25 agneaux, 10^{l}. 4^{s}. 8^{d}.

Miſe.

Pour 1 *vache* achetée, 48^{s}.

Caque de *harengs* 5^{l}. 7^{s}. 2^{d}. [Pour 2 caques de harengs, 10^{l}. 14^{s}. 4^{d}.
Minot de *sel* blanc 31^{s}. 8^{d}. [Pour 4 boisseaux de sel blanc, 31^{s}. 8^{d}.
Pinte d'*huile* 2^{s}. 4^{d}. $\frac{4}{19}$. [Pour 19 quartes d'huile, 4^{l}. 9^{s}. 4^{d}.
Setier de *pois* 31^{s}. 7^{d}. $\frac{7}{11}$. [Pour 5 setiers 1 mine de pois, 8^{l}. 14^{s}.
Setier de *féves* 24^{s}. 9^{d}. $\frac{3}{5}$. [Pour 1 setier 1 minot de féves, 31^{s}.
Merlan 4^{d}. [Pour 88 merlans, 29^{s}. 4^{d}.
Fromage 11^{d}. [Pour 4 fromages, 3^{s}. 8^{d}.
Demi cent de *merlans*, 11^{s}.
Pour 2 quartiers de *mouton* & 2 piéces de *bœuf*, 8^{s}. 4^{d}.
Poussin 10^{d}. $\frac{6}{7}$. [Pour 7 poussins, 6^{s}. 4^{d}.
Setier de *blé* 4^{l}. 4^{s}. 10^{d}. [Pour $\frac{1}{2}$ muid de blé pour l'année de la cherté qu'il n'a point été autrefois compté, 25^{l}. 9^{s}.
Pour 10 queues & 5 poinçons de *vin* à plusieurs prix, 104^{l}. 18^{s}.

J. P. p. 155. En ce temps de l'an 1433 coûtoit le blé *seigle* 4 francs P. ou plus, & l'autre en cas pareil.

Juillet. La derniere semaine de Juin arriva en Normandie grande foison de blé, que le premier Samedi de Juillet on cria par Paris bon *blé* méteil à 24 sols P. ce qu'on avoit oncques mais vû crier le blé comme charbon; & le Mercredi suivant fut le pain de 8 deniers mis à 4 deniers, car il fut ce dit an très-bon blé à grande foison.

1434.

L. De 10 queues de *vin* vendues 18 francs la queue, valent 112^{l}.
Setier de *vesce* 14^{s}. [De 2 setiers de vesce, 28^{s}.
Setier d'*avoine* 21^{s}. [De 2 setiers d'avoine, 42^{s}.
Agneaux vendus à 9^{s}. la piéce.
Setier de *blé*, vendu 34^{s}.

Mise.

Faisan 8^{s}. [Pour 2 faisans, 16^{s}.
Agneau 9^{s}. 6^{d}. [Pour 2 agneaux, 19^{s}.
Pour 1 quarteron d'*œufs*, 2^{s}.
Pour 1 rouelle de *veau*, 20^{d}.
Pinte d'*huile* 2^{s}. 5^{d}. [Pour 2 quartes d'huile, 9^{s}. 8^{d}.
Pour $\frac{1}{2}$ cent d'*œufs*, 4^{s}. 8^{d}.
Liv. de *chandelle* 1^{s}. [Pour 12 liv. de chandelle, 12^{s}.
Pour 1 *vache*, 48^{s}.
Pour 41 liv. de *cire*, à 3^{s}. la livre, 6^{l}. 3^{s}.
Pour 4 liv. de *chandelle*, 4^{s}.
Pour 6 queues de *vin*, à 23 francs la piéce, 110^{l}. 8^{s}.
Liv. de *beurre* 9^{d}. [Pour 7 liv. de beurre, 5^{s}. 3^{d}.
Pour $\frac{1}{2}$ cent de *harengs*, 7^{s}.

Pour 2 *chapons*, 8ſ.

Pinte d'*huile* 2ſ. 6d. 2/3. [Pour 3 pintes d'huile, 7ſ. 8d.

Pour 2 *vaches* achetées la piéce 4 francs, 6l. 8ſ. (c'eſt-à-dire 6l. 8ſ. P. ou 8l. T.)

Le Carême fut ſi planteureux de *harengs* ſaures & blancs, qu'à la mi-Carême on avoit la caque de bons harengs blancs, pour 24 ou 26ſ. P. J. P. p. 157.

On avoit le quarteron de bons *harengs* ſaures pour 10 deniers ou pour 2 blancs, & du blanc pareillement.

Bons *pois* pour 6 blancs ou pour 7 blancs.

Féves pour 4 blancs.

L'*huile* pour 7 blancs la pinte toute la meilleure qu'on pût trouver à Paris.

Premier Octobre. En ce temps à la S. Remi on avoit bon *blé* froment pour 24ſ. P. p. 158.

Octobre. Le *vin* fut ſi cher, qu'on ne buvoit point à moins de 3 blancs. p. 159.

Mais on avoit à la S. André le meilleur *froment* pour 22ſ. P. & autre grain à bon marché.

Février. Le *vin* fut ſi cher cette année, que la pinte coûtoit 3 blancs. p. 160.

Ne vendoit *cervoiſe* qui ne payât 7 blancs par chaque ſemaine, ſans le quatriéme & l'impoſition.

Le fruit fut ſi cher, qu'on vendoit un cent de *pommes* de capendu un peu groſſes, 16ſ. P.

1435.

Des choſes vendues. L.

Setier de *blé* 13ſ. 2d. 1/13. [De 2 muids & 4 ſetiers de blé, vendus 34l. 5ſ. 10d.

Pour la vente de 2 muids, 2 ſetiers & 3 boiſſeaux d'*avoine*, 23l. 7ſ.

Un ſetier de *veſce* & 1 minot de graine, 28ſ.

Oiſon 3ſ. 0d. 4/7. [De 63 oiſons, 9l. 12ſ.

Cheval 5l. 4ſ. [De la vente de 2 chevaux, 10l. 8ſ.

Veau 29ſ. 1d. 1/2. [De 8 veaux vendus 11l. 13ſ.

Marc d'argent 6l. 4ſ. 11d. 3/7. [Pour 3 gobelets d'argent peſant 10 onces 1/2 vendus 8l. 4ſ.

Marc d'argent 6l. 3ſ. 0d. 11/13. [Treize onces d'autre vaiſſelle vendue 10l.

Marc d'argent 7l. 16ſ. 5d. 1/3. [Une taſſe peſant 9 onces vendue 8l. 16ſ.

Marc d'argent 6l. 12ſ. 7d. 1/9. [Un petit hanap & 6 cuilliers peſant 9 onces, vendus 7l. 9ſ. 2d.

Marc d'argent doré 12l. 1ſ. 6d. 6/13. [Deux gobelets dorés peſant 13 onces, vendus 19l. 12ſ. 6d.

Pour la vendition de 14 queues 10 poinçons & 1 caque de *vin* à plusieurs prix, 262l. 4f.

Mouton 17f. 7d. $\frac{5}{7}$. [Pour la vente de 14 moutons, 12l. 7f. 2d.

Agneau 8f. 1d. $\frac{3}{11}$. [De 66 agneaux, 26l. 15f.

Mise.

Jeune *bœuf* 4l. 19f. 8d. [Pour 2 jeunes bœufs achetés, 9l. 19f. 4d.

Liv. de *beurre* 1f. [Pour 1 pot de beurre pesant 17 livres, 17f.

Setier de *pois* 31f. [Pour 4 setiers & 3 minots de pois, 7l. 11f.

Anguille 1f. 0d. $\frac{4}{5}$. [Pour 30 anguilles, 32f.

Cent d'*œufs*, 10f.

Pour 4 setiers de *froment*, à 29f. le setier, 116f.

Setier d'*orge* 1l. 8f. 2d. [Pour 3 setiers d'orge, 4l. 4f. 8d.

Queue de *vin* 8l. [Pour 10 queues de vin, 80l.

Cochon 6f. [Pour 30 *cochons*, 9l.

Pour 1 *vache*, 112f.

J. P. p. 160. Septembre. Cette année fit le plus bel Août & bons blés & foison.

p. 162. Cette année les mûriers ne porterent nulles mûres, mais il fut tant de *pêches*, qu'on en avoit 1 cent de très-belles pour 2d. P. ou 2 T.

MO. Monstrelet, tom. 2. p. 113, nous apprend que Charles VII. engagea en 1435 les Villes de Somme ...... au Duc de Bourgogne rachetables de 400 mille écus d'or vieux, de 64 au marc de Troyes, 8 onces pour le marc, & d'aloi à 24 Karats & $\frac{1}{4}$ de Karat de reméde.

J. P. p. 163. Octobre. Aussi-tôt que le Pont de Meulan fut pris, tout enchérit à Paris, sinon le vin; mais le *blé* qu'on avoit pour 20 sols P. monta bientôt à 2 francs. Fromage, beurre, huile, pain, tout enchérit ainsi de près de la moitié ou du tiers, & la *chair* & *saindoux* 4 blancs la chopine.

Le Samedi 31 Décembre 1435, fut criée la monnoie du Roi & furent abbatues les Plaques qui étoient à 8 doubles, & mises à 8 deniers P. aussi les Blancs du Roi aux Lis furent mis à 6 deniers, lesquels étoient à 8; & toutes autres monnoies défendues, excepté la monnoie du Duc de Bourgogne; c'est à savoir, Virlains pour 12 deniers la piéce, & Riddes d'or de 70 au marc pour 24 sols P. & fit faire le Roi blancs de 8 deniers P. de 6 sols 8 deniers de taille, & donnoit le Roi aux Marchands du marc d'argent 9 livres; & fit faire écus d'or de 70 au marc pour 24 sols P. la piéce, & étoit la monnoie du Roi & celle du Duc de Bourgogne toutes égales en valeur. (Chap. 55. de la Chronique de Charles V. VI. VII. aux quatre Nations no. 9508, faite le 16 Janvier 1476 par Pasquier Bonhomme, l'un des quatre Libraires de l'Université de Paris.)

J. P. p. 164. Avril. Et pour ce tous biens furent très-chers en Carême, spécialement

lement les *harengs* caqués; car pour certain la caque coûtoit 14 francs, & le saure aussi cher à la value.

Et environ Pâques tant enchérit le *blé* qu'il valoit 4 francs, qui ne valoit à la Chandeleur que 20 sols P. le meilleur.

Les bonnes femmes qui avoient appris à gagner 5 ou 6 blancs par jour, se donnoient volontiers pour 2 blancs, & si vivoient dessus.

Si faillirent les harengs & les oignons 15 jours devant Pâques; car p. 165.
6 oignons un peu gros coûtoient 4 deniers P.

1436.

Treize Avril. Le lendemain de l'entrée du Connétable dans Paris J. P. p. 168.
délivré des Anglois, y vint tant de blés, qu'on avoit le *blé* pour 20 sols P. qui le Mercredi devant coûtoit 48 ou 50^{s}.

On eut 7 *œufs* pour 1 blanc; & le jour de devant on n'en avoit que 5 pour 2 blancs.

1437.

Setier de *blé* 38^{s}. 4^{d}. $\frac{4}{5}$. [Pour 4 setiers & 2 boisseaux de blé, 8^{l}. L.
Queue de *vin*, 12^{l}.
Setier d'*avoine* 21^{s}. 7^{d}. $\frac{25}{29}$. [Pour 7 setiers & 3 boisseaux d'avoine, 7^{l}. 17^{s}.
Oison 3^{s}. 10^{d}. $\frac{2}{3}$. [Pour 6 oisons, 23^{s}. 4^{d}.
Agneau 5^{s}. 6^{d}. $\frac{22}{27}$. [Pour 27 agneaux, 7^{l}. 10^{s}. 4^{d}.
Setier de *vesce*, 20^{s}.
Setier d'*orge*, 52^{s}.
Chapon, 5^{s}. 8^{d}.
Veau, 24^{s}.
Poule, 2^{s}.
A la fin de cette année le *blé* valoit 5 francs le setier.

Vingt-six Mai. Si leur convint faire nouvelle Finance, si leur fut J. P. p. 170.
donné ce conseil qu'il convenoit faire choir la monnoie; mais pour ce qu'ils n'avoient point assez de monnoie forgée au coin du Roi Charles, ils firent crier le Mercredi 26e jour de Mai 1437 les blancs de 8 deniers qui étoient au coin d'Henry, qui se disoit Roi d'Angleterre & de France; ils les mirent à 7 deniers, si valoient mieux de 6 blancs pour franc, que ceux qu'ils forgeoient au coin du Roi Charles.

Le Jeudi 12e jour de Juillet ensuivant, firent de tout point choir les p. 171.
blancs que devant avoient mis à 7 deniers, & les Salus d'or qui pour le temps qu'ils mirent les blancs à 7 deniers valoient 24 sols P. ils les mirent à 20 sols P. Et la semaine de devant s'étoient ralliés les Anglois & couroient à une lieue de Paris, & boutoient feu, tuoient femmes & enfans, & détruisoient tant qu'ils en rencontroient.

Juillet & Août. En cette année il fut tant de *cerises*, qu'on avoit la livre pour 1 denier T. voire telle fois fut 6 livres pour un blanc de 4 deniers P. & durerent jusqu'à la Notre-Dame mi-Août.

Au mois de Septembre ensuivant on commença à vendanger; mais les vendanges ne coûterent autant comme ils firent cette année, & si ne oncques mais *vendangeurs* & vendangeuses à si grand marché; car on avoit au commencement 4 femmes tout le jour pour 2 blancs, & tel jour en avoit-on 5 pour 2 blancs, & *hotteurs* pour 2 blancs ou pour 3; & si avoit-on très-grand marché de vivres, & si ne furent aussi chers passés à 50 ans; car en toutes les portes de Paris avoit 2 ou 3 Sergens de par les Gouverneurs de Paris, qui sans loi & sans droit & par force, faisoient payer à chacun hotteur 2 doubles, à chacune charrette qui amenoit cuves où il y eut vendanges 8 blancs, 16 de 2, 8 sols P. de 3.

p. 173. Novembre. Fut tant de *navets*, qu'on avoit cette année le boisseau pour 2 doubles, & tant de *poireaux*, qu'on avoit une grosse botte pour 1 denier, qui l'année devant coûtoit 4 doubles.

Pois, féves, furent à si grand marché, qu'on avoit *féves* pour 10 deniers le boissel belles & grosses.

Et pour 14 deniers, bons *pois*.

Et très-bon *vin* par-tout Paris pour 2 doubles, blanc & vermeil.

Février. Car on disoit qu'au jour que la Ville de Pontoise fut prise, qu'il y avoit du blé plus qu'il n'en falloit pour 2 ans tous entiers pour fournir ladite Ville, & il y en avoit très-peu à Paris; mais quelques prieres que ceux de Paris pussent faire, ils n'en voulurent laisser venir grain à la Ville de Paris, & lui vouloient donner les Marchands de Pontoise de chacun setier, 4 francs P.

MO. Monstrelet, tome 2. p. 147, dit; En cet an 1437 furent les *blés* & autres grains si chers par toutes les parties de France, & en autres & divers lieux de Chrétienté, que ce qu'on avoit aucune fois donné pour 4 sols monnoie de France, on le vendoit 40 & au-dessus; à laquelle cherté fut si grande famine universelle, que grande multitude de pauvres gens moururent par indigence. Si y eut aucunes Villes qui les débouterent de leur Seigneurie & d'autres qui les reçurent; & dura cette pestilence jusqu'en 1439, & furent faits à cette cause plusieurs Edits par les Seigneurs, tant Princes, comme autres, & aussi par ceux des bonnes Villes, en défendant que nuls blés & autres grains ne fussent portés hors, sur grosses peines: & en la Ville de Gand fut crié qu'on s'abstint de brasser cervoise ni autres pareils breuvages, & que toutes autres pauvres gens fissent tuer leurs chiens.

J. P. p. 174. A la fin de Mars on n'en trouvoit quelque peu de verdure, sinon un peu de *poireaux* qui coûtoient 4 deniers la botte, qu'on avoit eu en Janvier pour 1 denier.

Oignons très-chers & *pommes* très-cheres ; car le quarteron de capendu un peu grosses, coûtoit 7 blancs.

Et si ne vint nulles figues : mais il fut le meilleur *miel* qu'on eut vû il y avoit longtemps & à bon marché, car la pinte ne coûtoit que 2 blancs.

Et si avoit-on le *mole de bûche* en grève pour 10 blancs.

Le pain fut bien cher ; car le setier de très-petit *seigle* coûtoit 44 sols ou 3 francs, & le *froment* 4 francs.

1438.

Agneau 5ˢ. 6ᵈ. ⅖. [Pour 30 agneaux, 8ˡ. 6ˢ. L.

Setier de *blé* 4ˡ. 16ˢ. [Pour 2 boisseaux de blé, 16ˢ.

Setier d'*avoine* 39ˢ. [Pour 2 setiers d'avoine, 78ˢ.

Marc d'argent 6ˡ. 8ˢ. [De la vente d'une tasse d'argent doré pesant 2 marcs ½, reçu 16ˡ.

Marc d'argent 2ˡ. 15ˢ. 5ᵈ. ⅗. [D'un bras d'argent pesant 1 marc 4 onces ½, reçu 4ˡ. 6ˢ. 8ᵈ.

Pour 1 poinçon de *vin*, 11ˡ. 8ˢ.

Pour un setier de *pois*, 46ˢ.

Setier de *vesce* 36ˢ. [Pour un minot de vesce, 9ˢ.

Août. Et si étoit le *blé* tant cher au cœur d'Août, à l'entrée de Septembre, que le plus petit blé valoit 4 francs. J. P. p. 175.

Le *froment*, 6 francs.

L'*orge*, 40ˢ. P.

Septembre. Et si ne mangeoit-on point de pain blanc : car le *blé* valoit 5 francs ½ qui n'étoit que *méteil*, *orge* 60ˢ. *féves* menues 5ˢ. P. le boisseau, *pois* au même prix. p. 178.

Huile 5ˢ. P. la pinte.

La liv. de *beurre* salé, 6 blancs.

Et tout à forte monnoie.

Cet an grande année de *choux* & de *navets* ; car le boissel ne coûtoit que 6 deniers P. par quoi les gens appaisoient leur faim, & à leurs enfans.

Mai. En cettui temps avoit si cher à Rouen, que le setier de bien pauvre *blé* coûtoit 10 francs, & tous vivres au prix ; & trouvoit-on tous les jours en mi les rues les petits enfans morts que les chiens mangeoient ou les porcs, & le tout par la cruauté de l'Archevêque qui étoit homme plein de sang, & avec lui Prévôt qui avoit été de Paris, Messire Simon Morhier qui élevé leur a tant de maltôte, que nul ne pouvoit vivre en la Cité de Rouen s'il n'étoit à eux, ou s'il n'étoit bien riche d'auparavant ; ainsi étoit gouverné. p. 180.

En celui an 1438 fut si largement verdure, comme *porée*, *choux*, *poireaux*, *navets*, *persil*, *cerfeuil*, & toute autre verdure appartenante à corps d'homme nourrir; car au mois de Janvier jusqu'à la S. Jean, on avoit plus de verdure pour un Tournois à la Chandeleur, & devant & après, qu'on avoit eu l'année de devant en Avril ni en Mai pour 2 blancs ou 3.

Environ 8 jours après la S. Pierre fut le persil & le cerfeuil tant cher, qu'on n'en pouvoit finer. Pour vrai on vendoit 4 doubles ou 6 deniers autant de *persil* ou de *cerfeuil*, qu'on avoit eu 15 jours pour un nevet.

1439.

L. *Marc d'argent* 6^{l}. 8^{s}. [D'une petite tasse dorée pesant 4 onces, reçu 64^{s}.

Setier de *blé* 59^{s}. 0^{d}. $\frac{11}{13}$. [Pour 13 setiers de blé baillé 16 nobles, valent 38^{l}. 8^{s}. (le noble valoit 48^{s}.)

Pour 1 queue de *vin*, 12^{l}.

Pour 1 minot d'*orge*, 4^{s}.

Pour 1 mine d'*avoine*, 18^{s}.

J. P. p. 180. A la S. Jean ou environ enchérit tant le *blé*, que pour vrai un setier de bon *méteil* valoit 8 francs.

Et 1 setier de *seigle* valoit 6 francs.

Et la mesure de *suif*, 6^{s}. P.

La pinte d'*huile* de noix, 6^{s}.

La liv. de *chandelle*, 4 blancs.

p. 181. La premiere semaine de Juillet, qui vouloit 1 setier de bon *blé*, il coûtoit 9 francs, très-bonne monnoie.

Et les *féves* pour faire moudre, 6 francs.

p. 182. Décembre. Ordonné que toute bête à corne vendue au marché *bœuf* ou *vache*, payeroit 4 sols P. le *pourcel* 8 blancs, le *mouton* ou *brebis* 4 blancs.

p. 183. Minot de *sel* 5^{l}. 10^{s}. T. [Après Février le boisseau de sel coûtoit 22^{s}. P. (ou 27^{s}. 6^{d}. T.)

1440.

Des choses vendues.

L. *Marc d'argent* 9^{l}. 12^{d}. T. [De l'Image d'argent de M. S. François pesant 5 marcs 3 onces $\frac{1}{2}$, à 9^{l}. 12^{d}. le marc, reçu 39^{l}. 8^{s}. (P.)

Marc d'argent 7^{l}. 4^{s}. 11^{d}. $\frac{103}{139}$. P. ou 9^{l}. 1^{s}. 1^{d}. $\frac{13}{87}$. T. [De l'Image de M. S. Louis de France, pesant 4 marcs 2 onces 15 esterlins, au même prix, reçu 31^{l}. 9^{s}. 9^{d}. (P.)

Marc d'or 57^{l}. 12^{s}. P. [D'une couronne d'or pesant 2 onces 5 esterlins, reçu 16^{l}. 4^{s}. (Le titre devoit être fort bas, car la proportion entre l'or & l'argent n'eût été que huitiéme.)

Setier de *blé* 17^{s}. 2^{d}. $\frac{18}{19}$. [Pour 3 muids 6 setiers de blé & 3 mines, 37^{l}. 9^{s}.

Cochon 5^{s}. 4^{d}. [Pour 3 cochons, 16^{s}.

Pour 12 queues & 3 poinçons de *vin*, 106^{l}. 10^{s}. 2^{d}.

Pour 1 *veau*, 26^{s}.

Pour 4 *pourceaux* $\frac{1}{2}$ & 4 *fléches de lard*, 14^{l}. 5^{s}. 8^{d}.

Paire de *pigeons* 1^{s}. 4^{d}. [Pour 4 paires de pigeons, 5^{s}. 4^{d}.

Setier de *blé* 24^{s}. 11^{d}. $\frac{10}{19}$. [Pour 2 muids 10 setiers & mine de blé, & 3 setiers d'*orge* & 1 mine de *farine*, 47^{l}. 8^{s}. 6^{d}.

Pour 1 queue & 2 poinçons de *vin*, 12^{l}. 2^{s}. 4^{d}.

Pour 1 *cheval*, 8^{l}. 5^{s}.

Juillet. Cette année 1440 fut très-fructueuse de tous biens, très-bons & à bon marché; car on avoit aussi bon *blé* pour 16 sols P. comme l'année devant pour 5 francs. J. P. p. 185.

Aussi bonnes *féves* pour 4 blancs, comme l'année devant pour 7 ou 8^{s}. P.

Très-bons *pois* pour 6 blancs.

Le cent de grosses *pêches* pour 2^{d}. P.

Grosses *poires* d'angoisse ou de cailleau pepin pour 4^{d}. le quarteron.

Le cent de *prunes* de damas pour 7^{d}.

Le cent de très-bonnes *noix* pour 4 Tournois.

Une queue de *vin* payoit aux portes de Paris 20 blancs, qui ne payoit l'année devant que 8 blancs.

Cette année fut moult bonne. p. 188.

On avoit un setier de bon *froment* pour 16^{s}. P.

Setier de *noix* pour 24^{s}. P.

Et le crioit-on parmi Paris, comme on fait le charbon, à 3 blancs le boisseau.

La pinte d'*huile*, 5 blancs.

Bonnes *pommes* en Mai pour 2 blancs le boisseau.

La pinte de *vin*, 2^{d}.

Féves pour 10^{d}. le boisseau.

Pois pour 4 blancs le boisseau.

Navets pour 4^{d}. le boisseau.

Du *blé* que leur avoit coûté en semence 4 francs le setier, ne leur valoit que 16^{s}. P. ou 20^{s}. au plus.

Et l'*avoine* qui avoit coûté 3 francs ne leur rendoit que 13^{s}. P.

1441.

Pour 4 *pourceaux* & une fléche de lard, 8^{l}. 17^{s}. L.

Pinte de *sain* 2^{s}. [Pour 4 chopines de sain, 4^{s}.

Pour 1 *veau*, 22^{s}. 8^{d}.

Carpe 1^{s}. 11^{d}. $\frac{5}{13}$. [Pour 13 carpes, 25^{s}. 4^{d}.

Pour 3 muids, 6 ſetiers de *blé* & 1 muid d'*orge*, 32^{l}. 13^{s}. 4^{d}.

Pour 1 ſetier de *veſce*, 3 ſetiers & 3 minots de *pois*, & 1 minot de groſſes *féves*, 117^{s}. 4^{d}.

Pour 3 queues & 4 poinçons de *vin*, 38^{l}. 19^{s}. 6^{d}.

J. P. p. 189. Vingt-trois Mai. On fit crier le *pain* de 2 doubles à 2 (deniers) Pariſis, peſant le blanc 24 onces.

Et le *pain* faitis à toute la fleur de 2^{d}. P. peſant 32 onces tout cuit.

p. 192. Cette année vers Pâques, le grand boiſſeau de Bourgogne d'*oignons* ne valoit que 6^{d}. P.

La liv. de *figues* la meilleure, 4^{d}. P.

Féves les plus belles à 12^{d}. P.

Pois très-bons à 4 blancs.

1442.

L. Poinçon de *vin* 8^{l}. 14^{s}. 8^{d}. [Pour 6 poinçons de vin, 52^{l}. 8^{s}.

Pour 1 ſetier d'*avoine*, 12^{s}.

Cent d'*œufs* 5^{s}. 4^{d}. [Pour 1 quarteron d'œufs, 16^{d}.

Pour 3 liv. de *cerifes* & $\frac{1}{2}$ cent de poires, 16^{d}.

Pour 11 *pouſſins*, 3 *poules*, 1 grand *connil* & 4 *lapereaux*, 18^{s}.

Douzaine de *pains* 20^{s}. [Pour 10 douzaines de pains, 10 francs.

Pour 3 cents de *pommes*, 2^{s}. 8^{d}.

Marc d'argent 6^{l}. 8^{s}. [Pour la vendition d'une taſſe d'argent peſant 5 onces, 4^{l}.

Pour 1 minot de *pois* & 1 de *féves*, 22^{s}.

J. P. p. 193. Cette année fut le plus bel Août & les plus belles vendanges vues depuis 50 ans.

La pinte de *vin* pour 2^{d}. P. ou pour 2^{d}. T. la pinte fin & net.

Pommes groſſes de capendu de rouveau, pour 1 double le quarteron.

Groſſes *poires* d'angoiſſe pour 2 doubles.

1443.

L. Pour 1 poinçon de *vin*, 4^{l}. 16^{s}.

Pour 1 *veau*, 26^{s}.

Pour 3 quarterons d'*œufs*, 4^{s}.

Pour 1 *vache*, 48^{s}.

Setier de *blé* 10^{s}. 9^{d}. $\frac{3}{5}$. [Pour 4 ſetiers de blé & 1 d'avoine, 54^{s}.

Minot de *ſel* 2^{l}. 1^{s}. 11^{d}. $\frac{1}{15}$. [Pour 3 ſetiers & 3 minots de ſel, 31^{l}. 8^{s}. 10^{d}.

Minot de *ſel* blanc 2^{l}. 9^{s}. 9^{d}. $\frac{3}{25}$. [Pour 12 boiſſeaux $\frac{1}{2}$ de ſel blanc, 7^{l}. 15^{s}. 6^{d}.

Pinte d'*huile* 1^{s}. 11^{d}. $\frac{9}{10}$. [Pour 20 quartes d'huile, 79^{s}. 8^{d}.

Setier de *pois* 46ſ. 9d. [Pour 3 ſetiers 3 minots & 1 boiſſel de pois, 8l. 19ſ. 4d.

Setier de *féves* 39ſ. 6d. [Pour 1 ſetier, 1 minot & 1 boiſſeau de féves, 62ſ. 8d.

Pinte de *ſain* 2ſ. 3d. $\frac{1}{5}$. [Pour 5 pintes de ſain, 11ſ. 4d.

Cent de *pommes* 11d. $\frac{1}{13}$. [Pour 6 cents & $\frac{1}{2}$ de pommes, 6ſ.

Chair de *mouton* 19ſ. 2d. $\frac{2}{5}$. [Pour 5 quartiers de mouton, 24ſ.

Setier de *blé* 4l. 4ſ. 8d. $\frac{56}{119}$. [Pour 2 muids 5 ſetiers & 3 minots de blé, 126l.

Setier d'*orge* 3l. 7ſ. 8d. $\frac{2}{5}$. [Pour 5 ſetiers d'orge, 16l. 18ſ. 6d.

Setier de blé *méteil* 3l. 0ſ. 4d. $\frac{44}{61}$. [Pour 2 muids 6 ſetiers & mine de blé méteil, 92l. 2ſ.

Setier de *ſeigle* 3l. 2ſ. 2d. $\frac{2}{17}$. [Pour 2 muids & 10 ſetiers de ſeigle, 105l. 14ſ.

Setier d'*orge* 2l. 13ſ. 1d. $\frac{1}{5}$. [Pour 4 muids & 2 ſetiers d'orge, 132l. 15ſ.

Pour 1 ſetier de *farine*, 2l. 16ſ.

Pour 1 ſetier d'*avoine*, 26ſ. 8d.

Furent pois & féyes très-mauvais à cuire, pleins de coſſons & très-chers. J. P. p. 193.

Un boiſſeau de bons *pois* coûtoit 6ſ. P. . . . . mais tous fruits à grand marché; car vers la fin du mois d'Août on avoit très-belles *pommes* de capendu le quarteron pour 2 doubles.

Le cent de *noix* pour 2d. P.

Le mole de bonnes *bûches* 8 blancs (ou 3ſ. 4d.)

Le cent de *cotrets* pour 20ſ. P.

Mais *oignons* furent très-chers; 6 oignons gros coûtoient 4d. P.

Vers le Carême furent tant d'*oignons*, qu'on avoit le boiſſel pour 2 doubles, ou pour 2d. auſſi bons qu'on eut onc vû. p. 195.

Et de *poireaux* la plus belle botte pour 1d. ou pour 1 Tournois.

Setier de *pois* 15ſ. [Bons pois pour 3 blancs (le boiſſeau).

Setier de *féves* 15ſ. [Féves pour 3 blancs.

Bon *vin* à 2d.

1444.

Des choſes vendues.

Setier de *blé* 20ſ. [De 5 ſetiers de blé, reçu 100ſ. L.

Setier d'*avoine* 11ſ. 5d. $\frac{1}{3}$. [De 3 ſetiers d'avoine, reçu 34ſ. 4d.

De 4 queues 1 poinçon & 1 caque de *vin*, reçu 86l. 18ſ. 4d.

Miſe.

Vache 5l. 0ſ. 6d. [Pour 2 vaches, 10l. 1ſ.

Caque de *harengs* 4l. 8ſ. [Pour 2 caques de harengs, 8l. 16ſ.

Carpe 3^s. 5^d. $\frac{1}{11}$. [Pour 11 carpes, 37^s. 8^d.
Setier de *féves* 16^s. [Pour 1 mine de féves, 8^s.
Setier de *pois* 16^s. [Pour 3 minots de pois, 12^s.
Queue de *vin* 6^l. 10^s. 3^d. $\frac{1}{2}$. [Pour 8 queues de vin, 52^l. 2^s. 4^d.
Veau 22^s. [Pour 3 veaux, 66^s.
Oison 4^s. 6^d. [Pour 4 oisons, 18^s.
Setier d'*orge* 7^s. [Pour 6 setiers d'orge, 42^s.

J. P. p. 198. Le jour de l'Ascension les vignes gelerent, par quoi le vin enchérit si fort, que le *vin* qu'on donnoit devant à 2^d. fut mis à 6^d. P.

1445.

L. Pour 1 *porc* gras, 66^s.
Pour 6 queues & 1 poinçon de *vin*, 79^l. 4^s.
Pour 4 *vaches* & 3 *fléches de lard*, 10^l. 18^s.
Caque de *harengs* 5^l. 4^s. [Pour 2 caques de harengs, 10^l. 8^s.
Veau 1^l. 9^s. 4^d. [Pour 3 veaux, 4^l. 8^s.
Oison 3^s. [Pour 6 oisons, 18^s.
Setier d'*avoine* 11^s. [Pour 3 setiers d'avoine, 33^s.
Petit *cochon* 3^s. [Pour 8 petits cochons, 24^s.

1446.

L. Pour 3 *poussins* & 2 *lapereaux*, 3^s. 10^d.
Cent de *harengs* 8^s. 4^d. [Pour 40 harengs, 3^s. 4^d.
Pour 1 *mouton*, 12^s.
Cent d'*œufs* 3^s. 6^d. $\frac{2}{3}$. [Pour 1 quarteron $\frac{1}{2}$ d'œufs, 16^d.
Cane 8^d. [Pour 2 canes, 16^d.
Fromage 4^d. [Pour 32 fromages, 10^s. 8^d.
Pinte de *vin* 9^d. [Pour 3 quartes de vin, 4^s. 6^d.
Petit *cochon* 2^s. 8^d. [Pour 3 petits cochons, 8^s.
Setier de *blé* 10^s. [Pour 3 minots de blé, 7^s. 6^d.
Anguille 6^d. [Pour 2 anguilles, 12^d.
Setier de *féves* 12^s. [Pour 10 boisseaux de féves, 10^s.
Pourceau gras 4^l. 10^s. [Pour 2 pourceaux gras, 9 francs.
Pinte de *vin* blanc 8^d. [Pour 40 chopines de vin blanc, 13^s. 4^d.
Setier d'*avoine* 12^s. [Pour 5 setiers 1 mine d'avoine, 66^s.

J. P. p. 203. Huitiéme Septembre. Cette année fut le vin si cher, qu'on n'avoit point de *vin* . . . . . qui ne coûtât 10 ou 12^d. P. la pinte . . . . ne de setier de vin, qui ne coûtât du moins 16 blancs . . . . .
Et si peu de *noix* que le cent en coûtoit 4 blancs qu'on avoit l'année précédente pour 2^d. P. ou pour 2 Tournois.
Quarteron de *poires* d'angoisse, pour 2 blancs au plus.

1447.

1447.

Queue de *vin* 16^{l}. 5^{s}. [Pour 2 queues de vin, 32^{l}. 10^{s}. L.
Setier de *blé* 12^{s}. [Pour 1 minot de blé, 3^{s}.
Liv. de *cire* 2^{s}. 10^{d}. $\frac{10}{13}$. [Pour 38 cierges chacun de $\frac{1}{2}$ liv. & 2 de 2 livres, 66^{s}.
Lapereau 6^{d}. [Pour 2 lapereaux, 12^{d}.
Mouton 14^{s}. 8^{d}. [Pour 1 mouton & demi, 22^{s}.
Pour 1 cent d'*œufs*, 3^{s}. 4^{d}.
Pour 1 petit *cochon*, 5^{s}. 4^{d}.
Liv. de *sucre* 6^{s}. 8^{d}. [Pour $\frac{1}{2}$ liv. de sucre, 3^{s}. 4^{d}.
Pour 80 *harengs*, 8^{s}. 8^{d}.
Et $\frac{1}{2}$ cent de *harengs* frais, 8^{s}.
Pour 1 jeune *bœuf*, 58^{s}.
Le *vin* étoit à 6^{d}. la pinte.
Pour 8 *pourceaux* gras à 26^{s}. piéce, 10^{l}. 8^{s}.
Boisseau d'*oignons* 3^{s}. 10^{d}. [Pour 2 boisseaux d'oignons, 7^{s}. 8^{d}.]
Pinte d'*huile* 2^{s}. [Pour 1 quarte d'huile, 4^{s}.
Pour 1 liv. d'*amandes*, 16^{d}.
Setier d'*avoine* 12^{s}. [Pour 1 mine d'avoine, 6^{s}.
Setier de *pois* & *féves* 17^{s}. 4^{d}. [Pour 1 minot de pois & 1 minot de féves, 8^{s}. 8^{d}.
Mouton 9^{s}. 6^{d}. $\frac{18}{23}$. [Pour 23 moutons, 11^{l}.

Le vin étant fort cher ..... vers la mi-Mai, il en arriva à S. Denis J. P. p. 203.
jusqu'à 12 mille queues, & environ 700 muids ; & après le Landi en fut tant amené à Paris, qu'on avoit aussi bon *vin* pour 4 doubles, ou pour 6 deniers, qu'on avoit devant pour 12 doubles, & tôt après eût-on très-bon vin pour 4 deniers la pinte.

1448.

Pour 1 *veau*, 16^{s}. L.
Pour 1 cent & $\frac{1}{2}$ d'*œufs*, 3^{s}. 8^{d}.
Pour $\frac{1}{2}$ liv. de *beurre* frais & 1 liv. de salé, 22^{d}.
Pinte de *vin* 4^{d}. $\frac{20}{43}$. T. [Pour 2 queues de vin à 8 francs piéce, 12^{l}. 16^{s}. (N^{a}. 12^{l}. 16^{s}. P. font 16^{l}. T.)
Oison 2^{s}. 1^{d}. $\frac{1}{3}$. [Pour 9 oisons, 19^{s}.
Pour 1 *mouton*, 12^{s}.
Pour 1 *vache*, 44^{s}.
Setier de *froment* 5^{s}. 11^{d}. $\frac{1}{7}$. [Pour 7 setiers & mine de froment, 44^{s}. 6^{d}.
Setier d'*avoine* 12^{s}. [Pour 1 mine d'avoine, 6^{s}.
Liv. de *sucre* 6^{s}. [Pour 3 liv. de sucre, 18^{s}.

Pour 1 once de *cannelle*, 2ſ. 4d.

Anguille 8d. [Pour 2 anguilles, 16d.

Pour 1 *brochet*, 18d.

J. P. p. 205. Cet an fut ſi bon marché de pain & de vin, qu'un homme Laboureur avoit aſſez de *pain* pour 2 Tournois à vivre pour un jour.

Très-bon *vin* pour 2d. la pinte, blanc & vermeil.

A la S. Jean, le quarteron d'*œufs* pour 8d. P.

Un très-grand *fromage* pour 6d.

La liv. de bon *beurre* pour 8d. P.

p. 206. A l'Aſcenſion, quarteron d'*œufs* pour 6d.

Un *fromage* pour 4 ou 5d.

Bon *vin*, 2 doubles.

Et 1 *pain* pour vivre un homme pour 1 bon double, dont les 3 valoient 4d. P.

1449.

L. Paire de *pigeons* 8d. [Pour 8 paires de pigeons, 5ſ. 4d.

Poinçon de *vin* 4l. 19ſ. [Pour 2 poinçons de vin, 9l. 18ſ.

Pouſſin 8d. [Pour 6 pouſſins, 4ſ.

Pour 1 jeune *veau*, 24ſ.

Pour 1 *vache*, 44ſ.

Cent d'*œufs* 2ſ. 4d. [Pour 3 cents d'œufs, 7ſ.

Setier d'*avoine* 10ſ. [Pour 1 mine d'avoine, 5ſ.

Oiſon 2ſ. [Pour 20 oiſons, 40ſ.

Pour 1 cent de *harengs*, 6ſ.

Liv. de *beurre* ſalé 6d. [Pour 14 liv. de beurre ſalé, 7ſ.

Pour ½ cent de *prunes*, 4d.

Setier de *blé* 13ſ. [Pour 5 ſetiers de blé, du prix de 13ſ. le ſetier, 65ſ.

J. P. p. 207. Mai. On avoit bon *blé* froment pour 8ſ. & pour moins.

Et bon *ſeigle* pour 15 ou 16 blancs; mais on gagnoit peu.

1450.

L. Pour 6 poinçons de *vin*, à 11 francs le muid, 52l. 16ſ. (P.)

Setier de *blé* 11ſ. [Pour 1 mine de blé, 5ſ. 6d.

Pour 1 cent de *harengs*, 11ſ.

Pour 1 cent d'*œufs*, 4ſ. 8d.

Setier de *froment* 14ſ. [Pour 10 ſetiers de froment, à 14ſ. le ſetier, 7l.

Liv. de *gingembre* colombin 8ſ. 5d. [Pour 4 liv. de gingembre colombin, 33ſ. 8d.

Liv. de *poivre* 4ſ. 4d. [Pour 4 liv. de poivre, 17ſ. 4d.

Pour ½ liv. de *poudre* fine, 6ſ. 6d.

Liv. de *safran* 3^{l}. 8^{s}. [Pour 2 onces de safran, 8^{s}. 6^{d}.
Pour 13 liv. $\frac{1}{2}$ d'*amandes*, & 7 liv. de *riz*, 26^{s}.
Liv. de *sucre* 5^{s}. 10^{d}. [Pour 2 liv. de sucre, 11^{s}. 8^{d}.
Pour 1 quarteron & demi de *cinnamome*, 6^{s}.
Pour 1 *carpe*, 12^{d}.
Setier d'*orge* 13^{s}. [Pour 8 setiers & 3 mines d'orge, à 13^{s}. le setier, 107^{s}.
Pourceau 26^{s}. 3^{d}. $\frac{1}{2}$. [Pour 16 pourceaux, 21^{l}. 8^{d}.
Pour 1 *vache*, 48^{s}.
Setier de *féves* & *pois* 18^{s}. 4^{d}. [Pour 3 mines de féves & 3 mines de pois, 55^{s}.

1452.

Setier de *son* 3^{s}. [Pour 5 setiers de son, 15^{s}. L.
Agneau 3^{s}. 9^{d}. [Pour 2 agneaux, 7^{s}. 6^{d}.
Pour 6 queues & 1 poinçon de *vin*, 52^{l}. 11^{s}. 1^{d}.
Pour 13 *pourceaux* & 1 *vache*, 32^{l}. 13^{s}.
Caque de *harengs* 5^{l}. 1^{s}. 6^{d}. $\frac{2}{3}$. [Pour 3 caques de harengs, 15^{l}. 4^{s}. 8^{d}.
Pour 1 setier de gros *sel* sans gabeler, & 1 minot gabelé, 68^{s}. 4^{d}.
Pour 1 poinçon de *vin*, 64^{s}.
Setier de *froment* 8^{s}. 1^{d}. $\frac{1}{7}$. [Pour 7 setiers de froment, 56^{s}. 8^{d}.
Setier de *pois* 13^{s}. 4^{d}. [Pour 1 minot de pois, 3^{s}. 4^{d}.
Setier de *blé* 9^{s}. P. [Loquantur Domini cum mercatoribus pro emendo bladum pro faciendo panem Capituli qui offerunt tradere sextarium pro 9 sol. Paris. (4 *Octobris* 1452. *Reg.* 12. *p.* 260.) ND.

1454.

Poinçon de *vin* 5^{l}. 5^{s}. 2^{d}. $\frac{2}{5}$. [Pour 15 poinçons de vin à plusieurs prix, 78^{l}. 18. L.
Pour 1 *taureau* gras, 4^{l}. 2^{s}. 2^{d}.
Caque de *harengs* 4^{l}. 14^{s}. 10^{d}. $\frac{2}{3}$. [Pour 3 caques de harengs, 14^{l}. 4^{s}. 8^{d}.
Pour 1 *veau*, 18^{s}.
Mouton 9^{s}. 2^{d}. $\frac{11}{14}$. [Pour 28 moutons, 12^{l}. 18^{s}. 6^{d}.
Pourceau 27^{s}. 0^{d}. $\frac{12}{13}$. [Pour 13 pourceaux, 17^{l}. 12^{s}.
Setier de *froment* 13^{s}. 9^{d}. [Pour 4 muids de froment, 33^{l}.
Setier d'*avoine* 12^{s}. [Pour 2 muids d'avoine, 14^{l}. 8^{s}.
Setier de *pois* & *féves* 33^{s}. [Pour 3 setiers de pois & un setier de féves, 6^{l}. 12^{s}.

1455.

Queue de *vin* 13^{l}. 15^{s}. [Pour 8 queues de vin à 5 écus d'or, valent 110^{l}. (Ecu d'or 2^{l}. 15^{s}.) L.

Caque de *harengs* 4^{l}. 16^{f}. 1^{d}. $\frac{1}{5}$. [Pour 5 caques de harengs, 24^{l}. 6^{d}.
Pour 48 *moutons*, 1 *vache* & 27 *pourceaux*, 60^{l}. 10^{f}. 6^{d}.
Setier de *vesce* 12^{f}. [Pour 2 setiers de vesce, 24^{f}.
Pour 7 muids de *blé*, *seigle* & *méteil*, 81^{l}. 19^{f}. 7^{d}.
Setier d'*avoine* 9^{f}. 11^{d}. $\frac{353}{601}$. [Pour 12 muids, 6 setiers & 1 minot d'avoine, 74^{l}. 17^{f}. 4^{d}.

1456.

L. Paire de *pigeons* 8^{d}. [Pour 12 paires de pigeons, 8^{f}.
Pour 95 *moutons*, 3 *vaches* & 24 *pourceaux*, 100^{l}. 7^{f}.
Caque de *harengs* 3^{l}. 7^{f}. 5^{d}. $\frac{1}{7}$. [Pour 7 caques de harengs, 23^{l}. 12^{f}.
Muid de *vin* 4^{l}. [Pour 3 muids de vin, 12^{l}.
Pour 15 muids 7 setiers de *froment*, *méteil* & *orge*, 193^{l}. 10^{f}. 8^{d}.

1457.

L. Queue de *vin* 12 écus $\frac{1}{2}$. [Pour 8 queues de vin, 100 écus d'or.
Mouton 8^{f}. 8^{d}. [Pour 68 moutons, 29^{l}. 9^{f}. 4^{d}.
Queue de *vin* 11^{l}. 17^{f}. 8^{d}. $\frac{4}{7}$. [Pour 7 queues de vin, 83^{l}. 4^{f}.
Pour 2 *bœufs* & 1 *vache*, 13^{l}. 16^{f}.
Pourceau 22^{f}. 9^{d}. $\frac{3}{11}$. [Pour 44 pourceaux, 50^{l}. 2^{f}.
Minot de *sel* 11^{f}. [Pour 3 setiers de sel sans gabeler, 6^{l}. 12^{f}.
Pour 2 *saumons* & 12 *maquereaux*, 54^{f}.
Setier d'*avoine* 11^{f}. 1^{d}. $\frac{1}{3}$. [Pour 6 muids d'avoine, 40^{l}.
Setier de *blé* 20^{f}. 1^{d}. $\frac{2}{5}$. [Pour 9 muids 4 set. $\frac{1}{2}$ de blé, 113^{l}. 6^{f}. 3^{d}.

1458.

L. Dix caques de *harengs* & 5 cents de *saures*, 51^{l}. 8^{f}. 8^{d}.
Pour 1 *veau*, 11^{f}.
Pour 56 *pourceaux*, 99 *moutons*, 1 *bœuf* & 1 *vache*, 106^{l}. 5^{f}.
Poussin 8^{d}. [Pour 6 poussins, 4^{f}.

1459.

L. Poinçon de *vin* 3^{l}. 17^{f}. 10^{d}. $\frac{2}{7}$. [Pour 14 poinçons de vin, 54^{l}. 10^{f}.
Setier de *blé* 14^{f}. 10^{d}. $\frac{2}{7}$. [Pour 14 setiers de blé, 10^{l}. 8^{f}.
Pour 1 caque de *harengs*, 112^{f}.
Pour 1 *bœuf* gras, 8^{l}. 16^{f}.
Mouton 7^{f}. 8^{d}. $\frac{28}{125}$. [Pour 1 cent & $\frac{1}{4}$ de moutons, 48^{l}. 8^{d}.
Pourceau 22^{f}. 9^{d}. $\frac{3}{5}$. [Pour 40 pourceaux, 45^{l}. 12^{f}.
Setier de *blé* 18^{f}. 2^{d}. $\frac{158}{233}$. [Pour 9 muids 8 setiers & mine de blé, 106^{l}. 3^{f}.

Setier d'*avoine* 10^{s}. 2^{d}. [Pour 2 muids d'avoine, 12^{l}. 4^{s}.

Setier d'*orge* 8^{s}. [Pour $\frac{1}{2}$ muid d'orge, 48^{s}.

Setier de *pois* & *féves* 30^{s}. [Pour 1 ſetier de pois & 1 ſetier de féves, 60^{s}.

Pour 1 ſetier d'*oignons*, 24^{s}.

1462.

Setier du meilleur *froment* 11^{s}. 8^{d}. [Domini Commiſſarii ad bladum emendum, Domino Decano retulerunt emiſſe à quodam homine de Meldis 30 modios frumenti melioris, pro pretio 7 francorum quolibet modio, in granariis Capituli reddendo. (4 *Sept. R.* 15. *p.* 424.) ND.

1463.

Setier du meilleur *blé* 9^{s}. 7^{d}. T. [Quia Columbi &c. obtulerunt vendere Capitulo 40 modios bladi, ſub pretio 7^{s}. 8^{d}. P. (ou 9^{s}. 7^{d}. T.) pro quolibet ſextario de meliori, & deliberare in dŏmo Boulengarii Capituli; concluſum eſt quod emantur. (23 *Septemb. R.* 15. *p.* 534.) ND.

1464.

Setier de *blé* 5^{s}. T. [Diſtribuantur blada officii anniverſarii cuilibet Dominorum pro rata quolibet ſextario ſub pretio 4^{s}. P. (ou 5^{s}. T.) (26 *Junii*, *Reg.* 15. *p.* 614.) ND.

1465.

De vaiſſelle vendue.

Marc d'argent 7^{l}. 6^{s}. 8^{d}. [De 3 taſſes de chacune un marc, reçu 22^{l}. L.

Marc d'argent 9^{l}. T. [Une aiguiere peſant 1 marc 13 eſtellins, au prix de 9^{l}. (T.) le marc, reçu 7^{l}. 15^{s}. 4^{d}. (P.)

Gobelet peſant 3 onces 1 gros $\frac{1}{2}$, 57^{s}. 8^{d}.

Poinçon de *vin* 6^{l}. T. [Pour 2 poinçons de vin du prix de 12^{l}. (T.) 9^{l}. 12^{s}. (P.)

Caque de *harengs* 4^{l}. 16^{s}. 9^{d}. $\frac{3}{5}$ [Pour 10 caques de harengs, 48^{l}. 8^{s}.

Petit *cochon* 3^{l}. 11^{s}. 1^{d}. $\frac{1}{3}$. [Pour 9 petits cochons, 32^{l}.

Pour 1 *veau*, 14^{s}.

Mouton 9^{s}. 6^{d}. $\frac{10}{13}$. [Pour 318 moutons, 152^{l}. 6^{s}.

Pour 1 *bœuf*, 16^{l}. 16^{s}.

Pourceau 17^{s}. 11^{d}. $\frac{1}{4}$. [Pour 32 pourceaux, 28^{l}. 14^{s}.

Pour 6 liv. de *riz* & 2 ſixains de *ſafran*, 7^{s}. 4^{d}.

Setier de *pois* nouveaux 3^{l}. 12^{s}. [Pour 1 boiſſeau & $\frac{1}{2}$ de pois nouveaux, 9^{s}.

Setier de *blé* 12^{s}. 2^{d}. $\frac{4}{13}$. [Pour 13 muids de blé, 95^{l}. 2^{s}.

Setier d'*avoine* 7^{s}. 8^{d}. $\frac{8}{13}$. [Pour 13 muids d'avoine, 60^{l}. 4^{s}.

Setier d'*orge* 6^{s}. 8^{d}. [Pour 15 setiers d'orge, 100^{s}.

Setier de *vesce* 19^{s}. 10^{d}. [Pour 6 setiers de vesce, 119^{s}.

ND. Setier de *blé* 10^{s}. T. [Officiarius horarum tradat blada ad faciendum panem Capituli Officiario panis sub pretio 8^{s}. P. (ou 10^{s}. T.) quolibet sextario. (10 *Jul. R.* 15. *p.* 715.)

Setier de *blé* 5^{s}. T. [M. J. Dupleiss exponet venditioni blada de Corberosa videlicet 8 modios pro pretio 48^{s}. P. (ou 60^{s}. T.) quolibet modio. (4 *Decembris, R.* 16. *p.* 30.)

1466.

Le 6 Décembre, le setier de *blé* valut à Paris 21^{s}. 8^{d}. *V. Lamare, to.* 2. *p.* 350.

1467.

L. *Truie* 31^{s}. 4^{d}. [Pour 2 truies, 62^{s}. 8^{d}.

Caque de *harengs* 5^{l}. 13^{s}. 4^{d}. [Pour 6 caques de harengs, 34^{l}.

Caque de *verjus* 10^{s}. [Pour 4 caques de verjus, 40^{s}.

Millier de *noix* 11^{d}. $\frac{4}{5}$. [Pour 100 milliers de noix, 4^{l}. 18^{s}. 4^{d}.

Mouton 10^{s}. 5^{d}. $\frac{73}{74}$. [Pour 296 moutons, 155^{l}. 7^{s}. 8^{d}.

Pour 1 *bœuf* & une *genisse*, 4^{l}. 8^{s}. 8^{d}.

Pourceau 15^{s}. 4^{d}. $\frac{16}{21}$. [Pour 42 pourceaux, 32^{l}. 6^{s}. 8^{d}.

Cent d'*œufs* 4^{s}. [Pour 6 cents d'œufs, 24^{s}.

Liv. de *beurre* 8^{d}. (P.) [Pour 10 liv. de beurre, à deux blancs la livre, 6^{s}. 8^{d}. (P.)

Setier de *froment* 9^{s}. 4^{d}. [Pour 2 muids de froment, 11^{l}. 4^{s}.

1468. & 1469.

L. De vaisselle vendue.

Marc d'argent 7^{l}. 6^{s}. [De 2 tasses & 1 gobelet pesant 10 onces, 9^{l}. 2^{s}. 6^{d}.

Huit cuilliers pesant 1 *marc*, 7^{l}. 6^{s}.

Minot de *sel* 29^{s}. 4^{d}. [Pour 1 boisseau de sel, 7^{s}. 4^{d}.

Cent d'*œufs* 3^{s}. [Pour 1 millier d'œufs, 30^{s}.

Pour 6 caques & 9 cents de *harengs*, 30^{l}. 5^{s}.

Liv. de *suif* 5^{d}. $\frac{41}{42}$. [Pour 84 liv. de suif, 41^{s}. 10^{d}.

Setier de *blé* 11^{s}. 3^{d}. T. [Pour 1 muid de blé à 9^{s}. P. le setier.

1470.

L. *Marc d'argent* 7^{l}. 14^{s}. [D'un gobelet de 4 onces, reçu 77^{s}.

Muid de *vin* 4 écus $\frac{5}{9}$. [Pour 9 muids de vin, 41 écus.
Minot de *sel* 11ˢ. 8ᵈ. [Pour 2 setiers & mine de sel sans gabeler, 116ˢ. 8ᵈ.
Mouton 15ˢ. 2ᵈ. $\frac{17}{25}$. [Pour 400 moutons, 304ˡ. 9ˢ. 4ᵈ.
Pour 7 cents d'*œufs* à 3ˢ. le cent.
Pour 9 caques 4 cents & un quarteron de *harengs*, 79ˡ. 12ˢ. 8ᵈ.
Pour 14 muids de *blé*, 6 muids $\frac{1}{2}$ d'*avoine*, 1 mine de *vesce* & 3 minots d'*orge*, 101ˡ. 4ˢ. 2ᵈ.
Setier de *froment* 10ˢ. [Pour 1 muid de froment, 6ˡ.
Setier de *blé* 7ˢ. 1ᵈ. T. [Placet venditio facta per D. J. l'Oblivier de 18 sextariis bladi de Sarcelles, quolibet sextario pro 5ˢ. 8ᵈ. P. ou 7ˢ. 1ᵈ. T. (10 *April. R.* 16. *p.* 521.) ND.

1471.

Pigeon 4ᵈ. $\frac{22}{23}$. [Pour 11 douzaines $\frac{1}{2}$ de pigeons, 57ˢ. L.
Petit *cochon* 2ˢ. 9ᵈ. $\frac{1}{7}$. [Pour 7 petits cochons, 19ˢ. 4ᵈ.
Pour 1 *agneau*, 3ˢ. 4ᵈ.
Pour 1 *veau*, 15ˢ.
Cent d'*œufs* 3ˢ. 4ᵈ. [Pour 7 cents $\frac{1}{2}$ d'œufs, à 8 blancs le cent, 20ˢ. P.
Liv. de *beurre* 8ᵈ. [Pour 6 liv. de beurre, 4ˢ.
Liv. de *poudre* fine 10ˢ. 8ᵈ. [Pour un quarteron de poudre fine, 2ˢ. 8ᵈ.
Pour un sixain de *safran*, 16ᵈ.
Pour 1 liv. de *sucre*, 3ˢ. 7ᵈ.
Poussin 1ˢ. [Pour 6 poussins 6ˢ.
Lapereau 6ᵈ. [Pour 2 lapereaux, 12ᵈ. T.
Muid de *vin* blanc 32ˢ. [Pour 2 muids de vin blanc, 64ˢ.
Setier d'*avoine* 8ˢ. [Pour $\frac{1}{2}$ muid d'avoine, 48ˢ.
Pour 3 mines d'*orge* au prix de 17 blancs le setier, 9ˢ. 6ᵈ.
Setier de *blé* 11ˢ. [Pour $\frac{1}{2}$ muid de blé, 66ˢ.

1472.

Pour 1 *bœuf* & une *vache* 12 francs, valent 9ˡ. 12ˢ. (P.) L.
Agneau 3ˢ. [Pour 4 agneaux, 12ˢ.
Oison 1ˢ. 6ᵈ. [Pour 6 oisons, 9ˢ.
Pigeon 4ᵈ. $\frac{2}{15}$. [Pour 7 douzaines $\frac{1}{2}$ de pigeons, 31ˢ.
Pour 7 jeunes *cochons*, à 4ˢ. piéce, 28ˢ.
Pour 1 millier d'*œufs*, à 3ˢ. le cent.
Pour 10 *poussins*, à 5ᵈ.
Pour 1 liv. de *sucre*, 4ˢ.
Pour 1 muid 7 setiers & mine d'*avoine*, à 9ˢ. 3ᵈ. le setier.
Pour 1 muid de *blé*, à 10ˢ. le setier.

Setier de *pois* 36^{s}. [Pour 2 boiſſeaux de pois, 6^{s}.
Setier d'*orge* 10^{s}. [Pour 1 mine d'orge, 5^{s}.
Pour 96 *moutons*, à 8^{s}. la piéce.
Pour 4 poinçons de *vin* vermeil, au prix de 4 francs $\frac{1}{2}$ le poinçon.
Pour 8 ſetiers de *ſeigle* au prix de 6^{s}. 8^{d}. le ſetier.
Trois ſetiers 3 minots de *froment* au prix de 12^{s}. le ſetier.

1473.

L. Liv. de *ſuif* 5^{d}. $\frac{13}{22}$. [Pour 88 liv. de ſuif, 41^{s}.
Vache 56^{s}. [Pour 4 vaches, 11^{l}. 4^{s}.
Pigeon 3^{d}. $\frac{21}{25}$. [Pour 12 douzaines $\frac{1}{2}$ de pigeons, 48^{s}.
Oiſon 1^{s}. 4^{d}. [Pour $\frac{1}{2}$ douzaine d'oiſons, 8^{s}.
Cent d'*œufs* 2^{s}. 4^{d}. $\frac{4}{5}$. [Pour 1 millier d'œufs, 24^{s}.
Liv. de *beurre* 8^{d}. [Pour 18 liv. de beurre, 12^{s}.
Pour 1 liv. de *gingembre*, 6^{s}.
Pouſſin 8^{d}. [Pour 12 pouſſins, 8^{s}.
Pour 1 muid de *froment*, à 10^{s}. le ſetier.
Setier d'*avoine* 8^{s}. 4^{d}. [Pour 1 muid d'avoine, à 20 blancs le ſetier.
Pour 1 *taureau*, 30^{s}.
Pour 36 *moutons*, à 10^{s}. 8^{d}. chacun.
Pouſſin 8^{d}. [Pour 4 pouſſins, 2^{s}. 8^{d}.
Queue de *vin* 3^{l}. 16^{s}. [Pour $\frac{1}{2}$ queue de vin, 38^{s}.
Pour une caque de *verjus*, 14^{s}.
Pour 4 muids de *vin*, à 26^{s}. le muid.
Marc d'argent 7^{l}. 12^{s}. [Pour la vente d'un gobelet d'argent, à 19^{s}. l'once.
Pour 1 liv. de *ſucre*, 4^{s}. 8^{d}.

1474.

L. Pour 13 muids de *blé*, 5 muids d'*avoine* & 4 ſetiers de *pois*, 225^{l}. 15^{s}. 4^{d}.
Pour 6 cents d'*œufs* au prix de 3^{s}. le cent, & 30^{s}. le millier.
Pour 13 queues & 16 tonneaux, 233^{l}. 5^{s}. 8^{d}.
Pouſſin 8^{d}. [Pour 3 douzaines de pouſſins, 24^{s}.
Douzaine de *pains* 1^{s}. 4^{d}. [Pour 6 douzaines de pains, 8^{s}.
Pour 1 once de *cannelle* & 1 once de *poudre* fine, 2^{s}.
Pour 6 *cochons*, 12 *oiſons* & 1 *veau*, 72^{s}. (le 2 Juillet).
Pour 8 petits *cochons*, à 4^{s}. la piéce.
Pour 2 *chevaux*, 14^{l}. 13^{s}. 4^{d}.
Pour 6 muids de *vin*, à 3 francs $\frac{1}{2}$ le muid.
Marc d'argent 8^{l}. [Vendu un gobelet & 3 cuilliers, peſant enſemble 5 onces, 100^{s}.

Pour

Pour $\frac{1}{2}$ muid de *seigle*, au prix de 10^{s}. 8^{d}. le setier.
Setier d'*orge* 9^{s}. [Pour 2 setiers d'orge, 18^{s}.
Pour 9 setiers de *froment* au prix de 18^{s}. le setier.
Pour 1 muid d'*avoine*, à 10^{s}. 8^{d}. le setier.
Pour 1 setier de *pois*, 22^{s}.
Pour 2 muids de *méteil*, à 15^{s}. le setier.
Liv. de *sucre* 3^{s}. 6^{d}. [Pour 2 liv. de sucre, 7^{s}.
Pour 25 *moutons*, à 9^{s}. 6^{d}. la piéce.
Douzaine de *pigeons* 4^{s}. 7^{d}. [Pour 24 douzaines $\frac{1}{2}$ de pigeons, à 11 blancs la douzaine, 109^{s}.
Setier de *blé* 12^{s}. [Firmarii Decimarum de Sarcelles habeant bladum pro 12^{s}. pro quolibet sextario. (21 *Maii*, *Reg*. 16. *p*. 785.) ND.

1476.

Muid de *vin* 6^{l}. 11^{s}. 6^{d}. [Pour 12 muids de vin, 78^{l}. 18^{s}. L.
Marc d'argent 8^{l}. 1^{s}. 10^{d}. [Pour la vente de 2 *hanaps* d'argent, pesant 2 marcs, 16^{l}. 3^{s}. 8^{d}.
Veau 19^{s}. [Pour 2 veaux, 38^{s}.
Liv. de *suif* 7^{d}. $\frac{17}{25}$. [Pour 50 liv. de suif, 32^{s}.
Liv. de *beurre* frais 9^{d}. [Pour 6 liv. de beurre frais, 4^{s}. 6^{d}.
Liv. de *riz* 10^{d}. [Pour 6 liv. de riz, 5^{s}.
Poussin 8^{d}. [Pour 3 douzaines de poussins, 24^{s}.
Petit *cochon* 4^{s}. 5^{d}. $\frac{1}{7}$. [Pour 7 petits cochons, 31^{s}.
Oison 1^{s}. 7^{d}. [Pour 12 oisons, 19^{s}.
Pour 3 douzaines de *pigeons* & 3 *oisons*, 17^{s}.
Setier de *blé* 18^{s}. 0^{d}. $\frac{900}{1673}$. [Pour 11 muids 7 setiers & 5 boisseaux de blé, 125^{l}. 15^{s}. 9^{d}.
Setier d'*avoine* 17^{s}. 10^{d}. $\frac{160}{199}$. [Pour 8 muids 3 setiers, une mine d'avoine, 89^{l}. 1^{s}. 1^{d}.
Marc d'argent 12^{l}. 12^{s}. 5^{d}. $\frac{41}{107}$. [Pour 2 petits pots d'argent, pesant les deux 13 onces 3 gros, 21 francs 2^{s}.

1477.

Marc d'argent 9^{l}. 10^{s}. T. [Pour 9 marcs de la vaisselle d'argent qui avoit appartenu à Mademoiselle Magdelaine de Bretaigne, à 9 francs $\frac{1}{2}$ le marc, reçu 68^{l}. 4^{s}. 7^{d}. (Cette somme convertie du Parisis en Tournois, fait 85^{l}. 10^{s}. T.) L.
Pour 13 muids & 1 caque de *vin*, 41^{l}. 16^{s}.
Caque de *harengs* 8^{l}. 16^{s}. [Pour 8 caques de harengs, 70^{l}. 8^{s}.
Setier de *blé* 18^{s}. 4^{d}. [Officiarii Ecclesiæ exponant venditioni blada officiorum suorum, quolibet modio pro 11 franc. si totidem pos- ND.

ſunt habere, ſin autem pro 10 franc. cum dimidio. (26 *Jun. R.* 17. *p.* 194.)

Le 10 Septembre, le ſetier de *blé* ſe vendit à Paris 21ſ. *V. Lamare, to.* 2. *p.* 353.

1481.

ND. Setier de *blé* 25ſ. T. [Commiſſarius Eccleſiæ retulit quod bladum de Soignolles appreciaverunt ad 20ſ. P. (ou 25ſ. T.) pro ſextario, quod placuit Dominis. (18 *Jan. R.* 18. *p.* 55.)

L'hiver fut des plus rudes; le *bois* ſe vendoit à Paris 7 à 8ſ. le mole.

Toutes les vignes furent gelées, & le *vin* de 4d. la pinte ſe vendit 2ſ. P. *Hiſt. de Paris, Tom.* 2. *p.* 874.

1482.

ND. Setier de *blé* 40ſ. [Capiatur bladum in horreo Capituli & tradatur Boulangario pro faciendo panem Capituli, ſub æſtimatione 2 francorum quolibet ſextario. (25 *Febr. Reg.* 18. *p.* 173.)

Setier de *blé* 2l. [Tradat Commiſſarius bladum pro pane Capituli, ad pretium 2 francorum pro quolibet ſextario. (11 *Decembris, R.* 18. *p.* 147.)

Setier de *blé* 40ſ. T. & ſetier d'*avoine* 22ſ. 6d. T. [Bladum de Ayencour vendatur ad pretium 32ſ. P. (ou 40ſ. T.) pro ſextario, & avenæ ad 18ſ. P. (ou 22ſ. 6d. T.) vel plus, pro utilitate Eccleſiæ. (23 *Decembris, R.* 18. *p.* 150.)

1485.

ND. Setier de *blé* 13ſ. & 14ſ. [Placet quod blada quæ ſunt apud Roſoy vendantur pro 14ſ. vel 13ſ. pro quolibet ſextario. (19 *Decembris, R.* 18. *p.* 466.)

1486.

ND. Setier de *blé* 26ſ. 4d. P. [M. J. de Louviers retulit vendidiſſe blada de Villaruche de anno 1485, ad pretium 26ſ. 4d. P. quolibet ſextario; quæ venditio placuit. (27 *Septemb. R.* 18. *p.* 538).

1487.

ND. Setier de *blé* 20ſ. T. Setier d'*avoine* 10ſ. T. [M. Joan. de Louviers retulit quod blada de Corbereuſe de anno 1486 fuerunt vendita, pretio 16ſ. P. (ou 20ſ. T.) pro quolibet ſextario ad menſuram loci, & avenæ pro pretio 8ſ. P. (ou 10ſ. T.) (7 *Maii, R.* 18. *p.* 589.)

1489.

Setier de *blé* 15ſ. T. Setier d'*avoine* 12ſ. 6d. T. [Habeat Firmarius de Dammartin 16 ſextarios bladi, pro 12ſ. P. (ou 15ſ. T.) ſextario quolibet, & 8 avenæ ſextarios, pro 10ſ. P. (ou 12ſ. 6d. T.) pro quolibet ſextario. (13 *Jan. R.* 19. *p.* 17.) ND.

Setier de *blé* 15ſ. T. Setier d'*avoine* 12ſ. 6d. T. [G. Girard Firmarius de Villiers le Sec, habeat bladum per eum debitum pro anno præſenti, videlicet frumentum ad pretium 12ſ. P. & avenam ad 10ſ. P. pro quolibet ſextario. (5 *Febr. R.* 19. *p.* 22.)

1492.

Setier de *blé* 15ſ. T. [Vendatur bladum de Roſoy ad pretium 12ſ. P. (ou 15ſ. T.) pro quolibet ſextario. (20 *Jun. R.* 19. *p.* 229.) ND.

Novembre. Minot de *ſel* 32ſ. P. ou 40ſ. T. [Pour ½ boiſſeau de ſel, 4ſ. P. QV.

Janvier. Minot de *ſel* 40ſ. T. [Pour 1 boiſſeau de ſel, 8ſ. P.

Mouture du ſetier de blé 1ſ. 2d. P. [Pour la mouture de 7 muids de blé, 4l. 18ſ. P.

Février. Setier de *pois* 4l. 4ſ. P. ou 5l. 5ſ. T. [Pour 3 boiſſeaux de pois, 21ſ. P.

Février. *Cuiſſon* du ſetier de farine 4ſ. P. [Pour la cuiſſon d'un muid de farine, 48ſ. P.

Février. *Cuiſſon* d'un ſetier de blé 3ſ. 9d. T. [Pour avoir cuit un muid de blé, 36ſ. P. ou 2l. 5ſ. T.

Baſſe *meſſe* 12d. P. ou 15d. T. [Pour 30 meſſes, 30ſ. P.

Port de 3 muids de vin de Louvres à Paris, 9ſ. P.

Aux *Chapelains* pour leurs meſſes du mois de Juin, à chacun 30ſ. P. qui eſt 12d. P. pour chaque meſſe.

Meſſe 16d. [Pour 23 meſſes, 30ſ. 8d. P.

Pinte de *vin* 2d. P. [Pour 3 pintes de vin, 6d. P.

Mouture du ſetier de blé 1ſ. 2d. P. [Pour la mouture de 7 muids de blé, 4l. 18ſ. P.

Cuiſſon du ſetier de blé 3ſ. P. [Pour la cuiſſon de 2 muids de blé, 72ſ. P.

Pour une grande *meſſe* d'obit, 2ſ. 8d. P.

Setier de *pois* 4l. 4ſ. P. [Pour 3 boiſſeaux de pois, 21ſ. P.

1493.

Cuiſſon du ſetier de farine 4ſ. P. [Cuiſſon d'un muid de farine, 48ſ. P. QV.

Setier de *pois* 24ſ. P. ou 30ſ. T. [Boiſſeau de pois, 2ſ. P.

Pinte de *vin* de Beaune 10^{d}. $\frac{1}{2}$ P. [Pour 2 quartes de vin de Beaune présentées au Procureur du Roi du Mans, 3^{f}. 6^{d}. P.

Pour une grande *messe* d'obit, 2^{f}. 8^{d}. P.

Aux 4 *Chapelains* pour avoir dit la messe chaque jour du mois de Mai, 6^{l}. 4^{f}. P.

Setier de *pois* 24^{f}. P. [Pour un boisseau de pois, 2^{f}. P.

Aux 4 *Chapelains* pour leurs messes du mois de Juillet 6^{l}. 4^{f}. & pour les Heures Canoniales dudit mois, 4^{l}. 12^{f}.

Pour 2 *pigeons*, 12^{d}. T.

Item, au Rotisseur pour 7 *chapons* à 3^{f}. la piéce, 4 *connils* à 3^{f}. P. la piéce, & un *cochon* de 6^{f}. P. valent ensemble, 39^{f}. P.

1495.

ND. Setier de *blé* 11^{f}. 5^{d}. $\frac{1}{2}$ T. [Commissarii fuerunt D. Hemery & Basin pro eundo apud Rosaium in Briâ, pro rebus Ecclesiæ ibidem visitandis & ad de eisdem tractandum. Placet quod blada dicti loci de Rosaio & de Pecy vendantur, pro pretio 5 francorum cum dimidio pro quolibet modio capiendo vel partem ipsorum ad mensuram loci de Rosoy. (11 *Maii*, *R.* 20. *p.* 248.)

1498.

PR. Huit muids 11 setiers 5 bichets de *froment* vendus 107^{l}. 12^{f}. 6^{d}. qui est au prix chacun bichet 2^{f}. 6^{d}. (Il y avoit 96 bichets au muid & 8 bichets au setier, c'étoit 20^{f}. le setier).

Setier d'*avoine* 16^{f}. T. [Un muid d'avoine 9^{l}. 12^{f}. T. qui est au prix chacun bichet, 2^{f}. T.

Liv. de *chandelle* 1^{f}. 2^{d}. [Du 20 Février 2 liv. de chandelle, 2^{f}. 4^{d}.

Cent de *harengs* 16^{f}. 8^{d}. [Un quarteron de harengs blancs, 4^{f}. 2^{d}.

1499.

PR. Deux muids 4 setiers 7 bichets de *froment* vendus à Montereau 35^{l}. 16^{f}. 8^{d}. (c'étoit 3^{f}. 4^{d}. le bichet, & 26^{f}. 8^{d}. le setier.)

Setier d'*avoine* 11^{f}. 8^{d}. [Quatre muids 5 setiers 3 bichets d'avoine, 31^{l}. 2^{f}. 8^{d}. & ob. (c'est 17^{d}. ob. le bichet, le setier 11^{f}. 8^{d}. & le muid, 7^{l}.)

1500.

ND. Setier de *blé* 10^{f}. T. & 12^{f}. 6^{d}. T. [Placuit appretiare bladum debitum per Pombaud S. Mathurini officio horarum ad 8^{s}. P. (ou 10^{s}. T.) pro quolibet ſextario ad menſuram dicti loci, & bladum debitum officio matutino ad cauſam firmæ du Mont de dicto loco ad 10^{s}. P. (ou 12^{s}. 6^{d}. T.) pro ſextario. (18 *Jan. R.* 21. *p.* 93.)

Setier de *blé* 30^{s}. [Tradantur pecuniæ Boulangario Capituli pro ſolvendo 18 modios bladi frumenti, ad pretium 18 francorum pro modio. (12 *Febr. R.* 21. *p.* 104.)

1501.

Setier de *blé* 30^{s}. T. Setier d'*avoine* 17^{s}. 6^{d}. T. [Placuit Dominis ND.
appretiare bladum, per de la Leu Firmarium Decimarum de Giencour in Feſto S. Martini ultimè lapſo debitum, videlicet quodlibet ſextarium ad 24^{s}. P. (ou 30^{s}. T.) & quodlibet avenæ ad 14^{s}. Pariſis (ou 17^{s}. 6^{d}. T.) (10 *Maii*, *R.* 21. *p.* 139.)

Setier de *pois* 24^{s}. P. [Pour 1 boiſſeau de pois, 2^{s}. P. QV.

Moule 3^{s}. 8^{d}. P. [Pour 4 moules de bûches, 14^{s}. 8^{d}.

Pour 1 *chapon*, 3^{s}. P.

Meſſe 1^{s}. P. [A quatre Chapelains, pour avoir dit meſſe par chacun jour du mois de Juillet auquel a 31 jours, 6^{l}. 4^{s}. P.

1502.

Liv. de *chandelle*, 12^{d}. P. ou 15^{d}. T. QV.

Pinte de *vinaigre*, 3^{d}. P.

Pinte de *vin*, 4^{d}. P. ou 5^{d}. T.

Pinte de *vin* 5^{d}. P. [Pour 2 pintes 10^{d}. P.

Liv. de *cire* verte 6^{s}. 0^{d}. $\frac{1}{2}$ T. [Pour 1 quarteron de cire verte, 14^{d}. obole P.

Cuiſſon d'un ſetier de *farine* 3^{s}. 9^{d}. T. [Pour la cuiſſon d'un muid de farine, 36^{s}. P. ou 2^{l}. 5^{s}. T.

Pinte d'*huile* 2^{s}. 11^{d}. T. [Pour 3 pintes d'huile à 7 blancs la pinte, 7^{s}. P.

Voie de *bois* 18^{s}. 4^{d}. T. [Pour 2 voies de bois de moule, valant 8 moules, à 11 blancs le moule, 29^{s}. 4^{d}. P.

Setier de folle *farine* 30^{s}. T. [Pour un boiſſeau & $\frac{1}{2}$ de folle farine, 3^{s}. P.

Pour 1 cent & $\frac{1}{2}$ de *bois* de compte, 18^{s}. P.

Aux 4 Chapelains pour avoir dit *meſſe* par chacun jour du mois de Décembre auquel a 31 jours, 6^{l}. 4^{s}. P.

Mine de *charbon* 1^{s}. 7^{d}. $\frac{1}{3}$. [Pour 3 mines de charbon, 4^{s}. 10^{d}.

Pour 6 liv. de flambeaux de *cire* blanche, à 4^{s}. 4^{d}. P. la livre.

Setier de *pois* 29^{s}. P. [Pour 6 boiſſeaux de pois, à 3^{s}. T. le boiſſeau, 14^{s}. 6^{d}. P.

1503.

QV. Pour 1 pinte de *vin*, 3^{d}.

Millier de *tuile* 52^{s}. P. [Pour 2 milliers & $\frac{1}{2}$ de tuile, à 52^{s}. P. le millier, 6^{l}. 10^{s}. P.

Messe 12^{d}. P. [Aux 4 Chapelains pour avoir dit messe par chacun jour du mois d'Avril auquel a 30 jours, pour chacun jour 12^{d}. valent 6^{l}.

Pour 1 liv. de *beurre*, 10^{d}.

Liv. de *chandelle* 10^{d}. [Pour une demi-livre de chandelle, 5^{d}.

Pour 1 pinte de *vin*, 6^{d}.

Pour 3 moules de *bûche*, à 10 blancs le moule, 10^{s}. P.

Pour 1 liv. de *bougie*, 4^{s}. P.

1504.

QV. *Messe* 1^{s}. P. [Pour les 4 Chapelains pour avoir dit messe par chacun jour du mois d'Avril, lequel a 30 jours, pour ce payé 6^{l}. P.

1505.

QV. *Cuisson* d'un setier de *blé* 4^{s}. 2^{d}. T. [Pour la cuisson d'un muid de blé, 40^{s}. P. ou 50^{s}. T.

Pour 12 moules de *bois*, à 4^{s}. P. le moule, 48^{s}. P.

Pour la *voiture*, à 2^{s}. T. la voie, 6^{s}. 5^{d}. P.

Messe 12^{d}. P. [Item baillé aux 4 Chapelains pour avoir dit messe par chacun jour du mois de Juin, lequel a 30 jours, à 12^{d}. P. pour messe, pour ce payé présens les Jurés, 6^{l}. P.

Cuisson d'un setier de *blé* 4^{s}. P. [Item baillé au Boullangier pour avoir cuit ung muid de farine, pour ce payé présens les Jurés, 48^{s}. P.

1506.

QV. *Messe* 12^{d}. P. [Item baillé aux 4 Chapelains pour avoir dit messe par chacun jour du mois d'Avril, lequel a 30 jours, à 12^{d}. P. pour messe, pour ce payé présens les Jurés, 6^{l}.

Pour 3 moules de *bois*, 13^{s}. P.

Pour la *voiture*, 14^{d}. P.

Pour 1 paire de *souliers*, 2^{s}. 5^{d}. P.

Pour 1 liv. de *chandelle*, 12^{d}. P.

1507.

Cuisson du setier de *blé* 4^{f}. 2^{d}. T. [Au Boullangier pour la cuisson d'un muid de blé pour l'Hôtel, 40^{f}. P. QV.

Item aux 4 Chapelains pour le mois de Mai, leur a été été payé pour les *messes*, 6^{l}. 4^{f}. P.

Juillet. Pour 90 moules de *bois*, à 4^{f}. T. le moule, & pour frais, 16^{l}. 2^{f}. P.

1508.

Setier de *blé*, 25^{f}. T. & 22^{f}. 6^{d}. T. Setier de *méteil* 17^{f}. 6^{d}. Setier d'*avoine* 12^{f}. 6^{d}. T. [Domini æstimaverunt grana officii horarum pro anno 1507, videlicet frumentum de Viercy & Eve ad 20^{f}. P. (ou 25^{f}. T.) & aliud frumentum ad 18^{f}. P. (ou 22^{f}. 6^{d}. T.) mestiolum ad 14^{f}. P. (ou 17^{f}. 6^{d}. T.) & avenam ad 10^{f}. P. (ou 12^{f}. 6^{d}. T.) pro sextario. (15 *Maii*, *R*. 23. *p*. 325.) ND.

Setier de *blé* 27^{f}. 6^{d}. T. [Habeat Firmarius firmæ Montis S. Mathurini de Liri cantu, bladum seu granum frumenti per eum debitum pro anno finito in Festo S. Martini ultimè lapso, ad pretium 22^{f}. P. (ou 27^{f}. 6^{d}. T.) pro sextario. (13 *Decembris*, *R*. 23. *p*. 430.)

Avril. Pour une charretée de *bois*, & frais de voiture, 18^{f}. 8^{d}. P. QV.

Messe d'obit 2^{f}. 8^{d}. Pour une autre *messe* d'obit 2^{f}. 8^{d}. P.

Item payé aux 4 Chapelains pour avoir chanté les *messes* durant le mois d'Avril, 6^{l}. (P.)

Il n'est pas marqué de quelle monnoie, mais il paroît qu'ils ne se servoient pour lors que de la monnoie Parisis.

1509.

Setier de *blé* 15^{f}. T. & 21^{f}. 8^{d}. T. [Commissarius Ecclesiæ vendat granum sibi debitum apud Lay 12^{f}. P. (ou 15^{f}. T.) pro sextario, & Officiarius matutini vendat grana sui Officii in granariis Capituli existentia, ad pretium 17^{f}. 4^{d}. P. (ou 21^{f}. 8^{d}. T.) pro sextario. (4 & 7 *Maii*, *R*. 23. *p*. 496.) ND.

Setier de *blé* 16^{f}. 8^{d}. T. Setier de *méteil* 15^{f}. T. [Placuit quod grana Officiorum in granariis Capituli existentia exponantur venditioni, ad pretium, videlicet frumentum ad pretium 10 francorum pro modio, & mestiolum pro 9 francis. (25 *Aug*. *R*. 23. *p*. 561.)

Setier de *blé* 15^{f}. T. Setier d'*avoine* 10^{f}. T. [Placuit quod J. Chaboult de Rosaio habeat blada dicti loci ad pretium 12^{f}. P. (ou 15^{f}. T.) & avenam pro 8^{f}. P. (ou 10^{f}. T.) pro sextario ad mensuram dicti loci. (18 *Januar*. *R*. 23. *p*. 521.)

QV. *Cuiſſon* du ſetier de *blé* 4ſ. 2d. T. [Au Boullangier pour la cuiſſon d'un muid de farine pour les pauvres, 40ſ. P.

Aux 4 Vicaires pour les *meſſes* du mois d'Août, 6l. 4ſ. P.

Juin. Pour une charretée de *bois* & frais, 19ſ. 9d. P.

Décembre. Pour 1 ſetier de *charbon* & frais, 5ſ. P.

1510.

ND. Le *froment* de Machau, la dépenſe rabattue, a été vendu à Gentil, demeurant Fauxbourg S. Honoré, chacun ſetier 6ſ. 6d. Pariſis (ou 8ſ. 1d. ½ T.)

Le *méteil* de Giencour, chacun ſetier, 7ſ. P.

L'*avoine*, chacun ſetier, 9ſ.

QV. Pour le mois d'Avril, au Chapelain de la premiere *meſſe*, 30ſ. P.

Setier de *farine* 18ſ. 8d. P. [Pour 1 demi muid de farine achetée aux Halles, 112ſ. P.

1511.

ND. Le *froment*, chacun ſetier, 8ſ. 8d. P.

Le *méteil*, 8ſ. P.

L'*avoine*, 10ſ. P. le ſetier.

QV. Au Chapelain de la premiere *meſſe*, pour le mois d'Avril, 30ſ. P.

Setier de *charbon* 4ſ. 3d. ⅓ P. [Pour 6 ſetiers de charbon, meſurage & port, 25ſ. 8d. P.

1512.

ND. Setier de *froment* de France 11ſ. P. ou 13ſ. 9d. T. De Brie 9ſ. P. ou 11ſ. 3d. T. Setier de *méteil* & d'*avoine* 8ſ. P. ou 10ſ. T. [Auditâ relatione DD. Commiſſorum ad faciendam tabulam diſtributionis granorum de anno præſenti, facta eſt appretiatio dictorum granorum in hunc modum, videlicet de frumento Franciæ ad 11ſ. P, de frumento Briæ ad 9ſ. P; de meſtiolo vero & avenâ ad 8ſ. P. pro ſextario. (12 *Novemb.*)

QV. *Cuiſſon* du ſetier de *blé* 4ſ. 2d. T. [Au Boullangier pour la cuiſſon d'un muid de farine, 40ſ. P.

Pour une pinte de *vin*, 10d. P.

Aux 4 Vicaires pour avoir dit les *meſſes* en l'Egliſe durant le mois de Mai, lequel a 31 jours, 6l. 4ſ. P.

1513.

ND. Setier de *froment* 20ſ. T. Setier de *méteil* 15ſ. T. Setier d'*avoine* 20ſ. T. & 17ſ. 6d. T. [Le froment 16ſ. P. (ou 20ſ. T.) le méteil 12ſ.

12^{s}. P. (ou 15^{s}. T.) le setier; l'avoine 6 muids au prix de 16^{s}. P, & 4 muids à 14^{s}. P. le setier.

Cuisson du setier de blé 4^{s}. 2^{d}. T. [Au Boullangier pour la cuisson d'un muid de farine, 40^{s}. P. QV.

Pour une pinte de *vin*, 6^{d}. P.

Au Chapelain de la premiere *messe*, pour trente & une messes par lui dites ledit mois, 31^{s}. P.

1514.

Cuisson d'un setier de farine 4^{s}. 2^{d}. T. [Au Boullangier pour la cuisson d'un muid de farine, 40^{s}. P. QV.

Au Chapelain de la premiere *messe* durant le mois de Juillet, 31^{s}. P.

1515.

Cuisson d'un setier de blé, 4^{s}. 2^{d}. T. [Pour la cuisson de 20 muids 7 setiers & mine de farine, 41^{l}. 5^{s}. P. (ou 51^{l}. 11^{s}. 3^{d}. T.) QV.

Mouture d'un setier de blé 1^{s}. 5^{d}. $\frac{1}{2}$ T. [Pour la mouture de 18 muids de blé, 12^{l}. 12^{s}. P. ou 15^{l}. 15^{s}. T.

Labour d'un arpent de *vigne* ou façons, à Argenteuil, 64^{s}. P. ou 4^{l}. T.

Labour ou *façons* d'un arpent de *vigne*, 52^{s}. P. (ou 3^{l}. 5^{s}. T.)

A 6 *vendangeurs* 8^{d}. P. chacun, ou 10^{d}. T. pour avoir vendangé $\frac{1}{2}$ arpent, 4^{s}. P. ou 5^{s}. T.

Setier de *charbon*, 5^{s}. 6^{d}. T.

Pourceau, 40^{s}. T.

Setier de *blé* 2^{l}. 15^{s}. T. [Pour 12 muids de blé, mesure de Paris, acheté à Louvres, 396^{l}. T.

Setier de *blé* 3^{l}. 13^{s}. 5^{d}. $\frac{73}{127}$ T. [Pour 21 setiers 2 boisseaux de blé mesure de Paris, appréciés à Venante & Bas-Mongé près Dammartin, 77^{l}. 15^{s}. T.

Basse *messe* 1^{s}. P. ou 15^{d}. T. [Pour 30 messes, 30^{s}. P.

Douzaine d'*échaudés* 10^{d}. T. [Pour 24 douzaines d'échaudés pour la Cène, 16^{s}. P. ou 20^{s}. T.

Cuisson d'un setier de farine 4^{s}. 2^{d}. T. [A la Boulangere pour la cuisson d'un muid de farine, 40^{s}. P.

Au Chapelain de la premiere *messe*, pour 30 messes, 30^{s}. P.

1517.

Setier de *blé* 25^{s}. T. [Des terres de Rosoy 13 setiers de blé au prix de 20^{s}. P. le setier. (1 *Novemb.* 1517, *usque ad* 1 *Novemb.* 1518.) ND.

L

1518.

QV. *Mouture* du ſetier de blé $1^{ſ}$. 7^{d}. $\frac{5}{9}$ T. ou $1^{ſ}$. 3^{d}. $\frac{29}{45}$ P. [Pour la mouture de 22 muids $\frac{1}{2}$ de blé, 17^{l}. $12^{ſ}$. P.

Liv. de *plomb* neuf 7^{d}. $\frac{28}{131}$ T. [Pour 262 liv. de plomb neuf, à $48^{ſ}$. P. le cent, 6^{l}. $6^{ſ}$. P.

Millier d'*ardoiſes* 3^{l}. T. [Pour 3 milliers $\frac{1}{2}$ d'ardoiſes, 8^{l}. $8^{ſ}$. P.

Millier de *clous* à lattes $5^{ſ}$. T. [Pour 6 milliers $\frac{1}{2}$ de clous à lattes, à $4^{ſ}$. P. le millier, $26^{ſ}$. P.

Millier de *clous* à ardoiſes $4^{ſ}$. P. ou $5^{ſ}$. T. [Pour 11 milliers de clous à ardoiſe audit prix de $4^{ſ}$. P. le millier, $44^{ſ}$. P.

Setier de folle *farine* pour de la colle $19^{ſ}$. 4^{d}. P. ou $24^{ſ}$. 2^{d}. T. [Pour 3 boiſſeaux de folle farine, $4^{ſ}$. 10^{d}. P.

Juillet. Pour 10 voies de *bois* de moule, à $5^{ſ}$. 4^{d}. P. le moule, 8^{l}. P. (c'eſt 3 moules pour une voie,) aux gagne-deniers $2^{ſ}$, aux charretiers $10^{ſ}$. P. pour ferrer ledit *bois* $2^{ſ}$. P. Total 8^{l}. $14^{ſ}$. P.

Janvier. Pour 6 moules de *bois*, à $8^{ſ}$. P. le moule.

Aux 4 Vicaires pour avoir dit les *meſſes* en ladite Egliſe durant le mois de Juin, 6^{l}. P.

Juillet. Pour une voie de *bois* de moule, à $5^{ſ}$. 4^{d}. P. le moule, & 15^{d}. pour frais, $17^{ſ}$. 3^{d}. P.

Décembre. Pour deux voies de *bois* ; ſavoir 6 moules, à $6^{ſ}$. P. le moule.

1519.

ND. Setier de *blé* $22^{ſ}$. 6^{d}. T. Setier de *méteil* $16^{ſ}$. 3^{d}. T. [Domini ratam habuerunt venditionem per D. Baſin factam de 7 modiis frumenti in granariis Capituli exiſtentibus, ad pretium $18^{ſ}$. P. & de 4 ſextariis meſtioli ad $13^{ſ}$. P. pro ſextario. (10 *Jun. R.* 26. *p.* 38.)

QV. Au Chapelain de la premiere *meſſe*, pour 31 meſſes par lui dites, $31^{ſ}$. P.

1520.

ND. Setier de *blé* $15^{ſ}$. & $16^{ſ}$. 8^{d}. [Approbata eſt venditio facta per Officiarium Eccleſiæ de granis ſui Officii apud Roſaium, ad pretium 9^{l}. pro modio ad menſuram Pariſienſem, & apud Curiam de Pecy ; ad pretium 10 francorum pro modio ad menſuram prædictam, de hoc anno præſenti incepto in Feſto omnium Sanctorum ultimè præterito. (13 *April. R.* 26. *p.* 242.)

Setier de *blé* $35^{ſ}$. T. [Placuit Dominis quod Firmarius de Villeruche habeat granum per eum debitum pro anno præſenti, ad pretium $28^{ſ}$. P. (ou $35^{ſ}$. T.) pro ſextario, item granum minotorum ad dictum pretium. (18 *Januar. R.* 26. *p.* 447.)

1521.

Setier de *blé* 4l. 3f. 4d. T. [Inopia frumenti. Habeat Boulengarius Capituli 6 modia frumenti de granis existentibus in granariis Capituli, ad pretium nunc currens. Nota quod habuit 8 modia ad pretium 50l. pro modio, & adhuc vigebat inopia. (21 *Febr. R.* 26. *p.* 706.) ND.

1522.

Setier de *blé* 60f. [Solvant Firmarii de Suciaco in Briâ granum per eos debitum pro termino Festi S. Martini ultimè lapso in grano; sin autem pro quolibet sextario 60 solidos. (26 *Maii*, *R.* 27. *p.* 21.) ND.

Muid de *vin* 7l. 10f. T. [Pour 10 muids de vin de Chaillot, 75l. T. QV.

Pour 2 muids de *vin* d'Argenteuil 15l. 10f. T. l'un vendu 7l. l'autre 8l. 10f. T.

Arpent de *pré*, loué 2l. T. par an. [Pour 3 arpens ½ de pré, loués à S. Denis, 7l. T. par an.

1523.

Voie de *bois* 22f. 6d. T. [Pour 3 voies de bois de moule de l'Ecole 67f. 6d. T, aux débardeurs 2f. 6d. T, & aux charretiers 6f. T. 76f. 4d. T. QV.

Pour 23 voies de *bois*; savoir 6 voies à la Grève, à 25f. T. la voie, & 17 voies au port de l'Ecole, à 22f. 6d. T. la voie, 26l. 12f. 6d. T.

Setier de *pois* 30f. T. [Pour ½ boisseau de pois, 15d. T.

A 5 Vicaires pour les *messes* par eux dites durant le mois de Juin, lequel a 30 jours, 7l. 10f. P.

Pour 10 *messes* 13f. 4d. P. montant à Tourn. 16f. 8d. T.

Pour 3 voies de *bois* de mole de l'Ecole, 76f. 4d. T.

1524.

Setier de *blé* 3l. T. [Attentâ sterilitate anni præteriti, placuit Dominis quod Firmarius de Goussainville habeat bladum frumenti per eum debitum Officio Cameræ pro anno præsenti, ad pretium 3 francorum pro sextario. (12 *August. R.* 27. *p.* 183.) ND.

Douze Mai 1524. C. Guillard Président, a dit aux Officiers du Châtelet, qu'on ne fait point de pain, combien que le prix du blé soit diminué d'un tiers, & toutefois le pain ne croît point. Quant à la chair, elle est plus chere qu'il y a cent ans, par le larcin des Bouchers qui vont acheter au marché un *mouton* 40f. & un *bœuf* 26 ou 28l. & sous ombre d'un mouton & d'un bœuf, ils ont 400 *moutons* qu'ils n'achettent que 20 & 25f. T. & 50 bœufs qu'ils n'achettent R. PA.

que 17 à 18^{l}. qu'ils vendent au prix de ceux qu'ils ont acheté plus cher &c. *V. Lamare, to. 2. p. 631. Liv. 5. Tit. 20.*

QV. Voie de *bois* 23^{f}. 9^{d}. T. [Avril. Pour 2 voies de bois de traverse, & frais, 47^{f}. 6^{d}. T.

Juillet. Pour 26 voies de *bois* de l'Ecole, à 16 blancs & 1 liard le mole, vaut la voie 20^{f}. 9^{d}. T. pour lesdites 26 voies, 26^{l}. 19^{f}. 6^{d}. T. au Juré & gagne-denier 13^{f}. T, aux charretiers 26^{f}. T, pour le ferrer, 7^{f}. T.

Aux 6 Vicaires pour leurs *messes* durant le mois d'Avril, 9^{l}. P.

Pour 1 muid de *blé*; savoir $\frac{1}{2}$ muid de froment, à 4^{l}. T. le setier; & $\frac{1}{2}$ muid *seigle* mêlé de froment, à 65^{f}. T. le setier.

1525.

ND. Setier de *blé* ou d'*avoine* 20^{f}. Setier de *méteil* 15^{f}. [De granis in horreis Capituli habeant Domini ad pretium videlicet frumentum & avenam 12 francorum pro modio, & mestiolum ad pretium 9 francorum. (*16 Febr. R. 28. p. 207.*)

QV. *Cuisson* du setier de farine 2^{f}. 11^{d}. T. [Pour la cuisson d'un muid de farine, 35^{f}. T.

Pinte de *vin* 6^{d}. T. [Pour 2 pintes de vin, 12^{d}. T.

Voie de *bois* 20^{f}. T. [Pour 2 voies de bois de l'Ecole, 40^{f}. T.

Setier de *blé* 60^{f}. T. [Pour 11 setiers 3 minots de blé froment, 35^{l}. 5^{f}. T.

Millier de *tuiles* 3^{l}. 18^{f}. 8^{d}. $\frac{12}{17}$. [Pour 17 cents de tuiles, 6^{l}. 13^{f}. 10^{d}. T.

Sac de *plâtre* 1^{f}. 1^{d}. $\frac{1}{6}$. [Pour 24 sacs de plâtre, 26^{f}. 4^{d}. T.

Messe 2^{f}. T. [Pour 29 messes, 58^{f}. T.

Pour une *messe* d'obit, 3^{f}. 4^{d}. T.

1526.

ND. Setier de *blé* 18^{f}. 4^{d}. & 16^{f}. 8^{d}. Setier de *méteil* 15^{f}. Setier d'*avoine* 20^{f}. [Datum est pretium granis Capituli, videlicet frumento Franciæ ad 11 francos pro modio, frumento Briæ ad 10 francos, mestiolo ad 9 francos, & avenæ ad 12 francos. (*7 Sept. R. 28. p. 387.*)

QV. Pour une pinte de *vin*, 4^{d}. T.

Cuisson du setier de farine 2^{f}. 11^{d}. T. [Pour la cuisson de 4 muids de farine, 7^{l}. T.

Voie de *bois* 24^{f}. T. [Pour 3 voies de bois de l'Ecole, 3^{l}. 12^{f}. T.

Aux 6 Vicaires 31^{f}. P. chacun pour leurs *messes* durant le mois de Mai, lequel a 31 jours.

1527.

Voie de *bois* 24^{s}. T. [Pour 2 voies de bois, 48^{s}. T. QV.

Pour 1 voie de *bois* pris à la Grève, & frais, 32^{s}. T.

Setier de *blé* 2^{l}. 2^{s}. 11^{d}. $\frac{1}{6}$. [Janvier. Pour un Muid de blé acheté à la Halle, 25^{l}. 15^{s}. 2^{d}. T.

A 5 Vicaires pour leurs *messes* durant le mois d'Avril, à chacun 30^{s}. P.

1528.

Setier de *blé* 43^{s}. 4^{d}. [Avril. Pour 10 setiers de blé de froment achetés au marché de Paris, à raison de 43^{s}. 4^{d}. T. le setier. QV.

Setier de *blé* 40^{s}. T. [Mai. Pour un muid de blé, 24^{l}. T.

Pour 23 *messes*, 47^{s}. T.

Setier de *blé*, 42^{s}. 6^{d}. T. [Juin. Pour 5 setiers de blé froment achetés à la Halle, 10^{l}. 12^{s}. 6^{d}. T.

Messe 2^{s}. 6^{d}. T. [Pour 5 messes, 12^{s}. 6^{d}. T.

Pour une pinte de *vin*, 8^{d}. T.

Voie de *bois* 24^{s}. T. [Pour 27 voies de bois de l'Ecole, 32^{l}. 8^{s}. T.

Cuisson d'un muid de blé 35^{s}. T. & du setier 2^{s}. 11^{d}. T. [Pour la cuisson de 6 muids de blé, 10^{l}. 10^{s}. T.

A chacun des 6 Vicaires pour leurs *messes* du mois d'Octobre, 31^{s}. P.

Pour les *Heures* & une Fête double, 24^{s}. 2^{d}. P.

Ce qui fait 55^{s}. 2^{d}. P. pour leurs gages dudit mois.

On a marqué ici le prix des Heures, parce que dans la suite le prix des Messes & des Heures n'est point désigné distinctement, mais est confondu sous le nom de gages.

1529.

Setier de *blé* 2^{l}. 15^{s}. [Placuit Dominis appretiare granum matutinum debitum apud Moriacum, pro anno præterito, ad 33 francos pro modio. (28 *Januar. R.* 29. *p.* 193.) ND.

Setier de *blé* 3^{l}. [Placuit Dominis prout aliàs appretiare granum minotorum de Villerusche, ad pretium 36 francorum pro modio, pro anno ultimè lapso duntaxat. (30 *Octobris*, *R.* 29. *p.* 142.)

Setier de *blé* 2^{l}. 16^{s}. 8^{d}. [Domini gratam habuerunt appretiationem factam per D. Decanum, de 3 modiis grani per Chaloppin de Rosaio debitis pro anno præsenti, ad pretium 34^{l}. T. pro modio ad mensuram loci. (13 *Decemb. R.* 29. *p.* 169.)

Août. Pour $\frac{1}{2}$ muid minot & $\frac{1}{2}$ de *blé* froment, à 77^{s}. 6^{d}. T. (le set.) QV.

Voie de *bois* 25^{s}. 10^{d}. [Mars. Pour 3 voies de bois de moule, pour tous frais, 77^{s}. 6^{d}.

Cuisson du setier de farine 2^{s}. 11^{d}. T. [Pour la cuisson de 5 muids de farine, 8^{l}. 15^{s}. T.
Setier de *blé* 4^{l}. 10^{s}. T. [Juin. Pour l'achat d'un muid de blé à la Halle de Paris, 54^{l}. T.
Pour une *messe*, 3^{s}. 4^{d}. T.
Setier de *blé* 4^{l}. 6^{s}. 8^{d}. T. [Juillet. Pour l'achat d'un muid de blé, 52^{l}. T.
Aux 6 Vicaires pour leurs gages du mois d'Octobre, à chacun 55^{s}. 2^{d}. tant pour les *Messes* & *Heures*, que pour une Fête double.

1530.

QV. Aux 6 Vicaires pour leurs gages du mois d'Avril, à chacun 53^{s}. 5^{d}. P. tant pour leurs *Messes* & *Heures*, que pour une Fête double.
Voie de *bois* 26^{s}. 4^{d}. T. [Pour 2 voies de bois de l'Ecole, 52^{s}. 8^{d}.
Setier de *blé* 45^{s}. P. [Juin. Pour 6 setiers de blé achetés à la Halle à Paris, 13^{l}. 10^{s}. P.
Pour la *messe* d'un obit, 3^{s}. 4^{d}.
Cuisson du setier de farine 2^{s}. 6^{d}. T. [Pour la cuisson de 3 muids, 4 setiers de farine, 100^{s}. T.
Setier de *blé* 2^{l}. 15^{s}. [Pour 1 muid de blé, 33^{l}.
Setier de *blé* 2^{l}. 13^{s}. 4^{d}. [Juillet. Pour 1 muid de blé, 32^{l}.
Pour la *messe* d'un obit, 3^{s}. 4^{d}.
A chacun des 6 Vicaires, 30^{s}. P. pour leurs *Messes* durant le mois d'Octobre, & 23^{s}. 7^{d}. pour les *Heures* & une Fête double.

1531.

QV. Pour 4 voies de *bois* 6^{l}. 8^{s}. 6^{d}. pour tous frais.
Setier de *blé* 5^{l}. 3^{s}. 2^{d}. [Pour un demi-muid de blé, 30^{l}. 19^{s}.
Aux 6 *Vicaires* 53^{s}. 5^{d}. P. à chacun pour leurs gages du mois d'Avril.
Pour la *messe* d'un obit, 3^{s}. 4^{d}.
Cuisson du setier de farine 1^{s}. 5^{d}. [Pour la cuisson de 15 muids 7 setiers, mine de farine, 23^{l}. 8^{s}. 9^{d}.
Pour une *messe* d'obit, 3^{s}. 4^{d}.
A chacun des 6 *Vicaires*, pour leurs gages du mois de Juillet, 54^{s}. 3^{d}. P.
Item aux 6 *Vicaires* de l'Eglise desdits Quinze-Vingts, pour leurs gages d'avoir servi en ladite Eglise durant le mois d'Août dernier passé, lequel a 31 jours, chacun 77^{s}. 5^{d}. T. c'est à savoir 38^{s}. 9^{d}. T. pour les Messes, & pour les Heures & 3 Fêtes doubles 32^{s}. 6^{d}. T. pour les 11 Matines dites au soir, 3^{s}. 8^{d}. T. & pour un obit 2^{s}. 6^{d}. T.

1532.

A chacun des 6 Vicaires pour leurs *gages* du mois de Mars, 62^{f}. 3^{d}. P. QV.

Setier de *blé* 4^{l}. 1^{f}. 8^{d}. T. [Pour un demi-muid de blé, 24^{l}. 10^{f}. T.

Voie de *bois* 30^{f}. 6^{d}. [Pour deux voies de bois, 61^{f}.

A chacun des 6 Vicaires pour leurs gages du mois d'Avril, tant pour les *Messes* que pour les *Heures*, 52^{f}. 6^{d}. P.

Setier de *féves* & *pois* 4^{l}. 10^{f}. T. [Pour 8 boisseaux de féves & 8 boisseaux de pois, à 7^{f}. 6^{d}. T. le boisseau.

Mouture du setier de blé 1^{f}. 8^{d}. T. [Pour la mouture de 27 muids de farine, 27^{l}. T.

Pour une *messe* d'obit, 3^{f}. 4^{d}. T.

Pour les gages des 6 Vicaires durant le mois de Mai, à chacun 31^{f}. P. pour leurs *Messes*, & 23^{f}. 4^{d}. pour les *Heures*.

1533.

Setier de *blé* 46^{f}. 10^{d}. $\frac{1}{2}$ T. [Domini ratam habuerunt venditionem factam per D. de grano adducto de Moriaco, & conducto ad Mercatum, ad pretium 22 francorum Parif. cum dimidio pro modio. (5 *Maii*, *R.* 30. *p.* 16.) ND.

Setier de *blé* 35^{f}. Setier d'*avoine* 21^{f}. 8^{d}. [Granum debitum per Firmarium d'Antrouville apud Corberosam in Festo S. Martini ultimè præterito appretiatum est, videlicet modium frumenti ad 21 francos ad mensuram loci, & avenam ad 13 francos pro modio. (17 *Septemb.* *R.* 30. *p.* 107.)

Mai. Pour une voie de *bois*, 36^{f}. T. QV.

Setier de *féves* 4^{l}. 10^{f}. T. [Pour 10 boisseaux de féves, à 7^{f}. 6^{d}. le boisseau.

Setier de *pois* 3^{l}. T. [Pour 8 boisseaux de pois, à 5^{f}. T. le boisseau.

Juin. Pour 8 setiers de *blé*, à 42^{f}. 6^{d}. T. le setier, 17^{l}. T.

Pour une *messe* d'obit, 3^{f}. 4^{d}. T.

Setier de *féves* 4^{l}. 10^{f}. T. Setier de *pois*, 3^{l}. [Pour 10 boisseaux de féves, à 7^{f}. 6^{d}. le boisseau, & 9 boisseaux de pois, à 5^{f}. T. le boisseau.

Pour les gages des 6 Vicaires durant le mois de Mai, à chacun 31^{f}. P. pour leurs *Messes*, & 23^{f}. 3^{d}. P. pour les *Heures*.

1534.

Setier de *blé* 25^{f}. T. Setier de *méteil* 14^{f}. [De blado proveniente ex Decimis de Goussainville, misso ad mercatum & vendito ad pre- ND.

tium 15^{l}. T. pro modio, mestiolo, 8^{l}. 8^{f}. T. (18 *Maii*, *R.* 30. p. 272.)

QV. Setier de *blé* 36^{f}. 8^{d}. T. [Pour $\frac{1}{2}$ muid de blé acheté aux Halles de Paris le 13 Juin, 11^{l}. T.

Setier de *blé* 32^{f}. 1^{d}. [Pour $\frac{1}{2}$ muid de blé acheté aux Halles le 20 Juin, 9^{l}. 12^{f}. 6^{d}.

Setier de *blé* 25^{f}. [27 Juin. Pour 4 muids de blé acheté au port de l'Ecole, à 15^{l}. le muid.

Setier de *blé* 31^{f}. 5^{d}. [Août. Pour $\frac{1}{2}$ muid de blé acheté à la Halle, 9^{l}. 8^{f}. 6^{d}.

Setier de *blé* 37^{f}. 6^{d}. [Août. Pour $\frac{1}{2}$ muid de blé à la Halle, 11^{l}. 5^{f}.

Pour une *messe* d'obit, 3^{f}. 4^{d}.

A chacun des 6 Vicaires pour leurs *messes* durant le mois de Mai, 31^{f}. P.

1535.

PR. Dix-neuf Février. Un *veau* entier, 30^{f}. T.

Vingt-six Février. Demi-*veau*, la fraise, 4 pieds & la tête avec 4 *poules*, 24^{f}. 8^{d}.

Liv. de *figues* 10^{d}. T. [20 Mars. Quatre liv. de figues, 3^{f}. 4^{d}. T.

Pinte de *vin* 6^{d}. $\frac{2}{3}$. [21 Mars. Trois chopines de vin, 10^{d}. T.

Liv. de *figues* 10^{d}. T. [2 Avril. Deux liv. de figues, 20^{d}. T.

Liv. de *cire* verte 5^{f}. [20 Avril. Une demi-liv. de cire verte, 2^{f}. 6^{d}.

Pour 2 muids de *noix*, mesure de Donne Marie, 80^{l}. T.

Muid de *vin* 5^{l}. 10^{f}. [Pour 40 muids de vin, 220^{l}. T.

Pour nos *vignerons*, façons de *vignes* pour 20 arpens, à 7^{l}. chaque arpent, 140^{l}. T.

Pour les *provins*, 12^{l}. 5^{f}. 3^{d}. T.

Pour les *échalas*, 20^{l}. T.

Pour une *robe de serge noire* pour nous, 17^{l}. 10^{f}. T.

ND. Setier de *blé* 40^{f}. T. Setier de *méteil* 32^{f}. 6^{d}. T. [Domini laudaverunt appretiationem granorum avisatam per DD. Decanum & Malabry, videlicet frumentum debitum officio matutino & redditum Parisiis ad mensuram Parisiensem ad 40^{f}. T. pro sextario, hoc est, pro modio 24^{l}. T. frumentum debitum officio Cameræ &c. ad dictum pretium, mistiolum verò ad 32^{f}. 6^{d}. T. pro sextario, hoc est, pro modio 19^{l}. 10^{f}. T. (17 *Januar. R.* 30. *p.* 682.)

QV. Setier de *froment* 39^{f}. 3^{d}. [Août. Pour 1 muid de blé froment, 23^{l}. 11^{f}. T.

Setier de *froment* 2^{l}. 4^{f}. 3^{d}. [Septembre. Pour 15 setiers de froment, 33^{l}. 3^{f}. 9^{d}.

Octobre. Pour 10 setiers de *blé*; savoir 5 à 60^{f}. T. le setier, & 5 à 58^{f}. 9^{d}. T.

Setier

Setier de *froment* 2^{l}. 18^{f}. 4^{d}. [Décembre. Pour 1 muid de blé froment, 35^{l}. QV.

Pour une *messe* d'obit, 3^{f}. 4^{d}. T.

Setier de *blé* 1^{l}. 12^{f}. 7^{d}. [Juin. Pour un demi-muid de blé acheté aux Halles de Paris, 9^{l}. 15^{f}. 6^{d}. T.

Setier de *blé* 1^{l}. 16^{f}. 8^{d}. [Juillet. Pour 1 muid de blé, 22^{l}. 5^{f}. T.

Cuisson du setier de farine 1^{f}. 5^{d}. $\frac{11}{17}$. [Pour la cuisson de 5 muids 8 setiers de farine, 100^{f}. T.

A chacun des 6 Vicaires pour leurs *gages* du mois d'Octobre, 55^{f}. 2^{d}. P.

Setier de *féves* 3^{l}. 12^{f}. T. [Pour 8 boisseaux de féves, à 6^{f}. T. le boisseau.

Setier de *pois* 3^{l}. 12^{f}. T. [Pour 9 boisseaux de pois, à 6^{f}. T. le boisseau.

1536.

Vingt-un Juin. Un écu sol, valoit 45^{f}. T. PR.

Liv. de *chandelle* 2^{f}. [15 Septembre. Deux liv. de chandelle, 4^{f}.

Pour 4 milliers de *fer* acheté 89^{l}. 18^{f}. (c'étoit 22^{l}. 9^{f}. 6^{d}. le millier, 2^{l}. 4^{f}. 11^{d}. $\frac{2}{5}$ le cent, & 5^{d}. $\frac{197}{100}$ la livre.)

A nos *vignerons* pour la façon de 20 arpens de *vigne*, à 7^{l}. chaque arpent, 140^{l}. T.

Pour les *provins* qu'il a convenu faire, 6^{l}. T.

Pour les *échalas*, 35^{l}. T.

Pour les *vendangeurs* & *porteurs*, 15^{l}. T.

Muid neuf 10^{f}. [Pour 28 muids neufs, 14^{l}. T.

Pour façon de 60 milliers de *tuiles* en notre Tuilerie, à 12^{f}. le millier, 36^{l}. T.

Millier de *tuiles* 30^{f}. [Pour l'achat de 26 milliers de tuiles, 39^{l}. T.

Millier de *lattes* 2^{l}. [Pour 16 milliers de lattes achetées, 32^{l}. T.

Pour l'achat d'un *cheval* pour porter notre malle, avec deux mors de bride, 95^{l}. T.

Cent de *poires* 3^{f}. [20 Février. Pour achat de 350 poires pour le Couvent, 10^{f}. 6^{d}. T.

Setier de *blé* 3^{l}. [Juin. Pour un demi-muid de blé acheté à la Halle de Paris, 18^{l}. T. QV.

Pour une *messe* d'obit, 3^{f}. 4^{d}.

Aux 6 Vicaires pour leur gages du mois d'Avril, à chacun 53^{f}. 5^{d}. P. tant pour les *Messes* & *Heures*, que pour une Fête double.

1537.

Main de *papier* 10^{d}. $\frac{10}{11}$ T. [24 Juillet. Pour 11 mains de papier, 10^{f}. T. PR.

1538.

QV. Setier de *blé* 2 l. 1 f. 8 d. [Août. Pour 2 muids de blé, à 25 l. le muid, 50 l.

Pour 23 voies de *bois* de mole de Grève, à 40 f. T. la voie.

Pour la voiture dudit *bois* 2 f. T. la voie, aux Jurés 11 f. 6 d. aux gagne-deniers 5 f. 9 d. T. Total 49 l. 3 f. 3 d. T.

Setier de *froment* 3 l. 3 f. 6 d. T. [Mars. Pour 1 muid de blé froment, 38 l. 2 f. T.

Pour une *messe* d'obit, 3 f. 4 d.

Setier de *blé* 2 l. 14 f. 2 d. [Pour 1 muid de blé, 28 l. 10 f.

Aux 6 Vicaires pour leurs gages du mois de Septembre, à chacun 59 f. 7 d. P. tant pour leurs *Messes*, *Heures*, & une Fête double, que pour les *Saluts* Notre Dame.

1539.

QV. Setier de *blé* 3 l. 6 f. 11 d. $\frac{47}{65}$. [Pour 10 setiers 10 boisseaux de blé, 36 l. 5 f. 7 d. T.

A chacun des 6 Vicaires pour leurs *gages* du mois de Juin, 60 f. 11 d. P.

Cuisson du setier de farine 5 f. [Pour la cuisson de 16 muids de farine, 48 l. T.

Pour une *messe* d'obit, 3 f. 4 d.

Pour une voie de *bois* & voiture du charretier 48 f. T. Pour une autre voie, 44 f. 9 d. T.

Setier de *blé* 4 l. 1 f. 8 d. T. [Avril. Pour 2 muids de blé, à 49 l. T. le muid, 98 l.

Setier de *blé* 3 l. 16 f. 8 d. T. [29 Avril. Pour 2 autres muids de blé, 92 l.

1540.

ND. Setier de *blé* 36 f. 8 d. Setier de *méteil* 26 f. 8 d. Setier d'*avoine* 20 f. [Domini Decanus &c. retulerunt appretiasse Firmariis de Rosaio, Bouvillois &c. frumentum ad 22 l. pro modio, mistiolum ad 16 l. & avenam ad 12 l. quod Dominis placuit. (17 *Jan. R.* 2. *p.* 47.)

QV. Setier de *blé* 2 l. 5 f. T. [Avril. Pour 1 muid & $\frac{1}{2}$ de blé, à 27 l. T. le muid, 40 l. 10 f. T.

Avril. Pour une voie de *bois* & la voiture, 46 f. 6 d. T.

Voie de *bois* 51 f. T. [Mars. Pour 2 voies de bois, 102 f. T.

Setier de *blé* 2 l. 0 f. 10 d. [Pour 2 muids de blé, 49 l. T.

Cuisson du setier de blé 5 f. 1 d. $\frac{13}{17}$. [Pour la cuisson de 5 muids 8 setiers de farine, 17 l. 10 f.

Pour une *messe* d'obit, 3 f. 4 d. T.

1541.

Pour une *messe* d'obit, 3ſ. 4d.

A chacun des 6 Vicaires pour leurs *gages* du mois d'Octobre, 63ſ. 2d. QV.

Setier de *froment* 2l. 2ſ. 6d. T. [Avril. Pour 3 muids de blé froment, 76l. 10ſ. T.

Pour une voie de *bois* de l'Ecole, 38ſ. 7d. T.

1542.

L'Ordonnance de François I. du 20 Avril (*Fontanon, tom.* 2. *p.* 456) apprécie pour en fixer les droits le muid de *froment*, mesure de Paris, à 15l. T. c'est 25ſ. le setier.

Le muid de *seigle* 10l. T. c'est 16ſ. 8d. le setier.

Le muid d'*avoine* 10l. c'est 16ſ. 8d. le setier.

Le muid d'*orge* 8l. c'est 13ſ. 4d. le setier.

Pois & *féves* 18l. c'est 30ſ. T. le setier.

Un *bœuf*, 8l. T.

Une *vache*, 60ſ. T.

Un *veau*, 20ſ. T.

Un *mouton*, 20ſ.

Un *agneau*, 10ſ. T.

Un *porc*, 40ſ. T.

Un *cheval*, 45l. T.

Pour une *messe* d'obit, 3ſ. 4d.

A chacun des 6 Vicaires pour leurs *gages* du mois d'Août, 4l. 6ſ. 6d. QV.

Setier de *froment* 2l. 17ſ. 6d. T. [Avril. Pour 1 muid de blé froment, 34l. 10ſ. T.

Setier de *blé* 2l. 13ſ. 1d. $\frac{45}{47}$. [Avril. Pour 3 muids 11 setiers de blé, 125l. 6ſ. 8d. T.

Pour une charretée de *bois* de l'Ecole, 40ſ. T.

1543.

Setier de *blé*, mesure de Paris, 2l. 18ſ. 4d. T. Setier de *blé*, mesure de Rosoy, 2l. 3ſ. 4d. Setier d'*avoine* 26ſ. 8d. [Appretiaverunt D. Decanus Gontier &c. Firmario de Pecy modium bladi frumenti redditum Parisiis & mensuræ Parisiens. ad 35l. T. Firmario de Boisvallois modium frumenti ad mensuram de Rosaio ad 26l. T. & avenæ ad 16l. T. (8 *Février*, *R.* 33. *p.* 539.) ND.

Voie de *bois* 2l. 6ſ. 2d. T. [Pour 4 voies de bois, 9l. 4ſ. 8d. T. QV.

Setier de *blé* 2l. 6ſ. 8d. T. [Avril. Pour 4 muids de blé, à 28l. T. 112l. T.

A chacun des 6 Vicaires pour leurs *gages* du mois de Mars, 69ſ. 4d. P.

1544.

Le muid de *froment* auroit valu communément 40l. à 50l. meſure de Paris, (c'étoit de 3l. 6ſ. 8d. à 4l. 3ſ. 4d. le ſetier.) (*Du Moulin, Traité des Rentes, to. 2. p. 776.*)

QV. Voie de *bois* 2l. 8ſ. 5d. T. [Pour 2 voies de bois, 4l. 16ſ. 10d. T.
Voie de *bois* 2l. 6ſ. 6d. T. [Pour 2 voies de bois, 4l. 13ſ. T.
Setier de *blé* 3l. 6ſ. 8d. T. [Juin. Pour 1 muid de blé, 40l. T.
A chacun des 6 Vicaires pour leurs *gages* du mois de Novembre, 61ſ. 3d. P.
Pour une *meſſe* d'obit, 3ſ. 4d.

1545.

ND. Setier de *blé* 3l. 6ſ. 8d. T. [Appretiatum eſt Firmario Eccleſiæ in Firma de Pleſſeyo Domini Henrici granum per eum debitum, ad rationem 40l. T. pro quolibet modio, conſideratis malitia temporis, & gentibus armorum illuc tranſeuntibus. (12 *Decemb. R.* 34. *p.* 437.)

Setier de *blé* 8l. 6ſ. 8d. [Le ſetier de blé, meſure de Paris, fut vendu cette année par aucuns jours 12l. que ne dura guère, mais aucun mois dura le muid de froment à 100l. (*Du Moulin, Traité des Rentes, to. 2. p. 776.*)

QV. Pour 4 voies de *bois*, à 52ſ. 6d. T. la voie, 10l. 10ſ. T.
Setier de *blé* 3l. 5ſ. [Mai. Pour ½ muid de blé, 19l. 10ſ.
Pour une *meſſe* d'obit, 3ſ. 4d.
A chacun des 6 Vicaires pour leurs *gages* du mois d'Avril, 77ſ. 8d. pite T.

1546.

ND. Setier de *blé* 3l. T. [Appretiatum eſt Jo. Laurent granum, per eum Eccleſiæ debitum ad cauſam firmæ de Viercy, & hoc pro 36l. T. quodlibet modium. (7 *Jun. R.* 34. *p.* 730.)

L'Ordonnance du Prévôt de Paris du 23 Novembre 1546, défend aux *Meûniers* de prendre de ceux qui leur apporteront leur grain à moudre, plus de 16 deniers P. par ſetier, & lorſque les Meûniers l'iront chercher & le reporteront, 2ſ. P. (*Lamare, to. 2. p. 161.*)

1547.

ND. Setier de *blé* 40ſ. [Obtulit Firmarius 24l. pro quolibet modio totius grani Montis S. Mathurini Eccleſiæ debiti, quod placuit Dominis. (21 *Jun. R.* 34. *p.* 857.)

QV. Setier de *blé* 2l. 5ſ. 10d. [Juin. Pour ½ muid de blé, 13l. 15ſ.

Charretée de *bois* 3^{l}. 7^{s}. 9^{d}. [Pour 2 charretées de bois, 6^{l}. 15^{s}. 6^{d}.
A chacun des 6 Vicaires pour leurs *gages* du mois d'Août, 4^{l}. 4^{s}. T.
Pour une *messe* d'obit, 3^{s}. 4^{d}.

1548.

Setier de *blé* 41^{s}. 8^{d}, 53^{s}. 4^{d}. & 55^{s}. [Placet appretiatio facta per Dominos de Camera Firmario Decimarum de Villarisseco ad 25^{l}. T. pro quolibet modio, Firmario de Lupara ad 33^{l}. T. pro quolibet modio, Firmario de Peci ad 32^{l}. pro modio & Firmariis minotorum de Corberosa ad 20 scuta pro hujus minotis. (18 *Feb. R.* 35. *p.* 613.) ND.

Le setier de *blé* coûta à Paris le 21 Juin 1548, 47^{s}. 4^{d}, 51^{s}. 3^{d}, & 54^{s}. 2^{d}. (*Lamare, to. 2. p.* 356.)

Setier de *blé* 2^{l}. 5^{s}. 7^{d}. $\frac{5}{11}$. [Avril. Pour 11 setiers de blé froment, 25^{l}. 1^{s}. 10^{d}. QV.

Charretée de *bois* 3^{l}. 6^{s}. 3^{d}. [Pour 2 charretées de bois, 6^{l}. 12^{s}. 6^{d}.
Pour une *messe* d'obit, 3^{s}. 4^{d}.

1553.

Pour une *messe* d'obit, 3^{s}. 4^{d}. QV.

Item, plus aux 6 Vicaires de ladite Eglise, chacun 72^{s}. 6^{d}. T. pour avoir servi durant le mois de Septembre, compris les *Saluts* des quinze joies Notre-Dame.

Setier de *blé* 3^{l}. 13^{s}. 4^{d}. T. [Juillet. Pour 1 muid de blé, 44^{l}. T.
Voie de *bois* 57^{s}. 9^{d}. [Pour 2 voies de bois, 115^{s}. 6^{d}.

1554.

Setier de *blé* 3^{l}. 6^{s}. 8^{d}. [8 Modia debita officio matutino per Firmarium de Monte S. Mathurini appretiata sunt ad 40^{l}. T. pro quolibet modio. (13 *Jul. R.* 36. *p.* 843.) ND.

Voie de *bois* 3^{l}. 4^{s}. 9^{d}. [Pour 2 voies de bois & frais, 6^{l}. 9^{s}. 6^{d}. QV.
Pour 1 aune de *velours* violet, 6^{l}. T.
Voie de *bois* 3^{l}. 6^{s}. 3^{d}. T. [Pour 2 voies de bois, 6^{l}. 12^{s}. 6^{d}. T.
Setier de *blé* 3^{l}. 3^{s}. 4^{d}. T. [Pour 2 muids de blé, 76^{l}. T.

1555.

Setier de *blé* 4^{l}. 1^{s}. 8^{d}. [Placet appretiatio facta Firmariis de Bregi de 2 modiis grani, ad 49^{l}. pro quolibet modio. (13 *Jan. R.* 37. *p.* 148.) ND.

Setier de *blé* 2^{l}. 14^{s}. 2^{d}. T. [Pour 1 muid de blé, 32^{l}. 10^{s}. T. QV.
Voie de *bois* 3^{l}. 3^{s}. T. [Pour 3 voies de bois, 9^{l}. 9^{s}. T.

1556.

QV. Voie de *bois* 3 l. T. [Pour 36 voies de gros bois, 108 l. T.
Setier de *blé* 5 l. 15 s. [Pour ½ muid de blé, 34 l. 10 s.
Messe basse 2 s. 6 d. T. [Pour 15 messes basses, 37 s. 6 d. T.
A chacun des 6 Vicaires pour leurs *gages* du mois d'Octobre, 55 s. 2 d. P.
Pour une *messe* d'obit, 3 s. 4 d.

1557.

QV. Pour une voie de gros *bois*, 64 s. 3 d.
Setier de *blé* 6 l. 5 s. T. [Mai. Pour 1 muid de blé, 75 l. T.
Setier de *froment* 5 l. 1 s. 8 d. T. [Pour 1 muid de blé froment, 61 l. T.

1558.

ND. Setier de *blé* 3 l. 6 s. 8 d. [Appretiatum est Firmario Montis de Liri cantu granum per eum debitum, pro anno 1557 ad 40 l. T. pro quolibet modio. (4 *Feb. R.* 37. *p.* 654.)

QV. Voie de *bois* 2 l. 14 s. 6 d. $\frac{6}{11}$. [Pour 11 voies de bois, 30 l.
Setier de *blé* 2 l. 16 s. 8 d. T. [Mai. Pour ½ muid de blé acheté à la Halle, 17 l. T.

1559.

ND. Setier de *blé* 3 l. 6 s. 8 d. [Vendatur granum officii matutini in horreis existens, pro pretio 40 l. T. pro quolibet modio. [4 *Aug. R.* 37. *p.* 739.)

QV. Pour 10 voies de *bois*, à cent bûches pour voie, à 60 s. la voie.
Voie de *bois* 3 l. T. [Pour 4 voies de bois, 12 l. T. pour les frais, 26 s. T.
Setier de *blé* 3 l. 17 s. 6 d. T. [Novembre. Pour 1 muid de blé, 46 l. 10 s. T.

1560.

ND. Setier de *blé* 3 l. 15 s. [Placuit DD. venditio granorum in horreis Capituli existentium ad rationem 45 l. T. pro quolibet modio. (31 *Juillet*, *R.* 38. *p.* 88.)

QV. *Messe*, 3 s. T.
Messe d'obit, 3 s. 4 d. T.
Criblage d'un setier de blé 3 d. T. [Pour avoir criblé 29 setiers de blé, 7 s. 3 d. T.

Millier de *fagots* 14l. T. [Pour 6 cents de fagots pour cuire au four, 8l. 8f. T.
Pinte de *vin*, 12d. T.
Setier de *blé* 3l. 16f. 8d. [Muid de blé acheté aux Halles de Paris, 46l. T.
Criblage d'un muid de blé, 3f. T.
Pour une *messe* d'obit, 3f. 4d. T.
A chacun des 6 Vicaires pour leurs *gages* du mois de Novembre, 66f. 6d. T.
Setier de *blé* 3l. 8f. 4d. T. [Mai. Pour 1 muid de blé, 41l. T.
Voie de *bois* 55f. T. [Pour 2 voies de bois, 110f. T.

1561.

Setier de *blé* 4l. 3f. 4d. [Placet appretiatio facta in Camera Firmario de Moriaco cujuslibet modii grani ad 50l. T. (24 *Novemb. R.* 38. *p.* 346.) ND.
Criblage d'un setier de blé 3d. T. [Pour avoir criblé 9 setiers de blé, 2f. 3d. T. QV.
Voie de *bois*, 60f. T.
Setier de *blé* 5l. 11f. 8d. & le muid de Paris, 67l. T. [Pour 2 muids de blé acheté aux Halles de Paris, 134l. T.
Pour 30 voies de gros *bois*, à 60f. la voie, 90l.
Setier de *blé* 3l. 15f. [Pour 1 muid de blé, 45l.

1562.

Setier de *blé* 5l. Setier de *méteil* 3l. 10f. Setier d'*avoine* 2l. [Vendantur grana horreorum Capituli ad 60l. T. pro modio frumenti, 42l. T. pro modio mixtioli, & 24l. T. pro modio avenæ. (3 *Jun. R.* 38. *p.* 441.) ND.
En Février. Setier de *blé* 8l. 16f. 8d. T. [Pour 2 muids ½ de blé, à 106l. T. le muid, 265l. T. QV.
Criblage du setier de blé, 3d.
Setier de *blé* 5l. 8f. 4d. T. [Avril. Pour 1 muid de blé, 65l. T.
Setier de *blé* 4l. 18f. 4d. [Avril. Pour 1 muid de blé, 59l.
Voie de *bois* 3l. [Pour 2 voies de bois, 6l.
Cent de *cotrets* 34f. T. [Pour 2 cents de cotrets, 68f. T.
Pour une *messe* d'obit, 3f. 4d. T.
Cent de *cotrets* 45f. 10d. [Pour 2 douzaines de cotrets, 11f. T.

1563.

L'Ordonnance de Charles IX. du 20 Janvier (*imprimée par Robert Etienne en* 1563) défend aux Rôtisseurs de vendre le meilleur *chapon* plus de 6ᶠ. T, les moyens 5ᶠ; les meilleures *poules* 4ᶠ. 6ᵈ, les moindres 4ᶠ. Le *poulet* gras 20ᵈ, le moindre 15ᵈ; le *pigeon* 12ᵈ; le *lapin* 5ᶠ; la *perdrix* 4ᶠ; *bécasse* 3ᶠ; *caille* 15ᵈ; *canard* sauvage 4ᶠ; *canard* paillé 3ᶠ. 6ᵈ.

Suivant l'Arrêt du Parlement du 10 Novembre, (*imprimé par J. Dallier en* 1563) *Charretiers* pour la voie de *bois*, auront de la Grève au Port au Foin 3 sols T, à la fausseporte S. Martin 4 sols, aux portes S. Antoine 5 sols, au Fauxbourg S. Honoré 5 sols, à l'Université 7 sols.

QV. Quinze Mai. Muid de *blé* acheté aux Halles de Paris, 96ˡ. T. & le setier, 8ˡ. T.

Basse *messe*, 3ᶠ. T.

Voie de *bois*, 60ᶠ. T. pour les frais, 8ᶠ. 3ᵈ.

Pinte de *vin* 10ᵈ. T, & quarte de vin, 20ᵈ. T.

Messe dite par des Prêtres étrangers, 2ᶠ. 2ᵈ. [Pour 3 messes dites par des Prêtres étrangers, 6ᶠ. 6ᵈ. T.

Setier de *blé* 8ˡ. T. [Muid de blé, 96ˡ. T.

Cent de *cotrets* 36ᶠ. T. [Pour 2 cents de cotrets, 72ᶠ. T.

Neuf Février. Voie de *bois* 3ˡ. 6ᶠ. T. [Pour 2 voies de bois, 6ˡ. 12ᶠ. T.

Autre voie de *bois*, 61ᶠ. 3ᵈ. T.

Setier de *blé* 8ˡ. 3ᶠ. 4ᵈ. [Mai. Pour 1 muid de blé, 98ˡ. T.

Pour une *messe* d'obit fondée par Perichon, 3ᶠ. T.

Pour une *messe* d'obit fondée par le sieur de S. Germain, 3ᶠ. T.

Pour trois *messes*, 6ᶠ. 6ᵈ. (1564 & 1565, idem.)

1564.

ND. Setier de *blé* 3ˡ. 6ᶠ. 8ᵈ. Setier de *méteil* 2ˡ. 8ᶠ. 4ᵈ. Setier d'*avoine* 2ˡ. 10ᶠ. T. [Placet venditio facta per Cameram, & de grano officii Cameræ anno 1563 vendito novissimis mensibus Julii & Augusti videlicet, pro modio frumenti 40ˡ. T. pro modio mixtioli 29ˡ. & pro quolibet modio avenæ, 30ˡ. T. (20 *Octob. R.* 38. *p.* 955.)

R. PA. Au 23 Juillet. Procession de Sainte Geneviéve pour les pluies qui nuisoient aux blés, & aux autres fruits de la terre.

QV. Octobre. *Mouture* du setier de blé 5ᶠ. T. [Pour la mouture de 8 setiers de blé, 40ᶠ. T.

Mouture du setier de blé 11ᶠ. 9ᵈ. $\frac{9}{11}$. T. [Pour la mouture de 22 setiers de blé, 13ˡ. T.

Cent de *cotrets* 40ᶠ. 6ᵈ. T. [Pour 2 cents de cotrets, 4ˡ. 1ᶠ. T.

Setier de *blé* 4ˡ. 6ᶠ. 8ᵈ. T. [Octobre. Muid de blé, 52ˡ. T.

Setier de *blé* 4ˡ. 6ᶠ. 8ᵈ. T. [Muid de blé, 52ˡ. T.

Criblage du muid de blé, 3ᶠ. T.

Paire de *souliers* pour les filles de l'Infirmerie, 6ᶠ. 6ᵈ. T.

Deux

Deux paires de *souliers* pour enfans, 7^{s}. T.
Cent de *cotrets* 50^{s}. T. [Pour 4 douzaines de cotrets, 24^{s}. T.
Boisseau de *cendres* 10^{s}. T. [Pour 2 boisseaux de cendres, 20^{s}. T.
Cent de *fagots* 41^{s}. 8^{d}. T. [Pour 2 douzaines de fagots, 10^{s}. T.
Neuf Avril. Cent de *paille* 100^{s}. T. [Pour 19 bottes de paille, 19^{s}. T.
Setier de *blé* 4^{l}. 0^{s}. 10^{d}. [Juillet. Pour 1 muid de blé, 48^{l}. 10^{s}.
Voie de *bois* 3^{l}. 5^{s}. 6^{d}. [Pour 2 voies de bois, 6^{l}. 11^{s}.

1565.

Setier de *blé* 5^{l}. Setier de *méteil* 3^{l}. 10^{s}. T. [Placuit venditio facta per DD. de Camerâ grani de Villaroche, in horreis Capituli existentis, ad 60^{l}. pro quolibet modio, & grani mixtioli de Rungis ad 42^{l}. T. pro quolibet modio. (27 *Jun. R.* 39. *p.* 45.) ND.

Une Ordonnance de Charles IX. du 29 Avril 1565, (*imprimée par Robert Etienne en* 1565) porte ces mots : « Pour un profit particu-
„ lier qu'ils font d'une voie de gros *bois* qui ne se vend ordinairement
„ que 60 sols, ils en font faire 2 cents de *cotrets* qu'ils vendent 100 sols,
„ ou 6^{l}. &c. „

Du 22 Septembre. Arrêt du Parlement en Vacations, qui défend de vendre la *chandelle* de suif de mouton plus de 3^{s}. 6^{d}. T. la livre, celle de bœuf seulement 3 sols, & celle dans laquelle il y aura les $\frac{2}{3}$ de suif de mouton, & le $\frac{1}{3}$ de bœuf, 3^{s}. 4^{d}. R. PA.

En Octobre, taxe pour les pauvres à cause de la cherté des *blés*.
Setier de *blé* 4^{l}. 10^{s}. T. [23 Mai. Muid de blé, 54^{l}. T. QV.
Criblage dudit muid de blé acheté en Grève, 3^{s}. T. à 3^{d}. du setier.
Cent de *cotrets* 41^{s}. 8^{d}. T. [Pour 2 douzaines de cotrets, 10^{s}. T.
Juillet. Basse *messe*, 3^{s}. T.
Setier de *blé* 6^{l}. 5^{s}. T. [Juillet. Muid de blé, 75^{l}. T.
Dix-neuf Avril. Cent de *cotrets* 50^{s}. T. [Pour 2 douzaines de cotrets, 12^{s}. T.
Setier de *blé* 6^{l}. 2^{s}. 6^{d}. T. [Août. Muid de blé acheté aux Halles de Paris, 73^{l}. 10^{s}. T.
Setier de *blé* 6^{l}. 10^{s}. [Août. Pour 1 muid de blé, 78^{l}.
Setier de *blé* 9^{l}. 10^{s}. [Mars. Pour 1 muid de blé, 114^{l}.
Voie de *bois* 3^{l}. T. [Pour 14 voies de bois, 42^{l}. T.
Setier de *blé* 6^{l}. 3^{s}. 4^{d}. [Juillet. Pour 1 muid de blé, 74^{l}.

1566.

Setier de *blé* 9^{l}. 11^{s}. 8^{d}. [Appretiatum est bladum de Villaroche anno præterito debitum ad 115^{l}. pro modio. (18 *Novemb. R.* 39. *p.* 360.) ND.

QV. Mai. Millier de *tuiles* 14^{l}. T. [Pour 1 cent ½ de tuiles, 42^{f}. T.

Criblage d'un muid de blé, 3^{f}. T.

Juin. Basse *messe*, 3^{f}. 6^{d}. T.

Juin. Millier de *tuiles* 14^{l}. 4^{f}. T. [Pour 2 cents ½ de tuiles, 71^{f}. T.

Juillet. Voie de *bois* 3^{l}. T. [Pour 22 voies de bois, 66^{l}. T.

Setier de *méteil* 6^{l}. 1^{f}. 8^{d}. T. [20 Juillet. Pour 6 setiers de méteil, 36^{l}. 10^{f}. T.

Criblage du setier de méteil 3^{d}. T. [Pour les 6 setiers criblés, 18^{d}. T.

Setier de *blé* 11^{l}. 3^{f}. 10^{d}. $\frac{2}{13}$. [Juillet. Pour 2 muids 2 setiers de blé, 291^{l}. T.

1567.

L'Ordonnance du 4 Février 1567 (*Fontanon*, *tom.* I.) fixe le plus gros *chapon* à 7 sols, la meilleure *poule* à 5 sols, le gros *poulet* à 20 deniers, le *pigeon* à 12 deniers, le *connil* de garenne à 6 sols, de clapier à 3 sols, la *perdrix* à 5 sols, la *bécasse* à 4 sols, le *bécassin* à 20 deniers, la *caille* à 18 deniers, le gros *ramier* à 3 sols, le *bizet* à 20 deniers, la *grive* à 15 deniers, la douzaine d'*allouettes* grasses à 4 sols, le *pluvier* ou la *sarcelle* à 3 sols, le *canard* sauvage à 4 sols, le *canard* de pailler à 3 sols, page 812; & dans Paris le millier de *tuiles* à 12 livres, page 818; la charretée de *bois* de 60 bûches à 60 sols, le cent de *cotrets* à 30 sols, de *fagots* à 25 sols, de *bourrées* à 20 sols, page 809; le cent de bottes de *foin* pesant 12 à 13 livres à 100 sols T. au plus, p. 810; la paire de *souliers* à 10 ou 15 sols, page 815.

QV. Janvier. Cent de *cotrets* 51^{f}. T. [Pour 2 cents de cotrets, 102^{f}. T.

Basse *messe*, 3^{f}. T.

Février. Cent de *cotrets* 2^{l}. 4^{f}. 6^{d}. T. [Pour 2 cents de cotrets, 4^{l}. 9^{f}. T.

Dix-neuf Janvier. *Mouture* du setier de blé 5^{f}. T. [Pour mouture de 23 setiers de blé, 115^{f}. T.

Février. Setier de *blé* 6^{l}. 6^{f}. 3^{d}. T. [Pour 2 setiers de blé, 12^{l}. 12^{f}. 6^{d}. T.

Novembre. Setier de *méteil* acheté en Grève, 9^{l}. 5^{f}. T. autre 10^{l}. T. autre 10^{l}. 15^{f}. T.

Setier de *méteil* 9^{l}. 5^{f}. T. [Pour 1 demi-muid de méteil, 55^{l}. 10^{f}. T.

Setier de *blé* 8^{l}. 15^{f}. T. [Octobre. Muid de blé, 105^{l}. T.

Setier de *méteil* 6^{l}. 13^{f}. 4^{d}. [Vingt-deux Décembre. Muid ½ de méteil 120^{l}. T.

Setier de *farine* 7^{l}. 17^{f}. 6^{d}. [Pour 4 setiers de farine, 31^{l}. 10^{f}.

Pour une *messe* d'obit dudit Perichon, 3^{f}. T.

Pour une *messe* d'obit dudit de S. Germain, 3^{f}. 6^{d}. T.

1568.

Janvier. Cent de *cotrets* 3^{l}. 10^{f}. 11^{d}. $\frac{1}{14}$ T. [Pour 24 douzaines de cotrets, 10^{l}. 4^{f}. 3^{d}. T. QV.

Setier de *blé* 4^{l}. 15^{f}. 10^{d}. T. [Janvier. Muid de blé, 57^{l}. 10^{f}. T.

Vingt-neuf Janvier. Setier de *blé* 7^{l}. 10^{f}. [Pour 8 fetiers de blé, 60^{l}. T.

Blutage & *criblage* du fetier de blé 9^{d}. [Pour avoir bluté & criblé 14 fetiers de blé, 10^{f}. 6^{d}. T.

Avril. Setier de *farine*, 12^{l}. 5^{f}. T.

Paire de *fouliers* 3^{l}. 8^{f}. [Mai. Pour 3 paires de fouliers, 10^{l}. 4^{f}. T.

Meffe, 3^{f}. 6^{d}. T.

Mai. *Mouture* du fetier 7^{f}. 7^{d}. $\frac{167}{187}$. [Pour la mouture de 15 muids 7 fetiers de blé, 71^{l}. 12^{f}. T.

Vingt-huit Février. Muid de *farine* 123^{l}. à 16 boiffeaux de farine pour le fetier de blé, au prix de 10^{l}. 5^{f}. T. chaque fetier.

Cent de *cotrets* 6^{l}. 5^{f}. [Pour 2 douzaines de cotrets, 30^{f}.

Pour 5 voies de gros *bois*, à 110^{f}. la voie, 27^{l}. 10^{f}. Pour les débardeurs 15^{f}, aux gagne-deniers 5^{f}, pour les voitures, 30^{f}.

A chacun des 6 Vicaires pour leurs *gages* du mois de Février, 66^{f}. 4^{d}. T.

Pour la *meffe* d'obit de Perichon, 3^{f}. T.

Pour celle du fieur de S. Germain, 3^{f}. 6^{d}. T.

1569.

Janvier. Cent de *cotrets* 4^{l}. 3^{f}. 4^{d}. T. [Pour 3 douzaines de cotrets, 30^{f}. T. QV.

Criblage feul du fetier de blé 4^{d}. T. [Pour avoir criblé 30 fetiers de blé, 10^{f}. T.

Blutage feul du fetier de blé 8^{d}. T. [Pour avoir bluté 30 fetiers de blé, 20^{f}. T.

Meffe, 3^{f}. 6^{d}.

Février. Pinte d'*huile* pour la lampe 7^{f}. 6^{d}. T.

Setier de *fon* 24^{f}. [Boiffeau de fon, 2^{f}. T.

Février. Pour une *meffe*, 3^{f}.

Criblage du fetier de blé 4^{d}. [Février. Pour cribler 13 fetiers de blé, 4^{f}. 4^{d}.

Cent de *cotrets* 3^{l}. 6^{f}. 8^{d}. [Février. Pour 3 douzaines de cotrets, 24^{f}.

Février. Pour une pinte d'*huile* pour la lampe, 7^{f}. 6^{d}.

Voie de *bois* 4^{l}. 15^{f}. T. [Pour 10 voies de gros bois, 47^{l}. 10^{f}. T.

Mouture du ſetier de blé $8^{ſ}$. 4^{d}. [Avril. Pour mouture de 13 muids 4 ſetiers de blé, 66^{l}. $13^{ſ}$. 4^{d}.

Juin. Pour 20 bottes de *lattes*, à $6^{ſ}$. T. la botte.

Millier de *clous* à latte, $12^{ſ}$. 2^{d}. $\frac{2}{3}$. [Juin. Pour 4 milliers & 8 cents de clous à latte, $58^{ſ}$. 8^{d}.

Setier de *blé* 5^{l}. $7^{ſ}$. 1^{d}. [Août. Pour l'achat d'un muid de blé, 64^{l}. $5^{ſ}$.

Millier de *tuiles* 4^{l}. $0^{ſ}$. 6^{d}. [Août. Pour 2 milliers de tuiles, 8^{l}. $1^{ſ}$.

Setier de *blé* 5^{l}. $8^{ſ}$. 4^{d}. [Août. Pour l'achat d'un demi-muid de blé, 32^{l}. $10^{ſ}$.

Pour une *meſſe* d'obit du ſieur de S. Germain, $3^{ſ}$. 6^{d}. T.

Pour une *meſſe* d'obit de Perichon, $3^{ſ}$. T.

A cinq des Vicaires de l'Egliſe, à chacun $64^{ſ}$. 2^{d}. T. pour leurs *gages* du mois de Février.

Pour 1 minot de *charbon*, $9^{ſ}$. T.

Pour 1 cent de *cotrets*, $50^{ſ}$. T.

Setier de *blé* 5^{l}. $7^{ſ}$. 1^{d}. T. [Juillet. Pour 1 muid de blé, 64^{l}. $5^{ſ}$. T.

Setier de *blé* 5^{l}. $8^{ſ}$. 4^{d}. T. [Août. Pour 1 demi-muid de blé, 32^{l}. $10^{ſ}$. T.

Pour une pinte d'*huile* pour la lampe, $10^{ſ}$. T.

Voie de *bois* 4^{l}. $10^{ſ}$. [Pour 23 voies de gros bois, 103^{l}. $10^{ſ}$. T.

1570.

ND. Setier de *blé* 4^{l}. $10^{ſ}$. Setier d'*avoine* 3^{l}. $5^{ſ}$. [Appretiata ſunt Firmario de Mori 3 modia frumenti anni 1569, ad 4^{l}. $10^{ſ}$. pro quolibet ſextario, & avenæ ad $65^{ſ}$. aut adducet ad horrea Capituli. (16 *Januar*. *Reg*. 40. *p*. 284.)

QV. Janvier. Pour une *meſſe*, $3^{ſ}$.

Pour *bluter* 1 muid de blé, $8^{ſ}$. T.

Pour le *cribler*, $4^{ſ}$. T.

Pour une pinte d'*huile* pour la lampe, $10^{ſ}$.

Mars. Pour 1 minot de *charbon*, $6^{ſ}$. 6^{d}.

Mouture du ſetier de blé $6^{ſ}$. 8^{d}. T. [Avril. Pour la mouture de 7 muids $\frac{1}{2}$ de blé, 30^{l}. T.

Avril. Pour achat de 10 ſetiers de blé, à 4^{l}. $12^{ſ}$. 6^{d}. T. le ſetier, 46^{l}. $5^{ſ}$.

Paire de *ſouliers* $10^{ſ}$. [Mai. Pour 2 paires de ſouliers pour 2 enfans de l'Infirmerie, $20^{ſ}$.

Pour 10 ſetiers de *blé* froment, à 4^{l}. $8^{ſ}$. T. 44^{l}. T.

Cent de *cotrets* 2^{l}. $9^{ſ}$. T. [Pour 4 cents de cotrets, 9^{l}. $16^{ſ}$. T.

Setier de *farine* 5^{l}. $2^{ſ}$. 6^{d}. [Juillet. Pour l'achat de 2 ſetiers de farine à la Halle, 10^{l}. $5^{ſ}$. T.

A chacun des 6 Vicaires 71^{s}. T. pour leurs *gages* du mois de Janvier.

Pour une *meſſe* d'obit de Perichon, 3^{s}. T.

Pour une *meſſe* d'obit du ſieur de S. Germain, 3^{s}. 6^{d}. T.

Pour 1 minot de *charbon*, 6^{s}. 6^{d}. T.

Setier de *blé* 4^{l}. 12^{s}. 6^{d}. [Avril. Pour 10 ſetiers de blé, 46^{l}. 5^{s}. T.

Setier de *farine* 5^{l}. 2^{s}. 6^{d}. [Juillet. Pour 2 ſetiers de farine, 10^{l}. 5^{s}. T.

Pour une pinte d'*huile* pour la lampe, 8^{s}. T.

1571.

Setier de *blé* 5^{l}. 10^{s}. T. [Placet appretiatio facta Firmario de Pleſſeio D. Henrici propè Roſaium de grano per eum Eccleſiæ debito, ad 5^{l}. 10^{s}. T. pro quolibet ſextario, anno noviſſimo. (6 *Febr. R.* 40. *p.* 452.) ND.

Setier de *blé* 6^{l}. [Appretiatum eſt Firmario Montis de Liri cantu, granum per eum debitum officio matutino ad curſum mercati nunc currentis in halis Verberi, videlicet 6^{l}. pro quolibet ſextario. (6 *Febr. R.* 40. *p.* 452.)

A quatre des Vicaires, chacun la ſomme de 76^{s}. T. pour leurs *gages* du mois de Janvier. QV.

Pour une *meſſe* d'obit du ſieur de S. Germain, 4^{s}. T.

Pour la *meſſe* d'obit de Perichon, 4^{s}. T.

Pour une *meſſe* d'obit du ſieur Plancy, 4^{s}. T.

Cent de *cotrets* 6^{l}. 13^{s}. 4^{d}. [Pour 2 douzaines de cotrets, 32^{s}. T.

Setier de *blé* 4^{l}. [Trois ſetiers de blé appréciés, 12^{l}. T.

Voie de *bois* 3^{l}. 12^{s}. 9^{d}. [Pour 2 voies de gros bois, 7^{l}. 5^{s}. 6^{d}.

Setier de *blé* 8^{l}. 11^{s}. 8^{d}. $\frac{20}{193}$. [Décembre. Pour 3 muids, mine, & $\frac{1}{2}$ minot, 314^{l}. 7^{s}. 6^{d}. T.

1572.

Meſſe, 4^{s}. T. QV.

Douze Juillet. Setier de *blé* 7^{l}. 17^{s}. 6^{d}. T. [Pour 11 ſetiers de blé acheté aux Halles de Paris, 86^{l}. 18^{s}. 6^{d}.

Vingt-trois Juillet. Pour 1 muid de *blé* acheté aux Halles de Paris, à 7^{l}. 10^{s}. le ſetier, 90^{l}.

Criblage & *blutage* dudit muid 12^{s}. T. à 1^{s}. du ſetier.

Trente Août. Voie de *bois* 4^{l}. 10^{s}. T. [Pour 2 voies de gros bois, 9^{l}. T.

Trente Août. Setier de *farine* 9^{l}. T. [Pour cinq ſetiers de farine, 45^{l}. T.

Pour une *meſſe* d'obit de Perichon, 4^{s}. T.

Pour celles de Plancy & de S. Germain, idem.

A chacun des 6 Vicaires pour leurs *gages* du mois de Janvier, 4^{l}. 1^{f}. T.

Pour 1 minot de *charbon*, 13^{f}. T.

Mouture du setier de blé 5^{f}. T. [Pour la mouture de 13 muids, 3 setiers de blé, 39^{l}. 15^{f}. T.

Setier de *blé* 7^{l}. 18^{f}. 0^{d}. $\frac{6}{11}$. [Juillet. Pour 11 setiers de blé, 86^{l}. 18^{f}. 6^{d}. T.

1573.

Le 2 Octobre, le setier de *blé* valut à Paris, 17 & 19^{l}. *V. Lamare to.* 2. *p.* 361.

QV. Décembre. *Mouture* d'un setier de blé 6^{f}. 8^{d}. [Pour la mouture d'un demi-muid de blé, 40^{f}. T.

Pour une *messe* d'obit de Perichon, 4^{f}. T.

Pour celles de Plancy & de S. Germain, idem.

A quatre des Vicaires 4^{l}. 11^{f}. T. pour leurs *gages* du mois de Janvier.

Mouture du setier de blé 12^{f}. 6^{d}. T. [Pour la mouture d'un demi-muid de blé, 75^{f}. T.

Setier de *blé* 14^{l}. 15^{f}. T. [Pour 1 muid de blé, 177^{l}. T.

1574.

L'Ordonnance du 30 Mars 1574, défend aux *Meûniers* de prendre plus de 7^{f}. 6^{d}. T. pour moudre 1 setier de blé. *Lamare, tom.* 2. *p.* 161.

QV. Douze Juin. *Criblage & blutage* d'un setier de blé 1^{f}. T. [Pour avoir criblé & bluté 1 muid $\frac{1}{4}$ de blé, 18^{f}. T.

Juin. *Messe*, 5^{f}. T.

Millier de *tuiles* 22^{l}. [Pour $\frac{1}{2}$ millier de tuiles, 11^{l}. T.

Sept Juillet. Pour avoir acheté un demi-muid de *blé* aux Halles de Paris, à 9^{l}. 15^{f}. T. le setier, 58^{l}. 10^{f}. T.

Criblage & blutage du setier 1^{f}. T. [Pour avoir criblé & bluté ledit demi-muid, 6^{f}. T.

Pour une *messe* d'obit de Perichon, 5^{f}. T.

Pour celles de Plancy & de S. Germain, idem.

A un *Vicaire* pour avoir servi pendant 21 jours du mois de Janvier, 4^{l}. 4^{f}. T.

A quatre des Vicaires, à chacun 6^{l}. 4^{f}. T. pour leurs *gages* du mois de Janvier.

Pour 1 minot de *charbon*, 8^{f}.

Pour 2 muids, 8 setiers 3 minots de *blé*, 403^{l}. 17^{f}. 6^{d}. Savoir du 12 Juin, demi-muid de *blé froment*, à 15^{l}. 10^{f}. le setier, & demi-muid de *blé méteil*, à 11^{l}. le setier; & du 10 Juillet, 16 setiers 3 minots de *blé froment* à 12^{l}. 10^{s}. T. le setier, & 4 setiers de *blé méteil*, à 9^{l}. 5^{s}. T. le setier.

1575.

Décembre. *Messe*, 5^{s}. T. QV.

Décembre. *Criblage* & *blutage* du setier de blé 1^{s}. T. [Pour avoir criblé & bluté 16 setiers de blé, 16^{s}. T.

Paire de *souliers* des petits garçons de l'Infirmerie, 9^{s}. T.

Décembre. Pour 8 voies de *bois*, à 4^{l}. 15^{s}. la voie, 38^{l}. T. Pour lesdites 8 voies, à 8^{s}. de la voie aux charretiers, 64^{s}. T. Pour avoir chargé les 8 dites voies de bois, à 2^{s}. par voie, 16^{s}. T.

Pour une *messe* d'obit pour Perichon, 5^{s}. T.

Pour celles de Plancy & de S. Germain, idem.

Plus, à cinq des Vicaires pour leurs *gages* du mois de Janvier, à chacun 6^{l}. 4^{s}. T.

Setier de *blé* 6^{l}. 13^{s}. 4^{d}. T. [Octobre. Pour 1 muid & ½ de blé froment, 120^{l}. T.

Setier de *blé* 6^{l}. 11^{s}. 8^{d}. T. [Septembre. Pour 9 setiers de blé froment, 59^{l}. 5^{s}. T.

1576.

Messe, 5^{s}. T. QV.

Criblage & *blutage* du setier de blé 1^{s}. [Pour avoir criblé & bluté 5 setiers de blé, 5^{s}.

Pour 2 cents de *cotrets*, à 55^{s}. le cent, 110^{s}. T.

Pour 2 cents de *fagots*, à 45^{s}. T. le cent, 4^{l}. 10^{s}. T.

Pour une *messe* d'obit pour Perichon, 5^{s}. T.

Pour celles de Plancy & de S. Germain, idem.

A chacun des 6 Vicaires 6^{l}. 4^{s}. pour leurs *gages* du mois de Janvier.

Minot de *charbon* 10^{s}. T. [Pour 1 demi-minot de charbon, 5^{s}. T.

Setier de *blé* 8^{l}. 5^{s}. & 8^{l}. 2^{s}. 6^{d}. [Douze Septembre. Pour 1 demi-muid de blé froment acheté aux Halles de Paris; savoir 2 setiers, à 8^{l}. 5^{s}. le setier, & 4 setiers, à 8^{l}. 2^{s}. 6^{d}. le setier, 49^{l}.

1577.

Setier d'*avoine* 3^{l}. 10^{s}. T. [Dominus Cam. tradet avenam ad suum Officium pertinentem Dominis eam accipere volentibus, pretio 70^{s}. T. pro sextario quolibet. (2 *Januar. R.* 42. *p.* 1.) ND.

L'Ordonnance du 21 Novembre 1577 (*Fontanon, to. 1. p.* 823.) fixe le prix de la pinte du meilleur *vin* dans Paris, à 3ſ. T.

De la charretée ou voie de gros *bois* non flotté, à 1 écu $\frac{1}{3}$.

Du *bois* flotté, à 1 écu.

Du cent de *foin*, à 2 écus.

La journée d'un *homme* & d'un *cheval*, à 25 ſols; 10 ſols pour la *dinée*, & 15 ſols pour la *couchée*.

QV. Pour une *meſſe* d'obit pour Perichon, 5ſ. T.

Pour celles de S. Germain & de Plancy, idem.

A trois des Vicaires pour leurs *gages* du mois de Janvier, à chacun 6l. 4ſ. T.

Voie de *bois* 4l. 5ſ. [Pour l'achat de 2 voies de bois, 8l. 10ſ. T.

Setier de *blé* 5l. 8ſ. 4d. $\frac{20}{151}$. [Juillet. Pour 18 ſetiers, 3 minots & $\frac{1}{2}$ de blé froment, 140l. T.

A chacun des 6 Vicaires pour leurs *gages* du mois de Novembre, 7l. 10ſ. T.

1578.

QV. *Meſſe*, 5ſ. T.

Janvier. Pour 15 voies de *bois* de traverſe, à 4l. 5ſ. la voie, 63l. 15ſ. T.

Janvier. Aux *charretiers* 7ſ. T. de la voie. [Pour 30 voies aux charretiers, 10l. 10ſ. T.

Dix-huit Septembre. Pour 19 ſetiers 11 boiſſeaux de *blé*, à 6l. 15ſ. le ſetier, 134l. 8ſ. 9d. T.

Pour une *meſſe* d'obit, 5ſ. T.

Criblage & *blutage* du ſetier de blé 1ſ. T. [Pour cribler & bluter 1 muid de blé, 12ſ. T.

Meſſe 5ſ. T. [Pour 2 meſſes, 10ſ. T.

A cinq des Vicaires pour leurs *gages* du mois de Janvier, à chacun 7l. 15ſ. T.

Setier de *farine* 6l. 10ſ. [Septembre. Pour 6 ſetiers de farine, 39l. T.

Setier de *blé* 5l. 16ſ. 8d. [Octobre. Pour 2 muids de blé, 140l. T.

1579.

ND. Placet DD. Vendi grana ratione 21 aureorum pro quolibet modio tritici, & 13 aureorum pro quolibet modio mixtioli. (26 *Aug. R.....*) (L'écu ſol valoit 60 ſols T. par Ordonnance du 18 Avril 1578, ainſi le ſetier de *blé* ſe vendoit 5l. 5ſ. & le ſetier de *méteil*, 3l. 5ſ.)

Famine en France, & peſte. *V. Mezeray ſous Henry III. p.* 496.

QV. *Meſſe*, 5ſ. T.

Sac de *plâtre*, 5ſ. T.

Pour

Pour une *messe* d'obit, 5ſ. T.

A chacun des 5 Vicaires pour leurs *gages* du mois de Mars, 7l. 15ſ. T.

Boisseau de *cendre* 16ſ. [Pour 2 boisseaux de cendre, 32ſ. T.

Setier de *blé* 7l. 4ſ. 2d. [Pour 2 muids de blé achetés aux Halles à Paris, 173l.

1580.

Pour une *messe* d'obit, 5ſ. T. QV.

A chacun de 4 des *Vicaires* 7l. 5ſ. pour leurs gages.

Setier de *blé* 6l. 5ſ. [Mars. Pour 2 muids de blé, 150l. T.

Boisseau de *cendre* 16ſ. [Pour 1 boisseau & $\frac{1}{2}$ de cendre, 24ſ.

Setier de *blé* 2 écus sol & $\frac{1}{12}$ ou 6l. 5ſ. T. [Juillet. Pour 3 muids de blé, 75 écus sol.

1581.

Setier de *blé* 5l. 10ſ. [Placet appretiatio tritici per Firmarium de Larchant debiti, pro anno noviſſimè præterito, ratione 22 aureorum pro quolibet modio. (*6 Mart. R.* 42. *p.* 401.) ND.

L'Ordonnance de Henry III. (*Fontanon, to.* 2. *p.* 491.) apprécie pour la fixation des droits le muid de *froment*, mesure de Paris, à 30l. (c'est 50ſ. le setier.)

Le muid de *seigle*, à 20l. (c'est 33ſ. 4d. le setier.)

Le muid d'*avoine*, à 20l. (c'est 33ſ. 4d. le setier.)

Le muid d'*orge*, à 16l. (c'est 26ſ. 8d. le setier.)

Les *pois* & *féves*, à 30l. (c'est 2l. 10ſ. le setier.)

Un *bœuf*, à 20l.

Une *vache*, à 15l.

Un *veau*, à 50ſ.

Un *mouton*, à 40ſ.

Un *agneau*, à 20ſ.

Un *porc*, à 4l.

Un *cheval*, à 60l.

Une liv. de *cuivre*, à 3ſ.

Avril. *Mouture* du setier de blé 7ſ. 6d. T. [Pour mouture de 20 muids $\frac{1}{2}$ de blé, à 4l. 10ſ. le muid, 92l. 5ſ. T. QV.

Trois Avril. Pour 2 voies de gros *bois*, à 5l. la voie, 10l. T.

Messe 6ſ. T. autres, idem.

Mai. Pour 24 voies de gros *bois* d'Andely, à 4l. 10ſ. T. la voie, 108l. T.

Quatorze Juin. Setier de *blé* 5l. 17ſ. 6d. T. [Pour 3 muids de froment, à 23 écus $\frac{1}{2}$ le muid, 211l. 10ſ. T. (ainsi l'écu valoit 3l. T. & le muid de blé, 70l. 10ſ. T.)

Bouteille de *vin*, 5ſ. T.
Pour une *meſſe* d'obit, 6ſ. T.
A chacun des 6 Vicaires pour leurs *gages* du mois de Janvier, 9l. 6ſ. T.
Voie de *bois* 5l. T. [Pour 2 voies de gros bois, 10l. T.
Mouture du ſetier de blé 7ſ. 6d. T. [Pour la mouture d'un muid de blé, 4l. 10ſ.
Setier de *blé* 5l. 17ſ. 6d. [Juillet. Pour 3 muids de blé, 211l. 10ſ. T.

1582.

QV. Janvier. Pour une *meſſe*, 6ſ.
Pour *cribler* & *bluter* un muid de blé, 12ſ. T.
Setier de *blé* 6l. 5ſ. 0d. $\frac{12}{199}$. [Huit ſetiers 3 boiſſeaux $\frac{1}{2}$ de blé, appréciés à 51l. 16ſ. 6d. T. par Sentence rendue à Thieux.
Mouture du ſetier de blé 7ſ. 5d. $\frac{142}{173}$. [Mai. Pour la mouture de 14 muids 5 ſetiers de blé, 64l. 15ſ. 6d.
Voie de *bois* 4l. 10ſ. [Juin. Pour 4 voies de gros bois, 18l. T.
Setier de *blé* 7l. 2ſ. 6d. [Pour achat d'un muid $\frac{1}{2}$ de blé, 128l. 5ſ.
Setier de *blé* 7l. 1ſ. 8d. [Juillet. Pour 2 muids de blé, 56 écus 40ſ. T.
Boiſſeau de *cendre* 16ſ. [Août. Pour 2 boiſſeaux de cendre, 32ſ. T.
Setier de *blé* 8l. 5ſ. [Septembre. Pour 1 muid de blé vendu aux Halles de Paris, 33 écus ſol.

1583.

ND. Setier de *blé* 6l. T. [Placuit appretiatio tritici Dumont Larchant, ex reſiduo anni 1581 debiti Cameræ, ratione 24 aureorum pro quolibet modio. (2 *April. R.* 43. *p.* 38.)
QV. Janvier. Pour une *meſſe* 6ſ.
Pour *cribler* & *bluter* 1 muid de blé, 12ſ.
Voie de *bois* 4l. 10ſ. [Février. Pour 3 voies de gros bois, 13l. 10ſ. T.
Pour 1 cent de *cotrets*, 100ſ.
Mouture du ſetier de blé 7ſ. 6d. [Mai. Pour la mouture de 16 muids 7 ſetiers de blé, 74l. 12ſ. 6d. à raiſon de 4l. 10ſ. T. par muid.
Pour une *meſſe* d'obit, 6ſ. T.
Criblage & *blutage* du ſetier de blé 1ſ. [Pour cribler & bluter 6 ſetiers de blé, 6ſ. T.
A chacun de 5 des Vicaires pour leurs *gages* du mois de Février, 8l. 8ſ. T.
Setier de *blé* 9l. 2ſ. 6d. [Août. Pour 1 muid & $\frac{1}{2}$ de blé froment acheté aux Halles de Paris, 164l. 5ſ. T.

1584.

Setier de *blé* 9l. [Placuit appretiatio tritici per Firmarium de Louvres debiti pro novissimo anno, ratione 36 aureorum pro quolibet modio. (11 *Maii*, *R.* 43. *p.* 269.) ND.

A chacun des 5 Vicaires pour leurs *gages* du mois de Juin, 3 écus sol. QV.

Setier de *blé* 8l. [Août. Pour 1 muid de blé acheté aux Halles de Paris, 96l. T.

A un *Prêtre*, pour avoir servi 6 jours en l'Eglise des Quinze-Vingts, 36f.

Pour une *messe* d'obit, 6f. T.

1585.

Setier de *blé* 6l. 13f. 4d. [Quilibet modius tritici per Bimont Firmarium de Louvres officio matutino debiti, appretiatus est ratione 80l. pro quolibet modio. (21 *Januar.* *R.* 43. *p.* 428.) ND.

A chacun des 6 Vicaires pour leurs *gages* du mois de Février, 8l. 8f. T. QV.

A un *Prêtre*, pour avoir servi en ladite Eglise pendant 6 jours, 36f. T.

Voie de *bois* 4l. 10f. [Pour 6 voies de gros bois, 27l. T.

Setier de *blé* 2 écus sol & ½. [Septembre. Pour 1 muid de blé, 30 écus sol.

Setier de *blé* 3 écus sol & ½. [Octobre. Pour 1 muid de blé, 42 écus sol.

1586.

Setier de *blé* 7 & 8 écus. [En ce mois de Mai, le setier de froment fut vendu 7 & 8 écus aux Halles de Paris, où il y eut si grande affluence de pauvres mendians, qu'on fut contraint de lever des Bourgeois une aumône pour leur subvenir. *Mémoires de l'Etoile*, *tom.* 1. *p.* 207.

Voie de *bois* 5l. [Pour 2 voies de gros bois, 10l. QV.

A chacun des 6 Vicaires, 3 écus sol 6f. T. pour leurs *gages* du mois de Mai.

Setier de *blé* 4 écus sol $\frac{11}{16}$. [Pour 3 muids de blé, 155 écus sol.

Mouture du setier de blé 7f. 6d. T. [Pour la mouture de 17 muids de blé, 25 écus sol 30f. T.

A un Prêtre pour avoir dit une *messe* au lieu d'un Vicaire, 6f. T.

1587.

PR. *Veau* 5^l. 6^f. 3^d. [Deux veaux, 10^l. 12^f. 6^d.

Une liv. de *beurre*, 6^f. 6^d.

Douze *œufs* 3^f. à un liard l'œuf.

Un *fromage*, 3^f. 3^d.

Un *brocheton*, 10^f.

Octobre. Une liv. de *beurre*, 4^f.

Pour 4 piéces de *morue*, à 18^d. la piéce, 6^f.

Douzaine d'*œufs* 3^f. [Pour 2 douzaines d'œufs, 6^f. T.

Pour 2 *fers* neufs & 1 relevé, 7^f. T.

Pour 1 liv. de grosse *chandelle*, 6^f. 3^d.

Liv. de *chandelle* 6^f. 3^d. [Pour 3 liv. de chandelle, 1 pour l'Eglise, 2 pour le Couvent, 18^f. 9^d.

Novembre. Quatre piéces de *morue*, 6^f.

Pour 1 liv. de *beurre*, 5^f. 6^d.

Liv. de *chandelle* 6^f. [Pour 2 liv. de chandelle, 12^f.

Pinte de *sel* 9^f. [Pour 2 pintes de sel, 18^f.

Fer de cheval 3^f. [Pour 3 fers neufs pour les chevaux, 9^f.

Pour 1 *porc*, 15^l.

Liv. de *lard* 10^f. [Pour 2 liv. 4 onces de lard, 22^f. 6^d.

Huit Novembre. Un minot de *sel*, 8^l. 14^f. 6^d.

Pour ½ once de clou de *girofle*, 5^f.

Pour 36 bichets de *noix*, à 8^f. le bichet, 14^l. 8^f.

Vingt-trois Novembre. Deux liv. de *chandelle*, 12^f.

Pour une livre de *beurre*, 5^f. 6^d.

Pour 2 *œufs*, 12^d.

Premier Décembre. Huit *œufs*, 4^f.

Pour 5 quarterons de *beurre*, 6^f. 10^d.

Pour 8 *molues*, dont 2 à 15^f. piéce, & 6 autres à 10^f. chaque, 4^l. 10^f.

Cent de *harengs* salés 3^l. 10^f. [Pour demi-cent de harengs salés, 35^f.

Pour 6 *harengs* frais, 7^f. 6^d.

Pour 12 *harengs* saurets, 10^f.

Pour 12 *œufs*, 6^f.

Pour une livre de *beurre*, 5^f. 6^d.

Fer neuf de cheval 3^f. [Pour 4 fers neufs pour le cheval, 12^f.

Setier de *blé* 30 & 40^l. [Le Mercredi 3 Juin, le blé se vendit à Paris 30^l. & aux Villes circonvoisines jusqu'à 40^l. On fut contraint d'envoyer 2 mille pauvres en l'Hôpital de Grenelle vers Vaugirard, pour y être nourris par le Roi qui leur faisoit distribuer tous les jours à chacun 5 sols, mais on les remit en l'état où ils étoient auparavant, parce que se dérobant de-là ils venoient encore mendier par la Ville. *Mémoires de l'Etoile, to. 1. p. 222.*

Voie de *bois* 2 écus sol. [Pour 6 voies de gros bois, 12 écus. QV.

Mouture du setier de blé 5ˢ. 10ᵈ. [Pour la mouture d'un muid de blé, 1 écu dix sols.

Pour une livre de *chandelle*, 6ˢ. T.

A un *Prêtre*, pour avoir servi à l'Eglise pendant le mois de Janvier 3 écus sol 6ˢ. T.

A chacun des 5 Vicaires pour leurs *gages* du mois de Janvier 3 écus sol 6ˢ. T.

Setier de *blé* 4 écus sol & ½. [Pour 1 demi-muid de blé froment aux Halles de Paris, 27 écus sol.

1588.

Pour 3 *œufs*, à 6ᵈ. piéce, 18ᵈ. PR.

Pour ½ liv. de *beurre* 3ˢ. à 6ˢ. la livre.

Pour 1 *chapon* 18ˢ, 2 *poules* 15ˢ. la piéce, en tout 48ˢ.

Sept Février. Un *veau*, 4ˡ.

Pour 10 *œufs*, 3ˢ. 4ᵈ.

Pour 1 liv. de *beurre*, 5ˢ. 6ᵈ.

Vingt-six Mars. Une livre de *beurre*, 6ˢ.

Pour 2 cents de *harengs*, à 40ˢ. le cent, 4ˡ.

Pour 7 *molues*, à 6ˢ. la piéce, 42ˢ.

Pour 1 liv. d'*huile* d'olive, 8ˢ.

Pour 1 liv. de *chandelle*, 6ˢ.

Vingt-un Avril. Une longe de *veau*, une épaule, & un collet, le tout 35ˢ.

Pour 20 *œufs*, à 4ᵈ. l'œuf, 6ˢ. 8ᵈ.

Pour ½ liv. de *beurre*, 2ˢ. 6ᵈ.

Pour 1 *veau*, 5ˡ.

Quinze Mai. Un *veau*, 5ˡ. 10ˢ.

Pour 2 onces de *muscade*, 12ˢ.

Dix-huit Mai. Treize *œufs*, à 1 blanc l'œuf, 5ˢ. 5ᵈ.

Pour 26 *œufs*, à 1 blanc piéce, 10ˢ. 10ᵈ.

Vingt-quatre Mai. Une douzaine d'*œufs*, à 1 blanc l'œuf, 5ˢ.

Dix-huit Juin. Un minot de *sel*, 8ˡ.

Pour 2 liv. de *guignes*, 2ˢ.

Pour 15 *œufs*, à 4ᵈ. l'œuf, 5ˢ.

Pour 10 *œufs*, à 1 blanc la piéce, 4ˢ. 2ᵈ.

Pour une once de *muscade*, 5ˢ. 6ᵈ.

Vingt-sept Août. Une livre de *beurre*, 3ˢ. 6ᵈ.

Pour 13 *œufs*, à 1 blanc l'œuf, 5ˢ. 5ᵈ.

Cinq Novembre. Une livre de *beurre*, 4ˢ. 6ᵈ.

Pour 1 minot de *sel*, 8^{l}. 14^{f}. 6^{d}.
Pour 10 *molues*, à 6^{f}. piéce, 3^{l}.
Vingt-quatre Décembre. Dix-huit *œufs*, à 4^{d}. l'œuf, 6^{f}.
Pour 8 *harengs* frais, à 10^{d}. piéce, 6^{f}. 8^{d}.
Pour 1 *veau*, 5^{l}.
Pour 35 liv. de *suif*, à 5^{f}. la livre, 8^{l}. 15^{f}.

En cette année il y eut une *famine* causée par les Limaçons qui avoient mangé les blés; la peste suivit. *V. Mezeray sous Henry III. p.* 671, & *D'Aubigné l.* 3. *p.* 143.

QV. A chacun de 3 des Vicaires pour leurs *messes* durant le mois de Juillet 3 écus sol 6^{f}. T.
Voie de *bois* 4 écus sol. [Pour 3 voies de gros bois, 12 écus sol.
Pour 1 pinte d'*huile*, 16^{f}. T.
Boisseau de *cendre* 20^{f}. [Pour 2 boisseaux de cendre, 40^{f}. T.
Messe 6^{f}. [Pour 3 messes, 18^{f}. T.
Setier de *blé* 1 écu sol $\frac{7}{12}$. [Pour 2 muids de blé, 56 écus sol.

1589.

PR. Deux Janvier. Un *veau*, 3^{l}.
Liv. de *beurre* 5^{f}. 6^{d}. [Pour $\frac{1}{2}$ liv. de beurre, 2^{f}. 9^{d}.
Pour 18 *œufs*, à 4^{d}. piéce, 6^{f}.
Dix Janvier. Un *mouton*, 3^{l}.
Treize Janvier. Un *veau*, 4^{l}. 10^{f}.
Dix-sept Janvier. Un *mouton*, 3^{l}.
Mars. Pour 4 liv. de *pruneaux*, à 2^{f}. 6^{d}. la livre, 10^{f}.
Pour 2 liv. de *chandelle*, à 5^{f}. 9^{d}. la livre.
Pour une livre de *beurre*, 5^{f}. 6^{d}.
Vingt-deux Mars. Un minot de *sel*, 8^{l}. 14^{f}. 6^{d}.
Pour une livre d'*huile* d'olive, 8^{f}.
Dix Août. Un quartier de *mouton*, & une longe, 30^{f}.
Pour 2 *taures*, à 20^{l}. 10^{f}. piéce, 41^{l}.

Toutes les années 1587, 1588 & 1589, sont à peu près par-tout comme dessus.

ND. Setier de *blé* 6^{l}. 5^{f}. [P. Frement de Menillot, appretiata sunt quatuor modia tritici ratione 25 aureorum, id est, 75^{l}. pro quolibet modio. (10 *April. R.* 44. *p.* 351.)

QV. A chacun des 6 Vicaires pour leurs *gages* du mois de Janvier 3 écus sol 6^{f}. T.
Pour 1 pinte d'*huile* pour la lampe, 20^{f}. T.
Boisseau de *cendre* 25^{f}. T. [Pour 2 boisseaux de cendre, 50^{f}. T.
A un *Prêtre*, pour avoir servi en l'Eglise pendant 18 jours, 1 écu 48^{f}.

1590.

Dix-sept Janvier. Une livre de *beurre*, 5ˢ. PR.
Pour 6 *œufs*, à 1 blanc l'œuf, 2ˢ. 6ᵈ.
Dix-huit Janvier. Un quartier de *veau* avec une épaule, & une poitrine de *mouton*, 33ˢ.
Vingt-sept Janvier. Un *mouton*, 3ˡ.
Sept Février. Un minot de *sel*, 11ˡ. 13ˢ. 8ᵈ.
Huit Février. Un quartier & un collet de *mouton*, 30ˢ.
Pour une livre de *beurre*, 5ˢ.
Dix-huit Mai. Un demi *agneau*, avec 1 quartier & une demi-longe de *veau*, 55ˢ.
Les *œufs*, à 7ᵈ. piéce.
Pour une livre de *beurre*, 5ˢ.
Deux Juillet. Un quartier de *bœuf*, 6ˡ. 10ˢ.
Pour 1 quartier de *mouton* & 1 collet de *veau*, 30ˢ.
Pour une livre de *beurre*, 4ˢ.
Pour 12 *œufs*, à 7ᵈ. piéce, 7ˢ.
Septembre. Pour une livre de *beurre*, 6ˢ.
Oeufs, 7ᵈ. piéce.
Pour 1 *veau*, 3ˡ.

Setier de *blé* 9ˡ. [Visum fuit appretiari D. Fremen Firmariis de Menillot, de Mori & Compans, triticum & granum per eos respectivè debitum, ratione 36 aureorum pro quolibet modio. (7 *Maii*, *R*. 44. *p*. 609.) ND.

A chacun des 6 Vicaires pour leurs *gages* du mois de Février 2 écus 48ˢ. T. QV.
Setier de *blé* 14ˡ. 17ˢ. 6ᵈ. T. [Pour 2 muids 4 setiers de blé, 138 écus sol 50ˢ. T.
A chacun de 3 des 6 *Vicaires* pour leur augmentation du quartier de Noël, 50ˢ. T.

1591.

Quatre Janvier. Une pinte d'*huile*, 24ˢ. PR.
Douze Janvier. Une livre de *beurre*, 11ˢ.
Pour 1 *veau*, 5ˡ. 10ˢ.
Pour 1 demi *mouton*, 40ˢ.
Dix-neuf Janvier. Un *veau*, 5ˡ.
Liv. de *chandelle* 11ˢ. [Février. Pour 3 liv. de chandelle, 33ˢ.
Pour 1 *veau*, 6ˡ. 5ˢ.
Pour une livre de *beurre*, 9ˢ.
Pour 1 *mouton*, 3ˡ. 12ˢ. 6ᵈ.

Pour une livre de *cire* neuve, 25ſ.
Vingt-neuf Avril. Un quartier de *veau* & une poitrine de *bœuf*, 3l.
Deux Mai. Une longe de *veau*, 15ſ.
Dix Mai. Un *agneau*, 50ſ.
Pour 12 *œufs*, 9ſ.
Pour une poitrine de *veau*, 9ſ.
Pour une livre de *beurre*, 6ſ.
Novembre. Pour une livre de *beurre*, 6ſ.
Pour une livre de *chandelle*, 11ſ.
Pour 1 pinte d'huile de *noix*, 22ſ.
Décembre. Pour une livre de *beurre*, 7ſ. 6d.

QV. Pour 1 minot de *farine* achetée aux Halles de Paris 2 écus 40ſ. T.
Setier de *blé* 10 écus & 6ſ. 8d. T. [Mars. Pour 3 ſetiers de blé froment acheté aux Halles de Paris, 30 écus 20ſ. T.
Pour 1 voie de *bois* 3 écus 35ſ. T.
A un des Vicaires 3 écus ſol 50ſ. T. pour les *gages* durant le mois d'Avril, & pour l'augmentation accordée auxdits Vicaires par quartier.
Setier de *blé* 12 écus ſol. [Mai. Pour 5 ſetiers de blé, 60 écus ſol.

1592.

QV. Mai. Pour 1 demi-cent de *cotrets*, 1 écu 15ſ.
Pour 1 voie de *plâtre*, 1 écu 10ſ.
Pour 1 *meſſe*, 6ſ.
Novembre. Pour 1 millier de *tuiles*, 8 écus ſol.
Setier de *blé* 18l. [Pour 5 minots de blé, à raiſon de 6 écus le ſetier, 7 écus 30ſ. (ainſi l'écu valoit 60ſ.)
Pour une paire de *ſouliers*, 12ſ.

1593.

PR. Premier Octobre. Deux douzaines d'*œufs*, à 7d. piéce, 14ſ.
Liv. de *beurre* 6ſ. [Pour 2 liv. de beurre, 12ſ.
Huit Octobre. Une livre de *chandelle*, 10ſ.
Vingt Octobre. Vingt *œufs*, à 2 liards l'œuf, 10ſ.
Vingt-neuf Octobre. Six piéces de *molue*, à 2ſ. piéce, 12ſ.
Liv. de *chandelle* 10ſ. [Huit Novembre. Trois liv. de chandelle, 30ſ.
Onze Novembre. *Oeufs*, à 6d. piéce, 6ſ. la douzaine.
Quinze Novembre. Un quartier de *mouton*, 25ſ.
Pour une demi-once de *muſcade*, 7ſ. 6d.
Vingt-quatre Novembre. Douze *œufs*, 6ſ.

Pour

Pour une livre de *chandelle*, 10ſ.
Pour 6 piéces de *molue*, à 2ſ. piéce, 12ſ.
Pour 2 *harengs* de 15d. piéce, 2ſ. 6d.
Vingt-huit Novembre. Six *molues*, à 10ſ. piéce, 60ſ.
Pour une *étrille* pour un cheval, 10ſ.
Pour une *meſſe*, 6ſ. T.
Pour 13 *meſſes*, 78ſ.
A 3 Prêtres pour chacun 2 *meſſes*, 45ſ. T.

1594.

Dix-neuf Mars. Une livre de *chandelle*, 10ſ.
Vingt-quatre Mars. Une livre de *ſucre*, 40ſ.
Pour 1 once de *cannelle*, 9ſ.
Pain blanc 9d. [Pour 6 pains blancs, 4ſ. 6d.
Dix-ſept Septembre. Un minot de *ſel* 5 écus, ci 15l.
Dix-neuf Septembre. Cinq *journées* de couturiere, à 3ſ. la journée, 15ſ.
Vingt Septembre. Vingt-quatre liv. de *lard*, à 6ſ. la livre, 7l. 4ſ.
Vingt-ſept Septembre. Trois quarterons de *poudre à canon*, à 28ſ. la liv. ci, 21ſ.
Payé à Clochet 2 ſetiers de *méteil*, meſure de Preuilly; leſquels 2 ſetiers reviennent, meſure de Paris, à 20 bichets.

Deux muids 4 ſetiers 1 bichet *méteil*, meſure de Preuilly & Marchande, reviennent à 2 muids 11 ſetiers 3 boiſſeaux, meſure de Paris.

Ainſi la meſure de Preuilly étoit d'un quart en ſus plus forte que celle de Paris; ſi 16 bichets de Preuilly égaloient 20 bichets de Paris, les 2 muids 4 ſetiers 1 bichet, ou 28 ſetiers 1 bichet de Preuilly augmentés du quart en ſus, font 35 ſetiers 1 bichet & $\frac{1}{4}$ de Paris, ou 2 muids 11 ſetiers 1 bichet, & $\frac{1}{4}$ de Paris.

Cinq Octobre. Une livre de *beurre*, 5ſ.
Sept Octobre. Une main de *papier*, 4ſ.
Pour 6 *œufs*, à 1 blanc l'œuf, 2ſ. 6d.
Pour une livre de *chandelle*, 9ſ.
Pour une paire de *ſabots*, 6 blancs ou 2ſ. 6d.
Huit Octobre. Une demi-once de clou de *giroſle*, 7ſ. 6d.
Mouton 3l. 12ſ. [Neuf Octobre. Un quartier de mouton, 18ſ.
Douze Octobre. Une poitrine de *mouton*, 4ſ.
Quinze Octobre. Cinq piéces de *molue*, à 18d. piéce, 7ſ. 6d.
Vingt-deux Octobre. Une *vache* 7 écus $\frac{1}{2}$, ci, 22l. 10ſ.
Vingt-deux Octobre. Un minot de *ſel* 4 écus, ci, 12l.
Pour 4 mains de *molue*, à 15ſ. la main, 3l.
Vingt-neuf Octobre. Trois liv. de *chandelle*, à 8ſ. la livre, 24ſ.

Trente-un Octobre. Un *brocheton*, 20ſ.
Deux Novembre. Un *brochet*, 50ſ.
Liv. de *chandelle* 7ſ. 6d. [Douze Novembre. Cent livres de chandelle de ſuif, 37l. 10ſ.
Pour 2 minots de *ſel*, à 11l. 18ſ. chacun, 23l. 16ſ.
Mouton 4l. 16ſ. [Pour 1 quartier de mouton, 24ſ.
Treize Novembre. Une livre de *beurre*, 5ſ. 6d.
Quatorze Novembre. Un quartier de *mouton*, 20ſ.
Pour 4 aunes de *toile*, à 7ſ. un liard l'aune, 29ſ.
Dix-ſept Novembre. Une paire de *ſabots*, 3ſ.
Dix-neuf Novembre. Deux douzaines ½ d'*œufs*, à 5ſ. la douzaine, 12ſ. 6d.
Veau 4l. [Vingt Novembre. Un quartier de veau, 20ſ.
Journée de Menuiſier 5ſ. 3d. [Pour 8 journées de Menuiſier, 42ſ.
Vingt-ſept Novembre. Une douzaine d'*œufs*, 5ſ.
Premier Décembre. Une livre de *beurre*, 6ſ.
Trois Décembre. Une douzaine d'*œufs*, 6ſ.
Main de *morue* 15ſ. [Pour 4 mains de morue, 1 écu de 3l.
Cent de *harengs* 3l. 12ſ. [Pour 1 quarteron de harengs, 18ſ.
Quatre Décembre. Une livre de *beurre* frais, 6ſ.
Pour 1 douzaine d'*œufs*, 6ſ.
Onze Décembre. Une livre de *beurre*, 6ſ. 6d.
Pour 2 paires de *ſabots*, à 3ſ. la paire, 6ſ.
Vingt Décembre. Dix-huit aunes de *treillis* 7l. 4ſ. à 8ſ. l'aune.
Aune de *tiretaine* 24ſ. [Pour une aune & ½ de tiretaine, 32ſ.
Aune de *toile* 37ſ. 6d. [Pour cinq petites aunes de toile, à 37ſ. 6d. pour habiller les 3 Pâtres; plus, a été payé 30 ſols pour la *façon* de leurs *habits*, coûtant le tout enſemble, 10l. 17ſ. 6d.
Vingt-un Décembre. Deux douzaines d'*œufs*, à 7ſ. la douzaine, 14ſ.
Pour 1 liv. de *beurre*, 7ſ.
Vingt-deux Décembre. Une *vache* 7 écus ſol, ci, 21l.
Vingt-trois Décembre. Un *veau*, 6l. 5ſ.
Peau de mouton 12ſ. [Pour 2 peaux de moutons, 24ſ.

QV. A 2 Prêtres pour avoir dit 2 *meſſes*, 12ſ. T.

A Robert Grandhomme *Prêtre*, 2 écus 51ſ. T. Savoir pour 13 *meſſes* 1 écu 18 ſols, & pour ſon *pain* ordinaire 1 écu 33ſ. T. . . . . pour le mois de Mai.

Au *Chevecier* 6 écus 39 ſols, pour avoir deſſervi en ladite Égliſe des Quinze-Vingts durant le mois de Mai; ſavoir pour les *meſſes* 3 écus 6 ſols, pour ſes *gages* 2 écus, & pour ſon *pain* ordinaire 1 écu 33 ſols.

1595.

Premier Janvier. Cuiſſeau de *mouton*, 16^{s}. PR.

Quatre Janvier. Une liv. de *beurre*, 7^{s}.

Pour 2 douzaines d'*œufs*, à 7^{s}. la douzaine, 14^{s}.

Mouton 4^{l}. 12^{s}. [Cinq Janvier. Quartier de mouton, 23^{s}.

Douze Janvier. Longe de *veau*, 15^{s}.

Mouton 4^{l}. [Dix-neuf Janvier. Quartier de mouton, 20^{s}.

Veau 6^{l}. 16^{s}. [Trente-un Janvier. Un quartier de veau, 34^{s}.

Premier Février. Cinq douzaines d'*œufs*, à 5^{s}. la douzaine, 25^{s}.

Pour 2 liv. $\frac{1}{2}$ de *beurre*, à 6^{s}. $\frac{1}{2}$ la livre, 16^{s}. 3^{d}.

Veau 6^{l}. 8^{s}. [Deux Février. Quartier de veau, 32^{s}.

Poule 12^{s}. [Six Février. Deux poules, 24^{s}.

Mouton 102^{s}. [Pour un demi-mouton, 51^{s}.

Treize Février. Deux cents de *harengs*, à 55^{s}. le cent, 5^{l}. 10^{s}.

Pour 8 liv. 7 onces de *figues*, à 9^{s}. la livre, 3^{l}. 15^{s}. 11^{d}. $\frac{1}{4}$.

Pour 20 liv. de *pruneaux*, à 2^{s}. la livre, 40^{s}.

Pour 6 liv. de *raiſin* de raſſe, à 8^{s}. la livre, 48^{s}.

Pour 8 liv. de *riz*, à 5^{s}. la livre, 40^{s}.

Pour 6 liv. d'*amandes*, à 8^{s}. la livre, 48^{s}.

Pour 3 liv. $\frac{1}{2}$ d'*huile* d'olive, à 6^{s}. la livre, 21^{s}.

Pour 2 liv. de *câpres*, à 6^{s}. la livre, 12^{s}.

Vingt-cinq Février. Trois bichets de *pois*, meſure de Montereau, à 48^{s}. le bichet, ci, 7^{l}. 4^{s}.

Pour 20 liv. de *pruneaux*, à 2 carolus la livre, 33^{s}. 4^{d}.

Pour 2 liv. $\frac{3}{4}$ de *ſucre*, à 24^{s}. la livre, 3^{l}. 6^{s}.

Pour 1 quarteron de *gingembre*, 9^{s}.

Pour 1 once de *clou de giroſle*, 9^{s}.

Pour 1 once de *muſcade*, 6^{s}.

Vingt-ſept Février. Un *brochet*, 40^{s}.

Premier Mars. Un *brochet*, 20^{s}.

Dix-huit Mars. Dix liv. de *pruneaux*, à 6 blancs la livre, 25^{s}.

Cinq Avril. Cinq douzaines d'*œufs*, à 4^{s}. la douzaine, 20^{s}.

Pour 2 liv. de *beurre*, à 7^{s}. la livre, 14^{s}.

Liv. de *ſucre* 20^{s}. 7^{d}. $\frac{23}{31}$. [Huit Avril. Deux liv. de ſucre moins 1 once, 40^{s}.

Pour 1 minot de *ſel* 4 écus ſol, ci, 12^{l}.

Pour $\frac{1}{2}$ liv. de *poudre* à tirer, 10^{s}.

Onze Avril. Quartier de *veau*, 40^{s}.

Vingt-cinq Mai. Un demi *agneau*, 35^{s}.

Pour 1 gigot de *veau*, 16^{s}.

Vingt-ſept Mai. Un minot de *ſel*, 4 écus moins 2^{s}. ci, 11^{l}. 18^{s}.

Vingt-huit Mai. Quartier de *veau*, 35^{f}.
Trente-un Mai. Quatre douzaines d'*œufs*, à 4^{f}. la douzaine, 16^{f}.
Premier Juin. Quatre douzaines d'*œufs*, dont 2 douzaines, à 4^{f}. chacune, & 2 autres à 3^{f}. ci, 14^{f}.
Pour 2 liv. de *beurre*, à 4^{f}. la livre, ci, 8^{f}.
Veau 6^{l}. [Cinq Juin. Quartier de veau, 30^{f}.
Dix Juin. Deux liv. de *beurre*, à 4^{f}. la livre, 8^{f}.
Seize Juin. Une liv. de *chandelle*, 7^{f}. 6^{d}.
Pour 1 once de clou de *girofle*, 7^{f}. 6^{d}.
Vingt-huit Juin. Une douzaine d'*œufs*, 4^{f}.
Pour 4 pintes & 1 litron de *féves*, à 3^{f}. la pinte, 12^{f}. 6^{d}.
Vingt-neuf Juin. Un quartier de *mouton*, 25^{f}.
Trente Juin. Trois pintes de *féves*, à 3^{f}. la pinte, 9^{f}.
Pour 1 liv. de *beurre*, 4^{f}.
Premier Juillet. Une douzaine d'*œufs*, à 4^{d}. la piéce, 4^{f}.
Pour 1 liv. de *beurre*, 4^{f}.
Deux Juillet. Un quartier de *mouton*, 25^{f}.
Vingt Mai 1595. Le fetier de *blé* valut à Paris 24^{l}. & 25^{l}. *V. les Mémoires de l'Etoile, to. 1. p. 97.*

QV. Vingt-fept Mars. Deux écus 36 fols au Chapelain; favoir 1 écu fol pour 12 *meffes*, & pour fon *pain* ordinaire 1 écu 24^{f}. T.
Trois *meffes*, à 7 fols, 21^{f}.
Pour 3 *meffes* d'obit, 21^{f}.
A Robert Grandhomme, Prêtre, pour 12 *meffes* 1 écu 12^{f}. T. & pour fon *pain* 1 écu 24^{f}.

1596.

PR. Cinq Janvier. Cinq quarterons de *beurre*, à 6^{f}. 6^{d}. la livre, 8^{f}. 2^{d}. T.
Pour une *morue*, 7^{f}.
Six Janvier. Trois liv. de *beurre*, à 6^{f}. 6^{d}. la livre, 19^{f}. 6^{d}.
Pour 2 douzaines d'*œufs*, à 8^{f}. la douzaine, 16^{f}.
Pour 4 liv. de *chandelle*, à 7^{f}. 6^{d}. la livre, 30^{f}.
Mouton 7^{l}. [Onze Janvier. Quartier de mouton, 35^{f}.
Douze Janvier. Deux douzaines $\frac{1}{2}$ d'*œufs*, à 6^{f}. la douzaine, 15^{f}.
Treize Janvier. Une liv. de *beurre*, 6^{f}. 6^{d}.
Vingt-fix Janvier. Une liv. $\frac{1}{2}$ de *beurre*, à 5^{f}. la livre, 7^{f}. 6^{d}.
Douzaine d'*œufs* 5^{f}. [Pour 4 œufs, à 5^{d}. piéce, 1^{f}. 8^{d}.
Pour 2 douzaines d'*œufs*, à 5^{f}. la douzaine, 10^{f}.

QV. Pour 2 *meffes*, 14^{f}.

A été payé à M. Robert Grandhomme, Prêtre, la fomme de 3 écus 39^{f}. T. pour avoir deffervi en ladite Eglife durant le mois de Février; favoir pour 12 *meffes* 1 écu 12 fols, & 1 écu 27 fols pour fon *pain*.

1597.

Premier Octobre. Deux liv. de *beurre*, à 5ˢ. la livre, 10ˢ. PR.
Mouton 100ˢ. [Cinq Octobre. Quartier de mouton, 25ˢ.
Pour 2 liv. de *chandelle*, à 7ˢ. la livre, 14ˢ.
Pour 1 pinte d'*huile*, 16ˢ.
Vingt-huit Octobre. Demi *mouton*, 50ˢ.
Vingt-neuf Octobre. Deux douzaines d'*œufs*, à 5ˢ. la douzaine, 10ˢ.
Trente-un Octobre. Une once de clou de *girofle*, 10ˢ.
Vache 20ˡ. [Huit Novembre. Deux vaches, 40ˡ.
Poule d'Inde 26ˢ. 8ᵈ. [Pour 3 volailles d'Inde, 4ˡ.
Dix-neuf Novembre. Demi *mouton* acheté à Montereau, 40ˢ.

1598.

Liv. de *beurre* 5ˢ. 6ᵈ. [Deux Janvier. Deux liv. de beurre, 11ˢ. PR.
Liv. de *beurre* 6ˢ. [Trois Janvier. Deux liv. de beurre, 12ˢ.
Un quartier de *mouton*, 26ˢ. 8ᵈ.
Volaille 8ˢ. 4ᵈ. [Cinq Janvier. Six volailles, 50ˢ.
Dix-sept Janvier. Trois douzaines d'*œufs*, à 4ˢ. la douzaine, 12ˢ.
Dix-neuf Janvier. Demi *mouton*, 55ˢ.
Vingt-un Janvier. Deux liv. de *beurre*, à 6ˢ. la livre, 12ˢ.
Douzaine d'*œufs* 5ˢ. [Vingt-quatre Janvier. Trois douzaines d'œufs, 15ˢ.
Volaille 5ˢ. [Vingt-six Janvier. Vingt volailles, 5ˡ.
Pour ½ liv. de *sucre*, 10ˢ.
Pour 2 aunes de *tiretaine* pour habiller le Pâtre, à 15ˢ. l'aune, 30ˢ.
Vingt-neuf Janvier. Un muid de *charbon*, 25ˢ.
Chapon 15ˢ. Trois Février. Quatre chapons, 3ˡ.
Pour 1 douzaine d'*œufs*, 5ˢ.
Liv. de *beurre* 6ˢ. [Huit Février. Trois liv. de beurre, 18ˢ.
Liv. de *chandelle* 7ˢ. [Vingt-huit Février. Trois liv. de chandelle, 21ˢ.
Pour 1 minot de *sel*, 14ˡ. 8ˢ.
Liv. de *beurre* 6ˢ. 6ᵈ. [Onze Mars. Deux liv. de beurre, 13ˢ.
Pour 1 cent de *harengs*, 3ˡ. 4ˢ.
Molue 7ˢ. 6ᵈ.] Pour 8 molues, 3ˡ.
Quatorze Mars. Un cent de *harengs*, 4ˡ.
Liv. d'*huile* d'olive 9ˢ. 7ᵈ. ⅕. [Dix-neuf Mars. Cinq quarterons d'huile d'olive, 12ˢ.
Liv. de *chandelle* 7ˢ. [Pour 2 liv. de chandelle, 14ˢ.
Pour 1 *veau*, 6ˡ.

PR. Liv. de *vieux-oing* 5^{s}. [Vingt-cinq Mars. Une liv. $\frac{1}{2}$ de vieux-oing, 7^{s}. 6^{d}.

Vingt-ſix Mars. Un quartier de *veau*, 25^{s}.

Douzaine d'*œufs* 4^{s}. [Vingt-ſept Mars. Quatre douzaines d'œufs, 16^{s}.

Liv. de *beurre* 7^{s}. [Pour 2 liv. de beurre, 14^{s}.

Six Avril. Tête de *veau*, la *fraiſe* & les *pieds*, 12^{s}.

Liv. de *chandelle* 7^{s}. [Vingt Avril. Deux liv. de chandelle, 14^{s}.

Vingt-cinq Avril. Un quartier de *veau* à Montereau qui a coûté 30^{s}. & un autre quartier à Donne Marie, la *fraiſe* & les *pieds*, payés 40^{s}. ſomme toute, 3^{l}. 10^{s}.

Neuf Mai. Un *veau*, 6^{l}.

Pour 1 *vache*, 15^{l}.

Pour 1 *veau*, 4^{l}. 10^{s}.

Pour 1 *vache*, 22^{l}.

Seize Mai. Neuf *vaches*, à 16^{l}. la piéce, ci, 144^{l}.

Douzaine d'*œufs* 3^{s}. [Pour 2 douzaines d'œufs, 6^{s}.

Veau 8^{l}. [Dix-ſept Mai. Demi-veau, 4^{l}.

Cabrit 4^{l}. [Vingt-un Mai. Demi-cabrit, 40^{s}.

Liv. de *beurre* 4^{s}. [Vingt-deux Mai. Trois liv. de beurre, 12^{s}.

Douzaine d'*œufs* 3^{s}. [Vingt-ſept Mai. Quatre douzaines d'œufs, 12^{s}.

Premier Juin. Demi *mouton*, 50^{s}.

Pour 1 fraiſe de *veau* & la tête, 15^{s}.

Deux Juin. Une longe de *veau*, 10^{s}.

Sept Juin. Un quartier de *mouton*, 25^{s}.

Pour 1 collet de *mouton*, 6^{s}.

Onze Juin. Demi *mouton*, 50^{s}.

Neuf Juillet. Un quartier de *mouton*, 25^{s}.

Liv. d'*huile* d'olive 6^{s}. 8^{d}. [Onze Juillet. Une liv. $\frac{1}{2}$ d'huile d'olive, 10^{s}.

Pour 1 demi *mouton*, 50^{s}.

Vingt-trois Juillet. Un quartier de *mouton*, 25^{s}.

Deux Août. Demi *mouton*, 50^{s}.

Douzaine d'*œufs* 4^{s}. [Huit Août. Six douzaines d'œufs, 24^{s}.

Liv. de *beurre* 4^{s}. [Pour 2 liv. de beurre, 8^{s}.

Maquereau 3^{s}. [Pour 4 maquereaux, 12^{s}.

Seize Août. Un quartier de *mouton*, 25^{s}.

Bichet de *plâtre* 5^{s}. [Vingt-ſix Août. Quatre bichets de plâtre, 20^{s}.

Trois Septembre. Une liv. de *beurre*, 4^{s}.

Pour 1 douzaine d'*œufs*, 4^{s}.

Maquereau 2^{s}. 6^{d}. [Pour 8 maquereaux, 20^{s}.

Pinte d'*huile* 16^{s}. [Trois pintes d'huile, 48^{s}.

Pour 1 paire de *ſabots*, 2^{s}. 6^{d}.

Liv. de *beurre* 5^{s}. [Douze Septembre. Deux liv. de beurre, 10^{s}.

Douzaine d'*œufs* 4^{s}. [Dix-huit Septembre. Quatre douzaines d'œufs, 16^{s}.
Vingt-quatre Septembre. Un quartier de *mouton*, 25^{s}.
Vingt-six Septembre. Un *veau*, 6^{l}.
Pour 1 *vache*, 15^{l}.
Douzaine d'*œufs* 4^{s}. [Neuf Octobre. Cinq douzaines d'œufs, 20^{s}.
Liv. de *sucre* 20^{s}. [Pour $\frac{1}{2}$ liv. de sucre, 10^{s}.
Pour 1 once de clou de *girofle*, 8^{s}.
Dix Octobre. Un minot de *sel*, 15^{l}. 12^{s}. 2^{d}.
Mouton 4^{l}. 10^{s}. [Pour 3 quartiers de mouton à Montereau, 3^{l}. 7^{s}. 6^{d}.
Poule 4^{s}. 6^{d}. [Pour une couple de poules, 9^{s}.
Liv. de *chandelle* 7^{s}. [Dix-sept Octobre. Deux liv. de chandelle, 14^{s}.
Liv. de *vieux-oing* 6^{s}. 4^{d}. $\frac{4}{5}$. [Vingt-un Octobre. Deux liv. $\frac{1}{2}$ de vieux-oing, 16^{s}.
Vingt-deux Octobre. Un quartier de *mouton*, 25^{s}.
Poule 4^{s}. [Trois Novembre. Trois poules, 12^{s}.
Quatre Novembre. Une *carpe*, 15^{s}.
Douzaine d'*œufs* 4^{s}. [Pour 3 douzaines d'œufs, 12^{s}.
Pour 1 liv. de *beurre*, 5^{s}.
Sept Novembre. Un *mouton*, 4^{l}. 10^{s}.
Cent de *cotrets* 1 écu 10^{s}. [Pour 2 cents de cotrets, 2 écus 20^{s}. QV.
Messe 7^{s}. [Pour 2 messes, 14^{s}.
Pour une *messe*, 7^{s}.

1599.

Douzaine d'*œufs* 4^{s}. [Premier Janvier. Quatre douzaines & $\frac{1}{2}$ d'œufs, 18^{s}. PR.
Liv. de *beurre* 6^{s}. [Pour 2 liv. $\frac{1}{2}$ de beurre, 15^{s}.
Pour 2 piéces de *molue*, 15^{s}.
Deux Janvier. Un *veau*, 5^{l}.
Chapon 11^{s}. [Pour 5 chapons, 55^{s}.
Douzaine d'*œufs* 4^{s}. [Six Janvier. Pour 5 douzaines d'œufs, 20^{s}.
Veau 6^{l}. [Sept Janvier. Un quartier de veau, 30^{s}.
Neuf Janvier. Un *veau*, 4^{l}. 10^{s}.
Veau 100^{s}. [Vingt-un Janvier. Demi-veau, 50^{s}.
Liv. de *chandelle* 7^{s}. [Vingt-deux Janvier. Cinq liv. de chandelle, 35^{s}.
Treize Février. Une *vache*, 20^{l}.
Pour 1 *veau*, 4^{l}. 10^{s}.
Pour 1 *chapon*, 12^{s}.
Chapon 10^{s}. [Vingt-trois Février. Deux chapons, 20^{s}.
Pour une once de *muscade*, 7^{s}.
Cent de *harengs* 60^{s}. [Treize Mars. Un quarteron de harengs, 15^{s}.

PR. Liv. de *sucre* 24[s]. [Pour 2 liv. de sucre, 48[s].
Cent de *harengs* 45[s]. [Vingt Mars. Deux cents de harengs, 4[l]. 10[s].
Vingt-six Mars. Une liv. de *beurre*, 6[s].
Liv. de *beurre* 6[s]. [Pour 5 liv. de beurre, 30[s].
Liv. de *chandelle* 7[s]. [Vingt-neuf Mars. Quatre liv. de chandelle, 28[s].
Mouton 6[l]. [Six Avril. Un quartier de mouton, 30[s].
Sept Avril. Une liv. de *chandelle*, 7[s].
Seize Avril. Un *cabrit*, 3[l].
Liv. de *beurre* 4[s]. [Dix-sept Avril. Trois liv. de beurre, 12[s].
Vingt-deux Mai. Une liv. d'*huile* d'olive, 10[s].
Liv. de *sucre* 25[s]. Pour 3 liv. de sucre, 3[l]. 15[s].
Pour 1 once de *muscade*, 6[s].
Pour 1 once de clou de *girofle*, 6[s].
Pour 1 liv. de *chandelle*, 7[s].
Pour 1 minot de *sel*, 16[l].
Vingt-quatre Mai. Une paire de *sabots*, 2[s]. 6[d].
Liv. de *sucre* 24[s]. [Sept Septembre. Deux liv. de sucre, 48[s].
Douzaine d'*œufs* 2[s]. 6[d]. [Huit Septembre. Quatre douzaines d'œufs, 10[s].
Liv. de *beurre* 4[s]. [Pour 2 liv. & ½ de beurre, 10[s].
Liv. de *chandelle* 7[s]. [Treize Septembre. Six liv. de chandelle, 42[s].
Vingt-trois Septembre. Un collet de *mouton*, 6[s].
Vingt-six Septembre. Un collet de *mouton*, 6[s].
Dix-huit Octobre. Un collet de *veau*, 7[s].
Liv. de *chandelle* 7[s]. [Pour 2 liv. de chandelle, 14[s].
Vingt-trois Octobre. Un minot de *sel*, 16[l].
Mouton 4[l]. [Vingt-quatre Octobre. Un quartier de mouton, 20[s].
Liv. de *beurre* 4[s]. [Vingt-six Octobre. Une demi-liv. de beurre, 2[s].
Douzaine d'*œufs* 3[s]. 6[d]. [Vingt-sept Octobre. Trois douzaines d'œufs, 10[s]. 6[d].
Trente-un Octobre. Une demi-once de clou de *girofle*, 4[s].
Vingt-un Novembre. Tête de *veau*, *fraise* & les *pieds*, 12[s].
Veau 6[l]. [Pour 1 quartier de veau, 30[s].
Trois Décembre. Une liv. de *sucre*, 24[s].
Quatre Décembre. Une douzaine d'*œufs*, 4[s].
Liv. de *beurre* 4[s]. [Pour 1 liv. & ½ de beurre, 6[s].
Pour 1 cent de *harengs*, 45[s].
Pour 1 main de *molue*, 13[s].
Pour 1 cent de *foin*, 2 écus.
Pour 15 cents de *fagots*, à 8[s]. le cent, pris & payés vers Montigny.

Nous avons donné à Pierre Lamalle 1 setier *méteil* & 1 setier d'*orge*, mesure de Donne Marie, qui valent bien 7[s]. le bichet méteil & 7 d'orge, mesure de Donne Marie.

Bichet

Bichet de *méteil* 11ſ. [Vendu à Montereau en Juin le 26, la quantité de 44 bichets méteil meſure racle, revenant à 41 meſure marchande 22l. 11ſ. à 11ſ. le bichet.

Bichet de *méteil* 11ſ. 6d. [Le 2 Juillet, 8 ſetiers méteil meſure racle de Donne Marie, qui ſont 6 ſetiers 3 bichets ou environ, meſure racle de céans, réduits à 5 ſetiers 7 bichets meſure marchande, vendus 27l. 6d. à 11ſ. 6d. le bichet.

Le 10 Juillet. Quarante bichets *méteil* meſure racle, réduits à 37 meſure marchande, vendus 22l. 4ſ. à 12ſ. le bichet.

Le 17 Juillet. *Méteil*, à 14ſ. le bichet.

Le 23 Juillet. *Méteil*, à 13ſ. le bichet.

Le 31 Juillet. Quarante bichets *froment* meſure racle, réduits à 37 meſure marchande, vendus 27l. 15ſ. à 15ſ. le bichet.

Le 8 Août. *Froment*, à 15ſ. le bichet.

Le 14 Août. *Froment*, à 14ſ. le bichet.

Le 20 Août. Cinq bichets *froment* 1 écu, à 12ſ. le bichet.

A chacun des Vicaires 5 écus 10ſ. pour le mois de Mai; ſavoir 3 écus 37ſ. T. pour leurs *meſſes*, & 1 écu 33ſ. pour leur *pain*. QV.

1599 & 1600.

Un muid & ½ *méteil*, meſure de Donne Marie, donné au maréchal ſur & tant moins de 24 écus que lui devons bailler l'an, pour penſer & ferrer nos chevaux, à raiſon de 7ſ. 6d. le bichet; laquelle quantité de grains peut revenir meſure de céans, à 15 ſetiers. PR.

1600.

Douzaine d'*œufs* 4ſ. [Premier Janvier. Trois douzaines d'œufs, 12ſ. PR.

Pour 1 liv. & ½ de *beurre*, à 4ſ. la livre, 6ſ.

Premier Février. Une liv. de *beurre*, 4ſ.

Mouton 4l. [Trois Février. Un quartier de mouton, 20ſ.

Liv. de *ſucre* 24ſ. [Pour 1 quarteron de ſucre, 6ſ.

Bœuf 24l. [Sept Février. Un quartier de bœuf, 6l.

Liv. de *chandelle* 6ſ. [Dix Février. Deux liv. de chandelle, 12ſ.

Liv. de *chandelle* 6ſ. [Douze Février. Deux liv. de chandelle, 12ſ.

Liv. de *beurre* 6ſ. [Dix-huit Février. Deux liv. de beurre, 12ſ.

Vingt-un Février. Un minot de *ſel*, 15l. 14ſ.

Cabrit 3l. [Vingt-ſix Juin. Un quartier de cabrit, 15ſ.

Vingt-huit Juin. [Trois douzaines d'*œufs*, à 2ſ. la douzaine, 6ſ.

Maquereau 2ſ. 6d. [Trente Juin. Deux maquereaux, 5ſ.

Pour 1 liv. de *beurre*, 3ſ. 6d.

Vingt Juillet. Douze *œufs*, 2ſ.

Vingt-deux Juillet. [Deux liv. de *beurre* 6^{s}. à 3^{s}. la livre.

Liv. de *beurre* 4^{s}. 8^{d}. [Vingt-trois Décembre. Une liv. & $\frac{1}{2}$ de beurre, 7^{s}.

Liv. de *beurre* 5^{s}. 6^{d}. [Vingt-quatre Décembre. Deux liv. de beurre, 11^{s}.

Douzaine d'*œufs* 4^{s}. [Vingt-huit Décembre. Trois douzaines $\frac{1}{2}$ d'œufs, 14^{s}.

Pour 2 liv. de *chandelle* 12^{s}. à 6^{s}. la livre.

Bichet de *méteil* 7^{s}. 6^{d}. [Le 3 Janvier. Six bichets méteil, 45^{s}.

Bichet de *méteil* 7^{s}. [Vingt-huit Janvier. Six bichets méteil, 42^{s}.

Pour 14 cordes de gros *bois* vendues 64^{l}. 5^{s}. T. ſavoir à Michel Mallet une corde 4^{l}. T. à Maron 5 cordes 20^{l}. T. Il y a eu des cordes vendues juſqu'à 6^{l}. & 7^{l}. & l'une dans l'autre, c'eſt 4^{l}. 11^{s}. 9^{d}. $\frac{3}{7}$.

Cent de *fagots* 30^{s}. [Six cents fagots vendus 9^{l}, 3 cents fagots, 4^{l}. 10^{s}.

Arpent de bois taillis 12^{l}. T. [Vingt arpens de bois taillis vendus aux Marchands, 240^{l}. T.

Arpent de pré amodié 2^{l}. [Huit arpens de grands prés amodiés, 16^{l}. T.

Arpent de pré amodié 4^{l}. [Quatre arpens de prés aſſis à Gravon amodiés la ſomme de 5 écus ſol & 20 ſols, ci, 16^{l}.

Reçu des Fermiers de Chaſſefort 40 écus ſol, ci, 120^{l}. T. (l'écu ſol valoit 3^{l}.)

Pour 1 arpent de *pré* près l'Abbaye, 7^{l}. 10^{s}.

En Août 1 pinte d'*huile*, 12^{s}.

Criblage du muid de blé, ſeigle, orge & avoine 26^{s}. [Au cribleur pour 10 muids criblés, blé, ſeigle, orge, avoine, 4 écus ſol & 20 ſols, valent 13^{l}. T.

Pour *tondre* une brebis, 1 blanc (ou 5^{d}. T.)

QV. Pour 2 *meſſes*, 14^{s}.

Décembre. Pour 2 *meſſes*, 14^{s}.

Décembre. Pour une *meſſe*, 10^{s}.

1601.

PR. Trois Janvier. Une liv. de *beurre*, 5^{s}. 6^{d}.

Douzaine d'*œufs* 4^{s}. [Pour 4 douzaines d'œufs, 16^{s}.

Douzaine d'*œufs* 3^{s}. [Vingt Janvier. Deux douzaines d'œufs, 6^{s}.

Liv. de *beurre* 5^{s}. [Pour 2 liv. de beurre, 10^{s}.

Dix Février. Un minot de *ſel*, 16^{l}. 2^{s}. 6^{d}.

Main de *morue* 13^{s}. [Pour 2 mains de morue, 26^{s}.

Douzaine d'*œufs* 2^{s}. [Quatorze Février. Deux douzaines d'œufs, 4^{s}.

Liv. de *beurre* 5^{s}. [Pour 2 liv. de beurre, 10^{s}.

Liv. de *beurre* 4^{s}. [Deux Juillet. Deux liv. de beurre, 8^{s}.

Douzaine d'*œufs* 2^{f}. [Quatre Juillet. Quatre douzaines d'œufs, 8^{f}.

Setier de *blé* 5^{l}. [Modium frumenti de Bregiaco appretiatum est, pro anno 1600 ratione 20 aureorum. (23 *Febr. R.* 47. *p.* 17.) ND.

Pour une *messe*, 10^{f}. QV.

1602.

Setier de *blé* 2 écus $\frac{1}{12}$ ou 6^{l}. 5^{f}. [Appretiata est quantitas 16 modiorum frumenti, ratione 25 aureorum pro quolibet modio, reveniente ad summam 400 aureorum, Firmario Montis divi Mathurini. (15 *April. R.* 47. *p.* 130.) ND.

Setier de *blé* 1 écu $\frac{2}{3}$ ou 5^{l}. [Frumentum debitum pro anno elapso in Festo S. Martini Hiemalis per Firmarium ad Bregiacum, appretiatum est ratione 20 aureorum. (14 *Mart. R.* 47. *p.* 119.)

Setier de *blé* 1 écu $\frac{5}{6}$ ou 5^{l}. 10^{f}. & setier de *méteil* 1 écu $\frac{1}{3}$ ou 4^{l}. [Appretiatum est quodlibet modium frumenti de Mitri, ad 22 aureos, mixtioli ad 16. (17 *Maii*, *Reg.* 47. *p.* 142.)

Septembre. *Messe* de fondation, 10^{f}.

Messe ordinaire 7^{f}. [Pour 2 messes, 14^{f}. QV.

Septembre. Trois *messes*, 21^{f}.

Pour 2 *messes*, 14^{f}. autres 2 *messes*, 14^{f}.

1603.

Setier de *blé* 6^{l}. 10^{f}. [Quodlibet modium grani de Goussainville appretiatum est ratione 26 aureorum, reveniente ad summam 78^{l}. (3 *Feb. R.* 47. *p.* 23.) ND.

Setier de *blé* 6^{l}. 10^{f}. [Appretiata est quantitas frumenti debiti per Firmarium de Menillo ratione 26 aureorum, pro quolibet modio reveniente ad summam 78^{l}. similis Firmario de Mitriaco, Espiais, Tremblay. (1 *Jul. R.* 47. *p.* 287.)

1604. & 1605.

Setier de *blé* 5^{l}. 10^{f}. T. [Appretiatio grani debiti per Firmarium de Bregiaco pro anno 1604, ratione 66^{l}. T. pro quolibet modio. (13 *Decembris*, *R.* 47. *p.* 587.) ND.

Setier de *froment* 7^{l}. T. Setier de *méteil* 5^{l}. T. Setier d'*avoine* 4^{l}. T. [Appretiatio generalis granorum debitorum per Firmarios cujuslibet sextarii frumenti, ad summam 7^{l}. T, mixtioli 5^{l}, avenæ 4^{l}. T. (2 *April.* 1605. *R.* 47. *p.* 496.)

Setier de blé *froment* 7^{l}. Setier de *méteil* 5^{l}. Setier d'*avoine* 4^{l}. T. [DD. appretiaverunt sextarium frumenti ad 7^{l}, bladi mixtioli ad 5^{l}, avenæ 4^{l}. T. (13 *Jul. R.* 47. *p.* 530.)

QV. Octobre. *Messe* de fondation, 10ˢ. T.
Messe 7ˢ. [Deux messes, 14ˢ. T.
Deux *messes*, 14ˢ. T.
Pinte d'*huile* pour la lampe de l'Eglise, 10ˢ. T. autre, 10ˢ.
Août. Paire de *souliers* & bas de *chausses* de toile, 38ˢ. T.

1606.

PR. Trente Juin. Pour *tondre* 22 moutons, payé 11ˢ.
Douze Octobre. Acheté 5 bichets de *blé* barbu, mesure de Montereau, 15 & 16ˢ. le bichet.
Bichet de *plâtre* 8ˢ. [Pour 2 bichets de plâtre, 16ˢ.
Payé pour les 3 *façons de* 27 *arpens de vigne* $\frac{1}{4}$ 8 perches, la somme de 408ˡ. 15ˢ. à raison de 5ˡ. par arpent, à chacune façon.
Pour façon du millier d'*échalas*, 4ˡ.
QV. Pinte d'*huile* pour la lampe, 11ˢ. T.
Voie de *bois* 5ˡ. 15ˢ. [Février. Pour quatre voies de bois, 23ˡ. T.

1607.

PR. *Porc* 5ˡ. 17ˢ. 7ᵈ. $\frac{1}{5}$. [Pour 5 porcs, 29ˡ. 8ˢ.
Agneau 2ˡ. [Pour 7 agneaux, 14ˡ.
Bête à cornes 16ˡ. 11ˢ. 4ᵈ. $\frac{17}{21}$. [Pour 21 bêtes à cornes, 347ˡ. 19ˢ. 5ᵈ.
ND. Setier de *froment* 8ˡ. 6ˢ. 8ᵈ. T. Setier de *méteil* 6ˡ. T. Setier d'*avoine* 3ˡ. 6ˢ. 8ᵈ. T. [Modius frumenti debiti ratione 100ˡ, modius mixtioli 72ˡ, modius avenæ 40ˡ. T. (3 *Feb. R.* 47. *p.* 757.)
QV. Mars. Pinte d'*huile*, 12ˢ.
Setier de *blé* 6ˡ. 10ˢ. [Mars. Pour 1 muid de blé, 78ˡ. T.
Pour 2 boisseaux de *cendre*, 48ˢ. T.
Pour une *messe*, 8ˢ. T.
Setier de *blé* 6ˡ. 11ˢ. 8ᵈ. [Avril. Pour 1 muid de blé, 79ˡ.
Novembre. Pour 1 voie de *bois* de corde, 6ˡ. T.

1609.

QV. *Messe* 8ˢ. [Deux messes, 16ˢ.
Pinte d'*huile* pour la lampe, 12ˢ.
Aux Prêtres de la Maison 10ˡ. 17ˢ. T. par mois pour leurs *messes*, & 4ˡ. 17ˢ. 6ᵈ. pour leur *pain*.

1610.

ND. Setier de *blé* 7ˡ. 10ˢ. T. [Firmariis d'Espiais appretiata est quantitas frumenti debiti per eos, ratione 90ˡ. T. pro modio. (8 *Feb. R.* 48. *p.* 268.)

1612.

Basse *messe*, 8^{s}. QV.
Pinte d'*huile* pour la lampe, 12^{s}.
Pour 2 *messes*, 16^{s}.

1613.

Decembre. *Messe*, 8^{s}. QV.
Deux cents de *fagots*, à 3^{l}. 10^{s}. le cent, 7^{l}.
Au *charretier* 11^{s}. de la voie.
Pinte d'*huile* pour la lampe, 12^{s}.
Messe 8^{s}. [Deux messes 16^{s}, 3 *messes* 24^{s}.

1617.

Setier de *blé* 8^{l}. 6^{s}. 8^{d}. & 8^{l}. 15^{s}. [Frumentum debitum per Firmarium de Mitriaco appretiatum est ad 100^{l}. pro quolibet modio, & de Bregi ad 105^{l}. pro modio. (19 *Maii*, *R.* 50. *p.* 79.) ND.

Setier de *blé* 8^{l}. 15^{s}. [Janvier. Pour 1 muid de blé acheté aux Halles, 105^{l}. T. QV.
Setier de *blé* 9^{l}. 1^{s}. 3^{d}. [Janvier. Pour 1 muid de blé acheté aux Halles, 108^{l}. 15^{s}.
Setier de *blé* 12^{l}. 9^{s}. 5^{d}. $\frac{13}{19}$. [Décembre. Pour 19 setiers de blé, 237^{l}. T.
Voie de *bois* 7^{l}. 15^{s}. [Pour 2 voies de gros bois, 15^{l}. 10^{s}.
Cent de *fagots* 3^{l}. 12^{s}. [Pour 2 cents de fagots, 7^{l}. 4^{s}.
Messe 8^{s}. [Pour 2 messes, 16^{s}.
Pour 2 boisseaux $\frac{1}{2}$ de *cendre*, 55^{s}.

1618.

Setier de *blé* 10^{l}. T. [Quantitas 5 modiorum cum dimidio frumenti debiti per Firmarium Decimarum de Goussainville, in considerationem sterilitatis granorum anni novissimi, appretiata ratione 120^{l}. T. pro quolibet modio. (6 *Feb.* *R.* 50. *p.* 231.) ND.

1619.

Messe 8^{s}. [Trois Mars. Deux messes, 16^{s}. QV.

1621.

Messe 8^{s}. [Onze Décembre. Trois messes, 24^{s}. QV.

1622.

ND. Setier de *blé* 9^{l}. 3^{s}. 4^{d}. T. [Firmario d'Efpiais appretiata eſt quantitas frumenti per eum debiti de annis præteritis ratione 110^{l}. T. pro modio. (17 *Mart. R.* 51. *p.* 555.)

1625.

ND. Setier de *blé* 8^{l}. 6^{s}. 8^{d}. T. [Firmario de Bregy appretiata eſt quantitas 7 modiorum bladi pro anno noviſſimo, ad ſummam 700^{l}. T. ratione 100^{l}. pro quolibet modio. (22 *Januar. R.* 52. *p.* 495.)

QV. *Meſſe* 8^{s}. [Novembre. Trois meſſes, 24^{s}.

Meſſe 8^{s}. [Quatre meſſes, 32^{s}.

Pour 1 pinte d'*huile* pour la lampe, 12^{s}.

Pour 7 voies de *bois* de corde flotté; ſavoir 1 voie à 7^{l}. 10^{s}. & 6 à 7^{l}. 49^{l}. 10^{s}.

1626.

QV. *Meſſe*, 8^{s}.

1627.

QV. *Meſſe* 8^{s}. [Pour 3 meſſes, 24^{s}.

1628.

ND. Setier de *blé* 11^{l}. 5^{s}. T. [Domini rogati ſunt quindecim modia frumenti ratione 135^{l}. T. pro quolibet modio. (23 *Aug. R.* 53. *p.* 763.)

QV. Vingt-trois Juillet. Douze cents de *cotrets*, à 4^{l}. 10^{s}. le cent, 54^{l}.

Treize voies de *bois* de corde flotté, à 6^{l}. 15^{s}. la voie, 87^{l}. 15^{s}.

Aux *charretiers*, à chacun 16 ſols, 10^{l}. 8^{s}.

Meſſe 10^{s}. [Deux meſſes, 20^{s}.

Meſſe 8^{s}. [Deux meſſes, 16^{s}.

Setier de *blé* 8^{l}. 10^{s}. [Juin. Neuf muids de blé pris au port de l'Ecole, à 102^{l}. le muid, 918^{l}.

Aux porteurs de blé pour *port* dudit blé aux Quinze-Vingts, à 60^{s}. par muid, 27^{l}.

Meſſe 8^{s}. [Trois meſſes, 24^{s}.

1631.

ND. Setier de *blé* 18^{l}. 5^{s}. T. [Domini laudaverunt venditionem tritici S. Mathurini de Liri cantu ad 219^{l}. T. pro quolibet modio. (30 *Maii*, *R.* 54. *p.* 437.)

Pour 2 *messes*, 20^{s}. QV.
Pour 1 pinte d'*huile*, 12^{s}.
Pour 2 boisseaux de *cendre*, 44^{s}.
Pour 2 voies de *bois* de corde flotté, à 7^{l}. 5^{s}. la voie, 14^{l}. 10^{s}.

1632.

Setier de *blé* 16^{l}. 13^{s}. 4^{d}. [Approbaverunt Domini venditionem 10 modiorum tritici ratione 200^{l}. pro quolibet modio. (11 *Mart*, *R*. 55.) ND.

1641.

Setier de *blé* 4 écus. [Mai. Pour 1 muid de blé, 48 écus. QV.
Setier de *blé* 11^{l}. 15^{s}. [Juillet. Pour 7 muids de froment, 987^{l}.
Pour 14 voies de *bois*, à 11^{l}. 5^{s}. la voie, compris les frais, 157^{l}. 10^{s}.
Pinte d'*huile*, 12^{s}.
Pour 3 *messes*, 30^{s}.

1643.

Setier de *blé* 19^{l}. 3^{s}. 4^{d}. [Domini approbaverunt venditionem tritici ratione 230^{l}. pro quolibet modio. (6 *Jul*. *R*. 59. *p*. 437.) ND.

1644.

Setier de *blé* 20^{l}. [D. Thevenin exposuit venundari triticum optimo pretio in foris S. Mathurini ad 240^{l}. pro quolibet modio ; conclusum est venundari. (22 *Avril*, *R*. *orig*.) ND.

1649.

Setier de *farine* 30^{l}. [Sept Janvier. Le boisseau de farine vaut 50 sols, tout est pillé ; les gens de guerre se mettant dans les Fermes, font battre le blé, & n'en veulent pas donner un grain aux pauvres maîtres.

Setier de *blé* 36^{l}. [Et du 29 Octobre l'année est si misérable par le manque de blé, qu'il vaut 12 écus le setier (246 & 272e lettre de la Mere Angelique de Port Royal. *To*. 1. *p*. 402 *&* 436.)

1650.

Setier de *blé* 20^{l}. [Pour 2 setiers 1 minot de blé, 45^{l}. QV.
Mars. Pour 24 muids de *blé*, à 19^{l}. le setier, 5472^{l}.
Voie de *bois* 10^{l}. 16^{s}. [Pour 26 voies de bois, & frais, 280^{l}. 16^{s}.

Minot de *sel* 7^{l}. [Pour 10 minots de sel pour le prix du marchand, 70^{l}.

Pinte d'*huile* pour la lampe, 12^{s}.

Pour 60 *bottes* de paille, 40^{l}. 10^{s}.

Pour 2 *messes*, 24^{l}.

1651.

ND. Setier de *blé* 22^{l}. [Domini ratam habuerunt venditionem 6 modiorum tritici de receptâ Mathurini ratione 22^{l}. pro quolibet sextario. (4 *Mart. R.* 63. *p.* 389.)

1654 & 1656.

ND. Setier de *blé* 12^{l}. [Appretiatum est Villicis Dumenil triticum per eos de residuo anni 1654 debitum, ratione 12^{l}. pro quolibet sextario. (3 *Febr. R.* 65. *p.* 303.)

1659.

QV. Octobre. Setier de *blé* 13^{l}. 5^{s}. [Pour 12 muids de blé, à 159^{l}. le muid, 1908^{l}.

1660.

QV. Févrîer. *Blé* apprécié, à 12^{l}. le setier.

Mars. Setier de *blé* 4 écus $\frac{1}{24}$. [Pour 18 muids de blé au port de l'Ecole, à 48 écus $\frac{1}{2}$ le muid, 2619^{l}.

Pour 30 voies de *bois*, à 12^{l}. la voie, 360^{l}.

Pour les *voitures* dudit bois, 30^{l}.

Pour faire serrer ledit bois, 4^{l}. 10^{s}.

1661.

ND. Setier de *blé* 35^{l}. 18^{s}. [Solvat M. Desmoulins Mercatori triticorum summam 2154^{l}. pro 5 modiis tritici per eum Capitulo venditi ad confectionem panis Capituli. (12 *Septemb. R.* 67. *p.* 466.)

Setier de *blé* 27^{l}. [Allocatur receptori Capituli summa 324^{l}. per eum soluta pro modio tritici ad confectionem panis Capituli. (12 *Octobris*, *R.* 67. *p.* 483.)

Setier de *blé* 28^{l}. [Allocatur receptori Capituli summa 1008^{l}. per eum soluta, pro 3 modiis tritici ad confectionis panis Capituli, ratione 28^{l}. pro sextario. (5 *Aug. R.* 67. *p.* 445.)

1662 & 1663.

Setier de *blé* 25^{l}. [Domini ratam habuerunt appretiationem factam cum conductore Decimarum de Bonneval triticorum per eum debitorum ad summam 25^{l}. pro quolibet sextario. (*26 Jan. R. 61. p. 21.*) ND.

La moisson n'a pas été bonne, le blé sera encore cher toute l'année ; le pain est si cher, qu'on craint une sédition. *Lettres de Gui Patin. p. 294 & 303.*

1666.

Liv. de *chandelle* 9^{f}. CM.
Liv. de *sublimé* 4^{l}. 5^{f}. [Deux liv. de sublimé, 8^{l}. 10^{f}. A Paris.
Liv. de *salpêtre* 9^{f}. 4^{d}. [Six liv. de salpêtre, 2^{l}. 16^{f}.
Liv. d'*eau forte*, 1^{l}. 5^{f}.
Voie de *charbon*, 2^{l}. 12^{f}. 6^{d}.
Marc de *cuivre* pour allier, 8^{f}.
Liv. de *plomb* 4^{f}. 6^{d}. [Cent pesant de plomb, 22^{l}. 10^{f}.
Pour 1 treizaine de *bois*, 19^{f}. A Lyon.
Pour 17 voyages de *charbon* de mesure au petit Laverne, à 25 sols, 21^{l}. 5^{f}.
Voyage de *charbon* 20^{f}. [Pour 3 voyages de charbon, 3^{l}.
Liv. de *tartre* 2^{f}. [Quintal de tartre, 10^{l}.
Liv. de *vieux-oing*, 6^{f}.
Pour 2 moules de *bois*, 12^{l}.
Liv. de *chandelle* 5^{f}. [Pour 12 liv. de chandelle, 3^{l}.
Liv. d'*huile* à brûler, 3^{f}. 6^{d}. A Aix.
Journée de *mulet*, 16^{f}.
Liv. de *salpêtre* 5^{f}. 7^{d}. $\frac{1}{5}$. [Quintal de salpêtre, 28^{l}.
Liv. de *plomb* 3^{f}. 9^{d}. $\frac{3}{5}$. [Quintal de plomb, 19^{l}.
Liv. de *salpêtre*, 5^{f}.
Licol de cheval, 30^{f}.
Liv. de *sublimé* 3^{l}. [Trois liv. & $\frac{3}{4}$ de sublimé, 11^{l}. 5^{f}.
Liv. de *plomb*, 4^{f}.
Liv. d'*huile* à brûler 3^{f}. 9^{d}. $\frac{51}{100}$. [Quintal d'huile à brûler, 18^{l}. 19^{f}. 3^{d}.
Liv. de *chandelle*, 5^{f}.
Liv. de *tartre*, 2^{f}. A Montpellier.
Liv. de *salpêtre*, 5^{f}.
Panier de *charbon*, 4^{f}.
Liv. de *plomb* 4^{f}. 6^{d}. [Vingt liv. de plomb, 4^{l}. 10^{f}.
Liv. de *cuivre* 18^{f}. [Poêle de cuivre pesant 8 liv. 7^{l}. 4^{f}. A Toulouse.
Liv. de *cuivre* 18^{f}. [Chauderon de cuivre pesant 6 liv. 5^{l}. 8^{f}.

Liv. de *ſalpêtre*, 6^{s}.
Liv. de *chandelle*, 6^{s}.
Le cent de grands *creuſets*, 25^{l}.
Le cent de petits *creuſets*, 8^{l}. 6^{s}. 8^{d}.
Liv. de *plomb*, 3^{s}.
En Juillet. Pour la *nourriture d'un cheval*, 24^{l}.
Pendant le mois entier en Août, 18^{l}. 12^{s}.
Et en Septembre, à 12^{s}. par jour, 18^{l}.
En Octobre, à 12^{s}. par jour, 18^{l}. 12^{s}.
En Novembre, à 12^{s}. par jour, 18^{l}.
En Décembre, à 12^{s}. par jour, 18^{l}. 12^{s}.
Charge de *charbon*, 5^{s}.
En Juillet. La charge de *charbon*, 3^{l}.
Panier de *charbon*, 18^{s}.
En Septembre. Charge de *charbon*, 3^{l}.

1670.

CM. Acheté le marc de *cuivre* pour allier les fontes, 8^{s}.
A Paris. Setier de *farine* 7^{l}. 4^{s}. [Le boiſſeau de farine, 12^{s}.
Liv. de *plomb* 2^{s}. 6^{d}. [Pour 72 liv. de plomb, 9^{l}.
Liv. d'*eau forte*, 25^{s}.
Liv. de *chandelle* 6^{s}. 9^{d}. $\frac{21}{35}$. [175 liv. de chandelle, 59^{l}. 10^{s}.
Voie de *charbon* 2^{l}. 11^{s}. 10^{d}. $\frac{50}{133}$. [Pour 229 voies $\frac{1}{2}$ de charbon, 595^{l}. 2^{s}.
Cent de *cotrets* 8^{l}. 6^{s}. 3^{d}. $\frac{5}{17}$. [Deux mille 550 cotrets, 212^{l}.
A Lyon. Minot de *ſel*, 28^{l}. 2^{s}. 6^{d}.
Voie de *charbon* 1^{l}. 1^{s}. [Deux cents voies de charbon, 210^{l}.
Ferrage & penſement du cheval au maréchal pendant l'année, 9^{l}.
QV. Janvier. *Blé* payé, à raiſon de 7^{l}. 10^{s}. le ſetier.
En Juillet. Pour 6 muids de *blé* achetés au port de la Grève, à 9^{l}. 10^{s}. le ſetier, 684^{l}.
Pour 20 voies de *bois*, à raiſon de 11^{l}. 15^{s}. la voie, 235^{l}.
Pour les *voitures* dudit bois, 20^{l}.
Pour faire *ſerrer* ledit bois, 3^{l}.
Pour 2 paires de *ſouliers*, 6^{l}.
Pour 1 pinte d'*huile* pour la lampe, 12^{s}.
Pour 2 *meſſes*, 24^{s}.
Pour les 4 *meſſes* par jours de la ſemaine, 16^{l}. 16^{s}.

1676.

PR. Une liv. de *beurre* frais, 8^{s}.
Douze *œufs*, 6^{s}. 6^{d}.

1677.

Mai. Douze *œufs*, 3s. 6d. PR.
Douze *œufs* frais, à 4s. 6d. la douzaine.

1678.

Treize Janvier. Onze douzaines ½ d'*œufs*, à 5s. la douzaine, 57s. 6d. PR.
Mars. Une liv. de *veau*, 4s. 6d.
Une liv. de *beurre*, 8s. 6d.
Pinte de *vinaigre* 4s. 6d. [Vingt-quatre Mars. Quatre pintes de vinaigre, 18s.
Douzaine d'*œufs* 3s. 6d. [Avril. Deux douzaines d'œufs, 7s.
Vingt-quatre Avril. Vendu 44 boisseaux de *son* au prix de 8s. le grand bichet, mesure de Donne Marie, 8l. 16s.
Trois Juin. Vendu 26 bichets de *son*, mesure de Donne Marie, qui font 52 boisseaux, à 4s. le boisseau, 10l. 8s.
Cinq Juin. Vendu 30 Bichets de *cendre*, à 4s. 1 liard, 6l. 7s. 6d.
Septembre. Une douzaine d'*œufs*, 4s. 6d.
Dix-huit Septembre. Vingt-sept douzaines d'œufs, à 4s. 6d. la douzaine, 6l. 1s. 6d.

1679.

Septembre. *Blé* payé, à raison de 12l. le setier. QV.
Novembre. *Blé* payé, à raison de 13l. 10s. le setier.
Pour 10 boisseaux de *charbon*, 40s.
Pour 1 paire de *souliers*, 50s.

1680.

Janvier. Pour 20 voies de *bois* de corde, à 11l. la voie, 220l. QV.
Pour les *voitures* dudit bois, 20l.

1688.

Pour 2 voies de *bois*, 22l. QV.
Pour les *voitures*, 40s.
Pour les *arranger*, 6s.
Pour 6 boisseaux de *charbon*, 24s.
Pour 3 *messes*, 36s.

1690.

Charbon de quartier la voie, 3l. CM.
Charbon taillis la voie, 50s. & 52s. A Paris.

Millier de *cotrets*, 75^{l}. 5^{f}.
Cent de *cotrets*, 7^{l}. 10^{f}.
Cent de bottes de *paille* de 5^{l}. 10^{f}, à 12^{l}.
Cent de *foin*, 22^{l}.
Voie de *bois* neuf 13^{l}. voiture comprise.
Voie de *bois* flotté 11^{l}. 15^{f}. voiture comprise.
Liv. de *chandelle*, 7^{f}.
Liv. d'*huile* à brûler, 5^{f}.
Liv. de *vieux-oing*, 6^{f}.
Muid d'*avoine* 93^{l}. 16^{f}, à 7^{l}. 16^{f}. 4^{d}. le setier.
Setier d'*avoine*, 7^{l}.
Liv. d'*eau-forte*, 26^{f}.

Aix. Quintal de *charbon*, 20^{f}.
Quintal de *paille* 10^{f}. 6^{d}. $\frac{15}{17}$. [Pour 204 quintaux de paille, 107^{l}. 17^{f}.
Quintal de *foin*, 1^{l}. 11^{f}. 3^{d}. $\frac{87}{331}$. [Pour 331 quintaux de foin, 517^{l}. 11^{f}.
Quintal de *bois* 6^{f}. 3^{d}. $\frac{411}{686}$. [Pour 686 quintaux de bois, 216^{l}. 1^{f}. 9^{d}.
Liv. de *chandelle*, 5^{f}.
Liv. d'*huile* à brûler 3^{f}. 2^{d}. $\frac{2}{5}$. [Pour 2 cents liv. d'huile à brûler, 32^{l}.
Charge d'*avoine* 10^{l}. 12^{f}. 0^{d}. $\frac{24}{31}$. [Pour 31 charges d'avoine, 328^{l}. 14^{f}.
Liv. d'*eau-forte*, 25^{f}.
Mesure de *sel*, 44^{f}.

Bordeaux. Liv. de vieux *cuivre* donnée à 16^{f}. reprise à 24^{f}.
Liv. d'*eau-forte* & liv. de *sublimé*, 6^{l}.
Demi-douillac de *charbon* de terre, 18^{l}.
Tonneau de *charbon* de terre, 138^{l}.
Liv. de *cuivre* jaune, 12^{f}.
Charretée de *foin*, 9^{l}.
Liv. de *plomb* 4^{f}. 2^{d}. $\frac{2}{5}$. [Pour cent liv. de plomb, 21^{l}.
Charretée de *charbon* de bois 7^{l}. 11^{f}. 8^{d}. [Pour 6 charretées de charbon de bois, 45^{l}. 10^{f}.

Rouen. Pour cent liv. pesant de *charbon* de chêne verd, 13^{f}.
Cent liv. de *tartre*, 7^{l}.
Liv. de *sublimé* 2^{l}. 18^{f}.
Liv. de *cuivre* rouge façonné, 1^{l}.
Quintal de *foin* 30^{f}, 32^{f}, & 40^{f}.
Liv. de *chandelle*, 4^{f}. 6^{d}.
Setier d'*avoine*, 28^{f}.
Liv. d'*eau-forte* 1^{l}. 10^{f}. [Pour 22 liv. d'eau-forte, 33^{l}.
Quintal de *plomb* 16^{l}. à 3^{f}. 2^{d}. $\frac{2}{5}$. la livre.

Liv. de ſalpêtre, 7 & 8^{f}.
Douzaine de *peaux* de mouton, 7^{l}. 10^{f}. Tours.
Setier d'*avoine*, 3^{l}.
Charge de *charbon*, 50^{f}.
Quintal de *foin*, 18, 20 & 25^{f}.
Cent de *paille*, 10^{l}.
Liv. de *vif-argent*, 3^{l}. 10^{f}.
Fer de cheval, 6^{f}.
Liv. de *plomb*, 4^{f}.
Cent de *fagots*, 15^{l}.
Charge de *charbon* 2^{l}. 10^{f}. [Pour 75 charges de charbon, 187^{l}. 10^{f}. Toulouſe.
Charge de *charbon* 2^{l}. 10^{f}. [Pour 91 charges de charbon, 227^{l}. 10^{f}.
Pugnerée de *charbon* de pierre, 15^{f}.
Pagelle de *bois* à brûler, 3^{l}.
Charge de *charbon*, 50^{f}.
Once de *ſublimé*, 6^{f}.
Once de *borax*, 2^{f}. 6^{d}.
Charretée de *foin*, 6^{l}. 10^{f}.
Quintal de *foin*, 24^{f}.
Liv. de *chandelle* 4^{f}. 3^{d}.
Liv. de *vieux-oing* 4^{f}. 9^{d}. $\frac{3}{5}$. [Pour 1 quintal de vieux-oing, 24^{l}.
Liv. de *plomb* 3^{f}. 2^{d}. $\frac{6}{7}$. [Pour cent liv. de plomb, 16^{l}.
Liv. de *cuivre* rouge, 20^{f}.
Minot de *ſel*, 20^{l}. 6^{f}.
Setier de *ſon*, 20^{f}.
Fer de cheval, 7^{f}.
Pour 1 *creuſet* de *fer*, contenant 7 cents marcs, 45^{l}.
Toiſe de *pavé*, 20^{f}. Lyon.
Cent de *creuſets*, 25^{l}.
Pour le cent peſant de gros *fer*, 7^{l}. 10^{f}. Bayonne.
Liv. de *fer* ſubtil, 1^{f}. 9^{d}.
Charretée de *bois* 1^{l}. 11^{f}. 1^{d}. $\frac{5}{6}$. [Pour 36 charretées de bois, 56^{l}. 1^{f}. 6^{d}.
Pour avoir *affiné* 46 marcs d'argent, 7^{l}. 10^{f}. Limoges.

1696.

Blé diſtribué, à raiſon de 10^{l}. 10^{f}. le ſetier. QV.
Pour 1 voie de *bois*, 11^{l}. 7^{f}. 6^{f}.
Pour 2 *meſſes*, 24^{f}.

1704.

S. Liv. de *chandelle* 9^{s}. [Pour 4 liv. de chandelle, 36^{s}.
Pour 2 *messes*, 24^{s}.
Pour 4 bottes de *paille*, 15^{s}.
Pour 2 voies de *bois*, 24^{l}.
Pour 4 cents de *fagots*, 28^{l}.
Pour 12 voies de *bois* & 2 cents de *fagots*, 159^{l}. 5^{s}.

1708.

PR. Pour 2 muids de *chaux* 8^{l}. à Champereux, à 4^{l}. le muid.
Pour 57 muids & $\frac{1}{2}$ de *chaux*, à 3^{l}. 10^{s}. le muid, payé 201^{l}. 5^{s}.
Gros murs du Moulin, à 45^{s}. la toise, & *murs de refend*, à 25^{s}. payé 472^{l}. 2^{s}. 6^{d}.
Manœuvres, pour avoir éteint la chaux &c. à 8^{s}. par jour.
Pour 29 milliers de *tuiles*, à 7^{l}. 10^{s}. le millier, & 66 faîtieres, à 2^{s}. 6^{d}. payé 225^{l}. 15^{s}.
Boisseau de *plâtre* 4^{s}. [Pour 80 boisseaux de plâtre, 16^{l}.
Bottelage du cent de foin 8^{s}. [Pour avoir bottelé 7 milliers 6 cents de foin, payé 30^{l}. 8^{s}.
Pour *façons de vigne* 30^{l}. par arpent, & pour 6 arpens 43 perches $\frac{1}{2}$ de vigne à Beauvais, à ladite raison de 30^{l}. par arpent, 193^{l}. 1^{s}.
Plus, pour 6 cents de *provins* plus que la tâche, & 5 cents de *fumage*, payé 23^{l}. 12^{s}. 6^{d}.
Pour *façons de la vigne* de Grateloup, contenant 10 arpens & 1 quartier, 307^{l}. 10^{s}.
Pour façons de 3138 *provins* plus que la tâche, payé 99^{l}. 2^{s}. 6^{d}.
Pour avoir *fumé* 2 mille & 1 quarteron de provins, à 20^{s}. par cent, payé 20^{l}. 5^{s}.
Pour achat de *fumier* & *écollure*, payé 18^{l}. 5^{s}.
Aux 2 *Gardes de vignes*, 10^{l}.
Aux *vendangeurs*, 17^{l}. 8^{s}.
Dans la présente année on n'a fait que 9 muids de vin.
Pour 476 douzaines & $\frac{1}{2}$ d'*œufs* achetés au marché à 3, 4 & 5^{s}. la douzaine, payé 90^{l}. 2^{s}. 9^{d}.
Pour 214 liv. & $\frac{1}{2}$ de *beurre* acheté au marché, à 6^{s}. & 6^{s}. 6^{d}. la liv. payé 69^{l}. 17^{s}. 6^{d}.
Pour 18 poignées de *morue*, à 52^{s}. la poignée, 14^{s}. d'emballage, & 6^{l}. 5^{s}. de port, payé 53^{l}. 15^{s}.
Pour 2 poignées de *morue* à Provins, à 4^{l}. la poignée, 8^{l}.
Pour 10 paires de *poulets* & 7 *poules*, payé 7^{l}. 9^{s}.

Pour 2 liv. de *lard*, à 6^{f}. la livre, 12^{f}.
Pour 512 liv. de *bœuf*, à 2^{f}. 6^{d}. la livre, payé 64^{l}.
Pour 444 liv. de *veau*, à 4^{f}. la livre, payé 88^{l}. 16^{f}.
Pour 30 liv. 9 onces & $\frac{1}{2}$ de *cire* blanche neuve, à 38^{f}. la liv. 58^{l}. 3^{f}.
Liv. de *cire* jaune 1^{l}. 11^{f}. 4^{d}. $\frac{40}{89}$. [Pour 30 liv. de cire jaune façonnée, 1 cierge Pascal de 5 liv. & 4 flambeaux de 9 liv. & $\frac{1}{2}$, payé 69^{l}. 16^{f}.

1709.

Vendu à Montereau 225 bichets de *froment* depuis 6 jusqu'à 8^{l}. le bichet, ce qui a produit 1575^{l}. PR.
Vendu à Montereau 273 bichets de *méteil* depuis 4 jusqu'à 6^{l}. qui ont produit 1350^{l}.
Vendu à Montereau 90 petits bichets d'*avoine*, à 20^{f}. ci, 90^{l}.
Vendu 5 cents bichets de *méteil* aux Commissionnaires de Paris, ci, 4100^{l}.
Prêté aux Fermiers pour ensemencer nos terres sur leurs obligations, cent 59 bichets de *froment*, montant à 1494^{l}. 5^{f}.
Pour 1 millier de *carreaux*, 10^{l}.
Boisseau de *plâtre* 4^{f}. 6^{d}. [Pour 2 cents boisseaux de plâtre, 45^{l}.
Pour 1 muid de *chaux*, 3^{l}. 10^{f}.
Pour les journalieres 9 *journées*, à 8 sols, 3^{l}. 12^{f}.
Bottelage du millier de foin 4^{l}. 11^{f}. 7^{d}. $\frac{3}{7}$. [Plus, aux botteleurs pour avoir bottelé 7 milliers de foin, 32^{l}. 1^{f}. 3^{d}.
Pour *façon de 32 cordes* & $\frac{1}{2}$ de gros *bois*, à raison de 18^{f}. la corde, payé 28^{l}. 16^{f}.
Façon de la corde de bois 18^{f}. [Pour façon de 15 cordes de bois taillis, payé 13^{l}. 10^{f}.
Façon du cent de fagots 18^{f}. [Pour façon de 18 cents de fagots, payé 16^{l}. 4^{f}.
Façon du cent de bourrées 18^{f}. [Pour façon de 2 milliers & 6 cents de bourrées, payé 23^{l}. 8^{f}.
Pour *façons des vignes* de Beauvais, à 30^{l}. l'arpent, 193^{l}. 1^{f}.
Pour *provins* plus que la tâche & fumage de 6 cents de provins, 24^{l}.
Pour *façons des vignes* de Grateloup, 307^{l}. 10^{f}.
Pour 12 cents & 1 quarteron de *provins*, 36^{l}. 15^{f}.
Pour de l'*écollure*, payé 11^{l}. 5^{f}.
Pour 2 *Gardes*, 10^{l}.
Il n'y a eu cette année que 3 feuillettes de *vin* verd.
Pour 224 douzaines d'*œufs* achetés au marché, à 4^{f}. & à 6^{f}. la douzaine, 55^{l}.
Pour 522 liv. de *beurre* achetées au marché, à 5, 6, 7 & 8^{f}. la livre, 185^{l}. 1^{f}. 6^{d}.

Liv. de *poivre* noir 1^{l}. 11^{s}. [Pour 5 liv. de poivre noir, 7^{l}. 15^{s}.
Liv. de *muſcade* 8^{l}. 10^{s}. [Pour 8 onces de muſcade, 4^{l}. 5^{s}.
Liv. de *cannelle* fine 8^{l}. 10^{s}. [Pour 4 onces de cannelle fine, 2^{l}. 2^{s}. 6^{d}.
Liv. de *ſucre* 15^{s}. 6^{d}. $\frac{6}{29}$. [Pour 29 liv. de ſucre, 22^{l}. 10^{s}.
Liv. de *figues* 14^{s}. 0^{d}. $\frac{14}{41}$. [Pour 5 liv. 2 onces de figues, 3^{l}. 12^{s}.
Liv. de *raiſin* 1^{l}. 3^{s}. 4^{d}. [Pour 6 liv. de raiſin, 7^{l}.
Liv. de *riz* 7^{s}. [Pour 20 liv. de riz, 7^{l}.
Liv. d'*huile* 12^{s}. [Pour une tonne d'huile d'olive peſant net 296 liv. à 60^{l}. le cent, payé 177^{l}. 12^{s}.
Pour 9 paires de *poulets*, 6 *poules* & 2 *chapons*, 7^{l}. 5^{s}.
Plus, à Henry le Bel Boucher pour 647 liv. de *bœuf*, à 2^{s}. 6^{d}. la liv. ſuivant ſon premier mémoire, & ſuivant le ſecond pour 416, payé 132^{l}. 17^{l}. 6^{d}.
Pour 613 liv. de *veau* & 378 liv. à 4^{s}. la livre, 198^{l}. 4^{s}.
Pour 1 liv. de *cire* blanche, 38^{s}.

1710.

PR. Bichet d'*orge* 1^{l}. 17^{s}. 0^{d}. $\frac{132}{325}$. [Pour 325 bichets d'orge, vendus 601^{l}. 16^{l}.
Pour 800 bichets d'*orge*, à 40^{s}. le bichet, 1600^{l}.
Pour 1 *orme*, vendu 16^{l}.
Pour 1 muid de *chaux*, 3^{l}. 10^{s}.
Pour 1 toiſe de *mur* de clôture, 28^{s}.
Bichet de *ciment* 2^{s}. [Pour 502 bichets de ciment, payé 50^{l}. 4^{s}.
Millier de *tuiles* 8^{l}. [Pour 2 milliers de tuiles, 16^{l}.
Pour les *botteleurs* de 3 milliers de foin, à 8^{s}. le cent de bottes, 12^{l}.
Façon de la corde de bois 20^{s}. [Pour façon de 29 cordes $\frac{1}{2}$ de bois, payé 29^{l}. 10^{s}.
Pour *façons* de 6 arpens 43 perches & $\frac{1}{2}$, (à 30^{l}. l'arpent) de *vignes* de Beauvais, 193^{l}. 1^{s}.
Pour 650 *provins*, outre la tâche, 19^{l}. 10^{s}.
Pour *fumage* de 600 provins, 6^{l}.
Pour *façons* des *vignes* de Grateloup, 307^{l}. 10^{s}.
Pour 1025 *provins*, 30^{l}. 15^{s}.
Pour *fumage* de 1200 & 1 quarteron de provins, 12^{l}. 5^{s}.
Pour achat d'*écollure*, 28^{l}.
Pour *Gardes*, 6^{l}.
Pour *frais de vendanges*, 21^{l}.
Dans la préſente année on a fait 6 muids de vin.
Pour 308 liv. & $\frac{1}{2}$ de *beurre* achetées au marché, à 5, 6 & 9^{s}. la liv. 80^{l}. 14^{s}.

Pour

Pour 83 douzaines d'*œufs* achetés au marché, à 4, 5 & 6^{s}. la douzaine, 22^{l}. 13^{s}.

Pour 2 bichets de *pois secs*, & 10 pintes de *pois verds*, 8^{l}. 13^{s}. 6^{d}.

Poignée de *morue* 4^{l}. [Pour 10 poignées de morue, 40^{l}.

Poignée de *morue* 2^{l}. 10^{s}. [Pour 52 poignées de morue achetées à Orléans, 130^{l}.

Pour une feuillette de *harengs* laités, 23^{l}.

Cent de *harengs* saurets 3^{l}. 10^{s}. [Pour 3 cents de harengs saurets, 10^{l}. 10^{s}.

Pour 6 *macreuses*, 5^{l}.

Liv. de *sucre* 13^{s}. 7^{d}. $\frac{1}{5}$. [Pour 50 liv. de sucre acheté à Orléans, 34^{l}.

Liv. d'*amandes* 12^{s}. 10^{d}. [Pour 12 liv. d'amandes, 7^{l}. 14^{s}.

Liv. de *raisin* 9^{s}. 1^{d}. $\frac{7}{11}$. [Pour 33 liv. de raisin, 15^{l}. 1^{s}. 6^{d}.

Liv. de *riz* 8^{s}. [Pour 50 liv. de riz, 20^{l}.

Liv. de *poivre* 27^{s}. [Pour 15 liv. de poivre, 20^{l}. 5^{s}.

Liv. de *câpres* 12^{s}. [Pour 15 liv. de câpres, 9^{l}.

Liv. de *muscade* & *girofle* 8^{l}. [Pour 2 liv. de muscade & girofle, 16^{l}.

Liv. de *muscade* à Paris, 10^{l}. [Pour 1 quarteron de muscade acheté à Paris, 2^{l}. 10^{s}.

Liv. de *poivre* 32^{s}. [Pour $\frac{1}{2}$ liv. de poivre, 16^{s}.

Pour 14 *poules*, 2 *chapons*, 5 *poulets*, 2 paires de *pigeonneaux* pris chez les Fermiers, 10^{l}. 5^{s}.

Pour mille 30 liv. de *bœuf* fournies du 21 Octobre 1709, au 27 Août 1710; savoir 500 liv. à 2^{s}. 6^{d}. la livre, & 530 liv. à 3^{s}, 138^{l}. 15^{s}.

Pour 540 liv. de *veau*, à 4^{s}. la livre, 108^{l}.

Pour une liv. de *cire* blanche, 1^{l}. 18^{s}.

1711.

Pour 1 muid de *chaux*, 3^{l}. 10^{s}. PR.

Façon de cent bottes de foin 8^{s}. [Pour 4 mille 4 cents bottes de foin, payé aux botteleurs, 17^{l}. 12^{s}.

Pour *façon* de la corde de *bois*, 20^{s}.

Façon du cent de fagots 20^{s}. [Pour façon d'un millier 9 cents de fagots, 19^{l}.

Façon du millier d'échalas 21^{s}. 5^{d}. $\frac{1}{13}$. [Pour façon de 13 milliers d'échalas, 13^{l}. 18^{s}. 6^{d}.

Pour *façons* ordinaires des *vignes* de Beauvais, 193^{l}. 1^{s}.

Pour 9 cents *provins*, outre la tâche, 27^{l}.

Pour *fumage* de 650 provins, 6^{l}. 10^{s}.

Pour *façons* ordinaires des *vignes* de Grateloup, 307^{l}. 10^{s}.

Pour 1325 *provins*, outre la tâche ordinaire, 39^{l}. 15^{s}.

Pour *fumage* de mille 25 provins, 10^{l}. 5^{s}.

On a commencé la *vendange* le 28 Septembre; elle a duré 6 jours à 53 *vendangeurs*, à 4^{s}. & 3 *hotteurs*, à 8^{s}. payé 70^{l}. 16^{s}.

Journée de preſſoir 40^{s}. [Pour le preſſoir 12 journées, 24^{l}.

Pour le *tonnelier*, 30^{l}.

Plus, 66^{l}.

Pour droit de *vin* vendu, 18^{l}. 17^{s}.

Pour le *preſſoir*, *ſavon* gras, 11^{s}.

La *vendange* de la préſente année a produit cent 10 muids de vin.

Cheval 218^{l}. [Pour 2 chevaux, payé 436^{l}.

Pour 547 liv. de *beurre* acheté au marché, à 4^{s}. 3^{d}. la livre, 161^{l}. 4^{s}. 3^{d}.

Douzaine d'*œufs* 5^{s}. 2^{d}. $\frac{21}{13}$. [Pour cent 65 douzaines d'œufs achetés au marché, 42^{l}. 17^{s}. 9^{d}.

Brochet 4^{l}. 15^{s}. [Pour 5 brochets de 15 pouces, 23^{l}. 15^{s}.

Cent de *harengs* frais 6^{l}. 11^{s}. 2^{d}. $\frac{2}{5}$. [Pour $\frac{1}{2}$ cent & $\frac{1}{2}$ quarteron de harengs frais, 4^{l}. 2^{s}.

Pour mille 250 *carpes* de 10 à 12 pouces, à 34^{l}. le cent, 425^{l}.

Tanche 4^{s}. [Pour cent tanches, 20^{l}.

Liv. de *ſucre* 14^{s}. 7^{d}. $\frac{2}{13}$. [Pour 52 liv. de ſucre, 37^{l}. 19^{s}.

Pour 15 liv. de *poivre*, à 26^{s}. la livre, 19^{l}. 10^{s}.

Liv. de *girofle* & *muſcade* 10^{l}. [Pour 2 liv. de girofle & muſcade, 20^{l}.

Liv. de *câpres* 9^{s}. 3^{d}. $\frac{3}{11}$. [Pour 11 liv. de câpres, 5^{l}. 2^{s}.

Liv. d'*amandes* 20^{s}. [Pour 10 liv. d'amandes, 10^{l}.

D'Octobre 1710 au 31 Octobre 1711, mille 378 liv. de *bœuf*, à 3^{s}. la livre, 206^{l}. 14^{s}.

Pour 369 liv. de *veau*, à 4^{s}. la livre, 73^{l}. 16^{s}.

Quartier d'*agneau* 15^{s}. 5^{d}. $\frac{1}{2}$. [Pour 2 quartiers d'agneau, 1^{l}. 10^{s}. 11^{d}.

Pour 1 liv. de *cire* blanche, 1^{l}. 15^{s}.

Pour *façon* de 50 liv. de vieille *cire*, à 4^{s}. la livre, 10^{l}.

1712.

PR. Pour cent 10 bichets de *méteil* vendus à Montereau, depuis 31^{s}. juſqu'à 36 ſols, 182^{l}.

Pour 2 cents 8 bichets de *méteil*, 5 bichets de *froment* & 15 bichets de méteil vendus à Donne Marie, 305^{l}.

Muid de *vin* 33^{l}. 3^{s}. 4^{d}. [Pour 3 muids de vin, vendus 99^{l}. 10^{s}.

Pour 3 cents de *foin*, à 12^{l}. le cent, 36^{l}.

Cent de *foin* 10^{l}. [Pour cent 50 de foin au Curé de Vimpelles, 15^{l}.

Cent de *foin* 12^{l}. [Pour cent 50 de foin, 18^{l}.

Pour 1 *mur* de clôture à chaux & à ſable, à 35^{s}. la toiſe.

Millier de *lattes* 8^{l}. 10^{s}. [Pour 9 milliers de lattes achetés, 76^{l}. 10^{s}.

Millier de *clous* à latte 18^{s}. [Pour 41 milliers de clous à latte, 36^{l}. 18^{s}.

Bottelage du millier de foin 4^{l}. [Pour 3 milliers 3 quarterons de foin aux botteleurs, 12^{l}. 6^{s}.

Pour *façons* des *vignes* de Beauvais, à 30^{l}. l'arpent, 193^{l}. 1^{s}.

Pour 7 cents & 3 quarterons de *provins*, outre la tâche, 23^{l}. 5^{s}.

Pour *façons* des *vignes* de Grateloup, 307^{l}. 10^{s}.

Pour *fumage* de mille 3 cents & 1 quarteron de provins, 13^{l}. 5^{s}.

Les *vendanges* ont duré 7 jours $\frac{1}{2}$. Il y a eu juſqu'à 64 *vendangeurs*, à 3 & 4^{s}. auſquels payé, 83^{l}. 14^{s}.

Pour les *hotteurs* & gens de preſſoir pendant 14 jours, 37^{l}.

On a fait cette année cent 20 muids de *vin*.

Cheval acheté, 180^{l}.

Pour 3 eſſieux de *fer*, à raiſon de 3^{s}. moins 1 liard la livre, 62^{l}. 12^{s}. 6^{d}.

Liv. de *vieux-oing* 9^{s}. [Pour 3 liv. de vieux-oing, 1^{l}. 7^{s}.

Douzaine d'*œufs* 4^{s}. 7^{d}. $\frac{433}{491}$. [Pour 245 douzaines $\frac{1}{2}$ d'œufs achetés au marché, 57^{l}. 3^{s}. 3^{d}.

Liv. de *beurre* 6^{s}. 0^{d}. $\frac{315}{334}$. [Pour 334 liv. de beurre acheté au marché, 101^{l}. 10^{s}. 3^{d}.

Pour 42 poignées de *morue* achetées à Montereau .... Fontainebleau & Donne Marie, à 4, 5, 6 & 8^{l}. la poignée, 229^{l}. 10^{s}.

Pour 30 liv. de *ſaumon*, à 8^{s}. la livre, 12^{l}.

Pour 250 *harengs* blancs, 1 cent de ſaurets, & 1 quarteau de harengs, 32^{l}. 12^{s}.

Maquereau 4^{s}. [Pour 40 maquereaux, 8^{l}.

Pour 12 poignées de *morue* achetées à Orléans, à 4^{l}. la poignée, 48^{l}.

Pour 1 quarteau de *harengs* d'Orléans, 13^{l}. 10^{s}.

Cent de *harengs* 3^{l}. 16^{s}. 2^{d}. $\frac{14}{17}$. [Pour 425 harengs frais, 16^{l}. 4^{s}.

Maquereau 14^{s}. 5^{d}. $\frac{1}{13}$. [Pour 26 maquereaux achetés à Paris, 18^{l}. 15^{s}.

Pour 2 bichets de *pois* à Montereau, 7^{l}.

Pour 2 bichets de *pois haricots*, 5^{l}. 10^{s}.

Pour 5 pintes de *féves* & 5 pintes de *pois* verds, 1^{l}. 10^{s}. 6^{d}.

Pour 1 liv. de *ſucre*, 15^{s}.

Liv. de *câpres* 7^{s}. 9^{d}. $\frac{9}{17}$. [Pour 9 liv. $\frac{1}{2}$ de câpres, 3^{l}. 14^{s}.

Liv. d'*huile* d'olive 19^{s}. 5^{d}. $\frac{2}{3}$. [Pour 80 liv. d'huile d'olive, 77^{l}. 16^{s}.

Pour 989 liv. de *bœuf*, depuis le 24 Octobre 1711 juſqu'au 13 Septembre 1712, à 3^{s}. la livre, 148^{l}. 7^{s}.

Pour cent 71 liv. $\frac{1}{2}$ de *veau*, à 4^{s}. la livre, 34^{l}. 6^{s}.

On a tué une *vache* pour la vendange, peſant 200 liv. chez Louis Petit, à 27^{l}.

1713.

PR. Pour mille 8 bichets *méteil* vendus à la meſure de Montereau, depuis 55^{s}. juſqu'à 3^{l}. 15^{s}.

Pour cent 72 bichets & 1 boiſſeau *méteil*, meſure de Donne Marie, depuis 40^{s}. juſqu'à 55 ſols, 355^{l}. 12^{s}. 6^{d}.

Pour 36 bichets d'*orge*, meſure de Montereau, à 40 & 45^{s}.

Pour 2500 *bourrées*, à 5^{l}. 10^{s}. le cent, 137^{l}. 10^{s}.

Pour 2 cents *bourrées*, à 5^{l}. 5^{s}. le cent, 10^{l}. 10^{s}.

Pour 550 *bourrées* de long pied, à 6^{l}. le cent, 33^{l}.

Voie de *bois* 4^{l}. 15^{s}. [Pour 4 cordes $\frac{1}{2}$ de bois de futaie, à 9^{l}. 10^{s}. la corde.

Pour 3 *arpens* 72 perches de *bois* vendu, à 75^{l}. l'arpent, 279^{l}.

Pour 2 *arpens* & 60 perches de *bois*, à 60^{l}. l'arpent.

Pour 2 *arpens* 13 *perches*, à 70^{l}, 149^{l}.

Vache 48^{l}. [Pour la moitié d'une vache, 24^{l}.

Pour 2 moitiés de *veau*, 15^{l}. 10^{s}.

Pour *tuiles*, à 8 & 9^{l}. le millier.

Pour 6 boiſſeaux de *plâtre*, à 7^{s}. le boiſſeau.

Pour *façon* de 36 cordes $\frac{1}{2}$ de *bois*, à 26^{s}. de la corde, 47^{l}. 9^{s}.

Pour *façons* des *vignes* de Beauvais, 193^{l}. 1^{s}.

Pour *fumage* de 7 cents & 3 quarterons de provins, outre la tâche, 7^{l}. 15^{s}.

Pour 450 *provins*, outre la tâche, 14^{l}. 10^{s}.

Pour avoir *ſarclé* les vignes de Beauvais, 12^{l}. 5^{s}.

Pour le *garde vigne* de Beauvais, 10^{l}.

Pour *façons* ordinaires des *vignes* de Grateloup, 307^{l}. 10^{s}.

Pour avoir *fumé* mille 250 & $\frac{1}{2}$ quarteron de provins, 12^{l}. 12^{s}. 6^{d}.

Pour façon deſdits *provins*, 37^{l}. 17^{s}. 6^{d}.

Pour avoir *ſarclé* leſdites vignes, compris le *garde* & quelques *gerbes* d'écollure, 31^{l}. 17^{s}.

Pour *façons* de 36 perches de *vignes* à Villenevotte, y compris les *provins*, 12^{l}. 6^{s}.

Les *vendanges* ont duré 3 jours, & il y a eu 65 *vendangeurs*, à 4^{s}. par jour, payé compris 4 *hotteurs* à 8^{s}, 43^{l}. 16^{s}.

Liv. de *beurre* 7^{s}. 1^{d}. $\frac{95}{496}$. [Pour 496 liv. de beurre au marché, 176^{l}. 1^{s}. 3^{d}.

Pour 443 liv. de *beurre* des Fermiers, à 8^{s}. la livre, 177^{l}. 4^{s}.

Douzaine d'*œufs* 5^{s}. 2^{d}. $\frac{287}{371}$. [Pour 371 douzaines d'œufs au marché, 97^{l}. 9^{d}.

Liv. de *fromage* 8^{s}. 10^{d}. $\frac{2}{3}$. [Pour fromage de Hollande, peſant 18 liv. 8^{l}.

Quarteau de *harengs* salés 13^{l}. 5^{f}. [Pour 4 quarteaux de harengs salés, 53^{l}.

Cent de *harengs* saurets 4^{l}. 10^{f}. [Pour 2 cents de harengs saurets, 9^{l}.

Pour une feuillette & $\frac{1}{2}$ cent de *maquereaux* salés, 36^{l}.

Pour cent 5 poignées de *morue*, depuis 4 jusqu'à 5^{l}, 456^{l}.

Pour 4 *raies* & 1 douzaine de *macreuses*, 22^{l}.

Cent 60 liv. & $\frac{1}{4}$ d'*huile* d'olive, à 19^{f}. la livre.

Pour 16 pintes & chopine d'*huile*, à 28^{f}. la pinte, 23^{l}. 2^{f}.

Cent 44 pintes d'*huile* de chenevis, à 28^{f}. la pinte.

Pour 615 liv. de *bœuf*, à 3^{f}. la livre, 92^{l}. 5^{f}.

Pour 461 liv. de *bœuf*, à 4^{f}. la livre, 92^{l}. 4^{f}.

Plus, a été tué une *vache* à la maison, pesant 250 livres.

Pour 378 liv. de *veau*, à 4^{f}. la livre, 75^{l}. 12^{f}.

Pour cent 64 liv. de *veau*, à 5^{f}. la livre, 41^{l}.

Pour 10 paires $\frac{1}{2}$ de *poulets*, 2 *poules* & deux *dindonneaux*, 10^{l}. 12^{f}.

Bichet de *pois* 3^{l}. 10^{f}. [Pour 11 bichets de pois, 38^{l}. 10^{f}.

Pour 2 autres bichets de *pois*, 7^{l}.

Pour 3 bichets & 1 boisseau de *chenevis*, 9^{l}.

Panier à mouches 3^{f}. 1^{d}. $\frac{1}{2}$. [Pour 2 douzaines de paniers à mouches, 3^{l}. 15^{f}.

1714.

Pour 2 voies de *bois* & les frais de voitures, 34^{l}. QV.

Cent de *cotrets* 17^{l}. 10^{f}. [Pour 32 cotrets, 5^{l}. 12^{f}.

Pour 2 *messes*, 24^{f}.

1719.

Juillet. *Blé* distribué, à raison de 10^{l}. le setier. QV.

Mars. Pour 2 voies de *bois*, à raison de 15^{l}. 4^{f}. la voie, 30^{l}. 8^{f}.

Septembre. Pour 6 voies de *bois*, à raison de 10^{l}. 15^{f}. la voie.

Pour 2 *messes*, 24^{f}.

Du 16 *Novembre* 1719, *au premier Janvier* 1721.

Le 22 Janvier 1720, mille 410 bichets *méteil*, mesure de Montereau, déduit les 2 pour cent, reste mille 382 bichets, à 37^{f}. le bichet, 2556^{l}. 14^{f}. PR.

Du 26 Juillet jusqu'en Octobre 1720, vendu 95 bichets *méteil*, mesure de Montereau, depuis 30^{f}. jusqu'à 45^{f}. le bichet, 191^{l}. 9^{f}. 6^{d}.

Du 10 Août au 14 Décembre, vendu 682 bichets *méteil*, mesure de Donne Marie, depuis 33^{f}. jusqu'à 16^{f}. le bichet, déduit le mesurage, reçu 798^{l}. 8^{f}.

Pour 2 bichets de *vesce* vendus à Montereau, 7l.

Pour 6 bichets de *vesce*, 18l.

Le 12 Avril 1720, vendu 255 bichets d'*orge* vieil, mesure de Montereau, à 52f. 6d. le bichet, 669l. 7f. 6d.

Plus, 25 bichets d'*orge* de l'année, mesure de Montereau, à 40f. le bichet, 50l.

Le 8 Juin 1720, vendu à Montereau 44 bichets d'*avoine*, à 46f. le bichet, défalqué 1l. 10f. pour frais de mesurage des chargeurs & nourriture, 99l. 14f.

Le 15 Juin 1720, vendu à Montereau 88 bichets d'*avoine*, à 40f. le bichet, défalqué 3l. pour le mesurage & la nourriture des charretiers, 173l.

Le 3 Septembre 1720, vendu à Montereau 286 bichets d'*avoine*, mesure de Montereau, à 45f. le bichet, 643l. 10f.

Voie de *bois* 4l. 10f. [Pour 3 cordes de bois, à 9l. la corde, 27l.

Pour *façon* de 26 *cordes*, à 28f. la corde, 36l. 8f.

Cent de *foin* 30l. [Pour 6 milliers de foin vendus, à 300l. le millier, 1800l.

Pour 3250 bottes de *foin* vendues, à 23l. le cent, 747l. 10f.

Cent de *paille* 26l. 13f. 4d. [Pour 1 cent ½ de paille, vendu 40l.

Pour 8 bichets de *chenevis*, à 55f. le bichet, 22l.

Veau 20l. 6f. 8d. [Du 22 Novembre, au 18 Décembre 1720, vendu 15 veaux à différens prix, 305l.

Muid de *vin* 42l. 11f. 1d. ⅓. [Du 28 Juin, au 7 Septembre 1720, vendu 18 muids de vin, 766l.

Pour 4 bichets de *plâtre*, à 15f. le bichet, 3l.

Pour cent 94 muids de *chaux*, déduit les 4 au cent, reste cent 87 muids de chaux fournis du 4 Mars au 6 Novembre, à 5l. le muid, 935l.

Pour 5 cents d'*ardoises* à Montereau, 20l.

Pour 1 millier de *briques*, 12l.

Pour 1 millier de *tuiles*, 9l.

Pour avoir fourni 23 milliers 5 cents de *briques*, à 12l. le millier, & 1 millier de *tuiles*, à 9l, depuis le 15 Octobre jusqu'au 20 Novembre 1719, 291l.

Pour 6 milliers de *tuiles* fournis le 2 & le 3 Juillet 1720, à 12l. le millier, 72l.

Pour 18 milliers 6 cents de *tuiles* fournis du 5 Novembre, au 7 Décembre 1720, à 18l. le millier, 334l. 16f.

Le 17 Décembre 1719, aux *botteleurs* de foin, à 8f. le cent.

Les 12 & 18 Avril 1720, aux *botteleurs* 10f. du cent.

Pour avoir fait *faucher*, tant dans l'étang que dans le jardin, 15 arpens de pré, à 2l. l'arpent, 30l.

Pour avoir fait *faucher* 3 arpens de pré à la queue de l'étang, 9l.

Pour les *faneurs* & *déchargeurs*, pour 94 journées; favoir 65 journées à 12f, 21 à 7f, & 8 à 5f, 48l. 7f.

Sciage d'arpent d'orge 9l. 12f. [Pour avoir fait fcier 5 quartiers d'orge, 12l.

Pour 559 *journées* à plufieurs particuliers qui ont travaillé dans la maifon du 19 Novembre 1719, au 10 Novembre 1720, à 5f, 10f, 12f & 15f, 295l. 18f.

Pour *façon* de 44 *cordes* de bois, à 20f. la corde, 44l.

Pour *façon* de 7 milliers & 139 *fagots* & *bourrées*, à 20f. le cent, 71l. 7f. 6d.

Pour *façon* de 6 milliers d'*échalas*, à 20f. le millier, 6l.

Pour *façon* de 9 cents *perches*, à 10f. le cent, 4l. 10f.

Pour *façon* de 6 mille 500 bottes *lattes* & *échalas*, à 35f. le millier, & 6 journées de 15f. par jour pour autres ouvrages, 15l. 17f. 6d.

Pour *façons ordinaires des vignes* de Beauvais, confiftant en 6 arpens & $\frac{1}{2}$, & $\frac{1}{2}$ quartier, à 30l. l'arpent, payé 198l. 15f.

Pour les *provins*, outre la tâche, à 3l. le cent, 6l.

Pour le *fumage* de 2 cents provins, à 20f. le cent, 2l.

Pour le *farclage* des vignes, 6l.

Pour *façons ordinaires des vignes* de Grateloup, confiftant en 9 arpens & 72 perches, à 35l. l'arpent, 340l. 4f.

Pour mille 488 *provins* plus que la tâche, à 3l. le cent, 44l. 15f.

Pour *fumage* de mille 200 provins, à 20f. le cent, 12l.

Pour *farclage*, 22l. 12f.

Pour 2 *gardes de vignes*, l'un 10l. & l'autre 12l, 22l.

Les *vendanges* ont duré 6 jours; il y a eu dans les 2 premieres journées 79 *vendangeurs*, & dans les 4 dernieres 50 & 56 perfonnes payées à différens prix, 5, 6, & 8f, 102l. 17f.

Aux *hotteurs*, 15f. par jour.

Futaille 2l. & 3l. [Pour 15 demi-queues, à 3l. piéce, & 18 feuillettes, à 2l, 81l.

Au *charretier* pour fon année, 72l.

Au *garçon de cour* pour l'année, 36l.

Au *vacher* pour l'année, 27l.

Pour 82 poignées de *morue*, du 18 Novembre 1719, au 16 Novembre 1720, depuis 3 jufqu'à 6l. 10f. la poignée, 370l. 13f.

Pour cent 25 liv. de *faumon*, à 12f. la livre, 75l.

Pour une feuillette de *harengs*, 30l.

Pour 1 quarteau de *harengs*, 18l.

Pour un $\frac{1}{2}$ cent de *harengs*, 2l. 13f.

Cent de *harengs* faurets, 6l. 5f. 4d. [Pour 3 cents & 3 quarterons de harengs faurets, 23l. 10f.

Pour une douzaine de *maquereaux* ſalés, à 8^{s}. 6^{d}. piéce, 5^{l}. 2^{s}.
Pour 250 *harengs* frais, à 8^{l}. le cent, 20^{l}.
Pour 8 cents d'*alevin* de 4, 5 & 6 pouces, 34^{l}.
Pour 2 milliers d'*alevin* de 5, 6 & 7 pouces, 220^{l}.
Du 18 Mai, juſqu'au dernier Décembre 1720, acheté à Donne Marie 327 douzaines d'*œufs*, à 6^{s}, 6^{s}. 6^{d}, 7^{s}, 8^{s}, & 9^{s}. la douzaine, 119^{l}. 7^{s}. 6^{d}.
Du 10 Mai au dernier Décembre, acheté à Donne Marie 360 liv. de *beurre*, depuis 9^{s}. juſqu'à 15^{s}. la livre, 176^{l}. 11^{s}. 6^{d}.
Du 22 Octobre 1719, au 28 Février, 240 liv. de *bœuf*, à 3^{s}. 6^{d}. la livre; plus, cent 29 liv. de *veau*, à 4^{s}. 6^{d}. la livre, 71^{l}. 6^{d}.
Du 30 Mars au 26 Septembre, 573 liv. de *bœuf*, à 6^{s}. la liv. & 334 liv. de *veau*, à 9^{s}. la livre, 322^{l}. 4^{s}.
Du 26 Septembre au 22 Février 1721, 540 liv. de *bœuf*, à 5^{s}. la livre, & 304 liv. de *veau*, à 8^{s}. la livre, 256^{l}. 12^{s}.
Pour 39 liv. de *viande* pour les vendangeurs, à 4^{s}. la livre, 7^{l}. 16^{s}.
Porc 11^{l}. 5^{s}. 4^{d}. [Pour 3 porcs achetés à Nangis, 33^{l}. 16^{s}.
Pour 1 *porc* acheté à Montereau, 17^{l}. 4^{s}.
Petit *porc* 8^{l}. [Pour 3 petits porcs, 24^{l}.
Pour 3 paires de *poulets* & une *poule*, 1^{l}. 19^{s}.
Pour ½ liv. de *muſcade* & *girofle*, 12^{l}.
Pour 20 liv. d'*amandes*, à 16^{s}. la livre.
Quatre *citrons*, à 6^{s}. piéce.
Dix liv. de *raiſins*, à 12^{s}. la livre.
Six liv. de *câpres*, à 12^{s}. la livre.
Figues, à 16^{s}. la livre.
Pour 362 liv. ¾ d'*huile* d'olive, à 32^{s}. la livre, 580^{l}. 8^{s}.
Pour 22 liv. & ½ de *ſucre* fin, à 50^{s}. la livre, 56^{l}. 5^{s}.
Pour 25 liv. de *ſavon* blanc, à 30^{s}. la livre, 37^{l}. 10^{s}.
Pour 5 liv. de *poivre* noir, à 4^{l}. la livre, 20^{l}.
Pour une liv. de *cire* blanche, 3^{l}. 10^{s}.
Bichet de *pois* verds 8^{l}. [Pour 3 bichets de pois verds, achetés à Montereau, 24^{l}.
Pour 3 pintes de *pois* pour planter, à 8^{s}. la pinte, & 4 pintes de *féves* de marais, à 10^{s}. la pinte, payé 3^{l}. 4^{s}.
Liv. de *marons* 3^{s}. 4^{d}. [Pour 30 liv. de marons à Montereau, 5^{l}.
Pour avoir *criblé* 1 muid de froment, pour 4 journées, 4^{l}.

1721.

PR. Vendu à Montereau du 12 Juillet au 20 Septembre, 298 bichets & 1 boiſſeau de *froment*, à 35^{s}. le bichet, l'un dans l'autre, déduit 16^{l}. 8^{s}. 6^{d}. pour meſurage, déchargeage, nourriture des charretiers, reçu 505^{l}. 19^{s}.

Du

Du 21 Août au 20 Novembre, 450 bichets de *froment*, meſure de Donne Marie ; ſavoir 2 cents bichets à 24^{s}, 2 cents bichets à 22^{s}. 6^{d}. & 50 bichets à 26^{s}. le bichet, reçu 530^{l}.

Vendu à Bray 443 boiſſeaux, meſure de Bray, à 23^{s}. le boiſſeau, reçu 509^{l}. 9^{s}.

Vendu à la maiſon 4 bichets de *froment*, à 35^{s}. le bichet, 7^{l}.

Vendu à Donne Marie du 7 Janvier au 31 Décembre, cent 90 bichets *méteil*, meſure de Donne Marie ; ſavoir 6 bichets à 13^{s}, 70 bichets à 14^{s}, 63 bichets à 15^{s}, 51 bichets à 16^{s}. le bichet, déduit 2^{l}. 2^{s}. pour meſurage, 128^{l}. 17^{s}.

Vendu à la maiſon 15 bichets de *méteil*, meſure de Donne Marie, à 16^{s}. le bichet, 12^{l}.

Vendu à la maiſon 17 bichets *méteil*, meſure de Montereau à 1^{l}. le bichet, 17^{l}.

Vendu à Montereau 93 bichets d'*orge* ; ſavoir 48 bichets à 12^{s}, & 45 bichets à 13^{s}, déduit 3^{l}. 4^{s}. 6^{d}. pour meſurage & nourriture des charretiers, 54^{l}. 16^{s}. 6^{d}.

Voie de *bois* 6^{l}. [Pour 34 cordes de bois, à 12^{l}. la corde, 408^{l}.

Pour 11 cents de *bourrées*, à 6^{l}. 5^{s}. le cent, 68^{l}. 15^{s}.

Pour 2 *arpens de bois* de la Garenne, à 80^{l}. l'arpent, 160^{l}.

Pour 1 millier & $\frac{1}{2}$ d'*échalas*, à 8^{l}. le millier, 12^{l}.

Pour 8 arpens 1 quartier de *chenevis*, à 60^{l}. l'arpent, reçu 495^{l}.

Arpent de pré 19^{l}. 10^{s}. [Pour 12 arpens de pré, vendus à différens prix, 234^{l}.

Reguain vendu, 31^{l}.

Veau 15^{l}. 16^{s}. [Vendu 10 veaux à différens prix, 158^{l}.

Vendu cent 50 douzaines de *pigeons*, à 27^{s}. la douzaine, 202^{l}. 10^{s}.

Muid de *vin* 48^{l}. 18^{s}. 4^{d}. [De Juin au 26 Septembre, vendu 12 muids de vin à différens prix, 587^{l}.

Bichet de *cendre* 9^{s}. 7^{d}. $\frac{25}{29}$. [Pour 58 bichets de cendre, 28^{l}.

Pour 23 *paniers* de mouches à miel, à 7^{l}. 10^{s}. le panier, 172^{l}. 10^{s}.

Pour toiſe de gros *mur*, 55^{s}.

Pour *carrelage*, 22^{s}. la toiſe.

Plâtre acheté à Montereau, à 10^{s}, à 9^{s} & à 7^{s}. le boiſſeau, & le plâtre noir, à 3^{s}. 6^{d}. le boiſſeau.

Pour 24 muids & $\frac{1}{2}$ de *chaux*, à 5^{l}. le muid, 122^{l}. 10^{s}.

Pour de la *tuile*, à 14^{l}. & à 15^{l}. le millier.

Pour du *carreau*, à 15^{l}. le millier.

Pour 1 cent peſant de *clous* à latte, acheté à Paris, 28^{l}.

Pour avoir fait *faucher* 24 arpens de pré, à 50^{s}. l'arpent, 60^{l}.

Pour cent 55 *journées*, à 8 & 12^{s}. pour avoir fait *faner* & *ſerrer* le foin, payé 65^{l}.

Pour avoir fait *faucher* le reguain, 11^{l}.

Pour avoir fait *faucher* 40 arpens d'avoine, à 23^{s}. l'arpent, payé 46^{l}.
Pour avoir *bottelé* 950 bottes de reguain, à 9^{s}. le cent, 4^{l}. 5^{s}. 6^{d}.
Pour 270 *journées* de moiſſon, à 10 & 12^{s}. par jour, payé 148^{l}.
Pour *façon* de 42 *cordes* de bois de fente, à 20^{s}. la corde, & de 18 cordes à 25^{s}, 64^{l}. 10^{s}.
Pour la *façon* du cent de *fagots* 20^{s}, & du cent de *bourrées* auſſi 20^{s}.
Pour *façon* de 2680 bottes d'*échalas*, à 20^{s}. le millier, payé 2^{l}. 14^{s}.
Pour *façon* de 7 cents de *fagots* & *bourrées* d'ormes, à 30^{s}. le cent, 10^{l}. 10^{s}.
Pour *façon* de 1400 *perches* de chêne, à 5^{s}. le cent, 3^{l}. 10^{s}.
Pour *façon* de 35 *cordes* de bois, à 35^{s}. la corde, 61^{l}. 5^{s}.
Pour *façons* ordinaires des *vignes* de Beauvais, conſiſtant en 6 arpens & $\frac{1}{2}$, & $\frac{1}{2}$ quartier, à 30^{l}. l'arpent, 198^{l}. 15^{s}.
Pour 2 cents *provins* plus que la tâche, à 3^{l}. le cent, 6^{l}.
Pour *fumage* des 2 cents provins, à 20^{s}. le cent, 2^{l}.
Pour le *ſarclage* des vignes, 5^{l}.
Pour *façons* ordinaires des *vignes* de Grateloup, conſiſtant en 9 arpens & 72 perches, à 35^{l}. l'arpent, 340^{l}. 4^{s}.
Pour *façon* de 1867 *provins* plus que la tâche, à 3^{l}. le cent, 55^{l}.
Pour *fumage* de 17 cents provins, à 20^{s}. le cent, 17^{l}.
Pour le *ſarclage*, 19^{l}.
Pour 2 *Gardes* à Beauvais & à Grateloup, 10^{l}. & 12^{l}. ci, 22^{l}.
Les *vendanges* ont duré pendant 4 jours, au nombre de 35 & 40 perſonnes, à 4^{s}. par jour, 32^{l}. 4^{s}.
Pour les *hotteurs*, à 8^{s}. par jour, 4^{l}.
Pour les *journées* de preſſoir, à 10^{s}. par jour, 11^{l}.
Pour le *charretier* pour l'année, 73^{l}. 5^{s}.
Pour le *charretier* de la S. Jean juſqu'à la S. Martin, 71^{l}. 10^{s}.
Pour un autre *charretier* par année, 80^{l}. 15^{s}.
Pour le *garçon de cour* par année, 48^{l}. 15^{s}.
Pour 87 poignées de *morue*, depuis 3^{l}. juſqu'à 6^{l}. la poignée, 354^{l}. 10^{s}.
Pour 58 liv. $\frac{1}{2}$ de *ſavon* noir, dont 14 liv. à 10^{s}. & 44 liv. $\frac{1}{2}$ à 9^{s}, 27^{l}. 6^{d}.
Pour 2 feuillettes de *harengs*, 61^{l}.
Pour 2 quarteaux de *maquereaux*, 53^{l}.
Cent de *harengs* ſaurets 6^{l}. 4^{s}. [Pour 250 harengs ſaurets, 15^{l}. 10^{s}.
Pour 1 cent de *harengs* frais, 7^{l}. 4^{s}.
Pour 4800 d'*alevin*, depuis 5 pouces juſqu'à 8, à 80^{l}. le millier, 384^{l}.
Pour 384 douzaines d'*œufs*, achetées à Donne Marie, depuis 4^{s}. juſqu'à 8^{s}. la douzaine, 99^{l}. 6^{s}. 6^{d}.

Pour 737 liv. de *beurre* achetées à Donne Marie, depuis 7^{s}. jusqu'à 14^{s}. la livre, 359^{l}. 11^{s}. 6^{d}.

Depuis Pâques jusqu'au 6 Novembre, 666 liv. de *bœuf*, & 354 liv. de *veau*, à 5^{s}. la liv. l'une portant l'autre, 255^{l}.

Du 6 Novembre au Carême, 216 liv. de *bœuf*, & 83 liv. de *veau*, à 5^{s}. la livre, 74^{l}. 15^{s}.

Pour 2 *cochons* achetés à Montereau 18^{l}. piéce, 36^{l}.

Petit *cochon* 6^{l}. [Pour 4 petits cochons, 24^{l}.

Pour 6 *genisses* achetées 50^{l}. piéce, 300^{l}.

Sucre, à 21^{s}. la livre.

Riz, à 8 & 9^{s}. la livre.

Pour 25 liv. de *savon*, à 14^{s}. & 25 liv. à 23^{s}, 46^{l}. 5^{s}.

Poivre, à 36^{s}. la livre.

Une demi-liv. de *muscade*, 8^{l}.

Cire blanche, à 50^{s}, 55^{s}. & 3^{l}. 10^{s}. la livre.

Cire jaune, à 35^{s}. la livre.

Pour 11 pintes d'*huile*, à 17^{s}. la pinte, 9^{l}. 7^{s}.

Pluvier 3^{s}. 4^{d}. [Pour 6 pluviers, 1^{l}.

Pour 2 bichets de *pois* verds, 9^{l}.

Pour 5 pintes de *pois* verds, 1^{l}. 8^{s}. 9^{d}.

Pour avoir *battu* 237 bichets de froment, à 2^{s}. le bichet, 23^{l}. 14^{s}.

Pour avoir *battu* 338 bichets d'avoine, à 1^{s}. le bichet, 16^{l}. 18^{s}.

Setier de *noix* 30^{l}. [Pour 3 boisseaux de noix, 7^{l}. 10^{s}.

Pour avoir *criblé* pendant 28 jours, 27^{l}.

Tillage de la liv. de *chanvre* 9^{d}. $\frac{123}{145}$. [Pour avoir fait tiller 145 liv. de chanvre, 5^{l}. 19^{s}.

Pour du *fromage* de gruyere, à 10^{s}. la livre.

Pour 1 *poulet*, 8^{s}.

Plus, *semé* 120 bichets de *froment*, 170 bichets d'avoine, & 20 bichets de méteil.

On a fait dans ladite année 17 muids de *vin*.

1722.

Vendu à Bray 54 boisseaux de *froment*, mesure de Bray, à 22^{s}. le boisseau, 59^{l}. 8^{s}. PR.

Plus, 216 boisseaux de *froment*, à 23^{s}. le boisseau, 248^{l}. 8^{s}.

Plus, 320 boisseaux de *froment* vieux, à 27^{s}. le boisseau, 432^{l}.

Plus, 49 boisseaux de *froment*, à 24^{s}. le boisseau, 58^{l}. 16^{s}.

Plus, 540 boisseaux de *froment*, à 38^{s}. le boisseau, 1026^{l}.

Plus, du 5 Janvier au 21 Mars, le *méteil*, mesure de Donne Marie, à 15^{s}. le bichet.

Plus, du 25 Avril au 20 Juin, le *méteil*, mesure de Montereau, à 22^{s}, 23^{s}, 24^{s}, 26^{s}, & 27^{s}. le bichet.

Plus, du 8 Août au 24 Octobre, le bichet de *méteil*, mesure de Montereau, à 35^{s}, 38^{s} & 39^{s}.

Plus, du 27 Octobre au 18 Décembre, le bichet de *méteil*, à 36^{s}, 38^{s}, 42^{s}, 45^{s}, 46^{s}, 53^{s}, 55^{s}, 58^{s}. & 3^{l}. 4^{s}. le bichet, mesure de Montereau.

Plus, le bichet d'*avoine*, mesure de Montereau, à 24^{s}. & 26^{s}.

Plus, vendu à la maison 4 petits bichets d'*avoine*, mesure de blé, à 15^{s}. le bichet, 3^{l}.

Plus, l'*arpent de bois* 63^{l}. autre, 57^{l}. 10^{s}.

Plus, la *corde de bois*, 15^{l}.

Plus, un millier de *bourrées*, à 6^{l}. 10^{s}. le cent, 65^{l}.

Pour du *chenevis*, à 50^{s}. & 40^{s}. le bichet.

Arpent de pré 17^{l}. 5^{s}. 2^{d}. $\frac{2}{89}$. [Pour 22 arpens & un quart de pré vendus pour l'année, 384^{l}.

Pour 2307 bottes de *foin*, à 8, 9 & 10^{l}. le cent, 217^{l}.

Pour 3 cents bottes de *reguain*, à 7^{l}. le cent, 21^{l}.

Vache 57^{l}. [Pour 2 vaches vendues, 114^{l}.

Pour 1 vieille *vache*, 28^{l}.

Veau 15^{l}. 2^{s}. 10^{d}. $\frac{2}{7}$. [Pour 14 veaux à différens prix, 212^{l}.

Douzaine de *pigeons* 1^{l}. 13^{s}. 9^{d}. $\frac{3}{7}$. [Pour 126 douzaines de pigeons, 212^{l}. 17^{s}.

Pour 1 panier de *mouches*, 8^{l}.

Pour le millier de *tuiles* 15^{l}. & de *carreaux*, 15^{l}.

Pour 2 cents quartiers de *grès* cassés, 70^{l}. du cent, 140^{l}.

Pour les *botteleurs*, 10^{s}. du cent de foin.

Pour avoir *fauché* 7 arpens de pré, à 40^{s}. l'arpent, 14^{l}.

Pour 1 arpent d'*avoine*, 20^{s}. aux faucheurs.

Pour les *faneurs* de foin 16 journées, à 12^{s}. & 8 journées, à 8^{s}.

Pour *façon* de 36 *cordes de bois* à la grande corde, 30^{s}. la corde, 54^{l}.

Pour la *façon* d'un cent de *bourrées*, 28^{s}.

Pour *façon* de 39 *cordes* & 3 cordons, à 20^{s}. la corde, 39^{l}. 15^{s}.

Façons d'arpent de vigne 30^{l}. [Pour façons ordinaires des 6 arpens & $\frac{1}{2}$, & $\frac{1}{2}$ quartier des *vignes* de Beauvais, à 30^{l}. l'arpent, 198^{l}. 15^{s}.

Pour 3 cents *provins*, à 3^{l}. le cent, 9^{l}.

Pour *fumage* de 2 cents de provins, 2^{l}.

Pour *sarclage*, 14^{l}. 17^{s}. 6^{d}.

Pour *façons* ordinaires des *vignes* de Grateloup, consistant en 9 arpens & 72 perches, à 35^{l}. l'arpent, 340^{l}. 4^{s}.

Pour 2500 *provins* plus que la tâche, à 3^{l}. le cent, 75^{l}.

Pour *fumage* de 1867 provins plus que la tâche, 18^{l}. 15^{s}.

Pour *sarclage*, 24^{l}. 10^{s}.

Les *vendanges* ont duré 4 jours, la premiere journée 37 personnes, les 3 dernieres 40 personnes, à 4^{s}. par jour, 31^{l}. 8^{s}.
Pour les *hotteurs* 7 journées, à 8^{s}. par jour, 2^{l}. 16^{s}.
Pour 14 *journées* de pressoir, à 10^{s}, 7^{l}.
Pour le *charretier* pour l'année, 92^{l}. 10^{s}.
Pour le *charretier* de la S. Martin d'hiver, à la S. Jean-Baptiste, 45^{l}.
Pour le *garçon de cour* pour l'année, 41^{l}. 5^{s}.
Pour 60 poignées de *morue*, à 50^{s}, 3^{l}, 3^{l}. 5^{s}, 3^{l}. 10^{s}, 3^{l}. 15^{s}, 4^{l}. & 5^{l}. la poignée, 223^{l}. 15^{s}.
Pour *saumon*, à 13^{s}. la livre.
Cent de *harengs* salés 5^{l}. [Pour 2 cents de harengs salés, 10^{l}.
Cent de *harengs* saurets 4^{l}. [Pour 2 cents de harengs saurets, 8^{l}.
Pour une douzaine de *maquereaux* salés, 3^{l}.
Pour 312 douzaines & $\frac{1}{2}$ d'*œufs*, à 4^{s} & 8^{s}. la douzaine, 92^{l}. 1^{s}. 6^{d}.
Pour 656 liv. $\frac{1}{2}$ de *beurre*, à 8^{s}, 9^{s}, 10^{s}, 12^{s}, 13^{s} & 14^{s}, 323^{l}. 15^{s}. 6^{d}.
Pour 641 liv. de *bœuf*, à 5^{s}. la livre, *veau*, à 5^{s}. 6^{d}. la livre.
Pour une liv. de *muscade*, 16^{l}.
Pour une liv. de *sucre*, 23^{s}.
Pour le *chenevis*, 38 & 45^{s}. le bichet.
Pour avoir fait *filer* 6 liv. de chanvre, & en faire du fil à coudre, 6^{l}. 1^{s}.
Pour une *faux*, 2^{l}. 10^{s}.
Pour avoir façonné 22 liv. $\frac{1}{2}$ d'*étain* fin, & 5 liv. $\frac{1}{4}$ de commun, à 4^{s}. la livre, 5^{l}. 12^{s}.
Bichet de *noix* 5^{l}. [Pour 1 bichet $\frac{1}{2}$ de noix, 7^{l}. 10^{s}.
Pour 57 *poules*, à 22^{s}. la paire, 31^{l}. 7^{s}.
Paire de *poulets* 14^{s}. [Pour 3 paires de poulets achetés du marché, 2^{l}. 2^{s}.
Pour 1 bichet de *pois* verds, 3^{l}.
Fumage d'arpent de froment 5^{s}. [Pour avoir fait fumer 20 arpens de froment, 5^{l}.
Plus, semé 120 bichets de *froment*, 39 bichets de *méteil*, & 180 bichets d'*avoine*.
On a fait dans ladite année 29 muids de *vin*.
Plus, la *chandelle*, à 10^{s}. la livre.
Vache 33^{l}. 5^{s}. [Pour 2 vaches vendues, 66^{l}. 10^{s}.
Pour 1 vieille *vache*, 28^{l}.
Pour le cent de *bourrées* d'aubier, 28^{s}.
Pour *façon* de corde d'autre *bois*, 20^{s}.
Pour *façon* du cent de *fagots*, 20^{s}.
Pour 60 poignées de *morue*, dont 2 à 50^{s}, 3 à 3^{l}, 17 à 3^{l}. 5^{s}, 12 à 3^{l}. 10^{s}, 6 à 3^{l}. 15^{s}, 10 à 4^{l}, & 10 à 5^{l}, 223^{l}. 15^{s}.

Plus, le *bœuf* à 5^{f}. la liv. & le *veau*, à 5^{f}. 6^{d}.
Porc 13^{l}. 4^{f}. 8^{d}. [Pour 3 porcs, 39^{l}. 14^{f}.
Pour 3 paires de *poulets* (à 7^{f}. piéce), 2^{l}. 2^{f}.
Pour 57 *poules*, à 22^{f}. la paire, 31^{l}. 7^{f}.

1723.

PR. Voie de *bois* 6^{l}. 10^{f}. [Pour 11 cordes & $\frac{1}{2}$ de peuplier, à 13^{l}. la corde, 149^{l}. 10^{f}.
Mauvaise *vache* 48^{l}. [Pour 2 vaches mauvaises, 96^{l}.
Veau 15^{l}. 13^{f}. 7^{d}. $\frac{7}{11}$ [Pour 11 veaux, 172^{l}. 10^{f}.
Porc 27^{l}. 10^{f}. [Pour 3 porcs, 82^{l}. 10^{f}.
Pour avoir *fauché* 12 arpens de pré (à 30^{f}. l'arpent), 18^{l}.
Pour avoir *fauché* 33 arpens d'avoine, y compris 3 arpens de pré (à 18^{f}. l'arpent), 29^{l}. 14^{f}.
Pour avoir *fané* pendant 25 journées (à 10 & 15^{f}.) 16^{l}. 15^{f}.
Bottelage du cent de foin, 9 & 10^{f}.
Pour *façon* de 39 cordes & $\frac{1}{2}$ de *bois* (à 20^{f}. la corde), 39^{l}. 10^{f}.
Pour *façon* du cent de *fagots* 20^{f}. & du cent de *bourrées* aussi 20^{f}.
Pour *façons* des *vignes* à Beauvais, à 30^{l}. l'arpent, & à Grateloup, à 35^{l}. l'arpent.
Pour le *bœuf* & le *veau*, à 5^{f}. la liv. l'un dans l'autre.

1724.

PR. *Froment*, mesure de Montereau, de 3^{l}. 1^{f}. jusqu'à 4^{l}. 6^{f}. le bichet.
Pour 1 bichet de *méteil* de Montereau de 32^{f}. à 50^{f}.
Pour 1 bichet de *méteil*, mesure de Donne Marie, de 24^{f}. à 36^{f}.
Pour une *vache* vendue, 69^{l}.
Veau 19^{l}. 2^{f}. 10^{d}. $\frac{2}{7}$. [Pour 7 veaux, 134^{l}.
Pour 2 *porcs*, 30^{l}. piéce, 60^{l}.
Pour 1 arpent de *pré* vendu, 36^{l}. & 35^{l}. premiere herbe.
Pour 1 arpent de *reguain*, 9^{l}.
Pour 1 millier de *briques*, 15^{l}.
Pour 1 millier de *carreaux*, 14^{l}.
Pour 1 millier de *tuiles*, 14^{l}.
Pour avoir *fauché* 40 arpens d'avoine, y compris 3 arpens de pré, à 20^{f}. l'arpent, 40^{l}.
Pour avoir *fauché* 5 arpens & 17 perches de pré, à 40^{f}. l'arpent, 10^{l}. 12^{f}.
Pour avoir *fauché* pendant 19 journées, à 25^{f}. par journée, 23^{l}. 15^{f}.
Pour 24 journées de *faneurs*, dont 14 à 18^{f}. & 11 à 10^{f}, 17^{l}. 12^{f}.
Pour le *bottelage* du foin, 10 & 13^{f}. du cent.

Pour *façons* des *vignes* de Beauvais, à 30^{l}. l'arpent, & de Grateloup, à 35^{l}. l'arpent.
Payé au *charretier* pour l'année, 110^{l}.
Payé à un autre *charretier* pour l'année, 84^{l}.
Pour la *viande*, à 6^{f}. l'une dans l'autre.
Petit *porc* 6^{l}. 13^{f}. 4^{d}. [Pour 3 petits porcs, 20^{l}.
Porc 20^{l}. [Pour 2 porcs à Montereau, 40^{l}.
Riz, à 10^{f}. la livre.

1725.

Pour le bichet de *froment* de Montereau, de 3^{l}. 2^{f}, à 4^{l}. 10^{f}. PR.
Pour le boisseau de *froment* de Provins, à 4^{l}.
Pour 79 bichets de *froment* de Montereau vendus à la maison, 302^{l}. 7 sols.
Pour le bichet de *méteil* de Montereau, à 48^{f}. & à 3^{l}. 9^{f}.
Pour le bichet d'*orge* à 28^{f}, d'*avoine*, à 35^{f}.
Veau 16^{l}. 17^{f}. 9^{d}. $\frac{1}{3}$. [Pour 9 veaux, 152^{l}.
Pour le boisseau de *plâtre* de Montereau, 7^{f}.
Pour la *viande*, 6^{f}. la liv. l'une dans l'autre.
Porc 23^{l}. 3^{f}. [Pour 2 porcs, 46^{l}. 6^{f}.

1726.

Pour 1 arpent de *pré*, 33^{l}. PR.
Veau 14^{l}. 2^{f}. 10^{d}. $\frac{2}{7}$. [Pour 7 veaux, 99^{l}.
Pour la *chaux*, 5^{l}. le muid.
Pour *bottelage* de foin, 12^{f}. du cent.
Pour le *fauchage* d'arpent de pré 35^{f}. & d'avoine, 17^{f}. l'arpent.
Pour la journée de *faneur*, à 8^{f}. & 12^{f}.
Pour *façon* des *vignes* de Beauvais, 35^{l}. l'arpent.
Pour *façons* des *vignes* de Grateloup, 40^{l}. l'arpent.
Payé au *charretier* pour l'année, 75^{l}.
Pour le *vacher* par année, 30^{l}.
Pour la *viande* 5^{f}. 3^{d}. la liv. l'une dans l'autre.

1727.

Pour le bichet de *froment* de Montereau, de 50^{f}. à 3^{l}. PR.
Pour le bichet d'*orge*, de 25 à 28^{f}.
Pour le bichet de *méteil*, de 38 à 43^{f}.
Pour le grand bichet d'*avoine* 26^{f}. & le petit, 16^{f}.
Pour le bichet de *vesce* 38^{f}, de *chenevis*, de 40 à 53^{f}.
Veau 11^{l}. 11^{f}. 1^{d}. $\frac{1}{3}$. [Pour 9 veaux, 104^{l}.

Vieille *vache* 9^{l}. [Pour 3 vieilles vaches, 27^{l}.
Pour 1 *porc*, 30^{l}.
Pour le muid de *chaux*, 5^{l}.
La *viande*, à 4^{f}. 9^{d}. la liv. l'une dans l'autre.

1728.

PR. *Veau* 12^{l}. 10^{f}. [Pour 12 veaux, 150^{l}.
Pour 1 millier de *tuiles*, 16^{l}. de *carreaux*, 16^{l}.
Pour le cent de *fer*, 15^{l}.
Pour la *viande* 4^{f}. 9^{d}. la liv. l'une dans l'autre.
Pour la liv. de *porc*, 4^{f}.
Pour 7 liv. de *bœuf* à Montereau, à 5^{f}. 9^{d}. la liv. payé 2^{l}. 0^{f}. 3^{d}.
Porc 18^{l}. 2^{f}. [Pour 2 porcs, 36^{l}. 4^{f}.

1729.

PR. Pour 3 *vaches*, dont une de 15^{l}. une de 45^{l}. & une de 6^{l}, 66^{l}.
Veau 17^{l}. 11^{f}. 5^{d}. $\frac{1}{7}$. [Pour 7 veaux, 123^{l}.
Paire de *pigeons* 6^{f}. [Pour 14 paires de pigeons, 4^{l}. 4^{f}.
Pour le *bœuf*, à 5^{f}. la livre.
Pour le *veau*, à 5^{f}. 3^{d}. la livre.

1730.

PR. Pour le *bottelage* du cent de *foin*, à 9 & 10^{f}.
Pour avoir *fauché* 67 arpens $\frac{1}{2}$ tant pré, orge, qu'avoine, à 28^{f}. l'arpent, sans être nourris, 94^{l}. 10^{f}.
Pour *faucher* le reguain, à 28^{f}. l'arpent.
Pour la *viande*, 5^{f}. la liv. de *bœuf*.
Pour le *veau*, 5^{f}. 3^{d}. la livre.

1731.

PR. Pour une *vache*, 50^{l}.
Veau 14^{l}. 17^{f}. 1^{d}. $\frac{5}{7}$. [Pour 7 veaux, 104^{l}.
Pour *façons* des *vignes* de Beauvais, 35^{l}. l'arpent.
Pour *façons* des *vignes* de Grateloup, 40^{l}. l'arpent.
Pour le *charretier* par année, 103^{l}. autre idem, 103^{l}.
Pour 1 liv. de *bœuf* 5^{f}, de *vache* 4^{f}, de *veau*, 5^{f}. 3^{d}.
Porc 14^{l}. 12^{f}. [Pour 3 porcs, 43^{l}. 16^{f}. ensemble.

1732.

PR. Pour une *vache*, 40^{l}.

Veau

Veau 17^{l}. [Pour 4 veaux, 68^{l}.
Pour la liv. de *viande*, bœuf & veau 5^{s}. l'une dans l'autre.

1733.

Pour une *vache*, 45^{l}. PR.
Veau 13^{l}. 3^{s}. 4^{d}. [Pour 12 veaux, 158^{l}.
Pour 1 *porc*, 39^{l}.
Pour *faucher* 1 arpent d'*avoine* 15^{s}. & de *pré*, 30^{s}.
Pour *façons* des *vignes* de Beauvais, à 35^{l}. l'arpent; ſavoir 6 arpens $\frac{1}{2}$ & demi-quartier, 231^{l}. 17^{s}. 6^{d}.
Pour 950 & $\frac{1}{2}$ quarteron de *provins*, 28^{l}. 17^{s}. 6^{d}.
Pour *fumage*, 4^{l}. 17^{s}.
Pour *façons* des *vignes* de Grateloup, à 40^{l}. l'arpent, 9 arpens & 72 perches, 388^{l}.
Pour 1750 & 3 quarterons de *provins*, à 3^{l}. le cent, 54^{l}. 15^{s}.
Pour le *fumage*, 9^{l}. 10^{s}.

1734.

Vieille *vache* 21^{l}. [Pour 3 vieilles vaches, 63^{l}. PR.
Veau 14^{l}. 14^{s}. 3^{d}. $\frac{3}{7}$. [Pour 14 veaux, 206^{l}.
Pour la *viande*, 5^{s}. la livre.
Nouvelle *vigne* de Beauvais, plantée cette année.
Pour 35600 *échevelées*, à 5^{s}. le cent, 84^{l}. 15^{s}.
Pour le *port* deſdites échevelées, 22^{l}.
Pour la *façon* de 4 arpens & 52 perches $\frac{1}{4}$, à 50^{l}. l'arpent, 226^{l}. 5^{s}.
Pour une *cavalle* noire achetée à Paris, 186^{l}.
Pour 1 *mors* de bride, 8^{l}.
Pour la *monture* de *la bride*, 2^{l}. 10^{s}.
Pour 1 *têtiere* & 1 *licou*, 1^{l}. 15^{s}.
Pour 1 *ſelle*, 25^{l}.

1735.

Pour *façons* des *vignes* de Beauvais, à 35^{l}. l'arpent, 105^{l}. PR.
Pour les *provins*, 6^{l}. 7^{s}. 6^{d}.
Pour le *fumage*, 3^{l}. 5^{s}.
Pour *façons* de la *vigne* de Beauvais plantée l'année d'auparavant, 15^{l}. l'arpent, tandis que pour la vieille vigne on payoit 35^{l}. l'arpent.
Pour *façons* de 8 arpens 69 perches $\frac{1}{2}$ des *vignes* de Grateloup, à 40^{l}. l'arpent, 347^{l}. 16^{s}.
Pour 1715 *provins* plus que la tâche, à 3^{l}. le cent, 51^{l}. 11^{s}.
Pour le *fumage*, 17^{l}. 2^{s}. 6^{d}.
Janvier. Setier du meilleur *blé* à Paris, 12^{l}. Juillet, 13^{l}. 5^{s}. Prix de Paris.
Janvier. Setier d'*avoine*, 10^{l}. Juillet, 11^{l}. 10^{s}.

Janvier. Millier d'*œufs* à Paris, de 22^{l}. à 41^{l}. Juillet, de 13^{l}. à 21^{l}.
Mars. Cent de *paille* à Paris, 10^{l}. Juillet, 14^{l}.

1736.

PR. *Veau* 16^{l}. 5^{f}. [Pour 8 veaux, 130^{l}.
Pour une vieille *vache*, 30^{l}.
Pour la *viande*, 4^{f}. la liv. de *bœuf*, & 5^{f}. la liv. de *veau*.
Pour les *vignerons* de Beauvais, à 35^{l}. l'arpent, 107^{l}. 5^{f}. 6^{d}.
Pour 150 *provins* plus que la tâche, 4^{l}. 10^{f}.
Pour le *fumage*, 2^{l}. 10^{f}.
Pour les *vignes* de Grateloup, 8 arpens 69 perches $\frac{1}{2}$ *façons* de l'arpent 40^{l}. ci, 347^{l}. 16^{f}.
Pour 1296 *provins* plus que la tâche, à 3^{l}. le cent, 57^{l}. 15^{f}.
Pour le *fumage*, 22^{l}. 5^{f}.

Prix de Paris. Janvier. Setier du meilleur *blé* à Paris, 14^{l}. 10^{f}. Juillet, 13^{l}. 17^{f}. 6^{d}.
Janvier. Setier d'*avoine*, 10^{l}. 15^{f}. Juillet, 12^{l}. 5^{f}.
Janvier. Millier d'*œufs*, de 26^{l}. à 32^{l}. Juillet, de 14^{l}. à 22^{l}.

1737.

PR. Pour 1 arpent de *foin* ſur pied vendu, 50^{l}.
Veau 17^{l}. 8^{f}. 6^{d}. $\frac{6}{7}$. [Pour 7 veaux, 122^{l}.

Prix de Paris. Janvier. Setier du meilleur *blé*, 13^{l}. 15^{f}. Juillet, 14^{l}. 15^{f}.
Janvier. Setier d'*avoine*, 10^{l}. 10^{f}. Juillet, 11^{l}. 10^{f}.
Janvier. Millier d'*œufs*, de 23^{l}. à 44^{l}. Juillet, de 14^{l}. à 23^{l}.

1738.

PR. Pour 48 bichets de *froment*, meſure de Montereau, depuis 2^{l}. 14^{f}. juſqu'à 3^{l}. 6^{f}. le bichet, 139^{l}. 4^{f}.
Pour 150 bichets de *froment*, meſure de Montereau, à 50^{f}. le bichet, 375^{l}.
Pour 159 bichets de *méteil*, 263^{l}. 12^{f}.
Pour 279 bichets de *méteil*, meſure de Montereau, de 30 à 34^{f}. le bichet, 447^{l}. 16^{f}.
Pour 213 bichets de *méteil*, meſure de Donne Marie, de 24 à 30^{f}. le bichet, 277^{l}. 2^{f}. 6^{d}.
Pour 18 bichets d'*orge*, de 18 juſqu'à 33^{f}, 22^{l}.
Pour 2 arpens 19 perches de *bois* taillis à Grateloup, 166^{l}. 5^{f}.
Voie de *bois* 6^{l}. 10^{f}. [Pour 15 cordes $\frac{1}{2}$ de bois taillis, à 13^{l}. la corde, 201^{l}. 10^{f}.
Voie de *bois* 7^{l}. [Pour 8 cordes de bois de fente, à 14^{l}. la corde, 112^{l}.

Voie de *bois* 4^{l}. [Pour 15 cordes de bois de tremble, à 8^{l}. la corde, 120^{l}.

Voie de *bois* 4^{l}. 10^{s}. [Pour 24 cordes de bois d'aune, à 9^{l}. la corde, 216^{l}.

Pour 1626 *bourrées* de taillis, à 6^{l}. 10^{s}. le cent, 105^{l}. 12^{s}. 6^{d}.

Pour 750 *bourrées* de receppe, à 8^{l}. le cent, 60^{l}.

Pour 250 *bourrées* d'aubier, à 12^{l}. le cent, 30^{l}.

Pour 7526 bottes de *foin*, 871^{l}.

Pour 1 arpent de *foin* vendu, 39^{l}.

Pour 13 *veaux* & une *vache* à différens prix, 200^{l}.

Pour 32 paires de *pigeonneaux*, depuis 3^{s}. jusqu'à 4^{s}. 6^{d}. la paire, 6^{l}. 5^{s}.

Pour 278 liv. de *viande*, bœuf & vache, à 4^{s}. 3^{d}. la livre, 59^{l}.

Pour 148 liv. $\frac{1}{2}$ de *veau*, à 5^{s}. la livre, 37^{l}. 2^{s}. 6^{d}.

Pour 1950 liv. de *viande*, bœuf, vache & veau, à 4^{s}. 6^{d}. la livre, 438^{l}. 16^{s}. 6^{d}.

Pour 100 liv. de *viande* pour les vendangeurs, à 3^{s}. 6^{d}. la livre, 17^{l}. 10^{s}.

Millier d'*alevin* 100^{l}. [Pour 1500 d'alevin, 150^{l}.

Pour 6 *raies*, à 6^{l}. piéce, 36^{l}.

Pour 250 *harengs*, à 2^{s}. piéce, 25^{l}.

Pour 30 *merlans*, à 2^{s}. 6^{d}. piéce, 3^{l}. 15^{s}.

Pour 77 poignées de *morue*, depuis 3^{l}. 5^{s}. jusqu'à 4^{l}. la poignée, 267^{l}. 19^{s}.

Quarteau de *harengs* 10^{l}. 11^{s}. 8^{d}. [Pour 6 quarteaux de harengs blancs, 63^{l}. 10^{s}.

Pour 74 liv. de *saumon*, à 12^{s}. la livre, 44^{l}. 8^{s}.

Feuillette de *maquereaux* 18^{l}. 10^{s}. [Pour 2 feuillettes de maquereaux, 37^{l}.

Cent de *harengs* saurets 4^{l}. 10^{s}. [Pour 3 cents de harengs saurets, 13^{l}. 10^{s}.

Douzaine d'*œufs* 5^{s}. 8^{d}. $\frac{48}{53}$. [Pour 636 douzaines d'œufs achetés à Donne Marie, 182^{l}. 12^{s}.

Liv. de *beurre* 10^{s}. 3^{d}. $\frac{39}{562}$. [Pour 562 liv. de beurre à Donne Marie, 288^{l}. 3^{s}. 9^{d}.

Liv. de *beurre* fondu 10^{s}. [Pour 10 liv. de beurre fondu à Donne Marie, 5^{l}.

Pour 41 pintes d'*huile* de chenevis à brûler, à 15^{s}. la pinte, 30^{l}. 15^{s}.

Liv. de *sucre*, 16^{s}.

Liv. de *savon*, 10^{s}. 6^{d}.

Vieux-oing, 9^{s}. la livre.

Liv. de *poivre*, de 32 à 36^{s}.

Liv. de *riz*, 8^{s}.

Pour 1 barique de *moutarde*, 18^{s}.
Once de *girofle* 15^{s}. [Pour 4 onces de girofle, 3^{l}.
Once de *cannelle* 13^{s}. [Pour 2 onces de cannelle, 1^{l}. 6^{s}.
Once de *muſcade* 1^{l}. 4^{s}. [Pour 3 onces de muſcade, 3^{l}. 12^{s}.
Pinte de *vinaigre*, 5^{s}.
Liv. de *plomb* à tirer, 7^{s}.
Liv. d'*alun*, 12^{s}.
Liv. de *chandelle*, 8^{s}.
Pour les *vignerons* de la *vigne* de Grateloup, contenant 6 arpens 73 perches $\frac{3}{4}$, à 40^{l}. l'arpent, pour *façons*, 269^{l}. 10^{s}.
Pour 1400 de *provins*, à 3^{l}. le cent, 42^{l}.
Pour le *fumage* d'iceux, 13^{l}.
Façons d'arpent de vigne 35^{l}. [Pour les vignerons de la vigne ancienne de Beauvais, contenant 3 arpens 6 perches $\frac{1}{2}$, à 7^{s}. la perche, 107^{l}. 5^{s}. 6^{d}.
Pour groſſes *façons* de la nouvelle *vigne* de Beauvais, contenant 4 arpens 38 perches $\frac{1}{2}$ au prix ci-deſſus, 160^{l}. 9^{s}. 6^{d}.
Poinçon de *vin* 13^{l}. 6^{s}. 8^{d}. [Pour 3 poinçons de vin, 40^{l}.
Pour les *vendangeurs* & *hotteurs*, pendant 3 jours de vendange, 43^{l}. 16^{s}.
Pour avoir *relié* 69 tonneaux, à 4^{s}. piéce, 13^{l}. 16^{s}.
Pour 13 minots de *charbon* de terre, à 40^{s}. le minot, 26^{l}.
Payé au premier *charretier* pour ſon année, 76^{l}.
Payé au deuxiéme *charretier* pour ſa demi-année échue à la S. Jean, 31^{l}. 10^{s}.
Plus, au *charretier* qui lui a ſuccedé pour l'autre demi-année, 35^{l}.
Payé au *vacher* pour ſon année, 30^{l}. 12^{s}.
Pour le *ſemeur*, 5^{s}. par arpent.
Pour le *faucheur* de prés, premiere herbe à 38^{s}. l'arpent, pour 18 arpens, 31^{l}. 10^{s}.
Pour 4 arpens de prés *fauchés* à Gravon, à 40^{s}. l'arpent, 8^{l}.
Pour *faucher* 27 arpens d'avoine, à 14^{s}. l'arpent, 31^{l}. 10^{s}.
Pour les *faneurs* de la premiere herbe, 32^{l}. 10^{s}.
Pour avoir *fauché* 10 arpens $\frac{3}{4}$ de reguain, à 28^{s}. l'arpent, 15^{l}.
Pour les *faneurs* de la ſeconde herbe, 17^{l}. 17^{s}. 6^{d}.
Payé aux *botteleurs* pour 12445 bottes de foin & reguain, 55^{l}. 10^{s}. 6^{d}.
Pour une paire de *roues* neuves, 63^{l}.
Chaux, 4^{l}. le muid.
Millier de *tuiles*, 13^{l}.
Pour 2 *chevaux* de harnois, 207^{l}. 4^{s}.
Pour 10 *vaches*, à 40^{l}. chaque, 400^{l}.
Cochon 8^{l}. 13^{s}. 1^{d}. $\frac{1}{7}$. [Pour 7 cochons à Montereau, 60^{l}. 12^{s}.
Pour 1 *cheval*, 100^{l}.

Bichet de *féves* 3l. 10f. [Pour 3 bichets de féves blanches à Montereau, 10l. 10f.

Pour 3 bichets de *pois* verds, à 3l. le bichet, 9l.

Boiſſeau de *pois* 2l. 18f. 8d. [Pour 3 boiſſeaux de pois à Provins, 8l. 16f.

Pour 2 boiſſeaux de petites *féves* blanches, 5l.

Pour 2 pintes & chopine de *lentilles*, 9f. 6d.

Janvier. Setier du meilleur *blé* à Paris, 17l. Juillet, 18l. Prix de Paris.

Janvier. Setier d'*avoine*, 12l. Juillet, 12l. 10f.

Janvier. Millier d'*œufs*, de 31l. à 48l. Juillet, de 16l. à 24l.

1739.

Bichet de *froment*, depuis 58f. juſqu'à 3l. 12f. & meſure de Montereau, depuis 32f. juſqu'à 55f. PR.

Bichet d'*orge*, depuis 24f. juſqu'à 36f.

Voie de *bois* 6l. 13f. 4d. [Pour 13 cordes ½ de bois, 180l.

Pour 600 *bourrées* d'aubier, à 12l. le cent, 72l.

Pour 475 *bourrées* de receppe, à 8l. le cent, 38l.

Pour 1525 *bourrées* de taillis, à 6l. 10f. le cent, 99l.

Pour 80 toiſes de petits *chevrons*, à 14f. la toiſe, 56l.

Pour 8 toiſes de *planches*, 6l.

Pour 4 arpens 19 perches ½ de *bois* vendu, 323l. 12f.

Pour 2065 bottes de *foin* vendues, 283l. 7f. 6d.

Pour 7 arpens de *foin* vendus en herbe, 36l. l'arpent, 252l.

Arpent de *reguain* 11l. [Pour 2 arpens de reguain, reçu 22l.

Veau 17l. 7f. 6d. [Pour 8 veaux vendus, 139l.

Pour 9 liv. de *miel* blanc, à 5f. la livre, 2l. 5f.

Pour 5 *poulets* & 3 *dindonneaux*, 3l. 18f.

Cent de *harengs* frais 10l. [Pour 150 harengs frais, à 2f. piéce, 15l.

Pour 1 *loutre* & 2 *loutras*, 5l.

Main de *morue* 3l. 6f. 4d. [Pour 75 mains de morue, 248l. 15f.

Feuillette de *maquereaux* 24l. [Pour 2 feuillettes de maquereaux, 48l.

Pour 4 quarts de *harengs* blancs, à 11l. 10f. le quart, 46l.

Hareng ſauret 2f. 1d. $\frac{7}{13}$. [Pour 312 harengs ſaurets, 16l. 14f.

Pour 56 liv. de *ſaumon*, à 12f. la livre, 33l. 12f.

Pour 50 *maquereaux*, à 4f. piéce, 10l.

Douzaine d'*œufs* 5f. 4d. $\frac{916}{929}$. [Pour 929 douzaines d'œufs achetées à Donne Marie, 251l. 11f.

Douzaine d'*œufs* 5f. 2d. $\frac{46}{115}$. [Pour 230 douzaines d'œufs, 59l. 16f.

Liv. de *beurre* l'une dans l'autre, 13f. 3d. $\frac{373}{549}$. [Pour 823 liv. ½ de beurre à Donne Marie, depuis 8f. juſqu'à 17f. la livre, 547l. 18f.

Pour 140 pintes d'*huile* d'olive fine, à 13f. la livre, 95l. 19f.

Pour 50 liv. d'*huile* d'olive, à 15f. 6d. la livre, 38l. 15f.

Pour 24 livres de *poivre* noir, à 30ſ. la livre, 36l.
Once de *muſcade* 14ſ. 0d. $\frac{6}{7}$. [Pour 14 onces de muſcade, 9l. 17ſ.
Once de *girofle* 12ſ. 11d. [Pour 12 onces de girofle, 7l. 15ſ.
Pour 1 liv. de *ſucre*, 16ſ.
Pour 1 liv. de *riz*, 7ſ.
Pour 1 liv. de *raiſin* ſec, 9ſ.
Pour 1 liv. de *figues*, 9ſ.
Pour 1 liv. d'*amandes*, 9ſ.
Pour 1 liv. de *fromage*, 9ſ.
Pour 1 liv. de *ſavon*, 9ſ. 6d.
Pour 1 liv. de *vieux-oing*, 11ſ. 6d.
Pour $\frac{1}{2}$ liv. de *coton* de méche, 20ſ.
Liv. de *chandelle* de 8ſ. 6d, à 9ſ.
Pour *façons* des *vignes* de Grateloup, contenant 6 arpens 73 perches $\frac{3}{4}$ à 40l. l'arpent, ou 8ſ. la perche, 269l. 10ſ.
Pour 1500 *provins* plus que la tâche, à 3l. le cent, 45l.
Pour *fumage*, 14l.
Pour *façons* de l'ancienne *vigne* de Beauvais, contenant 3 arpens 6 perches $\frac{1}{2}$, à 35l. l'arpent de groſſes façons, c'eſt à 7ſ. la perche, 107l. 5ſ.
Pour groſſes *facons* de la nouvelle *vigne* dudit Beauvais, contenant 4 arpens 58 perches $\frac{1}{2}$ audit prix, 160l. 9ſ. 6d.
Pour 32 muids de *vin* achetés, depuis 24 juſqu'à 30l. le muid, ci, 878l. 15ſ.
Pour frais de *vendanges*, 47l. 12ſ.
Pour avoir *relié* 90 piéces, à 4ſ. la piéce, 18l.
Vendu l'*étain* fin, 28ſ. la livre.
Vendu l'*étain* commun, 20ſ. la livre.
Pour *façon* de 55 liv. d'*étain* refondu, à 4ſ. la livre, 11l.
Payé au premier *charretier* pour ſon année, 82l.
Payé au deuxiéme *charretier* pour $\frac{1}{2}$ année échue à la S. Jean-Baptiſte, 35l.
Payé au *charretier* qui l'a remplacé pour $\frac{1}{2}$ année échue à Noël, 37l.
Payé au *vacher* pour l'année, 30l.
Payé au *garçon de cour*, 42l. 4ſ.
Payé aux *faucheurs* pour 19 arpens de premiere herbe, & 4 de la ſeconde herbe, pour 40 arpens d'avoine, & 4 d'orge au prix accoutumé, 64l. 18ſ.
Payé aux *faneurs*, 27l.
Pour les *foſſés*, à 2ſ. la toiſe.
Pour avoir *bottelé* 7739 bottes de foin, à 4l. 10ſ. le millier, 34l. 16ſ. 4d.
Pour le *ſemeur* de froment, avoine, orge à 5ſ. l'arpent. [Pour avoir ſemé 40 arpens d'avoine, 32 arpens de blé, 4 arpens d'orge, compris la glace d'alun, 19l. 12ſ.

Pour façon de 1250 *bourrées* & 13 cordes de bois de souche, 25^{l}. 10^{f}.

Boisseau de *plâtre* 9^{f}. [Pour 4 boisseaux de plâtre à Donne Marie, 1^{l}. 16^{f}.

Pour autre *plâtre*, à 7^{f}. le boisseau.

Pour 1 millier de *tuiles*, 13^{l}.

Pour 4 flambeaux de *cuivre* & deux martinets, 9^{l}. 17^{f}.

Pour 26 aunes de *treillis* à 15^{f}, 19^{l}. 10^{f}.

Pour 336 liv. de *chanvre*, à 4^{f}. la livre, 67^{l}. 4^{f}.

Ferrage de la liv. de *chanvre* 1^{f}. 7^{d}. $\frac{61}{905}$. [Payé aux ferreurs pour façon de 487 liv. de chanvre femelle, & 418 liv. de mâle, 71^{l}. 18^{f}.

Filage de la liv. de *chanvre* 4^{f}. 9^{d}. $\frac{14}{181}$. [Pour les fileuses dudit chanvre, 215^{l}. 8^{f}. 9^{d}.

Façon d'aune de *toile* 4^{f}. 6^{d}. $\frac{39}{109}$. [Payé aux tisserands, pour façon de 872 aunes de toile, 197^{l}. 10^{f}.

Liv. de *cuivre* 40^{f}. [Pour $\frac{1}{2}$ liv. de cuivre, 20^{f}.

Pour *planter* 1 arpent de *vigne*, il en coûte environ cent écus. On fait d'ordinaire outre la tâche par arpent, 2 cents provins.

Pour une bonne *vache*, 80^{l}.

Pour 1 *porc* gras actuellement, 80^{l}.

La liv. de *viande* de Montereau se paye 2 liards moins qu'à Paris, & la liv. de chandelle, 12^{f}.

La liv. de *safran* vaut autour de 30^{l}.

Janvier. Setier du meilleur *blé* à Paris, 21^{l}. 10^{f}. En Juillet, 20^{l}. Prix de Paris.

Setier d'*avoine* la meilleure, 15^{l}. en Janvier. En Juillet, 15^{l}.

Cent de *paille* toute l'année, 13^{l}.

1740.

Janvier. Setier du meilleur *blé* à Paris, 20^{l}. En Juillet 20^{l}. Octob. 50^{l}. Prix de Paris.

Janvier. Setier d'*avoine*, 20^{l}. 10^{f}. Juillet, 20^{l}. 10^{f}. Octobre, 21^{l}.

Janvier. Setier d'*orge*, 10^{l}. Juillet, 10^{l}. 10^{f}. Octobre, 20^{l}.

Février. Cent de *foin*, 30^{l}.

Cent de *paille*, 13^{l}.

Cent de *cotrets*, 11^{l}. 13^{f}. 4^{d}.

Voie de *bois* neuf, 17^{l}. 4^{f}. 1^{d}.

Voie de *bois* flotté, 15^{l}. 16^{f}. 3^{d}.

Janvier. Millier d'*œufs*, de 28^{l}. à 44^{l}. Juillet, de 22^{l}. à 30^{l}.

1741.

Le setier du meilleur *blé* se vendit cette année à Paris en Janvier, 46^{l}. en Février 45^{l}. en Mars 38^{l}. en Avril 35^{l}. en Mai 35^{l}. en Juin 36^{l}. en Juillet 35^{l}. en Août 34^{l}. en Septembre 32^{l}. en Octobre 32^{l}. & en Novembre, 27^{l}. 10^{f}. Prix de Paris.

Le setier de *méteil* se vendit dans les deux premiers mois 34^{l}. en Mars 30^{l}. en Avril 28^{l}. en Mai 27^{l}. & en Novembre, 23^{l}.

Le ſetier de *ſeigle* en Janvier, 24l. 10ſ. en Février 25l. en Mars 20l. en Avril 20l. en Mai 20l. en Juin 22l. en Juillet 20l. en Août 18l. en Septembre 22l. en Octobre 16l. en Novembre 19l.

Le ſetier d'*orge* en Janvier 19l. 10ſ. en Février 20l. 10ſ. en Mars 17l. en Avril 18l. & en Novembre, 14l. 10ſ.

Le ſetier d'*avoine* en Janvier 22l. en Février 21l. en Mars 24l. en Avril 20l. 10ſ. & en Novembre, 18l. 10ſ.

Le ſetier de *lentilles* en Janvier & Février 58l. en Mars & Avril 48 & 49l. & en Novembre, 56l.

Le ſetier de *haricots* en Janvier 48l. en Février 38l. en Mars 28l. en Avril 36l. & en Novembre, 36l.

Le ſetier de *féves* de marais en Janvier 36l. en Février 36l. en Mars 28l. en Avril 36l. & en Novembre, 36l.

Le ſetier de *pois* verds en Janvier 48l. en Février 50l. en Mars 50l. en Avril 36l. & en Novembre, 40l.

Le ſetier de *pois* blancs en Janvier 42l. en Février 40l. en Mars 36l. en Avril 36l.

Le ſetier de *pois* gris en Janv. 15l. 5ſ. en Fév. 17l. en Mars, 15l. 10ſ.

Le ſetier de *féverolles* en Janv. 15l. 10ſ. en Fév. 16l. en Mars, 15l. 10ſ.

Le ſetier de *veſce* en Janvier 16l. en Février 14l. en Mars 14l. 10ſ. & en Novembre, 18l. 5ſ.

Le ſetier de *ſarraſin* en Janvier 14l. en Février 12l. en Mars, 10l.

Le ſetier de *millet* en Janvier 22l. en Avril 24l. en Mai, 20l.

Le ſetier de *navette* en Janvier 42l. en Février 39l. en Mars, 40l.

Le ſetier de *ſenevé* en Janvier 36l. de *lin* 36l. de *chenevis* 19l. de *luzerne*, 41l.

Le cent de *foin* en Mars, 36l.

Le cent de *paille* en Janvier, 27l.

Le ſac de *charbon*, 4l. 11ſ. & 4l. 15ſ.

Le cent de *cotrets*, 11l. 13ſ. 4d.

La voie de *bois* neuf, 17l. 4ſ. 1d.

La voie de *bois* flotté, 15l. 15ſ. 9d.

La voie de *bois* de compte, 18l. 6ſ. 1d.

Le millier d'*œufs* 40l. en Janvier, 35l. en Février, 33l. en Mars, 28l. en Avril, 32l. en Mai, & en Novembre 33l.

La liv. de *chandelle*, 12 à 13ſ.

Le cent de liv. de *beurre*, depuis 37l. 10ſ. juſqu'à 80l.

La liv. de *porc* frais, 7ſ. 6d.

1742.

Prix de Paris. En Août 1742, un *bœuf* peſant 800 liv. ſe vendoit à Poiſſy, 240l.

En Août, le ſetier du plus beau *blé* valoit à Paris 22l. 10ſ. & en Décembre, 14l. 10ſ.

LE

LE prix du ſetier du meilleur blé vendu à Paris aux premiers termes des quatre ſaiſons de l'année, depuis 1732 juſques & compris 1742, a été marqué ci-devant à la page 32 de cet Ouvrage dans la partie intitulée : *Rapport entre l'argent & les denrées.*

Voici le prix du ſetier de la meilleure avoine vendue dans Paris aux mêmes termes de ces onze années, dont le prix moyen monte à $14^{l}.\ 13^{s}.\ 0^{d}.\ \frac{9}{11}$.

Année	Livres	Sous	Année	Livres	Sous
1732.	22l.		1738.	12l.	
	20			12	15ſ.
	16			12	10
	12			14	
1733.	12		1739.	15	
	11			15	
	11	10ſ.		15	
	11	10		18	
1734.	10	10	1740.	20	10
	11			21	10
	11	10		20	10
	10	5		21	
1735.	10		1741.	22	
	10	15		18	10
	11	10		24	
	12			21	
1736.	10	15	1742.	15	10
	11	10		16	
	12	5		18	5
	11	15		16	10
1737.	10	10	Total...	644l.	15ſ.
	11				
	11	10			
	12	10			

qui diviſé par 44, donne pour le prix moyen $14^{l}.\ 13^{s}.\ 0^{d}.\ \frac{9}{11}$.

Afin de fixer encore mieux les idées, en ne changeant ni de lieu, ni de meſure, ni de nature de denrées, je vais donner les prix du ſetier du meilleur froment & de la meilleure avoine vendus à Roſoy en Brie, depuis 1596 juſqu'à préſent ; ils m'ont été délivrés par une perſonne très-laborieuse, très-exacte, & revêtue du caractere d'Officier public, dans la forme qui leur donneroit foi en Justice, s'il étoit question de juger un Procès pour des arrérages d'une rente en grains. Les Registres de Messieurs du Chapitre de Notre-Dame de Paris qui sont Seigneurs de cet endroit, en confirment encore la vérité. Mais il faut avant tout, exposer la mesure de cet endroit.

Le boisseau de Rosoy qui est un vrai cylindre, ayant douze pouces dix lignes de diametre, & six pouces neuf lignes de haut, contiendroit onze millions neuf cents soixante & neuf mille neuf cents soixante & quatorze mesures, dont huit feroient la ligne cube, ou huit cents soixante & cinq pouces cubes & $\frac{12214}{13824}$.

Il y a huit de ces boisseaux au setier de Rosoy, qui seroit donc composé de six mille neuf cents vingt-sept pouces cubes & $\frac{944}{13824}$.

Si l'on divise les six mille neuf cents vingt-sept pouces cubes par trente-deux pouces cubes de blé qui pésent à peu près une livre de seize onces, le setier de blé de Rosoy péseroit deux cents seize livres.

On l'estime dans le Pays du poids de deux cents livres.

Pour en ramener le prix à celui de Paris, j'ai suivi l'estimation du lieu même où l'on compte, comme on vient de le dire, le setier sur le pied de deux cents livres pesant; & comme en ajoutant le cinquiéme de deux cents livres qui est quarante, on formeroit les deux cents quarante livres qui répondent, communément parlant, au poids de notre setier de Paris, j'ai augmenté d'un cinquiéme le prix du setier de blé vendu à Rosoy.

La Mare, *dans le Traité de la Police, tom. 2. p.* 122, avance que dix boisseaux de Rosoy font le setier de Paris. Ils seroient un peu davantage; & selon lui, il faudroit ajouter le quart de huit boisseaux, représentant le setier de Rosoy pour égaler celui de Paris. On tiendra un milieu, en n'ajoutant que le cinquiéme.

A l'égard de l'avoine, l'idée du Pays est, que les seize boisseaux de Rosoy (sans doute à cause du comble) égalent notre setier d'avoine. C'est sur cela que j'ai multiplié par seize le prix du boisseau d'avoine de Rosoy, afin qu'on en puisse plus facilement comparer le prix avec celui du setier de Paris.

On se sert à Rosoy pour mesurer le blé du même boisseau que pour l'avoine, avec cette différence que le blé se vend mesure rase, & l'avoine mesure comble.

Or le comble du boisseau de Rosoy qui a douze pouces dix lignes de diametre, sur six pouces six lignes de haut, peut faire à peu près un cinquiéme du boisseau ras, tandis que le comble d'un pied cube contenant trois boisseaux de Paris, ne feroit guères qu'un neuviéme de cette mesure rase, comme on l'a établi dans la premiere partie, p. 48, parce que le boisseau de Rosoy a en largeur dix lignes de plus, & en profondeur cinq pouces trois lignes de moins qu'un pied cube.

Nous avons dit que les huit boisseaux de blé à Rosoy augmentés d'un cinquiéme en sus, ou portés à neuf boisseaux trois cinquiémes, égalent douze boisseaux de blé, ou le setier de Paris.

Et nous comptons que seize boisseaux combles de Rosoy pour l'avoine, égalent vingt-quatre boisseaux ras, ou le setier d'avoine de Paris.

En effet, ajoutant un cinquiéme en sus, à cause du comble, aux seize boisseaux de Rosoy, il vient dix-neuf boisseaux un cinquiéme ras, qui égaleroient vingt-quatre boisseaux ras de Paris. Si l'on prend la moitié des dix-neuf boisseaux un cinquiéme, il résulte encore que neuf boisseaux trois cinquiémes ras de Rosoy répondent à douze boisseaux de Paris, pareillement mesurés.

On m'a mandé de Rosoy que le boisseau d'avoine pése ordinairement dix-huit livres & demie. Sur ce pied les seize boisseaux d'avoine de Rosoy égaux à vingt-quatre boisseaux ou au setier d'avoine de Paris, péseroient deux cents quatre-vingt seize livres poids de marc.

Admettant que nos douze boisseaux de blé pésent communément autour de deux cents quarante livres, nos mêmes douze boiſſeaux d'avoine péſeroient environ cent quarante-huit livres, & le boiſſeau de Paris péſeroit en bon blé vingt livres, en avoine douze livres & un tiers.

Pour m'en aſſurer davantage, le 17 Décembre 1745, j'ai peſé aux Auguſtins un boiſſeau de très-bon blé, meſure de Paris, deſtiné pour le pain du Couvent, il peſoit dix-neuf livres trois onces; je fis emplir ſur le champ le même boiſſeau de bonne avoine qui nous eſt fournie par une Fermiere du côté de Beaumont, il peſoit ras dix livres & demie, & comble douze livres deux onces. A ce compte notre boiſſeau, meſure de Paris, péſeroit d'ordinaire en bon blé vingt livres, & en avoine dix livres & demie, enſorte que l'avoine ne feroit guères plus de la moitié du poids du blé en pareille meſure.

J'appris en même temps du P. Procureur qui me le confirma par ſes Regiſtres, que cette année le ſetier de bon blé peſoit tantôt deux cents trente-trois, tantôt deux cents trente-ſix & deux cents trente-neuf, le plus ſouvent deux cents quarante, & quelquefois même deux cents quarante-une & deux cents quarante-trois livres, & que ſa maiſon payoit vingt ſols pour la mouture du ſetier au Meûnier qui devoit rendre en farine, en gruaux ou ſon, à quatre livres près par ſetier, le même poids du blé qu'on lui livroit. Mais peut-être l'avoine dont on tient que le boiſſeau de Roſoy péſe dix-huit livres & demie, eſt-elle ſupérieure en bonté à celle que je préſentai dans la balance, ou peut-être le poids en eſt-il déterminé dans le temps que les grains ont leur plus grand poids.

Lorſqu'il ne s'eſt point vendu d'avoine, j'ai donné le prix du marché le plus prochain, dont la date eſt placée vis-à-vis.

En comparant avec les prix de Paris, ce que le ſetier du meilleur blé & de la meilleure avoine s'eſt vendu à Roſoy, depuis 1732 juſques & compris 1742, on trouvera que pendant ce temps le prix moyen du ſetier de Roſoy ramené à notre meſure de Paris, montoit pour le blé à dix-huit livres huit ſols, & pour l'avoine, à onze livres treize ſols un denier un onziéme.

Comme je n'ai pu avoir les prix de Janvier & d'Avril 1596, j'ai rapporté ceux de Juin & de Septembre, pour former les quatre termes de la même année.

Il eſt encore à obſerver que le marché ceſſa depuis le Samedi 29 Septembre 1629 juſqu'au 24 Novembre ſuivant, à cauſe de la peſte, ainſi qu'au 19 Septembre 1637 juſqu'au 12 Décembre ſuivant pour la même cauſe.

En 1642, les prix de Janvier & d'Avril ne s'étant point trouvés, on les a remplacés par ceux de Mai & de Juin.

On conçoit aiſément que le plus haut prix où les grains ont pu monter dans les années de cherté, ne ſe rencontre pas toujours préciſément au premier jour de marché de l'un des quatre termes.

Par exemple, dans l'année 1740 le ſetier du meilleur blé, réduit à la meſure de Paris, ſe vendit à Roſoy le 10 & le 17 Décembre, cinquante-ſept livres douze ſols. On ne l'offre dans la Table au premier Octobre de la même année, que pour quarante-trois livres quatre ſols. Mais comme le plus bas prix de chaque année ne tombe pas auſſi toujours aux premiers marchés des quatre termes, cela fait une eſpèce de compenſation.

Années.	Jours des marchés & mois.	Prix du setier du plus beau blé vendu à Rosoy en Brie. Mesure de Rosoy.	Mesure de Paris.	Prix du setier de la meilleure avoine vendue à Rosoy. Mesure de Paris.
1596.	23 Juin.	16l. 16s.	20l. 3s. 2d. 2/5.	9l. 12s.
	6 Juillet.	20	24	9 12
	7 Septemb.	10	12	4 16
	5 Octobre.	12	14 8	5
1597.	3 Janvier.	11	13 4	5 8
	5 Avril.	15	18	4
	5 Juillet.	14	16 16	8
	4 Octobre.	13 4	15 16 9 3/5	4
1598.	3 Janvier.	13	15 12	4 8
	3 Avril.	12 16	15 7 2 2/5	4
	4 Juillet.	12	14 8	6 8
	3 Octobre.	8 8	10 1 7 1/5	5
1599.	2 Janvier.	6 12	7 18 4 4/5	4 8
	3 Avril.	6	7 4	4
	3 Juillet.	5 12	6 14 4 4/5	4 8
	2 Octobre.	6 8	7 13 7 1/5	3 12
1600.	7 Janvier.	6	7 4	3 4
	2 Avril.	5 12	6 14 4 4/5	3 12
	1 Juillet.	6 4	7 8 9 3/5	4 8
	7 Octobre.	6	7 4	5 12
1601.	6 Janvier.	5	6	5 4
	7 Avril.	6	7 4	6
	7 Juillet.	5 16	6 19 7 1/5	6
	6 Octobre.	6 4	7 8 9 3/5	3 4
1602.	6 Janvier.	5	6	3 4
	6 Avril.	5	6	3 4
	6 Juillet.	5	6	3 12
	5 Octobre.	6 8	7 13 7 1/5	2 16
1603.	4 Janvier.	6 8	7 13 7 1/5	3 4
	6 Avril.	6 16	8 3 2 2/5	3 12
	5 Juillet.	8	9 12	8 8
	4 Octobre.	8 12	10 6 4 4/5	6 8
1604.	3 Janvier.	7 4	8 12 9 3/5	7 4
	3 Avril.	6 12	7 18 4 4/5	6 16
	3 Juillet.	5 8	6 9 7 1/5	5 12
	2 Octobre.	6 4	7 8 9 3/5	5
1605.	8 Janvier.	5 16	6 19 2 2/5	4 8
	2 Avril.	5	6	4
	2 Juillet.	4 16	5 15 2 2/5	4 5 4d.
	1 Octobre.	6 4	7 8 9 3/5	2 18 8

Années.	Jours des marchés & mois.	*Prix du setier du plus beau blé vendu à Rosoy en Brie.*						*Prix du setier de la meilleure avoine vendue à Rosoy.*		
		Mesure de Rosoy.		Mesure de Paris.				Mesure de Paris.		
1606.	7 Janvier.	6l.		7l.	4s.			3l.	4s.	
	1 Avril.	5	8s.	6	9	7d.	1/5	3	4	
	1 Juillet.	6	8	7	13	7	1/5	3	4	
	7 Octobre.	6	16	8	3	2	2/5	3	14	8d.
1607	6 Janvier.	6		7	4			2	16	
	14 Avril.	6	8	7	13	7	1/5	2	16	
	7 Juillet.	6	8	7	13	7	1/5	3	4	
	6 Octobre.	6		7	4			3	4	
1608.	5 Janvier.	5	12	6	14	4	4/5	3	4	
	5 Avril.	9	12	11	10	4	4/5	4	5	4
	5 Juillet.	11		13	4			4		
	4 Octobre.	12	4	14	12	9	3/5	4		
1609.	3 Janvier.	10	16	12	19	2	2/5	4		
	4 Avril.	9		10	16			4	4	
	4 Juillet.	6	16	8	3	2	2/5	4	5	4
	3 Octobre.	7		8	8			4	5	4
1610.	2 Janvier.	6	16	8	3	2	2/5	3	16	
	3 Avril.	6		7	4			4		
	3 Juillet.	6		7	4			5		
	2 Octobre.	6	8	7	13	7	1/5	4	16	
1611.	8 Janvier.	5	16	6	19	2	2/5	5	4	
	2 Avril.	5	12	6	14	4	4/5	5	4	
	2 Juillet.	6	16	8	3	2	2/5	6	16	
	1 Octobre.	7	4	8	12	9	3/5	5		
1612.	7 Janvier.	6	4	7	8	9	3/5	5	6	8
	7 Avril.	6	4	7	8	9	3/5	4	12	
	7 Juillet.	6	12	7	18	4	4/5	5	12	
	6 Octobre.	6	16	8	3	2	2/5	5	4	
1613.	5 Janvier.	6		7	4			5	1	4
	6 Avril.	5	4	6	4	9	3/5	5	4	
	6 Juillet.	6	4	7	8	9	3/5	6	2	8
	5 Octobre.	5	16	6	19	2	2/5	4		
1614.	4 Janvier.	6	8	7	13	7	1/5	5		
	5 Avril.	6	12	7	18	4	4/5	4	16	
	5 Juillet.	6	16	8	3	2	2/5	4	8	
	4 Octobre.	6	4	7	8	9	3/5	3	16	
1615.	3 Janvier.	5	8	6	9	7	1/5	3	12	
	4 Avril.	5	4	6	4	9	3/5	4		
	4 Juillet.	5	16	6	19	2	2/5	5	12	
	3 Octobre.	6	4	7	8	9	3/5	5	16	

Années.	Jours des marchés & mois.	Prix du setier du plus beau blé vendu à Rosoy en Brie.						Prix du setier de la meilleure avoine vendue à Rosoy.		
		Mesure de Rosoy.		Mesure de Paris.				Mesure de Paris.		
1616.	2 Janvier.	6l.	4s.	7l.	8s.	9d.	3/5	6l.	16s.	
	2 Avril.	5	16	6	19	2	2/5	6	8	
	2 Juillet.	5		6				4	4	
	1 Octobre.	6	12	7	18	4	4/5	3	4	
1617.	7 Janvier.	5	16	6	19	2	2/5	3	4	
	1 Avril.	6		7	4			3	4	
	1 Juillet.	7		8	8			4		
	7 Octobre.	7	4	8	12	9	3/5	3	12	
1618.	6 Janvier.	10		12				4	16	
	7 Avril.	9	12	11	10	4	4/5	5	4	
	7 Juillet.	10	12	12	14	4	4/5	5	12	
	6 Octobre.	9	12	11	10	4	4/5	4	16	
1619.	5 Janvier.	8	8	10	1	7	1/5	4	16	
	6 Avril.	8	16	10	11	2	2/5	5	4	
	6 Juillet.	7		8	8			5	6	8d.
	5 Octobre.	5	8	6	9	7	1/5	4	8	
1620.	4 Janvier.	5	4	6	4	9	3/5	4	16	
	4 Avril.	5		6				4	16	
	4 Juillet.	5	4	6	4	9	3/5	4	16	
	3 Octobre.	6	4	7	8	9	3/5	3	12	
1621.	2 Janvier.	6		7	4			4		
	3 Avril.	6		7	4			3	16	
	3 Juillet.	6	12	7	18	4	4/5	4	16	
	2 Octobre.	10		12				5	6	8
1622.	8 Janvier.	9		10	16			5	4	
	2 Avril.	9	4	11	0	9	1/5	5	12	
	2 Juillet.	10		12				6	8	
	1 Octobre.	9	8	11	5	7	1/5	4	16	
1623.	7 Janvier.	9	8	11	5	7	1/5	4	16	
	1 Avril.	9	8	11	5	7	1/5	5	12	
	1 Juillet.	8	16	10	11	2	2/5	5	4	
	7 Octobre.	9	8	11	5	7	1/5	5	4	
1624.	6 Janvier.	7	12	9	2	4	4/5	4	16	
	6 Avril.	6	12	7	18	4	4/5	4	16	
	6 Juillet.	6	12	7	18	4	4/5	4	8	
	5 Octobre.	7	12	9	2	4	4/5	4	8	
1625.	4 Janvier.	6	12	7	18	4	4/5	4	16	
	5 Avril.	7	8	8	17	7	1/5	5		
	5 Juillet.	7	12	9	2	4	4/5	6	8	
	4 Octobre.	10		12				6	8	

1626.

Années.	Jours des marchés & mois.	Prix du setier du plus beau blé vendu à Rosoy en Brie. Mesure de Rosoy.		Mesure de Paris.				Prix du setier de la meilleure avoine vendue à Rosoy. Mesure de Paris.	
1626.	3 Janvier.	11 l.	16 f.	14 l.	3 f.	2 d.	$\frac{2}{5}$	6 l.	8 f.
	4 Avril.	14	4	17	0	9	$\frac{3}{5}$	9	12
	4 Juillet.	18	8	22	1	7	$\frac{1}{5}$	12	8
	3 Octobre.	11	12	13	18	4	$\frac{4}{5}$	5	4
1627.	2 Janvier.	11	4	13	8	9	$\frac{3}{5}$	6	8
	3 Avril.	12		14	8			7	12
	3 Juillet.	11	8	13	13	7	$\frac{1}{5}$	6	16
	2 Octobre.	9	12	11	10	4	$\frac{4}{5}$	5	12
1628.	8 Janvier.	8	8	10	1	7	$\frac{1}{5}$	6	16
	1 Avril.	8	8	10	1	7	$\frac{1}{5}$	6	
	1 Juillet.	8	12	10	6	4	$\frac{4}{5}$	5	12
	7 Octobre.	7	12	9	2	4	$\frac{4}{5}$	4	
1629.	6 Janvier.	7		8	8			4	16
	7 Avril.	7	8	8	17	7	$\frac{1}{5}$	5	
	6 Juillet.	7	12	9	2	4	$\frac{4}{5}$	4	16
	29 Septemb.	8		9	12			4	
1630.	5 Janvier.	7		8	8			4	
	6 Avril.	7	8	8	17	7	$\frac{1}{5}$	4	8
	10 Août.	9	16	11	15	2	$\frac{2}{5}$	7	4
	5 Octobre.	11	8	13	13	7	$\frac{1}{5}$	8	8
1631.	4 Janvier.	17		20	8			9	12
	5 Avril.	16	12	19	18	4	$\frac{4}{5}$	8	16
	5 Juillet.	15	16	18	19	2	$\frac{2}{5}$	9	4
	4 Octobre.	15		18				8	16
1632.	3 Janvier.	12	16	15	7	2	$\frac{2}{5}$	8	8
	3 Avril.	11	8	13	13	7	$\frac{1}{5}$	8	8
	3 Juillet.	15		18				11	4
	2 Octobre.	12		14	8			4	16
1633.	8 Janvier.	9	12	11	10	4	$\frac{4}{5}$	5	4
	2 Avril.	9	10	11	8			5	12
	2 Juillet.	9	6	11	3	2	$\frac{2}{5}$	6	
	1 Octobre.	8		9	12			6	8
1634.	7 Janvier.	7	10	9				6	8
	1 Avril.	7	12	9	2	4	$\frac{4}{5}$	8	8
	1 Juillet.	7	8	8	17	7	$\frac{1}{5}$	8	16
	7 Octobre.	8	6	9	19	2	$\frac{2}{5}$	7	8
1635.	6 Janvier.	7		8	8			7	12
	7 Avril.	7	10	9				8	8
	7 Juillet.	8		9	12			7	12
	6 Octobre.	10	12	12	14	4	$\frac{4}{5}$	7	12

Années.	Jours des marchés & mois.	Prix du *setier du plus beau blé vendu à Rosoy en Brie.* Mesure de Rosoy.		Mesure de Paris.				Prix du *setier de la meilleure avoine vendue à Rosoy.* Mesure de Paris.		
1636.	5 Janvier.	9l.		10l.	16s.			8l.		
	5 Avril.	9	10s.	11	8			8	8s.	
	5 Juillet.	9	16	11	15	2d.	$\frac{2}{5}$.	11	12	
	4 Octobre.	10	12	12	14	4	$\frac{4}{5}$	8	4	
1637.	3 Janvier.	9		10	16			8	8	
	4 Avril.	8	16	10	11	2	$\frac{2}{5}$	10		
	4 Juillet.	8	12	10	6	4	$\frac{4}{5}$	9	4	
	19 Septemb.	10	12	12	14	4	$\frac{4}{5}$			
1638.	2 Janvier.	8	8	10	1	7	$\frac{1}{5}$	11	4	
	3 Avril.	8	16	10	11	2	$\frac{2}{5}$	8	16	
	3 Juillet.	8	16	10	11	2	$\frac{2}{5}$	8		
	2 Octobre.	9		10	16			5	12	
1639.	8 Janvier.	7	16	9	7	2	$\frac{2}{5}$	5	4	
	2 Avril.	7	16	9	7	2	$\frac{2}{5}$	5	16	
	2 Juillet.	7	12	9	2	4	$\frac{4}{5}$	5	4	
	1 Octobre.	8		9	12			4	16	
1640.	7 Janvier.	7	4	8	12	9	$\frac{3}{5}$	4	16	
	7 Avril.	7	8	8	17	7	$\frac{1}{5}$	4	16	
	7 Juillet.	7	8	8	17	7	$\frac{1}{5}$	5	4	
	6 Octobre.	9	8	11	5	7	$\frac{1}{5}$	6	8	
1641.	5 Janvier.	10		12				7	12	
	6 Avril.	10		12				8	8	
	6 Juillet.	9	16	11	15	2	$\frac{2}{5}$	8	16	
	27 Septemb.	10	8	12	1	7	$\frac{1}{5}$	8		
1642.	3 Mai.	9	8	11	5	7	$\frac{1}{5}$	8	16	
	7 Juin.	9		10	16			9	4	
	5 Juillet.	10		12				9	4	
	4 Octobre.	12		14	8			6	16	
1643.	3 Janvier.	11	4	13	8	9	$\frac{3}{5}$	7	12	
	4 Avril.	15	8	18	9	7	$\frac{1}{5}$	8	16	
	4 Juillet.	15		18				9	12	
	3 Octobre.	17		20	8			9	12	
1644.	2 Janvier.	15		18				11	4	(9 Janv.)
	2 Avril.	16		19	4			12		(14 Mai.)
	2 Juillet.	15	10	18	12			12		
	1 Octobre.	12		14	8			10	8	
1645.	7 Janvier.	11		13	4			9	12	
	1 Avril.	9	12	11	10	4	$\frac{4}{5}$	9	12	
	1 Juillet.	8	16	10	11	2	$\frac{2}{5}$	9	12	
	7 Octobre.	8		9	12			6	16	

Années.	Jours des marchés & mois.	Prix du setier du plus beau blé vendu à Rosoy en Brie. Mesure de Rosoy.		Mesure de Paris.			Prix du setier de la meilleure avoine vendue à Rosoy. Mesure de Paris.		
1646.	6 Janvier.	7l.		8l.	8s.		6l.	8s.	
	7 Avril.	7	4s.	8	12	9d. 3/5	7	4	
	7 Juillet.	6	16	8	3	2 2/5	7	4	
	5 Octobre.	10	4	12	4	9 3/5	8	16	
1647.	5 Janvier.	9	12	11	10	4 4/5	8	16	
	6 Avril.	10		12			9	12	
	6 Juillet.	10		12			9	12	
	5 Octobre.	11		13	4		6		
1648.	4 Janvier.	13		15	12		6	8	
	4 Avril.	13	12	16	6	4 4/5	6	8	
	4 Juillet.	13		15	12		6	8	
	3 Octobre.	11		13	4		7	4	
1649.	2 Janvier.	9	10	11	8		7	4	
	3 Avril.	14	10	17	8		8		
	3 Juillet.	14		16	16		7	4	
	2 Octobre.	25		30			8		
1650.	8 Janvier.	23		27	12		8	16	
	2 Avril.	23	8	28	1	7 1/5	8		(25 Juin.)
	2 Juillet.	25		30			8	16	
	1 Octobre.	17		20	8		8		
1651.	7 Janvier.	17	10	21			10	8	
	1 Avril.	20		24			11	4	
	1 Juillet.	22		26	8		15	4	
	7 Octobre.	26		31	4		11	4	
1652.	6 Janvier.	23		27	12		11	4	
	6 Avril.	24		28	16		11	4	
	6 Juillet.	20		24			12		
	5 Octobre.	16		19	4		6	8	
1653.	4 Janvier.	15		18			12		
	5 Avril.	11		13	4		12		
	5 Juillet.	9		10	16		10	8	
	4 Octobre.	9	10	11	8		7	4	
1654.	3 Janvier.	11	10	13	16		10	8	
	4 Avril.	12		14	8		11	4	
	4 Juillet.	9		10	16		9	12	
	3 Octobre.	9	10	11	8		7	4	
1655.	2 Janvier.	9		10	16		8	16	
	3 Avril.	9		10	16		10		
	3 Juillet.	9		10	16		8	16	
	2 Octobre.	9	10	11	8		6	8	

Années.	Jours des marchés & mois.	Prix du setier du plus beau blé vendu à Rosoy en Brie. Mesure de Rosoy.	Prix du setier du plus beau blé vendu à Rosoy en Brie. Mesure de Paris.	Prix du setier de la meilleure avoine vendue à Rosoy. Mesure de Paris.
1656.	1 Janvier.	8l. 15s.	10l. 10s.	8l.
	1 Avril.	9	10 16	8 16s.
	1 Juillet.	9	10 16	8
	7 Octobre.	9	10 16	9 12
1657.	6 Janvier.	8 5	9 18	12
	7 Avril.	8 5	9 18	9 12
	7 Juillet.	8 15	10 10	9 12
	6 Octobre.	8 15	10 10	9 12
1658.	5 Janvier.	7 15	9 6	8
	6 Avril.	9	10 16	8 16
	6 Juillet.	12	14 8	8
	5 Octobre.	14 10	17 8	8
1659.	4 Janvier.	13 10	16 4	7 4
	5 Avril.	13 10	16 4	8 8
	5 Juillet.	12 10	15	9 12
	4 Octobre.	11 5	13 10	8
1660.	3 Janvier.	12 10	15	9 12
	3 Avril.	11 10	13 16	9 12
	3 Juillet.	13	15 12	10 8
	2 Octobre.	21	25 4	11 4
1661.	8 Janvier.	22	26 8	10 8
	2 Avril.	20 10	24 12	13 12
	2 Juillet.	20	24	14 8
	4 Octobre.	26	31 4	16
1662.	7 Janvier.	24 10	29 8	16
	1 Avril.	29 10	35 8	19 4
	1 Juillet.	34	40 16	17 12
	1 Octobre.	23 10	28 4	12
1663.	6 Janvier.	18	21 12	12
	7 Avril.	16	19 4	12
	7 Juillet.	14 15	17 14	12 16
	6 Octobre.	20	24	7 4
1664.	5 Janvier.	16	19 4	7 4
	7 Avril.	16	19 4	6 8
	5 Juillet.	15	18	6 16
	4 Octobre.	10	12	6 8
1665.	3 Janvier.	9 5	11 2	6 8
	4 Avril.	11 10	13 16	7 12
	4 Juillet.	12	14 8	10 8
	3 Octobre.	13 5	15 18	8

Années.	Jours des marchés & mois.	Prix du setier du plus beau blé vendu à Rosoy en Brie. Mesure de Rosoy.		Mesure de Paris.			Prix du setier de la meilleure avoine vendue à Rosoy. Mesure de Paris.		
1666.	2 Janvier.	12^{l}.	10^{s}.	15^{l}.			8^{l}.	8^{s}.	
	3 Avril.	11	10	13	16^{s}.		9	12	
	3 Juillet.	9	15	11	14		8	16	
	2 Octobre.	9		10	16		7	4	
1667.	8 Janvier.	7	15	9	6		6	8	
	2 Avril.	7		8	8		6		
	2 Juillet.	7	10	9			7	4	
	1 Octobre.	7	15	9	6		8		
1668.	7 Janvier.	6		7	4		7	4	
	7 Avril.	6		7	4		6	8	
	30 Juin.	7	5	8	14		5	12	(17 Août.)
	6 Octobre.	7	10	8	14		5	12	(17 Nov.)
1669.	5 Janvier.	6	10	7	16				
	6 Avril.	6	10	7	16				
	6 Juillet.	7	8	8	17	7^{d}. $\frac{1}{5}$			
	5 Octobre.	6	15	8	2		5	12	(16 Nov.)
1670.	4 Janvier.	6	5	7	10		5	12	
	5 Avril.	6	10	7	16		6		
	5 Juillet.	7	12	9	2	4 $\frac{4}{5}$	6	8	
	4 Octobre.	7	15	9	6		4	16	
1671.	3 Janvier.	7		8	8		4	8	
	4 Avril.	7	5	8	14		4		
	4 Juillet.	8		9	12		4	16	
	3 Octobre.	9		10	16		4	8	
1672.	2 Janvier.	7	15	9	6		4		
	2 Avril.	8	15	10	10		5	4	
	2 Juillet.	8	10	10	4		7	4	
	1 Octobre.	7	10	9			6		
1673.	7 Janvier.	6		7	4		6		
	1 Avril.	6	5	7	10		6		
	1 Juillet.	6	8	7	13	7 $\frac{1}{5}$	6	8	
	7 Octobre.	8	8	10	1	7 $\frac{1}{5}$	5	12	
1674.	6 Janvier.	6	12	7	18	4 $\frac{4}{5}$	6	8	
	7 Avril.	8	5	9	18		8	16	
	6 Juillet.	8		9	12		9	4	
	6 Octobre.	9	10	11	8		8		
1675.	5 Janvier.	12		14	8		9	4	
	6 Avril.	13	10	16	4		10	8	
	6 Juillet.	12	5	14	14		8	16	
	5 Octobre.	10		12			6		

Années.	Jours des marchés & mois.	Prix du fetier du plus beau blé vendu à Rosoy en Brie. Mesure de Rosoy.		Mesure de Paris.		Prix du fetier de la meilleure avoine vendue à Rosoy. Mesure de Paris.	
1676.	4 Janvier.	9l.		10l.	16s.	6l.	16s.
	4 Avril.	8	10s.	10	4	6	16
	4 Juillet.	7	15	9	6	6	
	3 Octobre.	8	15	10	10	5	4
1677.	2 Janvier.	8		9	12	6	
	3 Avril.	7	15	9	6	6	
	3 Juillet.	9		10	16	5	12
	2 Octobre.	14		16	16	7	4
1678.	8 Janvier.	12	15	15	6	8	
	14 Mai.	11	10	13	16	8	16
	2 Juillet.	12		14	8	10	
	1 Octobre.	12		14	8	8	16
1679.	7 Janvier.	11		13	4	8	16
	1 Avril.	11	15	14	2	10	
	1 Juillet.	16		19	4	13	12
	7 Octobre.	16		19	4	11	4
1680.	5 Janvier.	13		15	12	10	8
	6 Avril.	10		12		10	8
	6 Juillet.	9	5	11	2	7	4
	5 Octobre.	10		12		5	12
1681.	4 Janvier.	9	10	11	8	6	8
	5 Avril.	10	5	12	6	8	
	5 Juillet.	12	15	15	6	12	
	4 Octobre.	12	10	15		8	
1682.	3 Janvier.	10		12		8	16
	4 Avril.	9	5	11	2	10	
	4 Juillet.	9	10	11	8	11	4
	3 Octobre.	10	10	12	12	7	4
1683.	2 Janvier.	8	15	10	10	6	16
	3 Avril.	9	15	11	14	6	16
	3 Juillet.	9	15	11	14	8	
	2 Octobre.	9	10	11	8	6	
1684.	8 Janvier.	7	15	9	6	6	
	1 Avril.	10	10	12	12	6	
	1 Juillet.	13	10	16	4	8	16
	7 Octobre.	16		19	4	7	4
1685.	6 Janvier.	15	10	18	12	7	12
	7 Avril.	14		16	16	9	4
	7 Juillet.	14		16	16	9	12
	6 Octobre.	10		12		6	16

Années.	Jours des marchés & mois.	Prix du fetier du plus beau blé vendu à Rosoy en Brie.		Prix du fetier de la meilleure avoine vendue à Rosoy.
		Mesure de Rosoy.	Mesure de Paris.	Mesure de Paris.
1686.	5 Janvier.	8l. 10s.	10l. 4s.	7l. 12s.
	6 Avril.	7	8 8	5 12
	6 Juillet.	8 5	9 18	6
	5 Octobre.	10	12	6 16
1687.	4 Janvier.	9 10	11 8	6
	5 Avril.	10	12	6 8
	5 Juillet.	9	10 16	6 16
	4 Octobre.	7	8 8	6 16
1688.	3 Janvier.	5 10	6 12	6 8
	3 Avril.	5 15	6 18	7 4
	3 Juillet.	5 12 6d.	6 15	6 16
	2 Octobre.	6 10	7 16	5 12
1689.	8 Janvier.	5 7 6	6 9	6 8
	2 Avril.	5	6	6
	2 Juillet.	7 10	9	8 8
	1 Octobre.	8 10	10 4	6
1690.	7 Janvier.	7 15	9 6	6
	1 Avril.	8 10	10 4	6 16
	1 Juillet.	8	9 12	7 4
	7 Octobre.	6 15	8 2	6 16
1691.	6 Janvier.	6 15	8 2	7 4
	7 Avril.	7 5	8 14	7 12
	7 Juillet.	8 15	10 10	8
	6 Octobre.	10	12	8
1692.	5 Janvier.	9 10	11 8	8 8
	5 Avril.	9 10	11 8	11 4
	5 Juillet.	11 5	13 10	12 16
	4 Octobre.	12	14 8	9 12
1693.	3 Janvier.	15	18	12 8
	4 Avril.	17	20 8	12 16
	4 Juillet.	17	20 8	14 8
	3 Octobre.	36	43 4	25 12
1694.	2 Janvier.	31	37 4	24 16
	3 Avril.	33	39 12	27 4
	3 Juillet.	46	55 4	24 16
	2 Octobre.	21	25 4	12
1695.	8 Janvier.	15 10	18 12	12
	2 Avril.	11	13 4	11 12
	2 Juillet.	7 15	9 6	7 12
	1 Octobre.	13 10	16 4	6 8

Années.	Jours des marchés & mois.	Prix du setier du plus beau blé vendu à Rosoy en Brie. Mesure de Rosoy.	Mesure de Paris.	Prix du setier de la meilleure avoine vendue à Rosoy. Mesure de Paris.
1696.	7 Janvier.	13 l.	15 l. 12 s.	6 l. 8 s.
	7 Avril.	12 15 s.	15 6	6 16
	7 Juillet.	10 10	12 12	6
	6 Octobre.	13	15 12	5 12
1697.	5 Janvier.	12 10	15	5 12
	6 Avril.	12 10	15	7 4
	6 Juillet.	15	18	6 16
	5 Octobre.	17 10	21	5 12
1698.	4 Janvier.	20	24	9 4
	5 Avril.	17	20 8	8
	5 Juillet.	17	20 8	8 16
	4 Octobre.	18	21 12	8 16
1699.	3 Janvier.	23	27 12	11 12
	4 Avril.	22	26 8	12 16
	4 Juillet.	22 10	27	13 12
	3 Octobre.	22	26 8	12
1700.	2 Janvier.	22	26 8	12
	3 Avril.	20	24	12
	3 Juillet.	18	21 12	10 8
	2 Octobre.	19	22 16	10 8
1701.	8 Janvier.	12 10	15	8 16
	2 Avril.	12 5	14 14	8 16
	2 Juillet.	14	16 16	11 4
	1 Octobre.	14	16 16	7 4
1702.	7 Janvier.	11	13 4	7 4
	1 Avril.	9 15	11 14	7 4
	1 Juillet.	11	13 4	9 12
	7 Octobre.	10	12	8 16
1703.	5 Janvier.	8 5	9 18	7 12
	7 Avril.	9	10 16	8
	7 Juillet.	12	14 8	8 16
	6 Octobre.	10	12	5 12
1704.	5 Janvier.	9 15	11 14	6
	5 Avril.	9	10 16	6
	5 Juillet.	10 15	12 18	7 4
	4 Octobre.	8 15	10 10	6 16
1705.	3 Janvier.	8 5	9 18	5 12
	4 Avril.	9 5	11 2	6 8
	4 Juillet.	10	12	6 16
	3 Octobre.	7 2 6 d.	8 11	9 12

Années.	Jours des marchés & mois.	Prix du ſetier du plus beau blé vendu à Roſoy en Brie.		Prix du ſetièr de la meilleure avoine vendue à Roſoy.
		Meſure de Roſoy.	Meſure de Paris.	Meſure de Paris.
1706.	2 Janvier.	$6^{l}. 17^{s}. 6^{d}.$	$8^{l}. 5^{s}.$	$9^{l}. 4^{s}.$
	3 Avril.	7	8 8	10
	3 Juillet.	5 10	6 12	6 16
	2 Octobre.	6 17	8 4 $4^{d}. \frac{4}{5}$	6 16
1707.	8 Janvier.	5 5	6 6	6 8
	2 Avril.	6 2 6	7 7	6
	2 Juillet.	5 10	6 12	4 16
	5 Octobre.	6 5	7 10	6
1708.	7 Février.	5 10	6 12	4 16
	7 Avril.	6 10	7 16	6
	7 Juillet.	8 10	10 4	8 16
	6 Octobre.	13	15 12	6
1709.	5 Janvier.	15	18	8 16
	6 Avril.	28	33 12	16
	6 Juillet.	47 10	57	20 16
	5 Octobre.	58	69 12	13 12
1710.	4 Janvier.	46	55 4	14 8
	5 Avril.	41	49 4	9 12
	5 Juillet.	28	33 12	7 12
	4 Octobre.	20	24	9 4
1711.	3 Janvier.	17	20 8	13 12
	4 Avril.	12	14 8	16
	4 Juillet.	12 15	15 6	16 16
	3 Octobre.	18	21 12	13 4
1712.	2 Janvier.	16	19 4	12 16
	2 Avril.	15 5	18 6	17 12
	2 Juillet.	18 10	22 4	20 8
	1 Octobre.	19 15	23 14	17 12
1713.	7 Janvier.	20 10	24 12	15 4
	1 Avril.	21 15	26 2	21 12
	1 Juillet.	24	28 16	23 4
	7 Octobre.	29	34 16	14 8
1714.	6 Janvier.	27	32 8	20
	7 Avril.	27 10	33	22 8
	7 Juillet.	18	21 12	17 12
	6 Octobre.	24 10	29 8	17 12
1715.	5 Janvier.	13 15	16 10	14
	6 Avril.	12	14 8	14 8
	6 Juillet.	10 17 6	13 1	10 8
	5 Octobre.	11 5	13 10	8

Années.	Jours des marchés & mois.	Prix du setier du plus beau blé vendu à Rosoy en Brie.		Prix du setier de la meilleure avoine vendue à Rosoy.
		Mesure de Rosoy.	Mesure de Paris.	Mesure de Paris.
1716.	4 Janvier.	9l.	10l. 16s.	7l. 12s.
	4 Avril.	9 10s.	11 8	7 4
	4 Juillet.	11 15	14 2	9 12
	3 Octobre.	11 5	13 10	9 12
1717.	2 Janvier.	9	10 16	8 8
	3 Avril.	7 10	9	6 8
	3 Juillet.	7 17 6d.	9 9	7 12
	2 Octobre.	8 10	10 4	6 8
1718.	8 Janvier.	7 10	9	6 16
	2 Avril.	7 15	9 6	8
	2 Juillet.	9 5	11 2	6 16
	1 Octobre.	12	14 8	8
1719.	7 Janvier.	11 5	13 10	8
	1 Avril.	10 12 6	12 15	8
	1 Juillet.	14	16 16	13 12
	7 Octobre.	12	14 8	20
1720.	5 Janvier.	15	18	28
	6 Avril.	17 10	21	28 16
	6 Juillet.	16	19 4	20 16
	5 Octobre.	20	24	18 8
1721.	4 Janvier.	13 10	16 4	12
	5 Avril.	10 10	12 12	10 8
	5 Juillet.	12	14 8	9 12
	4 Octobre.	13	15 12	9 12
1722.	3 Janvier.	11 5	13 10	9 4
	4 Avril.	11	13 4	10 8
	4 Juillet.	13 5	15 18	11 4
	3 Octobre.	18	21 12	9 12
1723.	2 Janvier.	22	26 8	12 16
	3 Avril.	17	20 8	12
	3 Juillet.	20 10	24 12	16 16
	2 Octobre.	24	28 16	26 8
1724.	8 Janvier.	22 10	27	25 12
	1 Avril.	19 10	23 8	24 16
	1 Juillet.	17 10	21	17 12
	7 Octobre.	23 15	28 10	15 4
1725.	5 Janvier.	21	25 4	12 16
	7 Avril.	17 15	21 6	13 12
	7 Juillet.	26 10	31 16	16
	6 Octobre.	36	43 4	10 8

Années.	Jours des marchés & mois.	Prix du setier du plus beau blé vendu à Rosoy en Brie.				Prix du setier de la meilleure avoine vendue à Rosoy.	
		Mesure de Rosoy.		Mesure de Paris.		Mesure de Paris.	
1726.	5 Janvier.	26l.		31l.	4f.	11l.	4f.
	6 Avril.	21		25	4	11	4
	6 Juillet.	20		24		11	4
	5 Octobre.	21	10	25	16	12	16
1727.	4 Janvier.	16	10	19	16	9	12
	5 Avril.	16	10	19	16	10	16
	5 Juillet.	17		20	8	12	
	4 Octobre.	13	10	16	4	8	
1728.	3 Janvier.	9	15	11	14	8	
	3 Avril.	9	15	11	14	8	16
	3 Juillet.	10	5	12	6	12	16
	2 Octobre.	13		15	12	16	
1729.	8 Janvier.	14		16	16	15	4
	2 Avril.	14	10	17	8	16	16
	2 Juillet.	15	10	18	12	16	
	1 Octobre.	13		15	12	14	8
1730.	7 Janvier.	12		14	8	10	8
	1 Avril.	11	15	14	2	12	16
	1 Juillet.	13	10	16	4	14	8
	7 Octobre.	15		18		13	12
1731.	5 Janvier.	15		18		12	16
	7 Avril.	16	10	19	16	16	
	14 Juillet.	19		22	16	20	16
	6 Octobre.	15		18		24	
1732.	5 Janvier.	14		16	16	21	12
	5 Avril.	10	10	12	12	16	
	5 Juillet.	10	5	12	6	11	4
	4 Octobre.	10		12		8	16
1733.	3 Janvier.	8	5	9	18	8	
	4 Avril.	8	10	10	4	8	
	4 Juillet.	9	10	11	8	8	
	3 Octobre.	8	5	9	18	7	4
1734.	2 Janvier.	8	15	10	10	7	4
	3 Avril.	9	5	11	2	7	4
	3 Juillet.	9	15	11	14	8	
	2 Octobre.	9		10	16	7	4
1735.	8 Janvier.	8	10	10	4	7	4
	2 Avril.	8	15	10	10	7	4
	2 Juillet.	9	5	11	2	7	12
	1 Octobre.	11	5	13	10	7	12

Années.	Jours des marchés & mois.	Prix du setier du plus beau blé vendu à Rosoy en Brie. Mesure de Rosoy.	Mesure de Paris.	Prix du setier de la meilleure avoine vendue à Rosoy. Mesure de Paris.
1736.	7 Janvier.	10l. 10s.	12l. 12s.	8l.
	7 Avril.	11	13 4	8
	7 Juillet.	11	13 4	8 8
	6 Octobre.	11	13 4	8
1737.	5 Janvier.	11 10	13 16	8
	6 Avril.	12	14 8	8
	6 Juillet.	11 5	13 10	8
	5 Octobre.	14 5	17 2	11 4
1738.	4 Janvier.	13 5	15 18	11 4
	5 Avril.	13 15	16 10	10 16
	5 Juillet.	14 10	17 8	10 8
	4 Octobre.	21	25 4	11 4
1739.	3 Janvier.	20	24	13 4
	4 Avril.	18	21 12	14 8
	4 Juillet.	19 10	23 8	16
	3 Octobre.	19	22 16	16 16
1740.	2 Janvier.	17 10	21	17 12
	2 Avril.	18	21 12	21 12
	2 Juillet.	20 10	24 12	17 12
	1 Octobre.	36	43 4	14 8
1741.	7 Janvier.	44	52 16	17 12
	1 Avril.	27	32 8	15 4
	1 Juillet.	30	36	20
	7 Octobre.	26	31 4	15 4
1742.	5 Janvier.	22 10	27	14 8
	7 Avril.	17	20 8	14
	7 Juillet.	15 17	19 0 4d. $\frac{4}{5}$	12 16
	6 Octobre.	15	18	12 16
1743.	5 Janvier.	10 12 6d.	12 15	11 12
	6 Avril.	9 10	11 8	11 4
	6 Juillet.	9	10 16	12
	5 Octobre.	10	12	11 12
1744.	4 Janvier.	9 15	11 14	12
	4 Avril.	8 12 6	10 7	11 12
	4 Juillet.	9	10 16	14 8
	3 Octobre.	9 10	11 8	12
1745.	2 Janvier.	8	9 12	10
	3 Avril.	8	9 12	11 4
	3 Juillet.	9 5	11 2	11 4
	2 Octobre.	12 10	15	8

Nous venons d'offrir dans chaque page de dix en dix ans, à compter depuis & compris 1596 jusques & compris 1745, les prix que le setier du meilleur froment & de la meilleure avoine s'est vendu dans la Ville de Rosoy en Brie, aux quatre termes de chaque année, soit à la mesure de Rosoy, soit à celle de Paris. Nous allons à présent donner le prix commun du setier de ces mêmes grains, mesure de Paris, de dix en dix années. Il est formé du montant de tous les prix rapportés dans la colonne qui représente la mesure de Paris, divisé par le nombre de termes de chaque page. On a corrigé dans ces résultats deux ou trois petites fautes marquées à l'Errata.

Années.	*Prix commun du setier du meilleur blé vendu à Rosoy.*				*Prix commun du setier de la meilleure avoine vendue à Rosoy.*			
	Mesure de Paris.				Mesure de Paris.			
1596 — 1605	9 l.	16 s.	9 d.	$\frac{3}{5}$	4 l.	19 s.	2 d.	$\frac{2}{5}$
1606 — 1615	8	1	9	$\frac{3}{25}$	4	7	8	$\frac{4}{5}$
1616 — 1625	9	2	3	$\frac{9}{25}$	4	17	2	$\frac{4}{5}$
1626 — 1635	12	8	9	$\frac{21}{25}$	6	19	9	$\frac{3}{5}$
1636 — 1645	12	5	1	$\frac{23}{25}$	8	5	8	$\frac{12}{13}$
1646 — 1655	16	19	2	$\frac{4}{25}$	8	18	4	$\frac{4}{5}$
1656 — 1665	17	16	1	$\frac{1}{5}$	10	2	2	$\frac{2}{5}$
1666 — 1675	9	15	4	$\frac{17}{25}$	6	12	9	$\frac{3}{37}$
1676 — 1685	13	4	9		8	1	4	$\frac{4}{5}$
1686 — 1695	14	13	3		9	18		
1696 — 1705	16	12	3	$\frac{9}{10}$	8	6	4	$\frac{4}{5}$
1706 — 1715	22	1	5	$\frac{11}{50}$	12	14	2	$\frac{2}{5}$
1716 — 1725	17	18	7	$\frac{4}{5}$	13	2		
1726 — 1735	15	13	11	$\frac{2}{5}$	11	13	9	$\frac{3}{5}$
1736 — 1745	19	0	9	$\frac{3}{25}$	12	10	9	$\frac{3}{5}$

La seule inspection des résultats ci-dessus, qui nous montrent le prix commun des grains dans des intervalles égaux, justifie ce que nous avons avancé, en établissant page 45, que les choses nécessaires à la vie enchérissent plus en certaines circonstances que celles dont on peut se passer, & page 69 que le calme dont nous jouissons dans l'intérieur du Royaume depuis cent cinquante ans, eſt probablement ce qui a diminué le prix des grains.

Dans les calamités, le prix du blé augmente toujours bien plus que celui de l'avoine, par l'habitude où nous ſommes de vivre de pain de froment, au lieu qu'on jette ſes chevaux en pâture dans les campagnes, dès que le prix de l'avoine monte juſqu'à un certain point : ce n'eſt pas qu'elle n'enchériſſe auſſi pour lors ; mais ſi elle enchérit d'un quart, le prix du blé double. Cela poſé, les jugemens que nous formerons ſur les proportions ſuivantes, ſeront preſque certains.

Toutes les fois que dans un eſpace de temps déterminé, le ſetier d'avoine, meſure de Paris, s'eſt vendu à peu près un tiers de moins que le ſetier de blé, les choſes étoient dans leur ordre naturel.

Lorſque notre ſetier d'avoine s'eſt vendu la moitié moins ou plus déſavantageuſement, il eſt palpable qu'il y a eu quelque calamité cauſée par les accidens naturels, ou par les guerres, & la famine étoit d'autant plus grande, (*a*) que l'avoine ſe trouvoit plus au-deſſous du blé.

Quand l'avoine eſt plus chere que le froment, il en réſulte que les dernieres récoltes ont été fort bonnes.

Depuis 1596 juſques vers l'an 1635, le prix de l'avoine n'alloit guères qu'à la moitié de celui du blé. Dans les années qui ſuivent, le prix de l'avoine monte environ aux deux tiers de celui du froment. La diſproportion entre le premier & le dernier prix de ces grains, étoit l'ouvrage des guerres civiles de Religion. Les blés dans le premier eſpace de temps ne ſe trouvoient point à leur prix naturel, & peut-être ſe vendoient-ils pour lors trois ou quatre fois plus cher qu'ils n'auroient coûté, ſi l'Etat eut été tranquille. Voilà ce que nous manquons très-ſouvent d'enviſager dans la comparaiſon d'un ſiécle à un autre.

(*a*) On peut comparer par là les chertés de 1351, 1694, 1709, 1725 & 1740. En 1351 le ſetier d'avoine valoit le quart du prix du ſetier de blé, en 1709 le cinquiéme, en 1740 le tiers. Ainſi la cherté fut plus grande en 1709 qu'en 1351, & en 1351 qu'en 1740.

Prix des Grains en Angleterre.

IL feroit difficile de rechercher pendant une fuite de temps le prix des grains dans tous les Etats de l'Europe, pour en faire la comparaifon avec celui de France. Bornons-nous à un feul Royaume qui réunit une grande quantité de pays par le commerce, & voyons combien le *Quarter* de froment, mefure de Londres ou de Winchefter, s'eft vendu en Angleterre depuis deux cents cinquante ans.

Le *Chronicon pretiofum* compofé par M. Fleetwood Evêque d'Ely, & imprimé à Londres en 1707, nous conduira de 1494 à 1706. Les années fuivantes jufqu'en 1740 fe trouveront dans la Table publiée par M. Guillaume Warden en vertu d'un Acte du Parlement.

Dans l'un & dans l'autre les prix de chaque année depuis 1646 ont été arrêtés à deux termes, l'un à la Fête de la Vierge, (probablement de l'Annonciation qui tombe le 25 Mars) l'autre à la S. Michel qui arrive le 29 Septembre; & de la moitié du prix total de ces deux termes, on a fait le prix commun de toute l'année.

Le *Quarter* de blé de Winchefter ou de Londres, contient huit boiffeaux Anglois, dont chacun, fuivant Ricard, p. 57, péfe cinquante-fix à foixante livres poids de marc. Dix de ces *Quarters* font, dit-il, un *Laft* d'Amfterdam, qui felon lui, p. 54, péfe en froment quatre mille fix cents à quatre mille huit cents livres poids de marc, en feigle quatre mille à quatre mille deux cents des mêmes livres, & en orge trois mille deux cents à trois mille quatre cents livres: ainfi le *Quarter* de blé peut être évalué à quatre cents cinquante-huit de nos livres. En effet, le *Quarter* de Londres répondant à dix-fept mille quatre cents vingt-quatre pouces cubes Anglois, ou à quatorze mille cinq cents foixante pouces cubes de France & $\frac{3632}{5575}$, doit pefer environ quatre cents cinquante-huit livres de France poids de marc. Ce n'eft pas tout-à-fait deux fetiers, mefure de Paris.

Le Bushel ou boiſſeau de Wincheſter huitiéme partie du quarter, contient deux mille cent ſoixante-dix-huit pouces cubes Anglois, ou mille huit cents vingt pouces cubes François, & péſe cinquante-ſept livres & un quart de France; il égale trois boiſſeaux de Paris.

Le Peck ou Picotin trente-deuxiéme partie du quarter, eſt le quart du boiſſeau, & contient cinq cents quarante-quatre pouces cubes & demi Anglois, égaux à quatre cents cinquante-cinq pouces cubes François, & péſe quatorze livres cinq onces de France.

Le Gallon ſoixante-quatriéme partie du quarter, & la moitié du Peck, contient deux cents ſoixante-douze pouces cubes & un quart Anglois, égaux à deux cents vingt-ſept pouces cubes & demi François, & péſe ſept livres deux onces & demie de France.

La Pinte huitiéme partie du Gallon, contient trente-quatre pouces cubes & $\frac{1}{32}$ Anglois, égaux à vingt-huit pouces cubes & $\frac{7}{16}$ François, & péſe un peu moins d'une livre de France ou $\frac{229}{256}$, en admettant que trente-deux pouces cubes de blé péſent une de nos livres.

Suivant la Table du ſieur Jonas Moore, le Peck de blé Anglois péſe dix-ſept livres une once poids de Troye: à ce compte le *Quarter* de blé Anglois péſeroit cinq cents quarante-ſix livres huit onces poids de Troye (*a*).

Par Ordonnance de Henry VII. en la douziéme année de ſon régne, le boiſſeau doit (*b*) contenir huit Gallons de blé, le Gallon de blé doit peſer huit livres poids de Troye, &

(*a*) According to à table of ſir Jonas Moor's, à Peck of engliſh Wheat weighs 204, 884 ounces, or 17 lib. 1 oz. *V. M. Arbuthnot*, *p.* 89.

Le ſieur Moore dit, p. 13. Meal is Weighed as corn, but the common repute is, that à Gallon of wheaten meal weighs 7 lib. *aver du poids* and 8 lib. 6 ounces 4 d. weight Troy, and ſo à bushel 56 lib. *aver du poids* and 68 lib. 1 ounce 12 d. weight Troy. Deſorte que le quarter de farine péſeroit cinq cents quarante-quatre livres huit onces, & il eſt conſtant qu'une meſure péſe plus en grain qu'en farine.

(*b*) An engliſh penny ſterling shall weigh 32 grains of Wheat taken out of the middle of the ear, and 28 d. do make an ounce, 12 ounces à pound, 8 pounds à Gallon, 8 Gallons à London bushel, wich is the eighth part of à quarter. Stat. 31 E. 1. *Voyez Raſtal Weights* 7, 8. *& le recueil des Statuts*, *to.* 4. *p.* 299, *au mot* Weights and meaſures.

la

la livre douze onces poids de Troye, l'once vingt-quatre ſterlings, & le ſterling trente-deux grains de blé pris au milieu de l'épi. Sur ce pied le quarter de bon blé ne devroit peſer que cinq cents douze livres poids de Troye; mais je crois qu'on s'en formera une idée plus juſte, en l'eſtimant du poids de quatre cents cinquante-huit de nos livres. Selon Ricard, il pourroit quelquefois aller juſqu'à quatre cents quatre-vingts livres poids de Marc, qui ſont à peu près deux ſetiers de Paris.

La quantité de livres de pain qu'on peut faire du quarter, nous éclaircira encore.

Suivant M. Arbuthnot, les Boulangers Anglois tirent au plus en pain de ménage, du Peck ou du Picotin de fine farine, dix-huit livres *aver du poids*, & l'aſſiſe ou la taille du pain eſt à peu près de trois à cinq, ou des deux tiers en ſus; c'eſt-à-dire, que quand le Peck de blé vaut quinze deniers ſterling, le pain d'un Peck ſe vend vingt-cinq deniers ſterling (*a*).

En 1494 le quarter de blé valoit 4 ſols ſterling. *Chronicon pretioſum.*

Année	ſols	deniers
1494	4	
1495	3	
1497	20	
1499	4	
1504	5	10d.
1521	20	
1553 (*b*)	8	
1554	8	
1555	8	
1556	8	
1557	8	
1558	8	
1559	8	

(*a*) The engliſh Bakers make of a Peck of our flower 18 pound of bread at moſt. The weight of the Peck loaf by the Lord Mayors order is 17 lib. 6 ounces 1 d. *aver du poids*. The aſſiſe of wheaten bread in London is pretty near as 3 to 5 that is when Wheat is 15 pence the Peck, the Peck loaf is ſold for 25 pence. (*Voyez M. Arbuthnot, p.* 123.)

(*b*) M. Fleetwood obſerve p. 122, qu'il n'y a pas d'apparence que les grains ſoient reſtés conſtamment ſur le même pied pendant cet intervalle de temps; mais il penſe que les variations n'ayant pas été bien grandes, les propriétaires des terres en comptant avec leurs Fermiers, eſtimoient le quarter de blé huit ſols ſterling.

1560	. . . .		8s. ſterling.
1561	. . . .		8
1562	. . . .		8
1574	. . . .		3 4d.
1587	. . . .		10
1594	. . . .	2l.	16
1595	. . . .	2	15
1596	. . . .	4	
1597	. . . .	4	

Si l'on ne vouloit point avoir égard au change, & qu'on ne ſe souciât pas d'une grande exactitude, comme le quarter de Londres fait environ deux ſetiers, meſure de Paris, il faudroit prendre la moitié de chacun de ces prix, & la multiplier par douze, parce que le ſol ſterling vaut douze ſols monnoie courante; on formeroit ainſi à peu près le prix de notre ſetier. Par exemple, en 1596 le quarter valant quatre livres, la moitié eſt deux livres ſterling, qui multipliés par douze, font vingt-quatre livres ſelon notre maniere de compter: or en 1595, ſuivant l'Etoile, le ſetier de blé valoit à Paris vingt-quatre & vingt-cinq livres.

1646	2l.	8s.	
1647	3	13	8d.
1648	4	5	
1649	4		
1650	3	16	8
1651	3	13	4
1652	2	9	6
1653	1	15	6
1654	1	6	
1655	1	13	4
1656	2	3	
1657	2	6	8
1658	3	5	
1659	3	6	
1660	2	16	6
1661	3	10	
1662	3	14	
1663	2	17	
1664	2		6
1665	2	9	4

Le prix commun du blé pendant les vingt premieres années qui ſuivent, eſt de deux livres dix-ſept ſols cinq deniers un quart ſterling le quarter.

Années.	*Prix du quarter de blé.*		
1666	1 l.	16 s.	
1667	1	16	
1668	2		
1669	2	4	4 d.
1670	2	1	8
1671	2	2	
1672	2	1	
1673	2	6	8
1674	3	8	8
1675	3	4	8
1676	1	18	
1677	2	12	
1678	2	19	
1679	3		
1680	2	5	
1681	2	6	8
1682	2	4	
1683	2		
1684	2	4	
1685	2	6	8

Le prix commun du blé pendant les vingt années qui suivent, eſt de deux livres ſix ſols trois deniers trois quarts ſterling le quarter.

Années.	l.	s.	d.
1686	1	14	
1687	1	5	2
1688	2	6	
1689	1	10	
1690	1	14	8
1691	1	14	
1692	2	6	8
1693	3	7	8
1694	3	4	
1695	2	13	
1696	3	11	
1697	3		
1698	3	8	4
1699	3	4	
1700	2		
1701	1	17	8
1702	1	9	6
1703	1	16	
1704	2	6	6
1705	1	10	

Le prix commun du quarter de blé pendant ces vingt années, eſt de deux livres cinq ſols neuf deniers trois quarts ſterling. J'ai trouvé par l'addition & la diviſion deux livres cinq ſols dix deniers $\frac{9}{10}$, ce qui fait la plus légere différence.

Années.	*Prix du quarter de blé.*		
1706	1 l.	6 s.	
1707	1	8	6 d.
1708	2	1	6
1709	3	18	6
1710	3	18	
1711	2	14	
1712	2	6	4
1713	2	11	
1714	2	10	4
1715	2	3	
1716	2	8	
1717	2	5	8
1718	1	18	10
1719	1	15	
1720	1	17	
1721	1	17	6
1722	1	16	
1723	1	14	8
1724	1	17	
1725	2	8	6

Le prix commun du quarter de blé pendant les vingt années qui ſuivent, eſt de deux livres quatre ſols neuf deniers trois cinquiémes ſterling.

Années.			
1726	2	6	
1727	2	2	
1728	2	14	6
1729	2	6	10
1730	1	16	6
1731	1	12	10
1732	1	6	8
1733	1	8	4
1734	1	18	10
1735	2	3	
1736	2		4
1737	1	18	
1738	1	15	6
1739	1	18	6
1740	2	7	

Le prix commun du quarter de blé pendant les quinze années qui ſuivent, eſt d'une livre dix-neuf ſols ſept deniers $\frac{13}{15}$ ſterling.

Depuis 1726, vingt-un ſols ſterling égalant vingt-quatre livres de France, il s'enſuit qu'une livre dix-neuf ſols ſept deniers ſterling forment à peu près quarante-cinq livres quatre ſols de France.

Or le quarter de Londres qui péſe en blé environ quatre cents cinquante-huit livres poids de France, n'eſt pas tout-à-fait deux de nos ſetiers, meſure de Paris. Mais en regardant notre ſetier comme la moitié du quarter, il ſe ſeroit vendu année commune en Angleterre pendant ces quinze années vingt-deux liv. douze ſ.

FIN.